JN080611

コロンブスの図書館

エドワード・ウィルソン＝リー［著］
Edward Wilson-Lee

五十嵐加奈子［訳］
Kanako Igarashi

柏書房

THE CATALOGUE OF SHIPWRECKED BOOKS
by Edward Wilson-Lee

Japanese translation published by arrangement with
Edward Wilson-Lee c/o Blake Friedmann Literary, TV and Firm Agency Ltd.
through The English Agency (Japan) Ltd.

エルナンド・コロンの肖像画

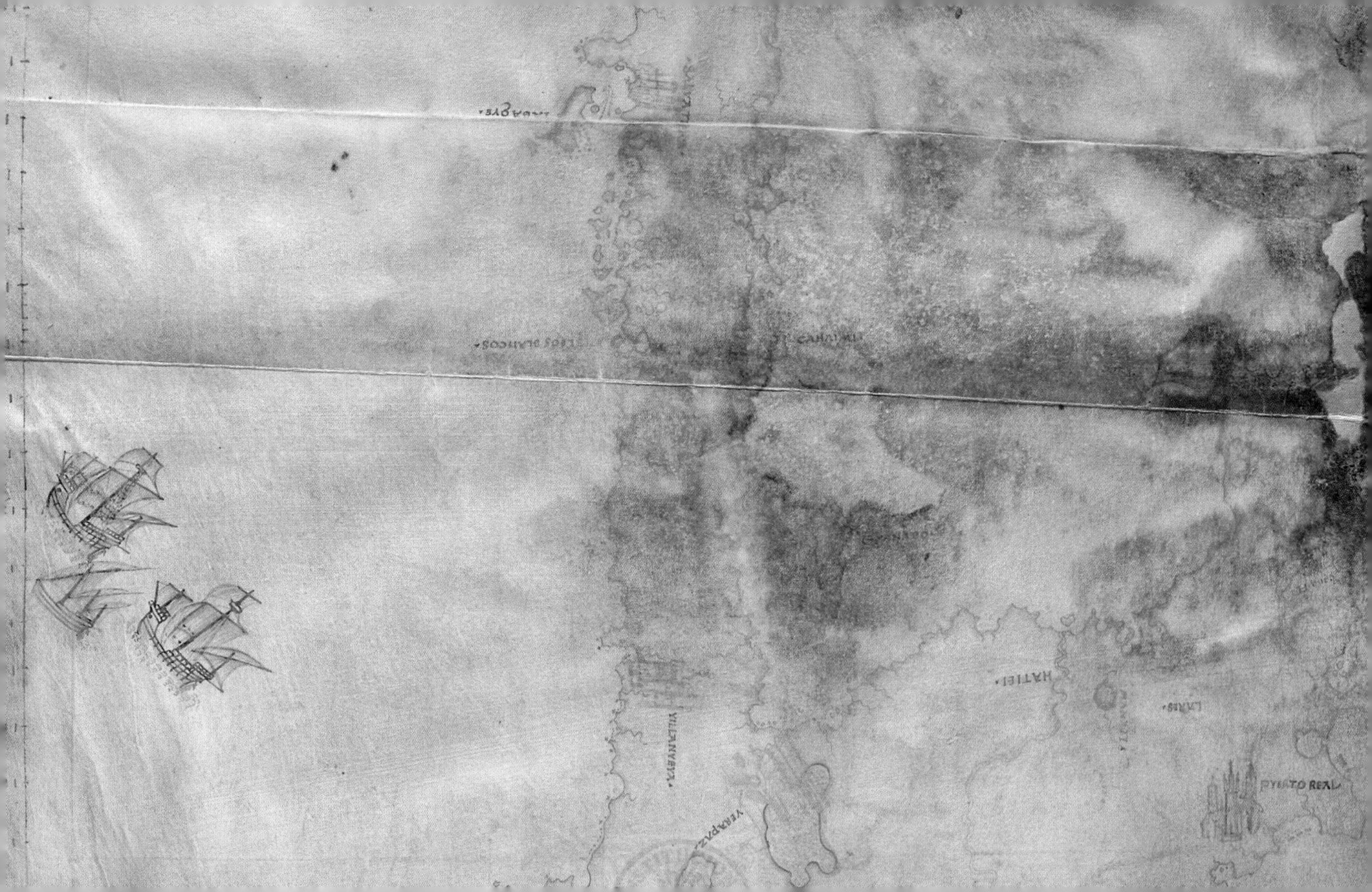
VERAPAZ
VILLANVEVA
HATIEI
PVERTO REAL

エスパニョーラ島の初期の地図。コロンビーナ図書館蔵 10-3-3 に貼られたもの。

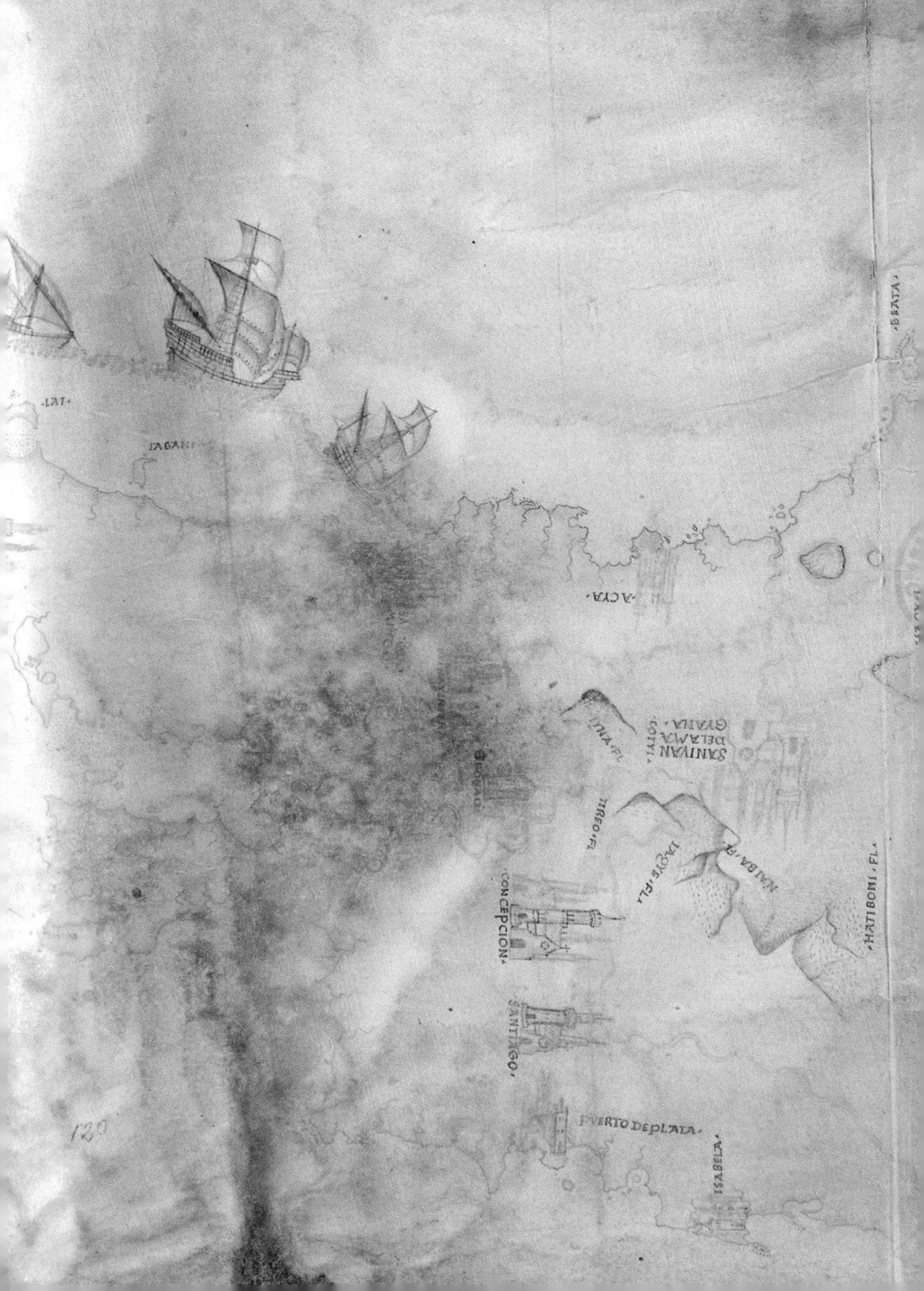

ルカ・パチョーリの肖像画（1495 年頃）。

ラファエロによるトンマーゾ・インギラーミの肖像画（1515 〜 16 年）。

アルブレヒト・デューラー
による『カール大帝像』
(1511 ～ 13 年)。

（上）
メロッツォ・ダ・フォルリ（1438～94年）『プラティナをヴァチカン図書館長に任命するシクストゥス四世』（1477年）。フレスコ画をキャンバスに移したもの。

（右）フアン王子の宮廷で若者たちに講義をするアントニオ・デ・ネブリハ。

セバスティアーノ・デル・ピオンボ
クリストファー・コロンブスとされる男の肖像」

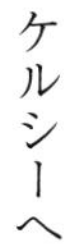

ケルシーへ

目次

第三部　世界地図

第四部　ものに秩序を与える

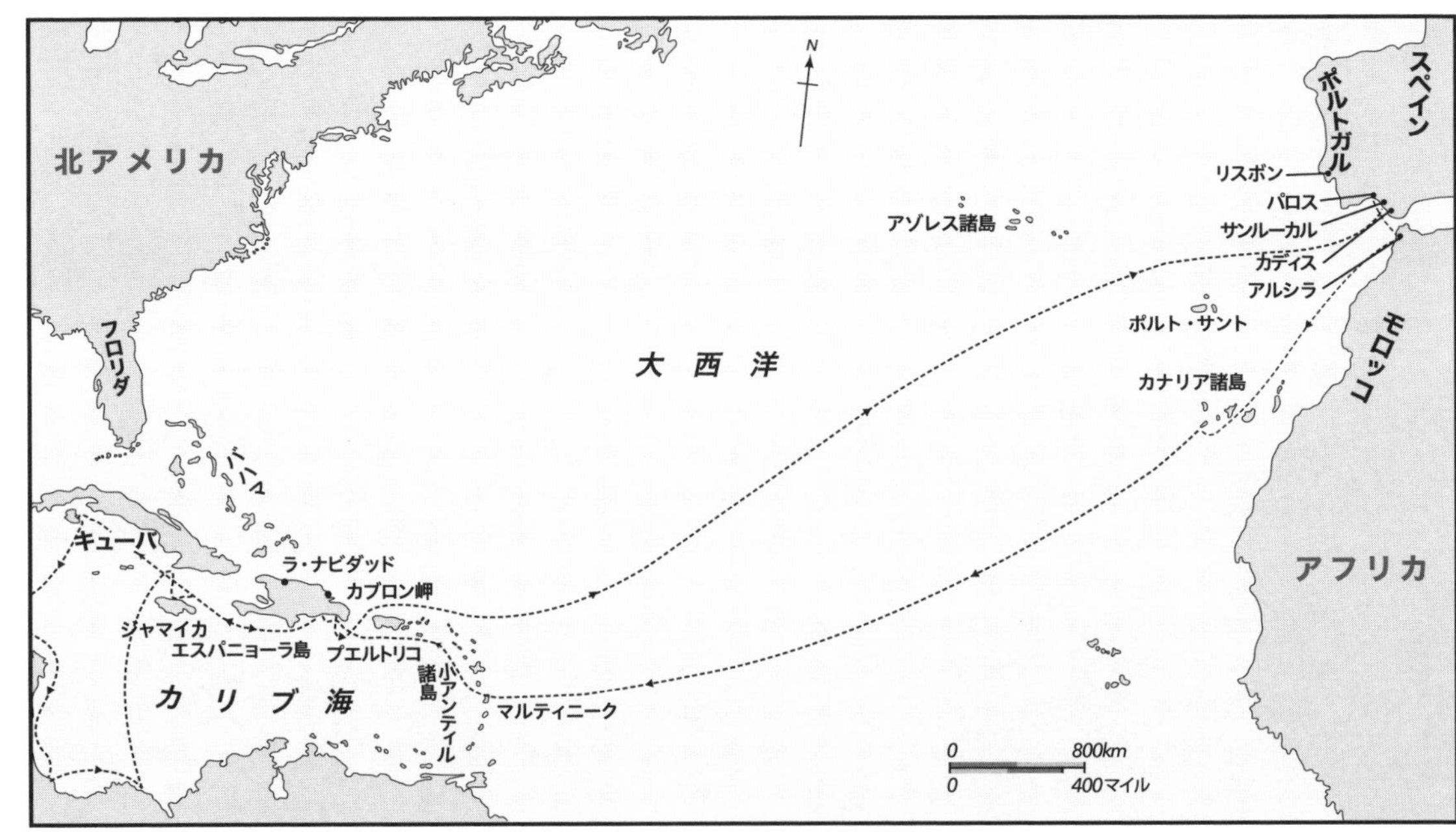

コロンブスの4度目の航海のルート（1502～1504年）。この航海にはエルナンドも同行した。

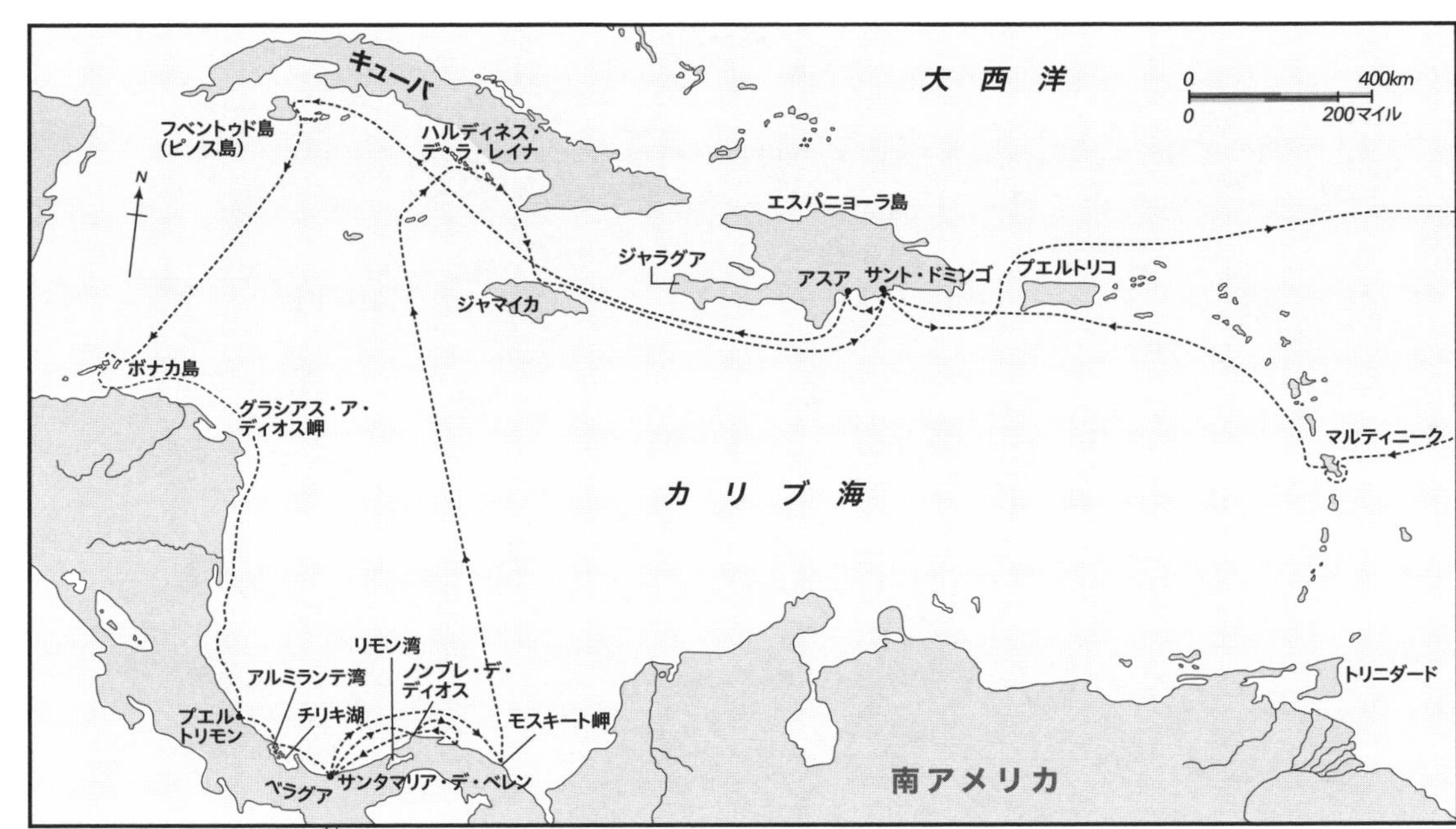

1502～1504年にカリブ海および中央アメリカでエルナンドとコロンブスがたどったルート。

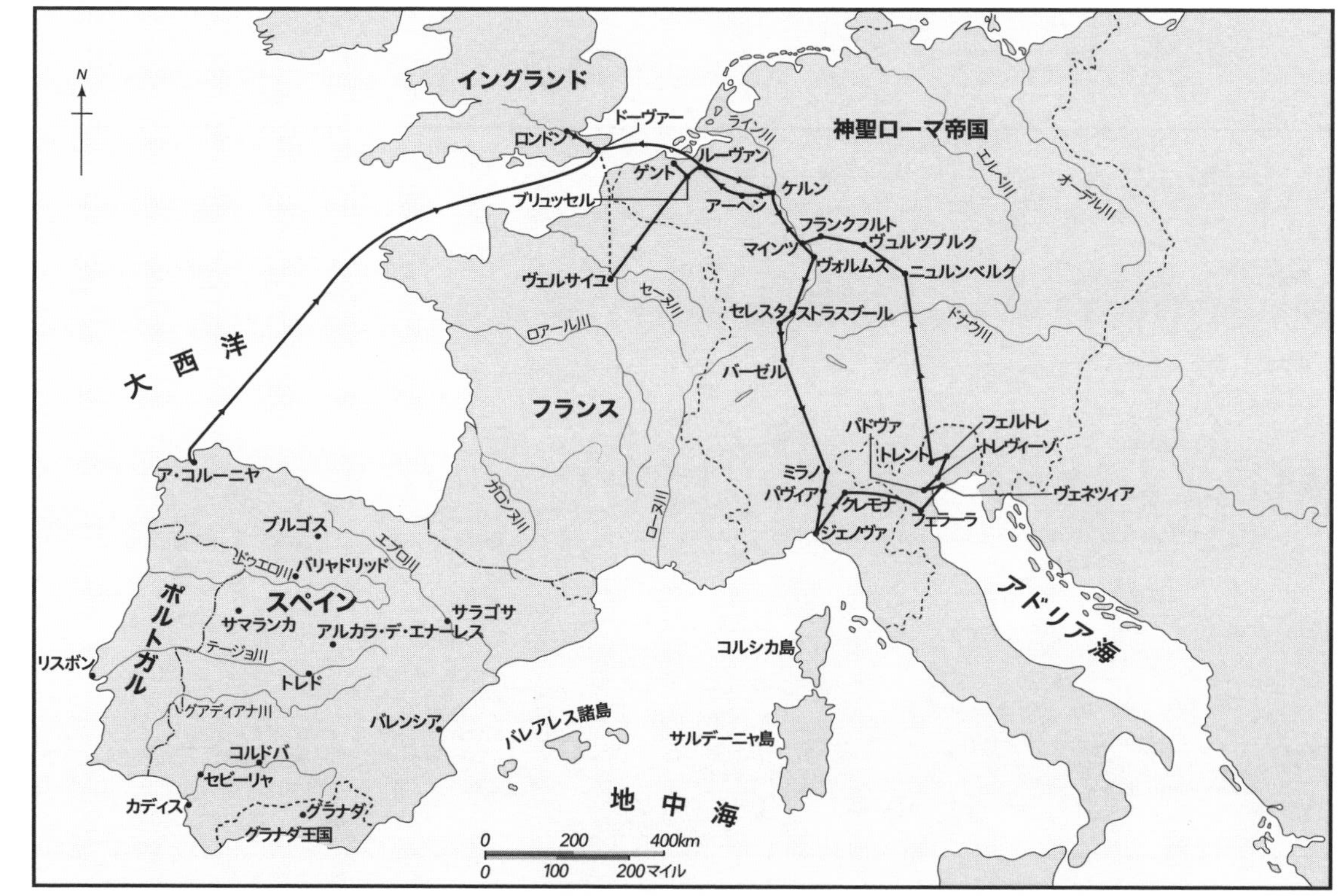

エルナンドが 1520 ～ 1522 年にたどったヨーロッパ周遊ルート。破線部分は推測。

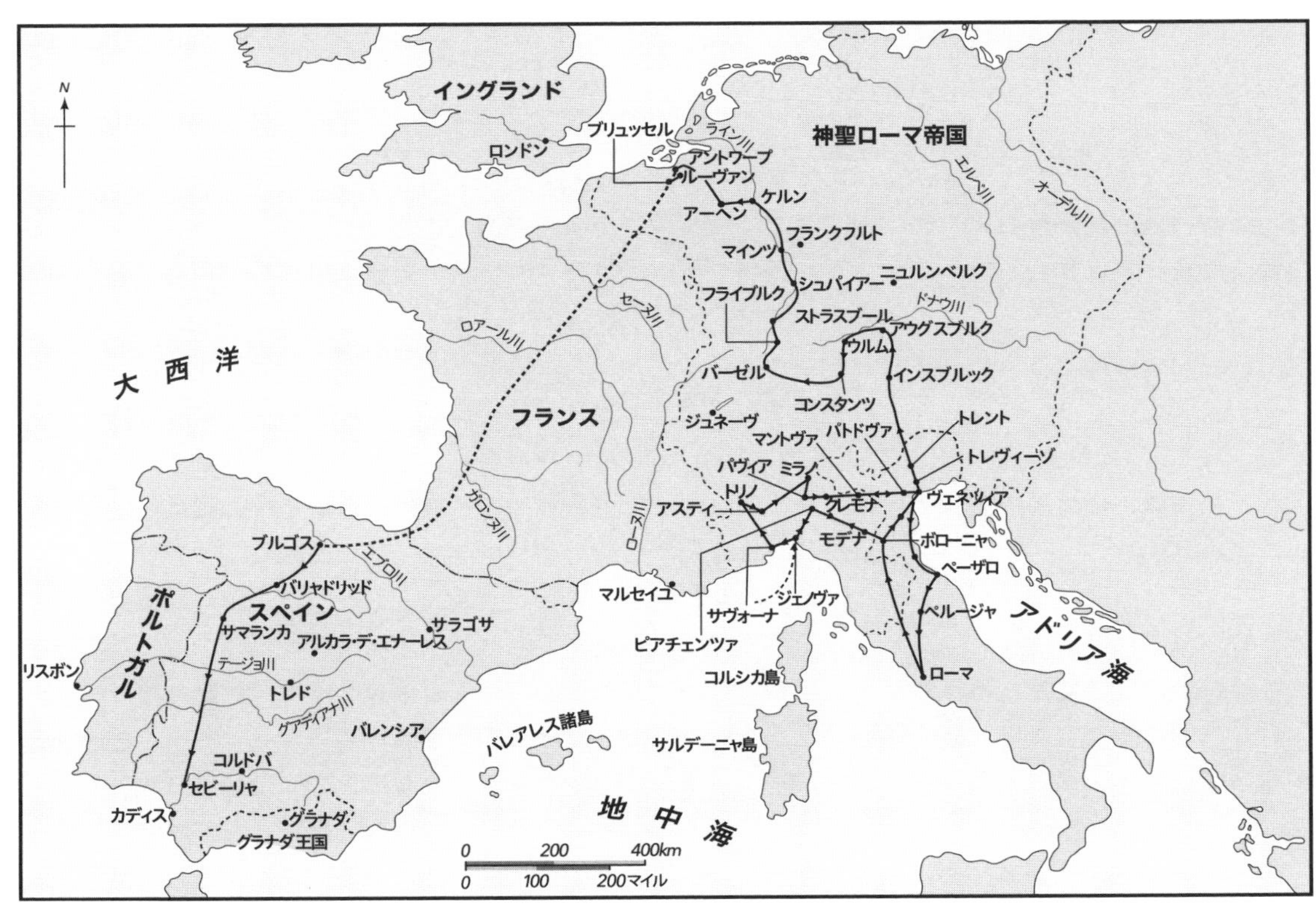

エルナンドが 1529 ～ 1531 年にたどったヨーロッパ周遊ルート。破線部分は推測。

アキレウスの楯は形体（フォルム）の精神的な顕現（エピファニー）である。ひとつの秩序、ひとつのヒエラルキー、表現された事物の間での図像と背景のひとつの関係が定められる、調和のとれた表現の確立を可能とする美術、そのような美術の方法のエピファニーなのである。

……ホメロスが閉じられた形体を構築（あるいは想像）することができたのは……彼は自分の語る世界を知っており、その掟と原因と結果を知っていた。だからこそ、彼は「それに形を与える」ことができたのである。しかしながら、芸術表現にはもうひとつ別の方法がある。われわれが描きたいものの境界を知らないときの方法、語っているものの数量を知らなかったり、その数値が推測によるもので、無限ではないとしても、天文学的大きさである場合の方法である。

……美学における無限とは、賞賛される対象の有限かつ完璧な完全さの結果に生じる感情である。一方、ここで問題となるもうひとつの表現方法が示唆するのは、ほとんど「物質的な」無限である。なぜなら、じつはそれには「終わりがなく」、形にまとめられてもいないからである。

このような表現モードを「リスト」あるいは「目録（カタログ）」と呼ぼう。

ウンベルト・エーコ『芸術の蒐集』（東洋書林）

図書館のすべての人間とおなじように、わたしも若いころよく旅行をした。おそらくカタログ類のカタログにある、一冊の本を求めて遍歴をした。この目が自分の書くものをほとんど判読できなくなったいま、わたしは、自分が生まれた六角形から数リーグ離れたところで、死に支度をととのえつつある。

ホルヘ・ルイス・ボルヘス「バベルの図書館」（『伝奇集』より　岩波文庫）

文字の使用は、ものごとを記憶にとどめるために考案された。文字でつなぎとめておかなければ、ものごとはいつしか忘れ去られてしまう。

セビーリャのイシドールス『語源』第一巻iii

……船の発明がりっぱなものであると考えられたのなら、それにもまして、学問はどれほどほめたたえられねばならぬことだろう。学問は、さながら船のように、時という広大な海を渡って、遠く隔った時代に、つぎつぎと、知恵と知識と発明のわけまえをとらせるのである。

フランシス・ベーコン『学問の進歩』（岩波文庫）

プロローグ

セビーリャ
一五三九年七月一二日

死を迎える日の朝、エルナンド・コロンは枕元にひと椀の土を運ばせると、使用人たちに言った。私にはもう腕を持ち上げる力もない、その土を顔に塗ってくれないか――。

一〇年以上も忠実に仕えてきた使用人たちも、主人はついに正気を失ってしまったのかと、今度ばかりは指示に従おうとしなかった。そこでエルナンドは最後の力をふりしぼって椀に手をのばすと、みずからの顔に土をこすりつけた。グアダルキビル川の土――セビーリャの街をくねりながら進み、彼の屋敷をその腕(かいな)に抱くゆるやかな流れが運んできた土で顔を汚しながら、エルナンドはラテン語でつぶやいた。それを聞いてようやく、集まっていた者たちは彼のこの行為の意味を理解したのである。

「人はみな土より生まれ出(い)で、土に還(かえ)る」

その少し前、グアダルキビル川の対岸で、エルナンドの父である〝大洋の提督〟クリストファー・コロンブスの亡骸(なきがら)が、その同じ土から――三〇年間眠りつづけた墓から――掘り起こされた。史実がエルナンドの言葉どおりならば(じつは我々が知るコロンブスの生涯は、その多くがエルナンドによって伝えられたものだ)、探検家の骨とともにあらわれたひと山の鎖を見て、墓を掘り返した男たちは驚いたことだろう。その鎖は、エルナンドの過去のある一点へとつながっている。当時一二歳だった彼の目の前に久方ぶりにあらわれた父は、その鎖で縛られていた。みずからが発見者であるはずの楽園、スペインへの贈り物であった楽園から、コロンブスは囚われの身として帰還したのである。[1]

偉大なる探検家の副葬品、コロンブスが自身の亡骸とともに埋葬してほしいと望んだその鎖の意味をエルナンドが明かしたのは、晩年になって父の伝記を書きはじめてからだが、死の朝にみずからの顔に土を塗った意味は、その場にいた全員に伝わったことだろう。それは卑屈なまでの謙遜のしるしだ。自分はそうやって堂々とへりくだって見せるに値する偉業を成し遂げた人物だと、彼は自覚していたのだ。わが身がまもなく朽ち果てていくのを喜んで受け入れようとしているこの男は、時の猛攻撃にも永遠に耐えうる、ある仕組みを構築したのだから。

このパフォーマンスのあとまもなく、午前八時ちょうどに、エルナンド・コロンは息をひきとった。

一時間後、エルナンドの次なる出し物、風変わりな死のページェントが始まった。遺言の読み上げのために、近親者たちが彼の屋敷に集まってきた。彼らはプエルタ・デ・ゴーレス(ヘラクレスの門)をくぐり、名も知らぬ植物が植えられた庭園を抜けて、グアダルキビル川のほとりに建つイタリア風のヴィラへやってきた。並外れた記憶力をもつリストマニアで、細やかな道義心の持ち主であったエルナンドの遺言書は、じつに詳細だった。そこには、なにがしかの借りがある相手の名前が、それこそ二〇年近くも前に借りをつくったラバ追いにいたるまで、ずらりと書き連ねてあった。道義心にもとづくこのリストが尽きたあと、遺言はいよいよ本題に入るのだが、その内容は当時の人々にはとうてい理解不能なものだった。

エルナンドが遺した財産の主たる相続人は人間ではなく、彼の驚くべき創造物——図書館だった。

この世で築いた財産を一群の〝本〟に遺すなど、ヨーロッパの歴史が始まって以来のことであり、その行為そのものが当惑を招いたに違いないが、それをさらに理解不能にしていたのが問題の図書館の〝形態〟だった。エルナンドの蔵書の多くは、当時の大型図書館に大切に所蔵されていた手稿本、すなわち神学や哲学、法学などの大冊、その価値に見合う豪華な装丁がほどこされた貴重な書籍ではなく、むしろ地位も名声もない著者による本や小冊子、さらに酒場の壁を飾るような、一枚の紙きれに印刷された物語詩（バラッド）など、当時の人々には紙くずにしか見えない代物だった。偉大なる探検家の息子が遺したものは、はたから見ればなんの役にも立たないごみ同然だったのである。しかしエルナンドにとっては、あらゆるものを蒐集（しゅうしゅう）し、それまで誰も思いつかなかった〝ユニバーサル〟な図書館をつくりあげたいという夢へ近づけてくれるかけがえのないものだった。いつ始まりいつ終わったのかもわからない種々雑多なコレクションには、書物に加え、いくつもの収納箱に入った版画（史上最大のコレクションだった）のほか、一カ所に集められたものとしては最多となる楽譜も含まれていた。また、外の庭園には世界中から集めた植物が植えられていたと伝えられるが、当時はまだ、そうした庭を呼ぶ〝植物園〟という言葉は存在しなかった(2)。

エルナンドの図書館を訪れた人々は、じつに奇異な光景に出迎えられたことだろう。膨大なコレクションはまさに壮観で、当時の個人蔵書としては他の追随を許さず、視界に入りきらないほど先の先まで本がずらりと並び、遠くのほうはかすんで見えたに違いない。そしてどこか方向感覚を失ったような感じがするのは、図書館の壁が消えているせいだと気づいただろうか。壁があるはずの場所には、特別にしつらえた木のケースに本が〝立てて〟並べられ、それが何段にも積み重ねられていた。現代人の目にはなんの変哲もない書架だが、当時この図書館を訪れた人々にとっては初めて目にするものだった。この書架は、エルナンドの途方もない図書館にこらされた驚くべき意匠のひとつにすぎず、ほかにも入り口に掲げられた「この建物は糞の上に築かれた」と誇らしげに宣言する銘文をはじめ、なんとも説明のつかないものがいくつもあったのである。

館内に足を踏み入れると、不可解な驚きはさらに増した。本が置かれていない檻（おり）のようなものがあり、利用者はそのなかで本を読まなければならなかった。また、収納箱にぎっしり詰め込まれた本は、年に二、三度箱を開けてひっくり返さなければならないが、それは読むための本ではなかった。館内には不要な本が売られている書店もあった。さらに、有償で本を読む一団もおり、とてつもなく複雑なセキュリティおよび監視システムもあった。だが何よりも謎めいていたのは、図書館全体を細分化して紙片にまとめたものだろう。一万枚以上もある紙片には、ひとつひとつ異なる象形文字（ヒエログリフ）のような記号が付されていた。それらの紙片には無数の組み合わせかたがあり、どう組み合わせるかで図書館の方向性が変わってくるというものだ(3)。

数々の意匠のなかには、シンプルな論理での謎解きが可能なものもあった。たとえば本棚は、必要に迫られて考案されたものだ。従来のコレクションならばせいぜい数百ないし数千冊の蔵書で、テーブルに積み上げるか収納箱に入れておいても、記憶力のいい司書ならば難なく見つけ出せただろう。だが、エルナンドの図書館ほどの規模になると、いくらすぐれていても人間の記憶力ではとうてい追いつかず、また、部屋という部屋が本であふれかえってしまっただろう。その点、新型の本棚は場所をとらず、本の重みを後ろの壁にゆだねることができた。棚は整然と並び、付されたナンバーを左から右へ一連のテクストのように読み取ることができ、さらには、本を立てて収納するので、水平に積み上げるのとは違って一冊ずつ取り出しやすく、下の本を取るさいに上の本が崩れそうになることもなかっただろう。

だが、ここで図書館探検家の論理は破綻したかもしれない。本のタイトルがずらりと並んでいたとして、そこから何がわかるだろう？　図書館をさすらう旅人は、本の世界をどう進んでいけばいいのか。図書館をぶらついたことがあるならば誰しも気づくはずだ――順番、すなわち秩序がすべてだと。蔵書の数が多くなればなるほど、本を並べる方法も格段に増え、光の当てようで世界の見えかたが少しずつ違ってくる。著者名のアルファベット順に並べれば、同じ頭文字をもつ著者の本は近くにかたまって見つかるだろう。たとえそれ以外の共通点が何ひとつなかったとしても。本のサイズごとに並べれば、同じ高さの本をそれがちょうど入る棚に収められるため無駄な空間を省けるが、ポケットサイズの小説と祈禱書とが同じ棚に並ぶことになる。

さすらいの旅人は、目録や棚への収納システムが生み出す〝秩序〟がなければ道に迷ってしまう。そうした地図のないコレクションを、エルナンドは「死んでいる」と表現した。けれども、たとえ地図があっても、旅人は司書に教えられた道順では立ち往生してしまう。ほかの方法でコレクションを通り抜けることができないからだ。とりわけエルナンドの図書館のように、以前はそうした文化的な空間からは排除されていた安価な印刷物であふれかえる場所ではなおさらである。新世界が発見されたから、あるいは図書館という厳かな空間に新たな情報の世界が誕生したからといって、古いパラダイム（模範）を打ち破るのは、無益であるどころか危険ですらある。そうするには、従来のものに取って代わる新たなパラダイム、すなわち拡大された世界が意味する新たなビジョンが必要だ。そうでなければ、従来の世界になじんでいた者たちは未踏の情報の海で座礁してしまうだろう。

解決策として、エルナンドの図書館はたんに〝ユニバーサル〟な世界図書館を目指すのみならず、そのユニバース（世界）をうまくまとめる手法も提示しようとした。そのいくつかは、図書館の中心部に置かれた本のなかに見いだすことができた。革表紙を黒、赤、白に塗り分けた、または浮き出し模様をつけたそれらの冊子は、エルナンドが作成した目録であり、なかには《海に沈んだ本の目録》という魅惑的で謎めいたタイトルのものも含まれていた。一方で、ヒエログリフに似た記号を付した一万枚もの紙片があり、それらを組み合わせるとコレクションの全体像ができあがるものもあった。
しかし、図書館にあるものがすべて棚に収められ、目録に記載されたわけではなかった。エルナンドの遺言書には、ふたりの遺言執行人が到着したら、私文書が入った箱を両者揃って開けるようにと厳格な指示が記されていた。虫に食われてぼろぼろになっているが、中身の一覧表が現存する。以下は、そこに記載されたものの一部である。

家の設計図
唱歌用の物語詩（バラッド）
薬の調合法
植物および庭園関係の目録
イサベル・デ・ガンボアの裁判資料
航海用海図の作成方法
皇帝の旅の記録簿
ペルシャおよびアラビアの征服計画
貧民のための慈善制度
コロンブスの人生を詠んだ詩
韻文で書かれた物語
スペインに関する地理的な記述

辞書
善意と権力と正義の対話
コロンブスの著作台帳
デ・アラーナ家に関する書類

一〇〇を超える項目の大半は判読不能だが、わかる部分を読み解くと、エルナンドの並外れた知力が果たした無数の冒険が見えてくる。彼の偉業（手塩にかけて編んだ膨大な辞書、みずからスペイン全土をめぐり歩いて手がけた百科事典的な地誌）の一部は残っているが、多くは完全に失われてしまった。おまけにそのリストは不完全で、エルナンドがたずさわったものの多くが漏れていた。たとえば、彼が作成を手伝い、それまで認識されていた世界の形を変えることになった地図もしかり。エルナンドが亡くなった時点ですでに彼の手元になかったため、リストに記載されなかったものもあるようだ(4)。

この一覧表には、彼が書いたもののなかでおそらく最も有名な文書がなぜか含まれていない。それはコロンブスの伝記で、エルナンドの死から三〇年後、彼の著作としてイタリア語版がヴェネツィアで発行された。偉大な探検家に関する我々の知識は、この『コロンブス提督伝』に拠るところが大きい。そこではコロンブスの若年期や数々の航海についても詳しく語られるが、やはりなんといっても、エルナンド自身も加わり実際に目にした第四回航海の記述から、コロンブスの人生に関する最も中身の濃い身近な情報が得られるのである。コロンブスが世を去ったとき、エルナンドはまだ一八歳にも達していなかったが、すでに父親についてはほかの誰もかなわないほど深く知り尽くしていた。それは彼が息子であるからというだけではなく、見知らぬ土地でたえず死に直面しながら、閉ざされた空間で一年以上もともに暮らしたからだ。

エルナンドが残した文書リストになぜ『コロンブス提督伝』が登場しないのか。また、この本が彼の死後かなりの時を経てイタリアで出版されたのはなぜなのか。この奇妙な状況をめぐっては、延々と議論がくり返されてきたが、もともとのスペイン語版が発見されない以上、イタリア語版に頼るしかない。数々の説が浮上したが、その多くは、エルナンドの名を騙（かた）った贋作、つまり歴史に残る偉大な人物の人生を偽造する陰謀だとするものだった。

ところが、パズルの失われたピースは、迷路のように入り組んだエルナンドの図書館の残存部分で、発見されるのを待っていた。現在、四〇〇〇冊余りの蔵書をもつビブリオテカ・コロンビーナ（コロンブス図書館）は、セビーリャ大聖堂の一翼にある。染みひとつない大理石が敷かれた部屋は静寂に包まれ、まるで霊廟のようだ。そこに収蔵されている本は、かつて巨大な図書館を成していたもののほんの一部にすぎない。しかし数こそ少ないが、その蔵書は——目録のなかに残された、本来のコレクションを知る手がかりとともに——ひとりの非凡な男の人生を、その時代の人物としてはありえないほど精緻に復元する役目を十分に果たしている。エルナンドが集めた本には、ルネサンス時代の世界のみならず、彼の人生を知る手がかりも含まれているからだ。エルナンドは、買い集めたすべての本に購入した日付と場所、値段を記入していた。読んだ場所や時、著者との面識の有無、その本が誰かからの贈り物であれば贈り主の名が記された。また多くの場合、本の内容も記録しているが、のちに見ていくように、そのさい独自の変わった手法が用いられた。こうした多くの断片から紡ぎ出されるのは、魅惑的な人々で満ちあふれる時代にあって、ひときわ異彩を放つひとりの人物——世界を、そしてその世界が与えてくれるものを、同時代の人々の誰よりも多く見てきた男、変わりゆく世界を驚くべき洞察力で見つめてきた男の人生の物語である。[5]

エルナンドの蔵書から彼の人生を再構築してみると、ルネサンス、宗教改革、大航海の時代における重要な出来事の数々に彼自身が立ち会ってきたことがわかる。しかし、彼の目で見たそれらの出来事は、当時人気を博した騙し絵、すなわち別の角度から見るとまったく違うものが浮かび上がる〝アナモルフィック〟な絵に似ている。それはひとつには、彼の思考がたえず「事象」から「システム」へ、ひとつの物からそれが含まれる全体の枠組みへと動いていたからだ。彼の人生を知れば、それがはっきりとわかる。誰かの伝記を書く場合、多くはその人物に関する文献をリストアップするところから始まるものだが、エルナンドについて知るための文書の多くは、それ自体が〝リスト〟――すなわち、目録、百科事典、一覧表、航海日誌といった、彼が何かに衝き動かされるようにまとめあげたものなのだ。リストや文書は、ただ事実を並べただけで解釈をともなわないように見えるものだが、生真面目で人間味のなさそうな外見に騙されてはならない。見る人が見れば、どんなリストにも物語がある。そのリストをつくった人は、どのような状況を想定して項目を埋めていったのか。その順番付けの裏にある世界観とは、そして除外された項目にはどのような秘密が隠されているのか。

もしもエルナンドが、急速に拡大する世界に秩序をもたらすために目録にまとめ、それをロジカルに整理する方法を模索していたのだとしたら、彼はものごとを歪んで見せるもの、元をたどれば彼の存在の根源にまで行きつく歪みに無頓着な人間ではけっしてなかったはずだ。彼は人生の大半を、崇拝する父にふさわしい（さらに言えば、同等な）人間になるために生きてきた。もっとも、その父親像はある意味、エルナンド自身がつくりあげたものではあるが。彼はコロンブスにまつわる人々の記憶にゆっくりと丹念にやすりをかけ、こんにち我々が知る人物像をかたちづくっていった。そして何をするにも、たえず父と対話をしつづけた。父子が最後に顔を合わせたのはエルナンドがまだ若いころだが、その後も父の声を聞きつづけ、のちにそれを書き記した。コロンブスが生きているあいだも死後も、ふたりの関係には、エルナンドが正規の結婚で生まれた子ではないという事実が影を落とした。スペイン式の微妙な表現を使うなら、彼は〝自然にできた息子〟だった。婚外子であることを、父コロンブスはまったく気にしていなかったが、誕生のいきさつを考えれば、父の精神を受け継いでいることをみずから示すことで初めて、エルナンドは血のつながりを証明できたのではないだろうか。エルナンドは知の世界を旅し、新たな道を切り拓(ひら)いた。それはまさしく、父が成し遂げた偉業と同じだった。

五世紀近くも前に世を去った人物だというのに、エルナンドが発見したものは、いまの時代に我々が日々発見しているものと驚くほど(ときに不気味なほど)似ている。二一世紀初頭を生きた我々は、情報に対して人類史上最も無力なのではないだろうか。デジタル革命は利用可能な情報量を幾何級数的に増加させた。その結果、我々はそれをナビゲートするために開発された検索アルゴリズムにすっかり依存し、ものごとに順序を与え、ランク付けし、分類するツールが、我々の生活を急速に改造しつつある。印刷術の発明もまた同様の変革であり、それに応じて開発されたツールが世界全体を根底からかたちづくり、ついこのあいだまで印刷の時代が続いていた。印刷された知識の宝庫が生み出したものの見かたは、あまりにも当たり前になりすぎて、かえって気づきにくくなっている。我々は忘れがちだが、書物という形はけっして必然ではない。数知れぬ偶然の流れの結果として決定づけられたものなのだ。そしていま、検索アルゴリズムで知識を整理するという新たな方法へと無意識のうちに移行しつつある我々は、以前よりもさらに大きく、より広範な流れに直面することになりそうだ。

エルナンドはある意味、印刷の時代をいち早く予見した偉大な人物のひとりだ。我々よりも前の時代に生きた人々が彼の人生を見過ごしたとすれば、それはおそらく、情報の〝ため池〟を整理するツールの威力がまだ不十分だったせいだろう。彼の人生を再構築することは、ルネサンス時代の光景を前例のない奥行きでよみがえらせることだ。そしてまた、世界に秩序をもたらそうとする我々自身の試みと、それを支える情熱や好奇心に思いを馳せることでもある。

第一部　魔法使いの弟子

第一章　大洋からの帰還

記録に残るエルナンド・コロンの最初の記憶は、じつに正確だ。

一四九三年九月二五日水曜日、夜明けの一時間前。エルナンドは異母兄ディエゴの横でカディスの港を眺めていた。水面に星座のごとく浮かび上がるランプの灯りが、きらきらと踊っている。海上では一七隻の船が錨を上げ、出港の時を待っていた。彼らの父親が初上陸を果たしてからまだ一年もたたない西の島々へ向けての、二度目の航海である。

クリストファー・コロンブスはいまや〝大洋の提督〟の称号と名声を手に入れ、五歳のエルナンドの目の前で繰り広げられるこの光景を、年代記編者たちが克明に記録していた。船隊はスペイン北部カンタブリアで調達された多くの軽量船（鉄釘の重みで沈み込まないように、木の接合材が使われていた）と、速度では劣るが耐久性にすぐれたカラベル船で編成され、総勢一三〇〇人の乗組員のなかには、コロンブスが語った驚くべき無限の富が目当ての職人や人夫に加え、仕事よりも冒険を求めて志願した上流階級の紳士たちもいた。(1)

ほどよい追い風が吹き、町の空が白みはじめると、点々ととも る灯りの間隙を埋めるように、ランプが取り付けられた船室やマスト、索具などの形が徐々に浮かび上がる。その光景といい、雰囲気といい、すべてが輝かしい勝利に満ちあふれていた。舷側にはタペストリーが掛けられ、太綱に三角旗がはためき、船尾にはカトリック両王の王室旗が掲げられている。アラゴン王フェルナンドとカスティーリャ女王イサベル――この偉大な統治者どうしの結婚により、分裂していたスペインは統合された。

　船出を祝い、オーボエやバグパイプ、トランペット、クラリオンが奏でるけたたましいファンファーレ。その音はセイレーンや海の精霊たちを驚かせ、響き渡る大砲の音は海底にまで届いたと伝えられる。港の入り口では、交易の任務を終えてブリテン諸島から帰ってきたヴェネツィアの船団が、こちらも祝砲をとどろかせながら、コロンブスがどのような航路をたどるのか途中までついていってみようと待ちかまえていた。


　エルナンドがのちに、この記憶よりもさかのぼり、その年の三月に父親が最初の大西洋横断の旅から帰還したときのことを思い出したかどうかは定かでないが、それはこの華々しい船出とはだいぶ様相が異なっていた。

　一四九二年八月三日、コロンブスは三隻の船で最初の航海に出発したが、帰還したのはそのうちの一隻だけだった。旗艦サンタ・マリア号はクリスマスイブにエスパニョーラ島沖で座礁し、ピンタ号は帰航の途中、嵐のさなかにアゾレス諸島の近くで姿を消した。また、もともと九〇人余りいた乗組員のうち三九人は、大西洋のかなたエスパニョーラ島に残された。島の首長（カシーケ）グァカナグァリの助けを借り、サンタ・マリア号の廃材を使って築かれた砦は、建設に着手した日がクリスマスイブだったことから、スペイン語でクリスマスを意味するラ・ナビダッドと名づけられた。

　ただでさえ少ない人数での出発となった帰りの航海では、ポルトガル領アゾレス諸島の敵対的な島民によって乗組員の大半が捕虜にされ、最終的には解放されたものの、一時はたった三人になるという危機にも見舞われた。こうして、偉大なる探検家が唯一残されたニーニャ号でようやくヨーロッパに到着したときには、またもや激しい嵐に遭遇し帆を引き裂かれてしまったために、ろくに帆も張ら

カディスの町の絵（1599年）。

ずに航行していた。さらに悪いことに、帰り着いた場所はスペインではなくポルトガルであり、シントラの岩の前をのろのろと通過し、アルマダの城を見上げるリスボンの河口付近に避難していたコロンブスは、疑いの目を向けられたあげく、ポルトガル王ジョアン二世のもとへ呼び出された。

のちの報告書では、コロンブスが略奪品の一部として連れ帰ったインディオをひと目見ようと小舟に乗って集まってきた人々で港が埋めつくされたというエピソードにばかり重点が置かれているが、じつは王室からの召喚はコロンブスを投獄するためであり、早々に解放されたのは、数々の発見をしたという彼の主張をジョアン二世が真に受けなかったためだ。こうした初期の出来事に関するエルナンドの記録では、コロンブスが見舞われた苦難については記されているが、最初の帰還にともなう混乱や、途方もない主張をして見放された話はほぼ割愛されている(2)。

エルナンドの幼少期が普通の子どもとは異なる、おそらく前例のないものであったのは、ごく幼いころから、父親に関する自身の思い出と、そのころ広く出回っていたコロンブスの偉業を伝える文書とが競合していたせいかもしれない。三月にコルドバの大聖堂で父親の書簡が読み上げられたとき、エルナンドもその場にいたのだろうか。コロンブスの新発見を世に知らしめたその書簡は、最初にバルセロナで印刷され、その後もいくつか異なる版が刷られ、のちにエルナンドはそれらを大切な記念品として自身の図書館に保管している。彼の世界図書館では、まさにこの種の安価な印刷物が重要な蒐集物となるが、そのきっかけとなったのはコロンブスの旅の報告書だったのかもしれない。

ヨーロッパで広く読まれるようになるその書簡は、コロンブスがポルトガルに上陸したさいに書いたものだ。リスボン港から北アフリカのフェズへ向かう船に乗り込む無数のユダヤ人の姿を見たコロンブスは、自身の大航海に世間の関心を向けるには、これと張り合わなければならないと認識したことだろう。一四九二年の最初の数カ月で、騒乱はピークに達していた。この年のはじめ、グラナダを制圧したフェルナンドとイサベルは、ようやくレコンキスタ（国土回復運動）を完成させ、七〇〇年にわたりイベリア半島のほぼ全土もしくはその一部を支配してきたイスラム勢力から国土を奪還し、キリスト教による統治の回復を成し遂げた。グラナダでの小さな象徴的勝利をアブラハム信仰との積年の対立における転機にしようと考えたカトリック両王は、その軍事的勝利を祝って、領土内のユダヤ人に対し「改宗か、さもなければ国外退去」という最後通告を突きつけた。長年にわたりユダヤ教徒を迫害してきたスペインにしてみれば、迫害の度合いを一段階強めたにすぎないが、これが決定的なものとなった。ユダヤ人社会はイスラム教徒よりも早くからイベリア半島に定着し、イスラム勢力下にあったスペインの文化と社会の繁栄に中心的な役割を果たしてきた。にもかかわらず、この地に住みつづけるために大きな代償を払わなければならないことに、多くのユダヤ人は我慢がならなかったのだ。その代償のひとつが、彼らの聖典であるタルムードが、キリスト教徒の拡大を食い止めるために捏造されたものだと認めることだった。このときスペインにとどまる道を選んだ者たちも、一四七八年に設けられた異端審問所の長官トマス・デ・トルケマダとその一派に財産を没収される羽目になり、その富はスペインの芸術と探検の黄金時代を支える資金源として使われるのである。

大勢のユダヤ人がスペインを去る覚悟を決めたが、そのなかには、一五世紀のスペインで最も偉大な知識人も数多く含まれていた。ある年代記編者が記録しているように、家を売って一頭のロバを手に入れたり、ブドウ園をわずかなパンと交換したりすることを余儀なくされた彼らは、せめてものなぐさめに、この最悪の事態を新たな〝出エジプト〟になぞらえ、ヤハウェが意気揚々と約束の地へ導いてくれるだろうと希望を託すしかなかった。年代記編者はこのような悲惨な状況を目にしながらも、彼らがスペインにある黄金の多くを密かに持ち出したと非難するのをやめなかった。ユダヤ教のラビたちは、絶望感を少しでも和らげようと、家を立ち去る女性や子どもたちに、タンバリンの音に合わせて歌うよう促した。ユダヤ人たちはポルトガルで一時的な避難所を与えられたが、そこでの安全な生活は、せいぜいコロンブスの最初の航海のあいだしか続かず、両者の進路がリスボンで交差したとき、ユダヤ人は北アフリカに向かう船に乗り込んで、ふたたび移動を始めていた(3)。

長旅で疲れきってはいたが、コロンブスはすぐさま、自身の探検が歴史に残るこの壮大な物語にひと役買うにはどうすればいいかを見てとった。かつて西へ向かう彼の航海に両王が最終的に許可を与えたのは、グラナダの城壁の外にあるサンタ・フェの宿営地においてであった。イスラム国家最後の王となったボアブディルをついに降伏させたフェルナンドとイサベルは、その地で戦勝を祝っており、その後のユダヤ人追放の布告もまた同じ場所から出されたのである。

最初の航海を終えたコロンブスが前もってポルトガルからバルセロナに送っておいた報告書簡には、彼が発見した島々はすばらしく肥沃で、つねに花が咲きほこり、裸で暮らす無垢な先住民は彼ら一行を天から降りてきたと信じ込み、つまらない品々と交換するために、その地の豊富な黄金を進んで差し出すと書かれていた。ユダヤ人が新たな出エジプトを果たしたとするなら、コロンブスはキリスト教徒に新たなエデンの園をもたらしたのだ。たとえ先住民はカスティーリャ王国やキリストのことを何も知らなくとも、彼らには不思議と、その両方に喜んで仕える気持ちがあると書簡は伝えている。その地がスペイン帝国の一部となる証（あかし）として、コロンブスは島を占領するたびに新しい名前を与えていき、島々にはいまや、救世主キリストから君主、さらにその子孫へ至る、スペインの権力構造が反映されていた。

サン・サルバドール
サンタ・マリア・デ・ラ・コンセプシオン
フェルナンディーナ
イサベラ
フアナ
エスパニョーラ

書簡の最後の段落には、それまでのページで暗に示された内容、つまりコロンブスが遭遇した島々はカトリック両王が成し遂げた名高い勝利の一覧に加えられるべきであり、イスラム国家の征服やユダヤ人の追放と同様、それにより教会の支配が拡大しスペインの金庫も満たされるであろうと記されている。ローマやスイスのバーゼルでも速やかにラテン語版が印刷されたこの書簡には、ひとりの男が限りなく肥沃な列島へ向けて船を先導している挿絵が添えられ、エルナンドの子ども時代の大切な記念品となった。エルナンドにとってその書簡は、安価でありながら金には代えられない価値があり、薄っぺらくとも永遠の宝であり、製造品でありながら愛着を感じさせ、広く出回っていながらきわめて個人的なものだった(4)。

現地の地名をスペイン語の名前に書き換えることは、新世界を一変させた言葉のトリックのほんの一例であり、そのほかにも、先住民には何ひとつ理解できない文言を読み上げて島々を合法的に手に入れるトリックも行なわれていた。すると従来の地名の威力が薄れ、あっという間に消え去ってしまうことも多く、そうしてスペイン語の名前だらけになった土地では、スペインによる支配が自然なものに思えてくるのだった。このように重大な結果を招いたにもかかわらず、コロンブスや乗組員たちは、名前をつけるという行為がどれほどの力をもつかをほとんど意識していなかったように思える。エルナンドがのちに記述しているように、最後に名づけられたエスパニョーラ島がそう呼ばれるようになったのは、スペイン（スペイン語でエスパーニャ）で獲（と）れるものと同じ魚（灰色ボラ、バス、サケ、シャッド、マトウダイ、ガンギエイ、コルビナ、イワシ、ザリガニなど）が獲れたからだ。コロンブスがつけた名前は世界を変えるほどの威力をもちながら、何気ない方法で選ばれることが多かった。ある出来事を記念して、景観の印象をとどめるため、あるいはエスパニョーラ島のように、見知った土地の記憶を呼び起こすから、といった理由で決められていたのだ。探検家コロンブスと、その偉業を信奉するヨーロッパの人々にとって最も強烈な体験のひとつは、予期せぬ場所になじみのあるものを見いだすことであり、そこから想像をふくらませ、新たな世界像が形成されていったのである。

ところで、印刷されてのちに息子の図書館の書棚に収まることになる報告書簡は、じつはコロンブ

『De Insulis nuper in mari Indico repertis（新たに発見されたインド洋の島々）』の挿絵。

スによる最初の書簡ではなかった。ヨーロッパに帰還する数週間前、アゾレス諸島沖で遭遇した嵐のさなかに書かれ、その後失われてしまった最初の書簡について、エルナンドがのちに記述している。スペインに帰り着いてみずから報告することはもはや絶望的だと考えたコロンブスは、祖国（スペイン人はすぐに忘れがちだが、彼はジェノヴァ人である）から遠く離れた異郷の地に、身寄りのないふたりの息子を残して死ぬ無念さを綴っていた。彼はその手紙を蠟に浸し、樽に入れて密封すると、これを発見した者はスペイン王宮で中身とひきかえに一〇〇〇ダカットを褒美として受け取れる旨の但し書きをつけて海へ投げ入れた。エルナンドの人生にとって重要なその最初の文書は、いまも海の底に眠っていることだろう。

リスボンから送った報告書簡は、コロンブスの名声を生むとともに、二番手となる運命から彼を救った。三月一五日にスペインの港町パロスに帰着したコロンブスは、ピンタ号がじつはアゾレス諸島沖で遭遇した嵐で沈没していなかったこと、さらに船長のマルティン・アロンソ・ピンソンが抜け駆けをして、新発見と征服した土地についてフェルナンドとイサベルに報告するためにバルセロナへ向かったことを知る。だが、コロンブスの幸運のほうが数日長く持ちこたえ、ふたりの命運を分けた。ピンソンは両王に謁見を許される前に死んでしまったのだ。

四月のなかば、コロンブスはその目で見てきたものの情報と、（当時の報告書によれば）「太陽が三月に沈む」地から持ち帰った贈り物を携えてバルセロナに到着した。パイナップル、綿、オウム、シナモン、カヌー、スペインのものより四倍辛いトウガラシ、一団の先住民、そして（最も重要な）少量の黄金。こうした品揃えのねらいは単純だ。これほど驚きに満ちた多彩なものがある土地なら何があってもおかしくない、誰もがそう思うだろう。コロンブスはさりげなく、その証拠を見せたのだ。

数々の献上品は、一角獣の角、ナザレのヨセフの婚約指輪、防腐処理をほどこした象、卵のなかから見つかったもうひとつの卵など約三〇〇〇点の驚異的な品々からなる、ベリー公ジャン一世の壮大な中世コレクションに匹敵するものだった。

証拠品の力、すなわち理解しがたい数々の珍品のもたらす効果によって、たとえいまはわずかな見本しか手元になくても、かの地が驚くばかりの黄金にあふれているというコロンブスの主張は広く受け入れられたようだ。フェルナンドとイサベルは、眼前にひざまずくコロンブスをすぐに立ち上がらせると、彼を正式に大洋の提督として認め、一四九二年一月にサンタ・フェで交わした約束を追認した。それは、航海が成功したあかつきには、両王のものとなる土地に対する特別な権利をコロンブスに与えるという約束である(5)。

新たに手にした身分を誇示するように、コロンブスはフェルナンドとその跡継ぎである幼いフアン王子と馬を並べてバルセロナの町を練り歩いた。このときコロンブスがフェルナンドの左側にいたとしたら、王の耳から肩にかけて走る、まだ新しい傷を目にしていただろう。数カ月前に起きた暗殺未遂のなごりである。フランス人、カタルーニャ人、ナバーラ人、カスティーリャ人など、さまざまな一派が背後にいるのではないかと疑われたこの事件は、フェルナンドとイサベルのスペイン連合が、イベリア半島内外の敵と対峙する不安定な状態にあることを思い出させた。イサベルがカスティーリャ王国を奪還したのは、ムーア人からだけではない。その前には、異母兄エンリケ四世とその一族に忠実な者たちから奪い取っている。その後、分裂状態にある不安定な王国をひとつにまとめるために、フェルナンドとの思いもよらない協力関係を築き、それが功を奏したのだった。しかし、内乱状態にそそ逆戻りしてしまう恐れはつねにあった。フェルナンド暗殺未遂の責任は結局、王を殺せと悪魔にそそのかされたと主張するひとりの狂人、ファン・デ・カニャマレスが負うこととなり、コロンブスの勝利の帰還と同様、大衆の関心を国内の困窮状態から逸らし、イベリア半島の問題を神の聖なる力と悪魔との闘いに都合よくすりかえる役目を果たしたのである。

まだ幼かったエルナンドは知らなかっただろうが、コロンブスの輝かしい帰還に誰もが強い関心を抱いていたわけではなかった。当時、ポルトガルに立ち寄ったのはコロンブスの計画の一部で、発見した島々に対するさらなる特権を手に入れるため、偉大な探検国家と取引するつもりだったのだという噂がささやかれていた。イタリア人の学者で、ムーア人と戦うためにスペインにやってきてそのままとどまり、フェルナンドとイサベルの華やかな宮廷の一員となったピエトロ・マルティーレ・ダンギエーラは、そのころ宮廷が置かれていたバルセロナから五月に書き送った手紙のなかで、はるか西方の地ですばらしい発見をして最近帰還した「リグーリア出身のクリストファー・コロンブスなる者」について軽く触れているが、話題はすぐに、より差し迫った欧州の政治問題へと移っている。

ピエトロ・マルティーレは当然ながら、同じイタリア人ということでコロンブスの話を思い出したのだろうが、コロンブスと彼の子どもたちの出自の問題が、スペインのめざましい偉業をやや曖昧なものにしてしまったのは否めない。のちにコロンブスと親交を深めることになる年代記編者ベルナルデスもまた、最初は彼をミラノ出身で〝印刷本の販売人〟としてアンダルシア地方、とりわけセビーリャの町で商売をしている男で、十分な教育は受けていないが偉大な発明の才に恵まれ、天地学や地図作成に関する知識が豊富だと述べており、エルナンドはのちに、本の販売などという独創性の乏しいつまらない仕事に従事していたという疑いをかけられた父を強硬に弁護している。新世界を発見した英雄の物語は、それを蝕むような、発見者が英雄にふさわしからぬ出自の人間だという噂としょっ

ぱなから立ち向かわなくてはならなかったのである。(6)

エルナンドの図書館では、父コロンブスの著作は、他のヨーロッパ諸国で使われていたラテン語のColumbus（コルンブス）でも、本来の名前であるイタリア語のColombo（コロンボ）でもなく、あくまでもスペイン語のCristóbal Colón（クリストバル・コロン）の項目に分類されていた。コロンブスは名前を変え、若年期についてもベールに包んでいたようだが、彼が毛織物職人というつつましい家系の出身であることを現代の伝記作家が明らかにしている。コロンブスが伝統的な工芸の世界と生まれ故郷ジェノヴァを一〇代後半のある時点で離れ、貿易事業を始めたという明らかな証拠がいまでは発見され、とくに地元ジェノヴァのチェントゥリオーネ家のために、新興の砂糖貿易に携わっていたことがわかっている。書籍もまた彼が扱う商品のひとつであったことは十分に考えられ、息子エルナンドが自然と本に親しむようになったのは、父親の影響なのかもしれない。一方、何世紀にもわたる調査によっても、一四七〇年代後半に三〇歳前後でリスボンにやってくる前のコロンブスの活動については断片的な証拠しか見つかっていない。彼の若年期は、のちに本人が必要に応じてところどころ明かした部分を除き、すべて空白なのだ。(7)

リスボンへ移り住んで、ようやく彼の人生がある程度わかるようになり、エルナンドの図書館にもこの時期の文書が集まりはじめる。そうした文書のなかには、ポルトガル人だった妻の父親からコロンブスが受け継いだ書類や地図もあったようだ。コロンブスはこの結婚によって、エルナンドの兄ディエゴを授かっただけでなく、ポルトガルの海運業を支配していた一族とのつながりも得た。妻フィリーパ・モニス・ペレストレーロの父親は、一五世紀のなかばにマデイラ諸島の所有権を主張し、そこに定住した者のひとりだった。

エルナンドの図書館には、コロンブスが息子に残した本も所蔵されており、そのなかの一冊に、イタリアの地理学者パオロ・ダル・ポッツォ・トスカネッリの手紙が転記されている。当時のコロンブスの思想を形成したとされるその手紙は、トスカネッリがポルトガルの司祭へ書き送ったもので、そこには彼の〝狭い大西洋〟説の概要が書かれていた。それによると、リスボンからカタイ（中国）までの距離は地球のほぼ三分の一にあたる一三〇度、距離にして二六エスパシオ、すなわち六五〇〇マイルとされていた。まだ無名だったコロンブスが直接トスカネッリとやりとりしていたとするのちの主張は真実味に欠けるが、コロンブスがトスカネッリの理論とザイトン（現在の泉州）に関するじつに魅力的な記述に影響を受けたのはまちがいない。ザイトンは毎年船一〇〇隻分の胡椒を出荷する世界有数の貿易港だが、大ハーン（皇帝）がカタイから統治する無数の都市のひとつにすぎないと説明されていた。カタイや、そこへ行く途中の恰好の寄港地になるはずのアンティリアやシパンゴ（日本）を描写するさい、トスカネッリは一三世紀の旅行家マルコ・ポーロやウィリアム・ルブルック、ジョヴァンニ・ダ・ピアン・デル・カルピネの記述に頼り、中国を指すのにモンゴル語のカタイ（キタイ）をそのまま使ったが、その名前は中国ではすでに数百年も前から使われていなかった[8]。

コロンブス親子の偉大な業績のひとつ――クリストファーによって着手され、エルナンドによって完成された――は、その後の一連の出来事を、ひとりの人間に課された宿命の物語に変えたことだ。現代の歴史学者ならば、ヨーロッパを大西洋への拡大へ駆り立てた大きな歴史的潮流や、一四九二年の航海を特別なものにした数々の偶然に着目するところだろうが、コロンブス伝説のほうはそれを、歴史がこの探検家に目をつけ、ことあるごとにその手を引いて導いた結果ととらえた。コロンブスが成功をおさめる以前、支援の獲得に何度も失敗するくだりは、とくにそうだ。費用がかさむ割には利益が出なかった大西洋探検（ギニア、アゾレス諸島、マデイラ、ベルデ岬）へのさらなる投資にポルトガル人が慎重になっていたのをエルナンドも知っていたはずだが、彼の物語では、コロンブスが最初に資金援助を求めたさいポルトガルが支援を拒んだのは、ポルトガルに勝利を与えるつもりのない神が、あえて冷ややかな態度をとらせたことになっている。同様に、コロンブスが航海への支援をとりつけようと弟のバルトロメをイングランドに派遣したことをエルナンドは公然と認め、自身の図書館には、ヘンリー七世に提示した地図が、そこに書き込まれた詩とともに保管されていたが、それでもなお、バルトロメがヘンリー七世からの支援の申し出をもって帰ってくるのが遅すぎたためにスペインが利を得る結果となったのを、神の導きがあった証拠と考えたのである。また、コロンブスが成功をおさめるずっと前から、じつは多くの著名なスペイン人が彼の計画を支援していたことがのちに判明している。だがエルナンドは、学識者や権力者の頑迷さのせいで、父はスペインにおいてたったひとりで正当性を主張しなくてはならなかったと書いている。ばかにされ、あざ笑われながらも最後には勝利を手にした夢想家というコロンブスのイメージは、大部分が息子エルナンドによってつくりあげられたものなのだ(9)。

ヘンリー七世に提示した地図に書かれた詩を、エルナンドは図書館から探し出し、父の伝記に書き写した。その詩は、カタイやインドへ向かう西への航海に懐疑的な人たちにコロンブスと弟バルトロメが示した三つの論拠を簡潔にまとめた内容だった。

地の果てを知りたくば　この絵地図を見るがよし
ストラボン、プトレマイオス、プリニウス、イシドールス
先人たちの知る果ては　みなそれぞれに異なれり

この図に描かれし　新たな陸地を
いにしえの人々は　知らざりき
されどスペイン船に見いだされ
いまやあまねく知れわたる
（バルトロメ・コロン、一四八八年二月一三日、ロンドンにて）

エルナンドはのちに、この論拠を「ことの本質」、「新旧著述家の言葉」、「船乗りからの報告」にまとめあげる。この三つは、古代および中世の著述家による地球の外周に関する思想にもとづき、世界一周は可能だとする常識的根拠と、大西洋の東側を航海中に得られた有望な目撃情報をまとめたものだ。コロンブスは古代の地理学者たちについて詳細に調べていたが、それがピエール・ダイイの『イマゴ・ムンディ（世界の姿）』やエネア・シルヴィオ・ピッコローミニの『Historia Rerum Ubique Gestarum（歴史に何が起こったか）』といった中世の概論書を通してなされたことが、余白にぎっしりと書き込んだメモからわかる。それらの本はエルナンドに受け継がれ、彼の図書館は、コロンブスを知ろうとする者にとっての聖地となったのである。

エルナンドは父を、地球の外周のことならなんでも知っている権威として描こうとしているが、そのコロンブスがなぜ、地球一周の距離を最も短く見積もったアラビアの天文学者アルフラガヌス（ファルガーニー）の説を支持したかについてはまったく触れていない。距離が短いほど航海が実現する可能性が高い、コロンブスはそう踏んだのだろう。いまにして思えば、エルナンドはコロンブスの意に沿わない説に関しては、かなりばかげて見えるようなものばかりを取り上げている。たとえば、大洋は果てしなく広いとか、航行不可能であるとか、西方からの帰りの航路は〝登り坂〟になるといった主張である。また、偉大な教父である聖アウグスティヌスは地球の裏側に未知の陸地が存在することを疑問視していたと記録されており、人々はその見解に満足しており、もし疑問を呈すれば異端者とみなされただろうとも述べている[10]。

エルナンドによって伝えられたコロンブスに関する逸話では、スペイン宮廷において支援者が増えつつあったことにはあまり触れず、探検に難色を示す者たちを彼がねじ伏せた劇的な見せ場にのみ焦点が当てられている。一四八七年と一四九一年の二度にわたり、コロンブスは学識者による諮問委員会で自説を発表したが、いずれも彼の計画に好意的な結論が下ることはなかった。フェルナンドとイサベルもまた、ムーア人との戦争にかかった費用やコロンブスが要求する条件を考えると、明らかにカリスマ性はあるものの、なんの実績もないよそ者の言葉だけを頼りに冒険的事業に投資する気には、当然ながらなれなかったのである。みずからの宿命である事業を果たすのに、見る目がない者たちに懇願するのはばかばかしいと、スペイン宮廷に見切りをつけて他の方法を模索するコロンブス——エルナンドは、父の姿をそう描写した。

こうしてコロンブスがスペインを去ろうとしたとき、イサベルの聴罪司祭であるラ・ラビダ修道院長フアン・ペレスの口利きで、今度はコロンブスにとって有利な審理がなされ、さらにまた、王室財務官ルイス・デ・サンタンヘルがみずから費用を都合すると申し出たことで、両王はコロンブスの計画を受け入れる決心がついたようだ。こうした出来事はのちに、いざ馬で町を去ろうとしていたコロンブスを女王が呼び戻し、探検の費用を賄うために自分の宝石を担保にしてもいいと言ったという、より緊迫感あふれるドラマチックな物語として語られることになる。

一四九一年から一四九二年初頭にかけての出来事は、スペインがたどる運命を描こうとする者たちと、コロンブスとその一派が推し進めた彼の構想によって、のちに完璧な英雄譚に仕立てあげられた。

コロンブス伝説は、出来事の神秘性を損ないかねない世俗的かつ現実的な状況の多くを覆い隠しているが、彼の航海計画が受け入れられた裏には、もはやスペインにいるムーア人が北アフリカ貿易で得た利益からの献上品が見込めず、両王が新たな黄金の入手先を必要としていたことや、かつて多くの品々の供給源であった地中海東岸地域にオスマン帝国が侵攻し、ヨーロッパ以西への拡大を求める（とくにヴェネツィアやジェノヴァといった商業国家からの）圧力が高まっていたこと、さらにコロンブスの航海が、ヨーロッパの勢力圏を南はアフリカ沿岸部、西は大西洋の島々へ拡大した一五世紀の数々の探検に匹敵するものであったことなど、さまざまな事情があったのである。

コロンブスの物語を〝運命を背負ったひとりの男〟の物語に絞ることで、彼の家庭生活や個人的背景は消し去られ、代わりに彼を取り巻く人々のほうが伝説づくりの流れに組み込まれていった。ジョアン王からの支援獲得に失敗したのち、コロンブスが突如ポルトガルを去ったのは、彼が断固として自分の運命に従ったからだとされているが、実際は妻フィリーパの死にも原因があったのかもしれない。フィリーパは長男ディエゴを産んだが、その早すぎる死によって、コロンブスとポルトガルとのつながりが突如断ち切られてしまったのだ。スペインでの行き先を決めたのは亡くなった妻の親戚たちで、とくに最初の航海の出発地となるパロスでは、つてを紹介するなど便宜を図っている。その時点で、コロンブスが名前をイタリア語の「Colombo（コロンボ）」からスペイン語の「Colón（コロン）」に変えたことについても伝説は多くを語っていないが、のちにエルナンドは、どちらの名前も象徴的な意味においてコロンブスにふさわしいものだったと述べている。「コロンボ」は「鳩」を意味し、彼もまたノアの箱舟の鳩のように大海へ出ていき、神とその民との契約として、陸地が存在する証を持ち帰る。一方の「コロン」は、ギリシャ語では救世主の「一員」すなわち神の手足となってその意思を実行する者という意味で、彼が先住民を「coloni」すなわち「キリスト教徒の一員」にさせることを予見しているというのだ。もっとも、じつに皮肉な話だが、この「coloni」は「to colonise（植民地化する）」の語源でもある。

スペイン王室の猛反対に遭いながらも、先見の明をもち、みずからの運命を全うしようとする孤独な夢想家というコロンブス像は、コルドバで陳情に費やした年月のあいだに年若いベアトリス・エンリケス・デ・アラーナと関係をもったことで、いささか複雑なものとなった。すでに亡くなっていたベアトリスの両親は低い身分の出身だったが（実際は、コロンブス自身の家系である毛織物職人と同じ階級だった）、彼女の叔父で後見人でもあるロドリゴ・エンリケス・デ・アラーナは医者であり、彼を取り巻くコルドバの医師仲間を通じて、コロンブスはベアトリスと知り合ったようだ。ふたりのあいだに生まれたエルナンドは、母方のアラーナ家に対して不義理だったわけではなく、親族の多くがのちにコロンブスの航海で果たした重要な役割についても言及している。ただ、父の人生の物語をわざわざ中断してまで母の名を記そうとはせず、一四八八年八月一五日の自身の誕生についても、探検家の物語の流れを妨げないために黙殺したのだった。

嵐のなかで海へ投じた最初の書簡で、コロンブスはディエゴとエルナンドがコルドバのベアトリスのもとにいることには触れていない。そして彼女にとっては、コロンブスの勝利の帰還は子どもたちを手放すことを意味していた。一五〇六年にコロンブスが世を去ったときベアトリスはまだ存命だったが、彼女の名が手紙などに登場することはついぞなかった。コロンブスは人生の最後に、遺言書で彼女の名を苦しげに挙げているが、そこには彼と息子たちに共通するパターンが見てとれる。彼らは優しい一面を見せることもあったが、みずから信じる運命を追い求めるなかで、あえて冷ややかに周囲の人間を切り捨てることもあった。それゆえに、ベアトリスは実の息子であるエルナンドの人生からも締め出された存在に見えるのだ(11)。

最初の航海での出来事が、すでに絶対の自信をもっていた男をいかにして桁外れの自己陶酔に駆り立てたかは容易に理解できる。コロンブスは西へ航行し〝大洋〟へ出た。地球上の大陸を囲んでいると考えられていた海だ。記録に残る誰よりも遠くへ到達し、コロンブス自身の説明によると（他の説明はないのだが）、乗組員たちの暴動さながらの反乱にもひとりで立ち向かった。脅しつける一方で、陸地は近いと励ましながら、なんとか乗り切ったのだ。彼が陸地に近づいた兆候と解釈したものを、のちにエルナンドが詳細に記録している。

> 漂流するマスト、羅針盤の針の奇妙な動き、空から降りかかる巨大な炎、一羽のサギ、緑色がかった海藻、西へ向かう鳥の群れ、一羽のペリカン、小鳥、ラボ・デ・フンコ（カモメに似た鳥）、一頭のクジラ、カモメ、鳴き鳥、カニ、空気の清涼感、サンゴ礁に生息する魚、カモ、遠くに見える灯り

ただの漂流物にしか見えないようなものも、陸地の兆候だと思い込めばそう見えたのだろう。一方で、コロンブスは明らかに策も弄しており、自分たちが知る世界からどんどん離れていくことで水夫たちが感じる不安を軽減しようと、実際に航行したと思われる距離よりも意図的にかなり少なく告げていた。こうして水夫たちをなだめながらどうにか船を進めた甲斐あって、予測どおりの場所に陸地を発見する。そこはカナリア諸島の西七五〇レグア〔一レグアの距離は、地域や時代によって異なる。およそ三～七km台の範囲〕の地点で、経度計算と、アルフラガヌスの唱えた経度一度につき五六と三分の二マイルという数値からコロンブスが推

測した東アジアまでの距離と完全に一致していた（その時点では、アルフラガヌスがヨーロッパ・マイルよりもかなり長いアラビア・マイルを使用していたことを誰も知らなかったので、彼がはじき出した距離が正しかったと、この航海で証明されたわけではなかった）。

コロンブスは自他ともに認める、西回り航路で既知の世界の果てに到達した最初の人物として、シパンゴ（日本）の島に到達した。現地では、その島はキューバと呼ばれていた。こうして史上初めて大洋の境界を越え、当時の人々が知るかぎりにおいて地球の円周はひとつにつながった。コロンブスはさらに、島で出会った人々を――彼らと言葉が通じなかったにもかかわらず（あるいは、それゆえに）――ヨーロッパ人が抱く、堕落以前の無垢な人間のイメージに当てはめることができた。裸でいることの恥ずかしさも、鉄の使用も、黄金の価値も知らない人々は、ある種のエデンの園かそれに近い場所に住んでいるに違いなく、一年中葉が落ちない木々が茂る肥沃な未開の土地もそれを物語っていた。深く根づいていた当時の考え方からすると、そこから導き出せる結論はひとつしかない。コロンブスは地理的および政治的な拡大のみならず、世界の宗教史における重要な事象をも引き起こしたのだ。それは、人間の楽園回帰の始まりであり、世俗的時代の終焉である。

しかし、コロンブスの最初の航海をキリスト教の物語の枠に無理やり押し込むことはできても、既存の世界観に合致させるのは困難だった。その航海でプトレマイオスやマルコ・ポーロの主張が裏付けられたとしても、一方で彼らの明らかなまちがいも証明されたからだ。つまり、世界は横断不可能な〝大洋〟にぐるりと囲まれているという認識は打ち破られ、地球の裏側に未発見の陸地などないとする聖アウグスティヌスの主張も正当性を失った。さらに航海を重ねるにつれて、そこから得られる情報は、プリニウス、アリストテレス、プラトンらの記述とはますます相容れないものとなっていった。先人たちは、そもそも地球の形をまちがって認識していた。ならば、ほかにも同様の誤りがあるのではないか？

先住民もまた、期待どおりの人々ではなかった。エデンの園のようなところで暮らしているにもかかわらず、通訳としてコロンブスに同行した改宗ユダヤ人たちが話すどの古代語をも理解しそうになかった。彼らはいったい、古典思想の枠を超えたどのような知識をもつのか？　さらに厄介なことに、先住民たちは天性の敬虔さをもち、すぐにでも福音を受けてキリスト教に改宗するだろうとコロンブスは熱く語ったが、彼らが福音という概念をいっさい持ち合わせていないのは明らかだった。一五〇〇年ものあいだ、救済と永遠の生命が約束されるものを彼らに明かさずにいた神の計画とは、いったいどのようなものなのか？

コロンブスの発見によって否応なく喚起されたこれらの疑問は、ヨーロッパの思想家たちがそれをはっきりと口に出すまで数十年、満足のいく答えを見いだすまでには数百年を要することになるのだが、さしあたりコロンブスとその後援者たちは、より差し迫った実際的な問題の解決に力を注いだ。彼らは就任したばかりのスペイン人ローマ教皇、アレクサンデル六世（ボルジア家出身の最初の教皇、ロドリーゴ・ボルジア）に嘆願し、新たに植民地とした西アフリカや大西洋の島々についてポルトガルに与えたのと同等の法的権利（および宗教的義務）を、スペインが〝発見〟した領土についてはスペインに与えるという大勅書を首尾よく手に入れたのである。

また、カトリック両王は、コロンブスが最初の航海で記した詳細な航海日誌を極秘で写し取らせていた。他の利害関係者（とくにポルトガル）に情報が漏れないよう、多数の写字官にページを分散させるという念の入れようで、この作業にだいぶ時間がかかったために、コロンブスのもとに航海日誌が戻ってきたのは一四九三年九月二五日、二度目の航海に出発するわずか三週間前だった。日誌の入った包みにはイサベル女王の書簡が同梱され、そのなかで女王は、〝インディアス（東アジア）〟の位置に関してコロンブスが予言したことはすべて本当だったと認め、ポルトガルとのあいだでくすぶっている領土問題にきっぱりかたをつけるためにも、それら西の島々の地図を早く完成させてほしいと求めた(12)。

記録に残る最初の記憶のなかで、エルナンドはカディスの波止場にたたずみ、世界を一変させた男を見つめていた。その手でしっかりとつかみとった輝かしい征服を確かなものにするために、意気揚々と旅立つ父の姿を。父はこれから、新たなスペイン領につくられた最初の都市ラ・ナビダッドを管理させるために残してきた、母ベアトリスの従弟ディエゴ・デ・アラーナのもとへ戻る。そこへいずれ、叔父のバルトロメ・コロンも加わるだろう。バルトロメは、ヘンリー七世からの色良い申し出を届けるためにイングランドからスペインへ戻る途中、パリで兄の勝利の帰還を知った。

そしてエルナンド自身は、影響力をもちはじめた父の野心的戦略が功を奏し、兄ディエゴとともに、国王の世継ぎである年若いファン王子に仕えることになっていた。彼はいま、世界を変えるべく神が選んだ王国の中心に身を置こうとしていた。

第二章　純血の宮廷で

コロンブスが二度目の航海に出発したとき、幼いエルナンドは母にとっての息子であり、兄にとっての弟であり、めったに家にはいない父親の婚外子だったが、そのどれをとっても、彼が一四九四年の初頭にカトリック両王の宮廷に入る足がかりとはならなかったはずだ。エルナンドとディエゴは正式にファン王子付きの〝所帯〟に加わることとなったが、そこには家庭的な雰囲気などまったくなかった。当時のスペイン宮廷は、国王が国内各地をめぐりその先々で宮廷をいとなむ、いわゆる移動宮廷だった。王位継承者である一六歳の王子も、いまだ両親の宮廷について回る身だったにもかかわらず数百人に及ぶ従者を引き連れ、そのひとりひとりが、王子が必要とするなんらかの役割を担っていた。頻繁に移動するこの大所帯が王家所有の宮殿に落ち着くことはめったになく、たいていは地方の貴族の邸宅に滞在するのだが、新たな住まいに合わせてたえず人が入れ替わり、ヒエラルキーが再編成されるのだった。

エルナンドがこの一団に加わったのは、宮廷がバリャドリッドという厳格なカスティーリャの町に置かれていた時分であったと思われる。王権の中枢をなすこの町の飾り気のない威圧的な風景は、エルナンドがやってきたあとに訪れた身を切るような冬の寒さのなかでは、よりいっそうよそよそしく感じられたことだろう。風当たりの冷たさは、天候ばかりではなかったかもしれない。北部カスティーリャ人の尊大さは、ひとつにはイスラムの侵攻に早くから打ち勝っていたという自尊心から来ており、イベリア半島に住むイスラム教徒と長く交わってきたアンダルシア人を下に見る傾向があった。

アンダルシアのコルドバで生まれ育ったエルナンドに対する態度に、そうした気持ちがあらわれていたとしても不思議はない。

バリャドリッドにおけるエルナンドの最初の住まいは、おそらくピメンテル宮殿であっただろう。この宮殿から歩いてすぐのところにあるロス・ビベロ宮殿は、一四六九年にフェルナンドとイサベルが結婚式を挙げ、各地をめぐっていたカスティーリャ政府が最初に根を下ろしはじめた場所である。これらの宮殿をはじめ、バリャドリッドの四角い頑丈な建物は、飾りのない列柱に囲まれた中庭を中心とした簡素な造りで、エルナンドの故郷コルドバのように意図的に非対称につくられた町並みとは別世界だった。コルドバは狭い道が家々のあいだを縫うように走る入り組んだ町で、道の先にある大聖堂を飾る馬蹄型アーチの〝森〟は、そこが長年イスラム教のモスクであったことをたえず思い出させた。

よそよそしさの漂うバリャドリッドの町だが、家並みがまばらであったとすれば、ピメンタル宮殿の窓からは、いくらか気持ちがなぐさめられる光景が見えただろう。ちょうどそのころ、窓に面した通りの向こう側では、盛期スペイン・ゴシック芸術がその頂点に達しつつあり、完成したばかりの神学校コレヒオ・デ・サン・グレゴリオの正面(ファサード)とそれに隣接するサン・パブロ教会には、熟練石工シモン・デ・コロニアとヒル・デ・シロエの手でみごとな彫刻がほどこされていた。地元でとれる石材を削り、未開人やザクロの木、星、騎士の姿などをあふれんばかりに浮かび上がらせたもので、彫り込まれた枝葉模様は、北カスティーリャ平原の荒々しい風とは裏腹に、卵の殻に彫ったかのように繊細だった。そのすぐそばにあるコレヒオ・デ・サンタ・クルスのファサードはファン・バスケスの作品で、エルナンドはおぼろげながらも、スペイン建築における新古典主義(ネオ・クラシック)の兆(きざ)しを見てとったことだろう。宮廷はその後まもなくバリャドリッドを離れるが、名匠たちの作品はいつまでもその地にとどまった。

エルナンドはその後も、王権の中枢となるスペイン北部の各地を転々としながら子ども時代を過ごし、のちにその全貌を詳細にまとめている。彼が最も親しみをおぼえたのは、たとえばメディナ・デル・カンポの広大な市場の角に建つ赤レンガでできたムデハル様式の宮殿や、レオン地方産の砂岩に含まれる錆びた鉄が独特の色合いを見せる赤茶色の町サラマンカ、そして、ゆるやかに流れるアルランソン川沿いのブルゴスあたりだろうか。ブルゴスには巨大な大聖堂があり、繊細なゴシック様式の狭間飾り（トレーサリー）が施された尖塔がひときわ目を引いたことだろう。これはドイツ人建築家ファン・デ・コロニアが手がけたもので、あたかも石でできたレースの王冠を頂いているかのようだ。場所が変わるたびに、王室は動物の学習能力を試すパズルボックスのようにその構造を変え、たえず変わりつづける世界のなかで、エルナンドはその都度秩序を見いださなければならなかっただろう(1)。

エルナンドが加わった大所帯は執事長がとりしきり、財務に関する仕事のうち大口の取引については王国主計長に、日常的な出費や用立ては内務主計官に委任された。彼らのもとで、侍従長が王子の身の回りの世話を担当し、五人の年配者と五人の若者からなる〝一〇人の選ばれし従者〟がその補佐をした。ほかにも事務官、侍従、馬丁頭、猟犬頭、狩猟頭、行政官といった、執事長直属の部下ではない者たちがいた。そして、このヒエラルキーの最下層に位置づけられていたのが、エルナンドとディエゴが任命された小姓であり、小姓はこの大所帯の一員ではあっても、王子をじかにお世話するような権威は与えられていなかった。

状況をさらに複雑にさせていたのは、これらの役職に属する任務の多くが、実際には別の人間によってなされていたことだ。主計長に与えられた任務は、通常はその補佐役に委譲され、王子が着替えや食事をするあいだそばに控えているのは一〇人の選ばれし従者たちの正式な任務とされていたが、実際には多くの食客やお供の者たちがその役目を担っていた。エルナンドもやがて気づいたであろうが、こうした役職の正式な任務――王子の衣服、食事、金銭関係からトイレの世話まで――は、かなり退屈な仕事であるにもかかわらず、役職を希望する者は多く、フェルナンドとイサベルの王国における最高位の貴族たちが担っていた。王位継承者である王子のそばに侍(はべ)るのは、たんなる形式的な名誉ではなく、統一スペインの未来の王に政策や任命権の面で影響力を及ぼせる可能性をも秘めていたのだ。当然ながら、そうした役職につく上級貴族たちが実際に食事を給仕したり、洗濯物をたたんだりするはずもなく、仕事はすべて他の誰かに回されたが、それでも政治的な象徴としての権威はそのまま維持された。王子は非常に重要な存在だったため、日常の雑事さえも高位の貴族階級によってなされ、そうした貴族は、将来王子が即位したあかつきには、同じテーブルについて育った宮廷仲間として遇されることになるのだ。身分の低い小姓たちでさえ、王国で最も地位の高い貴族の子息たちだった。エルナンドにとっては、母親と引き離され、知らない者たちのヒエラルキーの最下層にいることは苦痛であり、戸惑いも多かったに違いない。だが、それはとりもなおさず、コロンブスが王国の重要人物として受け入れられたことを示すと同時に、ベアトリス・エンリケスが産んだ子が、大洋の提督の息子として王室にも世間にも認められたことを意味していた。

王子付きの一団に加わることで得られる社会的恩恵は、近づきがたくよそよそしい雰囲気の場所に入り込んだ六歳の少年には、ほとんどなんのなぐさめにもならなかっただろう。ゴンサロ・フェルナンデス・デ・オビエドの著作(エルナンドの小姓仲間で、のちに彼が書いた『フアン王子の部屋』には、宮廷内の実態が詳しく描かれている)から明らかなように、フアン王子の側近たちは、その血筋が大いに重視されていた。この著作のなかで、オビエドは王子を取り巻く者たちは誰もが純血(リンピア・サングレ=清らかな血)であったとくり返し述べているが、この場合の純血とは、家系にムーア人やユダヤ人の先祖がひとりもいないことを意味していた。フェルナンドとイサベルがアルハンブラ宮殿（ムーア式の美しいカリグラフィーやレモンの木、アーチ形天井の浴場を目にした当時のある訪問者が、比類なき小さな楽園と呼んだ）へ移り住んだにもかかわらず、先祖の異端信仰は血のなかに残っているという考えが根づきつつあった。外部の敵から内部の敵へと目が転じられ、キリスト教に改宗しただけでは、ムーア人やユダヤ人の血を引く者たちから先祖という汚点を洗い流すことはできないという考えが広まっていったのである。王子の食卓で給仕をする者や、食器室、地下貯蔵庫で働く者はもちろん、宮殿の門衛も、その内側でいかなる仕事にたずさわる者も、すべて純然たる貴族階級、あるいは少なくとも古くからのキリスト教徒で、何世代もさかのぼれる立派な家系の者であり、そうでない者はひとりもいない。オビエドはさも誇らしげにそう断言している。だがエルナンドにはもちろん、自分の両親とのつながりを法的に証明することすらできなかった。まして、みずからの出自を意図的に曖昧にしていると思える父親の〝立派な〟家系に頼ることなどできようはずもなかった。

　この時代にスペインを旅し、目にしたことを詳しく書き残したドイツ人ヒエロニムス・ミュンツァーは、王国の主たる役職がすべて〝マラーノ〟に握られているという、当時蔓延していた被害妄想について記録している。マラーノとはキリスト教への改宗を巧みに偽装したユダヤ人であり、彼らはスペインのキリスト教徒を虐げ、キリスト教徒を呪うよう陰で子どもたちに教えていたという。またオビエドは、王子が成年に達する前に女王によって任命された者（コロンブスの息子たちがそうであったように）のなかに除け者が「二、三人」いて、彼らはよそ者扱いされ、王子やその取り巻きから遠ざけられていたと記述しており、これにエルナンドが含まれていなかったとは考えにくい。このような宮廷においても、王子の愛犬ブルートには純血が求められていなかったようだ。まだら模様のこの犬は、ホイッペットとマスチフのめずらしい雑種で、主人の求めに応じて衣類を運んできたり廷臣を

連れてきたりしては、いつも王子を喜ばせていた。(2)

コロンブスによって王子の宮廷にもたらされたよそ者は、エルナンドだけではなかった。エスパニョーラ島からコロンブスが連れ帰ったタイノ族の多くは、キリスト教の教えを受けて改宗したのち、さらなる探検で通訳の役目を果たすためにコロンブスに同行して島へ戻ったが、数人は宮廷に光彩を添えるために残されたのだった。スペインの宮廷服は、タイノ族のならわしである赤、黒、白の入れ墨を十分に覆い隠してはいなかったに違いなく、こうした状況は、彼らがスペイン人の名づけ親によって新たな名を与えられたことで、よりいっそう奇妙なものとなったであろう。つまり、宮廷内には「インディオ・フェルナンド・デ・アラゴン」や「インディオ・フアン・デ・カスティーリャ」が影のごとく存在していたのである。インディオ・フアンは、コロンブスがタイノ族の故郷エスパニョーラ島に戻ったあともフアン王子の宮廷にとどまった。この〝フアン〟が慣れない気候の土地で生きのびた二年間の生活がどのようなものだったかは残念ながらほとんど知る由がないが、エスパニョーラ島からの報告が、故郷から引き離されたこの不運なインディオたちの耳にも届いていたのかもしれないと思うと、また違った意味合いを帯びてくる。

エルナンドとインディオ・フアンが王子の取り巻きから疎外されていたとしても、さほど気の毒な状況ではなかったのかもしれない。オビエドのノスタルジックな物語では、宮廷生活を黄金時代における美徳の中心として描いているのに対し、王子の家庭教師のひとりだった人文主義者ピエトロ・マルティーレが伝える王子像は、才覚も知的好奇心もなく、年がら年じゅう狩りばかりしている好ましくない若者である。のちのエルナンドの、極度に勉強や本が好きで孤独を好む性格は、貴族崇拝の無学な人々によって宮廷内のおもな活動から外されていた年月に育まれたものかもしれない。エルナンドはすぐれた馬の乗り手であったが、鷹狩りや狩猟にうつつを抜かす貴族的な娯楽を冷ややかな目で眺めていたようだ。また、エルナンドの晩年に描かれた現存する唯一の肖像画は、その容貌のせいで周囲に溶け込めなかったのではないかと思わせるものだ。受け口なのか、下唇が前に突き出ており、耳は大きすぎ、鼻筋は奇妙な形をしていて、顔も片方に傾いているように見える。自分の容貌が傍目には不快なものだと子どもが気づくのは何歳ごろだろうか。もしかすると、エルナンドはかなり早くから気づいていたのかもしれない。どういう事情があったにせよ、彼はその時期、宮廷の複雑な仕組みを黙々と観察しながら、愚鈍な王子が見向きもしなかった豊かな文化をいくらか吸収していたようだ(3)。

小姓に与えられた特別な任務のひとつは、多くの者にとってはうんざりするような作業であったかもしれないが、エルナンドの一風変わった好みには明らかに合っていた。それは、宮廷にある大量の〝台帳(ブック)〟の管理で、数知れない王子の所有物を一連のリストにまとめる仕事だった。そうした台帳には次の四種類があった。

小台帳(日誌)
雑記台帳または宝飾品台帳
総台帳
目録台帳

フアン王子の嗜好はあらゆる点で、いかにもヨーロッパの大国の王子らしい贅沢なものだった。それを示すのが、オビエドが写し取った一四九六年三月一三日の購入品リストである。侍従長は、次の品々を購入するよう命じられている。

ropa bastarda（下等な服）用の金色のサテンブロケード地
ダブレット（上衣）用の深紅色のシルク地
ダブレット用の紫色のシルク地
ダブレット用の黒いシルク地
天蓋用の深紅色のベルベット地
王子の私室用の黒いジェノヴァ製ベルベット地
従僕への贈り物にする、コチニール（鮮紅色の染料）で染めた布地
狩猟用の頭巾とタバード（袖なし上着）に使う緑色のウール地
王子の私室用のダッチ・リネン
王子のテーブルと食器棚を覆う布
王子の馬小屋を飾るための深紅色と黄褐色のベルベット地

小姓たちが犬のブルート並みに王子の寵愛を受けたいと思うなら、こうした品々が購入されて収納されたあとで、少なくともブルートに負けないくらい上手に見つけ出さなければならなかっただろう。小台帳は、王子の部屋の鍵をもつ小姓が記入し、宮廷に出入りするすべての品を記録するためのものだった。宝飾品台帳は、王子の宮廷が所有する金器や銀器、タペストリー、宝石、天蓋、カーテン、毛皮、聖具などのリストであり、それぞれの品について、重量や寸法、由来なども記載された。多数のタペストリーや何百という貴重な品々を所有する宮廷においては、正確な記録をつけるには各品目の特徴を用いるしかなく、そのため工芸職人たちが広く用いた〝場面〟に関する知識が不可欠だった。

ジョヴァンニ・バッティスタ・パルンバ『お供の女性たちと水浴びをするディアナ』(1500年頃)。エルナンドの目録の2150番。

王子の寝室用にニンフたちが水浴びをしているタペストリーを見つけてくるよう命じられた小姓は、お安いご用と思うかもしれないが、月と狩猟の女神ディアナの弓やアクタイオンの角から、それが淫欲を戒める場面だと気づかなければ、犬と変わらないのである〔水浴び姿を見たアクタイオンは、ディアナによってシカに変えられた〕。

総台帳は、混乱を避けるためのもうひとつの在庫管理法として導入されたもので、銀行家が使う手法や会計法を用い、宮廷の収支を一覧にし、小台帳と宝飾品台帳に記載された全項目と関連づけたものだ。アルファベット順のリストがついていて、各品目がある場所もわかる仕組みだ。大商人による複雑かつ多様な商取引が行なわれていたヨーロッパでは、記入項目の整理番号化やアルファベット順のリストによって、帳簿付けがかなり楽になっていた。最後の目録台帳もまた、アルファベット順のリストを用いて王子の膨大な書簡の出入りを記録したもので、古い手紙も読み返すことができるよう原簿をたどれるようになっていた。このように、ごく幼いころから、エルナンドの世界で最も重要な〝ブック〟は、収拾がつかなくなるほど種々雑多なものを〝リスト〟という魔法の力で押さえ込むものだった。そして名称、番号、購入費用、保管場所などを用いて単純化したリストにおいては、「カーテン」と「カップ」が同列に並べられたのである。

宮廷での生活は、途方に暮れるほど多様な人や物だけではなく、複雑で矛盾の多い観念の世界をも垣間見せた。エルナンドはかなり早い時期から、宮廷の貴族たちに教育を施すために雇われた偉大な学者の講義を聴いていたのではないだろうか。その姿はちょうど、当時フアン王子の宮廷にあった写本の色鮮やかな挿絵に描かれた、偉大な人文主義者アントニオ・デ・ネブリハの足元にひざまずく、周囲よりもひときわ幼い少年のようであっただろう。宮廷では、ふたりの家庭教師が王子と（彼の興味のなさを考えれば、むしろこちらのほうが重要だったのだが）小姓たちの教育を担当しており、そのふたりが相対する思想を体現していたことは、エルナンドにとって有益であったのかもしれない。

ひとり目は、ディエゴ・デ・デサというドミニコ会修道士で、スペインにおける学問の最高峰サラマンカ大学で教育を受けた神学者だった。宮廷での仕事のために教会での務めを果たす時間があまりなかったにもかかわらず、サモラの司教を経てサラマンカの司教へと教会組織の階層（ヒエラルキー）を駆け上がった人物である。デサはコロンブスにとって、最も早くからの、そして最も信頼できる支持者のひとりであったため、エルナンドもすぐに、宮廷内で父とその計画を称賛する一派のなかでもとくにデサを頼りにするようになったようだ。とはいえ、デサの支持は幼いエルナンドにはやや分かりにくいものだったかもしれない。デサは忠実なトマス主義者だ。それはつまり、アリストテレスの論理でキリスト教の神秘を理解し説明したトマス・アクィナスの業績を擁護することに学者としての人生を捧げてきたことを意味するからだ。

ディエゴ・デ・デサの教育に異彩を添えたのが、当時ではめずらしい女性の学者、ベアトリス・ガリンドの存在かもしれない。その並外れた才能によってサラマンカ大学でも名の知れたアリストテレス学者であり、デサと同じように家庭教師として宮廷に招かれていたが、生徒はおそらく王女やその側近たちだけだったと思われる。デサとガリンドは、自然をまず「神の書」として読み取るよう指導した。そこには、天地創造のさいに組み込まれた自然の理によって神が顕現するという。こうした衒学（げんがく）的な学問は、修道院や大学、図書館向けだったが、エルナンドの父がいる船や島々の世界とのつながりも、いくらかはあったと思われる。[4]

もうひとりの家庭教師は、学問に対してまったく異なる姿勢を示した。こちらはピエトロ・マルティーレ・ダンギエーラ。文士であり、のちに新世界で最初の、そして最も重要な歴史学者となる人物だ。マルティーレは、過去一〇〇年間のイタリア・ルネサンス期に誕生した学問を信奉する、典型的な人文主義者だった。美しい陳述や記述に価値を見いだし、トマス主義者の難解な問題にはほとんど時間を割かず、瞑想的な人生よりも活動的な人生に価値があると信じる彼は、著述家、家庭教師、外交官、兵士、そしてヨーロッパ全土にいる仲間を結びつける〝文学界〟の住民と、いくつもの顔を自由に使い分けていた。ある目撃談によると、彼の授業は、生徒にホラティウスやユウェナリスの詩を暗唱させ、反復練習によってローマ古典文学のリズムや真価を身につけさせるというものだった。マルティーレは、おもな文通相手のなかでもとりわけ、ローマの学術界きっての鬼才ポンポニオ・レトに厚い信頼を寄せていた。人文主義の先駆者であったレトは、キリスト教が伝わる前のローマの研究に身を捧げ、古代の衣装をまとい、遺跡に囲まれたクイリナーレの丘にアカデミーを設立した。そして弟子たちを引き連れて、埋もれかけた古代ローマの建造物や、さらにその下に数千年ものあいだひっそりと眠っていた地下墓地(カタコンベ)をめぐるのだった。こうした文化教育があまりにも成功したために、レトのアカデミーは共和主義的陰謀、性的不道徳、反聖職権主義、果ては快楽主義的無信仰とまで非難を浴びせられ(こうした非難は、彼らの導き手であるソクラテスの亡霊を大いに満足させたことだろう)、一四六八年、時の教皇パウルス二世によって解散させられてしまう。

レトの弟子のひとりであったマルティーレは、のちにエルナンド自身の人生において中心的な役割を果たすローマから、イタリア人文主義の最も大胆な思潮への直接的な接点をファアン王子の宮廷にもたらした。現にエルナンドは、こうした新古典主義が周囲のあちらこちらで勃興するのを目にしていたに違いない。そのころブルゴスでは、神業のごときゴシック様式の大聖堂のなかで、ローマで修行を積んだフランス人彫刻家フェリペ・ビガルニーが翼廊に古典様式の建造物の彫刻をほどこし、通りの向こう側では、印刷工のファドリケ・デ・バシレアが、本の書体をそれまでのゴシック体から、イタリアから入ってきたばかりのローマン体に切り替えようとしていた。ローマン体は、イタリアの人文主義者たちが古代遺跡の碑文から写し取った書体である。一方、ピエトロ・マルティーレのほうは逆に、新世界で発見された文物に関するきわめて重要な書簡をレトに宛てて数多く送っており、そこでは新たに得られた知識と、広がりゆく世界がどう描写され認識されたかが奇妙な形で共存していた。

相反するふたりの家庭教師を通じて、エルナンドは知的論争を呼んでいた問題にいやでも直面したに違いない。それは、学問とはどこを目指すべきなのかという問題である。天国の一角か地上での勝利か、永遠か現在か、霊的なものか物質的なものか。そしてその題材はキリスト教的なものに限るべきなのか、それとも他の思想、すなわち異教の世界をも取り込むべきなのか。(5)

この圧倒的に男ばかりの世界でなにがしかの母性的な癒しを与えてくれたのは、王子の乳母ファナ・デ・トーレス・イ・アビラだったろう。宮廷における数少ない女性のひとりでコロンブス派の忠実な支援者でもあった彼女は、長年にわたり、コロンブスが宮廷に宛てた書簡の受取人をつとめていた。もっとも、直接フアナ宛てに送られなかった書簡もあり、その多くはファナの弟で、コロンブスが長らく宮廷を離れているあいだの信頼できる橋渡し役となったアントニオ・デ・トーレス(第二回航海における船長のひとり)によってスペインへ持ち帰られた。

新世界からの最初の手紙は、エルナンドが宮廷に入ってわずか数カ月後の一四九四年四月に、すでにバリャドリッドからメディナ・デル・カンポに移動していた宮廷に届いた。今回は一七隻の船で大洋を横断し、イベリア半島とカリブ諸島を結ぶ信頼できる航路を迅速に確立した提督は、ある程度の頻度で宮廷とやりとりができるようになっていた。そのことはつまり、コロンブスが新領土に関する前向きな報告をカトリック両王に提供しつづけ、その代わりに大洋のかなたでは調達できない生活必需品の補給を依頼できることを意味したが、その一方で、この新しい連絡ルートは提督にとって危険をはらむものでもあった。第一回航海では、ピンソンに抜け駆けされそうになりながらも、コロンブスは出発から帰還までの出来事を一度に報告することができたが、そのときとは異なり、一四九四年四月に帰還した一二隻の船隊が、数多くの書簡と新世界の目撃者たちを運んできた。そうなると、海の向こうで起きた出来事が伝わらないよう抑え込むことは、もはやコロンブスには不可能だった[6]。

じつは宮廷のほうも、新世界に関する情報を完全に封じ込めて統制することはできなくなっていた。第二回航海中に送られてきた最初の手紙のなかに、新たな植民地の主任医師チャンカ博士からのものがあり、セビーリャの町に宛てたその手紙は、明らかに広く大衆に読まれることを意図したものだった。

当時、メディナ・デル・カンポでは大規模な見本市が開かれており、エルナンドはそこで、古くからある銀製品や絵画、フランドル製タペストリーの形でスペインに戻ってくるカスティーリャ産羊毛などの市場に混じって、拡大しつつある書籍市場を目にしていた。一方、市場には両替所もあり、ヨーロッパじゅうの商人たちを引き寄せ、この埃っぽい出先とリヨン、アントワープ、ヴェネツィアといった巨大な金融センターとをつなぐ役割を果たしていた。広大な市場で、サラマンカやバルセロナ、セビーリャから来た本とともに、エルナンドはヴェネツィアやバーゼル、アントワープといったヨーロッパにおける印刷の中心地から出品された数々の書籍を見つけた。おそらくそのなかには、父コロンブスが新世界で発見したものを報告するために一四九三年に書いた書簡の海外版も含まれていただろう。だが、そのころ市場に出回っていたのは、コロンブスが書いたものだけではなかった。大衆の興味を引こうとせめぎあう、印刷物となった雑多な声。エルナンドはその存在に、市場に並ぶ本の露店で初めて気づいたのではないだろうか。

チャンカ博士の書簡には、コロンブスの公式な報告と同様、一年中春が続く島々のことが書かれているが、新世界の植物の豊かさから、必ずや鉱物も豊かなはずだと話を転じる手際の良さでは提督に及ばなかった。たとえばコロンブスは、アントニオ・デ・トーレスに命じ、香辛料が豊富にあることを示す数々の証拠について報告させているが、それはわざわざ島の奥へ分け入らずとも海岸に立つだけでわかるもので、奥地には限りない香辛料があるに違いなく——同様に、新たに発見した次の島々には黄金もあるはずだという論法だった。

ドミニカ
マリアガランテ
グアドループ
サンタ・クルス
モンセラーテ
サンタ・マリア・ラ・レドンダ
サンタ・マリア・ラ・アンティグア
サン・マルティン

ちなみにこれらの島々の名前だが、上陸したのが日曜日（ドミンゴ）だったことを幸先の良い兆候と考え、その記念に最初の島にドミニカと名づけ、次に旗艦マリアガランテ号に敬意を表したのち、コロンブスはスペインのおもな巡礼地の名前を与えていった。

チャンカ博士の手紙には公式報告から逸脱する点が見られ、たとえばあるエキゾチックなフルーツについて、エデンの園さながらの報告を真に受けた船員たちが味わおうとしたところ、ちょっと舐めただけでも顔がグロテスクに腫れあがり、激しい精神錯乱を起こしたといった記述がある。

エルナンドにとって、父の輝かしい黄金の世界に陰りが見えはじめたのは、一連の報告書によって、新世界に最初に築かれた植民地要塞ラ・ナビダッドがたどった恐ろしい運命が少しずつ明かされていったときかもしれない。コロンブスは、一四九四年一月の手紙のなかでこれを言い繕おうとしたが、子どもだったエルナンドでさえ、父親の手紙がラ・ナビダッドではなく新しい植民地ラ・イサベラから送られている点から、何かがおかしいと察したに違いない。のちにエルナンドが一連の出来事について書いたものを読んだ読者は、この大惨事の兆候を感じ取ったかもしれない。というのも、父コロンブスがイングランド人やゴールウェイ出身のアイルランド人、エルナンドの母方の親戚など、さまざまな経歴をもつ三九人の男たちを残してきた場所を気にかけて何度も口にしていたと、エルナンドはくり返し書いているからだ。

しかし、第二回航海の船隊がついにエスパニョーラ島に戻りついたとき、彼らはコロンブスの指揮などほとんど必要としていなかった。最初のランドマークであるモンテ・クリストの近くの川べりでふたりの死体が、ひとりは首に縄をかけられ、もうひとりは両足を縛られた姿で見つかった。死体は腐敗が進みすぎて身元の確認ができず、なかにはラ・ナビダッドに残してきた男たちのものではないと都合のいい解釈をする者もいたようだ。エルナンドはこの場面をさらに詳しく記録している。男たちのうちひとりは若く、もうひとりは年配だった。首に巻かれた縄はエスパルト（ハネガヤ）でつくられたもので、絞め殺された男は腕を大きく広げ、両手は十字架のような木切れに縛りつけられていた。翌日、川の上流でさらに二つの死体を発見するに至り、殺されたのがスペイン人ではないという希望を抱きつづけるのは困難になった。この地の先住民はひげを生やしていなかったが、死体のひとつには濃いあごひげがあったからだ。

サンタ・マリア号のように座礁してしまうのを恐れて接岸をためらっていた彼らがようやくラ・ナビダッド沖に錨を下ろすと、島の首長（カシーケ）グァカナグァリの使者を乗せた一艘のカヌーが近づいてきて、つけていた面をコロンブスに手渡した。彼らは最初、すべて順調だと報告したが、問い詰められるとついに、ラ・ナビダッドの入植者のうちの何人かが病気や争いで死んだと認めた。使者たちはまた、グァカナグァリ本人がコロンブスに挨拶に来ることができないのは、ラ・ナビダッドを襲撃してきたカオナボとマリエニというふたりの首長と戦って重症を負い、小屋で臥（ふ）せっているからだと語った(7)。

こうした出来事に関するエルナンドの記述は、コロンブスの失われた航海日誌を下敷きにしつつ彼自身の記憶によって脚色されたに違いなく、コロンブスが思い描いた牧歌的光景が打ち砕かれるくだりには、深い衝撃の跡が見てとれる。エルナンドは発見されたさらなる死体について、死後どれくらい経過しているかの予測も含めて記録している。また、入植者たちが仲間割れし、強姦や略奪行為に手を染めるようになり、そのため首長のカオナボが攻めてきて火を放ったという、のちに少しずつ明らかになった経緯についても記している。だが、グァカナグァリが語った話とその配下の者の話は食い違い、タイノ族を無邪気で正直な人々と信じつづけることは難しくなっていた。この身の毛もよだつようなエピソードを語ったあと、エルナンドは唐突に話題を転じ、グァカナグァリが金の帯と王冠、四マルク〔金銀の重量単位。一マルクは八オンス（二四九グラム）〕相当の砂金を、わずか三四マラベディ（一〇〇〇分の一以下の価値）相当の品物と交換に差しだしてきたときの、父親の満足したようすについて記している。この物々交換において、コロンブスが本当にこれほど冷血だったのか、それとも真の責任がどこにあるのか決められないような大虐殺に直面し、どうにか前向きな話題を得ようと必死だったのかはわからない。同様に、彼が父親の伝記に書いていているこの取引の一件、子ども心にも残酷な記憶として残ったに違いない出来事のすぐあとに出てくる話であり、よくありがちな、精神的衝撃（トラウマ）により引き起こされた勘違いのようにも思える。

宮廷にいたエルナンドは、これらの出来事に対する相容れない解釈を、いやでも目の当たりにすることになった。ラ・ナビダッドでの事件に関するチャンカ博士の説明によって、新たにスペインの臣下となった者たちの欺瞞に満ちた残虐さがわかりはじめ、それを裏打ちするように、一四九四年四月、大西洋への拡大をねらうスペインにとって打撃となる、さらなる惨事の報告が届いた。最後まで残ったテネリフェ島の抵抗を鎮圧し、カナリア諸島の征服を完成させようとしたコンキスタドール（征服者）アロンソ・デ・ルーゴが、島に住むグアンチェ族の降伏を受け入れようとせず逆に攻撃をしかけたところ、激しい反撃にあって海へ追いやられ、八〇〇人ものキリスト教徒の命が失われたのである。しかし残念ながら、テネリフェ島の先住民にとってのこの喜ばしい勝利も長くは続かなかった。翌年、デ・ルーゴは部隊を増員して舞い戻り、一斉に彼らを捕らえたのだ。

このように、大西洋の先住民に対する強硬な姿勢は数年間でさらに強まっていった。その後〝人間のなりをした獣〟たちがバレンシアで売りに出されるのを目にしたドイツの旅行家ヒエロニムス・ミュンツァーは、そうした奴隷たちも信仰によって柔和（スウィートニング）になるだろうと言及しているが、それはなにも、大半が甘い（スウィート）サトウキビの収穫に従事させられる彼らへの皮肉でもなんでもなかった。高まる敵対感情に対抗するため、コロンブスは危険な綱渡りをしなければならなかった。何もないところから、新世界は黄金で覆われたエデンの園のような場所だという幻想を生み出そうとする一方で、入植が最初から頓挫しつつあることを認めなければならなかったのだ。アントニオ・デ・トーレスは、何もせずとも新世界の大地からはワインや小麦が湧き出るように獲れると報告すると、その舌の根の乾かぬうちに、以下の補給品を送るようカトリック両王に依頼せざるをえなかった。

ワイン、堅パン、小麦、ベーコン、その他の塩漬け肉、畜牛、羊、子羊、雌雄の子牛、ロバ、干しブドウ、砂糖、アーモンド、ハチミツ、米、薬品

それを、できれば夏が来る前に届けてほしい、と。豊穣の地にいながらこれらの品々を求める理由を、コロンブスは第二回航海のために用意したものの質が悪かったためだとしていた。ワインはつくりの悪い酒樽から漏れ出し、セビーリャの蹄鉄工が提供した馬はみな背中を痛めた老いぼれで、期待していた頑丈な男たちは、いざエスパニョーラ島に上陸してみると、天からの恵みを享受し、そこらに散らばる黄金をかき集め、金持ちになってヨーロッパに帰ることを夢見るだけの怠け者であることがわかった。彼らは現地のカッサバ・パンでは我慢できず、スペインで食べ慣れた食物を要求し、気候のせいでしょっちゅう病気になった。これを証明するために、デ・トーレスは健康な者と病気の者のリストを携行していた。コロンブスはすぐさま、ラ・ナビダッドがたどった運命を、彼がそこに残してきた男たちの一部の悪徳のせいにしたが、同様にその後の入植の失敗は、（コロンブス本人、のちにはエルナンドによって）提督のビジョンを実現させるべく進んで苦難をともにしようとしない軽蔑すべき男たちの責任とされたのである。

一方で、コロンブスが新世界の先住民たちに抱いていた純粋無垢なイメージも崩れはじめていた。彼は先住民の攻撃に対してみずからがとった防御策を詳細に述べるのみならず、自身の〝発見〟を利益あるものにするための苦肉の策として、スペインの家畜と新世界の奴隷との交換を提案した。カトリック両王はこの提案に激しい抵抗を示したが、コロンブスは新世界に関する自身のビジョンを守りたい一心でそれを推し進め、利己的な都合から、拉致と奴隷化という忌まわしい歴史へと引き込まれていったのである。(8)

その後の数年間、コロンブスからの手紙は似たようなパターンをたどった。ちょうど宮廷がマドリッドに移動して間もないころ、七歳だったエルナンドは、父の探検隊がラ・ナビダッドを襲撃したカオナボの集落シバオへ分け入ったことを知っただろう。シバオには砂金を含む川が流れていたが、彼らはつねにカオナボの戦士たちの攻撃を受けていた。同じころエルナンドはまた、父の探検はカタイという大陸を探し求めるものだったにもかかわらず、キューバとジャマイカの海岸より先へは到達せず、ハルディネス・デ・ラ・レイナ（女王の庭園）と名づけた何百もの島々からなる迷宮のなかに取り残されつつあることを、どこからか伝え聞いたかもしれない。その島々で彼らは、フラミンゴ、他の魚の背びれに便乗するブリモドキ、海を覆い隠すほど多数の盾のように大きなカメ、船を闇に包んでしまうほどの蝶の大群などを目撃した。そよ吹く風はあまりにも甘く、水夫たちをバラか世界一かぐわしい香水に包まれているような気分にさせた。コロンブスは、もしも補給品が尽きておらず、八カ月ものあいだ着替えもせずベッドの上で眠れていない状況でなかったならば、東洋経由でカスティーリャへ戻っていただろうとうそぶいた。エスパニョーラ島へ戻る途中、コロンブスはようやく追いついてきた弟バルトロメと六年ぶりの再会を果たすが、その後熱病にかかり、五カ月のあいだ視力と記憶と感覚を奪われてしまうのだった(9)。

コロンブスの手紙とそれに添えてスペインへ送られてくる物は、日々前代未聞の驚きを生み、この押し寄せる新たな品々をどうにか整理したいという気持ちをかきたてた。それが息子エルナンドにとって、生涯をかけた世界秩序の探求へとつながったのだ。目にしたものを体系づけようとするさい、コロンブスはおもに中世の天地学の視点に頼った。そこでは、奇異な人間や慣習は世界の中心からの〝遠さ〟を示した。一方でアラビア風の芳香や潤沢な黄金は、この世の中心地であるエルサレム、あるいは失われた楽園の周辺へ近づきつつある手がかりとなったのである。コロンブスにとって、新世界はなぜか中心でもあり辺境でもあり、かつ既知の場所から遠く離れていながら人間の原点に近い場所でもあった。新世界に関する彼の報告は往々にして、つじつまの合わないリストの範疇を超えることはなかった。だが、そうしたリストが秩序を欠き雑然としているからといって、目にしたものをただ客観的かつ科学的に記録しただけのものとみなすべきではない。中世の列挙法の伝統では、とりとめのないリストはしばしば神を表現する手段であり、神の聖なる不可解さは、異なる数々のイメージでしか表現しえないからだ。たとえば、あるリストではキリストを次のように表現している。

起源、道、正義、岩、ライオン、光の担い手、子羊、扉、希望、美徳、言葉、英知、預言者、犠牲者、末裔、羊飼い、山、網、鳩、炎、巨人、鷲、伴侶、忍耐、苦悩……

おそらくコロンブスはこれを真似て、口で説明できるものではないという主張に頼ったのだろう。新世界の驚異的な美しさはとうてい言葉で表現できるものではなく、純粋に目で見て、恍惚とした陶酔のなかで味わうべきものだと。こうした動きはたちまち新たな領地に神秘的な印象を生み出し、それに意味を与えるのを後回しにした。その結果、コロンブスはうまく表現できない何かを目撃した唯一の権威者となったのである。[10]

なかには、従来の解釈や純然たる驚きという壁を突き破るような報告もあった。たとえば、コロンブスを当惑させたシバオのある慣習などがいい例だ。その集落では小屋の入口に杖を一本横に渡すだけで〝鍵をかけた〟ことになり、このお粗末な障壁を破ろうと考える者が誰もいなかったというのだ。この杖の鍵は、新世界を理解するのによく用いられる、エデンの園のごとき素朴さをもつ一方で野蛮な残虐性ももつといった単純な話で説明がつくものではなく、その文化に特有の〝プライバシー〟の問題なのだ。ヨーロッパの思想家たちはまさにこうした奇妙な慣習を目にして、自分たちが当たり前のように身につけた慣習（服装や振る舞い、道徳観念など）も、文明人として当然かつ必然的なものではなく、よその文化から見れば同じように恣意的で無意味なものだと気づくのである。だが、そうした認識が芽生えるのはまだだいぶ先で、当面はコロンブスも宮廷にいる彼の後援者たちも、〝人食い人種〟をスペイン本国に送り込んでキリスト教に改宗させ、罪深い食人の習慣をやめさせようとすることの皮肉（アイロニー）にはまったく気づいていなかったようだ。キリスト教徒になれば、神の子の体を食する聖体拝領をしょっちゅう行なうことになるというのに。〝セミー〟と呼ばれるタイノ族の神像はただの石や木片なのに、それを話のできる存在と信じて貢物をしていると平気で嘲笑する一方で、彼らはタイノ族の土地に、神聖なる証として、奇跡を起こした聖母マリアや聖人の像にちなんだ名前をつけた。

大西洋の西側に関する知識の増大によって、コロンブスの第二回航海の時期、新世界について記述しようという初の体系的な試みがなされたが、その過程にはエルナンドが重要な役割を果たしていた。彼の家庭教師ピエトロ・マルティーレは、一四九四年に届いたコロンブスの書簡を受けて、探検の旅の経緯と彼らが遭遇した土地について書く意思を表明し、断続的にとはいえ、彼はその仕事に一生涯たずさわることになる。また、宮廷がカタルーニャ地方をめぐっていた一四九五年の終わりごろに届いた小包には、新世界の住人について初めて民族誌的に記述したものが入っていた。それは修道士ラモン・パネによる、タイノ族の風習やしきたりに関する幅広い研究の成果であり、その中身が現存するのは、ひとえにエルナンドが父の伝記にそれを丸ごと写し取ったからだ。大虐殺や改宗、病気によってまたたく間に消滅してしまった文化について我々が知ることができるのは、主としてそのおかげなのである。

パネの研究書は、タイノ族の空の神と、五つの名をもつその母親に関する記述から始まり、人類はカシバヤグアとアマヤウバという二つの洞窟から出現したという彼らの信仰に触れている。その洞窟はマロカエル（まつ毛のない人）という番人が守っていたが、洞窟を守りきれなかったために石に変えられてしまった。次に書かれているのは、最初の女性たちが〝女の島〟へ行ってしまい、残された子どもたちは泣き叫び、その声がカエルの声に変わったという物語だ。残った男たちは、海から最初にやってきたキリスト教徒と同様、女のいない民となり、自分たちに欠けているものを略奪した。パネはさらに、太陽と月が昇る二つの洞窟があり、そこにはボイナヨル（ヘビの姿をした嵐の神の息子）とマロヤ（晴天）と呼ばれる石彫のセミーがあったという話や、へそのない死んだ男たちが、女のコアイバイ（そこにいない者）を抱きしめようと地上を永遠にさまよいつづけているというタイノ族の迷信についても記録している。先住民の文化に関するパネの説明は、儀式的な詠唱（彼はそれをイスラム教徒のものになぞらえている）、シャーマン的な呪術医、神像のつくりかたの描写で終わっている。神像がつくられる木は、根づいている場所から移動してきて、シャーマンが向精神性をもつ〝コホバ〟で幻覚症状を起こしているあいだに、どんな形になりたいかを告げる。エルナンドはおそらく、タイノ族の文化の中心的存在であるカエルに共感めいたものを感じていたに違いない。カエルはかつて母親に置き去りにされた子どもたちで、その鳴き声は、失った母を呼び求めるものだったからだ。

エルナンドがパネの記述から書き写した話の多くは、雑然としていて理解するのがかなり難しい。パネは自身の説明には限界があると謙虚に認め、書き留める紙が足りず、すべてを順に頭で記憶しなければならなかったこと、さらには言葉と文化の障壁により、完全には理解できなかったことを理由として挙げている。しかし、その謙虚さに惑わされ、パネが密かに課した秩序から目をそらしてはならない。彼は耳にした話を、まずタイノ族の神々の物語、次に神々による人類の創造を経て、人類が宇宙の形態や来世について知り、やがてその世界観を反映した社会が構築されるという順序で語っている。また、儀式や神聖なる物の話から、彼らが体を癒すと信じている医術へと話を進めている。自分たちとなじみのない〝エキゾチック〟な人々について、宗教的信仰から社会的慣習へと順に語っていくこのヨーロッパ式の手法はパネが考案したものではなく、パネ以降もその形があまりにも自然なものになってしまったため、我々はそこに含まれる論理を見落としてしまいがちだ。だがエルナンドは、タイノ族に関するその描写が、プリニウスの『博物誌』などの古典作品によって確立され、セビーリャのイシドールスの『語源』によって中世に伝えられた手法を踏襲したものだと理解していたのかもしれない。プリニウスもイシドールスも、自分たちにわかる形で世界全体を描写しようとしている。彼らがまとめた事典は、たんに無作為に並べただけのリストに思えるかもしれないが、よく見ると、アリストテレス哲学にもとづく明確な原則にのっとって、原型から派生型へ、また自然なものから人為的なものへと順序よく並べられている。タイノ族に関するパネの描写に見られるように、世界の起源とされるもの（神々、天地創造）から、次にその創造物（人間）へ、さらにその創造物がつくりあげたもの（宗教的儀式や医術など）へと移っていくことで秩序が生み出されるのだ。このような順序は合理的に見えて、じつはキリスト教徒である読者に、まちがった信仰を根拠に他の文化全体を退けることを許してしまう。つまり、その文化がよりどころとする前提（すなわち、神の概念が）まちがっているならば、その前提から生まれるあらゆる行為や信念、習慣もまちがっているに違いないと思わせてしまうのだ。それを物語るように、自身が新世界で初めて行なった先住民の改宗の話で締めくくられるパネの文書には、凶暴な敵（首長のグァリオネクス）がキリストの聖像を破壊しようとしたことや、バルトロメ・コロンによるグァリオネクスの配下たちの火刑などが語られている。(11)

宮廷でのエルナンドの日常と、父親からの手紙を通して入ってくる新世界の情報は、エルナンドの人生のほぼ半分にあたる三年の不在ののち、一四九六年にコロンブスが突然帰還したことで途絶えた。父親との再会はエルナンドにとって喜ばしいことであったに違いないが、今回の提督の帰還は勝利に満ちたものではなく、六月にカディスに到着したときも、ブルゴスのカサ・デル・コルドンで両王に謁見したさいも、ファンファーレによる歓迎はなかった。新世界に関するさまざまな話が宮廷じゅうに蔓延し、それが新領地の統治者としてのコロンブスの振る舞いと、彼がさらなる探検で長らく不在にしていたあいだ島に残った弟バルトロメの行状に関して急速に広がりつつあった不満の声に現実味を与えていた。彼らへの非難は、先住民からの非道な搾取ではなく、むしろエスパニョーラ島に入植したスペイン人への高圧的な扱いに向けられたもので、反コロンブス派は、新世界は暴力に満ちた過酷な土地で、コロンブスの統治はそれをさらに悪化させただけだと愚弄した。それに対してコロンブスは、問題が起きたのはおもにスペイン人入植者の凶暴さと、先住民に対する彼らの不必要な挑発が原因だったと反論。司法委員会はコロンブスに不利な判定を下さなかったが、自分がしばらく宮廷を離れているあいだに、敵対する者たちにその空隙を埋める機会を与えてしまったと彼は感じたようだ。[12]

コロンブスがブルゴスで子どもたちと再会したのは、宮廷が最もざわついていた時期だった。彼ほどの〝役者〟でなかったならば、雑事に追われる両王の関心を自分に向けることはできなかっただろう。そのころフェルナンドとイサベルはちょうど、子どもたちの立場を強固なものにしようと宮廷の改革を進めており、戦略的な意味から、フェルナンドの領地であるアラゴンとイサベルの領地であるカスティーリャの境界に位置するアルマサンに宮廷を設け、そこにファン王子を住まわせようとしていた。両王はさらに、日の出の勢いのハプスブルグ家との結びつきを強化するための〝二重結婚〟を取り決め、子どもたちを神聖ローマ皇帝マクシミリアン一世の後継者と結婚させようとしていた。

コロンブスが宮廷に到着する少し前、推定二万五〇〇〇から三万五〇〇〇人を乗せた一三〇隻の大船団が、ファナ王女をフランドルへ運ぶためにバスク地方から出航した。ファナ王女はそこでブルゴーニュ公フィリップと結婚し、帰りの船は、マクシミリアン一世の長女マルガレーテを乗せてくることになっていた。ファナ王女に随行する三〇〇〇人のお供のために、二〇〇〇頭の牛、一〇〇〇羽のニワトリ、二〇〇〇個の卵、四〇〇〇バレルのワイン、二五万匹近くの塩漬けの魚が用意された。船団の規模は、この行事が非常に重要なものであることを示すだけでなく、当時イタリア半島の支配権をめぐり戦っていたフランスからの攻撃に対抗するのに必要な防御策でもあった。ところが一四九五年から九六年にかけての冬の時期、フランドルの過酷な寒さと病気でスペイン側の一万人近くが命を落とし、結婚の祝宴は一転、戦慄の場と化したのである(13)。

新世界から持ち帰っためずらしい品々を次々と見せながらも、〝これからやってくるものの証拠〟としてわずかな量の黄金しか提供できなかったコロンブスを見て、父の演出術も限界に来ているとエルナンドは感じたかもしれない。だがコロンブスは、特異な才能を生かして脚光を浴びる新たな方法を見いだしていた。一四九七年三月、船団がファン王子の花嫁となるマルガレーテを乗せてフランドルから戻ってくるころ、気をもんでいた両王に、宮廷の者たちと一緒に内陸の町ソリアへは移動せず、ラレドに近いブルゴスにしばらくとどまるようコロンブスは勧めた。船団はラレドに入港すると予言し、正確な到着日とそこへ至る航路までぴたりと言い当てたのである。このエピソードを、のちにコロンブスとエルナンドはそれぞれ記録にとどめている。航路や港と港の距離が書かれたポルトラーノ型海図を予言の道具にするこの特異な手法は大いに役立ち、その後の数年間にわたり、父子はその海図が与えてくれる神業のような力をほしいままにした。エルナンドはのちに知るのだが、イタリアの博学者アンジェロ・ポリツィアーノは、神の啓示による〝ひらめき〟と人間が生み出した実用的知識の中間ということで、この手法に〝混合〟科学という名前を与えていた[14]。

皇女マルガレーテとファアン王子の結婚式は、一四九七年三月一九日、枝の主日（復活祭直前の日曜日）に執り行なわれた。それが終わるとすぐ、両王はさらなる同盟強化に乗り出し、イサベル女王は長女イサベルとポルトガルのマヌエル一世との結婚を祝うため早々に旅立った。だが、その喜びは長くは続かなかった。女王が留守にしているあいだにファアン王子が病気になり、まもなく父親の腕のなかで息をひきとったのだ。この世で受け継ぐことのできなかった王国よりももっと偉大な王国を神はあの世に用意してくださっている、フェルナンドはそう言って、死にゆく息子をなぐさめようとした。ファアン王子の愛犬ブルートは、サラマンカ大聖堂に安置された主人の棺の枕元にうずくまり、教会の外に用を足しに行く以外はけっしてそばを離れなかったと伝えられる。埋葬のために遺体がアビラへ運ばれたあともずっと、最後に主人を目にした場所を動かなかったが、そのころには、この新たな居場所でクッションと餌を与えられていた。また、フェルナンドは長女の結婚を祝うためにイサベルに合流したが、祝いの行事が終わるまで息子の死を妻に告げなかったとも伝えられる。このとき新たにポルトガル王妃となった長女も一〇カ月後には亡くなり、その二年後、妹のマリアが同じポルトガル王に嫁ぎ、姉に代わって王妃の座につくのである。

コロンブスが帰還しスペインで過ごした二年間、王家は家族の問題を抱え、さらにイタリアではフランスと、地中海ではオスマン帝国と、バルバリア海岸では北アフリカのイスラム教徒と戦っていた。そうした混乱のなかで父が自分の計画を推し進めようと奮闘する姿を、エルナンドは見ていたことだろう。コロンブスは大所帯で移動する宮廷を追いかけて、アラゴン周辺を、さらにブルゴスからバリャドリッド、メディナ・デル・カンポ、サラマンカ、アルカラ・デ・エナーレスとめぐりながら、少しずつだが着実に目的を果たしていった。彼はまず、一四九二年の「サンタ・フェ協約」で両王が彼に約束したことを再確認させると、次にエスパニョーラ島の入植者たちのためにどうしても必要な補給品を調達し、息子のディエゴとエルナンドが亡くなった王子の宮廷から女王自身の宮廷へ移されるのを見届け、そして第三回航海としてふたたび新世界へ赴く許可を手にした。それでも当然のことながら、自身の長い不在中、まして死後に、周囲の猛攻を乗り切る強運がどこまで続くかわからないという不安はたえずつきまとった。そのため彼は、フェルナンドとイサベルに約束の念押しをするのに加え、スペインにいるあいだに自身の財産に限嗣（げんし）不動産権を設定する書類を作成した。貴族階級だけのものであるこの法的手続きによって、コロンブスの地位はさらに堅固なものとなり、同時にエルナンドもまた、スペイン社会における最高のエリート集団へと一気に格上げされたのである。この取り決めにより、コロンブスが死んだ場合、エルナンドには相当な額の収入（年に一〇〇〜二〇〇万マラベディの地代）が保証され、国内屈指の相続人となる。だが一〇歳の少年には、おそらくこちらのほうが重要だったであろう――その書類には、ディエゴもエルナンドも同じように「わが嫡出（ちゃくしゅつ）子」と記されていたのである。[15]

　こうして正式な相続人になったとはいえ、ディエゴとエルナンドが実際に何を相続するのかというと、そちらはかなり不確実だった。気前の良い遺贈はコロンブスの胸算用による推定収入にもとづくもので、王家が一四九二年の協約をどこまで守ってくれるかにかかっていた。協約は公証人によって証明されており、騎士道に基づく規範に照らし、国王の言葉の重みになんらかの疑いが生じた場合にコロンブスは訴え出ることができたが、この協約は事実上、コロンブスとその相続人に海の向こうの王国における永続的な統治権と、王家に匹敵するほどの収入を授与するもので、スペイン王室にとっては受け入れがたい脅威となっていた。

一四九八年五月の終わりに出発した第三回航海のあいだに、将来の展望はさらに不透明なものとなった。自身が統治していた島々へ戻り補給品を見届けるだけではつまらないと、コロンブスはカナリア諸島で船隊を二手に分け、三隻の船をエスパニョーラ島へ向かわせ、自分は残りの三隻を率いて赤道方面へ南下し、そこからさらに、なかなか見つけることができない大陸を探して西へ向かった。この探検は五カ月間続き、アメリカ大陸を最初に目にしたヨーロッパ人としての名誉をコロンブスに与えた。そこは現在のベネズエラの一部で、彼はパリアと呼んだが、そこがアメリカ大陸であるという認識があったかどうかは定かでなく、のちの世界地図においては、その名誉がアメリゴ・ヴェスプッチに与えられているのは有名な話である。

こうしてコロンブスのエスパニョーラ島への到着が遅れたことは、まさに悲劇としか言いようがない。一四九八年の八月末、彼はようやくサント・ドミンゴに上陸した。弟バルトロメが水深の深いオサマ川の西岸に築き、父の名をつけた町である。上陸してすぐ、コロンブスは島がまたしても騒乱のただ中にあることを知った。一四九五年のときと同じく、この反乱もまた最初は彼の弟たちに対して勃発し、島の劣悪な状態がそれに追い打ちをかけたのだが、提督が帰還すると、その矛先は否応なく彼に向けられた。

コロンブスの権力、名声、ビジョンは完全に失墜した。息子たちはその影響から守られることなく、それどころか、エスパニョーラ島から戻った入植者たちが新世界の統治者の頭越しに、両王にじかに不満を表明しはじめると、ふたりは非難の矢面に立たされたのである。それから何年もたって、エルナンドは当時の屈辱的な経験を鮮明に回想している。帰還した入植者たちが五〇人ほど、宮廷のあったアルハンブラ宮殿の門の外に（ワイン樽とともに）群れなしていた。そして提督が賃金を払ってくれず、自分たちは破産の憂き目にあっていると大声で不満を叫び、フェルナンド王が宮廷を出ようとするたびに、「金を払え！　金を払え！」と訴えた。しかし最も敵意に満ちた攻撃は、ディエゴと、当時一一歳だったエルナンドに向けられた。その言葉を、彼は一度だけ引用している。

　ほら、あれが〝蚊の提督〟の息子どもだ。哀れなカスティーリャ郷士の墓場となる、虚栄と欺瞞の地を発見したやつの息子だ！

この一件のあと、エルナンドとディエゴは男たちに会わないよう、宮廷を出るときはもっぱら裏口を使っていた(16)。

両王が苦情の猛攻に長いあいだ耐えたのは、コロンブスへの厚い信頼の証であり、宮廷内で彼の支援者たちが実権を握っていたことを物語っている。しかし、さすがの両王もついに、新世界における領土の状況を調べるためにふたたび調査団を派遣せざるをえなくなり、フランシスコ・デ・ボバディーリャがそれを率いることとなった。

一五〇〇年八月二三日にボバディーリャがサント・ドミンゴに上陸し、そのわずか三カ月後、エルナンドは待ちに待った父親との再会を果たす。だが、一二歳になったエルナンドが見た父はもはや、八歳のときに贈り物をいっぱい運んできてくれた魔法使いではなかった。それどころか、コロンブスはなかば失明した状態でスペインに戻ってきたのである。父親の名をとった町で、新世界の発見者をあざける歌が流れるなか、彼は弟たちとともに引っ立てられ、権威を失墜した提督に沿道の群衆は侮蔑の言葉を投げつけ、笛を吹き鳴らした。見せしめの裁判では、裁判官役のボバディーリャにたきつけられた証人たちが、コロンブスに対する蔑みの言葉を浴びせた。

そして一五〇〇年一一月二〇日、コロンブスは統治者としての地位も威厳も剥奪され、手足を鎖で

縛られた姿でカディスに上陸したのである。(17)

第三章　預言の書

幾多の苦難に耐えてきた探検家は、手足を鎖で縛られた姿であらわれたのち、密かなプロジェクトについて息子に語った。それは世界をまったく新たな光で照らし、宮廷においてたんなる対費用効果の議論に終始していた新世界の発見を歴史上の壮大な宗教的物語（ナラティブ）に仕立てあげ、キリスト教の勝利と終末の土台をつくるという計画だった。コロンブスが彼なりの裏付けをまとめたものは、著しく破損した八四枚の手稿としていまも残されているが、そこには彼以外の人間による書き込みも数多く見られる。イタリア製の紙には、六芒星とその下に広げた手をかたどった透かしが入っていて、この手稿には当初、『聖都とシオンの山の復興の必要性に関する権威ある著述および言説、意見、預言、そしてインディアスの島々やすべての民族、国々の発見と改宗に関する書』という、あまり面白みのない説明的な題名が付けられていた。のちにエルナンドがこれを『預言の書』と改題したが、この書の創作に彼が果たした役割は、ものごとを整理して順序づける天賦の才が育ちつつあったことを示す最初の証拠である。(1)

大洋の提督を束縛していた鎖はすぐに外された。じつは、護衛してきた船長の申し出をコロンブスが拒否しなければもっと早くに取り外されていたのだが、彼は奴隷のような姿でスペインに上陸することで、持ち前の芝居っ気を満たすほうを選んだのだ。コロンブスにとって手枷足枷は、彼が成就したこととそれに対する見返りの落差を如実にあらわすものだった。彼が好んで引用するようになった預言の言葉を使うなら、彼は〝古代の世界を縛る太洋の鎖を断ち切った〟男だ。だがそれとひきかえに与えられたのは囚われの身となる鎖だけだった。だからこそコロンブスは、この鎖を恩知らずな世間の象徴として墓に収めるために取っておいたのだと、エルナンドは晩年に語っている。

釈放を命じたフェルナンドとイサベルによってグラナダに来るよう求められたコロンブスは、その後数カ月にわたり、新世界から得られる権益を主張する正当性をふたたび認めさせようと、果てしなく無駄な試みを再開した。両王はすぐさま、彼に対するボバディーリャの処遇を不当と判断し、ニコラス・デ・オバンド率いる新たな委員会を任命してボバディーリャ自身の行為を精査させた。この対応に、コロンブスもさぞかし溜飲を下げたことだろう(2)。

しかし、こうした行政上の実務に専念するつもりはなく、スペイン滞在中は『預言の書』のほうにますます関心を向けるようになっていたようだ。といっても、コロンブスの頭の中で急激に構想がふくらんだわけではなかった。彼は新世界について報告しはじめたころからずっと、カリブ海地域がもつエデンの園のような雰囲気を想起させようと、豊作をもたらす気候や純朴な住民たちを引き合いに出しながら、この事業は神に祝福された黄金時代（そして、その延長線上にある黄金）への一歩だと示してきたのだ。

しかし一四九八年一〇月と一五〇〇年二月の書簡には、彼の思考に訪れた大きな転換が見てとれる。最初の書簡では、第三回航海の最初に、トリニダード（三位一体）と名づけた丘が三つある島を迂回して別の陸地に向かったことを報告している。コロンブスは当初、この陸地をサンタ島と名づけたが、のちにここは堅い土地（テラ・フィルマ）すなわち大陸であり、住民たちがパリアと呼ぶ地域だと知った。三カ月に及ぶパリア周辺への寄り道には、瀕死体験の一覧のような人生を送ってきた人間にとってさえ恐ろしい出来事がいくつも含まれていた。まず、南下して赤道に到達した直後、凪のせいで八日間も足止めを食った。あまりの暑さに甲板下の貨物室はオーブンと化し、甲板の厚板もみしみしと音を立てて割れはじめた。エルナンドはのちに父の航海日誌をもとに、比較的涼しい夜間と折々のにわか雨がなかったら、閉じ込められている乗組員もろとも船は燃えてしまっただろう、と大胆に回想している。ようやく風が起こってトリニダード島に到達するも、安堵したのもつかの間、島とパリアのあいだの海峡は怒り狂った河川のように流れが速く、両側から押し寄せる波が真ん中でぶつかり合い、水の壁のようになった海峡を通り抜けなければならない恐怖にさらされたのだ。コロンブスたちは、トリニダード島の南端にあるこの海峡を蛇の口(ボカ・デ・ラ・シエルペ)と呼んだ。蛇の口の流れに逆らって南に戻ることもできず、エスパニョーラ島へ戻る唯一の方法は、北に向かう同じような水路——こちらには龍の口(ボカ・デル・ドラゴ)と名づけた——を通り抜けるしかない。彼らはトリニダード島と本土とのあいだに囚われたことに気づき、ますます恐怖をおぼえた。しかも脅威はそれだけではなく、乗組員たちは指揮官なしでこの難局に立ち向かわなければならなかった。コロンブスはふたたび不眠に襲われ、休息を奪われた目が充血して視力を失いつつあったのだ。どんなものごとをも観察して詳細を記録することに取り憑かれ、他者に先んじてものごとが見える能力を神から与えられたと信じて疑わない男にとって、目が見えなくなるこの状態は拷問だったに違いない。このような状況のもと、彼らは取りうる唯一の選択肢に従って龍の口をどうにか抜けたものの、激しい潮流に吐き出されるような勢いだったため、船の制御を取り戻したときには、すでに六〇レグアも流されていた(3)。

パリアへ向かうさい、コロンブスは他者の目に頼らざるをえなかっただろう。だが彼はこのころから、自分には視力を超える〝ビジョン〟が授けられていると信じるようになった。パリアでの驚くべき体験を自分が理解できる説になんとか収めようとした彼は、船の動きを左右するのは単純な自然現象ではなく、地球の形の不規則さだと推論した。コロンブスはもはや、地球が完璧な球体だとは思っていなかった。地球は女性の乳房のように丸く、乳首に似た尖った先端がある。そして、その先端は赤道の最東端に位置しており、天空の楽園がそのてっぺんに見つかるはずだ。そう考えた彼は、いくつもの論拠を挙げた。たとえば、アゾレス諸島の西一〇〇レグアの地点を通過するたびに、羅針盤の針はなぜか真北を指すのをやめてしまう。大洋のど真ん中における説明のつかない磁針の動き。坂を下っていることを示す、龍の口を抜け出たときの速度。そして、八日間も日差しにじりじりと焼かれた無風状態。これは、何人(なんぴと)たりとも神の許可なく天界の楽園に近づけないようにするためのものだ、とコロンブスは考えた。それに加えて、パリアの住民が、人種の地理的分布に関する中世後期の認識とは一致しない点も指摘した。地球上で最も暑い地域に住む人々は、その気候に焼かれて真っ黒い肌をしているはずだが、パリアの住民はそれまでに遭遇したほとんどの部族よりも勇敢で抜け目なく有能なだけでなく、肌の色も薄かった。コロンブスはその理由を、〝洋ナシの軸がついている尖った部分のように〟地球が盛り上がりはじめる地点に彼らが住んでいるためだと主張した(4)。

万全とは言えない体調に加え、サント・ドミンゴに到着してからは公然たる反乱にすぐさま対処しなければならなかったこともあり、この自論をさらに展開することはできなかった。ところが一四九九年一二月、反乱が小康状態のあいだに小さなカラベル船でエスパニョーラ島を視察しているとき、船がふたたび立往生し、コロンブスはタイノ族の一団に襲撃され、生活物資もなく十分な乗組員もいない状態で海へと追いやられた。そしてクリスマスの翌日、大海原で揺られながら絶望の淵を見つめるうちに、彼は最初の幻を見た。そのなかで神は、コロンブスが疑念を抱いたことを咎め、つねに彼のそばにいて力になると告げたという。四〇日以上も海の上で過ごしたあとで二月にサント・ドミンゴに戻ると、コロンブスはふたたび宮廷に手紙を書き、この幻視体験について詳しく述べた。そしてインディアスの発見は神からのメッセージととらえるべきだとフェルナンドとイサベルに進言し、聖地エルサレムの奪還とともに訪れるはずのキリスト教会の勝利のため、いまこそ運命を決する最後の

行動に出るよう主張したのだった。(5)

ある意味、以前からの論をくり返しただけとも言える。コロンブスは西方の発見を、いずれはインディアスと聖地の征服につながる聖戦の一部ととらえるよう、両王に対して長年にわたり働きかけてきたからだ。その一環として、彼はトルデシーリャス条約の解釈の主流派に真っ向から対抗した。ローマ教皇の仲介のもと、スペインとポルトガルとのあいだで一四九四年に締結されたこの条約は、新発見をめぐって両国が戦争に突入するのを防ぐために世界をそれぞれの活動領域に分割し、トルデシーリャス線――ベルデ岬諸島の西三七〇レグアのところにある架空の子午線――の西側にあるものすべてをスペイン領に、そして東にあるものすべてをポルトガル領にすると定めた。この条約により、ポルトガルは大西洋の領地（アゾレス諸島やマデイラ諸島）を手に入れるとともに西アフリカ地域（イフェ、ベニン、コンゴ王国）との貿易独占権を確保し、スペインは新世界での自由裁量権を得た。しかし、この条約には史上最大とも言える見落としがあり、勢力範囲がどこから始まるかは定めたものの、どこまで及ぶかには触れていなかった。自分たちの勢力圏は世界を東進した中間地点までで、地球の半分を占める（もっとも、正確にはどこまでが〝半分〟なのか当時はまったくわからなかったのだが）とポルトガルが考えたのも無理はない。一方コロンブスは、ポルトガルの勢力が及ぶのはトルデシーリャス線から一四九四年に条約が締結された日までに東進した範囲、すなわち喜望峰までに限られ、スペインの勢力圏は大西洋中部からさらに西進して地球を一周して喜望峰に至るまでの地域だという立場を崩さなかった。そう考えていたのは、ほぼ彼ひとりだったが、コロンブスにとって大切なのは、それによってカタイやインド、ペルシャ、エチオピア、そして（最も重要な）エルサレムなど、中世後期における思想の象徴的中心がみな、スペインの領土となる範囲にまちがいなく入る点だった。(6)

しかしながら一五〇〇年二月のコロンブスの書簡では、新世界の発見そのものが、神がスペインにエルサレムを与えた証拠であり、聖地を取り戻す準備を早く始めよという指示なのだという論が展開された。その年の一一月にスペインに戻ると、ボバディーリャの審判から自由の身となったコロンブスには、その考えを推し進める時間が生まれ、なんらかの形にまとめあげる作業に着手できる立場にもあった。エルナンドが特異な才能を最初に発揮したのは、その作業だったのかもしれない。コロンブスはカルトゥジオ会修道士ガスパル・ゴリシオの手も借り、彼の所属するサンタ・マリア・デ・ラス・クエバス修道院にしばしば滞在した。セビーリャにあるこの修道院は、グアダルキビル川を挟んで、エルナンドがのちに自分の図書館を建てる地の向かいにあった。この場所はコロンブスの世界、そしてエルナンドの世界にとって、しだいに中心的な位置を占めることになるのである。レンガ造りの落ち着いた堅固な建物は、いまと変わらず当時も街の喧騒から離れた安らぎを与え、回廊から差し込む陽光がムデハル様式の細長い柱列を抜けてふわりと全体を照らしていた。修道院の食堂の壁に掲げられた、幼子キリストを背負って川を渡す聖クリストフォロスの絵の下で、コロンブスはますます隠遁的になっていく気質にふさわしい場所を見つけた気がしたことだろう。彼がふたたび大洋へ出航するさいに貴重な文書のほとんどを預けていったのも、この修道院だった(7)。

コロンブスはつねに恰好の引用句を探し、おそらく第三回航海から戻る前からすでにゴリシオと連絡を取り合い、自説を支える権威ある根拠を集めていたが、ここでいよいよ、その活動を本格化させるのである。現存する八四枚の『預言の書』に書き写された引用句の出典には、たとえば以下のようなものがある。

アンゲルス・デ・クラワシオ、ギヨーム・ドゥランドゥス、聖アウグスティヌス、セビーリャのイシドールス、リラのニコラウス、『ダニエル書』、賢王アルフォンソ一〇世、フィオーレのヨアキム、『詩編』、フェズの律法学者サムエル、『エレミヤ書』、アロンソ・フェルナンデス・デ・マドリガル（エル・トスタード）、ピエール・ダイイ、アルブマサル、『エゼキエル書』、セネカ、『福音書』、ヨハネ・クリュソストムス（金口イオアン）、カラブリアのヨアキム、『列王記』

聖書、初期の教父たち、中世の神秘主義者やスコラ哲学者、より最近の人物の言説からの引用の合間には、両王に宛てたコロンブスの書簡やゴリシオの祈りの言葉、そしてエルナンドの筆跡によるカスティーリャ語の詩歌などを含む短い独自の一節が、つなぎとして差しはさまれている。

だが右の出典リストを見ると、重要度やアルファベット順、日付、地理的あるいは宗教的な起源、その他の明白な属性によって並べられているわけではないことがひと目でわかる。順番は、『預言の書』が編纂されたプロセスに沿って決まったのでもない。というのも、この書はゴリシオとコロンブスのあいだを行ったり来たりして、ふたりが残した余白にエルナンドがさらに追記してできたと思われるからだ。そのかわり、前書きに続いて、「de Praeterito（過去について）」、「de Praesenti et Futuro（現在および未来について）」、そして「de Futuro（未来について）」という三つのセクションに分けて配置されている。「in novissimis（未来および終末について）」という部分もひとつのセクションではあるのだが、大量の引用句で錯綜して、ほとんど意味をなしていない。しかるべく理解されれば、これらの引用句は、順序をつけて整然と並べるというすばらしい行為を通してこそ、ものごとの本質が見えてくるという主張を構成している。エルナンドは、『預言の書』のためにつくった最初の詩でこう述べている。

私は、このような者を僕（しもべ）としよう
賢く鋭敏で、知識豊かな男
みごとに基礎を築き、秩序をもたらす者を

エルナンドのこの機知に富んだ短い詩が示すように、世界の創造には確固たる基盤だけではなく、その後に秩序をもたらす行為が必要となる。賢者、すなわち神に選ばれし者とは、ものごとを適切な順番に並べるすべを知っている者なのだ。(8)

『預言の書』の意味を理解するには、その第一の原則から始めるのが肝要だ。まず、この書は聖アウグスティヌスに倣（なら）い、神が人類のために前もって定めた計画は、人間の堕罪から最後の審判に至るキリスト教の歴史における大きな出来事を方向づけるだけの全体的な計画のみならず、ひとりひとりの人生という、より微小なレベルで何が起こるかにも影響を及ぼすものだと主張している。重要なのは、そうした人々が偉大な王や博学の賢者である必要はなく、神の力そのものが身分卑しき者たちを崇高な存在にできるという点だ。ゴリシオの祈りから引用された美しい一節では、『預言の書』における神をこう表現している。

神とは、言葉がなくともやすやすと人の心を導き、口ごもる者に賢い言葉を語らせ、必要なときに我々のそばにいてくださる存在だ。

その後、神の特別な恩恵にあずかる選ばれし者とは往々にして権力者ではなく身分卑しき者であることを示すべく、ふたたびアウグスティヌスが持ち出され、コロンブスとその息子が宮廷で敵からい

かに見下されたかを強調しながら、神に選ばれし者は〝生まれの高貴さより特別な気品や知性〟によって抜きん出ているのだと述べられる。この特別な神意は人々を鼓舞する雄弁な言葉という形をとるだけではなく、なんらかの分野において秀でた人間に手を貸すこともできる。たとえば（これもまたアウグスティヌスによると）、神は占星術のような専門的な事柄においても選ばれし使者を教え導くことができるのだ。地球の円周に関してコロンブスが一四九二年以前に主張したことを否定した者たちへの当てこすりとして、『預言の書』では、大洋の提督の成功そのものが神が彼に味方した証拠であり、彼に反対する者はまるでパリサイ人のように、巧みな議論や理知的なうぬぼれのほうを好み、神の思し召しを故意に拒絶していると示唆している。

彼らがもし、世界の大きさを測れるほど物知りならば、なぜもっと容易に神を見いだせないのだろうか？

『預言の書』は、何も知らずに神の思し召しを伝えるだけの聖なる愚者のような存在としてコロンブスを描いているのではない。現に両王に宛てた前口上としての書簡は、提督の航海経験や、世界の神秘を解き明かしたいという情熱につちかわれた知識——コロンブスはそれを天地学や歴史、文学、哲学の本を広く読むことで身につけた——について惜しみなく伝えている。だがむしろ『預言の書』の要旨は、これほどの知識や経験をもってしても、一瞬の閃きという形でコロンブスが受け取ったような lunbre（啓蒙の光）がなければ、人間は何もできないという点にある。彼が多くのことに関して正しかったという事実は、こうした閃きが狂気の沙汰ではなく神に与えられたもので、提督が歴史において特別な役割を果たすために選ばれた人間がある証拠だ、とこの書は述べているのだ。(9)

『預言の書』の第二の原則は、聖書の言葉は必ずしも字義どおりに受け取るべきではないというものだ。現代の聖典擁護者ならば、聖書は伝承をまとめたもので、歴史の記録としてその主張にとらわれるよりも倫理的な教えのほうに(意識して)関心を向けるべきだと言うだろうが、そうではなく、むしろエデンの園からノアの洪水まで、聖書における現実離れした逸話の多くは正真正銘の真実だというのがコロンブスの主張の中心だった。『預言の書』は、聖書に書かれていること、とくに預言者の言葉や『知恵の書』の謎めいた格言は、曖昧な言葉であらわした神のお告げととらえることができるという世間一般の考え方を採用しているのだ(もっとも、こうした予言は、その出来事が実際に起きたあとで明かされることが多かったが)。これを説明するのにコロンブスや彼の支援者たちが選んだ例は、次の『サムエル記』の預言だ。

私は彼の父となり、彼は私の子となる。
(サムエル記下七・一四『聖書』聖書協会共同訳)

旧約聖書の歴史において、「彼」とはソロモン王を指すととらえられていたが、より直接的にキリスト(qui est filius Dei per naturam =自然にできた神の子)について語っていることがのちに明らかにされたと『預言の書』は指摘している。神の子であるキリストに言及していると考えるほうが、この預言はより完全に満たされるというのだ。提督の〝自然にできた息子〟であるエルナンドは、ヨセフの妻マリアのもとに生まれたイエスが神の子であったのと同じく、自身がコロンブスの子であることを思い出させてくれるこの言葉が選ばれたことに、さぞ感激したに違いない(10)。『預言の書』の中核をなすのは、聖書をどのように解釈するかという議論だった。それは、聖書における言葉の大半が、世界の命運や、神の計画においてキリスト教徒とキリスト教が果たす役割について広くを述べているのではなく、むしろ神とイスラエルの民、すなわちユダヤ人との特別な関係を論じているからだ。キリスト教徒は、歴史におけるさまざまな罪のせいでユダヤ人は神の選民という地位を剝奪されたと解釈している。これもまた聖アウグスティヌスの思想に基づき、中世のキリスト教における中心的思想となったものだ。そのため、旧約聖書の預言が語る〝イスラエル〟の未来は物理的なイスラエル（すなわちユダヤ人）ではなく、精神的(スピリチュアル)なイスラエルの未来と解釈すべきであり、それはとりもなおさずキリスト教会そのものの未来である。『預言の書』では、これを示す証拠のひとつとして、一四世紀に書かれた書簡の写しを挙げている。コロンブスの時代に広く行き渡っていた（とはいえ、ほぼ確実に偽物である）この書簡は、北アフリカのフェズの律法学者(ラビ)サムエルによって書かれたもので、旧約聖書を例に挙げて、神の恩寵がユダヤ教徒からキリスト教徒に移ったことを示し、キリスト教信仰の広がりをその根拠としている。ほら、このように原典に書いてある、というわけだ(11)。

『預言の書』の論理を支える三番目にして最後の柱は、キリスト教史の年代的な枠組みにおいてコロンブスや彼の同時代人が置かれた特異な位置づけだ。つまり、人類に関する神の計画において〝自分がどこに関わるのか〟を知るためには、歴史自体が今後どれだけ続くのか、そして天地創造以来どれほどの時が過ぎたのかを知る必要がある。これは、十二使徒の時代から、キリスト教思想の核心となる課題だった。自分たちが生きているあいだにキリストが再臨するという当初の信仰は裏切られ、キリストの降誕と再臨のあいだには長い空白があるとする説に差し替えなければならなかったのだ。それでも、キリスト再臨はもう目前だとする説が多かった。『預言の書』は、世界は七〇〇〇年――天地創造の一日につき一〇〇〇年――続くという聖アウグスティヌスの予測と、世界はキリスト生誕の五三四三年前に創られたという中世の賢王アルフォンソ一〇世の推測にもとづき、一五〇一年にコロンブスがこの書を著した時点で、歴史の終焉まであと一五五年残されていると予測した。コロンブスや同時代の人々が、自分たちはその終焉の日を目にすることはないと安心して人生を全うできたことを思うと、この予測はやや期待外れの感があるかもしれない。だが、終焉の前にはいくつもの事柄が起こらなければならない。つまり、劇的な出来事はもっと早くに繰り広げられなければならないのだ。[12]

　こういった根拠を築いたうえで、『預言の書』は聖書や古典、そして中世の権威の思想を集め、コロンブスの新世界発見をこの世界をかたちづくる神の計画のなかに位置づけようとした。その主張は、キリストの顕現と同様に新世界発見の航海もまた、それが現実になって初めてわかるような形で、実際に起こるずっと前に予言されていたというものだ。そしてキリスト教徒がユダヤ教の聖典を用いていたように、それらの予言は、たとえキリスト教史における重要な出来事に関わるものであっても、キリスト教徒の預言者によってなされる必要はなかった。『預言の書』において最も印象的な——そして、鎖とともに埋葬されたいとコロンブスに思わせた——一節は、聖句ではなく、ローマ時代の詩人セネカによる戯曲『メデア』に由来するものだった。その戯曲の終盤で、合唱隊（コロス）が以下のようなくだりを唱和する。

世界の終わりが近づいたとき
海の神オケアヌスが鎖を解き
巨大な大陸があらわれるだろう
ティフィスは新たな世界を発見し
トゥーレはもはや最果ての地ではなくなるだろう

セネカは宗教的な権威ではなく、キリスト教徒でさえもなかったが、このくだりがコロンブスの発見を予言しているように見えるのを、いったい否定できただろう？　そもそも未来を予告する能力自体が、神の恩寵の証ではないのか？[13]

しかしながら、新世界の発見は予言が現実となった出来事にとどまらない。むしろ神の計画において、この世の終焉に向けた大事な条件が整うための第一歩だった。すなわち、普遍的な福音伝道と世界の改宗である。キリスト教の思想家たちの多くは、ローマ皇帝ティトゥスとウェスパシアヌスによってエルサレム神殿が破壊され、神の言葉が伝道者たちによって世界中に広められたときに、すでに条件は満たされたと考えた。だが中世の神学者エル・トスタードや聖書学者リュラのニコラスを含む他の人々は、この世の終焉が近づくにつれて福音の二度目の普及が起こると考えていた。そしてこの見かたは、キリスト教の教えが地球の隅々までは届いていなかったことを示した新世界の発見により、確かな裏付けを得たのである。

コロンブスにとって重要なのは、世界に福音を広める第二の波の到来を聖書が予言していることではない。それが彼の新世界発見によってなされると正確に解釈されることが大事なのだ。そのために、彼は一〇〇〇年以上前にさかのぼる翻訳の曖昧さをうまく利用した。『イザヤ書』を中心に、聖書には神の御名が世にあまねく広まりאיにまで到達したという詩句が数多く見られる。איはさまざまな意味をもつヘブライ語で、一般的には「避難できる場所」を意味するが、『イザヤ書』では隠喩的に「沿岸地帯」あるいは「最果ての辺境」に近い意味合いで用いられており、聖ヒエロニムスは聖書をラテン語に翻訳するさい、それを「insula」すなわち「島」と訳した。つまり、コロンブスの時代の聖書には、終焉の時をもたらす全世界的な改宗の前兆のひとつは、神の言葉を未知の島々にまで伝播させることだと断言する詩句があふれていたのだ。それはまさしく、コロンブスが成し遂げたことだ。この「島」への言及が非常に重要だったため、ゴリシオは聖書内でこれに関連する記述をすべてリストアップした索引までつくろうとした(14)。

じつはコロンブスの人生と発見におけるさまざまな状況は、聖書のなかの予言とより細かく結びつけることが可能だった。『預言の書』は、たとえば次のような『イザヤ書』の一節にも言及している。

私の正義は近く、私の救いは現れた。
私の腕はもろもろの民を裁く。
島々は私を待ち望み
私の腕に期待する。
(イザヤ書五一・五『聖書』聖書協会共同訳)

そう読もうと思えば、ここに書かれていることが、キリスト教徒や彼らが伝えた神の言葉に対するタイノ族の歓迎(と思われたもの)という形で実現したように読み取れるだろう。『イザヤ書』ではまた、この「正義」をもつのはコロンブスのように身分の低い者だとしている。

多くの人が彼のことで驚いたように
その姿は損なわれ、人のようではなく
姿形は人の子らとは違っていた。
(イザヤ書五二・一四『聖書』聖書協会共同訳)

また、『ゼファニア書』の一節は、この福音伝道最後の地で彼らが遭遇する人々は、コロンブスが新世界で出会った部族の多くがそうだと感じたような無垢な人々であることを裏付けている。

イスラエルの残りの者は
不正を行わず、偽りを語らず
その口に、欺きの舌は見いだされない。
草を食む羊のように憩い
彼らを脅かす者はいない[15]。
（ゼファニア書三・一三『聖書』聖書協会共同訳）

コロンブスとその支援者にとっては、キリスト教の普遍的な勝利という枠組みのなかに彼の発見を位置づけることで、提督の行動は神の祝福を得たものだと示せるだけではなく、この先ものごとが円滑に運ぶ保証がいくらか得られる利点もあった。たとえば『エゼキエル書』のある一節では、彼らが新世界で経験している深刻なコミュニケーションの問題について、ヨーロッパの言語を教え現地の言葉を理解するのに悪戦苦闘し、福音の伝道が大幅に遅れても、それは一時的なものだと示唆されている。新たに発見した地域がそもそも利益を生むかどうかが宮廷で疑問視されるなか、コロンブスにとって重要なのは、島々の発見が巨大な富を生むと、これら聖典内の節が予測していることだった。

島々は私を待ち望み

タルシシュの船を先頭に
あなたの子らを彼らの銀と金と共に
　遠くから運んで来る。
あなたの神、主の名のために
イスラエルの聖なる方
　あなたに栄光を現したその方のために。
（イザヤ書六〇・九『聖書』聖書協会共同訳）

コロンブスは自分が発見した土地を、語り草になるほどの財宝をソロモン王にもたらしたタルシシュやオフィール、キッテムといった聖書に出てくる伝説の地と強く結びつけて考えるようになった。エスパニョーラ島のシバオを流れる黄金混じりの小川のように、オフィールはとてつもなく豊かな土地で、海辺に穴を掘るライオンが爪でかき出した土を集めて炉で燃やすだけで、船乗りたちは大量の金を精製できたという。同様にタルシシュ（あるいはタルスス）は、東方の三博士のひとりで幼子イエスに黄金を運んできたと伝えられる賢者カスパールの故郷として、聖書地理学的に重要な土地だった。

しかしコロンブスは、みずからの栄光に安住して終末論的な歴史が決着するのを待っているわけにはいかなかった。全世界的な福音伝道と改宗は、キリストの再臨をもたらす二つの契機の片方にすぎないからだ。もう一方はエルサレムの征服であり、この都市がもつ象徴的な影響力ゆえに、コロンブスは『預言の書』に引用できる節を聖書や古典から集め、フェルナンドやイサベルに宛てた前口上的な書簡においても、この都市の奪還が自身の主たる目的だと公言している。レコンキスタでムーア人が敗北し、その後すぐにユダヤ人が追放されたのは神の計画の一部であると広く認識されていたが、コロンブスはさらに、スペインからやってきた者がエルサレムの聖なる丘シオンの富を復活させるという、カラブリアのヨアキムという中世の神秘主義者の予言を引き合いに出した。また、次の詩編一一六のように、この宿命を帯びているのは自分だとコロンブスに思わせる節もあった。

あなたは枷(かせ)を解いてくださった。
私はあなたに感謝のいけにえを献げ
主の名を呼ぼう。
主への誓いを果たそう
主の民すべての前で
主の家の庭で
エルサレムよ、あなたのただ中で。
（詩編一一六『聖書』聖書協会共同訳）

自身が解いたとコロンブスが考えた大洋の鎖と、一五〇〇年にサント・ドミンゴから囚われの身で戻ってきたときに縛られていた鎖とを結びつけるこの節は、彼の虚栄心と妄想に強く訴えたに違いない。(16)

『預言の書』はコロンブスの度を超えた自己陶酔の発露だ、と後付けで言うのは簡単だ。一六五六年に世界が終わりを迎えなかったこと、そして、南北アメリカ大陸の発見はキリスト教の比類なき拡大の始まりとはなったが全世界に広まったわけでも、教義に触れた人々がみなそれを歓迎したわけでもなかったのを我々は知っているからだ。また、人類の文化はいまもなお――原理主義的信仰、生態学／医学／科学技術的な大惨事という物語（ナラティブ）や文化の衝突を伝える話において――つねに終末論的な予測を最後のよりどころとしているのを見ると、安易に批判はできない。まして、ガスパル・ゴリシオのような学識ある聖職者たちを含む多くの人々が、コロンブスがみずからに与えた歴史的地位を説得力あるものと見ていたのだから、なおさらだ。新世界に建設された植民地の惨状は、まさにそういう物語（ナラティブ）をコロンブスが必要としていたことを意味するのかもしれないが、彼の主張を支える有力な証拠が中世後期の文化の中核を占める文書に数多く存在したのも確かである。中世期に信じられていた世界観が大きく揺らぎはじめ、無秩序な情報の海に漂っているような感覚をもつ人々が大勢いたであろう時代、コロンブスは当時の思想の断片をつなぎ合わせ、新たな発見の数々に見合う物語をつくりあげて見せた。新たな情報が炸裂する混沌たる世界において秩序の感覚をもたらした男は、諺（ことわざ）に言う「盲目の国の片目の王」と同様、支配力を強く主張することができたのである。

　では、これらすべてにエルナンドはどう関与したのだろう？　かつて、『預言の書』の大部分はコロンブスの下の息子によって書かれたと多くの学者が信じていた時期もあった。しかし最近のより冷静な研究では、のちの経歴がいかに目覚ましいとはいえ、一二歳のエルナンドがこれほど幅広い文献を読んで引用できたとは思えないと指摘されている。手稿の詳細な研究によって、引用部の大半はだんだんくせが強くなっていったエルナンドの筆跡とは似ても似つかない字で書かれているとわかったことからも、おそらく、コロンブスが雇った専門の写字生（スクライブ）の手によるものだろう。一方、誰が書いたか確信がもてない部分や、まちがいなくエルナンドによって書かれた部分も存在する。となると、最もありうる経緯としては、一五〇〇年の終わりから翌一五〇一年の初めにかけての数カ月のあいだに、コロンブスは読んだ文献のなかで見つけた引用句を集めはじめ、そのときエルナンドがそばにいたということだろう。彼は当時父と暮らしていたのだから、ほぼまちがいない。『預言の書』に含まれているコロンブスのある書簡から、彼がそれまでにまとめたものを一五〇一年九月にガスパル・ゴリシオに託したことがわかる。ゴリシオは関連する引用句のリストをまとめる一方、原稿を専門の写字生に渡し、該当する文章を清書させたのだろう。すべてを写し取ったわけではないが本来の目的には十分なものができたと、ゴリシオは半年後の一五〇二年三月二三日に『預言の書』をコロンブスに戻した。最後の数ページには暗号のような一覧表がいくつも載っていたが、おそらくは、時間が許せば追加で書き写す予定の引用句に関するものだろう。

　その後のある時点で、エルナンドは『預言の書』に自身の書き込みをした。先に引用した詩のように、彼の書き込みの多くは有徳の士の前には〝広く楽な道〟が聞かれると喧伝（けんでん）するスペイン語の詩で、コロンブスの探検の成功は神の特別なお導きによるという考えを下支えするのに役立った。セネカの『メデア』から引用した詩のように、コロンブスが読んでいた実用的な書物やゴリシオのような修道士が読む神学書にはおよそ出てきそうにないが、フアン王子の宮廷でエルナンドがピエトロ・マルティエーレに教わった人文主義的なカリキュラムには含まれていたと思われる詩句がいくつかあったことは、指摘に値するだろう。戯曲をスペイン語に訳した手稿など、いまは失われたが、そのころエルナンドが所有していたかもしれないものがいくつか、のちに彼の図書館に登録されている。幼いエルナンドが授業中にふと、英雄である不在がちな父に思いを馳せて空想に耽っていたのは想像に難くない。『メデア』からの引用を付け加えたのはもっとあとの段階で、それを書き込んだのはコロンブスでもゴリシオでもなく、ひょっとしたらエルナンドかもしれないが、誰の手によるものかは確定できない[17]。

　崇拝する父の途方もない主張をエルナンドがどう思っていたかは推測するしかない。だが大人になるころには、ますます常軌を逸していく主張が権力者たちに正しく理解されていないのはわかっていただろう。現存する『預言の書』へのエルナンドの書き込みの多くは道徳を論じる一般的なもので、提督とその行動を、聖書に書かれている出来事や人物、天啓などと超自然的に結びつけようとはしていない。しかし、こうした経験はエルナンドに多大な影響を与えたに違いなく、彼自身の後半生もまた『預言の書』に書かれているのではないかと読み解きたくなる。エルナンドの数ある書き込みのひとつ、手稿全体の最後に書かれたそれは、やはり有徳の士に開かれる道に関する詩だったが、ある種の暗号でもあり、行頭の語を拾うと「Memorare Novissima Tua et In Eternum Non Peccabis（終焉を心に留めていれば、人はけっして罪を犯さない）」という文になる折句だった。誇大妄想の気がある父と暮らす思春期の少年の生活に終末論的なコンテクストが加われば、取り返しのつかない影響が出るのは当然だろう。[18]

のちの章で見ていくように、エルナンドはその後半生において、世に伝わる父の人生の物語から千年王国説（キリストが再臨し統治する至福の王国が一〇〇〇年続いたのち、世界は終末に至るとする説）の役割を減らすのに大きく力を注ぎ、コロンブスを終末の時を招く人間から新世界を切り拓いた人物へと変えた。だが、みずからと父親を千年王国説から遠ざけようとすることは、『預言の書』において彼が果たした役割をありのままには語っていないかもしれない。『預言の書』には大きく欠けている部分がいくつかあり、そのうちのひとつについて「この部分のページを取り除いたのが誰であれ、ひどいことをしたものだ。ここが本書で最も重要な預言なのに」というコメントが付されている。ほぼまちがいなくエルナンドの存命中もしくは死後まもなく書かれたもので、おそらくはエルナンド自身、あるいは身近な人々によってページが取り除かれたと思われる。さらにはそのコメントの部分も含めて、手稿から大きく欠落している箇所の前後にはエルナンドの筆跡の書き込みがあり、欠落部分には彼による文章が含まれていた可能性が高い。失われた預言が取り戻される可能性はおそらくないだろうが、そこに何が書かれていたのかをふたたび論じる価値はあるだろう[19]。

エルナンドが『預言の書』の創作にどのような役割を果たしたにせよ、また、そこに自身の姿を投影する父を彼がどう思っていたにせよ、その時期、父子の関係がより緊密になったのはまちがいない。その何よりの証拠に、来たる第四回航海でふたたび新世界へ赴くコロンブスに、一三歳のエルナンドが同行することが決まったのだ。後継者である成人した長男ディエゴを同行させようとコロンブスが考えた気配はまったくないが、これには実際的かつもっともな理由があった。裁判で自身の代わりに主張する人間を残し、また最悪の事態が起きた場合にも、世襲による権力の継承を維持するためだ。しかし、父親から受け継いだ知識や経験は、たんなる金銭的な相続以上の価値をもつ。エルナンドは(当時も、その後の人生においても)そう感じていたことだろう。

ゴリシオから未完の『預言の書』が戻されたのは、父子が新世界へ向けて出航するまで二カ月を切ったころだった。航海に持っていきたいというコロンブスに急かされたのだろうか。航海中に書かれた書簡に、『預言の書』にある節がいくつも引用されている点からも、そう考えてまちがいないだろう。また、新世界を旅しているあいだにも引き続き文章が追加されたことを示す書き込みも数多く残っている。父子が西大西洋における未踏の地を探検しているあいだもなお、『預言の書』に記された啓示に磨きがかけられていたと思うと心躍るが、さらに驚くべきは、タルシシュやオフィール、キッテムといった聖書に出てくる土地に関して『預言の書』で予測していることが、実際に未知の土地の道案内となったことだ。予言的なこの手稿は、彼らがまさに目撃しようとしている風景に配置されているはずの陸標(ランドマーク)を先回りして示す地図の役割を果たしたのだ[20]。

第四章　父と子

一五〇二年五月九日にカディスを出発した船隊は四隻の船で構成され、その後の数カ月で、それぞれが独自の役割を演じることになる。これら四隻は、ときに分類が困難だ。というのも、呼び名がまちまちだったからだ。本来の名前で呼ばれたり、船がつくられた土地の名で呼ばれたり、乗っている誰かの名で呼ばれたり。四隻とも横帆式のカラベル船で、まずカピターナ号は、コロンブスとエルナンドを乗せた旗艦(カピタン)であることからそう呼ばれたが、正式名称があったとしても、いまや歴史の闇にまぎれてしまった。ビスカイナ号はビスケー湾から来た船で、サント号もしくはガリェーガ号はガリシアの船、ベルムーダ号もしくはサンティアゴ・デ・パロス号はアンダルシアの船だ。補給品を十分に運ぶことができたのは四隻のうち三隻だけで、コロンブスの弟バルトロメが船長をつとめるベルムーダ号は船体が深く水に沈み、全速力で進むと波が甲板を洗った。当時の積荷目録が現存しており、一四〇人余りの乗員のために備蓄された品々が記されている。

ワイン　二〇〇〇アローバ（約五〇〇〇〇ガロン）
堅パン　八〇〇キンタル（約三六トン）
豚の脇腹肉　二〇〇枚
油　八パイプ（約八四〇ガロン）
酢　八タン（約二〇〇〇ガロン）

牛肉の塩漬け　二四頭分
ボラの塩漬け　九六〇枚
その他の魚の塩漬け　七二〇枚
円形のチーズ　二〇〇〇個
ひよこ豆　一二カイース（約三四〇キログラム）
豆　八カイース（約二二五キログラム）
マスタード
ロケット（葉のペースト）
ニンニク
タマネギ
漁網四帖、釣り糸、釣り針
獣脂　二〇キンタル（約九〇〇キログラム）
樹脂　一〇キンタル（約四五〇キログラム）
釘　一万本
繊維製品　二万点（毛布、防水用充填材、麻繊維など）

これは、ほぼ量の多い順に並べたリストだが、のちの文献から推測して、そこに地図、航海用の計測機器、航海日誌や手紙用の紙、そして『預言の書』を加えることができるだろう。急速に減っていくこれらの物資は、その後の年月でエルナンドの世界に登場する唯一なじみのある品々であり、徐々に目新しい未知のものに置き替えられていった。この第四回航海について、エルナンドはみごとなまでに詳細な記録を残しているが、今回は蒐集した書類や報告書を頼りに書いたのではなくエルナンド自身の体験を記したものであり、そのすぐれた観察力と解釈を見ると、このときの経験が一三歳の少年の思考の土台を築き、のちに彼が周りの世界に持ち込むことになる秩序を形成したことがわかる。(1)

もしエルナンドが、カディスを出発したあとは見慣れた世界ともお別れだと期待していたなら、きっとがっかりしたに違いない。船隊はまずサンタ・カタリーナに立ち寄ってから、ヘラクレスの柱（ジブラルタル海峡）の前を通って北アフリカへ向かい、現在のモロッコの都市アルシラまで沿岸を航行した。その地に近づいたとき、エルナンドはいままさに戦いに挑もうとしている騎士のような気分を味わったかもしれない。なぜなら、コロンブスはそこで包囲されていたポルトガル人を救済し、バルバリア海岸のムーア人の攻撃から解放してやろうとしていたのだ。だが残念なことに、彼らがアルシラに到着したときにはすでに包囲が解かれていた。入江や護岸の向こうの斜面に広がる白い町並みは、ムーア人が対岸のスペインの地に建てた多くの居留地とは違った光景に見えたことだろう。エルナンドは少しのあいだ船をおりて負傷した町長を訪問したが、そこで彼を迎えたのは、コロンブスの最初の妻フィリーパ・モニスの親類のポルトガル人たちだった。アルシラを出発した船隊はカナリア諸島へ向かい、ランサローテ島やフエルテベントゥラ島を通過したのちグラン・カナリア島のマスパロマスに停泊し、外洋へ出る前に木材や水の最後の補給をした。そして一五〇二年五月二四日の晩、コロンブスがすでに熟知していた西南西の航路に乗り出したのである。(2)

二一日間という、コロンブスがそれまで成し遂げたなかで最速の航海に、熟練の水夫たちは大いに満足したことだろう。わずか数年のあいだに、提督は持ち前の航海技術と類まれなる幸運によって、ヨーロッパとカリブ諸島を結ぶ最短の航路を築き、それは蒸気船が登場するまで残るものとなった。だが、いくら最短とはいえ、三週間も陸地を目にしないというのは、初航海のエルナンドにとっては驚くべき経験だったに違いない。彼はのちに、単調な海に囲まれたコロンブスの第一回航海について感動的に綴ることになるが、父の記録に頼りながら書いたとしても、その描写は一五〇二年の自身の初航海を彷彿させたはずだ。

船隊の男たちはみな、このような航海や危険は経験したことがなく、いかなる救いの手も届かぬほど遠くまで来てしまったとわかると、不安を口にせずにはいられなくなった。そして海と空しか見えず、かつて誰も経験したことがないほど陸地から遠く離れた彼らは、目の前に何かがあらわれるたびに、そこに陸地の兆候を見いだそうとするのだった。

陸地からの距離を考えたときに感じる恐怖は、海洋の単調さを崩すようなものを目にしてもいっこうに弱まることはなく、それはやがて被害妄想、疑惑、謀略へと変わり、退屈し、恐れおののき、無気力となった心は、なんらかの説明を求めてあがきはじめる。こうした反応は海の男たちのあいだでは避けがたいもので、航路がいまや十分に確立され、水夫たちのなかには大西洋横断の経験をもつ者がいるという事実によっても、完全に鎮めることはできなかった。コロンブスもやはり、第一回航海ではさまざまなものを陸地の兆候と解釈したが（もっとも、陸地が近いという彼自身の言葉を裏付けるためではあったが）、エルナンドはのちに、コロンブスをそうしたお決まりの行動はとらない人物として描き直し、航海の三つのロジック（理性、権威、報告）への信頼を胸に、測定値や予測値を信じ、鳥の群れや海藻の塊が出現してもそれに振り回されることはなかったと記している。この航海のあいだ、エルナンドは何よりもまず、被害妄想的な想像をしがちな心の支えとなるものが必要だと感じていたのではないだろうか(3)。

航海に参加した熟練の船乗りたちには、コロンブスのように測定値を信じる理由などなかった。経度を正しく測定できる方法はなかったため、提督はほぼ推測航法（デッドレコニング）に頼りきり、羅針盤を使い、測定した時間と推定速度から航路を海図に書き込んでいた。いまにして思えば驚くほど正確だったわけだが、この方法の問題点は、どの時点でどれだけ西に進んだかを正確に知ることができないことだ。変わりやすい風速や海流が速度の推測を信頼できないものにし、砂時計は欠陥も多く、どのタイミングでひっくり返すかも、あてにならない人の手に頼っていたからだ。さらに悪いことに、大西洋を航海しているあいだ、羅針盤さえもつねに正しく機能するとは限らなかった。コロンブスや他のヨーロッパ人の船乗りたちは、磁針が北極星のやや東を指すことには慣れていたものの（コロンブスは第一回航海でそれに気づき、驚きをおぼえた）、アゾレス諸島の西約一〇〇レグア地点を通過したあと、針の向きが急に変わり、今度は北極星の西を指すようになった。この現象は、磁気偏差や磁北と真北との違いを知らないと理解しがたいもので、当時は地球の仕組みを理解する大きな妨げとなっていた。コロンブス以前にも磁気偏差の存在が知られていたことを示す証拠はいくつかあるものの、初めてこの現象をはっきりと記録し、その原因を磁針が北極ではなくその近くの見えないどこかを指すためだと推測したのはコロンブスであると、学者たちの見解は概ね一致している。しかし、磁北の概念を初めて提示したこの説明は、コロンブスが書き残したものとしては見つかっておらず、エルナンドが書いた伝記に記されているだけだ。これまで見てきたように、コロンブスが少なくとも第三回航海までは羅針盤のこの動きを洋ナシの形をした地球のふくらみによるものと考えていたのは確かで、その後も彼の理論が奇抜さを失うことはなかった。やがて明らかになるように、磁北の説を最初に思いついたのはコロンブスではなくエルナンドだが、のちに必要に迫られて加えられた修正と同様、あとになってコロンブスの説として伝えられたと考えるのが妥当かもしれない。いずれにしろ、エルナンドが気づいたように、彼が大西洋を横断したとき、世界は斜めに傾いていたのだ。[4]

ヨーロッパを出発するプロセスがだらだらと長引いたように、大西洋の西端にたどり着いたときも、はっきり〝境界を越えた〟という感覚はなかったかもしれない。大洋航海は厳密な科学とは異なり、ひとたび陸地が見えると、船乗りたちには既知の港へと進む前に自分の位置を確認するという複雑な作業が待っていた。六月一五日に陸地を認めた彼らは、やがてその島が、コロンブスが一四九三年の第二回航海で目にしたが、立ち寄りも命名もしなかった島のひとつだと知る。そしてこれを機に、ラ・マティニーノ島あるいはマルティニーカ島（現在のマルティニーク島）と命名した。エルナンドはこのとき、命名という行為によって未知のものがなじみのあるものに変わるという奇妙な変化を目の当たりにしたのである。そこからはコロンブスが第二回航海で発見した島々をたどり、洗面器の外側に沿って進むように北西へと曲がりながら、ドミニカ島、グアドループ島、カリブ諸島、プエルトリコを通って、エスパニョーラ島へと向かった。[5]

提督の率いる四隻が六月二九日にサント・ドミンゴに停泊したときの緊張感は、いかばかりだっただろう。コロンブスは、自分が発見した新世界の主要な町を初めてわが子に見せた。しかもそこは、息子にとって祖父にあたる人物の名前をつけた町だ。一方でエルナンドは、コロンブスに再度大洋を渡るよう促したカトリック両王がエスパニョーラ島への上陸を禁じたのを、おそらく知っていたと思われる。コロンブスが姿を見せることで、いまだにコロンブス兄弟への反感を叫ぶ植民者たちのあいだにまた動揺が広がるのを恐れたためだ。それでもコロンブスは、全速で航行しようとすると危険なほど水に沈み込んでしまうベルムーダ号の問題が、この禁止命令を免除してくれると判断し、サント・ドミンゴに上陸して船を状態のいいものと交換したいと考えたのだった。この船が船隊の足を引っぱっていたのは確かで、たとえコロンブスが中国への航路を見つけたとしても、想定した周航には使えなかっただろう。だがじつはコロンブスは、サント・ドミンゴへの入港を求めることで、この町の創始者として意気揚々と上陸するか、逆に自身が築いた町への上陸を拒まれるというドラマチックな山場をつくらずにはいられなかったようにも思える。結局、島の新たな統治者となったニコラス・デ・オバンドは（彼はフアン王子の宮廷に仕えていた〝一〇人の選ばれし従者〟のひとりで、エルナンドは面識があったと思われる）、コロンブスの要求を断固はねつけ、カリブ海に迫りつつある巨大な嵐から身を守るために港に避難させてほしいという訴えにも耳を貸そうとはしなかった。コロンブスがのちに書いているように、彼が汗水垂らして築いた町は、ヨブさえも哀れむほどの非情さで門戸を閉ざしたのである。しかし、その地で聞いた知らせは、それをはるかに超える不吉なものだった。ほんの少し前に、二八隻の船が本国を目指し帰国の途についたというのだ。そのなかには、コロンブスから総督の座を剥奪したフランシスコ・ボバディーリャや、一四九八年の反乱の首謀者であるフランシスコ・ロルダン、コロンブスとその弟たちへの反乱に加わった多くの植民者を乗せた船も含まれていた。オバンドによるボバディーリャの排除は勝利に見えたかもしれないが、コロンブスの敵が大勢で宮廷に戻り、彼のいないところで自分たちに都合のいい報告をされてはたまらない。コロンブスの宿敵とも言えるインディアス枢機会議の長フアン・ロドリゲス・デ・フォンセカも、それをけしかけるに違いなかった。提督の動機を疑ってか、オバンドは嵐が来る前に船隊を呼び戻すべきだという彼の強い勧めも無視した。そして六月三〇日水曜日、タイノ族の言葉で嵐を意味する〝ハリケーン〟がエスパニョーラ島を襲ったのである。[6]

その晩に関するエルナンドの記述によると、広大な暗闇のなかで四隻は散り散りになり、それぞれの船長が最善と思う措置をとりながら、互いに他の船は嵐のなかで沈んだものと思い込んでいた。カピターナ号は島の風下に避難するために海岸近くにとどまり、ベルムーダ号は外洋に出て嵐を乗り切ろうとした。サント号の船長は、頑ななオバンドに考え直してほしいと頼みに行って戻ると、ボートが大波にあおられて破城槌のように船体に衝突するのを避けるため、船から切り離さなければならなかった。カピターナ号の船乗りたちは、猛烈な風と雨のなか、身を寄せ合って提督を呪った。見ず知らずの他人でも情けで避難させてもらえるはずが、提督のせいでサント・ドミンゴへの上陸を拒否されたと考えたのだ。このときエルナンドは、父の伝記のためというよりもむしろこの瞬間を——父の身に起きた言葉にならない出来事を、記録にとどめたいという強い思いに駆られた。コロンブスは船乗り仲間の悲嘆を身に染みて感じていたが、彼ら以上にみじめな思いをしていたのはコロンブス自身なのだ。みずからがスペインに栄光と輝きをもたらした場所で、ましてやこれほど重大な局面で忘恩と侮辱を浴びせられたのだから。嵐の恐怖と混乱のなか、エルナンドはおそらく無意識のうちに、父に代わってその心情を語りはじめていたのだった(7)。

四日後の日曜日、コロンブスの船隊はエスパニョーラ島の海岸をさらに南下したところにあるアスア港にようやく集まりはじめたが、そこでの一連の報告は、安堵の気持ちを別の感情に変えるものだった。四隻の船すべてが重大な損傷も受けずに嵐を乗り切ることができたのは、コロンブスの乗組員たちのすぐれた航海技術のおかげだった。欠陥の多いベルムーダ号さえも嵐から守ったことで、バルトロメ・コロンは他の船乗りたちの称賛を集めた。だが、東へと向かった二八隻の船隊がほぼ全滅したとわかると、これはたんなる力量の問題ではないと、みなが思いはじめたのだ。沈んだ船のなかには、ボバディーリャやロルダン、そして二〇万ダカット金貨を積んでスペインに向かう旗艦も含まれていた。コロンブスは満足げに『預言の書』をめくり、「ひとりの指揮官が王のそしりを絶ち、そのそしりを王に返す」(『聖書』ダニエル書一一・一八)と予言した一節にあらためて目を通したのではないだろうか。コロンブスのあまりの運の良さに、彼が敵に復讐するために魔法を使って嵐を起こ

マナティーに乗るアメリカ先住民（1621年）。

したという噂が流れはじめた。さらに、カスティーリャにたどり着いた唯一の船が、最も航海に適さない船であったにもかかわらず、コロンブスのものである四〇〇〇ダカット金貨を運んでいたことがわかると、噂はさらに真実味を増した。普段は現実の出来事に非現実的な解釈を加えるのを嫌うエルナンドにも、このときばかりは、父の敵の一味である嘘つきの証人たちが英雄として宮廷に迎えられるのを阻む神の手が見えたのである[8]。

ハリケーンのあと、船隊はアスアの港に二週間停泊し、船を修復するとともに乗組員たちの士気を回復すべく、休息をとって釣りを楽しむことを許した。だが、エルナンドは休養どころか、自分が身を置く新しい世界の解釈に夢中になり、このあと目にした二つのものについて記録している。そのひとつは彼に喜びを、もうひとつは驚きをもたらしたようだ。

一瞬、不思議なことが起きた。ビスカイナ号のボートが水面で勝手に動きだし、ある方向に進んだかと思うと、今度は別の方向へと、石弓の矢のごとく突進したのだ。乗組員たちは、自分たちがまだ嵐の魔法にかかっていると思ったに違いない。ボートがようやく動きを止めたとき、その謎が明らかになった。「ベッドの半分ほどの大きさ」の生き物がボートの底に引っかかっていて、ボートを力の続くかぎり湾のあちらこちらへと引っ張りまわしていたのだ。その生き物がマントのように見えたことから、エルナンドはスキアヴィナ（フード付きマント）と呼んでいる。実際、現在の名称であるマンタ（オニイトマキエイ）は、水面に広がるマントのように見えることに由来している。

エルナンドが次に目にしたのは、それとはまた別の、ヨーロッパでは知られていない〝魚〟だった。タイノ族がマナティーと呼ぶおとなしいカイギュウ（海牛）で、現在では工業化にともないアスアの湾から追いやられてしまっているが、島の沿岸や入江ではいまも目にすることができる。ピエトロ・マルティーレが記録した話に、あるマナティーが登場する。そのマナティーはタイノ族の首長に飼いならされ、主人を背中に乗せることもあったが、キリスト教徒のことは信用していなかった。ひどい目に遭わされたことがあり、服装でキリスト教徒を見分けることができたのだという。このマナティーという海の生き物は多くの点で魚の定義には当てはまらない、とエルナンドは記述している。大きさも形も子牛に似ていて、牛が草をはむように浅瀬で海藻を食べている。さらに味も子牛肉のようで、脂肪分が多いせいか、むしろ子牛以上に美味だった。また、体を切り裂いてみても、魚よりも牛に似ていた。エルナンドがこのとき参考にしたのは、動物が何を食べるか、どのように繁殖するかによってグループ分けをするアリストテレスの動物分類体系だ。そして彼は、マナティーの生理的、解剖学的、行動学的特性は、すべての陸生動物にはそれに対応する生物が海にもいるという、当時の自然哲学者たちの考えに説得力を与えるものだと結論づけたのだった。つまり、大洋の表面は巨大な鏡の役割を果たし、水面より上にいる生き物には、それと対をなす生き物が水面下にもいるという考えである。(9)

この理論は当然ながらまちがっていたわけだが、マナティーとエイのエピソードからは、エルナンドの知的成長ぶりが垣間見える。コロンブスはマナティーを見て伝説のセイレーンだと思い、人間の女性と似ていないと落胆を口にしたが、彼の弟子であるエルナンドはもっとずっと帰納的で、自分が目にしているものの意味に敏感だった。勝手に動くボートの謎は、見た目だけで判断してはならないという教訓であり、ものごとを解き明かすには、表面からは見えない隠れた部分を知る必要がある。エルナンドはそこから、無知のベールが引きはがされる喜びを得たのである。その教訓を胸に刻み、彼はマナティーを観察した。そして、水中で暮らしているからといって魚のような性質のものだとは考えずに、体の特徴（構造や味）と行動（海藻を食べる）を調べることで、最初の印象（子牛のように見える）を裏付けたのである。海藻を食べることは誤った手がかりとなったが（海藻を食べる魚はたくさんいる）、体の組織と臓器の構造によって、エルナンドはマナティーが哺乳類であるという（もっとも、まだ哺乳類という言葉はなかったが）正しい結論に到達できたのである。海に牛がいるという彼の結論はまちがいだったが（クジラ目の動物が水に戻った謎が解明されるのは、それから四五〇年もあとである）、途方もない考えではなかった。マナティーの存在は、陸と海のあいだになんらかの奇妙な対称性がある証拠だ。対称性とは、自然がものに秩序を与える強力な力のひとつであり、エルナンドがその延長と考えたのも当然だった。こうして父との釣りの旅をきっかけに、エルナンドは秩序へのこだわりを強め、マナティーが示したように、陸と海の動物は対称的（シンメトリカル）な二つのリストに収めることができるという考えに夢中になるのだった。(10)

船隊は七月一四日にアスアの港を出発し、ブラジル岬の港でふたたび嵐を回避すると、エスパニョーラ島の南岸沿いに西へ進みジャマイカへ向かう途中、一連の砂地の小島に遭遇した。彼らはその島々をポッツェ（水たまり）と名づけた。そこには真水の湧き出る泉こそなかったが、船員たちは砂地を掘ってなんとか水を手に入れることができたからだ。さらに西へ向かうと、もうひとつの島（グアナハ島）に遭遇し、そこでベルムーダ号は巨大なカヌーを捕らえた。それは、一本の幹からつくられていたにもかかわらず、幅が八フィートもあり、長さもガレー船ほどあった。二五人の島の男たちのほか、女と子ども、荷物も載せていて、その上をシュロの葉でできた屋根が覆っていた。そのときは知らなかったが、彼らが遭遇した人々は、のちにマヤ族として知られるようになる種族だった。うれしいことに、カヌーにはその地方のさまざまな産物が積まれていた。一度に多くの品々を与えてくれた神に、コロンブスは感謝を捧げた。カヌーには、次のようなものが積まれていた。

木綿の外衣
袖なしシャツ
腰布
ショール――色とデザインがすべて違っていた
石の刃がついた長い木製の刀
手斧
ホークベル（鷹鈴）――銅を溶かすための坩堝（るつぼ）もあった
根菜
穀物
チカ（トウモロコシ酒）
マンドルレ（カカオ豆）

出会った品々を描写しながら、エルナンドはここでもまた、目にしているものに秩序を与えずにはいられなかったようで、それらを見慣れたものと見たことがないものとに振り分けていったが、そのさい、カヌーを覆っていたシュロの葉はベニスのゴンドラの天幕にそっくりで、女たちが身につけていたショールはグラナダのムーア人女性が着けていたベールに、トウモロコシ酒はイングランドで飲まれているビールによく似たものと考えた（〝ショール〟のなかには、実際は樹皮布でつくられ、マヤ文字が刻まれているものもあったかもしれない。それは一種の本なのだが、エルナンドにとってあまりにも見慣れない形態であったため、そうとは気づかなかったのだろう）。一方、ポンチョや刀など、相当するものが思いつかないものも多数あり、それらについてはたんに描写するにとどめている。(11)

だが最も興味深い発見は、どちらの範疇にも当てはまらないものだった。マンドルレ、すなわちカカオ豆は、それ自体は注目に値するものではなかったが、カヌーに乗っていた男たちのひとりが豆を一粒落としたとき、とっさにヨーロッパ人に対する恐怖心も忘れ、まるで目玉でも落としたかのようにそこらじゅう手探りで探し回るのを目撃したエルナンドは、驚きの出来事として記録している。そのときエルナンドは、カカオ豆がこの部族にとっては貨幣の役割を果たしているのだと悟ったのだ。交換の媒体として使えるように、そのもの自体に備わる以上の価値を与えられたものを、貨幣以外になんと呼べばいいのだろうか？　グアナハの人たちがカカオ豆に与えた高い価値によって、エルナンドは貨幣システムというものを観念的にとらえることができたが、彼はまた、そこに人間性に関する一般的な教訓も見てとった。人は貨幣のたんなる象徴的な価値を忘れ、みずからの身の安全よりも価値があると考えるようになる。それを貪欲と呼ぶのだと、エルナンドは端的に述べている。(12)

島々をめぐり、エルナンドは多くのものを観察したが（アスアのマナティー、ポッツェの真水の水

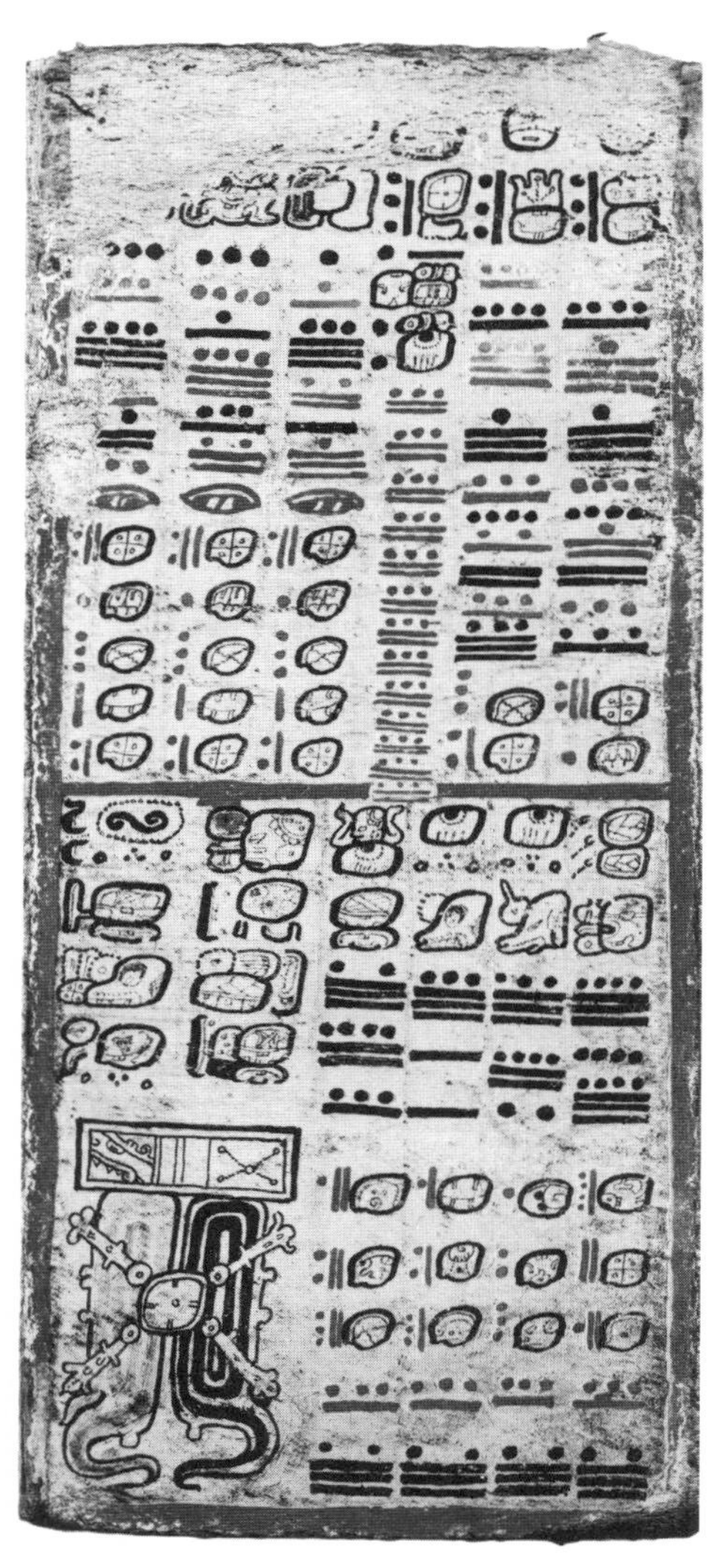

マヤの絵文書ドレスデン・コデックスのページ。日食をあらわしている。

たまり、グアハナのチョコレート色をした貨幣)、いろいろな意味でそれ以上に興味深いのが、そのときはまだエルナンド自身も気づいていなかった秩序づけの原則だ。彼はすべての島や上陸地点を、探検者たちが学ぶべき独自の教訓という観点で定義づけているのだ。ある場所についてその特徴的な点を記録しようという発想は、あまりにも当たり前で自然なものに思えるため、それがヨーロッパに特有の伝統的な考え方であることを我々は容易に忘れてしまう。これが慣習的に行なわれてきたのは、ひとつには、正確な経度の測定ができなかったためだ。ある陸塊を特定の座標に割り当てられなければ、そこに住む人間や景観の特徴によって識別するしかない。だが、それによって予期せぬ結果が生じた。もし、それぞれの島が観測者に新たな経験を与えなければならないとしたら、地図とはすなわち、世界が観測者に明かされた順序を記録したものにすぎなくなる。

このやりかたは、少なくともホメロスの『オデュッセイア』の時代からヨーロッパ人の精神に根づいていた。オデュッセウスは一〇年をかけてトロイから戻る旅の途中、一連の島々をめぐり、それぞれの島で教訓を得る。ロトパゴス族の住む島では身勝手と物忘れの危険、魔女キルケの島では貪欲さの危険を学び、ニンフのカリストーがいる島では肉体的快楽がもたらす脅威を知るのである。この傾向は中世の地図にも見られ、世界の辺境は犬の頭をした男たちや人食い人種、その他さまざまな驚異で埋めつくされている。ある場所を〝描写〟ではなく〝定義〟するのが目的であるため、同じものが二度出てくることはなく、それぞれが固有の特徴によって記載され整理されていた。この慣習はヨーロッパの思想に深く組み込まれ、一連の島々が登場するラブレーの『第四の書』やスウィフトの『ガリバー旅行記』などの物語においても、それぞれの島ごとに独自の問題が示される。これは、ヨーロッパが世界について語る物語に限ったことではない。一五二〇年代、Isorariiを編纂するいくつかのプロジェクト(そのうちのひとつにエルナンドも関与している)が開始された。Isorariiとは、世界の島々の特徴を記載した地理学事典のようなもので、のちにエルナンドが述べているように、ジャマイカ沖にあるポッツェの砂州も含まれていた。世界を別個の陸塊に分けて一定の順番に整理したいという願望があまりにも強かったため、探検者たちの物語や、最も有名な島嶼地図であるベネデット・ボルドーネの『世界島嶼誌（Isorario）』などでは、独自の経験を提供するために島が〝創造される〟ことも多かった。実際の世界は、その理解しがたい複雑さでヨーロッパ人の心に脅威を与えるが、さまざまな経験を与えてくれる、並べかえのきく島々という形をとることで、世界はより扱いやすいものになるのだ(13)。

根本的な秩序の重要性が明らかになるのは、エルナンドがのちに、グアナハ列島が二重に描かれた地図を苦労して修正したときだ。そこでは一五〇二年の彼らの上陸と、その後の目撃情報が、二つの別の島が存在する証拠として扱われていたのだ。これによって引き起こされた問題は、たんにコロンブスからグアナハの唯一の発見者としての栄誉が奪われたことでもなければ（コロンブスはすでに、何百という島々の発見者だった）、航海用地図としての有用性が失われたことでもない。正確な経度測定法が確立するまでは、そもそもこうした地図には限られた用途しかなかった。島を二重に描くことの問題はむしろ、秩序全体を疑わしいものにしてしまう点にある。別々の人間の経験によってつくりだされた実在しない無数の島で地図がいっぱいになってしまうのだ(14)。

グアナハから来たカヌーに積まれていた莫大な富を前にしても、東洋へと通じる経路を探求するというコロンブスの決意が揺らぐことはなかった。彼らはカヌーに乗ったインディオの商人たちとは別れたが、そのうちのひとりだけを引き留めた。ユンベというその老人は、その後の数カ月のあいだ通訳として働き、船員たちのあいだでたいそうな人気者になったようだ。一行の最終的な目的地はパリアの北、コロンブスが第三回航海で訪れ、東洋への経路が見つかると確信した地点だ。しかし、その場所を見つけるのは口で言うほど簡単ではなく、本土にたどり着いたあとは、暗中模索するように海岸に沿ってひたすら南下するしかなく、その土地に固有の何かを目にしたときにだけ、記録のために立ち寄った。たとえば生い茂るパラダイスプラムの木（カシナスと呼ばれていた）から名前をとったカシナス岬では、人々は剣の攻撃をかわせるという綿織りの鎧を身につけていた。オレハス海岸では、黒い肌をした住民が生魚や生肉を食し、一糸まとわぬ体にライオンや塔のある城といったイスラム風の模様を描き、耳たぶ（オレハス）にニワトリの卵が通るくらい大きな穴をあけていた。わずか七〇レグアの距離にもかかわらず六〇日かけてようやく到着したある岬では、陸地が南へカーブしており風が追い風に変わったことから、一行は感謝の気持ちをこめて、この岬をグラシアス・ア・ディオス（神への感謝）と名づけたのだった。デサストレス（災厄）川では、男の太ももほどの竹のような植物が生えていて、一隻の船のボートが潮に飲まれた。

「バジルの畑のように緑一色」のカリアイ集落と、その隣にあるキリビリ島で、一行はコロンブスがパリア周辺で見たグアニンペンダントを目にするようになった。金の円盤を磨きあげたもので、あまりの輝きに、船員たちはそれを鏡と呼んだ。コロンブスは集落の人々の好意を勝ち得ようと贈り物を配るよう命じたが、人々はそうした恩義を受けることに抵抗があるらしく、朝になると、与えた贈り物はすべてひとまとめに縛られて海岸に置かれていた。あくる日、カリアイの人々は八歳と一四歳の少女を送り込んできたが、ふたりともグアニンペンダント以外は何も身につけていなかった。コロンブスにとって、この少女たちとの出会いはきわめて不快なものだったらしく、のちに「まだ年端も行かないのに、経験を積んだ娼婦でもかなわぬほど誘惑の手管に長けていた」と書いている。これはむしろ好色な欲望をもつ大人のとらえかたであり、性に対する思春期特有の恥じらいをもつエルナンドは、知らない者たちのなかで堂々と振る舞う少女たちの勇敢さのみを回想している。コロンブスは少女たちに服を着せ、人々のもとへ送り返した。バルトロメがふたりの住民を捕らえ、海岸線をさらに南下するさいの案内役をつとめさせようとすると、人々はふたりの身代金として二匹の野生の豚（ペッカリー）を差し出したが、コロンブスは豚の代金として贈り物を与えると言ってゆずらなかった。そこへさらに、ペッカリーのうちの一匹が甲板の上を猛スピードで逃げまわり、それを（船員のひとりが傷を負わせて船に持ち込んだ）猫のような動物が攻撃するという騒動が巻き起こった。エルナンドは野生の豚と猫が対峙するのを見て、スペインにいるグレーハウンドのように、この地では猫が狩猟に使われているに違いないと推測したが、彼の描写から、その〝猫〟がじつはクモザルであったことが明らかになる。(15)

いやになるほどゆっくりと海外沿いを航行するあいだに父子を襲った熱病によって、エルナンドはよりいっそう父親を身近に感じるようになった。コロンブスはのちに、まだ一三歳の息子が苦しむのを見て胸が痛み、ぐったりした姿に気持ちが落ち込んだと書いている。だが、甲板にしつらえたベッドに横たわって息子の姿を見ているうちに、その気持ちはやがて、わが子を誇らしく思う果てしない親心へと変わっていった。エルナンドは病気にもかかわらず一所懸命に働き、それが他の男たちを元気づけ、さらに父が楽になるようにとつねに気を配っていた。お前はまるでその道八〇年の船乗りのようだと、コロンブスは息子に向かって言った。これは、コロンブスがいままで自分だけにそなわっていると思っていた航海者としてのある種直感的な才能を息子にも認めたということで、父親ゆずりのその資質を、エルナンドは自己像のいちばん重要なものとして生涯大切にしたのだった。(16)

カリアイから先も、土地の習慣やめずらしいものに次々と出会ったはずだが、一行がわずかな品と交換できた黄金のグアニン鏡の数だけが記録にとどめられている。着実に増えていく黄金は、コロンブスが一四九二年から探しつづけていた金の豊富な地域に近づいている証拠であり、すでにカタイの領域にさしかかっているのかもしれなかった。セラボラ湾で狭い水路を通過したとき、金の鏡は一枚一〇ダカットの重さで、それを鈴三個と交換した。アルブレマ湾では、一枚が一四ダカットの金の鏡と二二ダカットの鷹をかたどったペンダントの持ち主たちは、交換に応じなかったために一行に捕えられた。アルブレマ湾では、草を嚙んでは吐き、角笛を吹き鳴らしていたインディオたちが、合計一五〇ダカット分の一六枚の鏡の交換にやっとのことで応じた。カテバでは二〇枚の鏡を、一枚につき数個の鈴とひきかえに手に入れることができた。カテバではまた、一行は石造建築が存在する証拠を初めて目にした。それは石と石灰モルタルでできた大きな壁で、さらに先に進むとベラグアの入江に出た。そこにはこの上なくかわいらしい家々からなる五つの集落があり、そのまわりを畑が取り囲んでいた。

その後、「約束の地」に近づいているに違いないと思えたちょうどそのとき、道が途絶えてしまった。ベアグラを越えると天候が悪化したため小さな入江に入り、レトレーテと名づけた。そこでは、最初は友好的だった地元住民の態度がまもなく敵対的なものに変わった。コロンブスは砲火によってなんとか彼らを船から遠ざけることができたが、それは聖書に記されている次の場面を彷彿とさせた。

島々の住民は皆、あなたのことでおののき
王たちは身震いし、顔をゆがめた。
（エゼキエル書二七・三五『聖書』聖書協会共同訳）

この地域の住民は、エルナンドの目には魅力的な容姿をしているように見えたが、海岸には、寝ている人間を見つけたら片っ端から食べてしまいそうな巨大トカゲのようなワニがたくさんいて、「まるで世界中のジャコウジカがすべて集まったかのような」強烈な臭いを放っていた。明らかに好ましくない兆候が見えはじめたため、コロンブスはしかたなく、あとにしたばかりのベラグア地方に戻ろうと決めたが、引き返すのが遅すぎた。天候は悪化し、目を開けていられないくらいの激しい雷鳴と稲妻のなか、一行は船上で身動きもとれず、船は沈み天が落ちてくるのではないかと思われた。雨は降りやまず眠ることもできないまま、他の船からの助けを求める声が聞こえるような気がしはじめ、恐怖がみなの心に湧きあがってきた、とエルナンドは記述している。稲妻の火花、船が転覆しそうな風と波、未知の海岸線にひそむ浅瀬や岩礁――。

一二月一三日には、恐怖がさらに高まった。竜巻が起こり、太鼓のように太い水柱が二隻の船のあいだを通り過ぎたのだ。嵐のさなか、彼らはビスカイナ号を見失い、数日後になんとか見つけたものの、そうこうするうちにサメに取り囲まれてしまった。サメとの遭遇で、エルナンドはその噛みつきかたや、サメの腹のなかからウミガメが丸ごと一匹と他のサメの頭部が見つかったことを書き記している。サメが口を全開すると、オリーブ型をした頭のてっぺんから腹部のあたりまで開くが、そうでなかったら不可能なことだとエルナンドは書いている。彼らは数多くのサメを捕らえて食べ、おかげで船に積んでいた乾パンでつくった虫のわいた粥から解放され、ほっとしたのだった。湿気のせいで乾パンは虫だらけとなり、乗組員の多くが、自分が食べているものを見なくてすむように夜になってから食事を口にするのを目にした、とエルナンドは記述している。虫をつまみ出すのは、とうの昔にあきらめていた。そんなことをしていたら、食事そのものをあきらめるしかなかったからだ(17)。

一月六日、東方の三博士のベツレヘム来訪を祝う御公現の日に、船隊はようやく二カ月前と同じベラグアの河口に停泊した。そしてその地ではイェブラと呼ばれている川に、三博士がイエスを見つけた日を祝してベレン(ベツレヘム)と命名した。河口にいれば、大洋では相変わらず荒れ狂っている嵐からある程度逃れることができたが、そこにはまた別の危険が潜んでいた。船隊はなんとか浅い入江に入ることができたが、そこは深さがわずか四ファゾム〔一ファゾムは六フィート（約一八〇センチ）〕しかなく、高波からは守られたが、すぐに別の方向からの脅威に直面したのだった。ベレンに到着してまもなく、川岸から少し奥に入った山から一気に下ってきた鉄砲水によってカピターナ号の錨綱（いかりづな）の一本が切れ、流された船はガリューガ号に衝突し、ガリューガ号の大三角帆（最後尾のマスト）を破壊してしまったのだ。二隻の船は、川で旋回しながら互いに衝突をくり返した。

コロンブスが何か行動を起こすときには往々にしてそうであるように、今回もまた強い信念とやむにやまれぬ事情に動かされ、ベレンに植民地を築いてそこに小部隊を残し、補給のためにスペインに戻るべきだと決断した。河口付近に住むインディオたちはすぐさま交換用の黄金をもってくると、近くの山で空腹と妻に会えない辛さに耐えながら採取したものだと言った。友好関係を築いたキビアンという首長もこの金鉱について語っており、さらにバルトロメによる内陸探検によっても確認された。偵察隊は、木の根のあいだに金があるのを発見した。まさに『預言の書』で予見された、ライオンが爪で掘り出した金がとれるというオフィールの地だ。これこそコロンブスが探し求めてきた黄金の地にまちがいないと思われた。

だが、小渓谷の向こう側、河口からすぐの場所に、この地に残る八〇人のための家が建ちはじめると、エルナンドの記述は奇妙なトーンを帯びてくる。魚を獲って暮らすその土地の人々は、互いに背を向けて立ったまま会話をして、つねにコカイナという葉を噛んでいるという不可解な習慣をもち、そのため彼らの歯は汚れて腐っている、とエルナンドは書いている。人々がおもに捕獲するのは、時期に応じて川をのぼってくる海魚の群れだが、イワシも獲った。カヌーの中央をヤシの葉で仕切り、跳ね上がるイワシがその仕切りに阻まれてなかに落下するのを捕らえることもあった。

ベレンの植民地建設計画には、家屋に加えて貯蔵庫や武器庫も含まれていた。また、バルトロメが要塞の指揮官として使えるよう、ガリューガ号はこの地に残されることになった。とはいえガリューガ号はもはや航海に耐えられる状態にはなく、残った者たちが脱出する必要が生じても使い物にならなかっただろう。川の洪水でマストを失ったうえ、フナクイムシにやられ、脆（もろ）い格子かハチの巣のようなありさまだったのだ。だが実際のところ、船は一隻たりとも入江から出られないことがすぐに明らかとなる。河口の水深がわずか二ファゾムと、以前にもまして浅くなっていたのだ。天候が穏やかなときには、船の荷を下ろし、砂州の上を引きずって運ぶことも考えたかもしれないが、脆くなった船体は荒海に出たとたん砕け散ってしまうだろう。あとはもう、雨が降って河口の水かさが増し、通過できるようになるのを祈るしかなかった。

友好的に思えた首長のキビアンが彼らに対してたくらみを抱いていたとわかると、見通しはますます暗くなった。キビアンは自分の土地に金があると言ったが、それは嘘だった。一行が別の地に植民するよう、敵対する隣の首長の土地にある金鉱へバルトロメを向かわせたのだ。一行がそれでもキビアンの領地にベレンを築くことを決めると、激怒したこの首長は、キリスト教徒を攻撃して自分の土地からその拠点をなくしてしまおうと考えた。これを知ったバルトロメは、武装した一団を率いてキビアンの小屋へ向かい、彼を捕らえると、船に連行するようフアン・サンチェスに命じた。ところが、キビアンは縄で縛られた手首が痛いと訴え、同情したサンチェスがその縄を解いてやると、サンチェスが一瞬気をゆるめた隙に川へ飛び込んでしまった。脱走者が岸へ向かって泳ぐあいだ、ほかの捕虜たちは援護するように騒ぎ立てていた。生い茂るやぶのなかでキビアンをふたたび捕らえるのは不可能だった。残ったインディオを連れて船に戻ったサンチェスは、大事な人質を逃がしてしまった責任をとり、自分のあごひげを切り落としたのだった。(18)

ようやく雨が降ると、コロンブスは補給のためすぐにスペインへ向けて出発することを決め、航海に耐えられる三隻の船から荷を下ろし、ボートを使って砂州を通り抜けた。出帆を前に、カピターナ号の船長ディエゴ・トリスタンは、最後に必要な物資と水を補給するため、唯一残っていたボートで岸へ戻っていった。だが、それきりボートは戻ってこなかった。船乗りたちは、知らせを待ちつづけるか、ベレンに背を向けるかという究極の選択を迫られた。

その後の数日間、強風が吹き荒れるなか、コロンブスとエルナンドはわずかな乗組員とともに、危険な岸から離れたところにボートもないまま投錨し、何が起きているのかを知るすべもなく待ちつづけていたが、そのうちにスペイン人たちの死体が海へ押し流されてくるのを見て、恐れていたことが現実となってしまったことを知る。死体は傷だらけで、クロコンドルが群がっていた。さらに悪いことに、捕虜となったインディオの半数が闇に乗じて大胆にも脱出を図り、逃げ遅れた者たちは甲板の下で首をくくっていた。身の毛もよだつ恐ろしい光景もさることながら、コロンブスにとっては、キビアンと取引する材料がもはやなくなってしまったことを意味した。

このときコロンブスは、断続的にくり返される失明と高熱の発作に襲われる。彼はのちに、そのときカピターナ号に乗船していたのは自分ひとりだったと回想している。ひとりきりだと感じたのかもしれないが、ほぼまちがいなく、エルナンドが一緒にいたと思われる。エルナンドは往々にして自分が果たした役割については語らないが、すべてを目撃していたはずだ。コロンブスは高熱に苦しみながら見張り台によじ登り、恐怖と苦悩にうめき、スペインからの救援を求めて叫んだが、悲しいかな、どの方角からもそれに応える声は聞こえてこなかった。疲労困憊し倒れ込んでしまった彼は、熱に浮かされ眠っているあいだに幻視を体験した。そのとき語りかけられた言葉を、コロンブスはのちにこう記録している。

愚かなる者よ。なぜもっと早くお前の神を、唯一の神を信じないのだ！　いまだかつて、私が誰かをひいきしたことがあるか？　わが僕なるモーセやダビデも例外ではない。私はお前が誕生したときから見守り、時が来ると、その名を世界にとどろかせた。私は豊穣の地インディアスをお前の手に委ね、お前はその地をしかるべく切り離したが、私がその力を授けたのだ。大洋の西端をきつく縛りつける鎖を解く鍵を与えたのだ。そして多くの地でお前の名をたたえ、キリスト教徒としての名誉を与えた。イスラエルの民がエジプトを出たときでさえ、私は彼らにこれ以上の名誉を与えただろうか？　羊飼いからユダヤの王にまで育て上げたダビデはどうだ？　神のもとへ立ち返り、過ちを認めよ。神の慈悲は無限だと。年をとったとはいえ、私はお前が偉業を成し遂げるのを阻みはしない。お前は偉大な力を継承しているのだ。イサクの父となったとき、アブラハムはすでに一〇〇年もの時を生き、妻のサラも若くはなかった。それなのにお前は、未知なる世界へ踏み出す不安から助けを求めて叫ぶのか。いいか、幾度となく苦悩を与えてきたのは誰だ――神か、それとも世界か？　神の授ける富と権力は何があろうと奪われることはなく、努力は必ず報われる。たとえそうは思えずとも、お前はより大きな勝利の栄光をもたらすことになる。機は熟した。私が約束したすべてを、いやそれ以上のものを、お前は手にするだろう。みなにそうするように、お前のために用意されたものを、私はすべて与えてきたのだから。

コロンブスが幻のなかで聞いた声は、竜巻のなかでヨブに語りかける神の言葉をほぼ完璧になぞったもので、ヨブに向けられた譴責と、偉大な国家の創立者としてのアブラハムに与えられた約束とが混然としていた。一時的な精神錯乱状態にあったコロンブスは、息子を前に、『預言の書』に書かれた言葉から自分自身の神をつくりあげたのだった。コロンブスが幻のなかで聞いた言葉以上に驚くべきは、彼がそれを嵐のあとに書き留めて、フェルナンドとイサベルに送ったことだ。なんの警戒心も抱かず、新世界はコロンブスを満足させるために神が与えた贈り物であり、スペインは彼のおかげで神の恩恵を間接的に受けるのだと言い切ったのだ。嵐はコロンブスの内なるビジョンと実際に目にする世界との間隙を埋め、『預言の書』に書かれた予言は、大渦巻のなかから語りかける声という直接的な啓示によって立証されつつあった。[19]

九日後、陸からの知らせがようやく届きはじめた。ディエゴ・トリスタンがベルムーダ号のボートで岸に着いたとき、キビアンはすでにベレンへの攻撃を開始していた。コロンブスが出航したら襲撃しようと、その時を待っていたのだった。植民地の端から三〇ヤードのところまで迫る密林に身を隠していたキビアンの配下たちが、槍を手に突進してきた。河口に着くと、トリスタンはボートに乗り込もうとする入植者たちに背を向け、できればボートを死守してコロンブスに報告に戻りたいと考えた。だが結局、それもかなわぬまま、トリスタンは眼窩に槍を突き刺されてまもなく死んでしまった。

一方、ベレンでの戦いは激しさを増し、あまりに至近距離での攻撃に、キリスト教徒たちはマスケット銃を使うことができなかった。ペドロ・デ・レデスマという航海士が偵察のために泳いで岸に渡り、ようやくその報告が提督のもとに届くと、ベレンと虫食いだらけのガリューガ号を放棄して全面的に撤収を図るほか道がないことが明らかとなった。バルトロメ・コロンを含む生き残った植民者たちは、カピターナ号の砲撃による援護のもと、船に収容された。船隊は錨を上げて出発したが、ベレンで得たものは、流血と苦境と失敗という苦い教訓だけだった。その後まもなくビスカイナ号は沈んでしまい、フナクイムシにやられてハチの巣状になっていた三隻のカラベル船のうち、残るはベルムーダ号とカピターナ号の二隻のみとなった。船が沈まないように、昼夜を問わず三台のポンプを駆使して水を汲み出すが、それと同じ速さで水が入ってくる。

最も近い避難場所であるエルパニョーラ島まで、まだ一〇〇〇マイル近い距離があった。

第五章　夜の知識

カピターナ号とベルムーダ号がベレンから離れるにつれ、エルナンドには父親の運も尽きたように思えた。コロンブスはその後、彼が訪れた土地は、愛蔵書であるマルコ・ポーロやエネア・シルヴィオ・ピッコローミニの『歴史に何が起こったか』に書かれている東の王国の一部だと主張するが、ピッコローミニの記述にあった黄金の胸当てと口金をつけた馬を見つけることはできなかったと認めている。コロンブスがこの遠征について書く報告書はあまりにも強烈であったため、本当の話だと何度も断りを入れている。かつて受けた屈辱の腹いせにベラグアの富を大げさに吹聴しているのではないと断言しながらも、そこでの二日間で目にした黄金の存在を示す兆候は、エスパニョーラ島で過ごした四年間で見たものよりも多かったと付言せずにはいられなかった。その地こそは、ソロモン王に莫大な富をもたらしたアウレア・ケルソネソス（ピレニウスが名づけた東南アジアの〝黄金の地〟）に違いなく、富の源泉が見つからなかったのは、つましい漁民の住む海岸地域に足止めされていたからにほかならないとコロンブスは考えた。悲惨な遠征からなんとか前向きなものを見いだそうとしたコロンブスが、ある意味じつは正しかったというのは、歴史における辛辣な皮肉と言えるだろう。のちにエルナンドが指摘しているように、ベラグア地方は実際に、太平洋と東側とを横断する絶好のポイントだった。その地の住民たちが言う〝クロッシング〟とは船が航行できる海峡に違いないと思い込んだコロンブスは、そこが地峡だとは認識できなかったのだ。そこから先へ進めなくなったレトレーテ周辺の地域は、四〇〇年後にパナマ運河の東の入り口となるのである。(1)

こうして航海史に名を残す先見者としての信望が損なわれると、それはすぐさまコロンブスが培ってきた遺産（レガシー）のみならず、船員たちの身体的安全までも脅かしはじめた。みるみる崩壊していく船に乗っている船員たちがとりうる行動は限られており、エスパニョーラ島に向けて北進することで航海士全員の意見が一致した。だがコロンブスは、北へ向かう前にもっと東へ進む必要があると確信していた。なぜなら、ひとたび陸地から離れてしまうと、潮の流れのために航路を変えることができなくなるからだ。結局、一行は一五〇三年五月一日に北へ針路をとるが、できるだけ東風に乗って航海していたにもかかわらず、コロンブスの懸念が現実のものとなってしまった。島がウミガメ（トルトゥーガ）で覆われていることからラス・トルトゥーガス（ケイマン諸島）と名づけた小さな島々を通り過ぎたあと、彼らはキューバの南にある迷宮のごとく入り組んだ島々、かつてコロンブスがハルディネス・デ・ラ・レイナ（女王の庭園）と命名した無数の小島に囲まれていることに気づいたのである。父の顔色を見て、エルナンドは万事休すだと悟ったことだろう。東風と西へ向かう海流に阻まれ、たとえ船体に無数の穴があいていなかったとしても、エスパニョーラ島には到達できないと思われた。さらに、夜になって襲ってきた嵐でベルムーダ号がカピターナ号に衝突し、ぶつかった船尾と船首が損壊した。もはや沈没を覚悟しなければならない状態だった。夜が明けて、カピターナ号がたった一本の綱だけで予備の大錨につながっており、そのおかげでかろうじてベルムーダ号や岩礁に衝突せずにいると知り、一同は愕然とした。コロンブスは、ボートで上陸できそうな場所を探しながら、狭い海峡を南へ進んでジャマイカの北岸を目指したが、到達したブエノ湾は無人で水もなかったため上陸をあきらめ、やむなくサンタ・グロリアの港に落ち着いた。

二隻の船は、外洋に浮かぶ平底船も同然だった。高波で甲板が水に浸かってしまったため、速度を落とす余裕もないまま向きを変え、二隻並べて浜に乗り上げさせ、潮が引いたときに倒れてしまわないように側面を支柱で支えた。見知らぬ島につくられた難破船の砦は、船と船のあいだに大砲と真水が置かれているぶん、補給品もなく、ひとりの味方もいない部族に囲まれて陸の上で過ごすよりはいくらかましだった。彼らが居を構えた湾は、外洋からは砂州で守られ、西側が海に突き出ていて、水深は浅く草に覆われた岸と岸のあいだの白い砂浜はアクアマリンの道になっていた。この湾は、扇形に広がる砂の岬によって二分されているが、そこはうっそうとしたマングローブの林で、ところどころに建つ掘っ立て小屋では、漁師が昼間から獲物を焼いていた。浜からほんの数歩で、陸地は深いサンゴ礁のなかへ沈み込み、白濁した青色を呈していた。カピターナ号とベルムーダ号が停泊したのは、この岬の西側だと思われる。海沿いの平野が続いたあと、陸地は急勾配に盛りあがり、鋸歯状の丘へと続いていた。エルナンドにとって、それはスペインでも見たことのある光景だったが、ここではもつれあうような種々雑多な緑の草木が丘を覆っていた。こうした森は、ジャマイカのいたるところで見受けられた。二隻の船が置かれた平らな水の舞台を、その南側を囲むように湾曲した丘が見おろしている。その光景はまるで円形競技場のようだ。丘からは、無数の見えない目が彼らの行動を逐一見張っているかもしれない。エルナンドはこの舞台の上で——カピターナ号の船尾楼甲板につくられた九平方メートルほどの船室で、父とともに一年一カ月と四日のあいだ暮らすことになるのだった(2)。

エルナンドがのちに書いているように、この絶望的な状況において、コロンブスは少しでもましな方の選択肢を選びつづけるほかなかった。彼は船員たちが陸で敵をつくるのをどうしても避けたいと思い、インディオに対する略奪や暴行を固く禁じた。また、補給品も危険なレベルにまで減っていたので、日々インディオとの交換で得たものを、くじ引きで分配していた。そのため、十分な食べ物を手に入れられなかった者たちも、翌日には手にすることができるかもしれないという希望で食いつなぐのだった。だが、こうしたやりかたも一時しのぎにすぎず、船員たちを励ましつづけるには救援という現実的な希望にすがるしかなかった。船が通りかかるのを待つだけではだめだということで、皆の意見が一致した。ジャマイカにはまだヨーロッパ人が住んでおらず、船が通る理由などなかったからだ。また、手持ちの材料では航海に耐えられる船などつくれないというのも、全員の意見だった。そこで、一二人のキリスト教徒を二艘のカヌーに分乗させて、ジャマイカ島の東端からエスパニョーラ島へ向かわせるという決断がなされた。それぞれのカヌーは、ジャマイカに住む一〇人のタイノ族が漕ぐことになった。この試み自体、窮余の策だった。というのも、カヌーはそもそも海を航行するためのものではなく、荷を積むと、手のひらの幅ほど水面から出るのがやっとだったからだ。それでもコロンブスは望みを託し、バルトロメオ・フィエスキが〝船長〟をつとめるカヌーには、エスパニョーラ島に着いたら、残された者たちに航海の成功を伝えるためにジャマイカに戻るよう指示を与えた。そしてディエゴ・メンデス（第一回航海からコロンブスに同行していた）が指揮をとるもう一方のカヌーには、さらにサント・ドミンゴへ向かい、緊急事態を知らせて救援隊を組織させることにした。彼らはまた、それまでの発見を報告する両王宛ての手紙と、修道士ガスパル・ゴリシオに宛てた手紙も運んでいた。バルトロメ・コロンはカヌーの出発地点となるジャマイカ島の東端まで随行し、一行が見えなくなるまで見守っていた。エスパニョーラ島までは三〇レグア（一〇〇マイル以上）の距離があり、しかも途中には、目的地の八レグア手前に、水のない岩礁がひとつあるだけだった。(3)

残った人々は、ひたすら待ちつづけた。今か今かと待ちわびていたに違いない最初の数カ月に関するエルナンドの記述は、意外にもかなり少ない。では、この間に交わした会話で父親への理解を深めたのではないかと期待させるが、彼が残した記録にあるのは、奇妙な沈黙だけだ。何年ものち、エルナンドは残念ながら父親の謎めいた若年期について自分はよく知らない、思いきって尋ねてみる前に父は死んでしまったのだと回顧している。さらにまた、若いころにはそうした質問をしようと思いもしなかったとも認めている。それが本当のところなのだろう。思い出話とは、過去に思いを馳せるだけの暇がある人間がするものだ。カピターナ号とベルムーダ号に残された一行のように、いつなんどき死刑執行の判決が下るかわからないような状態にある者たちは、膨張する船板(プランク)や浸食してくる波、硬化し脆くなった綱に、くじけそうになりながら必死に対処していたに違いない。この時期のエルナンドの記憶に最も鮮明に残るのは、毎日午後になるとキューバの東方に湧きあがる雷雲だった。いまにも大雨を降らせそうな雷と稲妻は、ちょうどボイナ（タイノ族の雨の神である暗黒の蛇）のように、月がのぼると消え去るのだった。沈黙のなかで何度も放たれる稲光は、耐えがたいものであったに違いない(4)。

コロンブスの人生における大きな欠落に直面し、のちに彼の壮大な物語を書いた多くの者たちは、数々のエピソードをつくりあげてその間隙を埋めた。そのうちのひとつ、一八世紀のイエズス会士で詩人のウベルティーノ・カラーラによる『コロンブス』では、反乱のさなかにエルナンドが海へ投げ込まれ、海底の木にとらえられ身動きがとれなくなったとき、水の妖精ネリネに助けられたとされている。カラーラの奥深いバロック様式の近代ラテン語による詩には、そのあとエルナンドがアレティアの宮殿に案内されるようすが描かれる。そこではあらゆる真実が千の水晶や鏡に映し出され、エルナンドは次のような自然哲学の原則を学ぶのだった。

川の起源
水のさまざまな状態
風と火の性質
火山の性質

エルナンドを海岸へ戻すとき、海底の女神たちは彼に望遠鏡を与えようとするが、その発明はガリレオ・ガリレイに取っておかなければならないと制止される。カラーラによるこの海底の寓話は、なんの根拠もないとはいえ、多くの真実をプリズムのごとく分類・蒐集することになるエルナンドの人生の第一歩を、ヒロイックに楽しく描き出している。のちにエルナンド自身もまた、歴史に名を残す偉大なる人物にふさわしい過去の物語を構築したいという強い誘惑を経験するのである(5)。

カラーラの物語のなかで唯一事実と符合するのは、反乱の部分だ。おそらく避けられないことだったのだろうが、エスパニョーラ島に送り出された一行から音沙汰がないまま四カ月、五カ月、六カ月が過ぎると、噂が飛び交うようになった。コロンブスは自分が不名誉な立場に置かれているスペインになど帰りたくないのだ、追放されたエスパニョーラ島に戻る気などなく、メンデスとフィエスキを派遣したのは救助を要請をするためではなく、カトリック両王に対して失われた面目を回復させるためなのだ、といった噂が船乗りたちのあいだでささやかれていたのを、エルナンドはおぼえていた。ほかにも、カヌーはエスパニョーラ島へ向かう途中で沈んでしまい、痛風で寝たきりのコロンブスには、もはや皆を率いて海峡を横断する決断を下せる力はないと主張する者もいた。むしろ、いまコロンブスを屈服させれば、宮廷にいる提督に敵対する者たちの歓心を得ることができるのではないかと考えたのだ。おそらくこれも避けられないことだったと思われるが、コロンブスに抵抗する者たちは、ベルムーダ号の船長であるフランシスコ・デ・ポラスの味方についた。彼の弟ディエゴは、フェルナンドとイサベルがこの探検で見つかった貴重な品の取り分を確保するために任命した会計検査官だった。一五〇四年一月二日、ポラスは四八人の反逆者の首領としてカピターナ号の提督室に押し入り、危機的な事態を巻き起こした。エルナンドはこのときのポラスの言葉を、過去の最も辛かった瞬間としてこう書き留めている。

> 提督、すべてを失ってしまったというのに、カスティーリャに帰らずここにとどまろうとするのはなぜですか?

これに対してコロンブスは、すでに経験済みの方法しかカスティーリャへ戻るすべを知らないとしか答えられなかった。そして、異論があるなら士官会議を開いて今後の方針を話し合おうともちかけた。しかしポラスは決断が先送りにされるのを拒み、反乱を起こすよう手下たちに合図した。反逆者たちは見えない敵に向かって腕を振り回しながら、急いで船首楼とメインマストの檣楼(しょうろう)を占拠した。コロンブスはなんとかベッドを離れると、足をひきずりながら甲板へ出ていき男たちを鎮めようと試みたが、耳を傾ける者はいなかった。残り少ない忠実な部下たちがどうにか提督をなだめてベッドへ連れ戻し、反逆者たちに向かって、なんでも好きなものを持っていってかまわないが、年老いた提督に危害を加えるのだけはやめてほしいと懇願した。結局、反逆者たちはタイノ族から略奪したカヌーに乗り込み、ジャマイカ島の東の岬からエスパニョーラ島へ渡ろうと、意気揚々と東へ向かった。すると、そのときまでコロンブスに忠実だった船員の大半が反逆者たちについていった。健康な者たちの大部分が去っていくなか、置き去りにされるのを恐れたのだ。全員が健康であったなら、カピターナ号に残る者ははたして二〇人いただろうかと、のちにエルナンドは苦々しく思い返している。(6)

荒々しい騒ぎがおさまると、エルナンドには、父親がこの絶望的な状況にどう対応するのかをじっくり観察する時間ができた。その土地の部族との物々交換は、すでに減ってきていた。彼らに提供できる品物はすでに地域一帯に行き渡り、ホークベル（鷹鈴）や銅の針、ガラス玉など、好奇心旺盛なタイノ族なら欲しがるはずのものが大量に残っていた。しかし、この無関心よりもさらに悪いのは、提督の力が弱まっているのではないかという疑念がインディオのあいだに広まりはじめていたことだ。多くの部下たちが提督を見限って去っていく途中、耳を傾ける地元住民に向かって公然と提督を非難したことで、その疑念は裏付けられた。カピターナ号に残ったわずかな船員たちは、上陸して食料を略奪することも考えたが、増大していく敵意にいつまで対抗できるかわからなかった。

　こうした状況のなか、提督はふたたび魔術に目を向けた。今回は船室にあった魔法の小冊子が役に立った。彼は島の首長たちを宴に招待すると、自分たちの神は善なる者に報い悪しき者を罰するのだが、その神がお怒りで、キリスト教徒と公正に取引しないインディオたちに疫病と飢饉をもたらすだろうと宣言し、その証拠に、神の怒りによってまさにその晩、月が奪われるだろうと予言したのだ。エルナンドは、タイノ族の首長たちがこの予言をばかにしながら帰っていったのをおぼえていたが、コロンブスと乗組員たちのほうも、その晩に月食が起きるとする天文暦の予測がまちがっていたらどうしようと気が気でなかったに違いない。

　問題の小冊子は、ヘブライ、アラビア、ラテンの天文学を統合した偉大なユダヤ人アブラハム・ザクート（アブラハム・バル・サムエル・バル・アブラハム・ザクート）の天体位置表すなわち『アルマナック・パーペチュウム（万年暦）』と考えてほぼまちがいないだろう。ザクートは一四九二年にユダヤ人が排斥されるまではスペイン人であり、集団移住のさいに、最初の航海を終えたコロンブスとリスボンで遭遇していた。ザクートは北アフリカに、その後エルサレムに移住するが、その前にポルトガルの避難所にしばらく滞在し、その間、天文学に関する偉大な書物を出版した。エルナンドの図書目録の三一三九番として現存するザクートの『アルマナック』には、一万一三二五日分の月の位置が示され、コロンブスはその表から、その年（一五〇四年）の二月二九日に月蝕が起こり、三時間三二分間続くことを確信したのだった。スペインを発って二年近くがたち、あらゆる苦難を乗り越えてきた船員たちは、もはや日付が正しいかどうかわからなくなっていたのではないだろうか。エルナンドがザクートの書物に書き込んだ、各月の最初の日が何曜日かを計算する公式は、その日が本当にザクートが月蝕を予測した木曜日であることを再確認するためのものだったのかもしれない。

閏日（うるうび）の二月二九日は、時の枠からはみ出ているような気がして、とかく落ち着かないものだが、それ以上に大きな問題があった。ザクートの暦は、サラマンカでの月蝕の時刻を予測するようにつくられていた。いまでこそタイムゾーンに合わせて簡単に変換できるが、その計算に必要な観測地点の経度に関する知識を、コロンブスをはじめ当時の人間は誰も持ち合わせていなかった。そのため、コロンブスのパフォーマンスは神経がすり減るような賭けとなった。もしもその場所が思っているよりも西に寄っていたら、スペインで真夜中にピークに達する月蝕はジャマイカからは見えない可能性があり、ねらいどおりの劇的な効果が得られなくなってしまうからだ(7)。

その晩、空にのぼった月が地球の影に完全に隠れ、日が暮れたように島が闇に飲み込まれる前に、コロンブスが少しでも自信なげなそぶりを見せたかどうかはわからない。エルナンドがおぼえているのは、島じゅうで上がる叫び声と、タイノ族が続々と集まってきて、自分たちに代わって神にとりなしてほしいと提督に哀願する姿だった。コロンブスは神と話をしてみると約束し、月が半分顔を出すころまで身ぶり手ぶりで芝居を続けた。それから皆の前に姿を見せると、必要な食料をキリスト教徒に提供するならばタイノ族を守るという約束を神からとりつけたと言い渡した。コロンブスのこの計略は、神の啓示を受けたというお決まりの主張をもじった、航海の知識を使った口先だけのごまかしだったかもしれないが、地理の分野においては大きな貢献となった。経度を測定せずに月蝕の正確な時間を予測するのは不可能でも、逆の計算はじつに簡単で、コロンブスはスペインとジャマイカにおける月蝕の時差から、自分がいる場所の正確な経度を割り出したのだ。『預言の書』のあるページに、何ページにもわたる啓示的な予言に埋もれるようにして、次の地理学的記述がある。

一五〇四年二月二九日木曜日、インディアスのハマイカ（ジャマイカ）島の北部、そのほぼ中央に位置するサンタ・グロリアという港にいたとき、月蝕が起こった。日没前に始まったため、月が完全に輝きを取り戻したときの時刻しか記録できなかったが、それは日暮れの二時間半後、ちょうど砂時計五つ分の時刻だった。

インディアスのハマイカ島とスペインのカディス島の時差は七時間一五分であり、ハマイカではカディスよりも七時間一五分早く日が沈む。『アルマナック』を参照のこと。

『アルマナック』で使われたザクートの計算と自身の月食観察から、コロンブスはそれまでで最も正確なカリブ海の経度と、その延長としてより正確な大西洋の広さを割り出すことができたのだった。安っぽい〝魔術〟を使うにあたって、コロンブスはおそらく、『預言の書』に記された詩編第一九番の美しい言葉を思い浮かべて気持ちを落ち着かせたのではないだろうか。

天は神の栄光を語り
大空は御手の業を告げる。
昼は昼に言葉を伝え
夜は夜に知識を送る。

（詩編一九『聖書』聖書協会共同訳）

コロンブスの〝夜の知識〟は、タイノ族が幻想から覚めれば当然向けてくるであろう怒りから、少なくともしばらくのあいだ彼自身と息子を守ったのだ(8)。

一五〇四年一月に出発したポラス率いる反逆者たちがエスパニョーラ島への航海に失敗したことを、エルナンドとカピターナ号の船員たちがどの時点で知ったのかは定かでない。結局、彼らはジャマイカから四レグアも進まないうちに引き返すことになったのだが、海が荒れはじめると、カヌーの重量を減らすためにタイノ族の漕ぎ手を海に投げ込んだとエルナンドは示唆している。彼らはさらに二度にわたって試みるも失敗に終わり、四月にふたたびサンタ・グロリア湾の難破船の要塞へと姿をあらわしたのだった。その時期、反逆者たちとコロンブスのもとに残った部下たちのあいだに、なにがしかの接触があったに違いない。というのも、沿岸で転覆したカヌーが漂流していたという噂が流れ、残った者たちはエスパニョーラ島への救助要請は届いていなかったのだと絶望的になったのだが、エルナンドはこの噂を広めた張本人はポラスだとしているからだ。やがてなんらかの理由で、カピターナ号に残っていた数少ない船員のなかにまで暴動をたくらむ者が出はじめた。

最後のとどめが刺され、みずからが父と呼ぶ傷ついた神の苦難にもついに終わりが訪れる。エルナンドはそう覚悟を決めていたことだろう。と、そのとき、水平線上にカラベル船が姿をあらわした。船が接近してくるにつれて、自分たちに気づかずに通り過ぎてしまうのではないかという恐れも消え去り、コロンブスを取り囲んでいた者たちは、奇妙な運命のいたずらによって、提督がまたしても崖っぷちから復活するのを見て驚愕したに違いない。だが、そうすんなりといかないのがコロンブスの運命だ。カラベル船がカピターナ号に横付けになると、まるでたちの悪い冗談のような事実が明らかになった。船がやってきたのは偶然ではないが、乗組員たちをエスパニョーラ島へ連れて帰るつもりはないという。代わりに船長は、現時点では救助の任務に適した船を用意できないというオバンド総督からの謝罪の言葉を伝えた。そして塩漬けの豚肉の片身を一枚とたったひと樽のワインをコロンブスに贈呈すると、カピターナ号の船員が手紙を書く間も与えず出航してしまったのだ。

カピターナ号の住人たちは、ディエゴ・メンデスに託した救助要請がまちがいなくエスパニョーラ島に届いており、彼らが完全に消息を絶ってしまったわけではないと知って、いくらかほっとしたかもしれない。けれども、カラベル船に託されてきたメンデスの手紙を読むと、安心してもいられなかった。ジャマイカからのカヌーがエスパニョーラ島に着いたとき（一行は喉の渇きと恐怖で死にかけていたが、月がのぼり、ジャマイカ島とエスパニョーラ島のあいだにある小島を照らし出してくれたおかげで、その両方から救われた）、メンデスは四日熱に苦しみながらも上陸し、オバンドに会いに西部地方のヤラグアへ向かった。ジャマイカから連れてきたタイノ族のなかに、無事に到着したと知らせに戻る体力がある者はひとりもおらず、全員が生きて到達できたという一見奇跡のような出来事にも暗雲がたちこめた。オバンド総督は、コロンブスの無事を聞いて喜ぶふりをしながらも、すぐに救助の要請に応えるそぶりを見せなかったからだ。

カラベル船の到着によって、カピターナ号の住人たちの死刑執行は一時的に停止されたが、それも長くは続かなかった。船上での反乱は当面おさまりそうだったが、ポラスに和睦のしるしとして塩漬けの豚肉を分け与え、一方でじきに救助隊がやってきたら彼らは反逆者として裁かれかねないと釘をさそうとしたコロンブスの作戦は失敗に終わった。ポラスは用心深く、コロンブスやその使者が岸にいる仲間に直接話しかけるのを許さず、反逆者に対する大赦の提案も拒絶した。そして、救助の船が一隻であればそのスペースを区切って半分を提供するよう、逆に要求を突きつけてきた。エスパニョーラ島に上陸し反逆罪に問われたときのために、周りを味方でかためておこうというポラスの思惑だった。のちのエルナンドの回想によると、ポラスはコロンブスの使者を追い返し、そもそもカラベル船は本当に到着したのかと疑問を投げかけたのだった。本物のカラベル船が来たのなら、慣れぬ土地で困っているキリスト教徒を置き去りにして――提督とその息子すら乗せずに――さっさと帰っていくだろうか。その船は幻想ではないのか？　コロンブスは魔術に長けているというから、魔法を使って出現させたのだろう。相手がエスパニョーラ島にたどり着き、ここで足止めを食っているあいだに起きた出来事を自分たちに都合のいいように語られてはたまらない。双方がそう思っているのは明らかだった。そして双方とも、迫りくる終盤に向けて戦いの準備を整えていた。(9)

一五〇四年五月一九日、カピターナ号とベルムーダ号の健常な乗組員の大半が、コロンブスを残し、難破船の要塞から四分の一レグアのところにあるマイメという集落を見下ろす丘の上に集結した。コロンブスは最終的な条件を提示したが、もはや平和的な解決が不可能であることは誰の目にも明らかで、ポラスは総力をあげてコロンブスの使者たちに攻撃を開始した。戦いは長くは続かなかったが、負傷者たちについて事細かに綴った長くむごたらしい描写から、その戦いがエルナンドの心にどれほどの影響を与えたかがうかがえる。なかでも彼の記憶に鮮明に残ったのは、包囲されたベレンの岸に泳いで渡った勇者で、のちに反逆に加わったペドロ・デ・レデスマだった。レデスマは戦いのさなかに断崖から転落し、その場に二日とひと晩放置されていた。それを見つけたタイノ族が、死んでいるものと思って棒で傷をつついた。頭は脳が露出するほど深い傷を負い、腕は筋一本でぶら下がり、脚もちぎれる寸前だった。そのぼろぼろの体でレデスマが言葉を発すると、タイノ族は逃げ出したが、あとで戻ってくると、うだるように暑く蚊がうようよしている小屋に寝かせ、苦悶するレデスマに傷の手当をほどこした。この痛ましい場面がエルナンドにとって戦いの記憶となり、レデスマの苦しむ姿が心の傷となって、提督がまたしても神に認められた勝利とみなしたものに暗い影を落とした。衰弱した忠臣たちはポラスを捕らえ、残りの反逆者たちを敗走させて勝利をおさめた。それから一カ月ほどたったある日、救助船がようやくサンタ・グロリア湾に到着した。コロンブスはふたたび一行をまとめる事実上の指揮官となり、最後の発見の旅で起こったことを正式に報告する立場となった。

ここでエルナンドは、父親の人生を語るのをぱったりとやめてしまう。コロンブスはその後二年間生きたが、幸福な日々ではなかった。エルナンドはそんな父親を思いやる気持ちから、コロンブスが最後の日々に舐めた辛酸については、ほぼ沈黙を守ったのだ。けれども、この忠実な息子も、オバンド総督への激しい怒りを記録せずにはいられなかったようだ。一行がエスパニョーラ島に到着すると、オバンドは〝サソリのキス〟で出迎え、コロンブスの無事の帰還を喜ぶ風をよそおい、フォルタレサ通りに新たに建てた総督公邸に滞在させて厚くもてなしながら、その一方でポラスを釈放した。自分の家族が築いた町に初めて滞在したエルナンドは、傲慢なオバンドからの蔑視に悩まされた。コロンブスをスペインに帰国させるための船が用意されたが、オバンドはその費用を何から何まで提督に負担させたと、のちの資料に記録されている。自腹で用意された二隻の船も、一隻は港を出航して二レグア進んだところでメインマストが二つに裂け、もう一隻も外洋に出てから欠陥が見つかり、この最後の帰還の旅も、第一回航海と同様に困難なものとなった。

寝たきりの状態にあったコロンブスが寝床から指示を出し、解体された船首楼で組み立てた応急のマストに大三角帆を張り、一五〇四年一一月七日、一行はサンルーカル・デ・バラメダに上陸した。コロンブスにとって最も忠実な支援者であったイサベル女王が、メディナ・デル・カンポのマヨール広場に面した宮殿で亡くなったという知らせが一行に届けられたのは、それからまもなくのことだった。死の床にあったイサベルのそばに付き添っていた修道士ガスパル・ゴリシオが、口述された遺書を書きとっていた。メディナ・デル・カンポからアルハンブラ（そこで王墓の完成を待つ）へ運ばれる女王の亡骸に付き添ったピエトロ・マルティーレは、移動するあいだ、広大な空には太陽も星もまったく見えなかったと記述している。

コロンブスは、長年の課題にふたたび着手した。一四九二年一月にグラナダの城壁の外で与えられた権利を主張するため、今度は二人の息子を代理人として宮廷に向かわせたのだ。だが、はかない望みだった。コロンブスは打ちひしがれて寝たきりとなり、新世界から彼に支払われるはずの金は、スペインに届かなかった。誰もがコロンブスを見放し、アメリゴ・ヴェスプッチを含む数人の探検仲間だけが交代で付き添った。エルナンドの友人であるバルトロメ・デ・ラス・カサスは、コロンブスが発見した新世界に地図製作者の気まぐれで〝アメリゴ〟の名がつけられるという屈辱に対しエルナンドが何も言わなかった理由について、のちにこう述べている。おそらく、この見放された時期にヴェスプッチが見せたコロンブスへの忠誠心が、エルナンドにこの不当な処置を黙認させたのだろう、と。(10)

絶望的な孤独のなかで、コロンブスは自分がおかした俗世の過ちの重さをひしひしと感じたのか、長男のディエゴに何度も手紙を書き、これから先も弟を大切に守ってやってほしいと懇願した。彼はまた、遺言書に新たな補足書を加えた。第四回航海に出発する前の一五〇二年に書いた遺言書にもエルナンドの母親への遺産は含まれていたが、年にわずか一万マラベディと、息子への遺贈額の一五〇分の一にすぎなかった。だが最後の日々に考え直したコロンブスは、自分の跡を継ぐ者は、私が多大な恩義を受けた人にふさわしい生活を送れるだけのものをベアトリスに与えなければならない、と書き残したのだ。

私は良心の命じるままに、これを行なう。なぜなら、それが私の心に重くのしかかっているからだ。その理由をここに記すことはできない。

コロンブスは、ベアトリスが息子エルナンドの母親であることを少し前で述べているので、コロンブスの心にのしかかっていたのは不義の関係ではないはずだ。それはむしろ、ふたりが分かち合った罪ではなく、栄華の時にある自分にベアトリスがふさわしくないという理由から、女性の無節操を許さない世界に若い女をひとり置き去りにしてしまったことに対する、コロンブスの一方的な罪悪感だったのだろう。真実の全貌はおそらく永遠に失われてしまったが、エルナンドの父母像にいくぶん深みを添えるエピソードだ。(11)

エルナンドは律儀に宮廷にとどまり、父親からの指示を受けていた。コロンブスはめまぐるしく移動する宮廷についていこうとしたが、それは叶わなかった。一五〇六年三月、宮廷がバリャドリッドに到着したさい、偉大なる探検家もまたその地に居合わせたが、それが最後で、さらに移動を続ける宮廷に、病を抱えるコロンブスはもはやついていくことができなかった。その年の五月二〇日、コロンブスはバリャドリッドで永遠の眠りについた。父親の死でエルナンドの人生にぽっかりと穴があいたのは、その後の年月を見れば明らかだ。エルナンドは、歴史に残る記録から提督の弱点や狂気を少しずつ取り去る一方で、旧約聖書をもとに、その形や意味を変えながら新約聖書ができたように、コロンブスの人生を土台にみずからの人生を築きあげていく。けれども、一時代を築いた人物である父の名声を復活させるためにも、彼はまず、みずからの画期的なプロジェクトに乗り出さなければならなかった。

第二部　絵であらわされる言語

第六章　靴と船と封蠟

新世界を離れて五年後の一五〇九年八月一五日、エルナンドはふたたびエスパニョーラ島のサント・ドミンゴにいて、この島で最初にできた通りにある総督公邸の一室で二一歳の誕生日を祝っていた。オサマ川を臨む砦から、公館が次々に建造されているエリアまでをつなぐフォルタレサ通りに建つこの公邸は、エルナンドと父がジャマイカでの苦しい体験から立ち直るために滞在したまさにその場所だった。サント・ドミンゴに最初につくられた建造物の多くは消滅し、スペインによる支配が強固になるにつれて石造りの堂々たる建物に取って代わられたが、エルナンドの部屋は、すべてをリスト化したいという彼のやむにやまれぬ衝動により、琥珀に閉じ込められた蝿のようにそのまま残されていた。

誕生日のあとまもなく、彼は自分の部屋を見回し、最も貴重な所有物から金銭的価値は高くないがこの環境で生きのびるのに必要な品にいたるまで、新世界での生活のために持ってきた品物をすべて網羅した目録をつくった。こうして挙げられた、エルナンドの部屋にある品々を見ると、過去に類を見ない品揃えだ。この時代の目録は遺言書の形で残っているものがほとんどで、故人が譲るに値すると思った財産のみが挙げられており、当然ながら、この世で手に入れた物の大部分が除外される。だがここでもまた、エルナンドの目は大抵の人が取るに足らないと考える品々をみごとなまでに見過ごさず、それらを目録にまとめることで、植民地時代初期のカリブ海地域と、彼がそこで送ろうとしていた生活の手がかりにあふれた静物画を我々に残してくれたのである。[1]

目録の下のほうには、エルナンドの几帳面な細かい筆跡で次のようなものが書き込まれている。弾丸をつくる鋳型、帆布製の靴八足、柄と鞘のあるナイフが数本、顔当て付き兜がひと頭、白と薄茶色の糸、鍵が二つある南京錠一つ、大量の釘、そして工具がいくつか（金槌一本、鑿一本、木工旋盤の道具、手斧一丁、木工用の錐一本に鉞四丁、大小二丁ずつ）。紳士の所有物にこういった工具類が混じっているのは不思議に思えるが、エルナンドは前回の初航海で金物のありがたみを学んだのだろう。フナクイムシに食われた船を放棄する前に、父コロンブスが釘さえも取っておこうとするのを見ていたのだ。新世界を訪れるスペイン人は柔らかで混じり気のない黄金を見つけることしか頭になかったが、カリブ海で生死を分けたのは、じつは彼らが携行した加工鉄だった。このように目録の終わりのほうからは、困難や危険、そして新天地で一から築く生活に備えようとしているイメージが伝わってくるが、リストの上のほうに目を転じると印象が変わり、より洗練された道具類が並んでいる。たとえば、羽ペン四ダース、小さなリンゴほどの大きさの樹脂細工の魚、クラヴィコード（鍵盤楽器）の弦、絵を描くための硫黄やその他の顔料の塊、弓の弦など。この弓の弦が身を守るためのものだったのか、それとも少しは狩りをしてみようと思ったのかは定かでない（同年代の仲間にとっては残念なことに、狩りはエルナンドがついぞ興味をもてなかった分野である）。しかし、彼が新世界において植物を育てたり利益を出したりするだけではなく自分自身の芸術的才能をも養おうとしていたのは、他の道具を見れば明らかだ。エルナンドの部屋にはさらに“Viñola”による絵画が二枚あり（おそらくイタリア北部のヴィニョーラ派の画家が描いたもので、記録に残るかぎり初めて新世界に持ち出されたヨーロッパ人画家による絵画である）、さらに彼自身が描いたものが三枚と、絵画制作の手本となる小冊子が二冊あった(2)。

また、リストにある六冊の小冊子は（白紙のページを除き）四七ページにわたる楽譜を収めたもので、確信はできないものの、『Cancionero de la Colombina（コロンビーナ歌集）』の初期バージョンである可能性もあり、じつに興味深い。これは近世前期のスペインにおける最も貴重な二つの歌集のうちの一方で、時期は不明だがエルナンドのコレクションに収められたものだ。次に挙げられているのは、記録文書の数々だ。ユダヤ人の天文学者アブラハム・ザクート（彼の研究のおかげで、コロンブスは一五〇四年の月食を予測できた）による未製本の文書や、スペインの神学者トルケマダの著作、さらには地図や、幾何学、文法学、紋章学についての文書、薬の調合法を書いたもの、そして詩を書き連ねた紙また紙。それらがエルナンド自作の詩なのか（彼はすでに『預言の書』で詩の腕を試している）どこかから書き写したものなのかはわからない。そして堂々とリストの最上位を占めるのは、彼が所有する二三八冊の本だ。当時は本を箱に入れて保管するのが一般的で、それらの本もまた、それぞれ異なる目印をつけた四つの収納箱に収められていた。おそらく彼は、占星術に関する便覧や『預言の書』のほかにはあまり読むものもなかった前回の航海の二年間を思い出し、今回はより周到に準備をしたのだろう。まちがいなくアメリカ大陸で初の図書館と呼べる品揃えで、異郷の地で文化的な生活を築くにはそれらの本が不可欠だとエルナンドは考えたのである。

エルナンドがエスパニョーラ島にどの本を持っていったのか、具体的な目録は現存しない。二三八冊ならばぎりぎり頭でおぼえていられる量で、おそらく目録をつくる必要を感じなかったのだろう。『預言の書』を含め、父親が遺した大切な書物がこのコレクションに含まれていたのは確かだ。たとえば、ブリストルの商人ジョン・デイによって一四九七年に送付されたマルコ・ポーロの旅行記、プリニウスによる百科事典のごとき『博物誌』、歴史と天地学の研究書二冊、フランスの地理学者で神学者でもあったピエール・ダイイの『イマゴ・ムンディ（世界の姿）』、そしてエネア・シルヴィオ・ピッコローミニ（ローマ教皇ピウス二世）の『歴史に何が起こったか』。これらはコロンブスのささ

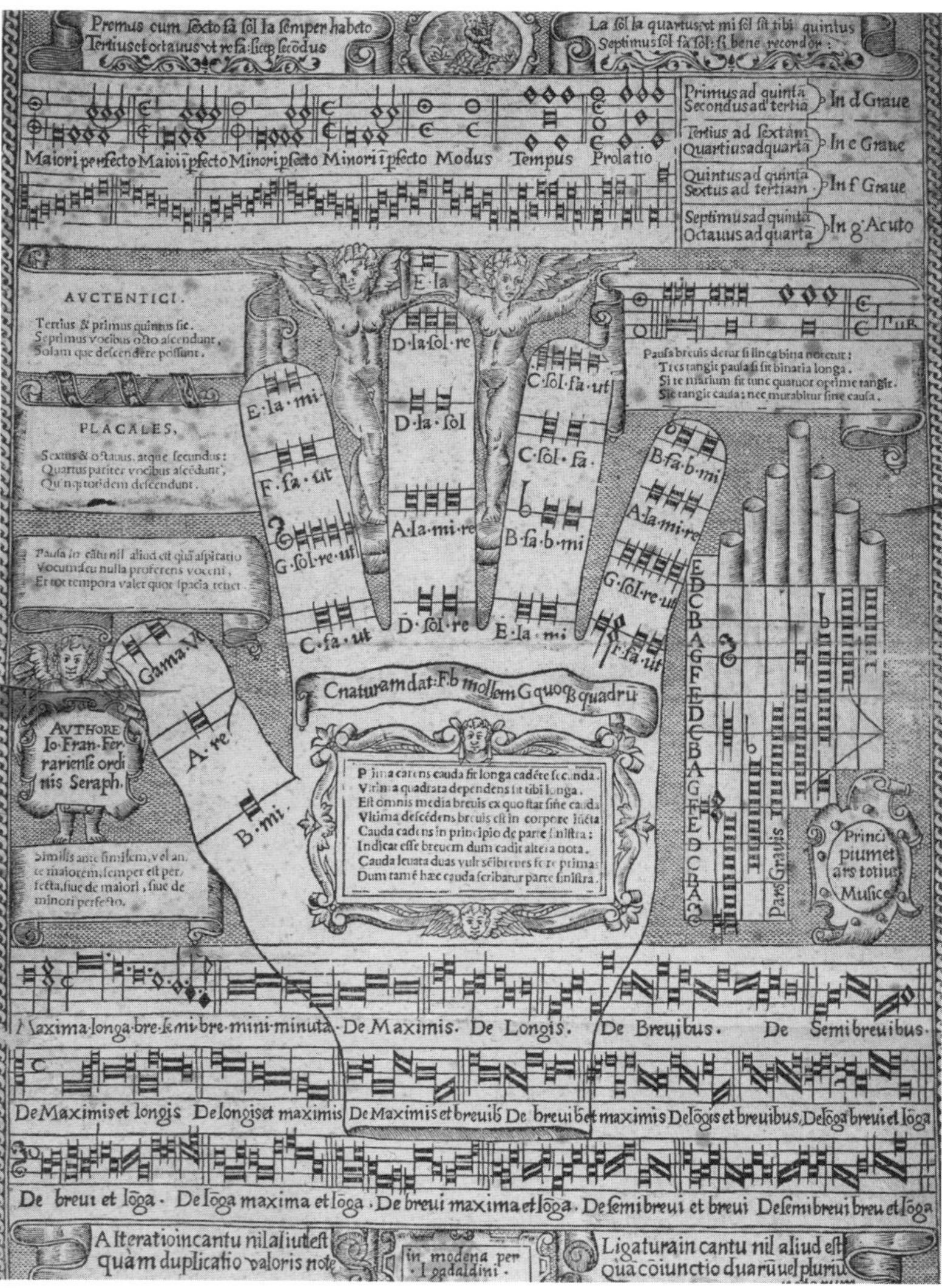

『Principium et ars totius musicae（音楽技巧の原理）』より、音楽を教える道具。エルナンドの版画コレクションに目録番号 3097 番として収められている。

やかな蔵書の中心をなし、東インド諸島への航海や歴史の全体像に関する考えを築く礎（いしずえ）となった。エルナンドにとってもかけがえのない大切なものであり、時がたつにつれて、父が余白に書いた注釈に彼自身の書き込みも混じるようになったが、いまやエルナンド自身の蔵書のほうが圧倒的に多かった。目録こそないものの、その内訳はほぼ確実に再現できる。これもまた、自分を取り巻く世界を記録に残したいというエルナンドのとめどない執念のおかげである。書籍を買うようになった当初から、彼はどの本にも購入場所と買い値を書き込んでいたが、一五〇九年に明細目録を作成したあとまもなく、購入した日付についても記録するようになった。ということは、購入場所はあるが日付が書いていないものの大半は、エルナンドが日付の記録を始める前のものと結論づけるのが妥当だろう。これに当てはまる本が一〇〇冊あまり現存しており、それらは彼の興味の幅の驚くべき広さを示すとともに、この〝図書館〟が新世界における文明の避難所というだけではなく、野外実験室であり、生き抜くための道具であり、自身の知性を広げようとする計り知れない野望を形にしたものであることを物語っている(3)。

二三八冊の本のおよそ三分の一は説教集や聖書の注解書、神学理論や宗教的黙想に関する研究書など、精神面での助けとなるものだ。その時代の蔵書としては、とりたてて宗教がかっているわけではないが、新世界でのエルナンドの使命はそこでキリスト教の教えをさらに確立することだったという、そのちの噂をそれとなく裏付けるものかもしれない。それとほぼ同数の本が広義の哲学書に該当し、その大部分はアリストテレスやその思想を受け継ぐ中世のスコラ哲学者たち（オッカムのウィリアム、ニコラウス・クザーヌス、アエギディウス・ロマヌス）の著作だった。しかし、新たに流行の最先端となったプラトン主義哲学に関するものも多数あり、そこには新プラトン主義者のマルシリオ・フィチーノやピコ・デッラ・ミランドラ、ヨハンネス・ベッサリオン枢機卿などの著作が含まれていた。

枢機卿は黒海沿岸のトレビゾンド（現在のトラブゾン）出身の偉大な学者で、ギリシャ語の文献をイタリアにもたらし、ルネサンス期の人文主義の火つけ役となった。この文献はローマ人が書き残した脆いパピルスとともに消滅し、西方のキリスト教国では一〇〇〇年のあいだ失われていたが、東方の図書館に保全されていたものだ。エルナンドはタイノ族やカリブ族の人々のあいだで過ごしながらも、ギリシャ語の知識を深めようとしていたらしく、ラテン語の辞書二冊に加え、古代ギリシャ語を真剣に学ぼうとする者には重要なツールとして広く知られていたヨハンネス・クラストヌスの不朽の辞書を持ち込んでいた[4]。

哲学と同様、文学においても中世後期に人気を得たさまざまな著者の作品があった。オウィディウスの著作が多数に、マクロビウスやボエティウス、当時のヨーロッパで流行に敏感な知識人たちにもてはやされはじめた作家たち、さらにはキケロの弁論術やホラティウスの風刺、サモサタのルキアノスの不遜で滑稽な抱腹絶倒の問答集。ルキアノスの名声は、エラスムスやトマス・モアらが踏襲したスタイルの祖として高まりつつあった。

しかし四台の収納箱に収められた書籍には、より実際的な用途に役立てるためのものも数多く含まれていた。たとえば、古代ギリシャ・ローマ時代および中世の生理学と薬理学の粋を集めた医学書が十数冊に、天文学関係の専門書が九冊。天文学に関するものは、農業や地理学の技術を扱う書籍の数々と切り離せない。どちらも天体に関する知識に頼る部分が大きいからだ。エルナンドがまちがいなく手元に置いていたのは、錬金術に関する二冊の写本だ。ケ・ディオス・サルベ号（エルナンドをサント・ドミンゴに運んできた船）に同乗していた旅行者からもらったもので、新世界から持ち帰る黄金が年々減っている事態に対処するための本だったのだろう。また、数は多くないが重要なのが動物学の本だ。アリストテレスやアルベルトゥス・マグヌスの著作は、エルナンドが初めての航海で観察したマナティーやオニイトマキエイ、ペッカリー、クモザルについての考察を深めるのに役立ったかもしれない(5)。

とはいえ、実用的な書物は書斎の外で用い、学術的な書物は室内で用いるものだときっちり線引きをするのは誤りだろう。すべての学びはこの世における生活に向けられうるという人文主義の思想の基礎を、エルナンドは家庭教師のピエトロ・マルティーレから吸収していた。はたして一五冊あまりあった(おもにローマの)歴史書の数々は、エルナンドを古代史の専門家にするためのものだったのか、それとも、エスパニョーラ島を拠点に父が夢見た新たなローマ帝国を築くべく、エルナンドと兄を導くためのものだったのか。それは誰にもわからない。実際のところ、エルナンドは同時代の人々の例にもれず、学術書と実用書とを区別していなかったのだろう。最初のコレクションに収められた二三八冊の書籍も、現代の図書館を利用するわれわれは反射的にテーマで分類してしまうが、エルナンド自身は必ずしもそうはしなかった。そもそも、書物の多くがどのカテゴリーに属するのかも定かではなかっただろう。天体が人間の健康に与えると信じられていた影響を考えれば、天文学と医学の書物は同じくくりになるのではないか? 天文学や数学、音楽はみな数と比率に拠(よ)っているのだから、この三つは切り離せないのではないか? 説教集と哲学書は? どちらも存在の本質や、倫理にかなった振る舞いについて同じように論じている分野だ。創造主である神の計画は自然という書物のなかから読み取れると多くの人が主張しているのを考えると、動物界についての小冊子もまた、これらとは切り離せないのではないか。ならば古典文学作品の多くも、このカテゴリーに含められるべきだろう。なぜなら、キケロとホラティウスも行動規範に重きを置くことが多いからだ。一方で、ローマ史を伝える典拠としての価値をもつそれらの書物は、歴史書とも切り離せないだろう。そしてそこには、古代史や教会史を土台とする法学書も含まれるべきだ。と、ここまでくると、二三八冊の本はすべてひとつのカテゴリーに収まりそうであり、そのまま一緒くたにしておくのが最も簡単そうだということがわかる。特定の本を見つける手段として分類を用いるまでもなく、(当面は)頭でおぼえていられるからだ。エルナンドの時代にも知識を分類する方法はあった。なかでも特筆すべきは、エルナンドが新世界に持ってきたマルティアヌス・カペッラの『フィロロギアとメルクリウスの結婚について』にあるように、自由七学科(文法学、修辞学、論理学、算術、幾何、天文学、音楽)に分ける方法だ。だが、この世のすべての事柄は全体としてひとつであり、それぞれを切り離しては考えないのが当時の思潮だった。実際、イタリアではそれを体現する理想的な人物像が生まれつつあった。アンジェロ・ポリツィアーノやピコ・デッラ・ミランドラの作品に登場する、あらゆる知識を身につけ、そうすることで万能な存在となった男だ。エルナンドは父から譲られたプリニウスの著書で、そうした人物のひとりであるエラトステネスについて読んでいただろう。エラトステネスは地球の外周を初めて計算し、すべての数から素数を選別する驚くべき方法――〝篩(ふるい)〟――を考案した古代ギリシャ人だ。しかも彼はそのすべてを、古代のすばらしき書物の世界、あの伝説のアレクサンドリア図書館の司書をつとめながら成し遂げたのだ。消え去った書物の王国――その壮大な野望と消滅の悲劇は、エルナンド自身のプロジェクトにぼんやりと重なって見える。アレクサンドリア図書館に関する情報はほとんどないが、蔵書目録の断片が『スーダ』と呼ばれる中世の偉大な百科事典に収録されており、エルナンドもその初版を所有していた。(6)

エルナンドには結局、彼自身や世界を一新させるフィールド・キットとして自分の〝図書館〟を試してみる機会は訪れなかった。一五〇九年九月、エスパニョーラ島に到着してわずか二カ月後に、彼はスペインに戻った。あまりに急で荷造りする間もなかったのか、所有物の明細目録もおそらくは、あとで送らせる物を挙げたリストだった。大西洋を東へ横断する二度目のこの航海は前回からほぼ五年ぶりで、以前とは状況ががらりと変わっていた。エルナンドはスペインに戻る船団のたんなる一乗員ではなく総監（カピタン・ヘネラル）だった。そしてエスパニョーラ島総督のニコラス・デ・オバンドは、かつてエルナンドと父コロンブスが港に避難するのを拒絶し、ジャマイカ沖の船の要塞で朽ちていくのを放置した人物だが、いまや部下として同乗していた。エルナンドもこれで少しは胸のすく思いをしたことだろう。オバンドは、フナクイムシに食われたベルムーダ号とカピターナ号の船上でエルナンドが父とともにじわじわと死に近づいていくのを放っておきながら、サント・ドミンゴに戻ってきたふたりを諸手を挙げて歓迎した。その厚かましさを、エルナンドは何十年たっても忘れなかった。兄ディエゴがオバンドに代わって統治者となり、父の地位と提督の肩書きを取り戻したときの喜びは、さぞ大きかったに違いない。

コロンブスの死から、一族の命運が回復したように見えたここまでの道のりは、とても順調とは言えなかった。コロンブスは亡くなる前、新世界に対するみずからの権利とそれが世襲のものだという言質を国王フェルナンドから改めて取り付けようとしていた。だが実のところ、問題はフェルナンドの胸ひとつというわけにはいかなくなっていた。一五〇四年にイサベルが亡くなると、カスティーリャ王国の王位は娘のフアナとその夫であるブルゴーニュのフィリップ美公が継いだ。そうなるとスペインを構成する王国は両王が統治していたころのような団結を失い、フアナのもとでふたたび連合する見込みもなかった。フアナは父フェルナンドの後継人ではあったものの、アラゴン王国はサリカ法に則っており、女性が王位に就くことはできなかった。アラゴンの人々は、これを天の恵みのように思ったかもしれない。そうでなければ、母方の血筋から精神の不安定さを受け継いだと（これ幸いとばかりに）非難され、狂女（ラ・ロカ）というあだ名をつけられたフアナと、外国人のフィリップに統治される羽目になっていただろう。フアナとフィリップは、マルガレーテ（フアン王子の未亡人で、一四九七年にスペインへ嫁いださいコロンブスが航路を予測した）に子どもたちを託し、ネーデルラントから一八カ月をかけてやってきた。ふたりがスペインに到着したときには、コロンブスは死の床についていた。

フェルナンドは、イサベルと強い結びつきを保ちながらもつねに性欲旺盛で、妻以外の女性を相手にそれを発散させ、ナバーラ伯の娘でフランス王ルイ一二世の姪である一八歳のジェルメーヌ・ド・フォワとじきに再婚した。伝えられるところでは、ジェルメーヌは対抗する後継ぎを産むためにフェルナンドの精力を復活させようと、牛の睾丸の調合物を彼に飲ませたという。フェルナンドは結婚後すぐにイタリアへ向かい、半島におけるアラゴンの領地を治めるのに奔走した。彼とイサベルの共同統治の結果だったスペインという強大な連合王国は、ついに終焉を迎えたように見えたが、突如、また別の運命の逆転がすべてを一変させた。スペインに到着してわずか数カ月後の一五〇六年九月にフィリップ美公が急死したのだ。フアナは心痛のあまり被害妄想にとりつかれてヒステリックに嘆き、夫の遺体をミイラにした。さらにはカトリック教会の意向に反してそれを掘り起こし、行列を仕立ててスペインじゅうを巡った。道中で立ち寄ったどの女子修道院にもフィリップの亡骸を安置するのを許さなかったと言われている。夫の周りにほかの女がいることに嫉妬したからだ。一五〇七年のなかばまでにフェルナンドはナポリから戻り、八月にはカスティーリャの実質的な支配をフアナの手から取り戻した。

けれども、フェルナンドの帰還によって、エルナンドとディエゴが直面していた抜本的な問題が解決することはなかった。ふたりが主張する世襲の権利はあまりに広範で、コロンブスの息子とはいえ、まったくの外国人（ポルトガル人）の兄と、嫡出子ではない弟という若造ふたりが手に入れられるようなものでなかったのだ。エルナンドにも多少の財産はあり、たとえば一五〇六年には、第四回航海で過ごした一年ごとに六万マラベディという気前のいい手当が支払われたが、父の遺言書で約束された多額の金を回収できる見込みはほとんどなかった。だがもちろん、強大な力をもつ人間が後ろ盾につくなら、コロンブスの申し立てはじつに魅力的な提案なのだ。味方につけるべき相手は、姪のマリア・デ・トレドが一五〇八年の春にディエゴと結婚したアルバ公だった。スペインで最も大きな影響力をもつ貴族のひとりで、国王フェルナンドがイベリア半島で平和を維持するのに欠くことのできない盟友であり、大多数がフアナとフィリップについていくのをよそに、国王のそばを離れなかった数少ない側近のひとりでもあった。そのため、ここへ来てアルバ公の意向は大きな重みをもつこととなった。その後、コロンブス一族の命運は速やかに回復し、同年八月九日、ディエゴはフェルナンドにより、エスパニョーラ島総督ならびにインディアス提督に任じられた。父コロンブスに約束されたものとはほど遠く、ディエゴは総督で副王ではなく、また〝大洋〟とそこに含まれるすべてではなくインディアスのみの提督にすぎなかったが、これらの権利を回復するための申し立てもなされ、ディエゴが不在のあいだはアルバ公の代理人に委ねられることとなった(7)。

フェルナンドは、一五〇九年五月九日に新たな総督に指令を発し、新婚夫婦はエルナンドや叔父のバルトロメとディエゴだけではなく、秘蔵の銀器や宝石類、サント・ドミンゴの社交の場を盛り上げるつもりの新婦マリア・デ・トレドに付き添う大勢の淑女たちに伴われ、六月三日にケ・ディオス・サルベ号で出発した。

フォルタレサ通りはまもなくラス・ダマス（貴婦人）通りと改名され、マリア・デ・トレドとお付きの侍女たちは純然たるスペイン人らしさを見せびらかすように、バリャドリッドやメディナ・デル・カンポに驚くほどよく似た建物が並ぶこの通りを行ったり来たりするのだった。ディエゴの宝石類（たとえば、大粒のエメラルドがダイヤモンドで縁取られ、真珠がひと粒ぶら下がっているかわいらしいペンダントは、のちにエルナンドが彼に頼まれて質に出した）は、一族のなかでめずらしく彼だけが贅沢品を好んでいたことを示している。(8)

その年の九月にエルナンドが急きょヨーロッパに戻ったのは、コロンブス一族が新たに得た自信に満ちた雰囲気とは矛盾するものだった。エルナンドを本国へ運ぶ船隊に同乗していた南北アメリカの偉大な歴史家バルトロメ・デ・ラス・カサスは、勉学を続けるための帰国だと示唆しているが、大切な書籍を詰めた収納箱を送る手配さえせずに出発したのは、ただごとではない事情があったことを示している。ひとつには、（第一回航海でコロンブスに同行した）ビンセンテ・ヤニェス・ピンソンとファン・ディアス・ソリスが率いる遠征隊が六月下旬にサント・ドミンゴに到着したことも、出発を急いだ要因であったのかもしれない。ふたりはコロンブス未踏の地である中央アメリカの地峡部を踏査してきたと主張したが、エルナンドはそれを一笑に付した。ピンソンとソリスは、エルナンドが父と第四回航海で訪れたのと同じベラグアに行っただけで、ふたりの地図は発見を主張するために同じ陸地を二度表示したものだと嘲笑ったのだ。その裏付けに、エルナンドはどちらの航海でも水先案内人を務めたペドロ・デ・レデスマの証言を引き合いに出した。レデスマは、ジャマイカでコロンブスと反逆者たちとの最後の戦いで身の毛もよだつような外傷を負い、エルナンドをすくみあがらせた男だ。だが彼の嘲りは、同じことがコロンブス一族の主張にも及ぶリスクをはらんでいた。主張の一部は、一族がトルデシーリャス線の西側全域に及ぶ権利を有するのか、それともコロンブス自身が発見した地域だけに限られるのかという問題に関わっていたからだ。他の航海者たちが新たに発見した土地に対する所有権を主張しはじめたら、コロンブス一族にとって大損失になりかねない。(9)

しかし、一族の未来を覆う暗雲はこれだけではなかった。一五〇七年の冬、アルバ公とのあいだで結婚の取り決めが進行中で、コロンブスの根拠薄弱な主張がヨーロッパで一、二を争う巨万の富につながりそうだというのに、ディエゴは地元の女性のひとりどころかふたりと関係をもって孕ませたのだ。そのうちのひとり、コンスタンサ・ローサは一五〇八年のなかばに男の子（クリストバル）を産み、もう一方のイサベル・デ・ガンボアも同年一〇月に男の子（フランシスコ）を産んだ。ディエゴは、エルナンドとその母親に対する父のやりかたに倣い、母親たちとは距離を置きつつ、生まれた子どもたちのことは経済的に面倒を見るという形をとったが、コスタンサ・ローサの場合、ふたりが関係をもっていた期間と矛盾しない一五〇八年の六月か七月に子どもが生まれたことを彼女が証明できるならば、という条件付きだった。だがディエゴにとって不運なことに、もう一方の問題のほうがより面倒だということが判明したのだ。

エスパニョーラ島へ赴く前に作成した遺言書に明記したように、イサベル・デ・ガンボアの産んだ子どもは、彼女がスペインのブルゴス教区裁判所でディエゴに対して起こしている訴訟に負けた場合にのみ、養育費を支払われることとなっていた。イサベルは、交際中に正式な結婚の約束をされたのだから、自分の産んだ子どもは嫡出子だと主張していた。それが意味するものはとてつもなく重大だ。イサベルの息子がディエゴの正当な後継者だと裁判で認められれば、妻マリア・デ・トレドが産む息子は誰もコロンブスの請求権を相続できず、最大の後ろ盾であるアルバ公は一瞬にして、裏切りと屈辱を受けた敵となるだろう。のちに明らかになるが、エルナンドがスペインに戻った理由のひとつは、兄ディエゴの性的にだらしない振る舞いで生じた火事を消し止めることだった。エルナンド自身が、より大きな栄誉に道を譲るために関係を否定された男女のあいだに生まれた子どもであることを思えば、これはじつに悲しい皮肉だ。(10)

だが彼のプランは、たんなる兄の不始末の尻拭いよりもずっと野心的だった。確かに、国王フェルナンドに申し述べてほしいとディエゴから頼まれた事案を持ち帰り、続く一年半のあいだ、一族が抱える問題を移動宮廷で論じたが、国王の近くで過ごす時間をけっして無駄にはしなかった。最も重要な局面が訪れたのは一五一一年六月の終わり、宮廷がセビーリャから北へ向かい、人里離れたグアダルーペの有名な修道院へと移動したときのことだった。そこは父コロンブスが第一回航海ののちに巡礼の旅で訪れた場所で、第二回航海で発見した島にこの修道院の名をつけている。エストレマドゥーラの高原地帯を進む道中、エルナンドは初の世界周航計画をフェルナンドに伝え、彼の求めに応じてまもなく詳細な提案書を作成した。それによると、この驚くべき航海は、コロンブス一族（エルナンド、ディエゴ、バルトロメ）とアメリゴ・ヴェスプッチ、そしてユカタン半島の探検から戻ったばかりのビンセンテ・ヤニェス・ピンソンとファン・ディアス・ソリスという錚々たるメンバーが乗り組む、まさにアルゴー船〔ギリシャ神話の英雄たちが金羊毛皮をとりに大航海に乗り出した船の名前〕によって成し遂げられるものだった。ホーン岬を迂回してポルトガルが開拓した航路をたどり、地球を一周して新世界から戻ってくるという決意を何度も阻まれてきた父の悲願ともいうべき航海だ。コロンブスはなぜか世界一周にこだわりつづけたが、それは彼よりあとの時代の人々も同じだ。世界一周とはひとつのことに区切りをつけて終わらせるという象徴的な行為であり、出発点にふたたび戻る以外に何もなしえないようでいながら、やはり心をとらえてやまないものだった。エルナンドは父の思いを共有していたばかりか、人類すべてが熱望しているものだと信じてさえもいて、（もし成功すれば）この航海は世界中のあらゆる人々にとって神からの贈り物となるだろうとフェルナンドに語った。そうすれば人類は、地球は丸く周回が可能であり、地球上のどこにでも人間が住めることを証明できる。やってみなければ、いつまでもわからないままだ。この航海は、世界をぐるりとひと周りする線を引ける可能性を秘めている。これが叶わ

なければ、円はずっと開いたままになるだろう。(11)

コロンブスにとっての世界周航計画は、千年王国説のニュアンスに満ちた、キリスト教の歴史における終末のきっかけとなる全世界的な改宗を期待させるものだった。エルナンド自身もある程度は父のビジョンに則り、『コロン・デ・コンコルディア』という文書をフェルナンドに提示した。これは三つのパートからなるもので、現在は消失しているが、『預言の書』に書かれた計画をわかりやすく再現したものだった。エルナンドがのちに記述しているように『コロン・デ・コンコルディア』には、世界周航が彼らの生存中に起こって全世界的な改宗がもたらされ、その結果としてスペインが世界を統一する帝国となることを示す数々の預言や権威ある出典が列挙されていた。しかしフェルナンドは、こうした主張を聞くのに辟易(へきえき)していたらしく、宮廷内にも激しい批判があったことから、エルナンドはこの航海が人類の知識にとっていかに価値があるかという点に的を絞ることにしたようだ。彼はまず、航海の経費が比較的少ないことを指摘して地固めをした。せいぜい五、六〇〇〇万マラベディで(それでもコロンブスの第一回航海の費用の三倍だった)、ひとつの町の住民を養う費用にも満たない。使命の大きさを思えば、カエサルやアレクサンドロス大王ならばけっして尻込みなどしないだろう、とエルナンドはフェルナンドを煽った。(12)

世界周航は可能だと信じる理由をくり返し述べたのち、エルナンドはこの並外れた冒険的事業を率いるのに必要な人物像についてつぶさに語り、いよいよ本題の請願内容を提示した。厳密に言えばディエゴの代理として請願していたのだが、宮廷人で大海に出た経験のない兄ではなく自分のことを語っていたのは明らかで、提案書で描写された人物像は二〇代前半のエルナンドそのものだった。

エルナンドいわく、世界周航を行なう航海者は、さまざまな種類の船を知り尽くしていなければならない。海の潮流や浅瀬の状態によってそれぞれ適した船が異なり、航行する海域や季節によっても

ジャン・ウェレンス・デ・コックの作風に似ているが作者不詳。1520～30年頃の作品。The Ship of St Reynuit（the Ship of Mismanagementとしても知られる）。この版画はエルナンドのコレクションの2808番。

適した船材が違ってくるからだ。また、（船乗りがよく言うように）ロープの織維一本のせいで船全体が沈むこともあるのだから、船長には目指す航海に合わせて乗組員を雇い、補給品を仕入れる能力も必要だ。さらにまた、航海や気象、天空、動物、天地構造、地図製作の知識もなくてはならず、そのためには算術、占星術、天地学、そして絵画の専門家でなければならない。エルナンドが挙げるこれら航海者の条件は、世界周航に必要な技術的スキルだ。だが、次に挙げる三つは精神面の資質にポイントが置かれていた。エルナンドの自画像は、のちに彼が描く父の姿とほぼ同じである。世界周航を成し遂げることのできる人物は、古代の天地学者の権威を崇めすぎてはいけない。昔の知識が近年の出来事で覆されることがあるからだ。また、霧や悪天候によって座礁する危険を冒さぬよう、港の魅力にはあまり引き寄せられないほうがよい。そして神に対する務めに励み、苦難に耐え、なかんずく不名誉を恐れ断固として美徳を重んじるよう、育ちや評判のいい人物でなければならない。彼が思い描く完璧な開拓者像には、無防備なまでの確信があらわだ。積荷目録の作成によって証明された細部にまで目が届く能力、幅広い技術的スキル、さらに親ゆずりの自信と自制心とをあわせもつ自分もまた、父と同等の運命を与えられていると彼は信じていたのだ。エルナンドは、父がもつ〝特別な能力〟が自分にも備わっているとはっきり主張している。その能力とは、細部を見逃さない観察眼と、神の啓示を受けたかのような感性、そして思いもよらない偉業を──世界周航であれ、世界中の知識をひとつの図書館に収めることであれ──実現可能なものとする力だ。この提案書からはまた、エルナンドがのちに超人的なまでの決意をもって大事業に乗り出す原動力（少なくともその一部）となったものが、彼の幼少時代に傷を残した不名誉な記憶であったことがうかがえる。エルナンドはつねに、コロンブスの偉業は崇高な志によって成し遂げられたと公言していたが、父を衝き動かしたものも同様に過去の恥辱であったと、彼は考えていたのかもしれない(13)。

気心の知れた少人数の集まりで世界を一周するというエルナンドの大胆な提案からは、この航海にともなう権力や富という報酬と知識の追求とが分かち難く結びついていたことがわかる。世界周航は、まだひとつの円になっていない世界に住んでいる不安をやわらげるためにも行なう意味がある。美しい表現でそう提案しながらも、エルナンドは航海の成功によってアラビアやペルシャ、ガンジス川より内側のインドやカリカット（コージコード）をほぼ確実に征服できる、そしてそれらの地を征することで生まれる膨大な富で世界のその他の地域をも征服できると考えていた。彼にとって未知の世界を知り円を閉じることは、その世界を支配する能力の獲得を意味していた。そして、物理的にその領域を包囲するのはそれを達成するひとつの方法ではあるが、同じ目的を多方面から追求するのもやぶさかではなかった。

エルナンドの書籍蒐集が世界規模に及ぶ兆候はまだ見えなかったが、フェルナンドに世界周航を提案した一五一一年という年は、書籍に対する姿勢がより真剣味を増した時期で、書籍の購入が目に見えて増え、どの書籍にも購入日入りのメモが書き込まれるようになった。エルナンドが生涯ずっと用いることになる独特な方式によれば、たとえば、一三世紀のマヨルカ出身の賢人ラモン・リュイの『Liber de fine（終末の本）』には「Este libro costo en Alcalá de Henares 68 maravedís anno 1511」とあり、「一五一一年にアルカラ・デ・エナーレスで六八マラベディで購入した」ことがわかる。リュイはとてつもなく幅広いカテゴリーにわたり、三つの異なる言語（ラテン語、カタルーニャ語、アラビア語）で二〇〇冊以上の著作をものした類まれなる人物で、小説『Blanquerna（ブランケルナ）』と哲学書が一冊、サント・ドミンゴに持っていった本に含まれており、一五一一年以前からすでにエルナンドのお気に入りだったようだ。だが、一五一一年に購入した書籍はリュイのもうひとつの大きな野望から生まれたもので、キリスト教徒はイスラムを征服する第一歩としてアラビア語を話せるようにならなければならないとする、聖戦の構想だった。現にリュイ自身も、イスラム教徒の奴隷と九年ものあいだ隠遁生活を送ってアラビア語を習得している。リュイの考えに触発されたのか、エルナンドは一五一〇年にコーランの写本を手に入れ、書かれている内容はほぼ確実にわからないながらも手書き文字の美しさについて記録している。リュイは、キリスト教文化の最終的な勝利は他言語の秘密を解明することによって得られるという考えに取り憑かれるようになり、やがて個々の言語を学ぶより、無限の翻訳機の開発のほうに力を注ぐことになる。エルナンドもこの考えに夢中になったようで、一五一一年のセビーリャ滞在中にギリシャ語の原典（ホメロス、ヘシオドス）を何冊か購入したのに加え（サント・ドミンゴで、ギリシャ語辞典をどうにか有効活用していたことがうかがえる）、ギリシャ語とヘブライ語の書籍の草分け的な印刷業者、フランソワ・ティサールによってパリで印刷されたヘブライ語の手引書を多数購入した。ギリシャ語の習得は当時の知識人のあいだで流行していたが、ヘブライ語はむしろ旧約聖書やモーセの啓示の言語として尊重されていた。それゆえに、神がバベルの塔を壊したさいに混然となった、堕落した人間が用いるほかの言語とは違い、ヘブライ語は世俗の言語では到達しえない永遠の真実に通じる道をもたらす可能性を秘めていた。こうした信仰は、神秘的で体系的な暗号解読法を用いてヘブライ語聖書から隠れた真実を導き出す神秘主義的なユダヤ教の思想、カバラへの関心の高まりからもうかがえた[14]。

だが、正しく習得すれば天地万物の神秘を解明できるはずの言語は、ヘブライ語だけではなかった。エルナンドが移動宮廷とともにスペイン各地を旅していた一五一一年に出たもう一冊の書籍は、古代エジプト文明について近代ヨーロッパ人が初めて記したもので、誰あろうピエトロ・マルティーレ・ダンギエーラ（エルナンドの昔の家庭教師）によって書かれ、コロンブスの数々の発見に関する記念碑的大著、『De orbe novo decades（新大陸についての十巻の書）』とともに出版されたものだった。マルティーレは約一〇年前、カイロにあるマムルーク朝のスルターンの宮廷を外交使節として訪れていたさい、ギザのスフィンクスとピラミッドに立ち寄り、大ピラミッド内部の小室に入ったときの報告を初めて本国へ書き送った（これより二、三年前に別のヨーロッパ人旅行者が内部へ入ったそうだが、その後消息を絶っている）。マルティーレの報告は、近代ヨーロッパ人がエジプトの古代遺跡を初めて目の当たりにしたもので、その背景には、古代エジプトへの関心の高まりという大きな流れがあった。そのひとつが、ヨーロッパ最大の出版人アルドゥス・マヌティウスによって一五〇五年に出版された貴重なヒエログリフ注釈書『Hieroglyphica（ヒエログリフィカ）』だ。エルナンドも一五一一年にはすでに一部所有していたかもしれないこの本は、最後まで生き残った古代エジプトの聖職者ホラポッロによって書かれたと考えられ、一五世紀はじめにギリシャのアンドロス島で発見された。その本で紹介されているのは、文字とそれが表すものとが分かち難く結びついているために、曖昧でつかみどころがない音声言語がもつ厄介な弱点には影響されない言語の典型だった[15]。ギリシャ語の能力が十分にあったならば、エルナンドはこの本に書かれた、「世界の中心はエジプトをおいてほかにはない」という言葉を読み取ったことだろう。

だが、近代初期のスペイン人がヒエログリフに遭遇したのは、エジプトの地だけではなかった。タイノ族も体系立った聖なるピクトグラムを洞窟内の岩面線刻（ペトログリフ）で用いていたし、アステカ族の絵文字で書かれたものも、まもなくメキシコからスペインへと持ち帰られた。プエルトリコとエスパニョーラ島のあいだにあるモナ島は、一四九五年にコロンブスが熱病にかかり一時的に視力を失ったために航海日誌を中断する直前にしばらく過ごしたところだが、このモナ島で最近発見された洞窟から、聖なるタイノ族の模様とともにスペイン語の落書きが見つかった。柔らかくて粉末になりやすい石灰岩の壁に指先で彫られたもので、洞窟の奥で手付かずのまま保存されていたのだ。考古学者たちによって発見された言葉のひとつ、plura fecit deus（神は多くを創りたもうた）は、新たな経験を既存の枠組みのなかに当てはめようとしたヨーロッパ人の試みを雄弁に物語っている。そのころ、エルナンドがかつて住んでいた難破船の要塞のすぐそばにディエゴが建てたジャマイカの植民地セビーリャ・ラ・ヌエバでは、ピエトロ・マルティーレ・ダンギエーラの出した資金で教会が建てられていた。その石柱を飾る彫刻では、ルネサンス期のモチーフがタイノ族の図像と融合していた。ヨーロッパの思想家たちには、自分たちの思想が古代エジプトから古代ギリシャを経てすっきり一直線につながっていれば都合がいいのだが、絵であらわされる言語を考えるうえで、起源は明らかにほかにも存在した。これはリュイの無限の翻訳機とも通じる概念だ。つまり、万国共通の言語を話す者こそが全世界を支配する鍵を握っているのだ。いろいろな点でタイノ族やアステカ族の象形文字に似た絵文字的言語が、フランシスコ会修道士ハコボ・デ・テステラによってセビーリャで考案されようとしていたのは、少なからず悲劇的なアイロニーだ。テステラは、新世界の人々に独自の宗教文化を捨ててヨーロッパ世界のキリスト教文化を受け入れさせるという明確な目的のもとに、その文字を考案したのだから。[16]

エルナンドは征服の手段のひとつとして世界共通の言語を研究していたが、ほかの地では、もっとありきたりで残酷な方法で支配と征服がなされていた。エルナンドが一五〇八年に新世界へ赴く許可と、種馬二頭と雌馬二頭、それに黒人奴隷ひとりを連れていく認可を得たことからも、それがはっきりとうかがえる。父コロンブスはアラワク族の奴隷貿易を始めたことで、エデンの園のような新世界という夢をすでに汚していた。もっとも、アラワク族は新世界の炭鉱での肉体労働に適していなかったため、北アフリカや西アフリカから移送された黒人奴隷が、地中海沿岸の港から送り込まれるようになった。新世界の統治者たちは、古代から連綿と続く忌まわしい習わしを受け継ぐのに加え、多くの入植者が一定数の先住民の管理を委託される「エンコミエンダ」という制度を始めた。先住民は人道的に扱われるべきだと言うのは口先だけで、一五〇九年にエスパニョーラ島にドミニコ会の修道士たちがやってくると、一五一一年にはすでに、スペイン人入植者によるカリブ諸島の人々への残忍な仕打ちが驚くほど組織的な形で行なわれていた。バルトロメ・デ・ラス・カサスは、一五〇九年にサント・ドミンゴに渡航するエルナンドに同行し、のちに新世界で最も偉大な歴史家となった。彼は終生、先住民の権利を擁護しつづけたが、そのきっかけは、サント・ドミンゴの植民地に住む上流階級が一五一一年のクリスマスを祝うにあたり、ドミニコ会修道士のアントニオ・モンテシーノスが行なった痛烈な説教だった。非ヨーロッパ人の権利についてエルナンドがどのような見解をもっていたかは定かでないが、黒人奴隷ひとりを所有する許可証を得てすぐ、彼はそれをセビーリャの書籍商に売っている。それが奴隷制に対する嫌悪感あるいは書籍への熱い思いからくるのか、それともその両方なのかはわからないが、生涯を通じて、他者を物として所有することからは距離を置いていた。一方でラス・カサスは、入植者たちの常軌を逸した残虐行為を怯むことなく彼らに突きつけていたが、ディエゴとエルナンドに対しては終生、親愛の情を示していた。ということは、少なくともこのふたりは野蛮な行為にはあまり手を染めていなかったのかもしれない。エルナンドは探検者たる父のイメージをかたちづくるにあたり、遭遇した先住民の権利を尊重していたと強調しなければならなかった。これは明らかに嘘だが、父もそのように考えていたとするほうが望ましいことをエルナンドは十分に認識していたのだろう。だが彼は、ラス・カサスのように先住民の権利擁護に身を投じたことは一度もないし、世界の知識を統合するという驚くべき野心のためには、みずからが仕える帝国の礎となっている残虐行為に目を瞑らざるをえなかったのを忘れてはならない。(17)

たった一度の壮大な世界周航で世界をスペインの支配下におさめようというエルナンドの計画は、足止めを食った。彼の提案に対してフェルナンドは、セビーリャあるいはコルドバでさらなる指示を待てと曖昧な返事をした。新世界における一族の権利をめぐる裁判の判決が一五一一年五月五日に出たことから、コロンブス一族の名誉を回復するために急いで新たな勝利を重ねる必要があるようには見えなかったのかもしれない。裁定は、インディアスの副王の地位を保持する権利をコロンブスの相続人たちに認めるが、西半球全体ではなくコロンブスが実際に発見した地域に限るというものだった。相続人たちはまた、一五〇万マラベディの終身所得を得る権利も認められた。もっともこれは、父の遺言書でエルナンド個人に与えられるとされた額と同じだった。その代わりに、エルナンドはエンコミエンダ制のもとでインディオ三〇〇人を統治する権利を得たものの、即座にほかの人間に売り払ったようだ。

そのころ一族の前途を覆いつつあった暗雲が、突如、よりいっそう厄介なものと化した。イサベル・デ・ガンボアがディエゴに対し、ふたりのあいだにできた息子——いつの日かインディアスの副王になるかもしれない庶子——の嫡出性を主張して起こした裁判が、ブルゴス教区の法廷からキリスト教世界における最高裁判所、つまりヴァチカンに移されたのだ。コロンブスの遺産の運命は、世界のまさに中心である〝永遠の都〟で決せられることとなり、その舵取りがエルナンドの手に委ねられた。こうして彼はローマへ向かう準備を始めたのである[18]。

この任務はきわめて重要で、それまでイタリアには一度も足を踏み入れたことのない（まして教会法に通じた学者として研鑽を積んだわけでもない）二三歳の青年には重荷でしかなかったとしても、一方でとてつもなく期待感が高まっていたに違いない。ヨーロッパの出版市場は驚くほど流動性が高く、スペインでも本や雑誌の露店はまずまず品揃えが豊富で、エルナンドは一五一一年にスペイン各地を旅するあいだに、国内のみならずパリやヴェネツィア、ケルンで出版された書籍を買うことができた。そのなかには、ローマへの旅のガイドブックの役目を果たした、有名な古文書研究家フラヴィオ・ビオンドによる『Roma triumphans（ローマの勝利）』（イタリアのブレシアで印刷された）も含まれていた。

しかし、実際にローマを訪れるとなれば、そんな比ではない。ローマは別格だ。出版物、人文主義、ルネサンス芸術が脈動する、まさに心臓そのもの。キリスト教世界の中心、時代を魅了する古代ローマ文明の中心地なのは言うまでもなく、彼らが持ち帰ったヒエログリフの刻まれた古代エジプトの遺物が街のいたるところにあふれていた。たった一度の航海、あるいはたったひとつの言語で世界を支配することが可能なら、ただひとつの都市が全世界を支配することもまた可能であり、その都市はローマをおいてほかにはない。フラヴィオ・ビオンドが言ったように、ローマは Urbs terrarum orbis――世界都市なのだ。(19)

第七章　世界都市

ルネサンス期のローマを訪れた旅人は、ずらりと居並ぶ驚嘆すべきものの数々に息をのむしかなかった。チヴィタヴェッキアの港から来たほかの人々のように、エルナンドも北のほうから、古代ローマ時代の城門の跡に一四七五年に建てられたポポロ門を通り抜けてローマの街へ入ったことだろう。街の南と東を見渡したときに目に入る光景は、ローマを古典様式の頂点に達したにぎやかな帝都と想像していた人間には思いがけないものだった。アウレリアヌス城壁の内側に広がるのは放置された雑草地で、動物たちが我が物顔で草を食み、埃だらけの細いでこぼこ道が縦横に通っていた。城壁は、かつて一〇〇万の民を抱える都市だったローマを囲い込むべく建てられたものだが、このときはわずか五万人の街を漫然と取り囲んでいるだけだった。ローマの七丘のうち最も高いカピトリーノの丘にあるフォロ・ロマーノの遺跡とタルペーイアの岩は、一般にはカンポ・ヴァチーノ（雌牛の野原）とモンテ・カプリーノ（雄山羊の山）という名で通っていた。ローマが近世の知の中心地であることに変わりはなかったが、教皇がこの地を離れ、地方の領主たちが実権を握った一五世紀なかばまでの一五〇年のあいだにすっかり荒廃し、ようやく復興しはじめたところだった。周辺の海岸部はまだ部分的に無法地帯で、トルコや北アフリカの海賊の襲撃を受けることもあり、一五一一年（エルナンドが到る前年）には、ラ・マリャーナ地区にある教皇所有の狩猟小屋が荒らされた。スペインの歴史家アルゴテ・デ・モリーナは一六世紀末の著作で、エルナンドがローマへ向かう途中でトルコの海賊に短期間拘束されたと示唆している。裏付けのないこの話が信じるに足るかどうかはともかく、旅を緊張をはらむものにするこうした出来事が横行していたのは確かだ(1)。

当時のローマの人口は、蛇行するテヴェレ川の内側で身を寄せ合うように密集し、川の向こう側にはローマ教皇庁（ヴァチカン）を戴くサン・ピエトロ大聖堂とサンタンジェロ城があった。その界隈を抜けて、ヴァチカンと同じ側にあるがやや庶民的な雰囲気のトラステヴェレ（テヴェレ川の向こう側）にある宿泊先に向かうエルナンドは、巡礼者を奪い合う行商人の群れを目にしたことだろう。毎年何万人もの巡礼者が大挙し、特別の赦しが与えられる聖年にはローマの人口の三倍もの人が訪れたという。旅の土産にしようと、古代の写本をばらしてつくったスダリオ（キリストの顔を描いたもの）に金を使いすぎたせいで、当時ローマの街に登録されていた一〇二二軒の宿屋に泊まる余裕がなくなった巡礼者たちは、サン・ピエトロ大聖堂のポルチコ（屋根付きポーチ）の下で眠れる藁の寝床を売る藁売りを頼りにした。

もちろん、ヴァチカンだけがローマで見られる観光名所というわけではなく、エルナンドもローマ到着時にクアトリン銅貨一枚で買った『Mirabilia urbis Roma（驚きのローマ）』という由緒ある観光手引書を購入した旅行者は、古代ローマやキリスト教の遺物が市内各所の教会に混然と収められているのに当惑しただろう。アロンの杖〔モーセの兄アロンが奇跡を行なったとされる杖〕、モーセに与えられた十戒の石板、古代ローマの巨大なブロンズ頭像、カピトリーノの雌狼のブロンズ像。この像には、乳房に吸いつく双子（ロムルスとレムス）が先ごろつけ加えられていた。聖母マリアが身ごもって子を育てた家、ガラス小瓶に入った（ビオンド曰く「みごとに真っ白な」）マリアの母乳、キリストが寝かされていた飼い葉桶、最後の晩餐のテーブル、枝の主日（復活祭直前の日曜日）にキリストがエルサレムに入るのに通った門、ローマ総督ピラトが十字架刑の判決を下した部屋に至る階段、妻が不貞を働いていればわかるという真実の口（ボッカ・デッラ・ヴェリタ）、キリストの十字架に掲げられた〝ユダヤ人の王〟という木製の罪状書き、ユダが首を吊るのに使った縄、聖ペテロを縛り、彼と聖パウロの首をくくった鎖。もっと最近になって到来したものには、真の肖像と呼ばれるものがあった。これはエメラルドのカメオに奇跡的にあらわれたキリスト像で、オスマン帝国皇帝バヤズィト二世により、十字架にかけられたイエス・キリストの脇腹を刺したロンギヌスの聖槍とともに、一四九二年にローマカトリック教会に贈られた[2]。

もっと新しい観光手引書は、中世の『驚きのローマ』にある神話や誤りを一掃し、これは必見だと認められた記念碑的なもののみを挙げている。たとえば、フランシスコ・アルベルティーニの『Opusculum de mirabilibus novae et veteris urbis Romae（古今のローマの驚異）』（エルナンドもローマ到着時に、『驚きのローマ』よりもだいぶ高い三〇クアトリンで購入した）では、最近の考古学上の発見や、システィーナ礼拝堂を含む新たな見どころが詳細に記されていた。アルベルティーニのほかの手引書『Septem mirabilia（七つの驚異）』では、古代ローマとキリスト教にまつわる遺跡を七つずつ挙げた旅程を提案している。

クラウディア水道
ディオクレティアヌス浴場
ネルウァのフォルム（公共広場）
パンテオン
コロッセオ
ハドリアヌスの霊廟
ラテラノ宮殿を中心とする一連の建築物

サン・ピエトロ大聖堂
サンタ・マリア・マッジョーレ大聖堂
アラコエリのサンタ・マリア聖堂
サン・マルコ宮殿
サンティ・アポストリ教会
サンティ・アポストリ宮殿
聖マリアと殉教聖人の教会

『The Nuremberg Chronicle（ニュルンベルク・クロニクル）』（1493年）に掲載された、プライデンヴルフとヴォルゲムートによるローマの街の挿絵。エルナンドの版画目録では、433という番号が付与されている。

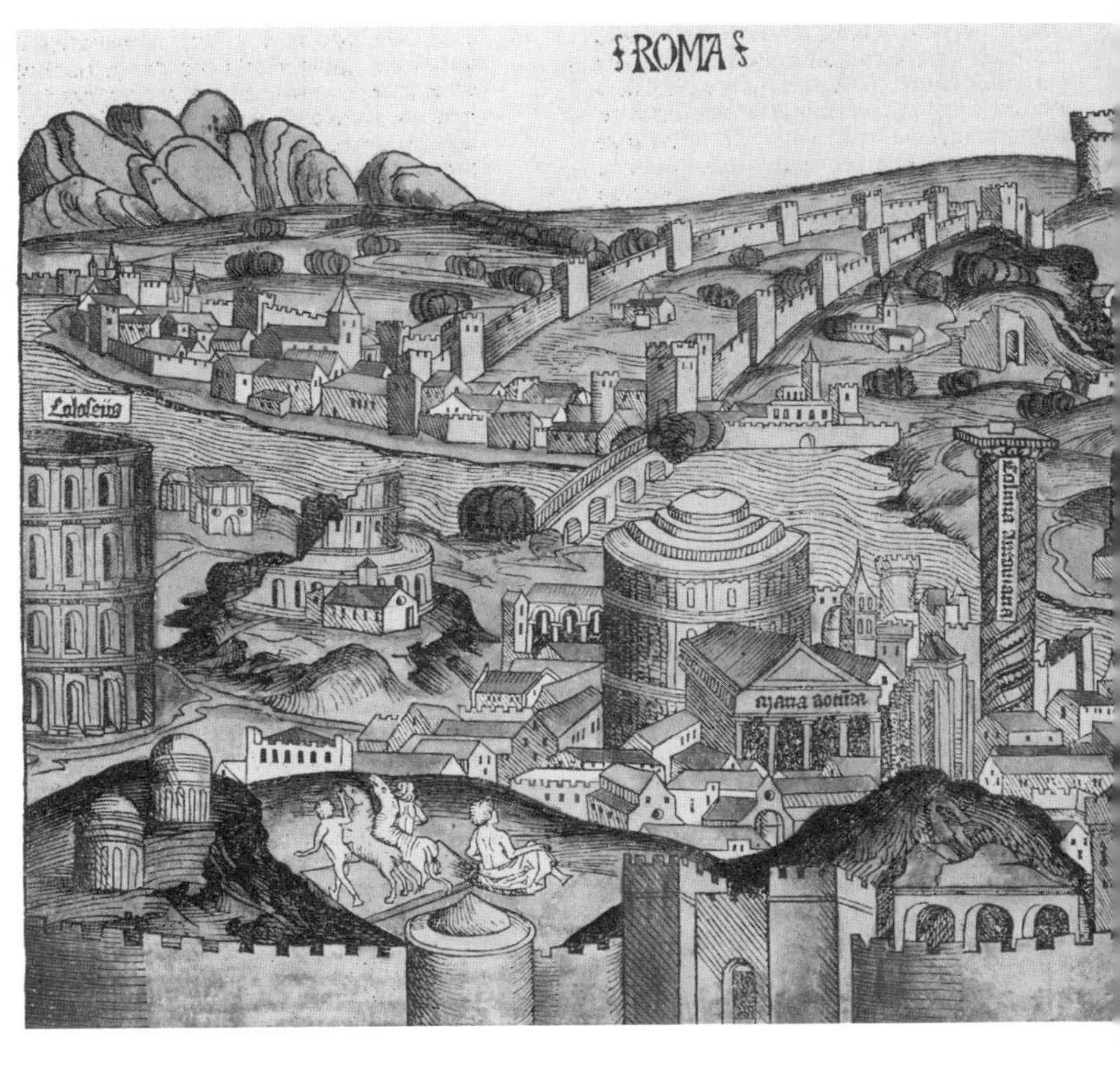
ROMA

もちろん、古代ローマの遺産とキリスト教関連の遺産を分けるのはまったく不自然なことだ。たとえばラテラノ宮殿はローマ帝国時代の宮殿でもあり、ローマ教皇が住む宮殿でもあるし、パンテオンは、聖マリアと殉教聖人の教会と同じ場所だ。コロッセオでさえ毎年、聖金曜日には『サクラ・ラップレゼンタツィオーネ』を上演する。エルナンドがローマに到着して最初に購入したもののなかには、この聖史劇の台本も入っていた。さらに問題をややこしくしているのは、(一四八〇年に地下で発見されたドムス・アウレア、あるいは一五〇六年に発掘されたラオコーン像のように)古代遺跡の多くが最近発見されたばかりで、ある意味〝新しい〟ものとして当時の流行の先端をいく芸術家たちの多くにインスピレーションを与えていたことだ(3)。

ローマの混沌たる歴史に秩序を与えようとする動きは、観光手引書のなかと同じく、街の通りでも起きていた。トラステヴェレに向かうエルナンドは、ジュリア通りを歩いたかもしれない。枢機卿たちの邸宅が建ち並ぶ広々とした大通りで、その先には、時の教皇ユリウス二世の希望により、市街地から川向うのヴァチカンへ渡る三番目の場所としてジュリオ橋の建設が予定されていた。ローマ帝国としての過去と精神世界における世界帝国の長たる教会の宿命(さだめ)とを関連づけようとする試みのもと、ローマ教皇は貧しく質素な住居群を一掃し、枢機卿が住まう新古典主義の立派な邸宅の建設を推し進めた。枢機卿の大半は、イタリアで影響力を誇る裕福な名家の御曹司たちだった。彼らが建物につける注文を資金的に引き受けたのは、シエナ出身の銀行家アゴスティーノ・キージをはじめとする資産家たちだ。彼はラツィオ地域での明礬(みょうばん)発掘の独占権で得た財産の一部を費やして、トラステヴェレに壮麗な屋敷を建てた。エルナンドはこの大邸宅(ヴィラ)の前を、ヴァチカンへとテヴェレ川上流に向かって歩くたびに通ったことだろう。一五一八年にローマを訪れたあるフランス人男性は、四二頭の馬がつながれた廏舎(きゅうしゃ)に驚嘆したのち、キージの富はまさにこの世のものとは思えないと記した。その少し前に再発見されたラテン語の小説『サテュリコン』に登場する金持ちのローマ人トリマルキオが催す饗宴に倣い、キージは晩餐会を演し物(パフォーマンス)の域に仕立てあげるのを好んだ。招かれた客人たちは銀器を持ち帰ってもかまわないとされ、ひときわ豪勢なある饗宴ののち、キージは客人たちの前で高価な食器をテヴェレ川に投げ込んだと伝えられる。だがのちに、食器は水中の網で回収されていたことがわかった。ラファエロとペルッツィ、セバスティアーノ・デル・ピオンボによってこの邸宅に描かれたフレスコ画はまもなく、ローマのおもな観光名所としてリストに挙げられた(4)。

エルナンドはローマで過ごした長い年月のあいだ、(改革派フランシスコ会から枝分かれした)アマデウス会のサン・ピエトロ・イン・モントリオ教会に滞在していたようだ。永遠の都ローマにおいてここをスペインの支配力の象徴にしようとしたフェルナンドとイサベルにとって、とくに重要な場所だった。トラステヴェレから続く急な坂のてっぺんにあるこの教会からはローマの街が一望でき、建築家ブラマンテの指揮のもと新たに改築されたサン・ピエトロ大聖堂の堂々たる姿が左手、北の方角に、そして古代と当世風が混じり合った都市が前方、東の方角に広がっていた。サン・ピエトロ・イン・モントリオ教会はみごとな眺望と喧騒から逃れる場所のみならず、ルネサンス期のローマにおけるささやかな奇跡を間近に感じながら過ごす日々をエルナンドに与えた。それはブラマンテによって最近完成したテンピエットで、ナスル朝グラナダ王国を征服し、艦隊を率いる提督が新世界を発見した〝奇跡の年(アヌス・ミラビリス)〟から一〇周年となる一五〇二年を祝うため、フェルナンドとイサベルが注文して建てさせたものだ。大理石でできた円筒を回廊が取り巻き、繊細で優美な空色の丸屋根(クーポラ)を戴くこの聖堂は、小さいながらも完璧に調和がとれていて、古典様式建築の復興に欠かせないその簡素で均整のとれた形は、エルナンドに〝形〟というもののひとつの模範を示した。テンピエットはまた、彼が情熱を燃やしたもうひとつの事柄にもちょうど関連があった。それは、エルサレムを中心とした世界帝

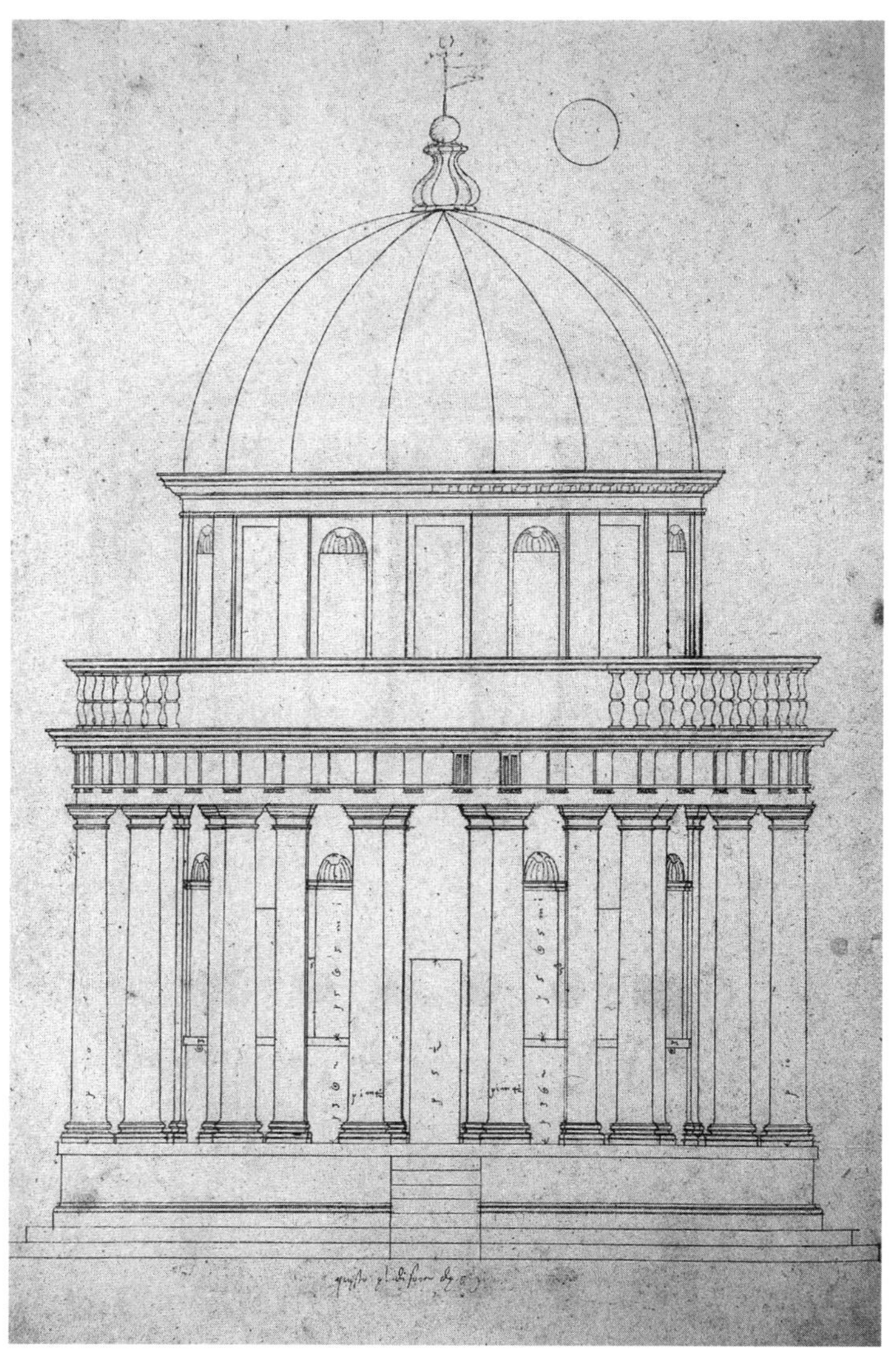

アンドレア・パッラーディオによる、ブラマンテのテンピエットのスケッチ。

国の頂点にスペインが立つという野望で、この聖堂がもつ数々の特徴には、エルサレムの再征服というテーマが暗に示されていた。(5)

エルナンドは教会から坂を下ったのち、ローマでの表向きの用事のためにはテヴェレ川で左に曲がり、オレンジやリンゴの果樹園があるキージのヴィラを通り過ぎてヴァチカン宮殿に行かなければならなかった。ヴァチカン宮殿は教皇の住居だが、教皇庁控訴院が置かれている場所でもある。西方キリスト教世界における最高位の法廷で、イサベル・デ・ガンボアとディエゴの情事の件がここで裁かれることになっていた。例によってエルナンドは、法廷の仕組みに関する二冊の主要な手引書、『Stilus Romanae Curiae（カトリック裁判の流儀）』と『Termini Causa in Curia（法廷での裁判の終わらせ方）』を手に入れて根気強く書き込みをしていたが、そこまでしても、迷路のように入り組んだ控訴院の複雑な仕組みに備えることはできなかっただろう。法廷は月、水、金曜日に開かれるが、それは開廷期間のみで、クリスマスや復活祭、夏季休暇のあいだは休廷する。さらには、延々と続く教会祝祭日にも法廷は開かれない。開廷日には弁護人の主張を聴取するが、代弁人（プロクター）からの証拠提出も認められていた。代弁人は専門性の高い役職で、裁判のしきたりを依頼人に理解させる役目を負っていた。火、木、土曜日にも実務は行なわれるが、それはその訴訟を担当する書士がいるときだけで、しかも書士の自宅で行なわれることが多いということも、代弁人がいなかったらエルナンドは知らずにいただろう。

エルナンドの裁判に関して書士が作成した文書は、とてつもない幸運のおかげで失われることなく保存され（当時の記録文書のうち現存するのは一〇分の一もない）、ほとんど判読不能な筆跡で書かれた厚さ三〇センチほどの台帳がヴァチカン秘密文書館の奥深くに眠っていた。根気があり、なおかつラテン語やカノン法（教会法）、ヴァチカンの法律に関する略語、そしてイタリア語の書記体（法律文書の手書き書体）の知識がある者ならば、二〇〇ページを超える裁判記録を丹念に調べて、この裁判が軋み音を立てながらたどった難解な経過を追うことができるだろう(6)。

教皇庁控訴院にまで持ち込まれる訴訟の多くがそうであるように、ディエゴ・コロンとイサベル・デ・ガンボアの案件もまた、被告人の本拠地ではその勢力が強すぎて公正な裁判が期待できないという理由でイサベルが要請し、控訴院に回されたのだろう。この場合は確かにそうだった。ディエゴ・コロンはインディアスの提督でエスパニョーラ島の総督兼副王というだけではなく、アルバ公爵の義理の甥だ。かたやイサベルは、ディエゴを父親とする件(くだん)の息子に加え、以前の配偶者ふたりとのあいだにできた子どもたちを抱える未亡人だ。とはいえ、エルナンドの母親がコロンブスとの関係において無力だったのに比べると、イサベルは必ずしもそうとは言えなかった。彼女は正当な権利をもつカスティーリャ女王（フアナ）の侍女で、一五〇七年の冬に宮廷でディエゴと出会ったのもそのおかげだっただろう。だがこの場合、それより重要なのは、彼女にはベレンガリオ・ガンボアという、教皇庁控訴院で影響力を誇る代弁人の親戚がいたことだ。ディエゴは常習的な身持ちの悪さで、悩ませてはいけない乙女を悩ませた。いざとなれば西方教会というシステムそのものを彼の敵に回せる女性とベッドをともにしたせいで、スペインで最も有力な一族との縁組みを危機に晒したのだ。エルナンドは一五一二年九月二八日に初めて控訴院に出廷し、そこから長く困難なプロセスが始まった(7)。

しかしエルナンドには、永遠の都で過ごす時間を法廷にすべて捧げるつもりはなかった。書籍に記されたメモには、一五一二年九月以降は購入年だけではなく月まで含まれるようになったが、そのメモからもわかるように、エルナンドはほぼ毎日――ヴァチカンに向かって左折する代わりに――トラステヴェレからシスト橋を渡って書籍専門店が集まるパリオーネ地区へ向かったに違いない。ローマの書籍商の商売のしかたは（規模については想像以上だったとしても）、エルナンドにもそこそこなじみのあるものだった。大方の書籍は未製本で売られ、表紙は客の仕様に応じてあとでつけ加えられるので、店の窓には心躍る最新作品の本扉（タイトルページ）がずらりと展示され、モストラと呼ばれる店内の閲覧用テーブルにも並べられていた。決まったデザインの表紙を見れば、現代の本好きがある種の書籍を特定できるように、近世の愛書家たちも、本扉にある印刷所のマークを見分けることができた。なかでも群を抜いて有名なのは、イルカと錨のマーク、エラスムスの作品を出版し、とうに失われたと考えられていた古典の文章をよみがえらせたヴェネツィアの偉大な出版人アルドゥス・マヌティウスの標章だ。高価な法律書や神学書だけを別にするなど大雑把なセクション分けの書店もあるなか、目の肥えたルネサンス時代の読書家たちは、書籍の大きさを見るだけでだいたい店内のどこに何があるかを把握できた。たとえば、大型の二つ折り判（フォリオ）は重厚な学術書、四つ折り判（クァトロ）の薄い小冊子は戯曲や詩、そして小さい八つ折り判（オクターヴォ）の〝ハンドブック〟。このハンドブックはアルドゥス・マヌティウスが考案したもので、みずからが出版した傑作を影響力の強い人々の手で世界に広く持ち出せるよう小さくした判型だ。

　ローマの書店は、エルナンドの目にはたんなる商いの場ではなく知的生活の中心に映ったことだろう。古典主義建築の熱心な信奉者が古代遺跡をめぐる街歩きで得た意見や感想を同好の士と分かち合う場であり、また、思想家たちは最新の思想について語り合うために、店内にある書籍を購入せずとも自由に使うことが許されていた。エルナンドも、国王フェルナンドの命により黄道十二宮のフレスコ画が描かれたサラマンカ大学の図書館など、スペインにも多くの書籍が集められている場所があることは知っていたに違いないが、そこは厳粛な場所で、収蔵する本についても厳しいルールが課され、尊い神学や哲学の大著は重たい木製ベンチに文字どおり鎖でつながれていた。しかしローマの書店は最新の出版物であふれかえり、つねに古い皮を脱ぎ捨て、新たな発想やスタイルによって変わりつづけていた(8)。

エルナンドは誘惑に抗えず、つい書籍商の店に足が向いたに違いない。というのも、書店街は宿舎のあるトラステヴェレと、彼がローマにいた数年のあいだ（正式に入学したのかどうかはわからないが）ときどき通っていたローマの首都大学（ストゥディウム・ウルビス）とのちょうど中間地点にあったからだ。設立から二世紀のあいだは永住の地を持たなかったこの大学は、このころにサンテウスタキオ聖堂近くに校舎を得た。ヨーロッパ最古のボローニャ大学に肩を並べるほどではないが、イタリアのみならずヨーロッパじゅうの知識階級の精鋭たちが、ローマ教皇庁のお膝元にいればパトロンを得られるのではないかという期待を抱いてこの地へやってきた。現存する一五一四年の希少な文書には、当時ここで講義をしていた人たちの名前が挙げられており、一五一二年九月にローマにやってきたエルナンドは、彼らの著書を大量に買い集めて山積みにしていたようだ。こんにちの熱意あふれる学部生さながらの、じつに微笑ましいエピソードだ。彼が最も心踊らせて耳を傾けた講師のひとりは、フィリッポ・ベロアルドだったかもしれない。アプレイウスの『黄金の驢馬』を研究した同名の名高い学者の息子だ。エジプトの宗教の謎を描いたこのラテン語の小説を、エルナンドはおそらくローマに来る前に入手し、ローマの歴史家スエトニウスに関するベロアルドの注釈書は到着後に購入したと思われる。

一二月、エルナンドはローマの詩人ユウェナリスに関するベロアルド、あるいは別の修辞家ジョヴァンニ・バッティスタ・ピオによる講義を聞きながら熱心にノートを取っていた。ピオの哀歌（エレジー）も九月に購入している。また、ローマ到着前は知らなかったとしても、誰もが口にするトンマーゾ・インギラーミという名をエルナンドは聞いたことだろう。いや、むしろ〝フェドラ〟というあだ名を耳にした可能性のほうが高い。リアーリオ枢機卿の邸宅で上演されたセネカの劇『パエドラ（フェドラ）』

で、（女装して）伝説の演技を披露したのちに得た呼び名だ。インギラーミは偉大な作品を発表したわけではなく、首都大学で何を講じていたのかさえ不明だが、大学教授にありがちな、たとえ中身はともなわなくとも学者然と見せる才能の持ち主だったのだろう。雄弁家としての技術は、彼に大きな見返りをもたらした。インギラーミは古代ローマの息吹を伝えるポンポニオ・レトの後継者と目され、とくに負担となる義務もないヴァチカン図書館の司書という割のいいポストに一五一〇年以来ずっと就いていた。エルナンドはまた、当時ローマに滞在していたバルトロメオ・ダ・カストロというスペインのアリストテレス研究者のもとで、ギリシャ語の文法やギリシャ、ローマの歴史をしっかりと学んだようだ(9)。

だがエルナンドは、大学で人文主義的な学問だけを学んでいたわけではなく、ローマで初めて購入した書籍のひとつであるアンジェロ・ポリツィアーノの『Panepistemon（博学）』の教えに従い、より普遍的な知識へと抑えがたい関心を示した。医学者バルトロメオ・デ・ピシスの著書を一冊所有していることから、彼の講義を聞いたのかもしれないし、天文学に関する講義にもかなりの時間を費やしたようだ。その後の年月に記されたメモからは、セバスティアヌス・ウェテラーヌスのもとで惑星軌道に関する最新理論を学んでいたことがうかがえる。これは時間や空間を測るのに非常に大きな意味をもち、近い将来にエルナンドの思考の根幹を成す部分となる教科だった。のちにセビーリャの庭園で行なった事業を考えると、一五一三年にヨーロッパ初の薬草学教授に任命されたジュリアーノ・ダ・フォリーノにも関心をもったことだろう。

エルナンドがとくに注目して追った著名人は、首都大学で数学の講義を行なっていたルカ・パチョーリだ。パチョーリは誰あろうレオナルド・ダ・ヴィンチに数学を教えた人物で、出版したばかりの論文『De divina proportione（神聖比例論）』は、神が万物を創造するのに用いたという比例について読者に伝授するもので、ダ・ヴィンチの挿図が入ったこの書を、エルナンドはローマに到着してから購入している。魅力の点では劣るかもしれないが、世界に与えたインパクトという点で同様に重要だったのは、パチョーリのもうひとつの論文、『Summa de Arithmetica, Geometria, Proportioni et Proportionalita（算術・幾何・比及び比例全書）』だ。世界で初めて複式簿記を正式に論じた書で、エルナンドはこちらも同年九月に購入している。北部イタリアの商人たちによって考案されたこの会計方法は、ますます複雑になるルネサンス期の金融取引の管理を可能にするためのものだったが、あまりにも説得力のあるツールだったため、ヨーロッパ人の世界観を根本的につくりかえるものとなった。費用と収益、借方と貸方というシステム、つまり、この世はゼロサムゲームという見かただ。これはさらに、怪物ヒドラのように成長を続ける蔵書を整理するひとつの方法をエルナンドに提示したようだ(10)。

湯水のように金を使って本を買い漁っていたエルナンドがいつ、どの時点で図書館という着想を得たのかについては諸説ある。もちろん、図書館にはせず大量の書籍を所有しつづけることは可能だ。書籍がそれぞれ相互に、そして図書館内にはない書籍やものごとにも関連するよう並べられて初めて、図書館と呼べるのだ。一七世紀のある学者兼司書が述べたように、規律のない男たちが三万人集まったとしても軍隊とは呼べないのと同じく、たとえ五万冊の書籍があっても、秩序のない状態ならば、それは図書館ではない。一五〇八年にジョヴァンニ・デ・メディチ枢機卿によってローマに持ち込まれたメディチ家の書籍コレクションなど、ローマは図書館のひな型としてすぐれたものをいくつもエルナンドに示したことだろう。コジモ・デ・メディチによって設立されたこの図書館の設計図は、ルネサンス期の多くの図書館によって模倣された。豪商のコジモは、フィレンツェの偉大な人文主義者ニッコロ・ニッコリ〔コジモの支援を受け、大量の書物を買い集めた〕の蔵書を一四四〇年代に受け継いだのち、完璧な図書館という思いつきに魅了され、トンマーゾ・パレントゥチェリという人物に設計を委託した。パレントゥチェリが作成した書籍のリストはカノーネ（規範）として知られ、学術図書館には不可欠と考えられた書籍から成り、偉大な書物とは何かという〝規範〟を初めて定めたとされる。パレントゥチェリのリストは、非キリスト教の知識や学問も含まれていた点が画期的で、かつてないほど広い意味での図書館を想定したものだった。ルネサンス期の大学のありとあらゆる研究分野の書籍を公然と含む視野の広いものであったため、カノーネに挙げられていたのはわずか二六〇冊程度だったとはいえ、多くの人々がこの図書館を伝説のアレクサンドリア図書館と同等、あるいは凌ぐものとして称賛した。

パレントゥチェリは一四四七年に教皇ニコラウス五世になると、これと同じひな型を用いて、のちに世界で最も偉大な図書館のひとつとなるものの基礎を築いた。パラティーナ図書館、すなわちヴァチカン図書館である。同じ建物にある教皇庁控訴院でエルナンドが過ごした時間を思えば、多くの旅行者がそうしたように、この図書館の一般閲覧室を訪れていないとは考えにくい。図書館は四つの部屋に分かれているが、一般の人々が入れるのははじめの二つ――ラテン語とギリシャ語の部屋だ（古代ローマの図書館もこのように分かれていたと考えられている）。もう二つの部屋には秘密文書とヴァチカンの文書が収められ、利用できるのは教皇庁に属する人間だけだった。図書館が一般に公開されるのは、枢機卿会が開かれる日の二時間だけ。ラテン語の部屋には机が一六台あり、ずらりと並ぶ円柱によって、九台と七台の二列に分かれていた。視線を上に転じると、輝かしいフレスコ画が天井を飾っている。メロッツォ・ダ・フォルリによる、図書館に物理的な空間を与えた教皇シクストゥス四世と、偉大なる初代館長バルトロメオ・プラティナの肖像画だ。ギリシャ語の部屋へは、ラテン語の部屋を通って入ることができる。一列に並んだ八台の机には上棚と下棚があり、それぞれ五〇～六〇冊の書籍が置かれていたが、しだいに別置きの収納箱や戸棚にもあふれ出るようになった。[11]

メディチ家とヴァチカンの蔵書はエルナンドに図書館のひな型を与えたものの、これらは書籍を祀る聖堂であり、最も権威ある原典以外をすべて排除することで内容の神聖さを強調していた。普遍性を保つより、排他性で完璧さを保つ図書館だったのだ。収められている書籍の圧倒的多数は写本で、ほんのひと握りを除けばラテン語やギリシャ語といった古典語で書かれ、印刷機という新奇なものでつくられたり、特別な知識をもたない一般向けの自国語で書かれたりしたものは見向きもされないか、意識的に除外されていた。だがエルナンドの興味は、すでにそのような範囲には収まらないものとなっていた。格調高い古典語の文献にのみ目を向けるどころか、正規の書店や大学といった高尚な場所のみならず、ローマにまつわるものを求めてどこにでも目を向けた。彼にとってローマの情報源は、立派な書店の陳列台や大学をはるかに超えたところにまで広がっていたのだ。通りでは流しの歌い手(cantastorie)が最新の物語詩(バラッド)を歌いながら、かごに入れた歌詞の写しを売り、行商人も怪しげな薬や土産物、安物の宝石などとともに小冊子を売り歩いていた。自分の店はどこよりも品揃えがいいと考える大型書店ではなく、小ぢんまりとした本屋でもいい、いや、むしろ好ましいとエルナンドはのちに記している。こういったちっぽけで安い書物のほうが、愛書家によって集められた重厚な学術的大著より重要だという斬新な結論にエルナンドがどの時点で至り、体系的にそれらを集める計画をいつ立てたのかはわからない。おそらく当初は、ローマに到着してすぐのころに『Storia della Bianchae la Bruna(ブロンドとブルネットの物語、あるいは、愛はすべてに打ち克つ)』を一クアトリンで、『Respecti d'amore(愛について)』を五クアトリンで買うなどして楽しんでいただけだったのだろう。[12]

通りをぶらついて行商人から買い物をすることで、エルナンドはローマの下層階級の果てしないお祭り騒ぎにどっぷり浸ったことだろう。ユウェナリスが『風刺詩集』第三篇で述べたように、ローマはいまだ、遺言書を作成せずに食事に出かけるのは軽率とみなされる街だった。この時代の裏社会は、

『Lozana Andaluza（元気なアンダルシア女）』でじつに具体的に描写されている。見世物小屋の歪んだ鏡でエルナンドの人生を映したような、スペイン語のピカレスク小説だ。ヒロインのアルドンサもコルドバで生まれた私生児で、親を亡くしたのちエルナンド同様にセビーリャへ移り、地中海沿岸を転々と旅してから、彼と同時期にローマへやってきた。しかしエルナンドと違い、アルドンサは友もなく美しいがゆえに男たちの欲望の餌食となる。ローマでの体験を経て、アルドンサはみずからの身体や語学、料理や薬の調合の腕前でこの国際都市の暗部をどうにか渡り歩き、アンダルシアやカスティーリャ、カタルーニャ、ジェノヴァ、ユダヤ、そしてトルコの人々が次々にもたらす困難を乗り越えていく。（ヴァチカン図書館の偉大なる館長プラティナによる）初期の印刷された料理本など、彼女とエルナンドが同じ本を持っているところや、親を亡くした私生児として似たような苦境に立たされた部分が感動的だが、ふたりの共通点はそこで終わりだ。本のおかげでエルナンドは上流の男たちとものごとの本質について意見を戦わせたりするが、一方のアルドンサにとっての本は、下層階級の女が生きていくための道具のひとつにすぎなかった。

街の通りと神聖な場所とを分ける境界線は、いつもすっきりと引かれているわけではなかった。数えきれないほどある街の祝祭行事のあいだは誰もが仮面を着けることを許されていたため、上流階級も貧しい人々に混じって楽しんだ（とはいえ、武装したり、水を入れた卵の殻を投げたりするのは禁止されていた。これはドミニカ共和国でいまも行なわれている、フエゴ・デ・サン・アンドレスという祝祭の遊びだ）。アルドンサのような高級娼婦の多くは自分の才覚で、絶大な影響力を振るえる地位にのし上がったが、最も有名なのは〝インペリア〟として知られる女性で、アゴスティーノ・キージや枢機卿たちのお気に入りだった。彼女の住まいはあまりに豪華で、そこを訪れたスペインの大使は、自分の使用人の顔に唾を吐くしかないような気がしたという。その場で値打ちのないものが、それしか見当たらなかったからだ。

官能小説は、市井の人々や婦人の私室を覗き見るだけの窓ではなかった。エルナンドが一五一二年九月に買ったなかで最も高価だったのは『Hypnerotomachia Poliphili（ポリフィロの夢）』という神秘主義的な性的ファンタジー小説だった。アルドゥス・マヌティウスによって一四九九年に出版されたこの書籍には豪華な挿絵が入っており、エルナンドは二〇〇クアトリンも払って購入した。それとは逆に、路上で見られる詩のすべてが卑猥なユーモアばかりとは限らない。首都大学の目と鼻の先、パリオーネ地区にある古典主義様式の壊れた彫像は、教皇や枢機卿、街の上層部に対する歯に衣着せぬ風刺が貼りつけられ、（〝パスクィーノ〟とあだ名をつけられて）政治的な抵抗勢力のシンボルとなっていた。商才に長けた――だが賢明にも匿名の――ある出版人は、彫像に貼られた風刺詩の選り抜きを集め、一五〇九年から出版しはじめた。エルナンドはイタリアに到着した最初のころに一五〇九年の選集を購入し、その後も忠実なコレクターとなった。[13]

この初期の風刺文（パスクィナード）が強く批判した教皇ユリウス二世は、あらゆる点においてルネサンス期のローマが生み出した人物と言える。彼は本名をジュリアーノ・デッラ・ローヴェレといい、公には〝叔父〟だが父親ではないかと広く噂された教皇シクストゥス四世の身内としてカトリック教会内の権力のもとで育ち、デッラ・ローヴェレ家で初めて教皇となった叔父が、ヴァチカンに以前のような政治的影響力と栄光を復活させようと尽力する姿を目の当たりにしてきた。シクストゥス四世はヴァチカン図書館の拡大を図るとともに、伝統的には二四人だった枢機卿団に縁故者を配して大幅に増員した。また、大がかりな改築や建築を指揮し、ボッティチェリ、ルカ・シニョレッリ、ギルランダイオ、ペルジーノを呼び寄せてシスティーナ礼拝堂の内装にあたらせた。だが、ジュリアーノの野心はその比ではなく、叔父の野心が小さく見えるほどだった。カエサルと同じ〝ユリウス〟という教皇名を名乗ってみずからの意図を（恥ずかしいほどに）知らしめたのち、このキリスト教会のカエサルはローマと教会の軍事力や文化的影響力の再興に取りかかった。また、勢力を拡大しつつあったヴェネツィアを抑え、イタリア半島に侵入してくるフランスに対抗すべく、一四九〇年代からイタリア全土に広がっていた戦闘に乗り出していった。と同時に、一五〇六年には、サン・ピエトロ大聖堂の新築とベルヴェデーレの中庭という、当時最大の建設事業二件に着手した。こうしたとてつもない規模の事業には莫大な費用がかかり、主任建築家のブラマンテは〝壊し屋（マエストロ・ルイナンテ）〟という異名をとることになったが、それを工面するため、ユリウス二世は一五〇七年に聖年免罪符を発行した。購入した者に罪の赦しを与えるという触れ込みの書類は大いに利益をあげ、金のかかる豪華な建築によって教皇庁の財政にあいた穴をふさぐのに用いられた。

しかしながら、西方キリスト教会の中心をほぼ全面的に再構築するだけでは、ユリウスの野望は満たされなかった。彼の激烈さ（テリビリタ）（ルネサンス期ローマの傲慢なまでの野心とインスピレーションの源を一挙にとらえようとした新たな用語だ）は、ミケランジェロその人のなかに第二の自身ともいうべき同等の激しさを見いだした。ユリウスはミケランジェロを壮大な霊廟の建築にあたらせたが、それは彫刻家と教皇双方にとって最高の業績となるものだった。霊廟を収容できるようサン・ピエトロ大聖堂の屋根をもっと高く上げるべく一〇万クラウンの資金が必要だとミケランジェロに指摘されると、ユリウス二世はそれを二〇万クラウンに増額して、作業が適切に行なわれるよう配慮したと伝えられる。パスクィーノに詩を貼りつけた者たちの多くは、古代ローマの先人ユウェナリスのように、「こんな時代に風刺を書かずにいるのは難しい」と感じたはずだ[14]。

ヴァチカンにおけるこの戦う教皇の存在は、エルナンドをかなり惹きつけるものだったに違いない。一六世紀後半の記述によれば、彼は国王フェルナンドからユリウス二世に宛てた書状を預かっており、大使のような役割のおかげで、テリビリタを間近で眺める機会に恵まれたようだ。兄のふしだらな振る舞いから一族の富を救うために教皇庁控訴院の法廷で多くの時間を過ごさなければならなかったかもしれないが、少なくとも法廷に向かう道では数々の建設事業が進行しており、当代の偉大な芸術家たちが想像力や野心を自由に発揮していた。エルナンドがローマに到着したころには、ベルヴェデーレの中庭も、ローマ市内やその周辺でひっきりなしに発掘される古代ローマ・ギリシャ時代の遺物の美術館として機能しはじめていた。ベルヴェデーレのアポロン像、ヘラクレスと赤ん坊のテレフォス、そして、のちにフロイドやダリに着想を与えることとなる、歩く女性のレリーフ〝ラ・グラディーヴァ〟など、当時でさえヨーロッパ人の美の意識を強く惹きつけ、思わず心を動かされるほど完成度の高い彫像を、エルナンドは回廊を抜けながら目の当たりにしていたことだろう。

一五一二年の万聖節（一一月一日）は休廷中だったので、エルナンドは大手を振ってヴァチカン宮殿へ行き、（ある目撃者の証言によれば）「足場を解体したさいに舞いあがった粉塵が収まりもしないうちに」ローマじゅうの人々が詰めかけたように、システィーナ礼拝堂の天井にミケランジェロが描いたフレスコ画の除幕を見物した。ユリウス二世がミケランジェロに天井画を描かせたのは、サン・ピエトロ大聖堂の建築主任ブラマンテとその補佐をしたサンガッロに促されたからだと言われている。ふたりは、彫刻家であるミケランジェロに筆を持たせてもうまく描けず名声に傷がつき、教皇に対する彼の影響力にも陰りが出ると確信していたのだ。ミケランジェロも難色を示し、天井の下で吊される不快さを嘆くソネット――〝股座（またぐら）は臓腑に押し付けられ／それと釣り合わせるかのように尻が垂れる〟――を書いたりしたが、天井画が披露されたとき、その成功は見紛（みまご）うべくもなかった。もともとあった壁画では、ボッティチェリやペルジーノなどが（モーセやキリストの生涯を並列する形で）新約聖書における旧約聖書の成就や、旧法に対する新法の勝利が表現されていた。ミケランジェロは、それが突きつけてくる課題を引き受け、それまでのキリスト教の歩みを概略的に絵画化したものを、礼拝堂の天井という枠組みのなかで表現した。天井画は三三の部位に区切られ、天地創造から堕罪やノアの洪水を経てイスラエルの隆盛までを描いた歴史が中心にあり、キリストの降臨ののちに歴史が同じようにくり返され、罪悪とキリストの敵に対して不断の戦いを挑む〝戦う教会〟が最終的に勝利を収めることを示す預言者たちの肖像画が、それを囲むように配されている。天井全体を目で見て理解しようとしても、ただ圧倒されるばかりだ。ミケランジェロの弟子のコンディヴィが全体像を説明するのに、つねに天井のアーチ型構造によってできた格子(グリッド)を頼りにしたのは賢明だった。地図上のグリッド線にも似た枠組みのおかげで、コンディヴィは師匠の描いた絵それぞれの位置関係を説明しながら、天井画全体を案内することができたのだ。ミケランジェロの天井画を説明するのは、地図に針路を記すのに似ていた(15)。

到着から六カ月がたった一五一三年の春。巡礼者や高位の聖職者、富豪、貧民、教授、廃墟や遺跡、ならず者が入り乱れる混沌たるローマに足を踏み入れたとエルナンドが自覚しはじめたころ、その混乱の度合いがさらに一段階上がった。西洋キリスト教社会において、謝肉祭は人々が自由気ままには・・・じける解放のときだが、ローマはさらに踏み込み、従来の街の祝祭(フェスタ・ダゴーネ)を同じ時期に催した。つまり、四旬節前に活力を思いきり発散させて街をひとつにする昔ながらの宗教儀式と同時に、カトリック教会を率いる教皇の栄光と業績を称える意気揚々たる行進が行なわれたのだ。謝肉祭では若者や老人、ロバ、馬、水牛、ユダヤ人がさまざまなハンディとともにそれぞれ競うレースや、(ボルジア家出身の教皇アレクサンデル六世によって最近加えられた)娼婦たちのレースが街じゅうで行なわれ、どう見ても異教徒的な生贄がテスタッチョの丘に捧げられた。古代ローマ時代に壊れた陶器のかけらが積み重なってできたこの丘のてっぺんから、豚や雄牛がくくりつけられた荷車が下ってきて、待ちかまえていた群衆が獣もろとも荷車を叩き壊すのだ。ほかの荷車はそのまま、フェスタ・ダゴーネの山車に用いられた。一五一三年のフェスタは戦う教皇ユリウス二世を称え、ヴェネツィア軍やフランスを相手取った多くの戦いの末に彼が解放したイタリアのさまざまな地方を紹介していた。エルナンドのようにローマに来たばかりの人間には謝肉祭というお墨つきの無法行為（フーリガニズム）と、教皇の勝利を祝う荒っぽい大騒ぎとを見分けるのは難しかったに違いない(16)。

一五一三年の灰の水曜日、エルナンドは禁欲と悔い改めの四旬節の始まりを告げる説教を聞くためヴァチカン宮殿にいた。彼が印刷物に残したメモには、生まれ来てまた還（かえ）る土のことを会衆者に思い起こさせるようスペイン人聖職者が説教をした、とある。厳粛なその言葉は、一週間後にユリウス二世が亡くなったときもローマ人の耳にこだましていたに違いない。教皇の死後まもなく、ほかならぬエラスムスによって書かれたと噂される風刺詩が登場した。ユリウス二世が、みずからが率いた戦争で戦えば罪を即座にすべて赦すと約束したごろつきの一団を引き連れて天国の門にあらわれたという想定の詩で、天国の鍵を持つ聖ペテロは、どう見ても感銘を受けてはいない。

> あなたは二万人の男たちを引き連れているが、私には誰ひとりとしてキリスト教徒には見えない。売春宿と酒と火薬のにおいをぷんぷんさせた、見下げ果てた人間のクズに見える。雇われた強盗団、いやむしろ、天国で戦争をしかけるために地獄の深淵から選びぬかれた悪鬼と言ってもいい。あなた自身をまじまじと見れば見るほど、聖職者のおもかげは感じられない……こんなことを言うのは情けなく、目にするのも残念だが、極悪非道の忌まわしい欲望であなたの全身は醜く歪んでいる。そればかりか、いまも身体の隅々まで噯（おくび）だらけで、酒や二日酔いの臭気にまみれ、汚物を吐き戻したばかりに見える。

カトリック教会のために多大な影響力と富を勝ち取ったとうそぶくユリウス二世の言葉は聞き流された。民衆がローマ教皇庁にうんざりし、「浅ましくも金に執着し、言葉にするのも憚(はばか)られるとてつもない悪行や魔術、神聖を汚す行為、殺人、汚職、聖職売買(シモニア)に毒されている」と非難していることはユリウス自身も認めている。古代ローマ時代の栄光を復活させ、それをローマカトリック教会の意のままにした原動力がユリウス二世のテリビリタだったとしたら、多くの人々にとってその壮大さは贅を尽くした破滅のしるしであり、ローマはまさにそこに沈みつつあった。[17]

ローマ教皇庁に属すほかの組織と同じく、控訴院の法廷もまた、教皇の死去とともにすべての手続きを停止した。教皇選挙(コンクラーベ)のために枢機卿団が集まり、次期教皇を決める熾烈(しれつ)な駆け引きが秘密裏に行なわれるあいだ、権力と援助(パトロネージ)の機構は完全に沈黙した。そして、目下の必要が生じたというのに、ミケランジェロがユリウス二世とともに設計した教皇自身の霊廟の建設作業もまた、突如中断された。この途方もないプロジェクトは四〇以上の彫像を備え、自由七学科(リベラルアーツ)や絵画、彫刻、建築など、ユリウス二世が前例のない高みにまでかき立てようとした人類の功績のすべての分野を象徴するはずだったが、現存するのは一体の彫刻のみ。その像は現在、デッラ・ローヴェレ一族の教会であるサン・ピエトロ・イン・ヴィンコリ(〝鎖につながれた聖ペテロ〟)教会に収められているが、驚嘆すべき時代の最も偉大な芸術作品の座を争うものに変わりはなく、構想どおりに完成していればさぞやという圧倒的な野心の一端を感じさせる。巨大な彫像は瞑想的な表情で座につき、衣服(ローブ)の繊細な襞(ひだ)や荒々しく流れるあごひげの房がどっしりとした筋骨たくましい身体を引き立てている。脇に抱えた二枚の板は、まるで芸術家の自作作品集(ポートフォリオ)のようだ。これはモーセだ。世界の歴史とイスラエルの民に秩序を与え、彼らの起こりやエジプト脱出を語り、その系譜や法を整然とまとめあげたモーセ。リストの作成者であるモーセの像なのだ。

第八章　秩序の構造

一五一三年の四旬節に行なわれたコンクラーベのときのように、何もすることのない期間のおかげで、エルナンドは早々に執着の域にまで達しつつあったもうひとつの趣味に耽ることができた。それは版画の蒐集で、彼が亡くなるころには世界最大のコレクションとなり、同じくらい極端なリスト作成癖のおかげで、正確には三二〇四点を集めていたことがわかっている。版画は、グーテンベルクの考案した組み替え可能な可動活字が書籍の印刷を可能にする以前から存在していて、版木に大雑把に彫られた宗教的な画像を紙や羊皮紙にスタンプしたものが、巡礼者の土産物として少なくとも一四〇〇年ごろから売られていた。だが可動活字のおかげで印刷術は主要な産業となり、かつてないほど高品質な版画がより広く出回り、版画制作の技法や市場にも大変革をもたらした。しかし、ヨーロッパにおける版画流通ルートはいまだ揺籃期にあり、エルナンドも幼いころにスペインの見本市で少しは目にしたかもしれないが、一流の版画家が本拠地として取り組んでいるローマの市場は、はるかに多様な品揃えと高いクオリティを誇っているのに気づいたことだろう。

　版木の表面に彫られた線は匠の技によって目に見えないほど繊細になり、代わりに目をみはるような深みや質感、動きが生まれた。おかげで版画家たちは、苦しみに身をよじる聖人の姿をありありと描き出し、猟師や戦士たちの波打つ筋肉の動きや、湯浴みを終えた裸体から滴り落ちる水のしずくを表現できることを喜んだ。これは、ルネサンスが到達したいと躍起になっていた古代文明に匹敵する写実主義的芸術だった。この写実的表現がもつ力については、古代の画家（パラシオス）が絵比べで勝利を収めたという、広く語り継がれているプリニウスの話によくあらわれている。競争相手の描いた果物の静物画があまりに真に迫っていたので集まった鳥がそれをついばんだのを褒め称えたパラシオスは、自分の描いたカーテンを引いて開けるよう相手を促した。すると、開けようとしたカーテンはパラシオスが描いた絵の一部だと気づき、競争相手はみずから敗北を認めたという。このように、画像における並外れたディテールのおかげで、版画家たちは人間や動物の体を紙の上に生き生きとよみがえらせるだけではなく、街や国の詳細な地図も製作し、見た者に現地にいるような感覚を起こさせるばかりか、おそらく実際にその場所を肉眼で見た以上のものを見せることができたのである。

版画は、印刷された書籍と同じようにパリオーネ地区の書店や、通りを売り歩く行商人によって売られていただろうが、版画家自身の工房から直接買うことも可能だった。たとえばジョヴァンニ・バッティスタ・パルンバはエルナンドの滞在中にローマに住んでいた名だたる版画家で、エルナンドは彼の作品を丹念に蒐集していたようだ。ファーストネームのイニシャルとともに鳩(イタリア語で〝パロンバ〟)の絵文字が添えられるパルンバの版画は傑作で、遠近法で離れていくように見える豊かな木々や岩がちで険しい背景が、画面の手前にいる古代神話の人物を引き立てている。パルンバが一五〇五年ごろに制作した『軍神マルス、ヴィーナスとウルカヌス』では、鍛冶の神ウルカヌスがたくましい背中をこちらに向け、腕をしならせてハンマーを大きく振りかぶっている。一方、優美に鎧兜をまとった好色な軍神マルスは、一糸まとわぬ姿のヴィーナスにちらと見られながら彼女の肩に片手を置き、素肌に触れる手が、隠れて見えなくなった胸のふくらみへと視線を誘う(1)。

写本よりも印刷された書籍を好んだように、エルナンドは版画を専門とする名匠たちに惹かれたようだが、ローマの版画市場ではまた、レオナルド・ダ・ヴィンチが描いた聖職者の頭部を元絵にしたものや、ラファエロの絵画をもとにしたマルカントニオ・ライモンディやウーゴ・ダ・カルピのエングレービング〔銅版画の一種で鮮明な線が特徴〕、一〇枚の紙に印刷された堂々たる『キリストの勝利』という、若きティツィアーノが下絵を描いた最初の銅版画など、ルネサンス期イタリアで崇拝されていた画家の手による作品も買うことができた。セバスティアーノ・デル・ピオンボによるコロンブスの最も有名な肖像画は、この時期にエルナンドが委託して描かせたものかもしれないという心躍るような可能性さえある。生前のコロンブスを描いた絵で現存するものはないが、デル・ピオンボの絵は、一世代のちのもののなかで最も早く描かれた、最も信頼性の高い一枚だ。当時デル・ピオンボは、エルナンドが拠点にしていたサン・ピエトロ・イン・モントリオ教会からの依頼も含め、ローマで多くのスペイン人を顧客に制作にあたっていた。そう考えると、エルナンドが肖像画の依頼人であった可能性はきわめて高い（彼はまた、父コロンブスの容貌について言葉にせよ素描にせよ手本を提供できる、ローマで唯一の人物でもあっただろう[2]）。

著名な芸術家の作品を集めたいという願望が高まった要因として、レオナルド・ダ・ヴィンチとラファエロがどちらも、教皇ユリウス二世の死後まもなくヴァチカンで制作にあたっていたことが挙げられるかもしれない。今度こそはあまり派手好きでなく世俗的な欲望も薄い教皇であってほしいという人々の願いは、ひどく裏切られることとなった。ユリウス二世が亡くなってから三週間もたたない三月一一日、ジョヴァンニ・デ・メディチ枢機卿が新教皇に選ばれてレオ一〇世となり、一九日には、ひときわ贅を極めた教皇着座の儀が挙行された。レオ一〇世にも、教皇がローマの街を正式に獲得したことを祝うなかば俗念的なポッセッソのお祭り騒ぎを、悔悛の聖節を終えて復活祭が過ぎるまで延期するだけの良識はあったものの、四月になって数々の儀式が始まると、このどんちゃん騒ぎがはたして終わることはあるのかと大勢が訝（いぶか）しんだかもしれない。荘重ながら華やかなポッセッソの行列は、

ジョヴァンニ・バッティスタ・パルンバ『軍神マルス、ヴィーナスとウルカヌス』（アキレスの武具を鍛造するウルカヌス）（1505 年頃）。エルナンドの目録の 2032 番。

途中でさまざまな儀式をさしはさみながらローマ中を練り歩いた。モンテ・ジョルダーノでローマのユダヤ人コミュニティと会うと、レオ一〇世はユダヤの律法の書であるモーセ五書（トーラー）を一部渡され、ユダヤ人がキリストを認めないのを非難する儀式として、それを地面に落とした。教皇はさらに、ラテラノ大聖堂の〝便座〟につき、集まった群衆に金貨を放ってやるという謙虚な振る舞いまで見せたが、レオの派手好きはユリウスのそれをもしのぎ、その目は教会の繁栄よりも身内であるメディチ家の勢力拡大のほうに向けられた。

同年九月、ローマの有力者である保守派（コンセルヴァトリ）がレオの弟と、のちに（その日はまだ遠いが）エルナンドのパトロンとなる甥のジュリオ・デ・メディチにローマの市民権を与えたのを祝って、パリラという祭典が行なわれた。ほかならぬ〝フェドラ〟ことトンマーゾ・インギラーミがとりしきったこの祝典のために、一〇〇〇人が着席できる劇場がカピトリーの丘に建てられ、古典様式で飾り立てられた。余興は延々と続き、最後にプラウトゥスの『ポエヌルス（カルタゴ人）』が上演された。配役はすべて男性でラテン語で演じられたのが、北アフリカの性奴隷についてのこの喜劇の物議を鎮めるためか、はたまた強調するためなのかは不明だが、そんなことはどうでもよかったのだろう。なにしろこの芝居は、同じ劇場で供された九六品もの料理が出る食事ののちに上演されたのだから。現存する品書きには、次のような料理が含まれている。

プルーン
いちじくのマスカテル（マスカットワイン）漬け
ムシクイのロースト
ウズラのロースト

プレーリー・オイスター
ルーラード（ミートロール）
ギリシャ風パイ
若い雄鶏の睾丸
子ヤギの頭、グリーンソース添え
サラミ各種
煮こごり
子牛の頭、レモンと黄金添え
ヴェルミチェッリ（細いパスタ）のタルト
セイヨウナシのパイと桃
狼のペストリー、双子の乳飲み子付き
鳩のパイ包み
ロースト料理（すべて元どおり皮に詰めて、生きているように見せるべく縫いとめる）
　若い雄鶏
　雌鶏
　雉
　孔雀
　鷹
　子ヤギ
　鹿

猪
子牛
ウサギ
獲物を追うハヤブサ
鵜
去勢雄鶏のホワイトソース煮
マジパン
ウズラのパステル
雉のロイヤルソースがけ
マウンテンヤギのパイ
パイ各種
子牛のマスタード添え
鶏のとさか
食肉用雄鶏の砂糖まぶし、金箔添え
鴨のパイ
ブラマンジェ
青野菜のパイ
乳飲み豚
子牛のザクロソースがけ
家禽類のスープ煮

それに加えて、生きたウサギと鳴き鳥(ソングバード)をナプキンの下に詰めて金箔を貼ったボール型のペストリーも、メディチ家の紋章にある玉飾りに対する儀礼として供された(3)。

こうした法外な大騒ぎに対抗して、秩序、つまり、世界がたくさんのものであふれるのを防ぐために整理するなんらかの方法を強く求める気持ちが生じるのは至極当然、いや、必然だったのだろう。エルナンドは首都大学で、ルカ・パチョーリが比率や均整に関するみずからの大理論を講じるのを聞いたことだろう。これは、数学的な形状に限らず世界のすべて、そして人智のすべてが、〝比例〟という概念に沿って、左右対称の基本的形状から最も複雑な構造へと配列できるというものだが、エルナンドはさほど熱心に耳を傾けていたわけではなかったようだ。この時期の彼の書籍を見ると、世界について、そしてそれをどう秩序づけるかについて自分なりの考えをもちはじめていたことがわかる。彼の個別指導講師だったバルトロメオ・ダ・カストロが一五一五年の夏にスエトニウスの『ローマ皇帝伝』を講じたのは、おそらく古代ローマの偉人たちの例から何かを学ばせるつもりだったのだろう。ところがエルナンドが所有するスエトニウスの著書には、講義を聞いてメモを取った形跡はあまりなく、代わりに若き頭脳がつくりだした驚くべきものが残っている。それは三つの縦列からなる二〇ページもの手書きの索引で、その本に出てくる人物やものごと、概念など、鍵となる要素がアルファベット順に並べられている。驚くほど詳細なリストで、たとえば「c」という文字を例に挙げると、エルナンドは「Corinth（コリント人）」や「creditors（債権者）」だけでなく、「cube（立方体）」や「crepusculum（月光）」といった言葉まで挙げていた。さらにこの本だけではなく、首都大学での別の講師ジョヴァンニ・バッティスタ・ピオによって注釈をつけられたルクレティウスの著書について

ルカ・パチョーリ『神聖比例論』に掲載された、レオナルド・ダ・ヴィンチによる挿図。

も同じことを試み、唇（lips）から、振られた尻尾（wagging tails）にいたるまで、大著『物の本質について』で言及された三〇〇〇もの言葉についてリストを作成した。このような件名索引は、その時点ではまだかなりめずらしかった。

当時はまだこうした工夫を備えている書籍は少なかった。これが可能になったのはひとえに印刷技術の誕生のおかげで、手書き写本の時代には、まったく同じ本は二つとなく、索引が作成されたとしても、適用されるのはまさにその一冊のみ。一方、印刷された書籍の索引は、少なくとも同じ版についてはどの本にも当てはまり、その本で紹介されている数々の概念をざっと通り抜け、読者がいちばん関心のある部分へ素早く案内してくれる地図が提供されるのだ。エルナンドの作成した索引のひとつが、まさにそのような地図をルクレティウスの著作に与えたことはとくに感慨深い。この古代ローマ詩人の際立って科学的な叙事詩は、世界は神に見捨てられた宇宙のなかでぶつかり合う極小の原子からできていると主張し、世界のありようの再検証を促す内容で、宗教的信念のまさに根幹を成す部分を直撃した。魂さえも物質的なもので不滅ではないというこの唯物論的な概念があまりにもてはやされたため、ローマカトリック教会は一五一三年、その概念に反論させるべく、哲学の教授陣を西方キリスト教世界の各地に派遣する必要を感じた。ルクレティウスの描き出す世界は混沌としているかもしれないが、エルナンドの作成した索引が、その革命的な文章にいくらか統制を与えている[4]。

　アルファベット順の索引は、本の中身を順序よくリスト化するにはじつに適している。だがエルナンドは、急速に増えつつある版画コレクションをどう整理しようとしていたのか？　所有する版画の数が一個人のキャパシティを超え、たとえ並外れた記憶力の持ち主であってもすべてを記憶するのが困難になると、せめて同じ版画を何度も買うのを避けるためのシステムが必要となった。しかし、書籍内の単語をアルファベット順に並べるのは、ローマ字を使う人間にはなじみのある当たり前の方法だが、画像にはそういった共通言語が存在しない。制作者の署名が入っている版画はごく一部で、しかも画家や版画家、印刷業者のフルネームよりも、パルンバの鳩のような絵文字によって署名がなされているほうが多かった。言葉を伴わないこの世界に対応するため、エルナンドは一風変わっているが工夫に富んだ整理方法を編み出した。それは、描かれている題材によって、次の六つにまずグループ分けするというものだ。

人間
動物
無生物
〝ノット〟（抽象的なデザイン）
風景（地図も含む）
草木の葉

これらのカテゴリーのなかでそれぞれ、印刷されている紙のサイズによって画像はさらに分類される。群を抜いて多いのは人間の像を含むグループだが、さらに人数や性別、聖人か俗人か、着衣か裸体かで細分化される。このリストのおかげで、エルナンドは書店で版画を見て回るさい、それをすでに所有しているのかどうか確認できたはずだ。たとえばジョヴァンニ・バッティスタ・パルンバの『軍神マルス、ヴィーナスとウルカヌス』なら、次のように見ていけばいい。

人間 ＞ 二つ折り判の版画 ＞ 四人の人間がいる版画 ＞ 俗人 ＞ 裸体

だが、四人の裸の人間が描かれた二つ折り判の版画が複数あることは容易に考えられるので、エルナンドはまた、ほかにはないと思われる固有のディテールをいくつか追加した。この版画については、次のように記述されている。

> 鍛治炉で兜をつくるウルカヌス、その背後には弓を構えたキューピッドがひとり、武装した男が左にいる裸の女に触れ、中央にある大木に銅鎧、盾、短剣が掛けられ、作者はＩＢ、ウルカヌスの右足は丸石の上に置かれ左足よりも高く、槌は右手に握られている。

変わった目録ではあるが、同じ版画を二度買わずにすむ確実な方法を提供した[5]。

画像を整理する一般的な方法がなかったために、エルナンドはリストづくりの真髄ともいうべきものに直面しただろう。それは、ものごとを整理するためのリストには、同一性と相違点の両方が備わっていなければならないということだ。ひとつのリストには、ある程度の同一性が認められたものだけを収めることができる。そのため、そのリストには同じようなものだけが含まれ、それ以外は除外される。つまりエルナンドの版画目録には、彼が購入した版画はすべて書き加えられるが、それ以外の絵画や書籍、はたまた食べ残しの料理といった無関係なものはいっさい入ってこないのである。同一性のために集められたものが、今度は相違点によって分類される。ちょうど、異なる綴りのおかげで単語をアルファベット順に並べられるのと同じだ。エルナンドはリストを構築するさいの中心的な相違点として、版画の題材と大きさを選んだ。版画を見て、絵はがき大の八つ折り判なのか、ポスター大のロイアル二つ折り判なのかを判断するのはいたって簡単だが、題材のほうは若干困難だ。その版画に複数の男女、あるいは複数の男性と動物、裸体と着衣の人間が混じっていたらどうする？　エルナンドはこの問題を解決するために、題材に序列をつけた。つまり、画像にひとりでも人間が含まれていたら、たとえ動物に囲まれていても人間のカテゴリーに入れる。男性がひとりでもいれば、複数の女性に囲まれていたとしても男性のカテゴリーに入れる、といった具合だ。

　エルナンドがスエトニウスやルクレティウスの著書につけた索引、そして自身の版画コレクション用につくった目録。それらは、彼があふれんばかりのもの——概念や事実、画像など——に圧倒されていたこと、そして、そのうねるような大波に対処するために彼が行なった最初の試みを示す、驚くべき証拠なのだ。自身が把握できる能力を超えた大量のものに直面したとき、人はどうするのだろう？　脳が生まれつきもつ能力を拡大するツールをつくりだすしかない。「コリント人」という単語を覚えていれば、その単語が出てくるすべてのページに索引が導いてくれるし、版画のなかの男性の数を数えられれば、その人数の男性が描かれている版画をすべて目録が教えてくれる。若き頭脳は往々にして、手本も何もないところからいいアイデアを生み出すもので、エルナンドが考案した初期のツールも非常にすばらしいものだったが、そこには重大な欠点があった。版画目録は、ある特定の版画がすでにコレクションにあるかどうか調べることはできても、三二〇四点のなかから（たとえば）ヴィーナスが含まれる版画を見つけ出すのにはあまり役立たなかった。裸体で単独の女性を探せばいくらかは見つかるかもしれないが、多くは（パルンバの『軍神マルス、ヴィーナスとウルカヌス』のように）男性のセクションにあるかもしれない。同様に、エルナンドが作成した書籍の索引では類語をまとめようとしていないので、スエトニウスの著書にある「pride（うぬぼれ）」の例を探すことはできても、同じ意味で別の単語——おそらく「vanity」——が使われた場合は完全に見落としてしまう。エルナンドは急増しつつある印刷された情報の世界に挑みながらこうした教訓を得て、よりよい結果が得られるよう改善を加えていった。

エルナンドの版画目録からは、この手の分類化がはらむ危険性もいくつか見えてくる。まず、どのような整理方法を選んだとしても、それを選んだ瞬間に他の選択肢は消滅する。エルナンドは版画を、たとえば書籍や植物などとは別にひとつのグループとして分類することを選んだが、それはつまり、同じ主題を扱った版画と書籍のあいだに壁が築かれたことを意味する。本棚にニュルンベルクについての書籍を発見しても、版画コレクションのほうにその都市の地図があるとはわからない。その逆も同じだ。だが、それ以上に厄介なのは序列が確立されることだ。すべての順序体系には序列が含まれる。つまり、Aが最初でZが最後という、一般に認められている文字の順番がなくては、アルファベット順に並べることはできないのだ。しかし、その序列が恣意的に選ばれたものでも――アルファベットの文字が別の順番であってはいけないという理由はどこにもない――しばらくすれば、それは自然で必然的なものに見えてくる。エルナンドが作成した版画の題材の序列では人間が動物に、そして男性が女性に優先され、その序列が自然で必然的なのだという感覚が強化される。ただしこれは、エルナンドの時代の人たちにとっては少しも物議を醸すものでなかったことは言っておかなければならない。だが彼もそのうちに、一般に認められている序列のない分野に直面しただろう。世界をナビゲートするツールに序列が書き込まれてしまうと、それを取り消すのは非常に困難になる。それどころか我々は、そもそも序列が押し付けられていることをしだいに忘れてしまい、何から何まですべてが自然で必然的で、時を超越した序列化がなされたものしか見なくなってしまいがちだ。中世の神学者たちが言うとおり、この世の秩序に神が顕現するならば、課される序列は神聖なものに見えてくるだろう。神とは、秩序をもたらしうるものに我々が与える名前なのだ。

ひとたび目を向ければ――エルナンドはまちがいなく目を向けていたようだが――分類して秩序を

与えたいという情熱は、ローマの街のいたるところで発揮されていた。教皇庁内のヴァチカン図書館にごく近いある部屋では、ラファエロが（一五一一年に）一連のフレスコ画を完成させていた。四つの巨大な場面にあらゆる人知が表現されているもので、四角い部屋のそれぞれの壁に描かれ、天井の色鮮やかなメダイヨン（円形模様）には、次のようなタイトルが添えられている。

『聖体の論議』
『アテナイの学堂』
『枢要徳』
『パルナッソス山』

西側の壁面にあるのは『聖体の論議』として知られる絵で、神聖なるものごとの知が表現されている。向かいの東側壁面には『アテナイの学堂』があり、現世の事物が掘り下げられている。北側の『枢要徳』では律法・戒律の根源が、南側の『パルナッソス山』では〝啓示（インスピレーション）から生じたものごと〟（詩、音楽など）が描かれている。『聖体の論議』では、天上での序列を描いた伝統的な絵画ですでにおなじみの配置が見られるが、焦点が当てられているのは神学の偉人たちで、三位一体の下には四人の伝道者と新約聖書における使徒書簡の著者たちがいる。その下には教父たちがおり、その周りをトマス・アクィナスや（群衆の後ろからちらりと顔をのぞかせる）ジローラモ・サヴォナローラといった当世の重要な神学者が取り囲んでいる。他の壁面でも同様の構成を用いて、他の分野の知識を配列している。『アテナイの学堂』で中心に据えられているのはプラトンとアリストテレスだ。プラトンは形而上学でのみずからの優位をあらわすように上方を指し示し、アリストテレスは自身の思想がこの世界のものごとの観察を足場にしているのを示すように下を指差し、中心にいるこのふたりの両側には、それぞれの学派に属する哲学者たちが描かれている。左側には形而上学者を代表してエピクロスやヘラクレイトスが、右側には経験論者としてユークリッドやプトレマイオスが立っている。描かれている構図が人知の構造を示すこのパターンは他のフレスコ画でも踏襲され、『枢要徳』では四つの主要な徳から生じた律法が教会法と世俗の法律に分かれることが示され、『パルナッソス山』ではアポロンやミューズたちから生まれた芸術が二つに枝分かれして、一方は叙事詩や史詩、滑稽詩（ホメロス、ダンテ、ウェルギリウス）に、そしてもう一方は悲歌（エレギア）や恋愛詩、聖詩（ホラティウス、オウィディウス、プロペルティウス）となって、それぞれがベルヴェデーレの中庭を臨む窓の両側におりていく形で描かれている。

ラファエロの描いた絵はたんに装飾目的のものではなく、知の構造に関する大命題をあらわす芸術だった。そして、この絵が描かれた部屋がもともとは教皇の個人的な書庫となるはずだったことを考えると、こういった主題を選んだのはけっして偶然ではなかった。教皇カリクストゥス三世は、信仰に関係のない写本をヴァチカン図書館に収めるために教会の資金を無駄遣いするのを嘆く気高い人だったが、プラトンやエピクロス、ホメロスのように信仰とは無縁の思想家がローマカトリック教会の人間として教皇の書庫の壁に麗々しく描かれているのを見たら、さぞ驚いたことだろう。しかし、ラファエロが知識を神学や法、哲学、詩作といったカテゴリーに分けたことで、エピクロスの思想は聖パウロの思想とは相容れないという事実をうまくかわしながら、各分野の権威をそれぞれのカテゴリーに収めることができる。実際、こうやって区分することで、相矛盾する思想は存立できる。異なる主題を扱っているならば、矛盾していることにはならないからだ。またそれにより、神聖なる真理が神から発したのと同じように、本来の数少ない権威者からのちの思想が派生していくという、それぞれの知識分野における自然な構造が確立される。
知の構造を絵画にあらわすのと、書籍という形になった知識を扱うのはまったく別のことだ。廊下を進んだところにあるヴァチカン図書館では、蔵書数が急激に増加しつつあった。ニコラウス五世が設立したもともとの図書館は、彼がコジモ・デ・メディチのために作成した比較的管理しやすいカノーネという書籍リストに基づいていたが、一四七五年には三〇〇〇冊を超え、手に負えなくなりはじめていた。ある著述家がダンテの『神曲』をまねて、この図書館の目録を叙事詩の形であらわそうと果敢にも試みたが、中途で断念してこう嘆いた。

かくも多くの書籍を目にして、私は言葉を失った
そして、みずからに言った。「ああ、なんという底知れぬ深み——
消化するには難儀な食事となるだろう！」

書籍を管理可能にする唯一の方法はカテゴリー化して分類し、きちんと並べることだ。ヴァチカン図書館は書籍をまずギリシャ語とラテン語に分け、そこへパレントゥチェリ（ニコラウス五世）のリストがさらなる構造を与えた。聖書（とその注釈書）をリストの最高位に置き、次いで使徒教父たちによる著作、のちの神学者たちの著作と続き、それからその他の作品をひとまとめにするという、中世修道院の図書館の慣例に従ったものだ。図書館のもともとの中核を成す部分の整理にはこれで十分だったかもしれない。というのも、パレントゥチェリのカノーネでは、その土地の言葉で書かれた文章はダンテの『神曲』だけだったからだ。しかしルネサンス期の教皇たちのもとで図書館は拡大を続け、「各種古典語」という未分化のカテゴリーがあまりに大きくなったため、書籍をさらに分類する

ために、法学や哲学、医学といった、大学の科目分類を借りてくる必要があった。

しかしながら、たいていのコレクションと同じく、イタリアの偉大なる図書館で秩序をつくりだすのに最も効果的なツールは、いまも昔も変わらず、厳格な排除のポリシーだ。収蔵を許可する書籍に関して比較的狭い基準を設けることで、世界を分類するために自分たちがつくった構造が、それに合わないものであふれかえるのを防いだのだ。この排他性は、ラファエロのフレスコ画に彩られた〝署名の間〟にも面白い形で表現されている。図書館へと通じるドアの外側に、ひどく嫌われて広く揶揄された当時の詩人の肖像画が掲げられている。教皇お気に入りのゾウの〝ハンノ（ハンニバルの愛称）〟に乗って勝ち誇ったように行進する姿は、嘲笑の的となった。この愚かな詩人のように、品位に欠けるとみなされた作品は締め出され、侮蔑もあらわにドアを閉ざされた。エルナンドはヴァチカンの壮大な蔵書には驚嘆したに違いないが、自身のコレクションの手本にはならないことも認識したに違いない。なにしろ彼は、売りに出ているものはすべて、そしてヨーロッパにある印刷機から怒濤のように生み出されるものはなんでも受け入れていたからだ。

一五一四年三月にローマに到着した白いゾウのハンノがこの街で一躍有名となりもてはやされる姿は、父の遺産（レガシー）がまだどう転ぶかわからないことを思い出させ、エルナンドは胸を痛めたに違いない。ピエトロ・マルティーレ・ダンギエーラによるコロンブスの発見に関する報告は、教皇レオ一〇世が最初の『新大陸についての十巻の書』を枢機卿や家族が集まったところで声に出して読むなどローマでも知られつつあり、ヴィテルボのジャイルズ（エジディオ・ダ・ヴィテルボ枢機卿）のようなローマ教皇庁の有力者も、新世界の発見は新たな時代の触媒だというコロンブスの考え方を踏襲していたが、そのころはポルトガルによる発見のほうがより派手な評判を呼んでいた。ゾウのハンノはポルト

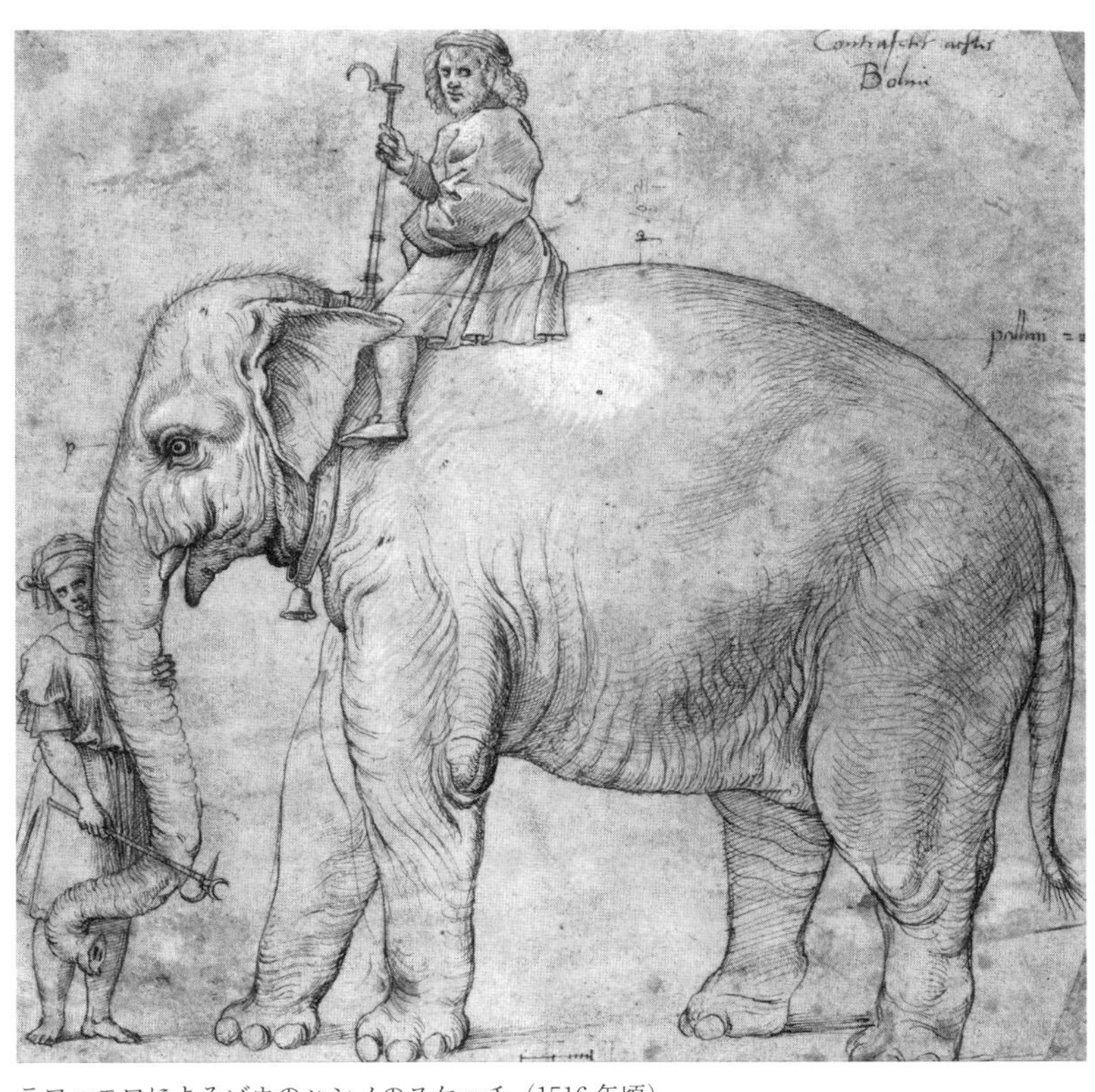

ラファエロによるゾウのハンノのスケッチ（1516 年頃）。

ガル国王マヌエル一世からレオ一〇世へ贈られたもので、探検家のトリスタン・ダ・クーニャによって他の四二頭の動物とともに、ひときわ贅沢で派手な使節団の一員として連れてこられた。東アジア、ポルトガル領インドのゴア、そして（直近では）マレーシア半島にあるマラッカという東洋の香辛料貿易の中心地へと入り込んでいって得た莫大なる富を見せびらかすためのものだ。ポルトガルはまた、新たに改宗したコンゴの国王から贈られたヤシの布を土産に持ってきたかもしれない。

サンタンジェロ城での教皇謁見の場にゾウのハンノが象使い(マハウト)ふたりとヒョウ一頭とともにやってきたのを見て、ローマの群衆はいたく喜んだ。ハンノは、トランペットのように大きく三度鳴いて教皇に挨拶すると、鼻で吸い上げた水を集まった人々に撒き散らした。もちろん、枢機卿たちに水をかけるのも忘れなかった。インド西岸沿いの西ガーツ山脈の険しい森林地帯からやってきたマルミミゾウは、おそらくローマには少しも心動かされなかったに違いないが、この街はすっかりハンノに魅了され、ポルトガルの使節団が成功を収めるのにも寄与したことだろう。

四月、ダ・クーニャは教皇勅書『Præclesæ Devotionis』を授けられたが、これは二〇年前にトルデシーリャス条約で確立されたポルトガルとスペインという二大帝国の覇権争いを、スペインにひどく不利なものにする恐れがあった。この勅書では、東方への航海で発見した未教化地域はすべてポルトガルが領有権を主張できると布告しており、一四九四年に締結されたトルデシーリャス条約の解釈にとって決定的な打撃となるように思われた。ポルトガルが領有権を主張できるのは東半球全体ではなく、一四九四年までに発見したアフリカ以西の部分だけという解釈を、かつてコロンブスは断固として譲らず、エルナンドもまた、三年前に世界周航を提案したときに、これを不動の約束にしたいと望んでいた。

さらに悪いことに、ヨーロッパにおいてもスペインの影響力に衰えが見えはじめた。ひとつには一五一五年九月のマリニャーノの戦い〔フランス・ヴェネツィア連合軍とスペインが支配するミラノ公国のスイス人傭兵部隊との武力衝突〕でフランス軍が勝利したためで、エルナンドは勝利を収めた若き国王フランソワ一世と近づきになろうとするレオ一〇世に同行し、北方のフィレンツェに向かった。彼はこのあたりの出来事の背景を知るために、その年に購入したニッコロ・マキァヴェッリの初の印刷本を読んだかもしれない。教皇の図書館の隣の部屋では、ラファエロが新たなフレスコ画に取り組んでいた。教皇レオ三世がカール大帝に神聖ローマ皇帝の冠を授けている場面だが、これがじつは教皇レオ一〇世とフランソワ一世をあらわしているのは、誰の目にも明らかだった。高齢の神聖ローマ皇帝マクシミリアン一世はまだ至極元気だったが、幸運の風はフランスに吹いていた。スペインが抱く世界帝国の夢はコロンブスの発見によって動きだしたが、いまや手の届かないところへと滑り落ちはじめていた[6]。

コロンブスのレガシーを脅かしているのは、ヨーロッパの政治情勢だけではなかった。新世界におけるコロンブスの権利をめぐる控訴審が、いまだカスティーリャの裁判所で継続中で、一族は一五一一年に保証された限定的な権利ではなくコロンブスに対して一四九二年に約束された西大西洋におけるより広範な利権を回復すべく試みていたが、それとは関係なく事態は動きはじめていた。フェルナンドの宮廷は、エスパニョーラ島の南に位置する大陸本土にダリエンと呼ばれる新たな植民地が築かれたことに歓喜していた。ずっと探しつづけてきた黄金にあふれる地がようやく見つかったと信じられたが、じつは、エルナンドが父コロンブスとともに一〇年前に探検した地域のすぐ東側だった。ダリエンを統治する総督が一五一三年に任命されたさい、エスパニョーラ島を統治するディエゴの行政府にはなんの照会もなかった。あたかもコロンブスの長年の敵であったフォンセカが、新世界から流出する真の富がすべてコロンブス一族の拠点であるサント・ドミンゴを素通りするよう計らい、彼の遺したものをすっかり搾り取ろうとしているかに見えた。それに追い打ちをかけるように、ディエゴは一五一四年、敵対勢力によってエスパニョーラ島の統治者の座から失脚させられるという恥ずべき状況下でスペインに呼び戻された。

裁判の休廷中や大学が休みのあいだ、エルナンドは定期的にローマからスペインに戻っていたが、ディエゴになぐさめをもたらすことはほとんどできなかった。教皇庁控訴院での裁判は解決にはほど遠く、一族の運命にいまだ陰鬱な影を落としていたからだ。一五一四年のクリスマスにスペインに戻った帰り、エルナンドは先祖代々の故郷ジェノヴァを初めて訪れた。父の伝記に記すことになる奇妙な出会いを果たしたのは、このときだったのかもしれない。のちに思い出して記しているように、一族には船乗りとしての長く由緒ある歴史があるという父の言葉を確認しようと、エルナンドはジェノヴァに近いクグレオに立ち寄り、コロンブスという名の兄弟と話をした。ふたりはこのあたりで最も裕福な人たちだったが、弟のほうでさえ一〇〇歳を超えていたため、ろくな情報は得られなかった。父の偉業どころか、その人生の記憶までもが指のあいだからすり抜けていく――そのころのエルナンドは、そんなふうに感じていたに違いない[7]。

しかしローマで過ごした日々は、彼にある種の力の存在を認識させたようだ。父や兄がおのれに見いだした力とは異なる、エルナンドの特異な才能によって与えられ、地に落ちつつある一族の名声を回復できるかもしれない力。それは土地や人、高価な品々といった〝物〟に対する所有権を主張するのではなく、むしろそれらを消し去り、貴重な精油のように情報を抽出し、まとめ、分類し、たくみに操作する力だ。版画の目録や本の索引づくりなど、彼は早くからその手のことを実践してきた。それらは欠陥もあり完璧とは言えないものだったが、周りの世界を数字や測定値に落とし込むことで、それを操る超人的な力が得られることに気づくきっかけとなった。パチョーリの比例論は、本質的に異なるもの（多面体、平面、円柱など）に共通する幾何学的パターンを見いだすことで、それらが構成する世界をひとつに統合することを可能にした。それと同じように、エルナンドが作成した一覧表は、膨大な数の言葉や概念、事物の集合体をナビゲートできる人工の記憶を彼に授けた。この奇妙な錬金術を使って、ほかにどのようなものを意のままに操れるだろうか？

エルナンドの人生においてこれが初めてではなかったが、このあとに起こった一連の出来事が未来への展望を一変させた。フランソワ一世と会見するためにフィレンツェにいた教皇に同行していた一五一六年一月、四〇年以上に渡ってヨーロッパの政治や歴史、文化の中心に君臨したアラゴン国王フェルナンドが逝去した。娘の〝狂女（ラ・ロカ）〟ファナはまだ存命だったが、共同統治者のかたわれという位置に追いやられ、カスティーリャとアラゴンの王としての実権は、フェリペ美公とファナの息子で、このときまでネーデルラントにいる叔母マルガレーテの手で育てられていたカールに譲られた。そして三月一四日、カールは〝カルロス一世〟としてスペイン国王の冠を戴いた。アラゴンとカスティーリャの王位が初めてひとりの人物のもとに統合されただけではなく、カールは北部ヨーロッパの広大な領土と富を受け継いでおり、神聖ローマ皇帝マクシミリアン一世の孫で法定推定相続人でもあった。だが、エルナンドだけではなくスペインの民にとって、カールは未知数の存在であり、生まれ故郷ブルゴーニュから南下してスペインにやってくるまで一八カ月かかり、ようやく到着したときには、シェーヴル候ギヨーム・ド・クロイをはじめとするフランドルの側近たちに牛耳られたおとなしい若者だった。カールは洗練された世界市民主義者（コスモポリタニズム）だ、と後世の歴史が明言したとしても——彼は、神にはスペイン語、愛人にはイタリア語、周囲の廷臣たちにはフランス語、そして馬に対してはドイツ語で話しかけた——一五一八年に初めてスペインにあらわれた未熟な青年には、それを裏付ける証拠はほとんどなかった。エルナンドにとって厄介なことに、カールはコロンブスとその息子たちに少なくとも義理堅いところを見せていたイサベルやフェルナンドと共通する歴史をもたず、しかもカールを取り囲むフランドルの廷臣たちは、エルナンドが扱い慣れたスペインの有力者層とはまるで違っていた。カールは即位してすぐ、新世界におけるコロンブスの占有権について即座に見直すよう指示をしたが、幸い、すぐに諸事に追われるようになり、それどころではなくなったようだ。

　フェルナンドの死とほぼ時を同じくして、イサベル・デ・ガンボアも亡くなった。手続きを進めようという彼女がいなくなったことで、教皇庁控訴院での訴訟も一五一六年のうちに終結した。エルナンドはローマ滞在中に手に入れた何千冊もの書籍や版画を携え、言葉や画像、リストに対する不思議な執着を、世界をつくりかえる中心的なツールに変えるアイデアを胸に、いつでもスペインに帰国できる身となった。フェルナンド、イサベル・デ・ガンボアに続く三番目の死が、世界都市で過ごした日々にちょうどいい頃合いの幕引きをもたらした。教皇お気に入りのゾウ、ハンノが、一五一六年六月八日に死んだのだ。詩の形をとった「ハンノの遺言書」で、若きピエトロ・アレティーノは「パスクィーノ名人」の座を獲得した。当時ピエトロはアゴスティーノ・キージの秘書だったが、その後イタリア文芸界の寵児となった。そしてエルナンドはここでしばし、軽やかな文化の都ローマに別れを告げた。(8)

第九章　辞書の帝国

父コロンブスがパロスの港から第一回航海に出発した日からちょうど二五年後、エルナンドはマドリッドの東に位置するアルカラ・デ・エナーレスの地に腰をおろし、次のように記した。

一五一七年八月三日、月曜日
ここに新たな旅程が始まる
アラゴン王国の大都市サラゴサは、ペルディゲラから五レグアの距離にある。ペルディゲラへ行くにはサラゴサの郊外一マイルのところにある川――エブロ川――をボートで渡るが、その前にもっとサラゴサに近い別の川にかかる橋を渡る。ペルディゲラは人口一〇〇人ほどの中規模の町で、そこからラ・ナラハまでは四レグア……

この記述は、サラゴサからエルナンドがいるアルカラ・デ・エナーレスまでの道沿いにある町の大きさや、町と町のあいだの距離を記したもので、《Descripción（スペインの描写）》と彼が名づけた地理学的な登録簿にこののち数年のうちにまとめられた、少なくとも六六三五件はある記録の一番目だ。二つ折り判の紙の両面に余白もないほどぎっしりと書き込まれた七〇〇件以上が現存するが、どれも人口や距離に関する数字でいっぱいで、この〝実地記録〟を通常の散文として読もうとしても困惑させられるばかりだが、異なる次元に焦点を当てると、このあふれる情報のなかからとてつもない詳細さと精度で描かれたスペイン像があらわれる。ある地域を説明しようとする場合、多くは（いまと同様に当時も）まず概要を述べてから顕著な特徴を付け加えていく。だが、エルナンドの地理学的記録はそれとは異なり、砂粒をひとつずつ描写することで砂浜をあらわそうとするかのように、一見して取るに足らない局地的な観察を無限に積み上げることで最終的な情景を描こうとするものだった(1)。

エルナンドが情報を集める目的は、スペイン全体を網羅する情報の宝庫をつくるにとどまらなかった。彼がこの地理学的記録のために考案したもののなかで最大の力作は、最上級のディテールとともに正確さを備えた、果てしなく再現可能な地図だ。これは緯度と経度をあらわす線を引き、それででてきた正方形を一マイルごとに区切る線をさらに引いた方眼の上に地図を描くことで可能となった。しかし、この概念はあまりに新奇で言いあらわす名称がなかったため、エルナンドは次のような例えで自分の考えを伝えた。「チェス盤にあるような交差する線を地図に引けば、元の図から、他の図を容易に導き出すことができる」。チェスによって、戦いが一連の規格化された行為者や動き、方向に置き換えられたことで勝負が正確に記録され、必要ならばそのまま再体験するのが可能になったのと同じように、エルナンドがスペインをチェス盤になぞらえたおかげで、彼のつくった地図は以前には想像もできなかったほど詳細に再現されるようになった。意図された効果は、のちに記録されたように、この地図を見た人が現地にいるような感覚でスペインを感じられることだが、重要なものは現実世界より絵のなかのほうがよく見えることがあるように、実際にその場を訪れた場合以上のものも見えたかもしれない(2)。

エルナンドがこのプロジェクトに一見すると漠然とした呼び名――たいていスペインの〝描写〟と呼んでいた――をつけたのは、じつはイタリア滞在中に経験したであろうある一連の冒険的事業への思いきった忠誠のしるしだった。その事業とは、二世紀のギリシャの著述家プトレマイオスの着想からヒントを得たものだ。プトレマイオスの『ゲオグラフィア』の抄録は一〇〇〇年ほど失われていたのち、一五世紀初頭にヨーロッパ文化に返り咲いた。エルナンドが所有していた『ゲオグラフィア』は父から譲り受けたもののようだが、早い段階に自分用に一冊入手し、ローマに到着後すぐに三冊目、そしてローマを発つ前に、地理情報一覧が追加された四冊目を買った。プトレマイオスによる古代の世界観の概論は広く影響を及ぼし、コロンブスがインディアスに抱く幻想の中核を成していたが、より持続的な影響を与えたのは地図製作に関する考え方のほうだった。その中心にあったのは、座標を用いて地図上に地点を固定することで、プトレマイオスは地図製作法を扱う論文でそれを提唱していた。これに感化された事業のなかに、レオン・バッティスタ・アルベルティによるものがある。彼は古代に由来する壮麗な建築を復活させたいという大志を抱いていたが、それには古代都市の平面図を再現すべく、ローマに現存する遺跡を正確に調べる必要があった。そのためアルベルティはローマで教皇付きの書記官として働きながら、余暇を利用して天体観測用のアストロラーベに似た器具を使い、航海士が用いた技術を応用して、カピトリーノの丘から古代遺跡の方位を測定した。その後、彼はこの研究に由来する論文を二本書いた。測量結果を記した『Descriptio urbis Romae（都市ローマの描写）』と、ユークリッド幾何学に由来し、自身の測量結果から地図を作成するのに応用できる一連の数学〝ゲーム〟（ludi）についてまとめた『Ludi rerum mathematicarum（数学遊戯）』である。皮肉なことだが、プトレマイオスの極座標をなかなか固定できなかったのは、アルベルティが――そして彼に続いてエルナンドも――地図製作者ではなく測量技師の技術に近いものに頼ったからだ(3)。

つまり、アルベルティもエルナンドも地図製作の第一歩としてデータを表にまとめてはいるが、両者が用いた〝描写（descriptio）〟という言葉は、ある地点についての言葉による説明というよりも、むしろ地図あるいは平面図という意味合いのほうが強かったのだろう。アルベルティの野心は古代遺跡の観測にとどまらなかった。彼はポッジョ・ブラッチョリーニが再発見した古代ローマ時代の水道網を描写した写本に導かれて、その一部――こんにちのトレヴィの泉があるところに引かれたヴィルゴ水道――を、ニコラウス五世の権勢の記念碑として再建した。建築に関してアルベルティが著したすぐれた小論文は（ウィトルウィウスの写本に刺激を受けたもので、この写本もポッジョによって再発見された）、古代遺跡の大々的な復興を唱道するものだった。そのために彼は、丸い地球を地図として平面に投影するプトレマイオスの着想――紙の地図の有効性は、まさにそこにある――を発展させようと、ほかならぬパオロ・ダル・ポッツォ・トスカネッリの助けを借りた。トスカネッリはフィレンツェの天地学者で、〝狭い大西洋〟という仮説を詳細に論述した密書は、ある意味コロンブスの第一回航海のきっかけとなった。アルベルティの先例に倣い、ローマの栄光を再興させる第一歩として古代遺跡をより正確に記録しようというさまざまな試みがなされた。ローマ市内で知られている古代遺跡をすべて地誌学的に考察したフラヴィオ・ビオンドの『Roma instaurata（ローマ復興）』、トラヤヌス帝が整備したチヴィタヴェッキアの港をレオ一〇世の支援のもとに再建しようとするレオナルド・ダ・ヴィンチの試み、そして、ローマ市内の遺物をすべて正確に絵に描こうというラファエロの（やはりレオ一〇世への）提案は、初期の考古学的事業の一部だ(4)。

スペインやイタリアのこういった地誌学的事業を推進したのはおもに、ルネサンス期文化に取り憑いていた帝権移譲論（トランスラティオ・インペリイ）――〝帝国の移動〟――と呼ばれる観念で、世界の覇権はリレーのバトンのようにある国から次の国へと移動し、どの時点においてもひとつの帝国だけが権勢を振るう、というものだ。着想を得ているのはおもに古代ギリシャやローマの歴史からだが、預言者ダニエルによる新バビロニアの王ネブカドネツァルの夢の解釈のように聖書的な根拠もある。ネブカドネツァルが夢に見た像――頭は純金、肩は銀、胴体は青銅で脚は鉄、そして足は陶土――は帝国の変遷を予測したものとされ、最後に陶土の帝国が神によって踏みつぶされて歴史は終わりを迎える。金、銀、青銅、そして鉄がそれぞれ正確にはどの帝国を示しているのかについては相容れない学説が多数ある――聖ヒエロニムスはバビロニア、ペルシャ、ギリシャ、ローマだと考えていた――が、圧倒的な〝超大国〟はたったひとつだという中心概念は、現在と同様に当時も広く受け入れられていた。最も興味をそそる問いはもちろん、次に帝国の松明（トーチ）を受け継ぐのはどの国かというものだが、過去の帝国と共通点がある国――歴代帝国の文化的な豊かさや技術的な偉業を反映している国――が最後には他を圧倒して勝利をおさめると広く信じられていた。当時は、ローマ教皇や君主たちによる芸術への支援はまったく公平無私だったわけではなく、むしろ、さらに大いなる栄光を得るために資金を拠出していた。これは、アルベルティやビオンド、ダ・ヴィンチ、ラファエロによる考古学や測量、建築に関するプロジェクトについても同様だった。ローマ帝国の栄光を復興させるための第一歩は地経学的な記録――情報の一覧表や地図、都市の見取り図――を集めて、古代の作成者と同じか（可能ならば）よりすぐれたレベルで編纂することで周囲の世界を描写し、攻略し、支配するための基盤を提供することだった。[5]

《スペインの描写》に取り組んでいたときのエルナンドの脳裏にあったのは、まさにこの文化面での軍備競争だった。彼はのちに、ほかのキリスト教国はみな、小さな町についても詳細な調査を行ない、ローマやエルサレム、バビロンあるいはパリを訪れたことがない人たちにもその場所が深くわかるようにしていると述べ、そういった記録が欠けているのはスペインだけだと嘆いた。このプロジェクトは当初、あくまでも副次的なものとして始まったようだ。つまり、宮廷がのろのろと移動したスペイン北部の町の人口とそのあいだの距離をエルナンドが記録していっただけだったのだが、じきに彼もより大きな関心を寄せ、地形学的な情報を集めるためだけに出かけていくようになった。《スペインの描写》のはじめの部分は、アルカラ・デ・エナーレスから周辺の農村地帯の村々へ直線距離で行き、村を端から端まで歩いてまた戻ってくるという三角形を描く徒歩での行程を、クモが巣を張るように次々と地図に描き加えていき、それとともに距離を記録するものだった。エルナンドは、アルベルティがカピトリーノの丘からしたような方法で方位を測定するつもりはなかった——初歩の測量技術だけでは無理があり、望遠鏡がなければなおさら難しい。代わりに、主要な都市の経度座標を用いれば、アルベルティが数学ゲームの論文で言及していたように、あとは小さな町と町のあいだの距離と三角測量の基礎知識があれば解明できる。主要な都市間の経度座標はアラビアの天文学者たちによって確立されたのち、カスティーリャ国王アルフォンソ一〇世やザクート、ネブリハによって広められ、急速に増殖しつつあるこれらの測量結果によって引かれた線が、ルカ・パチョーリが示した人間の顔の幾何学的配置図に非常によく似た網目となってスペイン全土を覆っていた。つまり、ほかのすべてのものと同じように地形もまた分解して、基本形が集まったモザイクにすることができるのだ(6)。

《スペインの描写》における個々の要素は、どれひとつとしてエルナンドが新たに考案したものではないが、それらを組み合わせることによって、この世界を見つめるための前例のない方法が生まれた。中世の地図製作者たちは、歴史的あるいは宗教的な重要性をもつ特別な場所を際立たせるために、実際の大きさを歪曲した。それをあらわす良い例が一三七五年製作の「カタロニア地図」で、マリの国王マンサ・ムーサの周りに西アフリカの象徴が配されている。ムーサは一三二五年のメッカ巡礼の帰りにあまりにも多くの黄金をばらまいたために、エジプトで金の価値を暴落させた人物だ。こうした地図は地球の実際の特質をある程度はあらわしているものの、それまでに起こった偉大な出来事を記念するという部分もあり、また、地球全体に対する神の計画を示す記念碑でもあった。しかしエルナンドの《スペインの描写》はこの伝統から脱却し、スペインの現状を観察されたとおりにとらえ、その観察結果を、客観的で私情をはさまないマス目に収めようとしたものだ。番号が振られた線は、描かれた世界が数値的割合や縮尺、測量値の範囲内にあり、人間の経験によって曖昧化されてはいないことを示していた(7)。

この事業におけるエルナンドの厳密さや熱意には驚かされるが、じつは《スペインの描写》の最大の魅力は、町と町との地理的関係だけに目を向けたものではない点にある。理想的な地図製作者とは、城郭都市のなかに座ったまま使者を五つの門から送り出して周辺の農村地帯について報告させるものだ、と中世の哲学者のニコラウス・クザーヌスは考えた。ここでいう五つの門とは触覚、味覚、聴覚、視覚、嗅覚の五感を指し、どれも、クザーヌスの理想の地図製作者が世界をとらえるために敏感でなければならない領域だ。エルナンドは、この中世の地図製作法に少しずつ立ち戻っていった。あたかも図表が、自身が描かれているざらざらした紙に気づいていくように、地形やその土地の印象的な属性が、純粋なユークリッド空間に混じっていったのだ。はじめは、河川の存在やそれを渡る方法とともに、その川が特定の町からどれくらいの距離にあるのかが、〝石弓を放って落ちる距離〟や〝石を投げて届く距離〟といった大雑把な表現で記してあった。だがそのうちに、町と町のあいだの地形についての大まかな記述（平地か沿岸地帯かなど）に、より描写的な語彙が用いられるようになり、荒れた土地か、不毛か肥沃かが記録されるようになった。それに用いられる語彙にはほどなくして、小石が転がる浜や真水の入江、澄んだ川、危険な丘の斜面、クリの木やオークの林、ブドウ畑、夏あるいは冬に湧いて出る温泉などが加わり、何倍にもふくれあがっていった。概念上の空間にも季節が入り込み、たとえばエルナンドが一五〇四年に父コロンブスとともに上陸したサンルーカル・デ・バラメダから内陸へ向かうルートにある礁湖(しょうこ)は、冬季には沼地になり、膝まで浸かりながら苦労して歩かなければならないとか、ガリシアにあるオ・ポリーニョの町には水差しくらいの大きさの美味なカブがあるとか、近くのサンクロイ（Sancroy）には、ブドウの木を守るために根ごと掘り上げて翌年にまた植える農法がある、といったことが書かれている。サント・ドミンゴ・デ・ラ・カルサーダでは、ウサギの巣穴に気づいたエルナンドが帳面の余白に絵を残している。町の特徴もまた、統計データに浸出して混じるようになった。オウレンセには海中で見つかった奇跡の十字架があり、それに触ると髪やひげが伸びると言われている。また、マドリードには天使の力を得て建てられた農業の守護聖人イシドロの墓がある。サン・セバスティアン・デ・ロス・レイエスの町は、過酷な封建領主に抵抗して故郷を捨てたアルコベンダスの住民を記憶にとどめるために築かれた。ピコ・セボジェラ山脈（Sierra de Pico Cebollera）の斜面に位置する、住民わずか五人の荒れ果てた小さな村リアサまでが記録されているのには胸を打たれる。だが最もすばらしいのは、モントレーではワインのアルコール度数が高く水で割らないと飲めない、ボバディーリャでは熱病の治療に土が用いられるといった記述によって、土地とそこに住む人々が影響を与え合い、抽象的な空間が生き生きとした体験の世界へと変わるケースかもしれない。こういった魅力的な注釈は、発見とは遠い国々を旅する人間だけのものではなく、居ながらにして、見慣れた農村地帯の知られざる密度を解き明かすという形の発見もあることを思い出させてくれる(8)。

このような観察記録は、最初はたまたま《スペインの描写》の項目にまぎれ込んだものだが、ほどなくしてエルナンドのプロジェクトに別の側面をもたらした。彼は地図に付属するスペインの町の事典づくりを最初から想定し、各地点を重要な統計資料とともにアルファベット順に並べていたようだが、そのうちに位置や周辺状況、世襲領主についてだけではなく、その土地に関する印象的なもののごとをすべて含めるようになった。しかしこうした野心の拡大は、この非常な努力を要する仕事を補佐なしに遂行できる可能性はないということも意味していた。プロジェクトを開始して何カ月もたたないうちに、エルナンドは助手の一団を募集した。スペイン全土に彼らを派遣して《スペインの描写》に含める情報を記録させ、戻ってきたら調査結果を中央の登録簿に記入させるのだ。急速に拡大するこの登録簿は、徒歩で記録した個々のルートを多数集積したものとして、最終的にはスペインの地理情報一覧および地図へと変貌するだろう。情報を集積した最初の六〇ページほどはエルナンドの字だが、その後は異なる筆跡が複数混じるようになり、助手たちがたどった旅路が詳細に記述されている。エルナンドは、〝知識の世界〟で生きる学者にとっての通常の手法とは異なるものを打ち立て、その後の人生においてもそれに従った。つまり、考え方の似た対等な人々が共通の目的のためにそれぞれの発見や知見を比べるネットワークではなく、むしろ船の乗組員のように船長の体の延長となり、船長の目や耳、手足に個人の能力を超えた働きを与えるというものだ(9)。

しかし、エルナンドを補佐する調査団がいても、このプロジェクトに関する後方支援を一個人が引き受けるのはおそらく無理だっただろう。情報を収集して文字に起こすべく教育を受けた補佐の一団を雇う費用も、エルナンドの資力を超えていた。なにしろ、一五一一年に合意に至ったコロンブスの権利関係の裁判で認められたささやかな額の金でどうにか暮らしているような状態だったのだ。しかし、幸運に恵まれたのか必要に迫られたのかはともかく、プロジェクトは範囲や目標が拡大するのに伴ってさらに公的な特性を帯びるようになった。一五一七年九月に到着してからというもの、寵臣シエーヴル侯の甥をスペインで最も権威あるトレド司教区の司教に任命するなど、新国王カルロス一世はスペイン臣民に対する敬意をほとんど払わない行動ばかりしていたが、国王は早い段階からエルナンドに目をかけていたようだ。《スペインの描写》のための情報を集める調査人たちは、彼らに協力するよう地元の役人たちに指示する王家の書簡を与えられていた。おそらくエルナンドはすでに、各地を歩き回って質問をしまくる奇妙な行動を不審に思った地域の有力者たちの妨害に遭っていたのだろう。このように領地を対象に組織立った詳細な調査を行なうのは、王とその側近たちにはとても魅力的に映ったはずだ。彼らは、どうしようもない寄せ集めにすぎないスペイン政府と対立し、信用できるフランドルの役人たちを重要なポストに就けようとして強い抵抗に遭っていたからだ。カールの祖父マクシミリアン一世は記憶だけで領土の地図を描けると伝えられたが、ろくな地図もないスペインの領土は、よそ者の国王にとっては大きないら立ちのもとだったに違いない。そんな国王の支援を得たのは、エルナンドのプロジェクトにとってもっけの幸い、これで国王の宮廷においてある程度の存在感を示せるだけでなく、プロジェクトが彼個人のものではなくなるため、集められた情報の信頼性も担保できる。

プロジェクト初期の段階でエルナンド自身は細部にまで気を配ったが、各地に派遣した補佐たちがそれと同じ水準を維持するかどうかが大きな懸念だったようだ。そのため彼は、独創的な二重鍵(ダブルロック)システムを考案し、《スペインの描写》のために記録された情報の信頼性を保証しようとした。各地に派遣された者たちはその地域の役人の証言を記録し、それとひきかえに地元の公証人からお墨付きをもらったのち、調査結果を中央の収納庫へ持ち帰る。つまり、派遣された者たちは裏付けのない観察記録をたんに自分で創作するのではなく、その地域のお偉方から証言を集めなければならないことで公正性を保ち、逆に地域のお偉方は、自分たちの証言が法的文書とされることで公正性を保つのだ。興味深いことに、エルナンドは自分の代わりをつとめる者たちが同じ地域を重複して踏査するのを認めるだけでなく、積極的に奨励した。別個の記録を何件か比較することでのみ、その情報が正確だと確信できるからだ。実際、スペインの地図を描くためのエルナンドのこのすぐれた仕組みは、くり返しと実証を通じてヒューマン・エラーを取り除く巨大なふるいとなった。[10]

エルナンドの妥協のない手法に対するカールの称賛はかなり大きかったようで、国王は《スペインの描写》を支持したばかりか、エルナンドの権限を大幅に拡大し、スペインの船団をインディアスへと導く官製地図の製作にも取り組むよう一五一八年五月に彼に命じた。セビーリャにあるカサ・デ・コントラタシオン（通商院）は、スペインの海外事業すべてをとりしきる役所で、一五一七年には早くも大西洋航路の官製地図――パドロン・レアル――を製作していたが、この地図がポルトガルの競争相手が用いる海図に大きく劣っているのは周知の事実だった。スペイン到着後にカールが最初に行なったことのひとつに、イタリア人航海者ジョン・カボットの息子セバスチャン・カボットの首席航海士（ピロート・マヨール）への任命がある。首席航海士とは、地図製作から操舵手の育成、航海に必要なすべての機器の認定にいたるまで、スペインの海運に関する技術的側面のすべてを預かる役職だ。そのカボットの補佐役にエルナンドが任命されたのには、コロンブスの家名や、《スペインの描写》という大規模なプロジェクトが寄与したのはまちがいないが、彼の指名を確実なものにしたのは、一五一七年から一八年にかけて宮廷に広まっていた、ある手書きの問答集だったようだ。エルナンド自身によって書かれたとされるその問答集は、悲惨な状況にあるスペインの地図製作について、若い〝フルヘンシオ〟と学識ある〝テオドシオ〟のあいだで交わされる会話の形をとり、旧態依然とした通商院は無能な人間が集まった陰謀渦巻くところだと非難している。そこでは、首席航海士は取り巻きがつくった地図を承認するのみで、逆に取り巻き連中は水先案内人に言われたことのほかには何も知らず、水先案内人はそもそもその地図製作者によって訓練を受けているというありさまだ。こういった馴れ合いが延々と続いているのは、首席航海士が知り合いの地図製作者のつくった地図の売り上げの一部を自分のふところに入れているかららしい。この腐敗しきったシステムの結果として、スペインの水先案内人による測定結果には最大で六度の誤差が生じているとテオドシオは嘆いている。スペインの国土の東西の幅にほぼ匹敵する距離だ。この絶望的な状況に輪をかけたのは、磁気偏差――地球上のさまざまな地点で羅針盤の針が指す磁北と真北とのずれで、エルナンド独自の発見かもしれない――や、地図製作者がこの異常を修正するために二つの異なるシステムを用いて地球のさまざまな地点の緯度をあらわすという難解な方法を理解できる人間が、通商院には誰ひとりいなかったという事実だ。かたやポルトガル人は、六〇〇〇マイル航海しても、計算して出した数値から一度もずれなかった。世界の覇権をめぐる争いで彼らがスペインに先んじたのは、このレベルの技術的優位を保っていたからだ。この問題に対してテオドシオが示した解決策は、エルナンドが《スペインの描写》において用いた方法と類似していた。すなわち、通商院は毎年スペインとインディアスのあいだを航行する何百隻もの船から得た情報をすべて蓄積し、そこから得られた平均値を用いて、大西洋航路の全体像を漸進的に改善していくというものだ(11)。

一五一八年一一月に《スペインの描写》に記入された不可解なメモは、ポルトガルのすぐれた航海術に対する羨望の念によって説明がつくかもしれない。その月の二四日、実地測量を行なう補佐のひとりがセビーリャのエルナンドの屋敷に到着したところ、執事やほかの人間はいたものの、当の主は不在で、密かにポルトガルに行ったようだった。こうして秘密裏に行なわれた点やのちに明らかになったことからわかるように、エルナンドの任務がスパイとしての実地踏査だったとしたら、それは関係が悪化しつつあったポルトガル王マヌエル一世とその甥にあたるカール(カルロス一世)が治める両国間のより大きな軍拡競争の一部だった。この年は、フェルナン・デ・マガリャンイス――フェルディナンド・マゼランとして歴史に名を残す人物――の逃亡が最大の耳目を集めた。彼は一五一八年三月にバリャドリッドの宮廷にあらわれて、国王への出仕を申し出た。マゼランは、みずからの提案がポルトガルの宮廷で黙殺されたのち、コロンブスとよく似た道をたどってスペインへやってきたのだった。

マゼランの提案した航海は西方のモルッカ諸島に向かうもので、手段は少し異なっても、世界の覇権を握るという同じ目的を掲げたものだったが、一五一一年に却下されたエルナンドの計画より規模も野心もずっと控えめだった。実際、マゼランが世界周航をするつもりだったかどうかも定かではない。彼は、東方の香辛料貿易の源であるモルッカ諸島がトルデシーリャス線から西に一八〇度よりも近いこと、つまり、一四九四年のトルデシーリャス条約でスペインに支配権が認められた地域内にあることを、この航海できっぱりと立証できると主張した。東方の富の流れをスペインに回すことでキングメーカーになろうとしたマゼランはまた、エルナンドにはない切り札も持っていた。大西洋の西側から南北アメリカ大陸のあいだを通って大いなる〝南の海〟へ抜ける、長らく探し求められていた海峡の位置を示す地図をポルトガル王が所有しており、自分もそれを見たと断言したのだ。〝南の海〟をヨーロッパ人で最初に目撃したのは、険しいダリエン（パナマ）地峡を一五一三年に横断したスペイン人ヌーニェス・デ・バルボアだとされている。スペインは離反者を匿（かくま）うばかりか裏切り行為に付け込んでいる、というポルトガルの再三の抗議にもかかわらず、一五一八年九月にはすでに航海の準備を進めていたマゼランは、もはや後戻りはできないとポルトガルからの使者につれない返事をした。

　彼の航海に対する大きな障害として残っていたのは、ポルトガル王の地図にあった海峡についての言葉がどうやらはったりだったという事実だ。マゼランの航海記録者が見たと主張しているマルティン・ベハイムの地図にはそのような海峡はなく、この時期のもので現存するほかの地図にも海峡は載っていない。とすると、一五一八年一一月にエルナンドが内密にポルトガルを訪れたのはマゼランの主張を立証しようとする試みで、地図そのものをこっそり手に入れるというよりも、むしろポルトガル人の地図製作者をひとり、あるいは数人丸めこんで離反させようとしたものだったのだろう。一五一八年の暮れもしくは一五一九年初頭に、ふたりの重要な地図製作者が初めてセビーリャにあらわれた。スペインではマゼランの航海のための地図や計器などを作成した人物として記録され、その後、通商院でエルナンドと密接に連携したディオゴ（スペインではディエゴ）・リベイロ。そして、地図製作を家業とするポルトガルの名家の子孫ジョルジェ・レイネルだ。ジョルジェの父ペドロはそのあとを追い、息子の裏切りが若気の至りと言い抜けられなくなる前に彼を連れ戻さなければならなかった。[12]

一五一八年三月、エルナンドはいつも手元に置いていたセネカの『悲劇集』に、このごろは「多くの仕事や頻繁な旅に気をとられている」と書いているが、これはいささか控えめな表現と言えるだろう。なにしろ、彼は《スペインの描写》をとりしきり、おそらく地理情報も相変わらず自分で集めつづけ、一族の財産を回収しようと宮廷や法廷で奮闘し、さらには大西洋の航海用海図の作成に取り組み、おそらくはポルトガルから国家機密を盗もうと画策までしていたのだから。加えて、よりによってこの忙しない時期に、また別の大きな課題に取りかかった。エルナンドはサラゴサの宮廷をあとにしてセゴビアへ引っ込んだ。グアダラマ山脈の北側にあるため夏の暑さもしのぎやすく、山岳部の町という雰囲気も感じられるところだ。とてつもない優美さと頑丈さを誇った古代ローマ時代の水道橋から、サン・ミジャン教会やサン・マルティン教会、サン・エステバン教会、ベラ・クルス教会といったロマネスク建築の極致とも言える感動的な教会の数々まで、セゴビアはカスティーリャの数奇な歴史が偲ばれる場所だ。これらの教会は〝ロマネスク〟と呼ばれているが、ドームや、表面に模様のある丸アーチは、ローマよりもビザンティウムを思わせる。これに比べると聖体拝領教会は、かつてはここが町の中心的なシナゴーグ（ユダヤ教徒の礼拝所）だったことがひと目でわかる。また、エレスマ川とクラモレス川の合流地点でV字に舳先を突き出しているような城塞アルカサルは大半が建て直されたものだが、ムーア様式やムデハル様式の要素を多く残している。ロマネスク建築の柱頭には、十字軍騎士のような姿をした聖書に出てくる王たちや、ライオンの胴体に鷲の頭と翼をもつグリフィン、半人半馬のケンタウロス、グロテスク様式の文様などが彫刻されており、ローマよりもレヴァント（地中海東岸地方）から離散した他の民族を思わせる。壁の表面が花崗岩でできた六一七個の鋭い突起物（スパイク）で覆われたゴシックパンク調のカサ・デ・ロス・ピコスや、ファサードに左右対称の枝葉模様を配したアルプエンテ伯爵宮など、個人の住まいもまた、セゴビアの建築の風変わりな多様性を証明している。丘のてっぺんにあるロマネスク様式の大聖堂では、回廊や聖歌隊席、堂々たる正面玄関といったゴシック様式の要素が北のフランスやドイツとのつながりを物語り、異なる文化が混ざり合ったという逃れられない現実をよそに、古くからのキリスト教徒としての伝統をカスティーリャ人が主張する一因となっている(13)。

ある朝、エルナンドは正確な時刻（九月六日、午前八時）を記してから、次のような定義を書いた。

A──ギリシャ人や他国の民にとって最初の文字。すべての言語の元となっているヘブライ語の文字をまねたのか、新生児が最初に上げる声だからなのか、あるいは何かを話すさいに最初に発する音だからなのか……

これは、一四七六ページにわたるエルナンドの《ボカブラリオ》すなわちラテン語辞書にある三〇〇〇近い項目の一番目で、そのあとには「ab」で始まる語について九ページにわたる書き込みが続いている。エルナンドの野望と気力は驚嘆の的であったに違いないが、さまざまな場所を地図にまとめ一覧表にする作業から辞書づくりへの転向は、当時はそれほど驚きではなかったのかもしれない。現にスペイン随一の人文主義者アントニオ・デ・ネブリハも、天地学とみずからの本業である言語学とを組み合わせ、二つのあいだに距離はないとして、一四九二年発行の名著『カスティーリャ文法』の序文で「言語は帝国の道具である」と断言している。そしてフェルナンドとイサベルが急速に発展しつつあるみずからの帝国をローマ帝国と同じく永らえさせたいのなら、ラテン語のように厳密に構築された言語が必要になるだろう、現実世界で帝国を築くのに用いられるのであれば、言語は地図上の座標のように固定されなければならないと述べた[14]。

しかし興味深いことに、エルナンドはスペイン語ではなくラテン語の辞書に着手することを選択した。おそらく、すべてのロマンス語の源であるラテン語さえも、この時点ではまだ十分に文書化されていなかったからだろう。ヨーロッパ文化においてラテン語に与えられている格式にもかかわらず、ルネサンス思想の主要言語であるラテン語の辞書で満足のいくものをエルナンドは見つけられずにいた。ジェノヴァのヨハネス・バルブスが一三世紀に編纂した『カトリコン』は中世の偉大な辞書とされたが、古典語における人文主義者の高い要求には、もはや応えられなくなっていた。これを是正しようと、エルナンドは言語についての現存する論文を幅広く研究し、古代きっての著述家たちが一語一語をどのように用いていたかの実例を集めた。これは――意識的にそう定義されたわけではないが――歴史的原則に基づいた辞書であり、権威ある言葉の定義をつくりだそうとしたものではなく、むしろ過去の著述家たちによってそれらの言葉がどのように用いられていたかを示すためのものだった。おかげで、言葉の多様な用法だけではなく、(より重要な)歴史的推移という概念が浮かび上がってきた。つまりこの辞書は、扱う対象が生き物だと気づいている言葉の地図だ。言葉とは、特定の意味に固定できるものではなく、つねに変化しつづける生き物であり、その動きによってのみ描き出すことができるのだ[15]。

しかし、「A」という文字で始まっていることからわかるように、ここでは、ヨーロッパで次期覇権をめざして待ち構えるほかの帝国に対するスペイン文化の影響力よりもさらに大きなものが問題となっていた。ラテン語の最初の文字についてのエルナンドの定義は、その意味を伝えているだけではなく、アルファベットにおけるその文字の位置が恣意的ではなく〝自然な〟ものだという論をさまざまな形で展開している。それは、Aがヘブライ語の最初の文字アーレフに由来し、従って神からアダムに与えられた最初の言語に最も近いものだからかもしれないし、人間の口から発せられうる最も基本的な音あるいは発話の最も基本的な部分である間投詞として他の文字より前にくることが、音声学的にも言語の歴史においても証明されているからかもしれない。その結果、エルナンドの辞書はそれ自体に課した他のさまざまな役割に加えて、プラトンの『クラテュロス（対話篇）』やそれ以前にさかのぼる長い歴史の一部になった。つまり、我々がそれぞれの単語の意味を共通認識して初めて機能する従来のツールとしてだけではなく、事物の世界と揺るぎなく決定的な関係を築いているものとしての言語を確立しようとする歴史だ。言語と、それを固定して順序よく並べるのに用いられるアルファベットのようなツールは、人間の知識を据える基盤としては心配になるほど不安定で、言語を用いて世界を構造化しようとするなら、まずはこの基本的な問題に取り組む必要があった。《スペインの描写》が地理的特徴を固定化することでスペインを帝国への軌道に乗せようとしたように、ヨーロッパにおける言語的ツールもまた、エルナンドが思い描く世界帝国に役立つものになるには、確固たる足場を固める必要があった[16]。

スペインが帝国としてのツールを準備万端にしておく必要性が、急きょ高まった。一五一九年二月、モンセラート修道院に滞在していたカールのもとに、祖父マクシミリアン一世が一月初めにオーストリアで亡くなったという知らせが届いたのだ。マクシミリアン一世の崩御によってオーストリア大公の地位は即座にカールのものになったが、神聖ローマ皇帝が空位であることのほうが大きな意味をもっていた。こちらはカールが自動的に継承するものではなく、新たな皇帝の選出はドイツ諸侯と聖職者からなる七人の〝選帝侯〟の手に委ねられているため予測できず、彼らによってローマ王（神聖ローマ帝国を統べる君主）に任命された人物が、次に皇帝としてローマ教皇から戴冠を受ける必要があった。過去一世紀のあいだ、ハプスブルク家が神聖ローマ皇帝の座をほぼ独占していたが、マクシミリアン一世の死を契機とする選帝は決まったも同然とは言い難い状況だった。ヴァチカンのラファエロのフレスコ画が暗示していたように、フランス王フランソワ一世、さらにはカールの義理の叔父にあたるイングランドのヘンリー八世も皇帝の座をねらっていた。ヘンリー八世の野心は腹心のウルジー枢機卿の策動の域を出なかったが、フランシス一世のほうは、教皇に左右される選帝侯たちの票を得る可能性が十分にあった。これはおもに、カールがナポリ王と神聖ローマ皇帝の座の両方に就くのを時のローマ教皇レオ一〇世が望んでいなかったためだ。絶大なる権力があまりにもヴァチカンに近くなりすぎるのを嫌がったのだ。

神聖ローマ皇帝の座を目指す争いは、怠惰な若きスペイン王の胸に、瀬戸際での政治的駆け引きを展開する決意と技量をようやく芽生えさせたようだ。皇帝の座についても比較的限られた権限しか振るえないのに、候補者たちが多大な額を投じてなりふり構わず票を得ようとするさまを見れば、この名ばかりの帝国に付随する象徴的パワーがいかに大きいかは明らかだ。一国の文化的豊かさや言葉の品位が、世界帝国の松明を受け継ぐ者となる可能性を高めたとしたら、カール大帝も戴いた鉄王冠をローマ教皇によって授けられることは、受け継いだイタリア王としての役割を儀式のうえでも実質的にも承認する非常に重要な役目を果たした。最終的に選挙の結果を決めたのは銀行家の意志だった。フランソワ一世とカールはどちらも、選帝侯たちを買収する現金を調達するためオーストリアのフッガー家を頼った。しかしフッガー家は、カールのドイツの血筋に臣民としての忠誠心を突如おぼえて、フランソワ一世への融資を打ち切った。かくして神聖ローマ皇帝の座は、六月二八日にカールのものとなったのである。(17)

にもかかわらず、彼の勝利は数々の問題を生んだ。スペインの領土で過ごしてまだ二年足らずというところで、彼は唐突に、ローマ王としての戴冠式のため北方の領地に戻ると言いだした。さらに追い討ちをかけるように、選挙と北部への凱旋にかかる莫大な費用を負担するようカスティーリャの議会に要請した。議会から一五一八年に渡された六〇万ダカットはすでに使い果たしていたのだ（しかもその大部分はアラゴン王国内で費やしていた）。さらに悪いことに、自分の都合でカスティーリャ議会を遠方のサンティアゴ・デ・コンポステーラ（スペイン最北西部の町）に召喚したかと思えば、今度はそのまた先にあるガリシアの港町ア・コルーニャまで来るよう要求した。彼はア・コルーニャから船団で出発する準備に追われていたのだ。二度と戻ってきそうもないこのよそ者の王に対するスペイン人の怒りの激しさに、当のカールはほとんど気づいていないようだったが、神聖ローマ皇帝の座を争ったフランソワ一世とヘンリー八世のふたりが彼に対抗する同盟を結ぼうとしていたことを思えば、彼が北部の地に執着したのも無理はなかったのかもしれない。カールは、カスティーリャでは外国人をこれ以上は権力の座に任命しないというささやかな譲歩をしたのち——説得力をもたせるために、勉強中だったカスティーリャ語でそれを告げた——議会からの補助金を受け取ると、ユトレヒトの気難しいアドリアン枢機卿を自身が不在のあいだの摂政に任命し、公然たる反乱状態になりつつあったスペインに背を向けイングランドへと出帆した。

エルナンドが一五一九年の秋にセビーリャで読んでいたものを見ると、ブルゴーニュとドイツの領地を凱旋するカールに付き従い、この次期神聖ローマ皇帝の力になるべく熱心に準備をしていたことがうかがえる。二、三年前に棚上げにしていたローマの歴史の概説書に戻ったのち、エルナンドは夏の終わりまでかけて、その本とともに綴じられていた分厚い小冊子の束を苦労して読み進めた。その経過は、読んだ日付を記録した彼の特徴的なメモでたどることができる。一八冊ある小冊子は一二ページ以下のものが大半だったが、一五一五年秋にローマで購入され、その直後にひとつに綴じられたと思われる。こういった冊子はばらばらになるのが常だが、それを避けるためだ。たいていの蒐集家は薄っぺらい小冊子には見向きもしないが、これを購入して取っておいたエルナンドの選択は、多くの人には奇妙に見えただろう。しかも、彼が所有する何千冊という書物のなかでもとくにこれを精読しようと決めたのは、さらに不思議に見えたかもしれない。しかし、このようにローマのcartolai（紙商人）から得た雑多な読み物から情報を引っ張り出したおかげで、エルナンドは世界のあちらこちらで起きている出来事やその歴史的背景の全体像を見渡すことができた。こうした小冊子と同じような役目を果たすのは新聞だが、それが発明されるのは、まだ一五〇〇年ほど先である。

　エルナンドはこのような小冊子で、アフリカ北部や東部――マウレタニアのアザモール（現在のモロッコのアゼンムール）、スワヒリ海岸のキルワやモンバサなど――でポルトガルが勝利を収めたこと、また、ポルトガルのアルブケルケ公爵――インド洋の提督で、ポルトガル側のコロンブス一族に相当する人物――によるマラッカ王国（現在のインドネシア）の占領などを知った。また、イタリア戦争から、スコットランドとの古い同盟（オールド・アライアンス）、その後一五一三年にスコットランド軍が手酷い敗北を喫したフロドゥンの戦いに至る、フランスが繰り広げた軍事行動に関する一連の報告や、オスマン帝国皇帝セリム一世とペルシャの王（シャー）にして神秘主義者（スーフィー）イスマーイール一世のあいだの大規模な戦闘のニュースもあった。この戦闘はオスマン帝国の軍事力を、一世紀にもわたる西方キリスト教世界の東端への猛攻撃から東方に向ける契機となった。一方で北方に目を転じると、一五一四年のハンガリーの農民反乱や、同年後半にポーランドとリトアニアがモスクワ大公国に大勝利を収めたオルシャの戦いなどのニュースがあった。エルナンドが集めた安価な印刷物は五年ほど前の出来事に触れたものが大半で、さらには一五世紀までさかのぼるものや、古代ローマ時代の歴史や聖人たちの生涯にまつわるものもあり、我々のデジタル世界ではとても速報とは言えないが、カールが支配しようとした広い世界の話題に、エルナンドは皇帝のほかの助言者が張り合えないような方法で触れることができたのである。グローバルなビジョンとは言っても不完全で未熟なものだったが、エルナンドは自身の図書館が他に類を見ない情報源となりうると認識しはじめたのかもしれない。盲目の王国では、片目でも見えれば王様になれるのだ。(18)

しかし、カールに付き従って北方へ旅するエルナンドが身を置くことになる重大な政治的・歴史的状況は、彼にとって最大の関心事ではなかったのかもしれない。世界の中心であるローマに目を向けよ、とエルナンドの幼少期が教えたのだとしたら、ローマで過ごした日々は彼に、それに対抗する、おそらくはより声高な北方の主張に気づかせたのだろう。エルナンドはフランドルの建築様式に幼いころから慣れ親しみ、イサベル女王が集めていたファン・エイクやロヒール・ファン・デル・ウェイデンの絵画コレクションも、まぎれもないネーデルラント(オランダ)の雰囲気をスペイン宮廷にもたらしていただろうが、彼自身も版画を集めるようになったことで、北部の優越性が明らかな分野に足を踏み入れることとなった。エルナンドがローマで集めたジョヴァンニ・バッティスタ・パルンバやウーゴ・ダ・カルピの版画は、イスラエル・ファン・メッケネムやルーカス・クラナッハといったネーデルラントやドイツの巨匠、そして版画界の比類なき天才アルブレヒト・デューラーによる木版画や銅版画（エングレービング）に比べると、見習いレベルにすぎなかった。事実、偉大なる美術史家ヴァザーリによれば、デューラーが一五〇五年にヴェネツィアを訪れたのはイタリア人から学ぶためではなく、絶え間ない著作権侵害や作品の盗用に対する法的な保護を確保するのが目的だった。版画界におけるデューラーの絶対的優位に活字の世界で匹敵し、さらにはそれを凌いだかもしれないのは、偉大なエラスムスその人だった。デューラーとエラスムスはそれぞれ写実的絵画と古典的学問においてイタリア・ルネサンスの革新的な技術を習得していたが、それだけではなく印刷術自体の可能性を強く意識していた。エルナンドがローマで出会った非凡な才能の持ち主たちは、古代都市の栄光がよみがえったかのように見せようとしていたが、彼らと違ってエラスムスとデューラーは、過去が提示したはずのものだけではなく、現在がそれをどうつくりかえるかも敏感に見越していた。世界周航を目指してマゼランが西へ出航し、エルナンドの命を受けた者たちがスペイン全体を二次元に固定するために国内を這いずり回って記録をとっているあいだにも、エルナンド自身は北へ向かい、近代の〝出発点〟とも呼ぶべきものへと近づきつつあった。それは、現在は過去とはまったく違う——ある意味ではすぐれている——かもしれないという、かつて味わったことのない感覚だった。

北には何が待っているだろうというこの強烈な高揚感は、ガリシアの岩がちな港町ア・コルーニャでの一五二〇年五月のエルナンドの行動をいくらか説明するかもしれない。彼は船団が出航するのを待っていた。兄ディエゴもその地にいて、総督として復位し、五年ぶりにエスパニョーラ島へ戻るところだった。これは絶え間ない陳情の成果であり、ほぼエルナンドのおかげだった。とくに一五一九年初めのバルセロナでの王との謁見において、彼は（バルトロメ・デ・ラス・カサスによれば）兄の復位を求めて力強く論を展開し、交易や踏査のための基地をいくつか設けることでスペインの存在感を高めつつ征服や支配は避けるという、南北アメリカの未来に対する大胆なビジョンを提示した（ラス・カサスはまた、エルナンドが――いかにもコロンブスの息子らしく――その基地をコロンブス一族に永続的に管理させてほしいと要請し、この案を没（ぼつ）にしてしまったこともにおわせている）。ディエゴがア・コルーニャで作成した文書では、彼が起こした面倒にかたをつけるべく、一族を代表してスペインの法廷やローマで長い年月を過ごしたエルナンドの不断の努力が言及され、二〇万マラベディの生涯年金を与えるというディエゴの意志が表明されているが、これは合意の真の目的を隠す役割を果たしていただけだった。じつは、エルナンドをコロンブスの相続人のひとりではなく、たんに兄の側近として年金を受け取る者とすることで、世襲財産に対する直接請求権を剝奪するためのものだったのだ。実際のところ、一族には愛する次男にコロンブスが与えた多額の遺産を支払えるほどの資産はなく、エルナンドが一五一一年の合意で与えられたわずかな相続財産さえも未払いのまま、たんなるディエゴの口約束、エルナンドが回収できる見込みのない〝貸し〟にすげ替えられてしまった。バルトロメ・デ・ラス・カサスやオビエドなどディエゴを知る人たちのなかには、彼は悪意があるというより愚かなのだと語った者もいたが、自分のために人生の大半をかけて献身的に仕えた弟、そして、どうにか守ってやってくれと死の床にあった父から頼まれた弟を見捨てることに、ディエゴがほとんど良心の呵責を感じていなかったのは確かだ。エルナンドがア・コルーニャで父の相続人としての法的地位を放棄する書類に署名したのはおそらく、例によって自分よりも一族の利益を優先させたからだろう。だがこの瞬間、コロンブスの遺産（レガシー）はきっぱりと二分された。世俗的な財産は上の息子が独占する一方で、世界のありかたを変えることになった父の崇高な精神はすべて下の息子が受け継ぐことになったのだ[19]。

第三部　世界地図

第一〇章　悪魔は細部に宿る

一五二〇年から二一年にかけて綿密に綴られた日記のなかで、アルブレヒト・デューラーは一五二〇年八月二七日にブリュッセルの市庁舎を訪問したときのことを記録している。彼はそこでメキシコ沿岸部からヨーロッパにもたらされたばかりの品々を目撃した。アステカ帝国の皇帝モクテスマ二世が首都テノチティトランから征服者エルナン・コルテスに送ったもので、市庁舎の二部屋はアステカの鎧や武器、盾、神聖な衣装、寝具、各種の道具類など、手で触れられる異世界のもので埋めつくされていた。なかでもひときわ目を引いたのは、それぞれ直径六フィート（一八〇センチ）ほどある二枚の円盤だ。暦として使われていたと考えられる、純金の〝太陽〟と、純銀の〝月〟。その年の三月、スペインの冬の寒さから身を守るために手袋を装着したトトナック族の五人のインディオたちに伴われてバリャドリッドで初めて披露されたとき、エルナンドはすでにこれらの品々を目にしていたかもしれない。これを見て、ピエトロ・マルティーレやバルトロメ・デ・ラス・カサス、それにヨーロッパ各地から集まった大使たちは息をのみ、その驚きを書き記している。だが、誰よりも創作の厳しさを知っているデューラーのような芸術家が示した反応はとりわけ印象的だ。「これほど心に喜びをもたらしてくれるものを目にしたのは初めてだ」と、彼はいつになく感情を込めて綴っている。「目をみはるほどの技巧が凝らされ、異国の地に暮らす人々の繊細な独創性に圧倒された。ここで目にしたすべてのものを言いあらわす言葉が見つからない」。これはヨーロッパが初めてアステカ文明に触れたときのことだが、ほどなく、湖に浮かぶ都テノチティトランに関する報告がスペイン本国に伝えられた。コンキスタドールたちが「豊かなるヴェネツィア」と呼び、ヨーロッパ人が夢に見ていた新しい島だ。ベネデット・ボルドーネが一五二八年に刊行した、世界の主要な島の地図集『世界島嶼誌』にも、この都は当然のごとく記されている(1)。

デューラーは、前年のマクシミリアン一世の死以来凍結されていた恩給が再開されることを願って、ニュルンベルクの自宅から（妻とともに）はるばる旅をしてきた。詳細な日記には、赤チョークやロートチキンの値段といった日々の細々した覚え書きに交じり、エラスムスとの対面やロヒール・ファン・デル・ウェイデンの失われた傑作を鑑賞したこと、そのころ亡くなったばかりのラファエロの遺品を受け継いだ弟子から指輪を贈られたことなど、奇跡に近い邂逅が記録されている。この高名な芸術家は、道の悪いドイツの地を移動する先々で通行料を徴収されることにたえず不満を漏らし、可能な場合は名声を使って無料で通してもらっているが、それが無理なら自身の版画を通貨代わりに使い、必要に応じて交換したり売ったりしていた。

エルナンドはデューラーより六週間早く低地地方に到着しており、六月中旬にまずアントワープを訪れ、ローマのときと同じような規模でふたたび本を買いはじめた。北方の地にふさわしく、ここで最初に手に入れたのはサクソ・グラマティクスの『デンマーク人の事績』の初版本であり、エルナンドはこれで（のちに〝ハムレット〟として広く知られることになる）不幸なアムレート王子の物語を読んだのかもしれない。アントワープに向かう途中、彼はカールの一行に随行してイングランドに六日間滞在したと思われる。カールはそこで、フランソワ一世といちゃつきはじめたヘンリー八世に、なんとしても釘をさしておきたかった。スペインの一行が到着したとの報を受けると、ヘンリーは騎士道精神を見せつけるかのように夜通し馬を駆ってカールのもとに馳せ参じた。トマス・モアはエラスムス宛の手紙で、カールがイングランドにやってくると聞いたときのヘンリーの喜びようは筆舌に

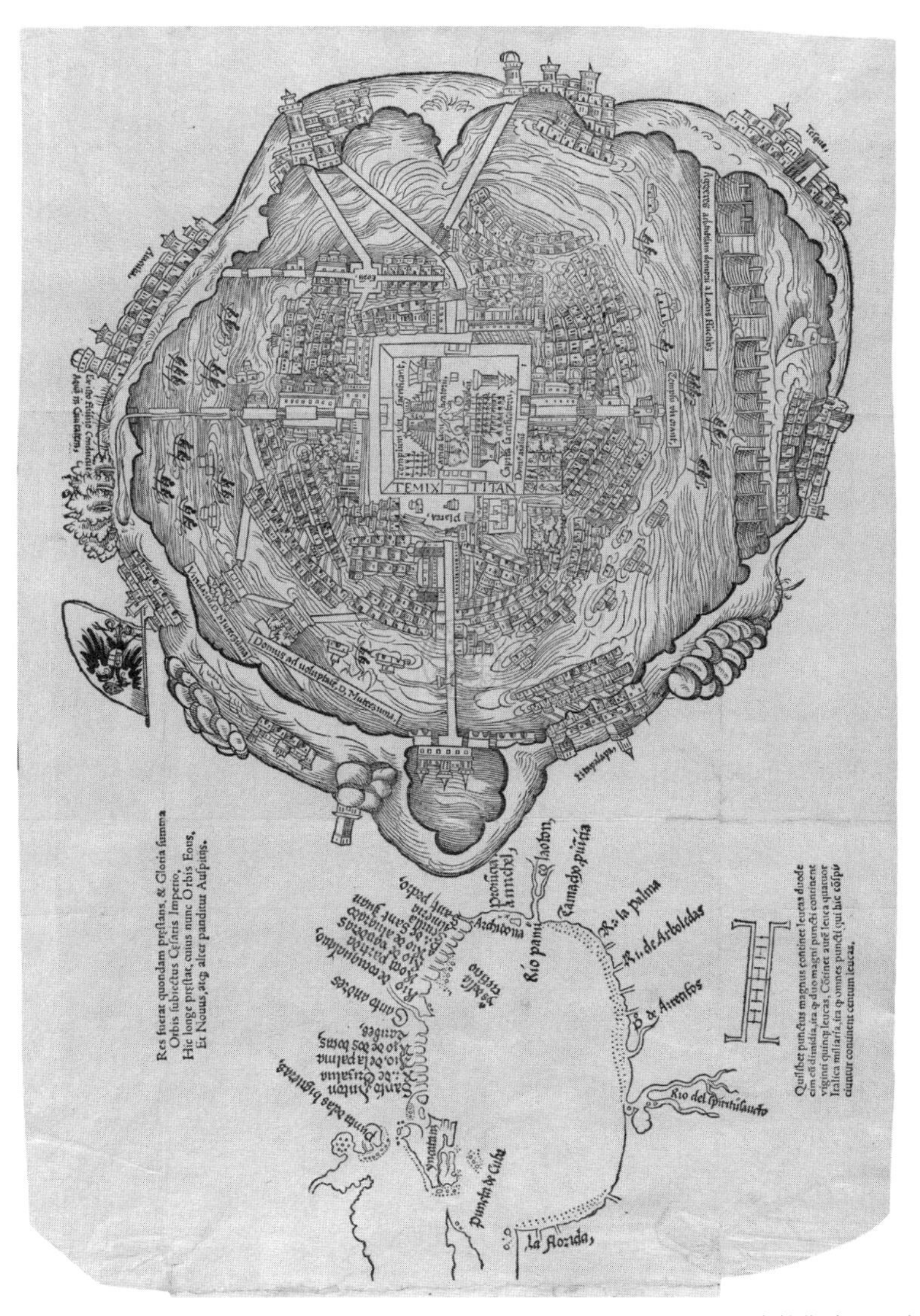

エルナン・コルテスがもたらしたテノチティトランの地図。コロンビーナ図書館蔵（6-2-28）。

アルブレヒト・デューラーによるアントワープ港のスケッチ（1520年）。

尽くしがたいものがあったと書いている。ふたりの王はその後、両王家のあいだに長らく存在している友好関係を今後も維持するという協定をカンタベリーで結んでいるが、このときのランデブーは長くは続かなかった。ヘンリーはそのわずか数日後にカレー近郊で行なわれる外交上の壮麗な催しで、フランソワ一世と会うことになっていたからだ。のちに「金襴(きんらん)の陣」として知られるこの対面のあと、ヘンリーはふたたびカールとカレーで会うことを約束しているが、彼にはヨーロッパの二大勢力の均衡を崩せる立場にあることを楽しんでいる節があった。とはいえ帝国側としても、イングランドにもフランスにも好き勝手を許すつもりはなく、カールは（金襴の陣の地から約一〇〇マイル（約一六〇キロ）ほどしか離れていない）アントワープで凱旋入城を果たすと、幅四〇フィート（約一二メートル）、二階建ての高さの四〇〇ものアーチをくぐり、練り歩いた。アーチの上では、役者たちが新皇帝を称える劇を上演した。この活人画（タブロー）には若い裸の女性の〝生きた像〟も含まれており、デューラーは喜んだようだがカールは大いに困惑した。(2)

入城から多くの祝祭行事が続き、一〇月には戴冠式のためにカール大帝ゆかりのアーヘン大聖堂に赴くことになるが、その間、エルナンドは低地地方がもたらす驚異の数々に目をみはった。アントワープには、かつてスヘルデ川で旅人から通行料を集めていたという巨人の貴重な骨があり、ユリウス・カエサルの甥ブラボーによって切り落とされたとされるその手が、アントワープという町の名前の由来だと言われている（のちにオランダ人の古物研究家ヨハンネス・ゴロピウス・ベカヌス（ヤン・ファン・ホルプ）は著作『On Giant Slaying - Gigantomachie（巨人殺し――巨人との闘い）』のなかで、この巨人の骨は象のものだと指摘している）。デューラーはブリュッセルで横幅六フィート（一八〇センチ）に及ぶクジラの顎骨を見たと記録しており、この町を訪れた者はまた、ナッサウ伯爵の邸宅でヒエロニムス・ボスの絵画『快楽の園』を鑑賞することができた。エルナンドは、本の世界からもこうしためくるめく感動を味わっていた。八月二九日には、コンラート・フォン・ムレによる神話に関する中世の本『Magnus elucidarius（マグヌスの解明）』を購入するとすぐに読みはじめ、読み進めながらおびただしい注釈をつけていった。エルナンドは低地地方の芸術の多くに――とりわけボスの絵画やデューラーの版画のなかに――余白と威厳のある古典主義とはまったく異なる、圧倒的な緻密さを見たはずだ。ローマで過ごしていたころのエルナンドは、古典主義の魔法にかかったような目で世界を見つめていたのだった（もっとも、幼いころに触れたあふれんばかりのスペイン・ゴシック文化をなつかしんではいただろうが）。人生の混乱には新古典主義的秩序の威厳をもって抗するべきだとするイタリアン・ルネサンスに対し、同時期の北方地方における芸術は混沌（カオス）をそのまま題材として受け入れた。それは見る者に対し、複雑にからみあう象徴的イメージから意味を掘り起こすこと、テクストを読むようにイメージを読むことを求める。したがって、デューラーがエジプトのヒエログリフの信奉者だったことは驚くに値しない——彼は友人のヴィリバルト・ピルクハイマーが翻訳した『ヒエログリフィカ』に、ブリュッセルで目にしたアステカの聖なる円盤と似たような挿絵を描いている。ヒエログリフは自然の事象をもとにつくられた象形文字だが、おそらく話し言葉の限界を超越するものだったのだろう。これは秩序が失われた世界をあらわしているのではない——それとはまるで違う。ボスやデューラーが描いた受難の場面で、嘲笑を浮かべグロテスクな顔をした群衆のなかからこちらを見つめるキリストのように、見る者が見ればわかる、カオスから生じる秩序を表現しているのだ(3)。

このほとんど過剰なまでの緻密さと、秩序を求めることとの緊張関係もまた、北方地方の思想に特有なものだ。これを見るのに、北方地方を代表する人文主義者デジデリウス・エラスムスの著作以上にふさわしいものはないだろう。エルナンドはその年の秋にエラスムスに対面しているが、彼の初期の著作は度を外れて猥雑だったため、『天国から締め出されたローマ法王の話』の秘密の著者ではないかと広く考えられていた。教皇の放蕩を告発したこの本は、エルナンドが滞在した当時のローマを大きく揺るがした。エラスムス本人がこの風刺本を書いたと認めることはなかったが、文体が似ていると言われることには反論しなかった。とりわけ初期のやや先鋭的な作品——たとえば、トマス・モアとともに翻訳した風刺に富んだルキアノスの対話集や『痴愚神礼讃』など——に似ている。『痴愚神礼讃』では社会のあらゆる集団の愚かしさを一気に語り、辛辣な皮肉交じりの称賛を浴びせている(エルナンドはこの本を一五一五年一一月にローマで購入している)。エラスムスの最も痛烈な侮蔑はローマ教皇庁の愚劣さに向けられ、『天国から締め出されたローマ法王の話』を彷彿とさせる言葉で教皇庁の欺瞞を非難している。エラスムスの例にならい、北方ヨーロッパの出版人たちはその後相次いで社会にはびこる悪弊を告発する風刺本（そのほとんどは、教会とその腐敗に向けられたものだった）を出版した。昔からある淫らな話や下品な冗談話を下敷きに人文主義的学識や古典的な機知を織り交ぜたものが多く、エラスムスがトマス・モアの屋敷に滞在中に書いた、好色で欲深い修道士たちをあざける前述の『痴愚神礼讃』はもちろんのこと、セバスチャン・ブラントの『阿呆船』、ドイツのいたずら者（トリックスター）ティル・オイレンシュピーゲルの物語集などがそうである。だが、ほとんど猥雑な過剰さを楽しむというエラスムスの姿勢は、それを排除し秩序を取り戻さなければならないという信条によって、最初からバランスが保たれていたと言えるだろう。エラスムスは賢明にも、『痴愚神礼讃』の最後で、（じつは）愚かしさを賛美することをからかっているのではないと明かしている。ある意味で愚か者であることはいいことであるが、それはあくまでも、来世を重視しているせいでこの世のものごとに関して無知である〝キリスト教徒〟の愚か者の場合である。エラスムスはそれを、この世のその他いっさいの愚かしさを排除する、ある種の愚行であると示唆しているのだ。同じことは、名高いエラスムス流の文体にも言える。彼は辞句を豊富に用いた文体を奨励し、古典主義的思考や古典的文体の模倣を楽しんでいるが、それは書き手がそうした文体を使いこなし、なおかつ最後は真面目な形で締めくくられる場合に限られるのである。秩序なき過剰さは危険だ。この世にあふれんばかりに存在するものには、それを利用しようとする者が飲み込まれないよう、秩序を与えなければならない(4)。

一五二〇年一〇月初旬、ブリュッセルから戴冠式が行なわれるアーヘンに向かう途中、エルナンドはルーヴァンに立ち寄りエラスムスに面会しているが、このときこのネーデルラントの人文主義者はキャリアの頂点にあった。『痴愚神礼讃』を上梓してから数年間、エラスムスはその桁外れの語学力と学識を新たなプロジェクトに注ぎ込み、一五一六年、この新たな形の学問の圧倒的な成果を示した。ギリシャ語訳新約聖書の刊行である。エラスムスによれば、一〇〇〇年以上にわたってキリスト教徒の思考、法律、生活の中心にあった聖ヒエロニムスによるラテン語訳聖書『ヴルガータ』より正確だということだが、その後まもなく、ヒエロニムス版に代わるものとして、自身のラテン語訳も発表している。エラスムスは敬虔な信仰心から新たな版と翻訳に着手したのだが、教会側には人文主義者の古典主義的知見によって権威が弱体化することを恐れる十分な理由があった。なにしろ、イタリアの人文主義者ロレンツォ・ヴァッラがラテン語の発展の経緯を考証し、教会は精神的な力のみならず政治的な力ももつべきだとする主張の根拠にしてきた『コンスタンティヌスの寄進状』が書かれたのが四世紀ではなく、もっとあとの時代につくられた偽書だと証明したのだ。爆弾を抱えたこの文書は、長いあいだ写本の形でしか出回っていなかったが、そのころ相次いで印刷されるようになり、エルナンドも北方地方滞在中に慌てて手に入れている。いまや、数百年にわたり聖ヒエロニムスの『ヴルガータ』聖書に立脚してきた教会の慣例の多くに異議が唱えられかねない事態に陥っていた。また、エルナンドがエラスムスに面会したルーヴァンには、教会が抱えるこの問題を拡大させかねない施設があった。新設されたコレギウム・トリリングア、つまり〝三言語学院〟は、ラテン語、ギリシャ語、ヘブライ語を教え、人文主義の学識を最高レベルに高めることによりさらに多くの〝エラスムス〟を輩出することを目的とした大学だ。古代ギリシャ語やヘブライ語のテクストを読みこなし、ローマ教皇庁による解釈に異議を唱える術(すべ)をもつ学生たちがじきに誕生するだろう。その一方で、コレギウム・トリリングアは狭義の学問に対する抵抗のシンボルでもあり、キリスト教とラテン語以外のものはすべて排除するという考えを、エラスムスは面会時にエルナンドに手渡した著書のなかで強く非難している。『反蛮族論』は、欧州キリスト教圏内にいる、無知であることに満足している蛮族――すなわち

〝非キリスト教的〟に見える考えに心を閉ざしてしまう人々への抗議の声なのだ。

もし異教徒の世界の発明品を禁じられたら、我々に何ができるというのか？　平原で、町で、教会や家や仕事場で、自宅や戦場で、私的な場所で、公的な場所で。これほどまでに、キリスト教徒が異教徒から受け継いでいないものはないのである。ラテン語で読み書きし、なにかにつけてそれを話しているという状況は、とりもなおさず異教徒から伝えられたものだ。彼らが書き言葉を発見し、彼らが話し言葉を発明したのだ。

知識はそれ自体すばらしいもので、広く行き渡らせるべきだとする徹底的に開かれたこの精神が、エラスムスをはじめとする人文主義者たちを、いたるところで良書を探し出すよう駆り立てたのである。たとえばエラスムスは一五一六年、友人をダキア（現在のルーマニア。古代ローマの属州だった）へ派遣し、古代ギリシャ・ローマ時代の本が眠っていると言われる伝説の塔を探させている。失われた本を発掘するだけでなく、当時のすぐれた印刷業者と協力し、頑丈な版にしてふたたび人々の手に渡そうと試みたのだ。立派な装丁で中身も正確であるのはもちろん、世に出て広く読まれるようなものにしたのである。エルナンドはこうした理念をもとに、キリスト教圏内外から集めたあらゆるテーマのあらゆる本に門戸を開いた図書館、そしてそれを生み出すために用いるツールにおいて、エラスムスが想像すらできなかったものを築きあげた。(5)

エルナンドは、このころ未完成な形で存在していた彼の図書館の重要な一角に、エラスムスにふさわしい記念物を置いていた。それは「Abecedarium（アベセダリウム）」、すなわち著者名とタイトルをアルファベット順に並べた蔵書リストだ。このアベセダリウムの最終版で、エラスムスはメインのリストから外し個別のセクションを与えられたふたりの著述家のうちのひとりであり、エルナンドは目録の最後に図書館が所蔵する彼の一八五の作品を列挙している（ふたり目の著述家が誰かは、いずれ重要になるだろう）。ある意味、エルナンドが図書館設立のために、見つけた本を片っ端から手に入れようとしていたことを考えれば、これはエラスムス個人への賛辞というよりも、印刷本が登場して間もない世界におけるエラスムスの存在感の大きさを示したものにすぎないのかもしれない。生前に著書が一〇〇万部以上刷られたとされるこの偉大な人文主義者がアルファベット順のリストからあふれ出したため、エルナンドはそこから切り離して個別の補遺を設けざるをえなくなったのだろう。エルナンドの目録はたんに、エラスムスを多作の著者として認識させるだけかもしれないが、その一方で、（あまりぴんとこないかもしれないが）このようなリストによって〝著者〟という概念が生み出されたこともまた事実である。彼のような蒐集家が入手できる本が増え、本を整理する新たな方法が必要になると、手始めに著者名をアルファベット順に並べることはきわめて無難な手法に思えただろう。この種のリストは結局のところ、本に関して記憶しやすく、さほど面白くもない事実――その本を書いた人物の名前――を使って他の本と区別しているにすぎない。ちょうど地図上の座標のようなものだが、こうした方法では、たとえばローマ字を使用していない作品をリストにするのが困難になる。ラテン語の表題がなければ、エルナンドが一五一三年に入手した、エチオピアのゲーズ語（聖書に登場するカルデア語の一種だと誤解されていた）で書かれた初めての印刷本の扱いにかなりてこずったはずだ。けれどもそれより大きな問題は、この種のリストをつくるには本に著者名が記されていなければならないことである。中世の多くの作品がそうであったように、作者不詳の本ばかりであればリストは役に立たない。〝作者不詳〟のセクションが膨大になり、そのなかを探しまわる手だてがほとんどないからだ。同様に、大勢の人間によって手が加えられたり、翻訳や加筆が行なわれたり、時がたつにつれて書き換えられたりせず、一冊の本の著者がひとりであると認められる場合に初めて、リストは真に機能する。したがって、アルファベット順のリストは、司書やその利用者に、それぞれの冊の本を名前のあるひとりの著者に帰属させるよう強いることで、ある意味、著者という概念（少なくともその重要性）を必要に迫られて〝発明〟したとも言える。だがやがて、別の現象も発生した。著者の特徴と、彼らのものだとされる作品の特徴がしだいに分かちがたくなっていったのだ。著者がどんな人物かを読者が判断するのは、多くの場合、彼らのものだとされる作品からだが、（それとは逆に）我々は先入観をもって作品を読みがちであり、その先入観は著者について知っている（あるいは知っていると思っている）ことから来るものだ。これは必然的に二種類の誤りにつながる。書いていないものを書いたとされ、著者に関して読者に誤った印象を与えるケースと、実際にその著者が書いた作品が偽物とされ、読者が（あるいは我々研究者が）見たくない著者の人生の一部が排除されるケースである。当時最も偉大な作家であったエラスムスも、この二つの欺瞞におそらく同時に巻き込まれている。『天国から締め出されたローマ法王の話』は誤って彼の著作とされ、そのせいで彼は実際以上に扇動的な存在に映ったのだろうか？　それともその本は、ちょうど兆しが見えてきた激しい対立から距離を置くために、わざと作品のリストから外されたのだろうか？[6]

猟書家であるエルナンドがこのころに始めたもうひとつの興味深い習慣の背景にも、北方地方の人文主義の影響がおそらくあったに違いない。一五二〇年から、彼は本を購入した土地の通貨と自国の通貨の交換レートを購入記録簿に記録している。細かいことへのこだわりが感じられるこのやや奇妙な習慣は、当時生まれたばかりの非常に刺激的な学問に彼が通じていたことを示している。それはエラスムスの友人ギョーム・ビュデが先鞭をつけたもので、ビュデは古代ローマの貨幣や計量法に関する学術書『古代貨幣考』を出版して名声を得ていた。注目を集めるには地味な研究に思えるかもしれないが、古代の作品に含まれる、それまではほぼ無意味だった無数の文言に命が吹き込まれたことに、やがて誰かが気づくのである。たとえば、デューラーがモクテスマ二世の宝を一〇万ギルダーと評価したのは結構なことだが、一〇万ギルダーがどれくらいの価値であるのか正確に知らなければほとんど意味がないことになる。ハンガリー王妃の持参金や北海沿岸のフリースラント地方の価値と同じだと言う人もいるかもしれない。ビュデが古代の生活の〝実態〟すなわち古代ローマでは何がいくらだったかといった日々の生活の核となる部分への関心をもったのは、たんに物知りぶるためではなく、過去のすぐれた思想や芸術品は、それらが生み出された世界やそれらが言及されている世界を理解しないかぎり無意味だと気づいたためである。また、通貨の本質、任意のものに価値を与える交換媒体としての貨幣の本質についての洞察でもあった。一四歳のときグアナハの人々がカカオ豆に大きな価値を置いているのを見て、通貨の一種として機能しているに違いないと気づいたエルナンドは、ごく早いうちからこの概念になじんでいた。大航海時代にはこのような例がいくつもあり、ポルトガル人はコンゴ王国で貝貨に出会っている。けっして貴金属だけが通貨として使用されるわけではなく、地面で簡単に拾えるものや、市場がそれであふれかえるほどありふれたものでなければ、なんでも貨幣として使われた。コンゴでは、国王が管理する島でしか見つからない特定の貝が使われていた。あとはコインでも豆でも貝でも好きなものに、合意された価値を与えればいい。だが合意された価値でなければならないという点はなかなか理解されなかった。ひとつの単語の意味にお互いが合意して初めて言語が成立するように、貨幣も双方がその価値に合意してこそ機能するものであり、新世界の貴金属がヨーロッパにあふれはじめているのに、まだ希少だったころと同じ価値があると主張するのは無意味なことだ。しかし、このインフレーションの概念がなかなか理解されなかったために、初期の近代国家の多くは破滅を免れなかった。交換レートに関するエルナンドの記録はつまり、ペニヒやクアテルノ、フロリンといった各地の通貨がスペインのドゥカードでいくらに相当するかをつねに教えてくれるもので、（適切に用いれば）一種のタイムマシンのようなものだ。ビュデによる古代ローマの貨幣の研究のように、交換レートという言語で記録された、失われた貿易ネットワークの世界や、たえず変動していた社会間の関係をよみがえらせてくれるのである。(7)

一五二〇年一〇月二三日、カールはアーヘン大聖堂の床に腹ばいに横たわり、十字の形に両腕を広げた。エルナンドもまた、ケルン大司教からの問いかけに対して、ローマ王にして神聖ローマ帝国皇帝に選ばれたカール五世にお仕えしたいと大声で答える群衆のひとりだったのかもしれない。人々は続いて、胸、頭、肩、肘、手首に聖油をかけられたカールが、七〇〇年以上前のものとされるローブに身を包むのを見守った。最初にカール大帝がまとったと言われている戴冠式用のローブは、その数年前にデューラーが絵に描いているが、エルナンドが期待したとおり壮麗そのものであった。金色に輝く流れるような生地にはところどころ深紅の刺繡がほどこされ、カタジロワシの黒いシルエットが目を引いた。この正装には、宝珠（ほうしゅ）、笏（しゃく）、剣、室内履き、そして王冠が含まれ、その王冠にはかつて真ん中に〝みなしご石〟があしらわれていた。暗闇のなかで輝き、帝国の名誉を守ると言われていたが、一五二〇年にはすでに失われていたようだ。権力がまだ壮麗な儀式と深く結びついていた世界においても、これほどの光景に並ぶものはほとんどなかっただろう。このような見せ場がどうしても必要だったのは、新たに拡大した領地から過大な賛辞を受けてはいても、広がる反乱の波が国の中心であるカスティーリャを掌握しつつあるとの知らせが届いていたからだ。主要都市の多くが、外国人の王であるカール（カルロス一世）への侮蔑を大っぴらに示し、代わりにもっと簡単に操れそうな彼の母親

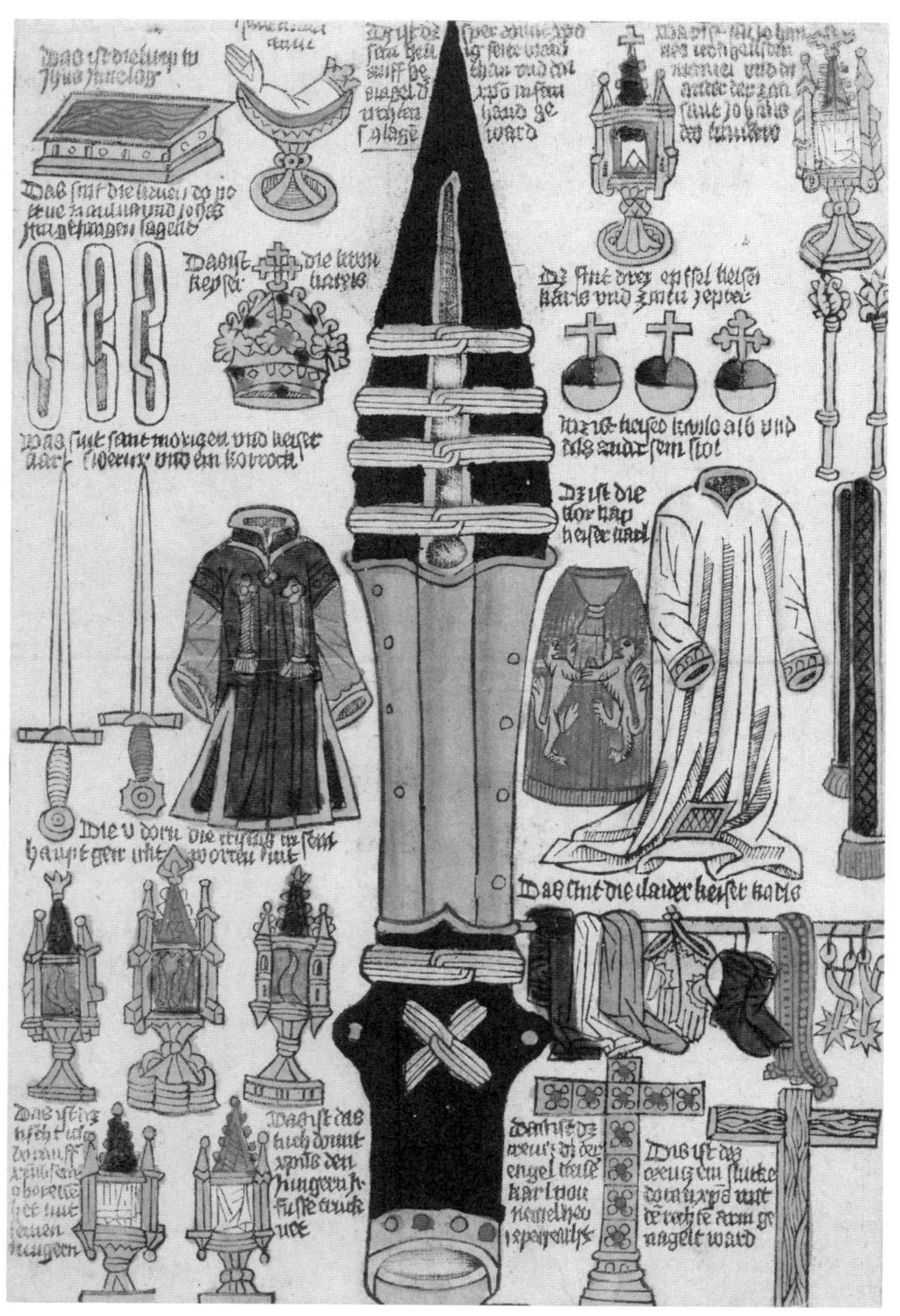

作者不詳（1470〜80年）。神聖ローマ帝国の遺物、式服、記章。エルナンドの目録の2959番。

への忠誠を宣言していたのだ。彼はしっかりと地固めをする前に国を離れ、戦争はおろか政治に関わるなどまるで頭にない敬虔な枢機卿（ユトレセトのアドリアン）にあとを任せるというミスを犯していた。(8)

アーヘンから、クリスマスのあいだ宮廷が置かれるヴォルムスに移動しながら、エルナンドはヨーロッパを掌握する次なる〝大量購入〟に向けた準備を始めた。一一月後半、彼はケルンとマインツで、マルティン・ルターと、ルターの運動の精神的指導者メランヒトンの著作を初めて購入している。一時は蔵書の多くを占めていた改革論者たちの著作がほとんど失われてしまったのは、エルナンドの死後に異端審問で廃棄されたか、その後相次いだ災害で消失したと考えられているが、その記録はいまでも目録で確認できる。ローマ教皇庁の腐敗に対するルターの批判は、聖職者たちの不正への長年にわたる抗議の一環にすぎず、一五一七年にルターがヴィッテンベルクの教会に貼り出した『九五か条の論題』に書かれていたのはサン・ピエトロ大聖堂の莫大な建設費（論題番号八二、八六）をまかなうために乱発された贖宥状（免罪符）についてのおなじみの批判であり、『天国から締め出されたローマ法王の話』で書かれた不満やローマのパスクィーノ像に貼りつけられた風刺のくり返しである。贖宥状に向けられたルターの批判は、不思議と貨幣インフレーションを彷彿とさせる論理と通じている。建設費をまかなうために贖宥状を次々と発行できるなら、レオ一〇世はなぜ愛の行為としてすべての人の罪を赦さないのだろう？　口にできない答えは明白だ。もしそうすれば、ヴァチカンは市場に通貨――贖宥状――をあふれさせることになり、その価値がゼロになるからだ。この贖宥状に依存する体質を目の当たりにして、ルター（のみならず多くの人々）は、教会はもはや慈悲の場ではなく、両替商の巣窟になり下がったのだと思い知った。レオ一〇世は再三弾圧を試みたが、ザクセン選帝侯フリードリヒ三世の庇護と、印刷機による普及効果によって、ルターの抗議活動は信用と広がりを獲得していった。レオ一〇世は一五二〇年の大勅書において、論題のうち四一題は異端であり、ルターとその一派を破門すると宣言し、ルターの書はその後まもなく行なわれたアゴーネの祭りの一環としてノヴァーナ広場で焼却された。ルターはその年の後半、破門の勅書をヴィッテンベルクの城門の外で燃やすという対抗措置に出た(9)。

この時期、エルナンドはルターをはじめとする改革主義者の著作を大量に購入しているが、そのことをもって彼がデューラーやほかのドイツ人の多くと同様、ルターに(少なくともこの時点で)惹かれていた証拠と言えるかどうかはわからない。世界図書館をつくりたいという望みがふくらむにつれ、たんに最も重要な蔵書とするために本屋ごと購入する勢いで買い漁っていたのかもしれない。確かにエルナンドはローマに長い期間滞在し、ルターの主張に真実味があることを理解していたし、エラスムスを尊敬していたことはまちがいない。エラスムスの信仰は(ルターと同様)内面の精神性を重視するもので、うわべだけの信仰にはかなりの疑念を抱いていた。けれども教会の慣例に関して改革案を列挙し、それについて幅広い支持を得ていたルターのカトリック教会批判は、いまや伝統的な教会観を破壊する視点へと急速に方向転換しつつあった。かいつまんで言えば、人間と神とは比較にならないという視点である。神ははるかに強力であり、人間が贖宥状という通貨や巡礼、教会の建設などとひきかえに赦しを与えてもらうなどできるはずがないとルターは気づいたのだ。カカオ豆や貝殻に価値を認めない相手にそれで支払うことはできないのと同じである。神の領域と人間の領域の隔たりはあまりに大きく、無条件の降伏――信仰――だけが神にとって価値があるのであり、人間と神との内なる関係は外部のいかなるものや行為よりもはるかに重要なのだ。ルターはこの論理の行き着くところを最後まで述べることは控え、説教や秘跡の実施により教会が信仰を育む余地を残しているが、これが導く結論を避けることは難しい。この交換不可能な通貨の世界においては、教会が人間と神の

あいだに立ち、この世のコインを次の世で使えるものに変える両替所の役目を果たす場所はないのである。(10)

ルターは神聖ローマ帝国皇帝となったカールの臣民であったが、皇帝選出の選挙で便宜をはかったフリードリヒ三世の庇護を受けていたため、カールはこの教会分離主義者の修道士に弁明の機会を与えることにした。ルターは一五二一年のはじめに招集されたヴォルムス帝国議会に正式に召喚され、四月一七日にめずらしく言葉につまったあと、あらためて自身の教義を説明し、自説は撤回しないと宣言した。けれどもそのときすでに、エルナンドはヴォルムスを去っていた。

一月一九日、ア・コルーニャでのディエゴとの取り決めによって課されていた金銭的な制約が突如なくなったのだ。カールはその日、一年分の俸給二〇万マラベディに加え、すでに行なわれた奉仕への褒賞として二〇〇〇ダカットをエルナンドに与えた。もし支払われるとすれば、ディエゴから三年間で受け取る予定の年金に相当する金額だ。彼の一族が治める地、すなわちエスパニョーラ島の金庫から支払われることになったその褒賞がどの奉仕に対するものだったのか——《スペインの描写》か、インディアスへの航海図か、それともカールはたんに、父親が発見した新世界の証人である側近に箔をつけてやろうとしたのか——は明らかでないが、エルナンドはすでにその使い道を決めていた。褒賞が正式に決定する前から、エルナンドはジェノヴァの銀行家一族グリマルディ家の代理人を手配してエスパニョーラ島で俸給を受け取らせ、ヨーロッパにいる自分に——もちろん十分な手数料を差し引いて——送金させる手はずを整え、すぐにヴェネツィアに向かった。干潟に浮かぶこの都市国家は、ヨーロッパ人の想像する島のなかの島であり、エルナンドの執着の対象——すなわち本の中心地だった。ヴェネツィアは職人気質と国際貿易の長い歴史を生かし、印刷出版業が誕生して間もないこの時期の一大拠点に発展しており、エルナンドがこの想像を絶する魅力的な商業都市へ向かうのは当然だったと言える[11]。

ヴォルムスを出発したエルナンドは、ルネサンス期の出版業にとっての大動脈をたどり、ライン川沿いにシュパイアー、シュトラスブルク（ストラスブール）、セレスタを通過してバーゼルに到達した。やはり都市国家であるバーゼルは、イタリア、フランス、ドイツに挟まれた格好になっているが、いずれの国からも比較的独立を保ち、その地理的特性を生かしてすでに印刷業でも大きな影響力をもっており、エラスムスはここから前例のないスピードで著作をヨーロッパじゅうに広めていった。エルナンドはその後、バーゼルからインスブルックを経由してヴェネト地方に向かう東回りの比較的簡単なルートではなく、シンプロン峠を越えてベルナー・アルプスを抜け、ロンバルディアへ入ったようだ。イタリアのブックハンターたちがスイスや南ドイツの修道院付属図書館に古典の写本を探しに行ったときと逆のルートである。のちの記録によれば、エルナンドはこの行程をほとんど馬で移動しているが、鞍の上で長いあいだ揺られているうちに、辛い長旅にも中央ヨーロッパの粗末な宿にも何も感じなくなっていったようだ。ちなみにエラスムスはこうした宿について、息苦しいほど狭く、旅商人たちの汚れた長靴のせいで床が泥だらけだと痛烈に不満を漏らしている。ロンバルディアに入ると、エルナンドはミラノ、パヴィア、クレモナに立ち寄ってジェノヴァを訪れたあと、最終目的地のヴェネツィアにたどり着いた。到着とほぼ同時に、カール五世への嘆願が退けられた結果、ルターが破門され帝国追放の処分を受けただけでなく、ヴォルムスを去ったあとに誘拐され、暗殺されたらしいという噂が届いていた。また、カールが周囲の声に押されてようやく厳しい態度に出て、「たかだかひとりの修道士が独りよがりの考えに従って、すべてのキリスト教徒によって一〇〇〇年以上も受け継がれてきた信仰に異を唱えるなど笑止千万だ」と嘲笑を浴びせ、「わが領土、わが同胞、わが肉体と血潮、わが生命と魂のすべてをかけてこの聖なる理念を守る」と誓ったという噂も同様に耳にしていたかもしれない。ルターの書はカールによって厳しく非難されたものの、エルナンドはルター派であろうが反ルター派であろうが関連書籍をヴェネツィアで大量に購入しつづけた。本がふんだんにあったことは、ヴェネツィアには印刷業と体制への抗議という危険な組み合わせがあったことを示唆している。だが、印刷本の精神的故郷とも言えるこの町で、エルナンドの図書館の構想は個人の蔵書から〝本の世界〟の構築へと変わりはじめていた[12]。

　エルナンドが到着してまもなくセンサの祭りが行なわれた。キリストの昇天を祝うヴェネツィアの伝統的な祭りで、ブチェンタウロと呼ばれる御座船に儀礼用の剣を持つ太刀持ちとともに乗った総督(ドージェ)が聖マルコの町ヴェネツィアを干潟と〝結婚〟させ、その向こうのアドリア海を支配することを宣言する儀式だ。海との結婚を誓い指輪を投げ入れるその手が、しわだらけで急速に衰えはじめた八〇代の総督レオナルド・ロレダンのものだったことを考えれば、その年の儀式は少し厚かましく見えたかもしれない。ロレダンの指揮のもと、ヴェネツィア共和国は何度も戦で大敗を喫したが、最も影響が大きかったのは一五〇九年のアニャデッロの戦いでフランスに負けたときのことだ。ヴェネツィアは数年前にローマから獲得した領土をすべて失い、ロレダンは前線に赴くことを拒んで（多くの人の目に）臆病ぶりを晒した。エルナンドはこの戦争を、ローマと、ヴェネツィアの影響力を押しとどめようとするふたりの好戦的な教皇（ユリウス二世とレオ一〇世）の視点から見ていた。だがヴェネツィアにしてみれば、自分たちに対する外交的かつ軍事的策略は、教皇たちによるキリスト教徒らしからぬ裏切りの証拠にほかならなかった。イタリア半島でくり返される戦争のせいで、地中海を西に向かってくるオスマン帝国をくい止めるという肝心な仕事から注意をそがれてしまったのだ。北に向かうカール五世に随行する準備をしていたときにエルナンドが読んだ小冊子には、オスマン帝国の関心は東のペルシャに向きつつあると書かれていたが、それは見込み違いだったことが判明した。エルナンドがヴェネツィアに到着して数日後、大幅に遅れていた使節団がようやくオスマン帝国の宮廷に派遣された。前年九月のセリム一世の死去にともない新皇帝スレイマン一世（このときはまだ〝大帝〟ではない）が即位したことを正式に祝うためだが、大使の報告によれば、新皇帝は色白で濃い色の髪をした二三歳の若者で、目元を覆わんばかりに巻いたターバンのせいでその謎めいた雰囲気がいっそう強調されていたという。また、父親よりも好戦的であり、帝国内に住むキリスト教徒やユダヤ教徒にとってより大きな脅威になるだろうと書かれていたが、大使はすでに周知の事実を報告しているにすぎなかった。エルナンドが到着して二カ月後、スレイマン一世はベオグラードを陥落させ、それがドナウ川上流域に進出する足がかりとなって、ダルマチア地方のヴェネツィアの領地を脅かした。ポルトガルが東回りの航路を開発し、ジェノヴァ人が西へ勢力を広げるなど、この数十年のあいだにヴェネツィアの商人たちの優位性に翳り（かげ）がさしていたところへ、これがさらに追い打ちをかける形となった(13)。

一方、八月にベオグラードが陥落する前にロレダン総督が亡くなっていたため、エルナンドはヨーロッパで最も複雑で変わった政治手続きを目撃することになった。ロレダンの死が六月二二日に公式に発表されたときには、すでに噂が町を駆けめぐっていたが、秘密にされていたのは陰謀の一環ではなく、遺族にドゥカーレ宮殿から退去する時間を与えるためだった。国葬を行なうにあたり、政治的指導者としての総督と、血縁関係や個人資産を所有する生身の人間としての総督との健全な距離をとるための措置である。家庭生活から切り離すことが重要だったのは、ヨーロッパのほかの地域と違い、ヴェネツィア共和国の指導者は世襲制でなく選挙で選ばれていたからだ。ヴェネツィア人はきわめて複雑な仕組みを考案し、ひとつの家族や門閥によって君主制に変えられないよう工夫を凝らしていたのである。総督の遺体は三日間にわたって、ロレダン家の家長というより共和国の父としてSala di

Piovegi（サラ・ディ・ピオベージ）と呼ばれる部屋に安置されたあと、温暖な気候のせいで腐敗が進み見る者をぎょっとさせる前にサンティ・ジョヴァンニ・エ・パオロ聖堂（人々が誇る独特なヴェネツィア方言ではSan Zane Polo（サン・ザニ・ポーロ））に運ぶ必要があった。

この儀式がすむと、ようやく新しい総督を選ぶ選挙が始まったが、不正を防止するためにくり返し行なわれるくじ引きと投票の回数を考えれば、〝選抜〟と呼んだほうが適切かもしれない。ヴェネツィアは共和国だったが、選挙過程は完全に民主的であるとは言い難かった。参加できるのは二五〇〇人ほどの男性からなる大評議会の構成員だけで、いわゆる〝ゴールデン・ブック〟に名前が載っている、ヴェネツィアの由緒正しい旧家の出身でなければならなかった。ここからくじ引きでまず互いに血縁関係のない三〇人が選ばれ、この三〇人でさらにくじ引きを行ない、九人委員会がつくられた。次にその九人が四〇人を選び、くじ引きで一二人委員会がつくられ、二五人を選ぶ。そしてまたくじ引きで九人まで減らして四五人を選び、ふたたびくじ引きで一一人委員会をつくる。この一一人がこれまでの選挙委員会（九人委員会、一二人委員会、一一人委員会）に関係のない四一人を選び、この四一人が（ようやく）総督を選出するのだ。いずれの段階でも候補者は過半数を獲得しなければならず、この仕組みのおかげで、不正を行なうことはきわめて難しくなった。くじ引きの存在と、誰か（あるいはどこかの一家）が異なる段階で再度参加することを防ぐルールのためだが、不正をしようにも、あまりに複雑でどこから始めればいいかわからなかっただろう。それでもエルナンドが目撃した一五二一年の選挙では、念のため選挙のプロセスを二倍にしようという提案がなされた。これが権力の独占を許さない卓越した商業国家、ヴェネツィアの流儀なのだ。(14)

当時のヴェネツィア共和国について我々がこれほど詳細に知ることができるのは——というより、ヴェネツィアをはるかに超えて、この時代全般の知識を得られるのは——ひとりの男性の業績によるところが大きい。エルナンドとは似た者どうしで、のちに彼のプロジェクトで中心的な役割を果たすことになる人物だ。マリーノ・サヌートは、ゴールデン・ブックに載る比較的下位の貴族階級出身で、生涯を通じて下級行政職に就いていたが、早くから（エルナンドと同様に）自分が真に情熱を注げるのは、おもに自分の愛する町についての情報を編纂することだとわかっていた。一五歳にして古代の神々についての手引書を作成すると、続いてヴェネト地方の風土について詳細な記録をつくり、一四九四年までの総督の伝記をまとめ、百科事典的な冊子づくりに取りかかった。共和国の行政地区についてそれぞれ詳述し、最終的には「教会、修道院、学校、橋、渡し船の往来、牢獄、祝祭日、儀式、外国人に見せるべき光景……鋳造貨幣、新鮮な魚」なども加えたものを完成させたのである。けれども彼の最高傑作は、一四九四年のフランスによる侵攻の直後に始めた、おしゃべりの記録だ。（ドゥカーレ宮殿近くの）ブローロ庭園の周辺や（商業の中心地であるリアルト橋近くの）サン・ジャコモ広場をぶらつきながら聞き取ったものである。片方の耳を政治の世界へ、もう片方を商業の世界へ傾けながら、サヌートは四〇年以上をかけて五八巻からなる手稿を完成させた。政治や外交、財政、探検、スキャンダル、文化、精神性、福祉など多岐にわたる日々の事柄を詳細に綴ったものだ。彼はこの国際都市の公共の場で集めた情報を書斎に持ち帰り、そこで書き綴った。勇敢な個人が海を渡って地球を周航し、地図製作者の使者を派遣し、諜報活動を行ない、世界の書籍市場から情報を探すことによって知の領域を広げるというエルナンドとその父親が追求した手法とは異なり、サヌートのやりかたは一貫してその場から動かないことだった。彼はヴェネツィアを離れることになるかもしれないいかなる変化も嫌い、事実エルナンドがヴェネツィアに到着したときには、彼をもっと待遇のいい海上査察官に推薦した誰かを、裏切り者と恨みつづけていた。周囲の出来事に耳を傾けられるいまの仕事を脅かすものを、彼は心から憎んでいたのだ。サヌートは文字どおり、哲学者ニコラウス・クザーヌスが言うところの〝理想の地図製作者〟であり、大量の蔵書に囲まれて書斎に腰を据え、町を行き交う人々を自身の感覚器官として用い、その広がりを通じて外の世界を感じていた。彼の方法は、海に漕ぎ出す冒険とは逆のやりかただった。危険を冒して外に出ていくのとは反対に、この諜報員はネットワークの中心に自分を据え、できるだけ多くの節点とつながり、次々と流れ込んでくる歴史の経過をただ記録していったのだ(15)。

サヌートの仕事はある程度ヴェネツィア政府にも評価され、新総督アントニオ・グリマーニにも、今後もこの重要な仕事を続けるよう奨励されていた。ヴェネツィアは外交の世界の先駆者であり、外国で起きていることを詳しく本国に報告する〝orators〟(大使の原型)の国際ネットワークをつくりあげていたが、この外交の神経システムに情報の保管場所となる脳を与えることができるのはサヌートの書庫だけだった。これが可能になったのも、ひとつには、西欧世界では一四世紀になってようやく手に入るようになった〝紙〟という安価で新しい媒体のおかげである。しかし、サヌートと彼が広く世界の情報を集めるのに使った目の粗い網は、しっかりと国の機構に組み込まれたわけではなく、彼は正規の年代記編者のポストを、より伝統的な学問を修め、高度な政治分析や国の行く末について詳しい考察のできる人文学者に何度も奪われている。結局のところ、国の正規機関が市井の日常生活を詳しく報告してもらっても仕方がないということだろう。たとえばエルナンドの滞在中に、ベルナディーナという女性が暴力的な夫ルカ(モンテネグロ出身のユダヤ人)を殺害して階段の下に埋めたという事件があった。仕事でローマに行っていることを示す夫の手紙を偽造し、それを夫の家族に怪しまれた一方、異臭を放つ死体を移動させる協力者が見つからなかったために事件が明るみに出た経緯をサヌートは詳細に記録している。その後彼女は大運河(グランド・キャナル)沿いに自宅まで引き回され、右手を切り落とされて首からぶら下げられると、四つ裂きの刑に処するためにサン・マルコ広場の柱の陰で気を失うまで殴られた。そしてついに胸と喉を切り裂かれたときも、その身体は前に這い進もうとしていたという。以上の出来事の記録を国の公文書として残す意味はまったくなく、共和国の権力と、虐待された妻に対するルカの権利にも関連性は見られなかった。だが、あらゆることを記録したいというサヌートの熱意は、ヴェネツィアの公文書から漏れてしまった生きた経験談を後世に伝えることになった[16]。

　ヴェネツィアがサヌートにとって情報を得るのに最適な場所であったのは、この晴朗きわまる国（セレニッシマ）をヨーロッパにおける書籍取引の要衝たらしめていた伝達経路のおかげである。カンポ・サン・ジャコモからリアルト橋を渡ったところにドイツ人商館フォンダコ・デイ・テデスキがあるが、その周辺に、北から移住してきたドイツ人職人によってもたらされた新しい技術をもつ印刷工房区が出現した。印刷技術が生まれて間もないころから重要な場所だったヴェネツィアは、長らく西方と東方のキリスト教国を結ぶ貿易の中心地でもあり、勢力を増すオスマン帝国から逃げてきた多くのビザンツ帝国の学者たちを引きつけた結果、ギリシャ語の知識とそのテクストが持ち込まれた。こうした状況にあったために、ヴェネツィアの印刷出版業者は古代ギリシャ・ローマ時代の未知なる世界を知りたいという欲求に乗じて利益を上げたわけだが、この町が印刷出版業の中心地として勝利を収めたのはヴェネツィアの抜け目ない商人たちのおかげである。新たな技術は急速にヨーロッパじゅうに広まったが、印刷所が林立できるほど市場は大きくないことが明らかになり、資金力の高い業者だけがその後の干ばつを生き抜いた。事態が落ち着くと、大規模な印刷出版業はヴェネツィアのジュンティ家やニュルンベルクのコーベルガー家などを中心に、ヴェネツィアやヨーロッパのわずかな都市だけが事実上独占することになった。その結果、これらの土地および一族が、ヨーロッパの知識や思想を決定づける力をもつことになったが、その力を維持するには市場の確保が必要だ。そこで彼らは、ヨーロッパじゅうに（最終的にはさらにその先へ）印刷物を普及させるための広大かつ流動的な販路をつくるにあたり、すでに存在している通商および金融ネットワークをそっくり模倣した。エルナンドがアドリア海に面した港町を歩きながら、遠くバイエルンでルターやその仲間たちが執筆した最新の書物を買ったことからもわかるように、この販路は外国の市場で取引されている書物を折り返し運んできてくれた。そのおかげでサヌートは、ヴェネツィアを一度も離れることなく六五〇〇冊に及ぶ本を蒐集することができたのである。エルナンドも七カ月に及ぶ滞在期間中に彼にならい、一〇月のなかばにヴェネツィアを離れるときには一六七四冊もの本を商人オクタヴィアーノ・グリマルディに託してスペインに送らせているが、その貴重な本の購入代金二〇〇ダカットもまた、グリマルディ家から借りたものだった。エルナンドはヴェネツィアの書店でこの町の印刷業が生んだ宝を入手しただけでなく、ドイツやスイス、ネーデルラントの本まで買うことができた。サヌートやヴェネツィアから、彼は学んでいた。世界中の本を手に入れるのに、必ずしも各地へ足を運ぶ必要はない。大通りにいれば、世界のほうがやってきてくれるということを。(17)

第一一章　故郷に勝る場所はなし

エルナンドは一五二二年のイースターには低地地方に戻り、三月の後半はブリュッセルで二年前に買ったトマス・モアの『ユートピア』を読んで過ごしていた。ヴェネツィアで買い漁った大量の本をスペインに送るように頼んで残してきたにもかかわらず、ふたたび山のような本を抱えていた。帰りの道のりでも、クリスマスを挟んで一カ月を過ごしたニュルンベルクで七〇〇タイトルの本を買ったのを皮切りに、各地で本を買いつづけた。ニュルンベルクを出てフランクフルトに向かう途中でヴュルツブルクに立ち寄り、書籍蒐集家のヨハンネス・トリテミウスが建てた図書館を訪問している。ドイツの王たちに捧げられた稀有な記念碑だが、蔵書はほぼキリスト教圏内の学術書に限られ、印刷本を軽視するなど、エルナンドの熱意には及ばないものだった。ドイツを旅している最中、エルナンドは超人的な知識欲を抱くもうひとりの人物の名前も耳にしていたかもしれない。〝ファウスト博士〟ことヨハン・ゲオルク・ファウストは各地を放浪する霊媒師兼魔術師で、彼をめぐっては時代の強い不安を反映して（悪魔との契約や罰といった）伝説が生まれていた。人知を超えた博識を求めるあまり禁断の領域に足を踏み入れてしまうのではないかと人々は恐れていたのである。

エルナンドはヴュルツブルクからケルンに移動する三日間でさらに二〇〇冊の本を購入し、マインツでは一カ月の滞在中に一〇〇〇冊を買っている。ペースはさらに上がっていき、一冊ずつ吟味しながら購入する段階はとうに過ぎて、まったく別の行為になっていった。印刷本への情熱が、印刷本を前例のない規模で蒐集するという狂気じみた試みへと変わったのだ。(1)

カール五世の船隊がイングランドに向かう準備を進めるなか、エルナンドはモアの『ユートピア』を読みながら、多少の違いはあったとしても、これまでの自分の人生をそっくり写し出す鏡を見ているような気がしていたに違いない——探検の旅、地図、印刷技術、言語、従来にない完璧さの追求。『ユートピア』で描かれた世界はエルナンドにとってきわめてなじみ深いものだったはずだ。この物語は地球の反対側で見つかったばかりの島に関するレポートという形をとっており、モアはひとりの探検家——ラファエル・ヒスロディというポルトガル人航海士——の口からアントワープの庭で聞いた話としてこれを書いている。この男が自分で航海に出るようになる前は、アメリゴ・ヴェスプッチの乗組員だったと話していることからすると、エルナンドは彼を知っているのではないかと考えたかもしれない。けれどもヒスロディが発見したとする島は、ヴェスプッチやコロンブスが見つけたものよりはるかにすぐれていた。そこではあらゆるものが理想的な生活を送れるように設計された、まさに完璧な社会が築かれていたのだ。碁盤の目状の町は等間隔で互いに行き来しやすい距離をとって配されており、資源をめぐって争うことはなく、財産は共有されている（園芸のように市民のプライドを刺激するような形での競争は存在している）。結婚を考えているカップルは、身体の相性を確認するため先に裸を見ることになっている。市民が血や暴力に慣れすぎないよう、食肉処理場ですら町の境界から離れたところに設置されていた。けれどもひとつ問題があった。アントワープの庭でヒスロディがその完璧な楽園の場所を明かそうとした瞬間、誰かが咳をしたために島の正確な位置がわからなかったようなのだ。

エルナンドはおそらくこのときまでに——何年も磨きをかけたおかげで——かなりのギリシャ語を解するようになっていたはずだ。したがって、モアの『ユートピア』がある種学者の悪ふざけ、エラスムスの『痴愚神礼讃』のように闊達な人文主義者のゲームのようなものであるとともに、偉大な哲学者プラトンが『国家』で描いた架空の国に対するオマージュだと理解したはずだ。モアはその一環として大航海時代を、新たなエデンを見つけたという旅行者のありそうもない話や、頻繁に起こりすぎたためにあの時代の特徴となっていた航海術の失敗などで揶揄している。その一方で、ギリシャ語がわかる読者に対しては種明かしもしている。ヒスロディという名は「たわごとを話す人」、ユートピアは「どこにもない場所」、そしてモアのラテン語表記（Morus）はギリシャ語で「愚か者」を意味する。誰もがこのジョークを理解したわけではないものの、前文ではユートピアの司祭になった気の毒な人物について語っている。だが『ユートピア』にふざけている面はあるとしても、たんに冗談を言っているわけではない。さまざまな社会的慣習のプラス面とマイナス面を考慮するきっかけを与えることにより、ヨーロッパの思想にとって発見のための航海がいかに重要であるかを明らかにしているのだ。エルナンドが一五〇二年から一五〇四年にかけての航海で見たように、世界にそれぞれ社会の異なる島が無限にあるとすれば、少なくともそのうちのひとつは完璧なはずだ――その場合、それはどのような社会なのだろう？　完全な社会は個人の信心深さや神の慈悲によるものではなく、特定のルールや慣例を通してつくられるという考え方は急進的できわめて重要だった。それはエルナンドが図書館を設計するうえで心がけていたことだ。導入したルールに基づいて、世界の縮図である図書館も、彼が運営のために課すルールひとつで成功も失敗もするだろう。彼はしだいに、このルールというものに取り憑かれていった。

『ユートピア』でモアによって設計された完璧な社会とは、ひとことで言えば、昔ながらのジョークのような場所だ。このルネサンス期の人文主義者が望んでいたのは、イングランドの風景、ギリシャの文化、ローマの政府だった（だが結局、モアとその同郷人がつくる共同体は、不幸にも、イングランドの文化、ローマ時代の奴隷制度によってつくられた風景、そしてギリシャの政府からなる世界となってしまうのだ）。ユートピアがじつはアマウロートゥム（陰の都市）という首都、アーニュドルス（水のない）という大きな川のあるイングランドで、ロンドンとテムズ川のゆがんだ姿を反映しているのにすぎないことはすぐに明らかになる。だがそれは重要なポイントのひとつだ。完璧な社会ははるかかなたの島で発見する必要はなく、いまいる場所でつくれるのだ。大事なのは、従来のやりかたに固執するのをやめることだ。ヒスロディは先人たちより賢く見えることを恐れる者たちを容赦なく攻撃している。完全な社会は伝統ではなく理性に基づいた指針によってつくられるべきだ。けれども、人文主義者であるモアは、すべてを拭い去り、原理原則に沿って一から社会をつくることまでは望まず、むしろ一二〇〇年前の難破船によってエジプトとローマの文化が純粋な形でユートピアにもたらされる形にした。そして完璧なユートピア人たちは、水を得た魚のように古典文化を楽しむのだ。ヒスロディと仲間たちが唯一この完璧な世界――良識と古典文化の楽園――にできた文化的貢献は、印刷機をもたらしたことだ。つまり、完璧な人文主義者の社会は、古典主義をまとってよみがえったヨーロッパを新世界に移し替えたものと言えるが、その社会は印刷技術という新たなエネルギーを糧に栄えたのだ。

ルールによって完全な社会をつくるというアイデアだけが、エルナンドがモアの作品で興味深いと思った点ではないはずだ。エルナンドがブリュッセルで読んだ『ユートピア』は一五一八年のバーゼル版で、一五二〇年にゲントで買い、ヴェネツィアに行っているあいだネーデルラントに残しておいたものである。エラスムスが編集し、一五一六年にルーヴァンで出版された初版もおそらく持っていたはずだが、第二版も購入していたとしてもなんの不思議もないだろう。この版にはヨーロッパじゅうの読者を引きつけるためにいくつか付録がついていたからだ。アンブロジウス・ホルバイン（有名なハンス・ホルバインの兄）による架空の国の地図とユートピア語による二種類のテクスト――アルファベット表と、建国者にして最初の王ユートプスによる短い詩だ。地図とアルファベットは、探検をテーマにした初期の印刷本によく目玉として使われていた。読者にとって、新たに見つかった土地とその文化の営みを想像するよすがになるからだ。たとえば、ベルンハルト・フォン・ブライデンバッハの『聖地巡礼』では――エルナンドはラテン語とスペイン語の両方の翻訳版を所有していた――アラビア語、ヘブライ語、ギリシャ語、カルデア語、シリア語、アルメニア語、そして〝アッバース語またはインド語〟のアルファベットが紹介されている（リストの後半にいくにつれ架空度が増す）。もちろんユートピア語のアルファベットは、この明らかに架空の島が存在することの〝証拠〟とするためにモアが考えた学者ならではのジョークだが、印刷出版人のフローベンがわざわざ多額の費用をかけて存在しない言語の可動活字をつくったことからわかるように重要なジョークでもある。ルネサンス期の多くの思想家にとって、完璧な人々は完璧な言語をもっているはずで、（エジプト人やタイノ族のヒエログリフのように）完璧な言語は罪人の世界における言語の曖昧さやわかりずらさとは無縁であり、（ユートピアの歴史家の言葉を借りれば）「最も自然で完璧な道を通じて真意を目的地まで運ぶ」ものだからだ。そしてまたエルナンドにとっても重要なジョークだったのは、彼独自のヒエログリフをつくりはじめたのがこのころだと考えられるからだ。大切な図書館の本の特徴をあらわす秘密のアルファベットで、彼の考案したビブリオグリフ（本の記号）は『ユートピア』のアルファベットと驚くほどよく似ている[2]。

エルナンドの記号のシステムは、図書館助手のファン・ペレスによって詳しく記録されており、ひと目見るだけでその本について多くの情報を知ることができるようになっている。基本的な構成は本の大きさ――二つ折り判、四つ折り判、八つ折り判、一二折り判等――をあらわす図形である。それに本の長さ（一ページ、五ページ以内、一〇ページ以内……）をはじめ、段に分かれているかどうか、章に分かれているかどうか、索引があるか、詩か散文か、手稿本か印刷本か、完本か欠本があるか、完全な状態か損傷があるか、原語か翻訳か、別の作品に対する応答かどうか、作者の名前が明記されているか不詳かを伝えるマークが付け加えられる。モアの『ユートピア』をあらわす記号は⊕◻になるだろう——ラテン語で書かれた四つ折り判の本で、序文に詩があり、段はひとつだが索引はないことを示している。このエルナンドの記号は、『ユートピア』のアルファベットと同様にいくつかの基本的な図形のバリエーションでできており、円や四角形、三角形が二分されたり四分されたりしてほかの形をつくっている。ルカ・パチョーリの神聖比例論や格子状の経緯度線に書かれたプトレマイオス図のように、顔や地形、あるいは言語を記憶にとどめる最も確実な方法は、幾何学という純粋でシンプルな普遍の真理と関連づけることだったようだ。

　クリスマスを過ごしたニュルンベルクで、エルナンドはその地で最も高名な市民、デューラーも同じ結論に達しようとしていたことを知ったかもしれない。デューラーは人体比率や人体の数学に関する著書を仕上げていただけでなく、ニュルンベルク市庁舎のために描いた、ピクトグラムやヒエログリフが普通の言語の弱点を圧倒的に凌駕する可能性を示す寓話的な大作を完成させつつあった。デザインの素描だけが残っているこの失われた壁画は、普通の言語による中傷や欺瞞が謎めいたシンボルの形をした真実に抗議を受けているところをあらわしている。燃え上がる太陽は『ヒエログリフィカ』の挿絵に描いたものとほぼ同じで、おそらくブリュッセルで見たばかりのアステカの暦、太陽と月も影響していたのだろう。ピクトグラム、ヒエログリフ、シンボルなど絵であらわせる言語は通常の言葉を超越して、ルネサンスの思想を超えたところにある普遍的な真実を表明する道を開いたのだ。

　ビブリオグリフの発明は、エルナンドの世界図書館における新たな問題の解決策のひとつでもある。膨大な量の本を一堂に集めるのは結構なことだが、それからどうする？　それらの本について漠然と

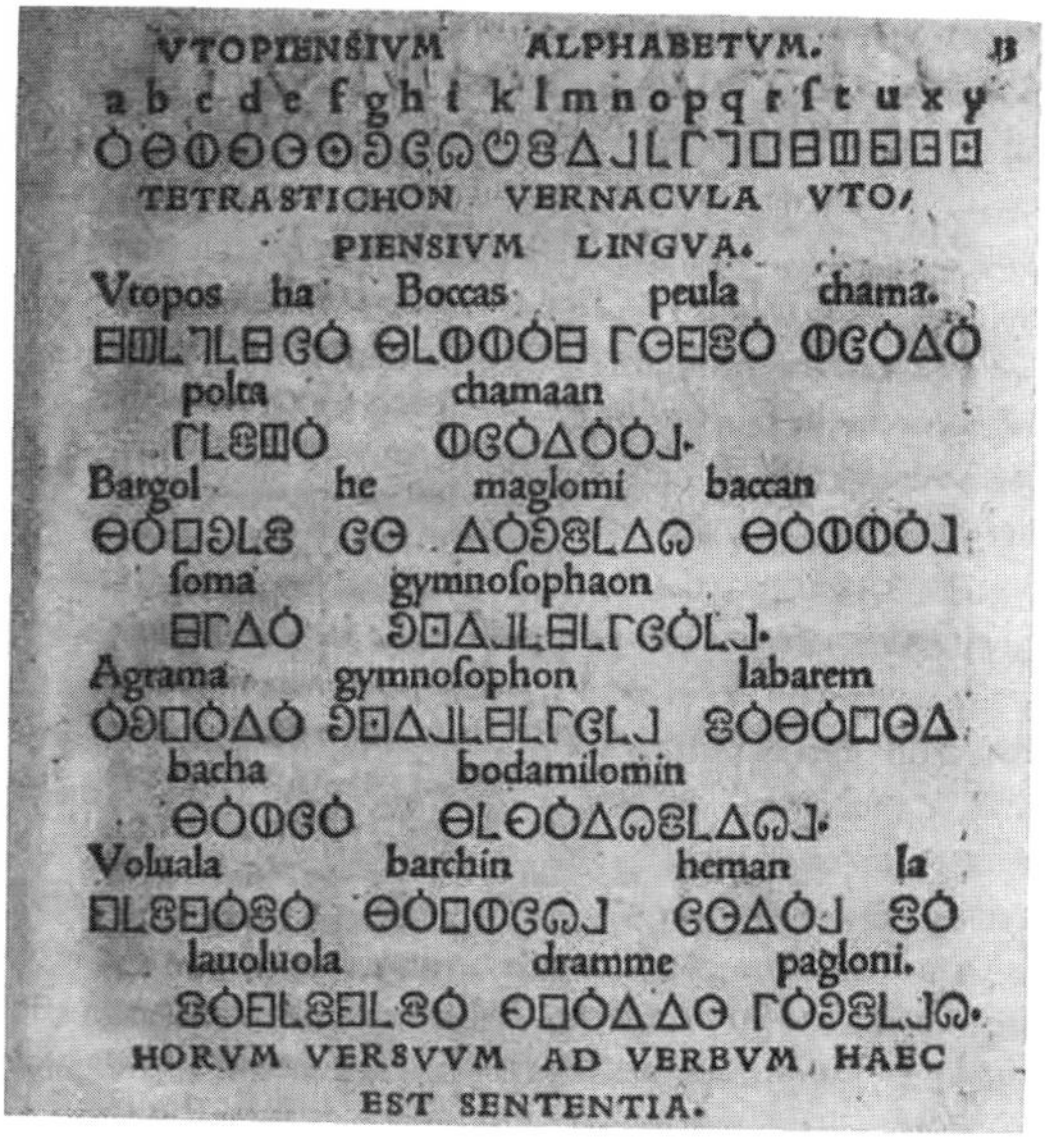

VTOPIENSIVM ALPHABETVM.

a b c d e f g h i k l m n o p q r ſ t u x y

TETRASTICHON VERNACVLA VTO-
PIENSIVM LINGVA.

Vtopos ha Boccas peula chama.
polta chamaan
Bargol he maglomi baccan
ſoma gymnoſophaon
Agrama gymnoſophon labarem
bacha bodamilomin
Voluala barchin heman la
lauoluola dramme pagloni.

HORVM VERSVVM AD VERBVM HAEC
EST SENTENTIA.

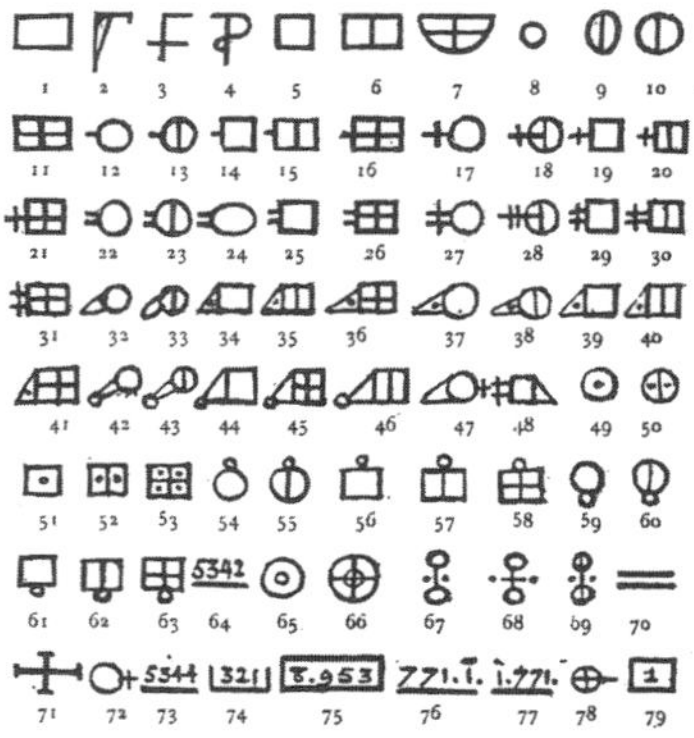

（上）トマス・モア著『ユートピア（社会の最善政体について、そしてユートピア新島についての楽しさに劣らず有益な黄金の小著）』より、ユートピア語のアルファベット。
（下）エルナンドの図書目録で使われた記号一覧。

ではなく誰にでもわかるように語ることができるだろうか？　そしてその説明は時の試練に耐えられるだろうか？(3)

エルナンドの図書館が形になりはじめたころ、ヨーロッパ大陸で繰り広げられていた事件を見れば、政治情勢も大きな変化を迎えていたことがわかるはずだ。ヴェネツィアを発ったエルナンドにも、レオ一〇世の死の知らせが届いたに違いない。その死が祝福で迎えられたということも。その後行なわれたコンクラーベでは、思いがけない結果がもたらされた。教皇に選ばれたのはユトレヒトのアドリアン、国王不在のスペインにおいて摂政の任に当たっていた気難しい枢機卿だった。彼はコムネロスの反乱で危うく領土を失いそうになるが、その後王に忠実だった数少ない貴族のおかげで辛くも免れた。彼が選ばれたのは、じつはジュリオ・デ・メディチ、次の教皇クレメンス七世の策略だった。自身の票固めに失敗したため、先の長くない老人をつなぎにしつつカール五世の歓心を買おうと考えたのだ。カールとしてもようやくすべてのピースがはまったように感じたはずだ。まず自分が皇帝になり、今度は適正にコントロールできる教皇が手に入ったのだ。

エルナンドは五月二六日、カールの一行とともにカレーを出発し、イングランドのドーヴァーでウルジー枢機卿と王の重臣トマス・モアに出迎えられた。その後まもなくヘンリー八世も合流するが、カールへの親愛の情から急きょ駆けつけてきたように見えるよう、事前に知らせずにやってきたのだ。一行はカールの叔母である王妃キャサリン・オブ・アラゴンと従妹のメアリー王女の待つグリニッジに移動し、六月四日か五日に壮麗な催しが開かれた。つくりものの金銀の山から黄金の衣装をまとったヘンリー八世があらわれて、黄色い衣装に身を包んだ九人の騎士とともに馬上槍試合が行なわれ、宮廷作曲家ウィリアム・コーニッシュの演出による仮面劇と酒宴が延々と繰り広げられた。劇は手に負えないフランス馬がイングランドとスペインの英雄に手なずけられるという筋書きで、英西同盟を称える趣向だった。その後三日間にわたってヘンリー八世とカール五世のあいだで協議が行なわれたが、騎士道関連のあれこれに割く時間を持ち合わせてないエルナンドは、一行がグリニッジを離れロンドンに向けて出発したとき、さぞ安堵したに違いない。一連の歓迎行事がすむと、彼はセントポール大聖堂の周辺にある書店めぐりに出かけ、六月だけで図書館用に八〇冊の本を購入している。ヴェネツィアからニュルンベルク、ケルン、マインツと移動する先々で数百冊、数千冊と買っていたことを考えると少なく見えるかもしれないが、低地地方、フランス、イタリア、ドイツの二〇以上の都市で見つからなかった本をこれだけ入手できたことは、ロンドンの書店が健全で国際性があることの証左である。このなかにはイタリアの人文主義者による喜劇や書簡などの手稿本も含まれ、その多くがほかの土地では知られていないものだった。人文主義者の友情でつくられたネットワークと印刷機の存在は、さまざまな点で中心から外れた重要性の低い土地だと考えられていたとはいえ、イングランドがほかの点では活気に満ちたヨーロッパ文化の担い手だったことを示している(4)。

ロンドンで、書店と同様にエルナンドに強い印象を残したのはイングランドのビールだった。そしてその記憶は、我々に彼のヨーロッパをめぐる旅をあらためてとらえ直させてくれる。その後何年もたってから、エルナンドは父親の伝記を書きはじめているが、グアナハの覆いのあるカヌーとヴェネツィアのゴンドラを比べたように、グアナハやベラグアの先住民たちがつくっていたトウモロコシの酒とイングランドで飲まれているビールとに不思議な類似性があることをくり返し述べている。だがもちろんカリブ諸国を旅したときには、エルナンドはまだイングランドやヴェネツィアを訪れたことがなかった。したがって、実際は、ヨーロッパで何かを目にするたびに大西洋の反対側で経験したことを思い出していたのである。ある意味、エルナンドにとってはこちらのほうが新世界で、若いころに過ごしたあちらのほうが古いのだ。イングランドのビールはベラグアのエールと同じような味で、ヴェネツィアのゴンドラはグアナハのカヌーと瓜二つなのだった。(5)

七月四日、カール五世の船隊はサウザンプトンを出航し、七月一六日、スペイン北部の港町サンタンデールに到着した。おそらく帰りの航海はエルナンドが考案した航路をとったに違いない。出発の前に皇帝に示していたもので、エルナンドはのちにカールのために行なった奉仕をまとめているが、そのなかにも入っている。提案した航路は、おそらく彼の父親が一四九七年にフェルナンドとイサベルの両王に示した案にわずかに修正を加えただけのものだったはずだ――ファン王子と結婚するためフランドルからやってくる、カールの叔母マルガレーテ王女の船隊を先導したときの航路だ。もしそうなら、エルナンドが父親から受け継ぎ保持していた唯一の遺産である古い書類を、ここでも活用できたことになるだろう。同時に彼は、新たなコロンブスの遺産となるはずの基盤をスペインに持ち帰った。ヨーロッパ北部(低地地方、ドイツ、イングランド)で購入した四二〇〇冊の本に加え、ヴェネツィアで手に入れた一六七四冊の本、そしてすでに持っていた本、すなわち、スペインとローマで譲り受け、あるいは購入した本のおかげで、エルナンドは三三歳にして全ヨーロッパ屈指の立派な個人蔵書をもつに至ったのだ。(6)

ヨーロッパじゅうの書店で買い集めた貴重な書物を携えて、戴冠したばかりの新皇帝とスペインに凱旋するというこの輝かしい瞬間におけるエルナンドの最も鮮明な記憶のひとつがラバ追いとの口論だったことは興味をそそる。ファン・デ・アランソロというその男のことを、彼は死の床で思い出している。膨大な書物を運ばせてスペインの大地を歩かせていたところ、借りたラバの一頭が倒れて肢を折ったようだが、はじめエルナンドは馭者の不運だと考え、自分には関係ないことだと思っていた。ところがその判断を疑う理由があったようだ。一七年後、彼はこの出来事を思い出し、ファン・デ・

アランソロの魂のために祈りを捧げてほしいと一ダカット金貨を遺している。これは彼の道義心と羞恥心の強さの証である。それらは人の心と過去の行為を糸で結び、いかに遠く離れていようと我々をたぐりよせるのだ。こうして過去から延びてくる糸は、エルナンドの晩年にあって、いっそう強く彼の心に作用した(7)。

一五二二年なかばに王の一行が戻ったとき、スペインは二年前に出発したときと比べてすっかり様変わりしていた。コムネロスの反乱はすでに鎮圧されていたが、エルナンドが若いころ毎年のように訪れていた大きな市が立つメディナ・デル・カンポの町はすっかり破壊され、一五一八年にエルナンドがその陰で辞書づくりを始めたセゴビアのロマネスク様式の大聖堂も大部分が失われた。暴動はまた、カスティーリャの社会にできた深い亀裂をも白日の下にさらした。だが、カールが国民の目を国内での緊張からよそに向けたいと思っていたとすれば、スペインのあちらこちらの港に届きはじめていたニュースは打ってつけだったはずだ。エルナン・コルテスがモクテスマ二世の意思に反してメシカ族の王国の内部へ進出していったこと、それにもかかわらず湖上の都テノチティトランに至る土手道でその優美な物腰の君主に出迎えられたこと、コルテスを羽毛の生えた蛇の神ケツァルコアトルの生まれ変わりと考えたモクテスマが宮殿の離れにスペイン人を泊まらせたものの、いつまでも歓迎されるわけがないと考えた客に逆に拘束されたことなど、噂はすでに少しずつ伝わっていた。コルテスは手紙で、自分を神としてまた親しい友人として遇し、奇妙な関係を築きはじめたモクテスマがスペイン国王に従い、臣下に下ることを約束したと報告している。だが植民地支配の歴史という文脈で考えたとき、このシーンに数多くのバージョンがあるように、その言葉が意味することについてコルテスとモクテスマが同じ理解をしていたかどうかは不明である。ふたりが二重の通訳を介して意思疎通を図っていたことを考えればなおさらだ。モクテスマはコルテスの愛人〝マリナ〟にナワトル語で話し、マリナはそれを、船が難破してコルテスに発見されるまで七年間マヤ族の捕虜として暮らすうちに言葉をおぼえた司祭ヘロニモ・デ・アギラールにマヤ語で伝え、アギラールがスペイン語でコルテスに説明するという段階を踏んでいたのだ。モクテスマが臣下に下ったにもかかわらず、コルテスの副官のひとりが（指揮官の不在のあいだに）アステカの貴族を宴に招き、テノチティトランの支配がたやすくなるよう彼らをひとまとめに虐殺した。モクテスマ自身はその後まもなく、生き残った貴族たちに石を投げられて死亡した。コルテスはこのとき軍を再編成するため町を離れていたが、引き返して包囲攻撃をしかけた。コルテスがテノチティトランを陥落したとの知らせは三月一日にスペインに届き、ドイツ人の偉大な出版人ファン・クロムベルゲルがコルテスの報告書を印刷出版した三週間後の一二月に、エルナンドはそれを購入している(8)。

カールのもとへは、マゼランの遠征隊が北部で苦境に陥っているという報告も届いていた。一五二一年五月、船隊の一隻であるサン・アントニオ号で帰り着いた反逆者たちにより、アメリカ本土から南洋に抜ける海峡はまだ発見できていないことが伝えられた。それどころか、彼らは巨人が住むブラジル南部の極寒の沿岸で襲撃されたという。世界周航は未遂のままで、この数十年にわたって数多くの探検家たちが消えたように、マゼランたちもまたアメリカ大陸の奥地へと姿を消してしまうだろうと考えられていた。そのため、翌年九月六日にマゼランの元々の船隊であった五隻のうちの一隻であるヴィクトリア号がサンルーカル・デ・バラメダに帰還し、長らくヨーロッパ人の心にとりついて離れなかった世界周航を成し遂げたという知らせがバリャドリッドの宮廷に届いたのは驚き以外のなにものでもなかった。当時人気のあった騎士道小説に出てくる架空の国にちなんでパタゴニアと名づけられた地域で、マゼランたちが本当に南洋に通じる海峡を見つけたのは、反逆者たちを乗せて先に帰還したサン・アントニオ号と別れてすぐのことだったことが明らかになった。マゼランたちは〝太平洋〟と名づけた広大ですばらしく穏やかな海に出ると、しばらく大陸の西岸を進み、それから大洋へ、二度と越えられないだろうと思った一万二〇〇〇マイルの大舞台へと漕ぎ出した。一五二一年三月、サン・アントニオ号がスペインに戻って遠征の失敗を報告する少し前、マゼランたちは日本の南にある島々に到着していた。マゼラン本人は騎士道精神を示そうとする愚かな行為のせいでフィリピンで命を落としたため、スペインに戻る船に乗っていなかった。一五一九年にサンルーカルを出発した二六五人のうち帰りの船に乗っていたのはわずか一八人だったが、幸運にもそのなかには航海記録者のアントニオ・デ・ピガフェッタがいた。マゼランの死後船長をつとめたのは、素性のわからないバスク人フアン・セバスティアン・デ・エルカーノだった。彼は帰還の途につくさい、たんに生き残った乗組員のうち最年長だったというにすぎないが、バリャドリッドに戻ったときは正式に功績に対する褒賞を与えられた。コロンブスの紋章が島をかたどりイサベルとフェルナンドの両王へ献上した貢物が記されたように、エルカーノには地球の図に「Primus circumdedisti mihi（我を一周せし最初の者）」という言葉をあしらった紋章が授与された。マゼランの遠征隊がたどった惨状を見て、エルナンドはこの時代の狂気に加わることを思いとどまったことに感謝したはずだ。

港に届く知らせがすべてすばらしい朗報であったわけではない。エルナンドがまだバリャドリッドに滞在していた一五二三年のはじめ、エスパニョーラ島でのディエゴの行為に対する一連の苦情が届いた。王からの厳しい非難を受け、ディエゴは弁明のためスペインに呼び戻された。ディエゴの復職は三年も続かなかったことになる。カール自身、その年の一一月、教皇になってからわずか一年で亡くなった旧知のハドリアヌス六世に代わってジュリオ・デ・メディチが野望をかなえてクレメンス七世として即位したことにいら立ちを感じたことだろう。エルナンドもまた一五二二年にスペインに戻ってからまもなく、商人オクタヴィアーノ・グリマルディに託した一六七四冊の本がスペインに向かう途中、船とともに沈んでしまったことを知らされた。貴重な書物が失われたことは大変な打撃だったに違いない。きわめて高価な積み荷だったというだけでなく（皇帝から授与された二〇〇〇ダカットの大半を費やしたほか、グリマルディ家から借りた二〇〇ダカットの返済が一五二三年一〇月に迫っていた）、印刷技術の中心地で七カ月をかけて手に入れた収穫が消え、印刷本の世界との最も輝かしい出会いであるはずのものが消滅したのだ。この一六〇〇冊を超える美しい本は大半が綴じられておらず、おそらく密閉された樽に入れて保管されていたと考えられるが、海底に沈んだ古代都市にルネサンスの想像力が加わって眠りにつくことになった。本の喪失そのものに加え、それにまつわるエルナンドの人生の挿話、取り返せない巨額の投資……だが、失われたのはそれだけではなかった。蔵書を整理するためにつくった比類なき目録が使いものにならなくなったのだ。これほどの規模で本を失うことになるとは思っていなかったエルナンドは、ヴェネツィアで購入した本について著者名のアルファベット順で並べたものだけでなく、また別の目録づくりに取りかかっていた。こちらは一種の登録簿で、おおよそ取得した順に並べ、識別番号を振り、それぞれの作品について詳細な記録をつけていった。著者名やタイトルはもちろん、冒頭の一節、出版された場所、どこでいくらで入手したか。ヴェネツィアからの船旅の途中で失われた本は、この目録全四巻のうち第二巻の九二五番から二六五二番にあたるものだった。この目録で初めてエルナンドは蔵書をテーマごとに分け、分野ごとに分類する試みを始めている。神学、占星術、古典研究、文法、歴史、錬金術、論理学、哲学、天地学、法学、医学、土占い、数学、音楽、詩、トスカーナの民衆詩、ギリシャ語、カルデア語などだ。だがいまやそのコレクションに穴が開き、目録に記載された多数の本とともにナポリ湾の底へ吸い込まれていった。(9)

この時期に頓挫したエルナンドのプロジェクトはこれだけではなかった。一五二三年六月一三日、

ハンス・ヴァイディッツ『一枚の板にしがみつく遭難した二人の男』。左の男は道化の格好をしており、海には溺れる人々や船の残骸、荷物が浮かんでいる。キケロ著『義務について』の挿絵。

エルナンドの《スペインの描写》のため国内各地をめぐって情報収集していた者たちに王の名で書状が出され、プロジェクトの即時停止が命じられた。おそらくセビーリャとコルドバのあいだのどこかで彼らに追いついたのだろう。停止命令が送られたのはエルナンドの助手たちへの協力をやめること、それどころか彼らが持っていた信任状を回収、場合によっては力ずくで取り上げ、地理的な内容のメモがあれば没収するよう指示された。なぜこのプロジェクトがこれほど急に悲惨な結末を迎えることになったのか、その理由ははっきりしていない。この件について唯一残るエルナンドのコメントは、カスティーリャ枢機会議の〝嫉妬〟によるものではないかということだが、彼らが何を妬ましく思っていたのかは明らかにされていない。これほど大規模で重要なプロジェクトが個人によってなされていたことか、とてつもない力がこの情報の持ち主のものになるかもしれないという恐れだったのか。おそらくその後数十年にわたり、ヨーロッパじゅうで同様のプロジェクトが同じような障壁にぶつかったはずだ。地主や土地の有力者は、こうした調査プロジェクトは自分たちの土地に侵入し、中央集権化した国家システムに組み込もうとするものだと感じていた。前例のない厳密さで土地を調べ上げ、これまでにないやりかたで課税して管理するシステムだ。一五二〇年から二一年にかけて起きたコムネロスの反乱は、まさにこの種の国家側の過大な要求により引き起こされたものだ。カスティーリャの一部の都市は、外国人の王とその側近たちにさまざまな要求を突きつけられることに激怒した。エルナンドの《スペインの描写》がさまざまな意味で王の強権政治のひとつとみなされ、反乱の一因になった可能性はある。以来スペインでは、五〇年後にフェリペ二世の『地誌報告書』で君主と臣下の関係の根本的変化が示されるまで、似たような調査は行なわれなかった[10]。

《スペインの描写》以降のエルナンドの二番目に大きなプロジェクト、ラテン語の辞書をつくるという試みもまた頓挫し、「B」の途中の「Bibo（私は飲む）」で終わっている。二番目の文字すら終わっていないことに失笑したくなるかもしれないが、その段階でおよそ三〇〇〇項目の言葉が一四七六ページにわたってびっしりと書かれていることを思い出す価値はあるはずだ。このプロジェクトが中止されたのは、あまりの大変さに気づいたからかもしれない。最初の一文字半でこれだけかかるのなら、最終的に完成した辞書は数万ページに及び五万の言葉が定義されることになるため、のちに登場するサミュエル・ジョンソンの記念碑的な辞書の四万語を軽く超えるはずだった。それともエルナンドが辞書編纂から撤退したのは、先を越されたからだろうか。アンブロジオ・カレピーノは早くも一五〇二年に、中世のラテン語辞書に不足していた（すべてとは言えないまでも）多くの言葉を追加した辞書を完成させていた。カレピーノの辞書はスタンダードになり、一五〇二年から一七七九年にかけて二一一版を数えるほど広く使われた。エルナンドの辞書は途中で放棄されたまま、ほとんど顧みられることはなかった。[11]

これほど多くの分野で同時に敗北したとなると、絶望の連鎖に苦しむ人も少なくないだろう。海に沈んだ本、不名誉な兄、失敗に終わった《スペインの描写》と辞書。エルナンドが一時でも歩みを止めたことを示す証拠は何もないが、それ以降彼は急速に変化していく世界で、できるかぎり自身の集中力をおびただしい数の本や版画、楽譜のある図書館というひとつのプロジェクトだけに向けることにしたようだ。以前作成したアルファベット順の目録はもう使えない。海に消えた幽霊本のリストとなってしまったからだ。個々の本について詳しく説明していた登録簿「Registrum（レギストルム）」も必然的に使えなくなった。もはや物理的に存在しない本が、多くを（ほとんど目録一巻分を）占めていたからである。古い目録からその部分を削除するのでなく、エルナンドは新たなものをつくりはじめた。今度は本の内容を紹介するにとどまらず、自分で考案した象形文字のような記号を使った改良版だ。実際、古い登録簿のうち彼がとっておいたのは海に沈んだ本の部分だけで、蔵書が元どおりになるまで一冊ずつ買いそろえていくつもりだった。この孤児になった巻、死者の形見に、彼は《海に沈んだ本の目録》という絶妙な名前をつけた。エルナンドが初めてつくった目録というだけでなく、彼の人生、本と難破、急速に失われていく記憶をどうにかとどめようとする気持ちを同時にあらわすタイトルだ。海に沈んだ積み荷は、彼に大切な教訓を与えた。エルナンドの図書館は、伝説のアレクサンドリア図書館とは違う。観念としては存在するが現世でどう存在するかを心配する必要のない想像上の図書館ではない。血と肉――というより紙とペン、上質皮紙でできた生身の図書館であり、保管し、守り、整理し、並べ替え、隙あらば野生に戻ろうとする庭のように、たゆみなく世話をしつづけなければならないものなのだ。放浪の人生で初めて、エルナンドは根を下ろし、本を安全に保管できる場所を見つけなければならないと感じた。自分の図書館が世界に魔法をかけられる場所が必要だと。

けれども、それはもうしばらく待たなければならなかった。マゼラン自身はいなかったものの、サンルーカル・デ・バラメダに到着したマゼランの乗組員たちが、突如三〇年来の政治問題を呼び覚ましたからだ。彼らは計画どおり実際にモルッカ諸島に到着し、土地の王は進んで島の名を〝カスティーリャ〟に変え、スペイン王の臣下になることを誓った。マゼランがモルッカ諸島に到着する前に死んでいたために事態はいくぶん容易に進んだと言えるかもしれない。マゼラン本人が（コロンブスと同様）スペイン人でなかったことで交渉に軋轢が生じていた可能性があるからだ。けれども、（〝カスティーリャ〟となった）モルッカ諸島のティドレ島の王スルタン・マンスールの服従は、ほとんどなんの意味もなさなかった。一四九四年のトルデシーリャス条約のもと、島々がスペインに帰属するのかそれともポルトガルに属するのかという問題が相変わらずくすぶったままだったからだ。モルッカ諸島は、トルデシーリャス条約で決められた境界線から西に一八〇度進んだ子午線の東側にあるのか、それとも西側にあるのか？　もちろんこれは地球の大きさが決まらなければ答えられない問題だ。そこで、スペインとポルトガルのあいだで決着をつけるために正式な首脳会議が開かれることになった。どちらの代表団も航海士、天文学者、弁護士で構成され、エルナンドはそのどれでもなかったにもかかわらず、スペイン団を率いるよう命じられた。厳密にはスペイン側の天文学者の枠に入っていたが、実際は数学、航海術、政治、歴史、外交の諸問題を包括的に理解できる数少ない人材だった。しかし、じつに多岐にわたる能力をもちながらも、彼は大きな負担を感じていた。会議の結果はポルトガルと覇権を争うスペインの将来を左右するだけでなく、父の残したレガシーにとっても転換点となるだろう。神の啓示もしくは狂気による大洋横断の旅が、最終的にスペインや人類にとってどんな意味をもつかが明らかになるのだ。ついに、地球の大きさと形を決めなければならない時が来たのだ。

第一二章　切り取る

エルナンドは、一五二三年から二四年にかけてのクリスマスシーズンをスペイン中部のピエドライータにあるアルバ公の屋敷で過ごし、一五一八年に注釈をつけていたセネカの『悲劇集』をふたたび手に取った。《スペインの描写》や辞書編纂、海図製作、そしてヨーロッパ各地の本の町をめぐる旅に気を取られていたあいだ、わきに追いやられていたのだ。セネカは現在よりルネサンス期のほうが評価が高く、堂々とした熱弁や政治談議が愛されていたが、エルナンドの人生に深く刻み込まれていたのは、『メデア』のある一節だった。『預言の書』にも収められた詩で、合唱隊が次のように予言する。

世界の終わりが近づいたとき
海の神オケアヌスが鎖を解き
巨大な大陸があらわれるだろう
ティフィスは新たな世界を発見し
トゥーレはもはや最果ての地ではなくなるだろう

いまでは部分的にしか読み取れないが、エルナンドはこの詩の余白に「予言……わが父……クリストファー……提督……一四九二年」と書いている。父親を通して、みずからを新大陸への到達という偉業と古典世界の栄光とに結びつけるこの書き込みは誇りに満ちているが、魅力的な予言が、じつはあてにならない曖昧な謎かけであることがわかってきたのだろう。もはや新世界の発見者ティフィスがコロンブスを象徴しているとは言いきれなくなっていた。ほかにも多くの人間がその称号を要求しているばかりか、失政への告発に対する弁明のためピエドライータの義理の両親の城に滞在している兄ディエゴの存在も、新世界におけるコロンブス家の足場が崩れはじめている証左だった。トゥーレがもはや最果ての地ではないとわかったのは輝かしい発見と言えるかもしれないが、残酷な落とし穴であることもあらわになった。トゥーレでなければ、どこが果てなのか？ 世界の反対側に到達したあと、さらに遠くに向かうのでなくふたたび引き返してこられる場所はどこなのだろう？ 世界周航によって地球の円周を閉じるという強迫観念じみた探求心は、最終的にいらだたしいほどつかみどころのないもうひとつの問題に取って代わられ、地球の円周を正しく測定することはいっそう手の届かない難題になっていった。コロンブスがまちがいなく海の鎖を解いた人物だとすれば、エルナンドはその鎖をふたたびつなぎ合わせるという、はるかに面倒な仕事を押しつけられたのだ。(1)

微妙な外交上のバランスが考慮され、スペインとポルトガルの国境であるカヤ川をはさむ、バダホスとエルバスの町が会議の場所に選ばれた。一四九四年のトルデシーリャス条約で定められた境界線は地球の反対側ではどこを走るのかを、スペインとポルトガルで協議のうえ裁定することになったのだ。一五二四年三月二一日にカールはブルゴスで代表団を指名する書状に署名しており、エルナンドはそこでほかのメンバーに合流し、カスティーリャ枢機会議の面々に対し、差し迫った会議のため戦略を示すことになった。会議が制御不能に陥らないよう、両国王は代理人としてそれぞれ九人の専門家からなるチームを任命することが許されていた。水先案内人三人、法学者三人、天文学者三人である。法学者をつとめたのは高級官吏で、エルナンドはおそらく面識がなかったろうが、サラマンカの天文学者サンチョ・サラヤ博士とバレンシア出身の数学者トマス・ドゥラン修道士、そしてもちろんインディアス枢機会議の地図製作者ペドロ・ルイス・デ・ビリェガスのことは知っていたはずだ。エルナンドは天文学者のひとりとしてスペイン代表団に加わっているが、記録からすると彼の役割は法律、地図製作、政治、歴史、幾何学等あらゆる角度から意見をまとめ上げることだったようだ。正式な代表団に加え、大勢の助っ人たちが非公式の立場でバダホスに集結していた。セバスチャン・カボットとファン・ヴェスプッチのほか、通商院で一緒に働いていたふたりのメンバー、そしておそらくマゼランの遠征に協力するためスペイン側につくよう乞われていたポルトガル人地図製作者のディオゴ・リベイロもいた。スペインチームは会議で切ることのできるカードをあと二枚持っていた。マゼランの世界周航を最後まで成し遂げた航海士セバスティアン・デ・エルカーノの証言と、まさに問題となっている地域を航海した経験をもち、スペイン側に有利な証言をしたことのあるポルトガル人の水先案内人シモン・デ・アルカサバだ[2]。

エルナンドは挨拶もそこそこにみなと離れたところにすわり、審理の予行演習を始めるよう促すと(ほかの出席者は皇帝を待ちたかったようだが)、書面を示しながら、指示された内容から完全に逸脱する方針を提案した。カールは、モルッカ諸島がトルデシーリャス条約でスペインに割り当てられた半分のなかに入っていることを、天文学的観点や地図を示すことでチームに証明させるつもりだったが、エルナンドはさらに先を望んでいた。一四九三年に出されたローマ教皇の大勅書でポルトガルに認められたのは境界線の東半分ではなく、境界線からその時点でポルトガルが発見していた最果ての地点、すなわち喜望峰までのごくわずかな区域だという父コロンブスの信念をよみがえらせることだった。結局のところ、エルナンドが指摘したとおり、教皇は境界線から〝インディアスまで〟の西のエリアについてスペインの領有権を認めていた。(一四九四年当時)コロンブスが発見した地域が東

エルナンドが首席航海士をつとめていた時期、彼の監督のもとディエゴ・リベイロが製作した世界地図（1529年）。

Carta Universal En que Se contiene todo lo
CIRCVLVS ARCTICVS
CHINA
MARE SINAR
TROPICVS CANCRI
CANCER
TAVRVS
MAIVS
IVLIVS
LINEA EQVINOCTIALIS
MARTIVS
SEPTEMBER
PISCES
SCORPIVS
NOVEMBER
IANVARIVS
CAPRICORN
TROPICVS CAPRICORNI
CIRCVLVS ATARCTICVS

アジアだと信じられていた事実が利用されていたにすぎないにしても、境界線から西のインドまでのあいだにあるすべての地域、もちろんモルッカ諸島を含むエリアがスペインのものだと認められていたのである。したがってこれは天文学や地図ではなく条約の法的解釈の問題であり、スペインが香辛料貿易の供給源のみならず、地球の大部分を勝ち取るための闘いだった。けれども大半の委員の見解は――じつにエルナンドを除く全員が一致していた――皇帝によって与えられた権限から逸脱しないというものだった(3)。

これに対し、エルナンドは我慢強くその方針における瑕疵について説明した。まず地球の分割はどれだけ円周を正確に測れるかにかかっており、二通りの方法が考えられると指摘した。地球そのものを物理的に計測するか、天体の観測から推定するかだ。最初のやりかたは、実際にひもで測る方法はないため、航海した距離を元に推定することになるだろう。すると風速や海流だけではなく、積み荷の重量や、船体が妨害を受けていないかどうか、帆が古いか新しいか、水漏れの処置を施したばかりか湿ったままか、といったことも考慮に入れなければならなくなる。しかもそれは磁気偏差をはじめ方角に影響を与えるさまざまな要素を織り込む前のことだ。エルナンドの見解には相手がまごつくほどの率直さがあり、どの計測方法にも不確実さがあることに注目が集まった。天体観測を用いる二つ目の方法はより見込みがあったが、経度一度が何マイルに相当するかという見解に多くのばらつきがあったことからわかるように、全会一致を保証するにはほど遠い状況だった。最終的に、この問題について反論の余地のない証明は誰もできなかったことから、天地学者たちは自分たちが最も信頼する論拠に頼ることにした。それは数学的証明というより、大げさな言葉を駆使した議論の応酬である。自身の意見を求められたエルナンドは、父コロンブスの小さな地球の仮説に忠実だった。プトレマイオスの五六二五レグア、ストラボンの七八七五レグア、アリストテレスの一万二五〇〇レグアに対し、コロンブスは（トビトとアルフラガヌス、ピエール・ダイイらによる）円周五一〇〇レグアの説をとっていた(4)。

だが、経度一度の距離について同意できたとしても、二カ所の地点のあいだが何度あるのかを計測する、困難に満ちた仕事があるのに変わりはなかった。エルナンドは経度を求めるのに五つの方法を提案したが、それぞれに問題があるため、〝（枢機会議の）みなさま〟に何か見逃していないかご指摘いただきたいと付言した。その方法とは以下のとおりである。

二カ所の経度のあいだを対角線にまっすぐ航行する
すぐれた計器を使う
水車で距離を測る
蝕の観測
恒星と惑星の観測

エルナンドは海上をまっすぐ航行することは難しいとして最初の案を却下している。最後の二つも蝕が起きるのがきわめてまれなこと、天体の観測が難しすぎることを理由に退けているが、人文学者アントニオ・デ・ネブリハの手法や自身が《スペインの描写》で用いた方法を応用し、地球上の異なる地域の時差を利用して経度を求めるという発想は興味深い――ある意味、これこそ二〇〇年以上たってから経度の問題を解決した方法なのだ。エルナンドの〝すぐれた計器〟とは、それぞれ異なる場所で太陽が真南に来る南中時刻を正確に測れる時計だった。この案を思いついたとされているゲンマ・フリシウスより一〇年先駆けていることになる。けれども問題は――この問題は、その後二世紀にわたって残ることになるのだが――手に入る時計では十分に正確ではなかったことだ。最終的にエルナンドは、これらの方法を使って求めた結果を相手に受け入れさせるのは不可能だと結論づけた。（彼の好きなフレーズを使えば）延々と反論して時間を稼ぐ〝言い逃れ〟を許すからだ。(5)

会議の幕開けで、エルナンドの予想が正しかったことが証明された。四月初め、二つの町のあいだにかかる橋の上でセレモニーが行なわれたあと、ポルトガルはただちに時間稼ぎを始め、ポルトガル臣民であるシモン・デ・アルカサバがスペイン側の証人として出席することはジョアン三世への侮辱にあたるとして、スペイン代表団から外すよう働きかけてきた。エルナンドの狼狽をよそに、カールはこの要求をのみ、アルカサバは正式に委員会から外された。続いて審議に入る前に、トルデシーリャス条約で決められた境界線が正確にどこを走っているのかという議論が始まった。条約ではベルデ岬諸島の西三七〇レグアの位置に定められていたが、ベルデ岬諸島のどの島が出発点なのか明確にされていなかった。スペイン側は最も西にあるサン・アントニオ（サント・アンタン）島だと主張し、ポルトガル側は当然ながら最も東のサル島だと主張した。境界線が西の経度に設定されれば、地球の反対側に引かれる線も西寄りになり、スペインは大西洋の何もないエリアを放棄する代わりに極東の領有権を獲得する希望がもてることになるからだ。四月二三日、ようやくこの点について――さらにほかの重要な二点、平面図に線を引くのかそれとも地球儀に引くのかという問題、そしてベルデ岬諸島の正確な経度についても――裁定するため集まったところ、ポルトガルがさらにベルデ岬諸島の東端と西端のあいだの距離に関して異議を申し立てた。このような状況で、両者の主張する出発点は経度六〇度以上離れていた。じつに地球の円周の六分の一に相当する距離である。審議の開始は五月四日まで遅れ、あらさがしが永遠に続くかに思われた。バダホスで広まっていた愉快な話は、地図上に線を引くという争いのばかばかしさを示している。カヤ川のほとりを散策していたポルトガルの代表団は、川で洗濯をしている母子に出会った。すると少年が裸の尻を突き出して、あんたたちが探している線はこれじゃないのかと尋ねたという。(6)

決定的な証拠を欠いたことから、エルナンドたちは残されたただひとつの戦略に頼ることになった。相手が出してくる証拠の揚げ足をとるのだ。エルナンドはまず、ポルトガルがあるとき、トルデシーリャス線をベルデ岬諸島の西三七〇レグアの地点から諸島の東側に移動させた地図を示したと指摘した。また別の地図では、発見されたインディアスの全容ではなくほんの一部の島しか表示されていなかった。さらには、スペインが主張しているとおりの場所にベルデ岬諸島がある地球儀を出してきたかと思えば、モルッカ諸島がスペインの領域内に入っているのに気づいて慌てて引っ込める場面もあった。エルナンドは一連の経緯をカールに報告し、彼らは不誠実で、もし手の内を明かしたらスペインが正しいことが証明されるとわかっているのだと書き送った。もっとも、ポルトガル側はたんに交渉中に極秘の海事情報を明かしたくなかったというのが実情だったと思われるが、地図上に縦横に引かれた無数の線（黒、緑、赤の方位線）のせいで混乱したという主張を余儀なくされた。そして最終的に、このような問題を解決するには地図や地球儀上では不十分であり、天文学的観点からの議論に移行すべきだと主張した。

二度と不毛な論争に引きずり込まれないと決意し――協議期間が最長二カ月と限られていることを考えればなおさらのこと――スペイン代表団はエルナンドの助言に従い、天文学から離れて古代や近代の権威が認めた証拠に立ち戻ることにした。ふたたびどちらの陣営も自分たちの有利になる証拠を遠慮なく選ぶようになり、スペインはポルトガル側が自分たちに有利な証言をした証拠を探すことに主眼を置き、エルナンドの急成長した図書館が真価を発揮することになった。エルナンドは、ヴェネツィア人ルイス・カドモストによる旅行記と、ヘロニモ・デ・サンティステバンが父コロンブスに宛てた書簡に加え、ポルトガル人が書いた旅行記の翻訳版を提示し、「この章で彼ら自身がリスボンから東回りでカリカットまでの距離を三八〇〇レグアとしている」と指摘した（エルナンドの〝狭い地球〟では、ほぼ二七〇度離れていた）。スペイン側はさらに、スペインの権利を認めさせないためにつくった（と思われる）地図をポルトガルはひた隠しにしているが、〝あるポルトガル人とカスティーリャ人〟が厳重に守られたその地図を持ち出すことに成功したと主張した。これは一五一八年にエルナンドがポルトガルで行なった極秘ミッションのことだと思われるが、ポルトガル代表団のふたりのメンバーの顔をつぶす結果になった。地図製作の権威ペドロ・レイネルと息子のジョルジェはマゼランの世界周航に協力するためセビーリャに滞在していたことがあり、そのときポルトガルの地図の秘密漏洩に関与したのだろう。さらに多くの水先案内人や地図製作者が入れ代わり立ち代わり登場し、知識と経験から言って、ポルトガルの地図では東回りでモルッカへ到達する距離が少なくとも二五度分は短くなっていると証言した。そして最後にスペイン側が示した証拠は、おそらく最大の打撃となっただろう。ポルトガルの代表団のひとり、スペインの最高学府サラマンカ大学で教鞭をとる哲学者ペドロ・マルガーリョが先ごろ出版した著書に、モルッカ諸島はスペイン側の半球に含まれると明記されていたのだ(7)。

この段階までくると、相手側が負けを認める見込みはないとわかっていただろうが、エルナンドは熱意に燃え、一五〇八年に最新の計測表付きで印刷出版されたプリニウスとプトレマイオスの著作を取り出した。それらを見ると、（重要な基準点である）マレーシアのマラッカ海峡の位置がスペインの主張するものと合致するほか、ディエゴ・ロペス・デ・シケイラの遠征より前にヨーロッパ人がマラッカ海峡に到達していたことが記されていた。バダホス会議におけるポルトガル代表団のひとりだった彼は、一五〇九年に初めてそこに到達したという栄誉を主張していた。エルナンドはさらに、ポルトガルが世界のほかの国々と歩調を乱していると指摘した。大半の国がプトレマイオスの提唱した、経度一度は六二・五マイルという基準に従っているのに対し、ポルトガルは七〇マイルという数値を使っている。そうすると、地球の円周のうち二六〇〇マイル、プトレマイオス式で計算すると四三度分ポルトガルが得をすることになり、それはスペイン側が計算した誤差とほぼ同じ値である。だが実際の状況はさらに悪かった。プトレマイオスが規定した一マイルは〝八スタディオン〟にすぎなかったからだ。一スタディオン（約一八〇メートル）は人が息継ぎなしで走れる距離だ。彼はさらに、アレクサンダー大王の伝令が九時間で一二〇〇スタディオン歩いたと書かれているプリニウスの本の一節を示し、スタディオンに関するポルトガルの解釈が正しければ、その気の毒な伝令は全行程を時速一七マイル（二七キロ）で歩かなければならなかっただろうと指摘している。一時間だけでもとても歩けない速さだし、九時間続けてなどもってのほかだ（現代のトップのマラソン選手でも一時間一三マイルがせいぜいで、続けて走るのは二時間ちょっとだ）。経度を求める正確な計算方法が確立されるまで、世界の覇権を争ううえで最も強力な武器は――ポルトガル代表団に対するエルナンドの容赦ない攻撃で明らかになったように――その世界の縮図である図書館をうまくナビゲートし活用する能力だったのだ。

言うまでもなく、五月なかばに交渉が決裂したとき、モルッカ諸島をめぐる問題の解決に進展はみられなかった。エルナンドはカール五世によって任命された法学者やカール本人に何度も書簡を送り、ポルトガルの領有権は西アフリカだけに限定するよう裁判で争うべきだと進言し、スペインにはペルシャと聖地エルサレムを征服する権利があり、そう運命づけられているのだと訴えた。カールはエルナンドの助言と尽力に感謝し、モルッカ諸島の正確な経度を測るためにさらに多くの遠征隊を派遣したが、この問題がカールと枢機会議の関心を長く引きつけることは難しかった。ハプスブルク帝国の多くの地域で公然とした抵抗運動が起きていたばかりか、オスマン帝国が一五二六年にハンガリーを征服して以降、中央ヨーロッパに進出する構えを見せるなか、一五二五年初め、イタリア北部をめぐって絶え間なく続いていたフランスとの争いが急展開を見せたのだ。フランソワ一世の野望をけん制するため一五二二年にカール五世とヘンリー八世とのあいだで結ばれた同盟は、それ以来ロンバルディアで小さな勝利を重ねていたが、パヴィアで思いもよらない成果を得た。フランスを破っただけでなく、フランソワ一世をマドリッドで捕虜にするという千載一遇の好機を得て、カールは王の解放とひきかえにきわめて厳しい条件をフランスに突きつけた。バダホス会議の翌年、カールは自身の妹をポルトガルのジョアン三世と結婚させると、ヨーロッパ内の勢力バランスをとるため、妹カタリナの持参金としてモルッカ諸島をめぐるスペインの主張を譲歩する用意があることを表明した。ドイツやイタリアで軍備を展開する資金を工面するより経済的負担が少なかったためだ。一五二九年、ついにサラゴサ条約が締結され、モルッカ諸島はポルトガルに帰属することがスペイン政府によって承認されたのと同時に、地球の正確な円周を求めるという政治的な推進力は消えてしまった。[8]

同様に正確な経度の測定方法も確立されなかった。スペインに最も有利な境界線から測っても、モルッカ諸島はポルトガルが主張する半球内に二五度（一五〇〇マイル以上）も入っている。けれども当時はそれを確認するすべがなく、合意された測定方法がなければ、相手の主張の矛盾や欺瞞を証明する以外に対抗手段はないと考えていたエルナンドは正しかった。最初からそう思っていた彼は、ポルトガルの代表団のひとりが、自分はマラッカに最初に到達したヨーロッパ人であると嘘をついていたことを示す活字化された証拠を示した。また、ほかのメンバーがスペインの主張を裏付ける著作を出版していたこと、ポルトガル人自身の航海録にスペインに有利な記述があることも提示した。さらに、印刷技術そのものがこの主張に特別な力を与えることになった。エルナンドは自分が言及しているのがどの本のどの版、そのさらにどのセクションかまで的確に示すことができたため、ポルトガルは彼が証拠をでっち上げていると非難できなかった。ヨーロッパのどこにいても、真偽を確かめたいと思えば、その本を探して内容を確認すればよかった。活字化された証拠は公有財産であり、撤回できないものなのだ(9)。

とはいえ、このやりかたも絶対に確実だとは言えなかった——実際、エルナンドが勝ち誇ったように引用した章番号が誤っていたこともあった。使った本に印刷人のミスがあったのだ。初期の印刷本には誤植だけでなく、同じ版であっても違いがありえた——というより実際にあった。けれども会議についてエルナンドが書いた報告書を読み進むうちに、彼がバダホスに持っていった真の武器は図書館の目録だったということがわかってくる。決め手になったのはアルファベット順の著者リストや本の登録簿ではなく——結局のところ、それらはタイトルと刊行日しか教えてくれないからだ——彼をこれほど手ごわい敵にしたのは最新のプロジェクトだった。エルナンドが三月二五日にバダホスに出発したことがメモされているその目録は、のちに《概要目録》として知られるようになり、彼の野心と本の世界との関わりがもう一段階進んだことをあらわしている。アルファベット順の目録は、記憶できる以上に蔵書の数が増えたときに必要になるもので、使用者が簡単にナビゲートできる外部記憶である。けれども、タイトルや著者名さえ思い出せないなら、はたしてその中身を思い出せるだろうか?

ヨーロッパ各地の版元から刊行される本の洪水に圧倒されるという感覚は、広く共有されていた。一五二六年に出版された『格言集』の補記で、エラスムスは悲しげに問いかけている。「次から次に寄せてくる新しい本の波から逃れられる場所はこの世にないのだろうか？　一度に一冊ずつ手に取れば、本は何かしら知る価値のあることを教えてくれるものだが、それが大量になれば学問の妨げになるだろう」。エルナンドが提案した解決方法は、一五二三年ごろに始めたものだが、本の内容を短い要約（エピトメー）（「切り取る」という意味のギリシャ語から来ている）にまとめることだった。要約という概念は新しいものではなく、長い作品の短い要約版を作成することは二世紀から一般的に行なわれてきた。エルナンドは同胞であり、中世初期の偉大な百科事典執筆者であるセビーリャのイシドールスに直接影響を受けていたかもしれないが、これほどの規模で行なおうとした人物はいなかった。《スペインの描写》のときと同じように、膨大な仕事量に直面したエルナンドは、早い段階で多くの要約者（スミスタ）――図書館にある膨大な本の要約を作成する学者たちを雇い入れた。一五二四年一月一八日の時点で、すでに一三六一冊の本が《概要目録》に登録されている。大半はどうにか一冊の内容を七、八行にまとめているが、それでは足りない場合もあり、例えばプラトンの著作の要約（一四四四番）などは三〇ページにわたっているが、それでも奇跡的な圧縮と言えるだろう[10]。

エルナンドの要約プロジェクトは、実際的な面と先見的な面の両方の要素があった。最初のころの目録が、急速に増えていく蒐集品のなかで本や版画が重複しないように作成されたのと同様に、《概要目録》には印刷本市場がもたらした致命的な欠陥を回避するためにつくられた一面もある。本というものは数日、数週間、数カ月かけて中身を吸収するもので、本屋にいる短い時間で十分に吟味することはできない。こうした本独特の性質のせいで、無節操な印刷人や出版人は早い時期から、売り上げは実際の中身よりも本扉が約束する内容と関係が深いことに気づいていた。本を論評するジャーナリスティックな出版物がないことから、この一七世紀に生まれたイノベーションは、ほぼ誕生と同時に腐敗していたわけだが、顧客は表題を額面どおり受け取るしかなかった。「誇張された大げさな題名がついているが、約束した内容について扱っていない本がたくさんあった。版元は利益を増やすためにそうしていた」とエルナンドのもとで働いていた司書はのちに語っている。一方、エルナンドの《概要目録》は表紙につけられたたいそうな名前は無視し、内容の核心に迫ることを可能にした。つまり無関係な事柄に費やす時間を短縮できたのだ。外観から内部へ踏み込むにあたり、エルナンドはエスパニョーラ島沖で学んだ教訓を実践に移した。内臓に哺乳類の秘密を隠していたマナティーから学んだ教訓である[11]。

《概要目録》の表向きの目的は要約によって本の内容を抽出することだったが（《スペインの描写》のための地理に関するメモのように）、客観性を維持しようとする気持ちが実際に本を読んだ者にしか書けない表現にたちまち乗っ取られ、《概要目録》が初期の〝書評〟になっていったのはじつに面白い。さまざまな著者の文体をあらわすのに使われた言葉には、以下のようなものがある。

> 冗長な、博識な、的を射た、語りがけるような、すっきりした、美文調の、簡潔な、散漫な、丹念な、洗練された、無知ではない、役に立たないわけではない、繊細な、華麗な、ありきたりな

世の人々のために活字の世界を延々とかみ砕くことを運命づけられた要約者（スミスタ）たちは、著者の思考と表現方法を切り離すのは不可能だと誰よりもよく知っていたはずだ。けれどもエルナンドの野心は、出版人たちのいかさまを阻むことだけではなかった。エラスムスが『格言集』で示唆しているとおり、印刷本の量そのものが理解を妨げる敵なのだ。たとえ無駄な出版物をすべて取り除こうとしても、出版界にはひとつのテーマを一冊の決定版に集約させる手段もなければ動機もない。それどころか、書

籍市場には同じような内容のものを絶え間なく送り出すことが求められた。少しずつ目先を変えつつ、一方で以前のバージョンではもう古いとはっきり感じさせなければならないのだ。蔵書が増えるにつれて、エルナンドは学問を愛するすべての人に共通するある悩みを抱えたようだ。一歩進むごとに、さらなる知識への一〇〇万の道があらわれる――それはもちろん、無数の可能性が開かれることでもあるのだが、それまでの必死の歩みをあざ笑うものでもある。〝無限〟の図書館は（ホルヘ・ルイス・ボルヘスが有名な短編で描いたように）図書館が存在しない状況よりもたちが悪い。たとえばエドワード・ウィルソン＝リーなどという人間（本書の著者）が書いているような（少しずつ異なる）エルナンド・コロンの伝記が無限に生み出され、ひとつのトピックですら極められないことを意味するからだ。エルナンドが熱望した世界図書館は、ボルヘスが考えたような無限の図書館ほどにはナビゲート不能でないかもしれないが、ほとんど違いはないと言っていいだろう。しかし彼は、一見勝ち目がないからといって簡単に屈する男ではない。エルナンドの司書の回想録によれば、世の中には法律書と医学書がありすぎると感じながらも、エルナンドはその一冊だけですべての病を治せる本、文法を完璧に教えられる手引き書、世界を統治するための法律書一冊――多くても四冊――に絞ることは可能だと考えていた。《概要目録》はこの目標に向けた最初のステップで、あらゆる本をぎりぎりの本質までそぎ落としてテーマごとにまとめ、ひとつのテーマにつき本を一冊持てばすむようになるまで凝縮しようとしたものだった。[12]

《概要目録》はまた、エルナンドが規模だけでなく形という観点から、図書館の普遍性を考えはじめた最初の兆候でもある。図書館が絶え間なく本を購入しつづけどんどん大きくなっていくのは良いことだが、一定の規模を超えると、便利というよりむしろ不便になるものだ。蔵書をすべて要約するという使命――そしてそれを超えてテーマひとつにつき本一冊に絞りたいという切望――は普遍性をまったく別の角度から見たものであり、そこでは人間の知識の総量は一定のスペース内に限られ、時間とともに大きくなるというより濃くなっていく。バダホス会議で問題になった地球のように、大きさもわからない無限の世界は、そのなかを動き回ろうとする試みをくじく恐ろしいものである。規模が定まって初めて、縮小や分割、図表化が可能になり、知識の境界を広げたいという情熱は、そこにあるものをより深く知りたいという情熱に変わるのだ。けれどもその計画には何かが欠けていた。もし人間の知識を数冊の百科事典的な数冊の本にまとめるとして、その本のタイトルは何になるだろう？すべての知識をどんなテーマに分けられるだろう？　そして、それぞれのテーマの境界線をどこに引くのだろう？　医学書や法律書を一冊にまとめたいと語るのは簡単かもしれないが、エルナンドが一五〇九年にエスパニョーラ島へ持っていったわずかな数の本でも境界を見極めるのは困難だった――医学は一方では占星学の領域ににじみ出て、もう一方では植物学と混じり合うからだ。法律はその基盤となる歴史を必要とし、同様に歴史は過去の〝実在物（レアリア）〟についての知識を必要とする。当時の文法や語彙、貨幣制度や度量衡などに関する知識である。知識のどこを切り取るかを決めるには最大限のデリカシーと慎重さが必要だ。まちがった場所で分断すると、両方のサイドのものごとを理解するのに必要な手段まで切り落としてしまうことになるからだ。この難しい問題は、その後亡くなるまで一五年にわたってエルナンドを悩ませつづけた。

　エルナンドのすさまじい活動ペースは相変わらず、親族問題ののっぴきならない状況と平衡を保っていた。一五二四年九月、ディエゴに対する正式な告発状が発行され、そこにはエスパニョーラ島での民事、刑事裁判を監督する立場を利用した職権乱用など、数々の不正行為が列挙されていた。エルナンドはまたしてもエネルギーをふるい起こし、兄と、そしていまやその兄がただひとりの管理者となった父の遺産を守るために訴訟の準備書面を用意し、提督であり副王であるディエゴがみずからの領地における司法問題について自然権を有していることを主張している。前年スペインに戻ったディエゴが、みずからの遺言書に補足書を追加したのをエルナンドが知っていたかどうかはわからない。内容は、父コロンブスが弟に遺産として何を残すつもりであったかの解釈に兄弟間で〝相違〟があること、また、みずからの存命中は弟を正当に扱うつもりでいるが、死後は相続人らに対し、一族の地所からの収益をエルナンドに分配しつづける義務を免除するというものだった。同じ補足書で、ディエゴはエルナンドを遺言執行人に指名している。兄弟間の変わらぬ愛と信頼の証しに見えるかもしれないが、むしろ信じがたいほどの冷酷さのあらわれと言えるだろう。エルナンドは最近親者であるディエゴの死後、その望みを叶えるために呼ばれ、父の遺産に対する権利から自分が完全に排除されるその条項をも執行することになるのだ。一五二五年のほとんどは宮廷にとどまって一族の権利のために闘ったエルナンドの身体は、一一月に入ってとうとう悲鳴を上げた。一一月二六日、彼はセビーリャからカールに宛てて手紙を書き、トレドに置かれていた宮廷を離れたことを詫びるのと同時に、一日も休息をとることなく続けた仕事と日々苦しめられる「例の四日熱」から回復する時間を求め、最後は神が皇帝に普遍の〝世界帝国〟をお与えになりますようにという言葉で締めくくっている。世界帝国――それはコロンブス家がこだわりつづける悲願だった。一五二六年二月二六日、ディエゴがトレド近郊で亡くなったとき、エルナンドはまだセビーリャにいたようだ。兄は弟に悪意のある遺産しか残していない。けれどもエルナンドは、そのときすでにまったく別の目的に向かって猛然と前に突き進んでいた。(13)

第一三章　壁のない図書館

兄ディエゴがスペインの反対側で亡くなる二週間前、エルナンドはセビーリャに土地を購入した。そこに三年かけて建てた屋敷は、自分のためというよりも、むしろ本のための家だった。町の城壁の外、プエルタ・デ・ゴーレス（ヘラクレスの門）のすぐそばにある、ゆるやかに蛇行するグアダルキビル川の流れに抱かれたその土地は、はたから見てあまり上等ではなかったようだ。というのも、そこは「muladar」――文字どおり訳せば「堆肥(たいひ)の山」と呼ばれる場所だったからだ。それでもエルナンドにとっては、五歳でコルドバの母親の家を離れて以来の〝定住の地〟だ。なにしろ彼はそれまでの年月（正確には三二年間）、宮廷の一員として各地をめぐり、船上や難破船の砦で暮らし、サント・ドミンゴの政府公館やローマのフランシスコ会修道院に滞在し、さらには宮廷の随行者として、旅から旅の生活をしてきたのだから。

エルナンドはそれまでもセビーリャでいくつか家を所有していたようだが、彼の生涯にはほとんど痕跡を残していない。だが、プエルタ・デ・ゴーレスのそばに建てたこの屋敷は別だ。そこは住む場所であるとともに、ある発想を形にしたものだった。それまでの彼の人生をつくりあげてきた多くの場所や物から生まれたその屋敷は、トマス・モアの理想郷(ユートピア)のように、そこに住む者の人生をかたちづくるものとしてデザインされた。家とは、建てた人の個性がどことなくにじみ出るか、あるいは住む者に理路整然と秩序を強いるかのどちらかだと言われるが、エルナンドの場合はその両方だったに違いない。そしてあらゆる証拠が、カサ・デ・コロン（コロンの家）が彼の内なる秩序からこの世に誕生したことを示している。膨大な数の本や絵画、言葉を集めた記録文書、地図、地理的データ、楽譜をどう配置するか――。この家は、どんどんふくらんでいく彼のアイデアを中心に構築されていった。しかしエルナンドの場合は例によって、完璧な秩序を求める気持ちが、父の思い出という引力とつねに競合する。家を建てる場所にこのプエルタ・デ・ゴーレスのそばの〝堆肥の山〟を選んだのは、たんなる偶然ではなかった。グアダルキビル川のちょうど向こう岸に、ラス・クエバス修道院が見える。そのサンタ・アナ礼拝堂は、一五〇九年に移されて以来、コロンブスの亡骸が眠りつづけた場所だった[1]。

つねに父を視界にとどめておきたい、それがこの場所を選んだおもな動機だったのかもしれないが、この立地は、時間的にも距離的にも遠く離れたもうひとつの場所と関わっていた。エルナンドがローマで見たであろう壮大なヴィラ――城壁内の desabitato（人の住まない荒れ地）に建てられた、ヨハネス・コリシウスとアンジェロ・コロッチの小さな学園――と同様、川岸に広がる何もない土地は、人文主義者の牧歌的生活にはうってつけの場所なのだ。都会でもあり田舎でもあるその場所で、エルナンドは忙しい生活と静かな黙想の両方を味わうことができたのである。人文主義者には、中世の何もない田園地方か密集した町なかで生まれた者が多い。そのためか、古典思想はキケロのトスカーナ式ヴィラやローマの歴史家サルスティウスの庭園で偶然に生まれたのではなく、ある意味、そうした環境がつくりだしたものなのだという考えが根強く残っていた。トマス・モアの『ユートピア』は、アントワープの庭で交わされる会話のなかで展開するばかりではなく、どの家にもそのような緑あふれる庭があり、そこで静かな時を過ごしていると普段よりもいい人間になれる、そんな世界を思い描いた物語だ。ロンドンのウェストミンスターにほど近い自治区（バラ）チェルシーにある、トマス・モアの自宅。彼が移り住んだその家のように、郊外（ほどほどに都会でほどほどに田舎）の家は、都市の「negotium（仕事）」とのつながりを失わせることなく、住む者に田舎の「otium（安らぎ）」を与える。

エルナンドが本のために建てた家はとうの昔になくなってしまったが、一六世紀の記述からかなり正確に再現することができる。その家は、横幅が一九八フィート（約六〇メートル）、奥行きが七八フィート（約二四メートル）あり、一五七二年に描かれた絵によると、川の対岸にあるラス・クエバス修道院に正面を向けた形で建てられ、ローマのトラステヴェレで見たアゴスティーノ・キージのヴィラにかなり似ていたようだ。また、これもキージの大邸宅と同様、真四角な部屋が並ぶ二階建てで、一階には皆が出入りできる部屋があり、二階はプライベートな空間となっていた。全体的に見て、前を流れる川から向こう岸のラス・クエバス修道院までがよく見渡せる眺めのいい家だったのは確かで、それが叶ったのは、水はけを良くするためにまず蓋つきの灌漑用水路をつくり、景観の妨げとなる大量の土を移動させた大規模な造園プロジェクトのおかげである。屋敷の一方のわきには畜舎と使用人の住まいがあり、もう一方には壁で囲われた広大な庭園ウエルタ・デ・コロン（コロンの庭園）がある。そこはエルナンドがサン・ブラス通りに所有していた家とひきかえに、隣接するサン・ミゲル教会から譲り受けた土地で、五〇〇〇本の木が植えられていたという一五七〇年の記述から、かなりの広さだったことがうかがえる。屋敷の正面（ファサード）は、コリント式の柱で支えたアーチ（コロンブスの両腕をイルカが支えている彫刻がほどこされていた）に、付柱（ピラスター）と三角小間（ティンパヌム）が窓枠を形成する方式で、半身像や花のモチーフからは、新古典主義的な特徴が見てとれる。この家は都市の高貴な家々のようなムデハル様式の宮廷風建築ではなく、人文主義者が好むクラシカルなヴィラで、ファサードは、コロンブスの故郷であるジェノヴァ出身のふたりの彫刻家が手がけた。そのうちのひとり、カローナのアントニオ・マリア・アプリーレは、ラス・クエバス修道院と大学内の教会に壮麗なリベラ家の墓をつくり、すでにセビーリャでは名を上げていた。エルナンドの屋敷と同時期に、町の反対側に建つリベ

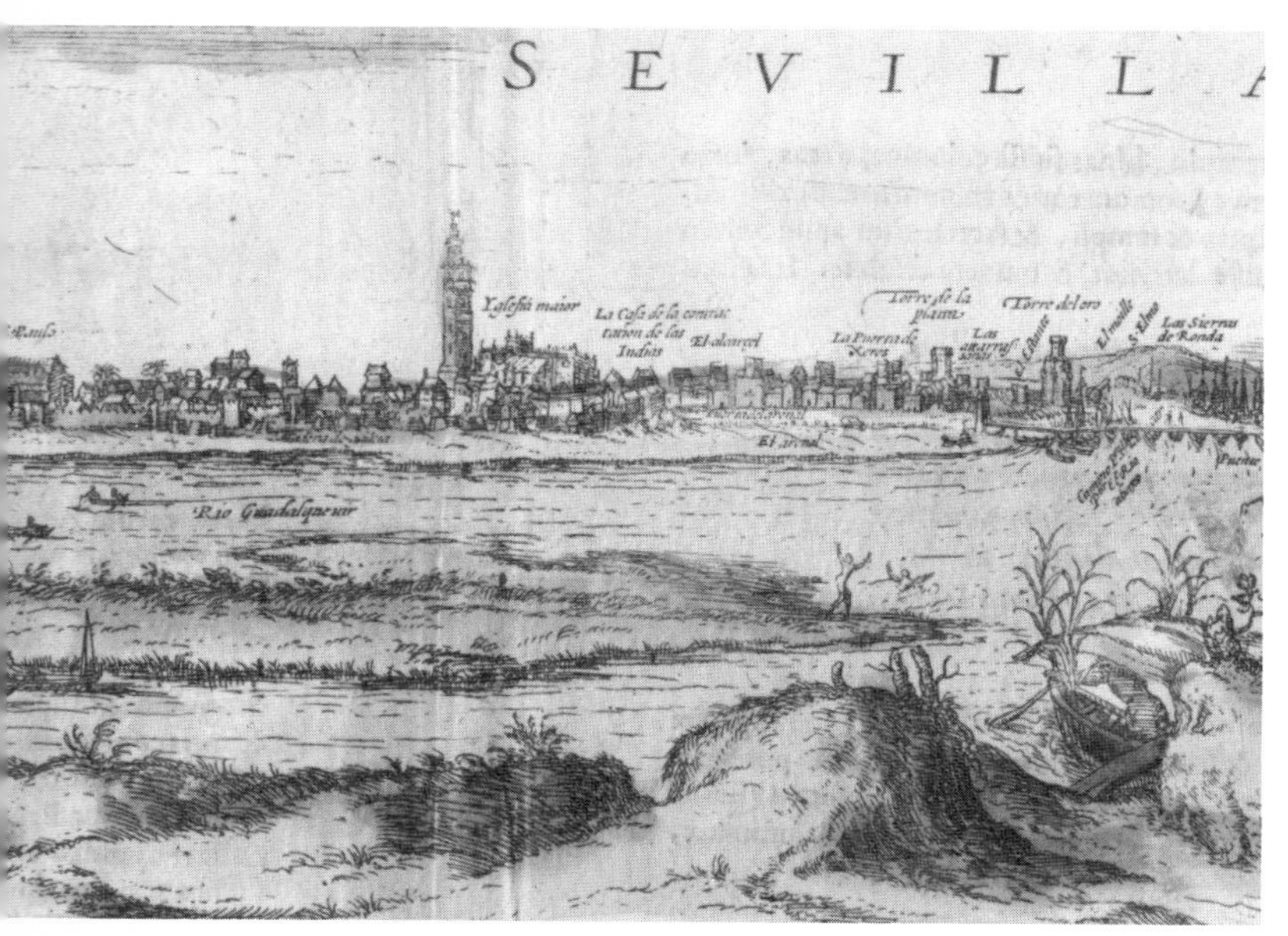

『Civitates Orbis Terrarum（世界の都市図集成）』より、セビーリャの眺め。プエルタ・デ・ゴーレスのそばに建つエルナンドの屋敷が見える。

ラ家の邸宅カサ・デ・ピラトス（ピラトスの家）の入口の門も手がけており、現存するその門から、エルナンドが本のために建てた屋敷の外観のイメージがなんとなくつかめる。(2)

エルナンドの屋敷がイタリアで最もすぐれた建築を模したものならば、それを囲む庭園のほうも世に二つとないみごとなものだった。彼は遺言書に、キリスト教世界を広く旅したが、これほどすばらしい庭は見たことがないと書いている。また、一六世紀終盤の記録にも、その庭には世界中から集めた何千もの植物があったと書かれているが、おそらくヨーロッパで最初の植物園であるこの庭をエルナンドが創案したという証拠は断片的だ。遺言執行人たちが作成した彼の私文書一覧には、植物および庭関係の目録らしきものが含まれているが、残念ながら現存しな

い。いまも残っているのは、エルナンドが一五二八年に庭師アロンソ・デ・サモラとその妻マリア・ロドリゲスに渡した詳細な指示書である。そこには、木には五日にいちど水をやること、花壇には精巧な灌漑システムを設けること、草食動物を入れてはならない。入れたら（綱でつないでいてもいなくても）重い罰金を科す、といった指示が書かれていた。この文書には、庭園には具体的にどのような木々があったのかは書かれていないが、こんにちのセビーリャは新世界由来の植物にあふれており、それらはほぼ例外なくエルナンドが植えたものだと伝えられる。それによりセビーリャは気味が悪いほどサント・ドミンゴに似てきて、まさに双子の都市のようになり、植物による〝逆植民地化〟が進んでいるのだという。セビーリャに根を下ろした新世界

『世界の都市図集成』に収録されたセビーリャの地図。左端、「く」の字に曲がった川に抱かれるように、プエルタ・デ・ゴーレスのそばに建つエルナンドの屋敷と壁で囲われたウエルタ・デ・コロンがある。

の植物のなかでもとびぬけて多いのが、ラス・クエバス修道院をはじめいたるところに生えている非常にめずらしいオンブーという植物だ。南米原産で、木のように見えるがじつは茎が密集した巨大な草である。同様に、セビーリャ周辺にちらほらと見られるセイバ、また、サン・レアンドロ広場にある奇妙な形のガジュマルは、まるで真昼の陽射しで溶けかかった蠟細工の森のようだ(3)。

エルナンドの記述から、彼が早い時期から植物に強い興味をもっていたことがわかる。きっかけとなったのはおそらく、初期の航海で見た驚きの植物に関する父からの報告だろう。なかでも印象的なのは、コロンブスがフェルナンディーナ島で見た、接ぎ木をしたわけでもないのに同じ幹から五、六種類の異なる枝が生える不思議な木や、第二回航海で訪れたドミニカ島で入植者たちの精神を錯乱させ、顔を腫れあがらせた果実だった。エルナンドはまた、タイノ族の文化を事細かに記述したラモン・パネの研究書も所有しており、そこにはタイノ族がスピリチュアルな儀式として、または療法の一種として吸引する〝コホバ〟という植物についても書かれていた。エルナンドが本を集めはじめたころに購入したなかにも植物学関連の書籍がいくつか含まれ、彼の《スペインの描写》にも、接ぎ木やブドウ栽培の手法などがよく出てくる。のちに父の伝記の一部として彼が書いた第四回航海にまつわる話にも、ベレン周辺の部族が嚙んでいた歯を腐らせる葉っぱ（コカイン）や、カシナス岬で発見したリンゴに似たパラダイスプラムなど、彼自身が目にした新大陸の植物がたびたび登場する。(4)

そうした植物へのエルナンドの関心がおもに医学的な観点からであったのは、植物に関する当時の文化に完全に沿ったものだ。のちの科学者たちは植物を形態学的に（その植物の形で）分類したが、ルネサンス初期の植物学ではむしろ、さまざまな植物を人間が摂取した場合にどのような作用があるかに焦点が当てられており、そこには、薬の材料となる植物に医者や薬剤師たちが目を向けはじめていたという背景があった。〝単薬〟および〝複合薬〟（成分が一種類か複数か）の材料となる植物はもともと、薬草摘みの女（ハーブワイフ）など、学識はないがその土地の植物に詳しい人々が採取していたが、薬物学はまず買った材料ではなく植物そのものの研究から始めるべきだとの発想から、初期の植物園が誕生した。そこには、従来の植物通が知らない外来植物が増えていたという特殊な事情もあった。また、一五世紀のなかば以降、医者や薬剤師たちは薬を陶磁器の瓶に入れてラベルを貼るようになった。このやりかたは、混沌たる生物の世界も、棚に並べて秩序を与えうることを意味したが、図書館の本と同様、世界各地から押し寄せる新種の植物があまりにも多すぎて、世界（ユニバーサル）庭園の構想はたちまち消え去った。

専門知識は別として、初期の薬物学者の多くは、ハーブワイフたちがもつ従来の知識に大きく依存しており、それはエルナンドも同じだったようだ。庭園の管理を任せる指示書にわざわざマリア・ロドリゲスの名を加えていることから、エルナンドが必要としたのは夫のほうではなくむしろ彼女の知識だったと思われる。エルナンドがどの程度の医療活動を行なっていたのかはわからないが、前述の私文書一覧に、薬の調合法に関するメモの存在が記録されている。(5)

ヴェネツィアにあったマリーノ・サヌートの情報収集所、エルナンドが《スペインの描写》をまとめるさい情報の宝庫となったあの書庫のように、植物園はわざわざ世界中を旅することなく世界の植物について学べる場所となった。一五三〇年代のはじめごろから、セビーリャの医者ニコラス・モナルデスは、新大陸の植物に由来する薬のヨーロッパにおけるエキスパートとなったが、彼はセビーリャを一度も出ることなく、ただ記録やサンプルを集め、そこから街全体に、さらには著作を通じて世に広めていった。エルナンド自身は、知り合いの陶器職人からアラビア医学の知識を少しずつ仕入れていたようだ。キリスト教に改宗して間もないその男は、エルナンドの屋敷の川向かいにあるトリアナ地区で医業もいとなんでいたが、非難を恐れてアラビア語の用語はいっさい使おうとしなかった。モナルデスは同輩とともに、非ヨーロッパ系の薬草商から古来の処方を聞き集め、入植者が新大陸から持ち帰った病気の治療を行なっていたが、たとえばサント・ドミンゴ原産のグアヤカン（癒瘡木〔ユソウボク〕）は、おもに梅毒治療薬となった。しかし、こうした植物はもともとセビーリャに自生するものではないため、新世界から送られてくる種をまいて木を育て、実験し、結果を観察しなければならないことも多かった。当時の古い医業と新しい医業のおもな違いは、規模とそれに応じて構築されるシステムにすぎず、古くから伝わる植物の知識に依存している点ではどちらも同じだが、エルナンドやモナルデスなど世界に手を広げたコレクターたちは、外来種を自国で育て、種々雑多な記録をふるいにかけて、はるか遠い異国の人々の知恵から学ぶべき何かを見つけなければならなかった。(6)

植物をその作用ごとに分類する方法は、じつはエルナンドが彼の図書館を整理するにあたり、既存の目録の重大な欠陥を修正すべく次のステップとして用いた手法と同じだ。著者名やタイトルをアルファベット順に並べたリストは特定の本を探すのに役立ち、《概要目録》は本の内容を知るのに、わざわざその本を読む手間を省いてくれた。だがこれらの目録は、どの本を探しているかがわかっていることを前提にしていた。司書の回想録によると、適切な道案内がなく、本をひとつひとつ見ていかなければ目的のものが見つからない図書館をエルナンドは「死んでいる」と表現した。だが、著者名やタイトルがわかっていなければ本を探し当てられないような図書館もまた、かすかに生気は残っていても、ほぼ死んだも同然のコレクションである。読者が梅毒あるいは建築物について調べようと図書館にやってきても、医者のモナルデスや古代ローマの建築家ウィトルウィウスの本を探せばいいとわかっていなければ、ただ途方に暮れるばかりだろう。その救済手段としてつくられたのが《題材別目録》、それぞれの本が扱う主題を抜き出し、アルファベット順に並べたリストである。この目録は当初、エルナンドが一部の本（スエトニウスやルクレティウスの著作など）に付した索引のようなものだったが、そのうちに蔵書全体をカバーするようになった。司書が図書館に関する回想録で示しているように、たとえば悪しき言葉の危険性と良き言葉の利点に関するエラスムスの論説『リングア（言葉）』の場合、目録には「悪しき言葉、危険性」、「良き言葉、利点」と記入され、同様にサブテーマとして扱われている「アスプクサリヘビ、生態」なども加えられた。これで、言葉や毒ヘビについて調べたい人は、事前にどの本を見ればいいかわからなくとも、エラスムスのこの著作へと導かれる。実際、これは世界共通の題材別索引であり、本と本のあいだの壁を崩し、図書館全体に似た内容の本どうしをつなぐネットワークを構築することで、利用者は思いのままに、多くの蔵書から特定のテーマに関わる情報を大量に集められるようになった。プエルタ・デ・ゴーレスの屋敷の建設が始まった

ヒエロニムス・ブルンシュヴィヒ『真正蒸留法』（ストラスブール、1500 年）より、薬屋での指導風景。

その年、エルナンドと要約者(スミスタ)たちは猛烈な勢いで目録づくりに励んでいた。一項目あたり二、三行ずつの大まかなリストは八〇二ページに及び、それがのちにアルファベット順に配列されることになる[7]。

例によって、この発明もまた新たな難題をもたらした。彼らがまず直面したのは、索引にどの用語を使うかという問題だった。エラスムスの『リングア』に出てくるアスプクサリヘビは「アスプクサリヘビ」とすべきか、それともヘビ、毒ヘビ、クサリヘビ、ヨーロッパクサリヘビなど別の語を使うべきか? 探すべき用語がわからなければ、索引があっても使い物にならない。エルナンドは助手たちに残した説明書のなかで、最も〝一般的な〟語を使うこと、さらに、疑わしい場合には複数の見出し語を用いることと指示している。たとえば、神の〝顕現〟について扱った本は、同様に「キリスト」、「イエス・キリスト」の項目にも出てくるようにする。これは非常に実用的な方法だ。直感的にわかる語や、あるものに関して誰もが連想する語が使われていなければ、索引は役に立たないからだ。しかしこの方法は、エルナンドと同時代の人々の言語に対する考え方とは大きくかけ離れていた。当時なされた〝完璧な言語〟の探求(ヒエログリフ、モアのユートピア語、エルナンドのビブリオグリフ)では、たとえ使う人もなく誰にも通じなくても、いっさい曖昧さのない言葉を求めた。だが《題材別目録》はそれを完全に覆した。いまや、難解でとらえどころのない完璧さよりも、人々がどう使うかが言語のスタンダードとなり、《題材別目録》はひとつの概念を複数の言葉で表現することを許容した。図書館がもつ膨大な知識を〝有用〟なものにしたい一心で、エルナンドと司書たちは人々がそれをどう利用するか、どんな場面でどういう言葉を連想するかを考えたのだ。純粋に実用目的でとった手段ではあったが、それが言葉の(さらには知識の)概念を一変させる第一歩となった。言葉はもはや、ひとつの完璧な状態に固定できるものから、成長を遂げる生き物、日々のやりとりのなかから生まれ出るものへと変わったのである[8]。

《題材別目録》づくりを進めるにあたり、エルナンドは要約者（スミスタ）たちに大きく依存していたに違いない。引き続き《概要目録》を作成し、プエルタ・デ・ゴーレスの建設作業に指示を出し、兄の遺言執行人をつとめるかたわら、一五二六年にはスペインの首席地理官の役職を引き継いだからだ。バダホスで行なわれた会議が結論の出ないまま終わったあと、セバスチャン・カボット（スペインの通商院を統括していた首席航海士（ピロート・マヨール））が、モルッカ諸島の経度に関し新たな証拠を入手するための調査に派遣された。カボットが出発して数カ月後、皇帝はスペインの重要な航海用地図――パドロン・レアル――の改訂版づくりに取りかかるようエルナンドに命じ、さらにカボット不在中の首席航海士代理に任命した。以前エルナンドが手がけた《スペインの描写》は打ち切られ、バダホスでの努力もほとんど実らなかったが、ここへ来て、ある意味さらに野心的な地図づくりのチャンスが訪れたのだ。パドロン・レアルはたんなる地図にとどまらず、むしろスペインにおける中心的な航海道具となるべきもので、それが技術的にすぐれたものであれば、ポルトガルをはじめ海外進出をねらう競合相手に対し、スペインの船舶は優位に立てることになる。この新たな試みにおいてエルナンドが踏み出した第一歩は、いかにも彼らしいものだった。一五二七年三月一六日、カールは新世界への航路をたどるすべてのスペイン船の水先案内人に対し、航海日誌をつけて計測値を記録し、帰港したのち通商院にいるエルナンドにその日誌を預けるよう命じた。記録はそこで、新たな海図と照合されることになる。これはエルナンドが《スペインの描写》に用いた手法であり、マリーノ・サヌートがこのやりかたでヴェネツィアの歴史書を綴るのを見て学んだのだ。さらにまた、フルヘンシオとテオドシオが交わした地図製作法を批判する会話において、（おそらくエルナンドによって）推奨された手法でもあった。信頼できるひとつの模範や情報源に頼るのではなく、あふれかえる大量のデータを用いて、そこからわかることを少しずつ洗い出し精査していくことで、世界の姿をより正確に描き出していく方法である。[9]

我々は幸いにして、エルナンドとその仲間の地図製作者たちがどのようにして地図をつくったのか、その詳細をいくらかたどることができる。それはひとえに、良い状態で現存するアロンソ・デ・チャベスの記録があるおかげだ。チャベスは、エルナンド自身の推薦により一五二八年に任命され、エルナンドとディオゴ・リベイロとともに地図づくりにたずさわった人物である。エルナンドは通商院での海図製作や航海に関する活動を、通商院ではなくプエルタ・デ・ゴーレスの自宅から指揮していたらしく、一五二八年の書簡には、自宅で水先案内人たちに航海道具の使いかたを指導する（これもエルナンドの仕事だった）ようすが書かれている。チャベスの著作『Espejo de Navegantes（航海者の鏡）』には、まっさらな紙または羊皮紙に細い線で網目を描くところから始まる海図製作のプロセスが詳細に記されている。まず、羅針図（コンパスローズ）から伸びる形で航程線〔経線に対し一定の角度を保って航行するコース。等角航路ともいう〕を引き、紙面におもな方向線を入れていく。次に緯度と経度の線を網目状に引き、赤道と回帰線を描き入れる。こうして紙面が細かい網目に覆われたら、地図製作者は次に、緯度・経度が定まった場所を起点とし、信頼できる測定値と水先案内人の報告にもとづく距離および方角の数値とを組み合わせながら近くの地点を入れていく。こうしていくつもの地点が定まって初めて、点と点のあいだの海岸線を細かく埋めていくことができた。このシステムは、実質的には点と点を結ぶ製図法と似ており、（昔のポルトラーノ型海図のように）水先案内人の経験を頼りに、より厳密な緯度、距離、方角の計測値で裏付けられた地点を網目状につないでいくのである。そして最後に、地図製作者は地誌的な詳細を加える。つまり、海岸と直角に港の名前を書き入れたり（海岸に沿ってぎっしりと名前が並ぶことが多い）、砂洲であることを示すサイン（細かい点で陰影を出す）や水中に危険があるというサイン（×印をつける）を入れたりできるのである。公式な地図はおそらくプロの地図製作者であるリベイロやチャベスによって描かれたのだろうが、エルナンドにも地図製作の才能があったことが彼の蔵書からうかがえる。たとえば、プトレマイオスの『ゲオグラフィア』の一五一三年版にある地図に彼は修正を加え、地名を書き入れたり、Isla de las Once Mil Virgenes（ヴァージン諸島）の上に「insula anthropophagorum（人食い人種の島）」という文言を加えたりしている。当時のまた別の地図製作手引書には、地図の原本から複写し、スペインの水先案内人がみな船に携行することになっている海図をつくるプロセスが記されている。亜麻仁油に浸した薄い紙を地図に当てて線をなぞり書きし、片面を燻したカーボン紙の上にそれをのせてふたたびなぞることで大まかな線が引かれるというものだ(10)。

煤煙と油、絵の具、紙であふれるこのプエルタ・デ・ゴーレスの工房でつくられた地図は実用文書であり、水先案内人が実際に海で使うためのものだ。そのため、同時代のほかの海図と同様、すでに使われていまは残っていない。パドロン・レアルの原本すら、新しい版ができるともう古くなったものとして破棄されてしまったため、それらの海図についてはっきりと言えることはほとんどないのである。エルナンドが首席航海士をつとめていた時期に製作された眺めるための地図は数多く現存し、そうした革新的な作品を生み出した功績はたいていディオゴ・リベイロやアロンソ・デ・チャベスものとなったが（地図に署名をし、地図研究家たちの称賛を受けてきたのは彼らだった）、地図製作者がたったひとりで地図をつくりあげたかのようなこの発想は、当時の地図づくりがどのように行なわれていたかを完全に無視している。実際には広範に及ぶ記録や受け継いだ才能、技術を総動員して共同作業でつくりあげたのである。エルナンドがカボットの代理をつとめていた時期の地図が四点現存しており、そのうち二点は現在ドイツのワイマールに、一点はヴァチカン、そして最後の一点は（エルナンドの時代よりもあとにつくられたものかもしれないが）ドイツのヴォルフェンビュッテルに保管されている。それらは実際に使うというよりは飾って楽しむための地図で、スペインの探検家たちの前に開かれつつあった世界を一望できるデザインに、アストロラーベや天球、四分儀(コドランド)といった魅力あふれる装飾的イラストも描かれた、地図製作技術の高さを物語る作品である。描かれた天体観測器は、エルナンドがその時期、水先案内人たちに使いかたを教えていた道具でもあった。また、バダホスで未解決に終わった外交論争が地図上ではまだ継続中であり、モルッカ諸島がいちばん左端(つまり、西側のスペインの半球内)にはっきりと描かれている。そのころにはすでに、国王はモルッカ諸島をポルトガル領とほぼ認めていたが、地図の海域にはスペインの船団や旗が数多く描かれ、オモチャの艦隊のごとく世界を占有していた。こうした地図は政治的な駆け引きにも使われたことから、のちにイングランドの地理学者リチャード・ハクルートに、スペインとポルトガルの天地学者や水先案内人は海岸や島を自分たちに最も都合のいい場所に置くとからかわれることになる(11)。

首席航海士としてのエルナンドの役目は、地図製作や水先案内人の教育にとどまらず、すべての水先案内人の航海技術の審査や、海で使うあらゆる航海道具の検査も含まれたため、エルナンドはそこで、テオドシオとフルヘンシオが嘆いた、スペインの航海術のもうひとつの短所を改善するチャンスを得た。首席航海士は、スペインの砲術の開発という役目も担っていた。大砲を効率的に使うスキルは、昔ながらの戦法よりもむしろ、地図製作者や測量士が用いるテクニックやツール、つまり距離や方角、傾斜などの正確な計測によるところが大きかったからだ。エルナンドはスペインの旧弊な武器には早くから注意を向けていたらしく、スペインと神聖ローマ帝国の連合軍がヴェネツィア軍と戦ったラ・モッタの戦いについて記した一五一三年の冊子に、スペイン軍が使った爆弾の威力のなさについてメモを書き入れている。また一五二八年には、地図製作者ディオゴ・リベイロが、インディアス枢機会議に対し、ガリシアのア・コルーニャにある通商院の北部支所で開発中の爆弾製造技術について説明している。もしもエルナンドが、カサ・デ・ゴーレスを世事から隔絶されて本に没頭できる聖域にしたいと思っていたならば、その希望はくじかれたことだろう。なぜなら、彼の屋敷ではその時期、地図製作者や天地学者らが大勢集まって地図づくりや指導を行ない、水先案内人たちが報告をしたり講義を聞いたり試験を受けたりしていたからだ。のちの記述によると、当時エルナンドの屋敷は、ある種の数学アカデミーのようになっていたようだ。ローマの人文学者たちのヴィラを再現した形だが、そこに集まっていたのは古典文化の愛好家ではなく、技術データや計測、その秩序づけなどをこよなく愛する人々だった。[12]

グアダルキビル川のほとりにローマを再現したことは、それに先立つイタリア半島での出来事を考えれば、やや後味の悪いものだったかもしれない。パヴィアの戦いでフランソワ一世が捕虜になると、権力のバランスがあまりにもカール五世側に傾きすぎたことに、スペインとともに戦った同盟国もはっと気づき、ヘンリー八世、教皇クレメンス七世、ヴェネツィア、さらにはカールがその地位につけたミラノ公スフォルツァ家までが、皇帝の歯止めがきかなくなる前に勢力バランスをとろうと、フランスと運命をともにするコニャック同盟を結成した。スペインから解放されたフランソワがいともあっさりと捕虜の恭順宣誓を破ったことに腹を立てたカールは、フランスからの身代金の受け取りをきっぱりと拒み、「彼は私を騙した。騎士道精神も貴族の誇りもない下劣な行為だ」と辛辣な批判の言葉を投げつけ、ふたたび降伏し囚われの身となるか、自分と一騎打ちで勝負しろと迫った。そのいずれも起こりそうにないため、イタリアにいる教皇軍の指揮官たちは、失ったヴェネツィア軍とフィレンツェ軍に代わるランツクネヒト（ドイツ人傭兵）を集め、あっという間にミラノを奪還した。フランス軍があらわれないと知るや、クレメンス七世は停戦協定を求めたが、皇帝軍の指揮官の力ではもはや傭兵たちの統制がきかず、解雇しようにも払う資金がなく、抑えのきかない血気盛んな一団に押し流されるようにしてローマへ進軍することとなった。そして一五二七年五月六日の朝、スペインとドイツの軍勢は永遠の都ローマへ攻め入り、教皇クレメンス七世はヴァチカンを脱出し、レオニーネの城壁伝いにサンタンジェロ城へ逃れた[13]。

それに続いて起きたローマ劫掠（ごうりゃく）では、キリスト教世界の文化、芸術、信仰の聖地が激しい暴力と蛮行の舞台となり、ヨーロッパの良心に言葉ではあらわしえないほどの傷を残した。どれほどの残虐行為が行なわれたのか、その全貌はわからないが、ある人物は（彼ひとりだけで）テヴェレ川の北岸に一万もの死体を埋め、さらに二〇〇〇の死体を川に捨てたと証言している。街へ押し寄せてきた兵士に、無数の女性たちが犯されたという。家々はひとつ残らず略奪に遭い、それはアゴスティーノ・キージのヴィラや教皇の宮殿にも及び、ラファエロやペルッツィのフレスコ画に混じって、いまでもドイツ語の落書きが見られる。だが、ランツクネヒトの猛威の矛先が最大限に向けられたのはローマカトリック教会の建物であり、年代記作家ルイジ・グイチャルディーニの記録によると、〝至聖所〟は売春宿と化した。そして傭兵たちは聖遺物に対する冒瀆行為を行なったあと――彼らは聖ペテロと聖パウロの頭をボールのごとく蹴り、ロンギヌスの聖槍を銃剣代わりにした――謝肉祭さながらに浮かれ騒ぎ、一五一三年にエルナンドも見物したユリウス二世を称える盛大な街の祝祭をまねてサンタンジェロ城の前を練り歩いた。このローマ劫掠では、唯一の本物とされるキリストの聖顔（ベロニカ）もまた失われた。さらに究極の侮辱として、ランツクネヒトはクレメンス七世に対し、彼らが新教皇と呼ぶルターへの服従を求めたのだ。ローマはもはやローマではなくなった。それはヨーロッパ全体の嘆きだった。数多（あまた）の人々にとって、これは第二のエルサレム陥落であり、神殿はふたたび破壊されてしまったのだ。

この出来事はまもなく、ヨーロッパ人にとってこの上なく重大な意味をもつ瞬間のひとつとなった。そして続く世紀では、悲劇的結末として数々の物語に描かれ、歴史家たちはこれをイタリア盛期ルネサンスの終焉、マニエリスムとバロックの幕開け、中世キリスト教世界の終わり、反宗教改革の始まり、教皇が強大な政治的影響力をもった時代の終わりなど、さまざまな変化のきざしとして記述した。[14]

略奪者とは往々にして、本や図書館を目の前にしたときにひときわ激しい怒りをかきたてられるらしい。静かに存在するそうした物に街の息吹を感じるのか、長きにわたり反カトリックの嘲笑の的であった知の伝統を徹底的に破壊し尽くそうとするのだった。人文主義者たちの立派な図書館、たとえばアンジェロ・コロッチがクイリナーレの丘にあるアカデミーに創設した図書館も完全に破壊された。ヴィテルボのジャイルズの図書館も同様で、コロンブスの発見によって歴史の最終段階に入りつつあることをレオ一〇世に示した彼の手稿本『Historia XX saeculorum（二〇の世紀の歴史）』もろとも破壊された。ヴァチカン図書館の計り知れない価値は、オラニエ公がみずから見張り番に立ったことからもわかるが、彼すらも襲撃を防ぎきれず、略奪者たちは手稿本の中身には目もくれず貴重な表装だけをはぎ取り、ばらばらになったむき出しのページだけが残された。この光景は、六世紀に起きた東ゴート族によるローマの図書館の破壊、あるいは伝えられるアレクサンドリア図書館の破壊を彷彿とさせただろう。ヴァチカン図書館の四番目の部屋にあった秘密文書館は大部分が失われ、この一五二七年の劫掠のあとに行なわれた目録づくりによって、あたかも大鎌でごっそり刈り取られたように、大量の蔵書がなくなっているのがわかったのである。石が投じられ、陶土でできた足をもつ王国〝ローマ〟は崩壊し、幸か不幸か、スペイン帝国には――そしてエルナンドの図書館にも――もはや肩を並べるものはなくなった。[15]

カールの敵がすべて払拭されたいま、エルナンドはいつ終わるとも知れない数々の仕事――地図、題材別目録、概要目録、水先案内人の試験、カサ・デ・ゴーレス、そして図書館――をふたたび中断し、帝国の壮大なページェントを最後まで完成させなければならなかった。カールは一五二〇年にアーヘンでローマ王の冠を戴いたが、イタリア北部の不穏な状況と予測不能な教皇の政略のせいで最後の儀式を執り行えずにいた。こうしてローマとヴァチカンの両方が完全に征服されたいまこそ、イタリアへ赴き、クレメンス七世からじかに神聖ローマ帝国皇帝の冠を授けられ、形の上でも精神においても完全にローマ帝国の承継者となり、一度にひとつの国しか掲げることのできない帝国の聖火の正当な受け継ぎ手となるべき時が来たのだ。

スペインをこの世界帝国に必要な拠点にするべく父親とともに不断の努力を重ねてきたエルナンドが、そのクライマックスとも言えるイベントを見逃すとは思えない。しかし、帝国の儀式がついに完結間近となると、エルナンドの仕事もにわかに緊急性を帯びてきた。スペインが世界帝国となるならば、その中心には世界図書館、すなわち全世界の思想が保管されるメモリ・バンクがなくてはならない。その図書館はさらに、命のないただの保管庫ではなく、混沌たる印刷物の世界でものごとを結びつけ、無数の顔をただ鏡のように映し出すのではなく、そこからひとつの世界像を描き出すことができる生きた器官でなければならない。現に、地理的領域としての世界帝国と知識としての世界帝国とは深いところでつながっていた。ちょうど地理にちなんだメタファーの多くが知識の世界を表現するように。エルナンドの図書館は可能なかぎりすべての〝知の領域〟を網羅し、それによってすべての〝地理的領域〟をひとつにするだろう。目録に記載された本や絵画は、そこが複製品にあふれる図書館ではないことを物語っていた。さらに、アルファベット順のリストで特定の本や著者が容易に見つかり、《概要目録》を見れば非常に効率よく棚から棚へ移動できる。また、《題材別目録》は知りたいトピックの本がある場所を教えてくれる。しかし、著者や本のタイトル、個別の知識から、それらすべてを包含する広い枠組みや知識の世界における座標を知りたければ、どうすればいいのだろう。ある主題の隣には何があって、その主題はどの領域にあるのだろうか。そしてこの図書館は、最終的に見れば、子午線や経緯線があり、いくつかに分割され、〝果て〟があり、どのような形になるのだろう? すぐに「これが世界の姿で、知識が織りなす自然の形なのか」とわかるのだろうか。

一五二九年にイタリアへ旅立ったとき、エルナンドは四一歳だった。その時代の基準で言えば、もう若くはない年齢だ。健康状態は揺らぎはじめ、気まぐれな兄の未亡人と、帝国の管理に忙殺される統治者に依存している経済状態も、お世辞にも安定しているとは言いがたかった。けれどもそのとき彼は、とてつもないものを形にしようとしていた。いままで誰も目にしたことがないもの、そして彼を父コロンブスにふさわしい息子へと昇格させてくれるものを。残るは、最後の配列のみ——(16)。

第四部　ものに秩序を与える

第一四章　新たなヨーロッパ、変わらないヨーロッパ

スペインを離れてちょうど二年たった一五三一年の秋、エルナンドは低地地方からの帰路についていた。少人数で連れ立ち、フランス経由でスペインへ向かうのだ。ルーヴァン、アントワープからカンブレー、さらにパリへと進む一行は、じつに非凡な面々だった。馬での旅に慣れたエルナンドは、彼の図書館の手伝いとして雇ったふたりのオランダ人の男、ヨハネス・バサエウスとでっぷり太った陽気なニコラウス・クレナルドゥスを伴っていたが、ふたりとも鞍にまたがるのが下手くそで、鐙（あぶみ）にかけた足と、しりがいにかけた手とでうまく体重移動ができず、たちまち自分たちの尻にも馬にも痛々しい擦り傷をつくってしまった。クレナルドゥスは手紙のなかでこの旅を生き生きと描写し、途中で立ち寄った町々で人々の注目を集めるのはたいてい自分のだらけた姿としかめっ面だったと認める一方で、連れのバサエウスに主役の座を奪われたときのことを面白そうに振り返っている。鞍の上で大きくバランス崩したバサエウスは、なんと馬のたてがみに歯でかじりついたのだ。パリではさらに、ヨハネス・ハモニウスが一行に加わった。フランスの法律専門家で、彼もまた図書館プロジェクトの要員として雇われたのだ。こうして一〇人前後となった一行には、エルナンドの相棒ともいうべきヴィンセンティオ・デ・モンテもいた。旅の最初のころにローマで雇われた彼は、その後も生涯にわたりエルナンドのそばを離れなかった(1)。

エルナンドとクレナルドゥスは、ルーヴァンのコレギウム・トリリング（三言語学院）で出会った。エルナンドは混沌を極めていく図書館の整理を手伝ってくれる有能な助手を求めてその大学を訪ねた

のだった。ポルトガル人の人文学者アンドレ・デ・レセンデにほしい人材について伝えると、クレナルドゥスが聖ヨハネス・クリソストムスによるギリシャ語の文献について講義をしている教室へすぐに案内された。クレナルドゥスは数年前にこの大学で博士号を与えられたばかりだったが、すでに革新的な言語教育者として名声を獲得しつつあり、それはたんに、パリ生活の影響でかぶるようになった派手な帽子のせいばかりではなかった。彼は言語学習にエラスムス流の手法を真っ先に取り入れ、机に向かって分厚い文法書や用語集とにらめっこするよりも、会話や芝居を通じて学ぶのが最も効果的であることを証明しようとしていた。どんなにおぼえの悪い生徒でも、ものの数カ月で古典語を習得させられる。それにはラテン語やギリシャ語を日常会話に取り入れるだけでいいのだ、と彼は豪語していた。また、のちにラテン語を教え込んだふたりの〝エチオピア人〟奴隷（むしろ西アフリカから来た奴隷であった可能性が高い）を教室へ連れてきて、奴隷たちは驚く生徒たちの前で会話をして見せたという。教師としてパリに滞在していた一年のあいだに出版した二冊の言語学習の手引書（ギリシャ語とヘブライ語）はすでに大好評を博し、ルーヴァンのコレギウムでも名教師として信望を得つつあった。授業が終わると、エルナンドはさっそく声をかけ、ふたりのあいだですぐに話がまとまった。

クレナルドゥスはその後、雇い主となったエルナンドに宛てた手紙のなかで、ヨーロッパをめぐった最近の旅で味わった耐えがたい喪失感に触れ、エルナンドの忍耐強さを称賛した。彼は詳細には触れていないが、黒焦げになり変わり果てた大陸をめぐる波乱に富んだ旅の断片をつなぎ合わせることは可能である。エルナンドは一〇年前の一五二〇〜二二年と同様、北イタリアからバーゼルへ、さらに低地ドイツからライン川を北上しネーデルラントへ達する三日月形のルートをたどっていた。このように共通点の多い旅だったがゆえに、前回との違いをより痛切に感じ取って帰国したのではないだろうか。ルター主義はもはや、過大な権力をもつローマカトリック教会に対する散発的な抗議運動ではなく、ひとつの宗教的勢力と化していた。エルナンドはこの運動に共感をおぼえていたのだろうか、それとも黙殺していたのだろうか。ルター主義はいまや日の出の勢いで、カールのドイツ領内のほぼ全土に広がり、多くの地方では、その主張の根拠となるものが、もはや運動の生みの親さえ戸惑うほどのかけ離れた論理的帰結へと導かれていた。ルターが（一説では、彼以前にエラスムスが）主張したように、信仰を通じて神と精神的につながることだけが重要であるならば、教会に君臨する権力者たち（教皇、枢機卿、司教）が人間と神との仲立ちをする必要はなく、そもそも教会は不要だろう。この世の精神地図においては、エルナンドが作成中の新たな地図と同様、すべての点が神から等距離にある。現にルターはドイツ諸侯を味方につけて、真の信仰者は政治をすべて統治者に委ねるべきだという主張を広めていった。一方で、ドイツ国内でもごく貧しい地方の人々は、カリスマ性をもつ伝道者たちが説く、改革の論理は教会の権力者のみならず世俗の統治者にも適用されるという思想にいともかんたんに染まっていったのである。

　一五二四年、急進的伝道者トマス・ミュンツァーは、集まった大勢の取締官を前に、バビロンの王ネブカドネツァルが見た、上から純金、銀、青銅、鉄、陶土でできた像の夢について新解釈を述べた。当時、ザクセン地方の炭鉱の町アルシュテットで聖職についた彼は、不正を働く者や金持ちを批判する時機を得た説教で民心を得ていた。像の土でできた足を打ち砕くことは、永遠に滅びることのない〝最後の王国〟の始まりではなく、あらゆる形態の政府の終焉を象徴しているのだ、とミュンツァーは主張した。彼自身はこのあと長くは生きず、農民戦争が巻き起こると拷問のすえ処刑されるが、その後再洗礼派（アナバプティスト）たちのあいだで、（反権威主義的な点ではほとんど劣らないが）より安定した動きが生まれた。一五三一年六月の終わりにしばし滞在していたシュトラスブルク（ストラスブール）で、エルナンドもまた彼らの思想に触れたことだろう。

再洗礼派が説く〝終末〟観は、コロンブスやカール、エルナンドが思い描いたものとは様相が大きく異なり、そこでは頂点に立つひとりの皇帝が全世界を支配する構図が、あらゆる世俗的ヒエラルキーが平らにならされた形に取って代わられ、〝選ばれし者〟と〝地獄へ落ちる者〟との違いのみが存在した。これもまた、カールが黙認できるものではなかった。もっとも、彼としては西洋世界が以前から直面してきたより大きな脅威に重点的に取り組みたいところだっただろう。時まさに、スレイマン一世率いるオスマン帝国の軍勢がハンガリー経由でふたたび前進を続け、一五二九年九月にはウィーンを包囲、ちょうどそのころ皇帝の一行はイタリアへ向かっていた。ドイツとオーストリアにおける脅威があまりにも大きかったため、カールはついに、ローマのサン・ピエトロ大聖堂で予定していた神聖ローマ皇帝としての盛大な戴冠式を断念せざるをえず、代わりにイタリア北部のボローニャで執り行なった。帝国を象徴する行事の開催場所という意味でははるかに劣るが、こちらのほうが戦いの現場に近かったからだ。皇帝の顧問団は急きょ、戴冠式がどこで行なわれようと、ローマ教皇が臨席しているかぎり有効であるという特例をつくった。さらに、(体裁の悪さを軽減するために)ボローニャをできるかぎり〝永遠の都〟に似せるべく飾りつけをしたために、木造の凱旋門にはこれ見よがしにローマ皇帝たちの姿が刻まれ、サン・ペトローニオ聖堂はヴァチカンそっくりに飾り立てられた。カールは戴冠式の日として一五三〇年二月二四日を選ぶことで、その妥協的な儀式にいくらかなぐさめを見いだしたのかもしれない。その日はちょうど、パヴィアでフランソワ一世を破り捕虜とした日から、ちょうど五年目だった。(2)

カールの気持ちがどこかほかの場所にあったとすれば、エルナンドの気持ちもまた同様で、皇帝に謁見を求めたあと、彼は戴冠式を待たずに去ったのかもしれない。謁見では、エルナンドの口から意外な言葉が飛び出した。冒頭でまず、自分はかれこれ四〇年近くも宮廷に仕えてきたと述べたのち、エルナンドは言った。長年の働きに対し、これまで一度も報酬を求めなかったのは、いつか父の権利に関する訴訟が決着し、暮らしが保証される日が来ると信じていたからだ。ところが、どうやら裁判は（彼のしゃれた表現を用いるなら）〝永遠の命を与えられて〟いるかに見える。そこで、もう年でもあり金銭的にも窮していることから、聖職につく決心をした。現教皇にも前々から勧められていたことでもあり、ついてはどうか何も言わず、手元に残る最後の一〇〇〇フロリン金貨をローマ行きに使わせてほしい、と(3)。

これはエルナンドの策略だったとしか思えない。一四九三年に最初の航海から帰還したときにコロンブスが出した要求には、確かに枢機卿の座も含まれており（エルナンドよりもむしろディエゴを想定したものだったが、結果的には不首尾に終わった）、聖職は通常、次男以下がつく職業（庶子ならばなおさら）ではあるが、エルナンドが残した文書には、この前にもあとにも、教会に入るなどとはひとことも書かれていないのである。カールへのこの嘆願は、エルナンドがローマ滞在中にジュリオ・デ・メディチ（教皇クレメンス七世）と懇意にしていたことを示唆しているのかもしれないが、説得されて教会で生きていく決意をした証拠を見つけるのは困難である。金銭的に困窮しているという訴えも、エルナンドに年間二〇万マラベディの俸給を払っている国王の耳には嘘っぽく聞こえたことだろう。たとえそれが唯一の生活の糧であり、野心的なプロジェクトのためにあっという間に使い果たされたとしても。

このときエルナンドに、本気で聖職につく気があったとしても、その気持ちは長くは続かなかった。同様に、彼の〝窮乏〟状態もまた短命だったようだ。というのも、その年の九月には、まずローマで、次いでペルージア、ミラノ、トリノ、ヴェネツィアとイタリア北部をめぐり、ふたたび大量に本を買い漁っていたからである。財政難を解消するため、それまで長年にわたり自分の取り分を払ってほしいと懇願しつづけてきた彼も、ついに兄一家への態度を一変させ融資銀行家のグリマルディ家からたびたび借金をしては、エスパニョーラ島の所有地と副王未亡人マリア・デ・トレドに請求するよう告げたが、彼女の代理人たちは、返済に充てるエルナンドの資金などないと拒絶した。これは少々危険なゲームだったが、エルナンドはとにかく本を買う必要に迫られており、壮大な図書館が未完成のまま終わるかもしれないことのほうが、ヨーロッパ屈指の強大な融資銀行家からの脅しよりもずっと恐ろしかったのである。こうした窮余の策に出たのは、おそらくヴェネツィアの歴史を記録するマリーノ・サヌートの姿を目の当たりにしたせいでもあっただろう。エルナンドが一五三〇年四月にヴェネツィアを訪れたとき、貧乏のどん底におちいりみごとな蔵書を多数手放さざるをえなくなったサヌートから、援助のためか本好きの血が騒いだせいかはわからないが、エルナンドはグリマルディ家から借りた資金でいくらか本を買い取っている。(4)

またしてもヴェネツィアの正式な年代記編者のポストを逃したサヌートは(今回はピエトロ・ベンボがその座についた)、自身のライフワークであったヴェネツィアでの出来事を詳細に書き綴った膨大な記録簿をベンボに使わせる見返りに、政府からわずかな収入を得て生計を立てていた。エルナンドの訪問後ほどなく作成された遺言書に、サヌートは痛ましくも、彼の「貴重な美しい」本の数々をまとめた目録について記述している。それはエルナンドの目録と同じく充実した内容で、値段や購入日などが詳細に書かれ、「赤い×印がついているものは、必要に迫られて売った」とメモが付されていた。サヌートの有名な蔵書が借金返済のために売りに出されているのを見て、エルナンドはひたすら同情をおぼえたことだろう。窮乏した愛書家でなければわからない、本と別れなければならない身を切るような辛さと、大切にしてきた蒐集本が二束三文で売られてゆく悲しさとがあいまった、あのとてつもない憂鬱。本の蒐集マニアだったドイツの批評家ヴァルター・ベンヤミンは、自分の蔵書を売らなければならないと考えただけで、その苦しみをやわらげるためにさらに本を買い集めたい衝動にかられたと述べている。当時エルナンドが本を購入していたのは、そうした意味合いがあったのかもしれない。

一五三〇年一〇月、イタリア北部の町チェゼーナを通過するさい、エルナンドはマラテスティアーナ図書館を訪れ、そこで心癒される光景を目にしただろう。地元の有力者が開設し町に寄付したこの図書館は、多くの点でエルナンドの図書館とは異なっていたが——蔵書の大半は自前の写字室で作成される写本であり、館内にはずらりと並ぶ閲覧席があり、そこに本が鎖でつながれていた——それでも時を移さず市民図書館となり、貸し出しに関しては非常に厳しいポリシーが維持されたため、その後の五〇〇年間で紛失した本はわずか六冊だった。これは、エルナンドがそのまま取り入れられる手法ではなかった。なにしろ彼の図書館にはあまりにも多くの本があるため、一冊一冊を鎖で机につなぐなどとうてい無理だったからだ。それでもエルナンドにとって、図書館に鍵をかけて本の墓場にすることなく、どうすれば蔵書を守れるかを考えるヒントになったのではないだろうか(5)。

本を求めてドイツ南部をくまなくめぐった旅の終わりに、エルナンドがルーヴァンのコレギウム・トリリングを訪れたのは、エラスムスに会うためではない。偶像はすでにその聖域にはいなかった。宗教改革が進行するにつれて、エラスムスの思想がルター主義（および、それに続くより急進的な思想）へつながったという認識が広まっていった。「エラスムスが産んだ卵をルターがかえした」という、おなじみのジョークがあったほどだ。これがなまじジョークでなくなるのは、スペインの異端審問所およびパリの神学者団体がエラスムスの著作を再検討し、一部を異端と糾弾したためである。こうした非難に抗弁する一方で、エラスムスはヨーロッパの表舞台を離れ、まずバーゼルへ、そして宗教改革がそこまで追いかけてくると、次にフライブルクへ身を引いた（エルナンドが一五三一年六月に訪ねたのは、その場所である）。しかし、エラスムスがすでに去ったとはいえ、ルーヴァンは依然としてエラスムス派の拠点であり、エルナンドは図書館を手伝ってくれる助手を求めてそこを訪れた。孤独な作業が寂しかったせいもあったかもしれないが、最初に勧誘したニコラウス・クレナルドゥスも示唆しているように、それ以上に図書館は人手を必要としていたのだった。

ルーヴァンを離れ、この見知らぬ男とともに大陸を横断することをクレナルドゥスが二つ返事で了解したことは、多くの同僚たちを驚かせた。コレギウムが与える以上の条件をエルナンドは提示できなかったのだから、なおさらである。しかし、ふたりが互いを同類と感じていたのは明らかで、エルナンドはこの男の落としどころを心得ていた。博士課程で学んでいたとき、クレナルドゥスはある『詩編』と出会った。それは、旧約聖書の一部である聖なる詩がそれぞれ五つの言語——ラテン語、ギリシャ語、ヘブライ語、カルデア語、アラビア語——で書かれた多言語版で、さっと舞い降りるようなアラビア文字の流麗な曲線に、彼はひと目で惚れ込んだのだった。当時、アラビア語はフランドルではまったく知られておらず、クレナルドゥスは（その手稿本で固有名詞がどう綴られているかを見て）アラビア語のアルファベットを解読したと自慢したが、アラビア語との恋をそれ以上進展させる手だてはなかった。そこでエルナンドは、クレナルドゥスの鼻先にスペインにはアラビア語があふれているという餌をぶら下げたのだ。流暢に話せる者もたくさんいるから、雇って教わることもできるし、スペイン各地の図書館には貴重なアラビア語の写本が厳重に保管されており、分散してしまった有名なコルドバのウマイヤ朝図書館の蔵書もある（エルナンドの図書館にも、アラビア語の本が数冊あった）。それだけで、この言語愛好家にルーヴァンを離れて見知らぬ土地へ赴く気にさせるには十分だった(6)。

クレナルドゥスを引き抜いたことで、深刻さを増す図書館の問題は解決できたも同然だった。その問題とは、比類ない図書館から真の世界図書館へと野心がふくらみ、キリスト教世界の外へまで目を向けはじめたことで、必然的にエルナンドには読めない言語の本がどんどん増えていったことだ。冊数は多くないが、入手順に記載した登録簿にあるアラビア語の本をアルファベット順のリストに転記する時点ですでに問題が生じている。それは、アルファベットが異なるという単純な理由によるものだった。実際、そうした本は図書館に入った時点で行方知れずになった。地図に載せるすべがないためだ。当然ながら、要約者（スミスタ）たちにはその中身がわからないのだから、それらを《概要目録》や《題材別目録》に記載することもできない。エルナンドはすでにギリシャ語、ヘブライ語、古代エチオピアのゲーズ語の本を購入しており、アルメニア語やアラビア語のものも数多く出はじめ、北アフリカ以南でも印刷されるようになっていたのだから、この問題はますます大きくなるばかりだった。一四八四年にはすでに、オスマン帝国皇帝は臣民に印刷機の使用を禁じていた。だが、ヨーロッパから逃れてきたユダヤ人たちが印刷術を持ち込み、レバント地方において印刷を始めた。数を増していく印刷本に加え、略奪品としてスペインに持ち帰られた多数の貴重な写本もあった。たとえば一五三六年にチュニスを征服したあとには、二〇〇〇冊の写本が持ち帰られたと伝えられている。こうした外国の写本あり、増えていく発明語（世界各地での改宗を補助するために、ハコボ・デ・テステラによってセビーリャで開発されていた絵文書など）ありで、図書館で用いるアルファベット式リストがじきに使えなくなるのは目に見えていた。それどころか、蔵書の多くが司書もまったく読めない本となるかもしれず、そうなると分類も棚に収めることもできず、いよいよ混乱を極める恐れがあった。それは非ヨーロッパ言語に限った問題ではない。エルナンドはロンドンを訪れているが、それにもかかわらず英語で書かれた本がほとんどないのは、ブリテン諸島以外では、かなりの学識者でさえ英語を解する者はほとんどいないという事情によるものと思われる。クレナルドゥスがやってくれば、ギリシャ語、ヘブライ語、カルデア語、アラビア語の本が管理しやすくなり、（少なくとも当分のあいだは）本の洪水を食い止めて、おそらく長期的な解決策も提供してくれるだろう。なにしろ彼の関心は、世界各国の言語に通じる鍵を見つけ出し、あらゆる言語に共通する土台を探ることに向けられているのだから。[7]

図書館の前に立ちはだかるこの問題をみごとにとらえている本がある。それは当時世に出たばかりの本で、その後まもなくエルナンドも購入している。アルファベット順のリストに著者名が出てこないのは、おそらくその名前―― Alcofribras Nasier（アルコフリバス・ナジエ）――が、整理の妨げとなっていたアラビア語のように見えたせいだろう。しかし、その本のタイトル――ガルガンチュアの息子パンタグリュエル、その偉業と武勇――はリストにあり、これを見れば、当時はわからなかったとしても、本の扉に書かれたアラビア風の名前がじつは François Rabelais（フランソワ・ラブレー）のアナグラムであることに我々は気づくのである。ヨーロッパの「世にも名高いよっぱらいのみなさま」に向けて書かれたラブレーのこの滑稽な物語は、ユートピア国の王（ガルガンチュア）の息子である巨人パンタグリュエルの冒険を描いたものだ。ヨーロッパの冒険譚とは逆に、パンタグリュエルは見聞を広めるためにはるか遠くの地からヨーロッパへ旅をする。彼がパリで見つけるサン＝ヴィクトール図書館にはみごとな蔵書があり、ラブレーはその詳細な（架空の）目録を提示する。実在の本とでっち上げた本が含まれるそのリストは、当時の書籍市場を風刺的に真似たもので、たとえば次のようなタイトルが並んでいた。

『神学たまきん』
『悔悛のマスタード入れ（ムータルディエ）』
オルトゥイヌス先生著『人前にて礼儀正しく放屁するの術』
厠直行（タルタレ）先生著『脱糞方法論』
大理石博士パスキーノ著『教会が禁じた教皇のお時間に、アザミまぶしの子ヤギ料理を食する方法』
ベダ著『臓物料理の卓越性について』）
ロストコスト・ジャンブダネッス先生著、ヴォーリヨン先生注釈『食後にマスタードを供することについて』
『未亡人のつるつるお尻』
ライモンド・ルルス著『王侯どもの浮かれ騒ぎ』
『中風患者ならびに梅毒患者のための万年暦』
ブリュルフェール先生著『ずるずるほっとけイタリア問題』
『イニゴ修道士により超蒸留された、スペイン人のむんむん体臭』

（ラブレー『ガルガンチュアとパンタグリュエル』2（ちくま文庫）より）

……これがさらに何ページも続く。当時の著作家や学者たちの耐えがたい尊大さを面白おかしくこき下ろす一方で、ラブレーはエルナンドの真面目な主張に共鳴している。本のタイトルにはわけのわからないものが多く中身がほぼ何も伝わらないため、リストにしたところで無意味な言葉を一覧にまとめたにすぎないという主張である。

幸い、パンタグリュエルはその後まもなく、相性が良く生涯の友となるパニュルジュと出会う。パニュルジュは一四の言語で下品かつ猥褻（わいせつ）な言葉を並べ、パンタグリュエルの心をつかむのである。ドイツ語、イスパノ＝アラビック（スペインのアラビア語）、イタリア語、スコットランド語、バスク語、〝ランテルノワ語〟、オランダ語、カスティーリャ語、デンマーク語、ヘブライ語、古代ギリシャ語、ユートピア語、ラテン語、そして（最後に）フランス語。ラブレーがこのキャラクターを生み出したとき、多言語を操る大食家のクレナルドゥス——よく目立つ帽子もかぶっていた——が念頭にあった可能性は大いにある。女の尻ばかり追いかける遊び人のパニュルジュは、ルネサンス期の博識な人物をみごとに体現したキャラクターであり、（トルコ人の手から逃れたあと）都市計画家、さらには人文学者となり、女性器を使ったパリの新たな城壁を設計し、身ぶり手ぶりを用いる完璧な言語を考案したイングランドの学者を、股袋（コッドピース）を振り回して打ち負かす。クレナルドゥスがエルナンドにそうしたように、パニュルジュはパンタグリュエルに、この世にたちこめる言葉の霧を突き破ってみせると約束する。しかも、それをある種の直感力でやってのけるというのだ(8)。

エルナンドら一行が、一〇年前のように帰国の途中でイングランドに立ち寄った可能性はゼロである。一五二六年のパヴィアの戦いのあとヘンリー八世がフランス側についたことで、イングランドとスペインの関係はすでにぎくしゃくしていたが、ヘンリーがカールの叔母にあたる王妃キャサリン・オブ・アラゴンとの離婚を画策中だったことから、このとき両国関係は最悪の状態にあった。さらにまた、一五二七年に皇帝軍がローマを急襲し陥落させたローマ劫掠（ごうりゃく）のち、カールが教皇クレメンス七世を支配下に置いていたために、ヘンリーが従来どおりローマカトリック教会を通じて離婚できる

ハンス・ヴァイディッツ『大酒飲みと手押し車：太った農民が大きな腹を手押し車に乗せて唾を吐いている、牛飲馬食に対する風刺画』(1521年)。エルナンドの版画目録の1743番。

見込みはほとんどなく、こうした事情がよりいっそう状況を悪化させていた。ウルジー枢機卿は王の離婚を実現させられず失脚し、ヘンリーは王の結婚に口を挟む権限は教皇にはないと主張する人々の声に耳を傾けはじめていた。ヘンリーが一五二一年に著したルター主義を批判する小冊子『Assertio Septem Sacramentorum（七秘蹟の擁護）』はヴァチカン図書館の貴重な蔵書であり、まだローマカトリック教会と決別してはいなかったが、すでにそうしたかのような物言いも多くなっていた。徹底的に懐疑論的な『ユートピア』の著者としてヨーロッパに広く名を馳せていたトマス・モアは、いまや数々の出来事がその身に降りかかり、伝統的なローマカトリック教会の権力を公然と擁護する自身がしだいに孤立化してきていると感じていた。また、スペインの人文主義者フアン・ルイス・ビベスは、メアリー王女にエラスムス流の教育をほどこすためにイングランドへ派遣されていたが、スペイン人である王妃キャサリン・オブ・アラゴンに味方したとして、短い軟禁生活ののち国外追放となった。

イングランドには立ち寄れないとしても、このときフランスはスペインの旅人に門戸を開いていた。エルナンドが大人になってからは初めてのことである。一五二九年に結ばれたカンブレーの和約は、フランスとスペインがイタリア北部で三五年にわたり繰り広げてきた戦争を終結させ、エルナンドはついに、これまでの人生の大部分において迂回しつづけてきた国を旅することができたのである。クレナルドゥスは、エルナンドと、彼が新たに雇った他の面々とともにフランス経由でスペインへ向かう旅について、持ち前の非凡な能力を発揮し、道中の出来事を描写している。栄養をたっぷりとってよく肥えた彼は、立ち寄った宿屋に恐れをなした。クレナルドゥスいわく、どの宿もエラスムスが文句を言っていたドイツ南部の宿屋よりもずっと、比べようがないくらいひどかった。とりわけ一行がスペインに到達してからは最悪で、（おいしいフランス料理を食べたあとだけに）食べられるものが何ひとつないも同然だった。彼らはごみあさりの一団と化し、パンやワイン、魚、干しブドウをかき集めて、やっとのことで粗末な食事にありつかなければならないばかりか、焚火をたいてカスティーリャ北部の凍てつく風をしのぐのに、たきぎ一本見つけるのにも苦労するありさまだった。彼らはまた、しばしば一杯の飲み物をテーブルの全員で——ときには隣のテーブルにいる赤の他人とも——分けあわなければならなかったことにも衝撃を受けた。あるときビトリアの近くで、共用のグラスがバサエウスの手からすべり落ち、床で粉々に割れた。そのあと彼らは「ディオゲネスのように」〔古代ギリシャの哲学者。樽のなかに住み質素な暮らしをした〕、器の形にした手でワインを飲まなければならなかった。抜群のユーモアのセンスで、クレナルドゥスはこれをきっかけに、エルナンドを彼らの〝預言者〟と呼び、その時からそう呼びつづけるのだが、それはスペインへ到着する前に、そのうち飲み物を入れる器にさえ事欠くことになるとエルナンドが警告を発していたからだった(9)。

ブルゴスからバリャドリッドを通り（オランダ人たちの期待に反し、氷に閉ざされた地だった）、一行はゆっくりと再成長しつつあるメディナ・デル・カンポにある大邸宅へ到着した。そこは、未成年の息子に代わりエスパニョーラ島の実権をほぼ一手に握る副王未亡人マリア・デ・トレドの邸で、クレナルドゥスはついに満足のいくもてなしを受けたのである。エルナンドはこの時点で、義姉とのあいだでなんらかの話し合いがついていたようだが、一行は急ぎの用事があるといって早々と出発し、サラマンカへ向かった。エルナンドは、クレナルドゥスがしばらくサラマンカにとどまり、そこに保管されているアラビア語の写本を学ぶことに同意している。その後まもなくエルナンドに宛てて書いた手紙から、エルナンドにとってクレナルドゥスはすでに、感じのいい仲間であり言語の達人である以上の存在になっていたことは明らかである。クレナルドゥスはどうやら、エルナンドの図書館が世界にとって、そしてその所有者にとってどういう意味をもつかを真に理解した最初の人物だったようだ。手紙のなかで、クレナルドゥスはこう述べている。世界のすみずみから、これまでに生み出されたあらゆる著作物を選び集めるという点において、彼は父親と同様に、我々の世界を越えたその先へ到達し、もうひとつの世界をつくりあげようとしている。ちょうどコロンブスが「その並外れた行動でスペインの支配権と文明をもうひとつの世界へ植えつけたように、エルナンドは全世界の英知をスペインに集めたのだ。息子というものは、とかく父親と容姿が似るものだが、なかには気風や徳性まで似ている息子もいるのである」手紙の前半では、コロンブスはその偉業によって人間界における神のごとき存在となったと述べているのだから、まさに大絶賛である。クレナルドゥスはつまるところ、エルナンドがセビーリャに史上最大の図書館を建てることができたのは、父親ゆずりの不屈の精神のおかげだと言っているのだ。父親とは違い、エルナンドが自身の大事業について喧伝することはほとんどなかったため、クレナルドゥスのこの反応が記録に残る最初のものとなった。長きにわたり不毛の地で奮闘しつづけたのち、誰かがようやく何をしているのかに気づき公然と語ってくれたのだ。そのときエルナンドが感じたに違いない、どこかおぼつかない感謝の念と湧きあがるプライドには共感をおぼえずにはいられない[10]。

しかし、エルナンドとその父親に対するクレナルドゥスの大仰な称賛は、友情や敬慕の念以上の何かに促されたもの、逆境と苦悩の時にあったエルナンドをなぐさめるためのものだったのかもしれない。印刷物の世界において、あるいは人々が交わす会話のなかで、父コロンブスに対する評価が固まりつつあったが、自身が敬愛してやまない男にふさわしい賛美とはほど遠いものであることにエルナンドは気づきはじめていた。裏にはそうした事情もあったのだろう。じつは、最初にエルナンドの注意をこれに——五つの言語で書かれた『詩編』に——向けさせたのは、クレナルドゥスだったのかもしれない。アラビア語のアルファベットの基本を学ぼうと、彼が長年かけて精読した『詩編』には、コロンブスに関する印刷された最初の伝記的記述が含まれていた。それは、詩編一九への五ページにわたる注釈という形で、編者であるアゴスティーノ・ジュスティアーニによって書かれたものだ。コロンブスはかつて、自身の〝発見〟はたんなる偶然の出来事ではなく重要な神の計画の一部だという主張のよりどころとしてこの詩編を利用したが、彼のその解釈はいまや、ヨーロッパで最も神聖な文書の基本要素となり、ヨーロッパじゅうで読まれている、『詩編』のなかでも最も信頼される版のひとつに組み込まれていた。コロンブスの発見は、この詩編の趣意、すなわち神託の実現なのである。そこでは探検家コロンブスの生涯が、神のメッセージが世界の果てまで伝えられたことを示す詩編の言葉の説明に用いられていた。こうして詩編によって、エルナンドとその父による『預言の書』もまたヨーロッパ思想の本流に据えられはしたものの、詩編一九の注釈に記されたコロンブスの生涯は誤りだらけであり、(最悪なことに)コロンブスは「vilibus ortus parentibus」すなわち「身分の低い家系の出である」というひどい書き出しとなっていた。『詩編』はすでに一五一六年には発行され、じつはコロンブスに関する小冊子として注釈部分だけが単独で発行されていたのだが、きわめて重要なこの文書はなぜか書物の洪水に飲み込まれてエルナンドの横を通り過ぎ、この時期になるまで発見されずにいたようだ。[11]

しかしながら、『詩編』に書かれたコロンブスの生涯は、エルナンドにとって最大の問題ではなかった。新世界に関する権益をめぐって王家とコロンブスの一族とが争う〝不滅の〟裁判は、天変地異をも引き起こしかねない驚くべき方向へ向かっていたのである。コロンブスには新世界の唯一の発見者と呼ばれる権利はない、裁判において皇帝の代理人をつとめるビリャロボスは、ドラマチックにそう主張した。じつは新世界の一部はマルティン・アロンソ・ピンソンによって発見されたから、というのがその理由だ。ピンソンとは、コロンブスとともに航海し、われ先にスペインへ帰着し栄光をひ

ī pſētia mea. Filii populoꝝ cōſumētur
& migrabunt de pretoriis ſuis. Viuit
DEVS ipſe, & benedictus fortis,
quoniam ante eum dabitur mihi
fortitudo & redemptio, & exaltetur
DEVS fortis redemptio mea.
DEVS qui vltus eſt me,
& proſtrauit populos, qui exurgunt
ad offenſionem meam ſub me.
Eripuit me de pōnis inimicitie mee,
iſup pluſq̄ illos q exur. vt noceāt mihi
valētiorē me efficies, ab gog āt & ab(
pploꝝ rapaciū, q ſt cū illo (exercitibꝯ
eripies me. Propterea
laudabo te in populis
DEVS & nomini tuo laudes dicam.
Magnifico vt faciat redemptionem
cum rege ſuo, & facienti bonum
MESSIE ſuo Dauidi,
& ſemini eius vſq; in eternum.

XIX. In laudem.

Laudatoria Dauidis.
Qui ſuſpiciunt celos enarrant
gloriam DEI, & opera manuum eius
annunciant qui ſuſpiciunt in aera.
Dies diei apponit, & manifeſtat
verbum & nox nocti
diminuit & nunciat ſcientiam.
Nō eſt verbū lamentationis, & nō ſunt
ſermones tumultus & non
audiuntur voces eorum. In omnem
terram extenſi ſunt effectus eorum,
& in fines orbis omnia verba eorum,
ſoli poſuit tabernaculum,
illumīatione aūt ī illos. Et ipſe ī mane
tanq̄ ſponſus procedēs de thalamo ſuo
pulcherrime, & dum diuiditur dies
letatur vt gigas, & obſeruat
ad currendam in fortitudine viam
occaſus veſptini. Ab extremitatibus
celorum egreſſus eius,

F. Libro midras tehilim in calce huius pſalmi ... i. Et quod eſt caſtrum, uel que eſt turris, que facta eſt eis ∴ Rex MESSIAS, queadmodum dictū eſt turris ſalutis, & ſcriptū eſt turris fortitudinis nomen DEI in ipſum currit iuſtus & ſuſtolletur.

A. Secundum ex ſeptem nominibus quibus hebrei celum ſignificant, impoſitū uerius ab extendendo quam a firmando.

B. Non auditur uox eorū, Iuxta illud. Nō enim uos eſtis qui loquimini, ſed ſpiritus patris ueſtri qui loquitur in uobis. Et hic literalis ille ſenſus, qui cum ſpiritali coincidit, uti ſcripſit Faber principio comentationum ſuarum.

C. In omnem terram exiuit filum ſiue linea eorū. cointellectu quo linea ꝓprie ſignificat filum illud, quo materiarii utūtur fabri ad ſignandam materiam, perinde ac ſi dixiſſet propheta. exiuit ſtructura ſine edificiū eorum.

D. Et in fines mundi uerba eorum, Saltem tēporibus noſtris qbꝯ mirabili auſu Chriſtophori columbi genuenſis, alter pene orbis repertus eſt chriſtianorumq; cetui aggregatus. At uero quoniam Columbus frequēter pdicabat ſe a Deo electum ut per ipſum adimpleretur hec prophetia. non alienū exiſtimaui uitam ipſius hoc loco inſerere. Igitur Chriſtophorus cognomento columbus patria genuenſis, uilibus ortus parentibus, noſtra etate fuit qui ſua induſtria, plus terrarum & pellagi explorauerit paucis mēſibus, quam pene reliqui omnes mortales uniuerſis retro actis ſeculis. Mira res, ſʒ ta

ヘブライ語、ギリシャ語、アラビア語、カルデア語で書かれた詩編（ジェノヴァ、1516年）。

とりじめしようとした船長である。この計略は、皇帝側にとってきわめて皮肉なものだった。ピンソンの一族はとうの昔に、新世界に関して主張できるかもしれない権利を、わずかな前金とひきかえにすべて王家に売り渡していたからだ。コロンブス側の主張をなし崩しにしようとするこうした試みに加えて、コロンブスが発見する何年も前に、すでに何人かの水先案内人が同じ島々を目撃しており、コロンブスは航海のさい彼らの情報をたよりに動いたのだという根も葉もない噂まで広まっていた。皇帝にとっては思うつぼである。だがそれどころではない最悪の事態が目の前に迫りつつあった。カールはどうやら別の線からも調査を進め、コロンブスは新世界の唯一の発見者ではない、それどころか新世界に関するなんの権利も主張できない——彼は一六〇〇年という歳月に完全に負けているという説を追求していたのだった。その説のおもな提唱者は、エルナンドがフアン王子の宮廷にいたころの小姓仲間で、宮廷に入るには身分が低すぎると思う相手をひどく見下した文章を書いた、あのゴンサロ・フェルナンデス・デ・オビエドである。彼は、コロンブスが発見したとするインディアスは、古代の著述家スタティウス・セボススが「ゴルゴナス諸島から西へ四〇日間航行したところにある」と記しているエスペリデス諸島に違いないと主張していた。オビエドはさらに、それらの島々は古代のスペイン王ベロシウスによって征服されており、よって、コロンブスが一四九二年に到達したときには、すでにスペインの所有地であったとも主張した。つまり、コロンブスは何も発見などしていないのであり、ゆえになんの権利も主張できないというわけだ。この説がよりどころとするのは、一五三三年発行のルシウス・マリナエウス・シクルス（彼もまた、フアン王子の宮廷にいた人物である）によるスペインの歴史書で初めて明かされた、ある主張——新世界の宝庫からローマ皇帝カエサルの肖像が刻まれた硬貨が見つかり、古代からヨーロッパとかの地とのあいだには接触があった証として教皇に送られたというものである。なんとも驚いたことに、法廷は皇帝側の主張に賛同し、一五三四年八月二七日に“Sentencia de las Dueñas”（判決）を下し、コロンブス一族からインディアス副王を名乗る権利ばかりか、島々が生み出す黄金その他の品々に対する権益をすべて剝奪した(12)。

エルナンドの世界は粉々に砕け散った。彼の目の前で、父親のイメージが少しずつ、それまで抱きつづけてきたものが縮んだ、グロテスクなものへと変わっていった。幼少時の出来事に対して抱いていたある種の感覚——四〇年前、父が新世界を発見し、謀反と忘恩に打ち勝って生きのび、身の証を立てた——そのころの感覚が、襲いかかるさまざまな中傷や風説によって脆く（もろく）も崩れ去り、彼の父親が神話と伝説の世界から苦労して掘り起こして日の目を見せた土地が、ゆっくりとまた元の霧のなかへ姿を消そうとしていた。古代史や、迷路のごとく入り組んだ法体系から、古代貨幣の使用や歴史を知るための銘刻にいたるまで、エルナンドが一生涯を費やして学んできたものすべてが、いまや彼に背を向けつつあった。大切に思ってきたものがすべて消滅したいま、エルナンドは残された唯一の武器（彼の図書館と、そこに所蔵された、コロンブスが彼に残した記録文書）に目を向けた。指のあいだからすりぬけていきそうな父を、しっかりとその手にとどめるために——。

第一五章　どこにもない国の王

人はどうやって、言葉と紙とでひとつの人生をつくりあげるのだろうか？　物語という原始的な道具でほかの誰かの本質をとらえるのは、かなりうまくいったとしても難しい課題である。無数にある成り行きのなかからひとつのパターンを選び、つじつまの合う人生になるように骨組みをつくり、巧みに選んだ言葉でその人物をよみがえらせ、読み手の目の前にありありと出現させなければならない。当時のエルナンドが直面していた課題は、それをはるかに超えていた。死後の名声に彼が限りない羨望を抱く父について書くこと、それによって父の運命が、その名声と富のゆくえが決まるのだから。

エルナンドは、月並みな手順でその仕事に取りかかった。彼はまず、必要になりそうな記録文書を集めた。父親から譲り受けたものや、手紙、勅許状、航海日誌、数々のメモ、それに父コロンブスが読みながら書き込みをした本を全部。紙でひとつの人生をつくりあげるのは、主人公がすでに書かれた世界へ入り込んでいてくれれば各段に易しくなる。そうした文書の存在は、エルナンドが父親について記述する過程で小出しに示される。彼はコロンブスがペンの書き味を試すさいに書いた文言――Jesus cum Maria sit nobis in via（イエスとマリアは我々とともにある）――に触れ、一四九四年六月末のある瞬間、まさに彼の父親が航海日誌をつけていたときに、船がキューバの南の浅瀬に乗り上げたと述べている。提督のペンが残した何気ない痕跡――彼が上の空で書いた言葉と、船が砂に突っ込んだ衝撃でペン先が食い込んだ跡が、あちら側の世界の振動を記録する針のように、それが生み出された瞬間へと我々を誘い込む。伝記作家の仕事とは、なんと根気のいるものなのか。ペンだけを動かして言葉と世界との距離を消し去り、紙と言葉を実際の何かに回帰させるのだから[1]。

エルナンドが書いた伝記に見られる、コロンブスによる記述への畏敬の念にも似た愛着は、父に対する献身的愛情とも、書かれたものに対する深い親近感とも関係するのだろうが、それはエルナンド自身がものを書いてきた、ある特殊な環境が生み出したものでもあった。本書のはじめの数章からわかるように、エルナンドが何かを書く直接的かつ実際的な理由は、誰かの主張——コロンブスや新世界発見について、ヨーロッパじゅうで、スペインの法廷で、さらには皇帝の取り巻きのあいだでなされるさまざまな主張——への対応だった。提督の出自に関するジュスティアーニの誹謗、ピンソンの一族にも同等の栄誉をという主張、古代に大西洋の西側と接触があったとするゴンサロ・フェルナンデス・デ・オビエドの奇妙な確信。それらは単独で、あるいは一丸となって、彼の父親の名を歴史書から抹消し、一家を破産に追い込み、世界中の誰も見たことがない図書館の計画をつぶそうと脅しをかけてきた。しかし、ローマの教皇庁控訴院で数年間を過ごし、スペインの使節を率いてバダホスに赴いたエルナンドは、主張と反論の大試合に対する心構えは十分にできていた。さらにまた、バダホスで過ごしたころと同様、彼の図書館が大いに役立ってくれた。蔵書のなかに、彼はオビエドが引き合いに出した本のほかに、ジュスティアーニのすべての著作を見つけることができたのだ。それらを用いて、彼はジュスティアーニの話がコロンブス側から見た出来事と相反するばかりか、自身が書いている内容とも矛盾しており、一方のオビエドはラテン語の読解力不足から、読んだ内容を誤解していたことが証明された。こうした議論はどれも、その気にさえなれば誰でも、同じ本と突き合わせて確認することができる。図書館は非の打ちどころのない証人となった。この上なく客観的であり、記憶はほぼ完璧、いつでも簡単に照合できる。敵対する相手を打ち負かしてやろうというエルナンドの意気込みは、ときにやや見苦しくもあり、学友であるオビエドに抱きつづけた侮蔑の念も漂うかもし

れないが、状況を考えればそれも大いに納得がいくのである。(2)

オビエドとジュスティアーニの寄せ集めのような主張は容易にはねつけることができたが、ピンソン一族の主張はさほど簡単ではなかった。エルナンドは「サンタ・フェ協約」の文言を再現することができたし、実際に再現もしており、一四九二年に交わされた協約の内容を確認できたのは、例によってエルナンドが文書を一言一句たがえず書き写していたからであり、必要ならば公式文書と照合することもできた。こうした文書から、コロンブスが探検で発見されたあらゆるもの（みずから発見したものに限定されない）に権利をもつのは明らかであり、しかもその権利は、たんに世界半周分ではなく——エルナンドが主張したとおり——トルデシーリャス線から西回りにインディアスまでの範囲に及んだ。コロンブスは最初の探検隊を率いて大西洋を越えたばかりでなく、一四九二年一〇月一一日にグアナハニ島（サン・サルバドール島）にともる火明かりを見た最初の人物であることを示そうとした。つまりエルナンドは、それがたんなる法的な問題以上の意味をもつと知っていたのだ。エルナンドの言葉を借りるなら、「闇のなかに光を見た」のはコロンブスであり、「それは、彼がこの未開の地に神聖なる光をもたらす証」なのである。コロンブスの法的権利の問題から、世界に秩序を与える彼の役割へと目を転じることで、我々は伝記の領域へ正しく入っていくのである。(3)

エルナンドの図書館にはさまざまなタイプの伝記が所蔵され、その多くが、ヨーロッパ文化が誇る人々の多種多様な人生の物語を伝えている。たとえば聖人たちの伝記では、その人物に与えられた神の恵みが、早くから目覚める信仰心、超人的な忍耐強さ、世俗的なものへの無関心、苦痛や死を前にしての平静、聖人の遺物をめぐる奇跡などで示された。また、著書の序文として書かれた文筆家の伝記は、文章の書き手に肉付けをするのが目的であり、たとえばピコ・デッラ・ミランドラの伝記は彼の甥によって書かれ、それを翻訳したのは（誰あろう）トマス・モアである。ほかにもさまざまな伝記があるが、その大部分は政治家のもので、たとえばプルタルコスの『対比列伝』やボッカッチョの『王侯の没落』などが挙げられる。政治的指導者のなかには複数の伝記が書かれている人物もおり、タキトゥスが書いた将軍アグリコラの伝記や、トマス・モアによって書かれたがいまだ出版されていないリチャード三世の伝記もそれに含まれる。

人の人生の物語を書くということは、すなわちその人物の活動やその目的に着目することだが、伝記とは計略的著作であり、個人の物語を使ってほかの何かを伝え、周囲の世界を（ある意味）改編しようとする巧妙な手法である。聖人は特異な認知力と授けられた神の恵みによって天国の存在を証明し、文筆家の伝記は、その生きざまを通して作品を物語る。また政治家の伝記は、どういう人物や政策が成功し、あるいは失敗したかをつまびらかにすることで社会や歴史の働きを実証する。伝記のポイントは、ある人物が生きた世界を理解することであり、エルナンドが書いた父親の伝記もまた同様の試み、すなわち秩序を与え解釈する行為であり、そこには——おそらく必然的に——彼の図書館とも共通する、秩序への強いこだわりが顕著にあらわれている。

エルナンドの『コロンブス提督伝』は最も効果的で永続的なたぐいの伝記であり、それは世界に対する〝優越性〟の主張だ。最初に発見し、発明し、創造したのは誰か？　優先性とは、世界を組織的に組み立てる強力かつ基本的な方法であり、我々はめったに、それがもとづく前提を検証しようとしたり、誰が一番で、誰が三一番目かといったことがなぜ重要なのかと疑問を抱いたりはしないのである。優先性の主張の根底にあるのは、世界を順序でとらえる考え方だ。何かをしたのが誰かが重要になるのは、あとに続くすべてのものはその結果として生じるからだ。それは時系列的な意味ばかりでなく、因果関係でもある。神がつむじ風のなかからヨブに語りかけたとき、神は全能であるという主張は、神はあらゆるものに先立ち存在していたという事実にもとづいている。神は造物主であり、原動者なのだ。これは論理の第一原理のひとつ、「post hoc non est propter hoc（〝後〟であることと〝結果〟であることは同じではない）」とは相いれないが、多くの文化が世界を理解するうえでの基本であることに変わりはない。ヨーロッパにこうした信条が深く根づいていたことは、クレナルドゥスの手紙からもわかる。彼はコロンブスを人間界における神と称し、エルナンドもまた同様かもしれないと示唆している。クレナルドゥスはその手紙で、ルネサンス期に広く行なわれていた異教を理解する方法を踏襲し、（古代のエウエメロスの記述にならい）異教の神殿は有名な先祖たちに献上されたものにすぎないと述べ、過去の偉大なる発明者や発見者は、人間の姿とその人生が人々の記憶から薄れていくにつれて神格化されていったという論を展開した。コロンブスが新世界の最初の発見者ならば、彼は神であり、歴史の神殿に祀られるべき人物だ。最初の発見者でないならば、彼は名もなき存在であり、歴史はただ彼の身に起きた偶然の出来事になる。何かを発明または発見した人々を年代順に示したリストは、我々に秩序を与えるひとつの方法を示しているのである(4)。

優先性にもとづく世界の配列法は、ルネサンス期に新設された図書館を整理する最初の方法を提示した。一四九〇年代、ドイツの聖職者トリッテンハイムのヨハンネス・ツェラー（トリテミウス）は、約一〇〇〇人の著述家を年代順に並べたリストをつくりあげた（エルナンドは、一五一六年のフィレンツェへの旅以降、そのリストを一部所有している）。ちなみに、ウュルツブルクにあるトリッテンハイムの図書館を、エルナンドは一五二二年に訪れていると思われる。さらに古い中世期のものを下敷きに作成されたトリッテンハイムのリストは、ルネサンス時代に行なわれた広範かつ複雑な編年プロジェクトの一環であり、得られるかぎりの証拠を総動員して、歴史上の物語や出来事に正確な年代や日付を与えていく試みだった。おもな史実の日付が当たり前のように信頼できるとしたら、それはトリテミウスのような学者たちが苦労して複雑きわまりない作業に取り組んだおかげなのである。トリテミウスは生涯をかけて、複雑に入り組んだ相矛盾する証拠をより分けながら、歴史上の主要な出来事がいつ起きたのかを明らかにしていったが、当然ながら、最も重要な出来事とはキリストの誕生であり、すべてはそこから派生していた。あまりに途方もない作業に耐えかねて、晩年のトリテミウスは記録をでっちあげ、不確実な部分の穴埋めをするようになり、それが露見して名を汚す結果となった。しかし、確かな年代順配列であっても、それを図書館の本に当てはめようとすると明らかに無理が生じる。本とはおかしなもので、前年や翌年に書かれたものとのつながりはなく、同じ年に書かれた本どうしでさえ無関係なのだ。年代順に並べたリストでは、それが書かれる元となった本とも、逆にその本に影響を受けて書かれた本とも並びあうことはないだろう。本編と続編が並ぶこともないのだ。正しく年代順に並べようとする試みは、たちまち挫折する。意味のある並べかたにしようと思えば、たとえば本の形態やジャンル、地理的要素といった他のカテゴリーを導入する必要があり、年代順はやがて配列の主要な基準ではなくなるのである。(5)

図書館の本を年代順に並べるのに限界があるのは、歴史を年代順に考えるのとよく似ている。何かが先に起きたからといって、続いて起きたこととの因果関係があるわけではない。さまざまな分野におけるエルナンド自身の優先性については、こう論じることができるかもしれない。彼は最初に磁気偏差を記録し、〝科学的〟原理にもとづく新たな地図製作を行なう最初のチームを率い、真に〝ユニバーサル〟な図書館を最初に思いつき、つくりあげようとした人物である。さらにまた、彼が書いたコロンブス伝は最初の近代的な伝記であったと主張する者もいるかもしれない。つまりそれは、(聖人の伝記のように)神性を顕示するためのものでもなければ、(歴代国王の年代記のように)一国の歴史を綴ったものでもなく、ひとりの人間に光を当て、人々の模範としてではなく、むしろ彼の独自性を理解しようとしたものであり、そのためにさらに、広く受け入れられた従来どおりの手法ではなく、裏付けとなる文書や目撃情報を頼りに書いている。しかし、こうした主張の信頼性はつねに、それがどのような枠組みにおいてなされたかに左右される。我々は〝記録〟の証拠をどうとらえるのか、〝科学的〟とは、〝ユニバーサル〟とは、また〝近代的〟な伝記とは、そもそもどのようなものなのか。おそらくそれ以上に面白いのは、エルナンドの人生の終盤で重要度を増していく問題――発明や発見は、その後の発明や発見とどう関係するのかという問題である。

　父親が大西洋を渡った最初の人物である〝決定的な〟証拠を示せないとなれば、エルナンドは別の手を使わなければならなかった。たんに〝先であること〟を立証するにとどまらず、それが〝当然のなりゆき〟だったと主張する、こちらはかなり巧妙な手法である。エルナンドは、父コロンブスが果たした非凡なる偉業はその人となりに即したものだと示さなければならなかった。証明こそできないが、蓋然性に支えられたものだったのだと。じつは近代的な伝記の多くが、こうした視点で書かれている。著名な人物の人生における一大イベントが偶然の出来事に見えてはしかたがない。その人物だからこその必然的な出来事、その人物でなければ起きえなかったものとして描かれなければならないのだ。啓蒙運動以降に書かれた伝記では、それが重要な場面へつながる一連の出来事として語られる。人はまっさらな石板（タブラ・ラサ）で、周囲の世界によってそこに何かが書き込まれていくとしたら、経験の総和がその人物を形成することになる。しかし、このような内面的成長を抜きにしても、出来事にはなんらかの外的要因があるはずで、大事なのはつまりこういうことだ。我々はイエスや円卓の騎士ガラハッドの幼少時代を何も知らない。それは彼らが経験を積んで救世主（メシア）や聖杯の騎士になったわけではなく、神意や運命によってそうなるべく選ばれた人間だからなのだ。

世界に秩序を与える方法にもこの違いは存在し、内在的すなわち我々のなかから生み出される方法と、外在的すなわち我々の外側に存在し発見されるのを待っているものがある。その違いが、図書館を整理するのに使えそうなもうひとつの方法の要(かなめ)である。一五三一年にネーデルラントからスペインへ戻る直前、エルナンドはアントワープで、出版されたばかりの本『学問について』を購入した。著者のファン・ルイス・ビベスはスペイン人だがエラスムスの信奉者で、メアリー王女の教育係をつとめていたが、ヘンリー八世の離婚に対する態度を理由にイングランドを追われた。ビベスはこの本で、神学者やスコラ哲学者の小難しく抽象的な発想とはまったく異なる視点で知識をとらえる方法を提案している。人間そのものをものごとの中心に据え、知識の自然な配列とは、人間が実際にものを学ぶ順序に由来すると示唆しているのだ。この意味を説明するために、ビベスはひとりの原始人を登場させ、住みかを出てからその男の身に起きることを語っていく。彼は食べ物を見つけ、環境から身を守るすべを身につけ、ほかの人間と関係を築かなければならないが、やがて美について考え、天国やものごとの起源に思いをはせる時間をもつことになる。正しく理解されれば、それらは知識や学問の領域(農業、軍事科学、学芸、神学)であり、知識が身近な経験から生まれ構築されたものであるならば、学識などない卑しい人間であっても哲学者並みに世界を知ることができるのだとビベスは主張しているのだ。ある意味これは、中世の修道院の図書館とは逆だ。そこでは神に関するものが優先され、ほかはすべてそのあとに配列された。また年代順に本が配列された図書館とも、同じではないが似ている。蔵書やその中身である思想を歴史順(人類全体に起きた順)に配列する代わりに、特定の人間の身に起きるであろう順、身近な経験から複雑な構造へと積み上げられていく順番で並べるべきだとビベスは提案している。この〝心理学的(サイコロジカル)〟知識配列は――もちろん、ビベスはこういう言葉を使いはしなかっただろうが――人生というスパンにおける世界の秩序づけには向いている(6)。

コロンブスをどう描くか――自身の力で世界に関する知識を身につけていった人物として描くか、そうした知識を天啓として与えられた人物として描くか――それはある意味、コロンブスは発見の時代へと通じるような若年期をもたないという事実によって決定づけられた。父の伝記の冒頭部分にエルナンドが付した奇妙で退屈な解説、なかでも父親の幼年期や青少年期について自分は多くを知らないという告白を鵜呑みにすべきかどうかはわからない。ふたりがともに過ごした時期、あれほど父を敬愛していた息子が、みずからは語ろうとしない父の過去について詮索せずにいられただろうか。じつは知っていたとしても、父の若かりし日々をベールで覆わざるをえなかったというのが実情だろう。現在我々が知るコロンブスの前半生は、毛織物職人という身分の低い家系の出で、読み書きはできても無学であり、東方におけるオスマン帝国の台頭を埋め合わせるように西へ向けて拡大するジェノヴァの海運業に身を投じていったというものだが、一六世紀の人々の多くにとって、それと世界や人類の歴史にとって重要な役割を果たす人物とは結びつかない。エルナンドはそうした事情から、イエスやガラハッドなど宿命を背負って生まれた人物に与えられた人生を父にも与えることにしたのだろう。エルナンドはまた、コロンブスが意識的に自身の家系と幼少期をはっきりさせずにおいたとも示唆している。使徒たち、あるいはエルサレムの王族の血を引く身でありながらマリアとヨセフの息子として知られるのを好んだキリスト自身を真似たのだろうか。

しかしエルナンドはまた、図書館の本に埋もれていた勇ましい冒険譚のなかに、父親にふさわしい原点の物語を見いだしていた。エルナンドがまとめあげたその話の材料となった本はいまも彼の図書館にあり、彼が父親の伝記の著者である証拠のみならず、それがいつ、どのように、なぜ書かれたのかを知る手がかりを提供してくれる。彼は歴史家サベリクスの『Enneades sive Rhapsodia historiarum（エンネアデス）』を一五三四年八月三日に読みはじめたと記録している。ちなみに八月三日はコロンブスの物語においてイベント盛りだくさんの日で、コロンブスの最初の航海が始まったのも、エルナンドが辞書づくりを始めたのも八月三日だった。この壮大な歴史書の、コロンブスの最初の航海について書かれたページに、エルナンドは父に関する記述だけに用いる目印をつけている。細かく丁寧に手のマークが描かれ、その人さし指が問題の箇所を指し、さらに「わが父、クリストファー・コロンブス」と書かれた付箋も貼られている。手のマークは〝マニキュール〟と呼ばれ、ルネサンス時代の読書家たちが重要だと思う箇所に目印として用いたものだが、エルナンドはめったに使わなかった。しかしその数ページ前に彼の父親と同じ名をもつ男に関する「若いコロンブス、華々しき大海賊」というくだりがあり、エルナンドはその横に似たような別のマークを描き入れている。

サベリカスの本のページから、エルナンドは知られざる逸話を引き出した。探検家として歩み出したばかりのコロンブスがポルトガルに到着したときの話である。（サベリカスの記述によれば）コロンブスはジェノヴァを離れ、海へ出てコロンブスという名をもつもうひとりの男と合流するよう促された。その男は地中海の西側を荒らしていた海賊一家の一員で、ポルトガル沖でヴェネツィアのガレー船四隻を略奪するという大胆不敵な悪行に関与していたとされる。エルナンドは伝記のなかで、父コロンブスにこの海戦における役割を与えており、探検家コロンブスの人生に関するいつもの厳格な語りから逸脱し、純粋なる冒険物語のシーンを挿入している。船どうしを接舷しての接近戦が勃発、朝から夕方まで残忍な激戦が展開し、水夫たちは剣のほかに射石砲や火薬を使った武器で容赦なく戦った。戦いが最高潮に達したとき、ヴェネツィアの船のひとつからコロンブスが乗る船に火が燃え移り、またたく間に炎は広がり、焼け死ぬくらいなら溺れたほうがまだましだと、乗組員たちは海へ飛び込む。コロンブスは泳ぎがかなりうまく、わずか二レグア先には陸地も見えることから、運命の女神が与えてくれた一本の櫂（かい）を頼りに岸にたどり着き、何日もかけて体力を回復したのち、同じジェノヴァ出身の者たちがいるに違いないという確信のもと、リスボンへ向かうのである。神がその日コロンブスの命を救ったのは、より偉大なことをさせるためであることを伝記は示唆している(7)。

このあたりの描写は、他の部分の堅い実録調の記述との違いが歴然としているために、コロンブス研究者のなかには、息子が書いたのではないと確信している者も多い。エルナンドが伝記の材料とした箇所に印をつけ、コロンブスという名の海賊と父親とを結びつけていなければ（実際には無関係だった）、いつものエルナンドらしい控えめで細部にこだわる潔癖なキャラクターにはそぐわないように思えるだろう。しかし、エルナンドが残した証拠に照らして見てみると、じつはこのシーンは彼の人格の中核をなしていることがわかる。もっとも、ほぼ生涯にわたり、彼はその部分を隠しつづけたのかもしれないが。父親のなかにみずからの誇りの源泉を見いだせなくなったとき、少年は空想という秘密の場所を見つけ、父親をもう少し生き永らえさせる。復活は物語の趣向として最も効果的だ。そしてこの逸話もまた、そうしたたぐいのものだったのではないだろうか。

父コロンブスが新世界の最初の発見者であることを文書的な裏付けで立証できず、生まれながらにして発見へと導かれる人生を彼に与えることもかなわないとすれば、エルナンドはほかに何ができるだろうか？　この問いへの答えは、知識の世界を整理する三番目の方法と関わるもので、これまで見てきた年代順、心理学的（サイコロジカル）方法に続き、さらに縮尺を大きくしていくことでおのずとたどり着く配列法である。年代順とは歴史を尺度としてものを並べることで、心理学的配列とは人生の流れに沿った順序づけ、そして次にくるのが生理学的（フィジオロジカル）配列であり、これは人体そのものを最良のモデルとして万物の構造を理解する方法だ。エルナンドは常日頃から人体や医学に並々ならぬ関心を抱いており、それは最初のころに購入した本の多くが医学書であったことからもわかる。また、人生の最盛期であったこの時期にフランスを旅してモンペリエ（医学の中心地）を訪れ何千冊もの書籍を購入したほか、リヨンではある人物を捜し出して面会している。その人物とは、当時の著述家のなかで唯一、エラスムスと並びアルファベット順の蔵書リストの末尾に独自のセクションを与えられた人物、シンフォリアン・シャンピエ医師である。

いまや、その時代に詳しい専門家のあいだですらほとんど知られていないが、シャンピエは当時、哲学、歴史、そして超自然的（オカルト）科学に関する著述家として世に知られ、世界の見えない部分を神話的に解き明かそうとするオカルト科学の手法に猛然と異議を唱えた。しかし、彼の主たる興味の対象は医学であり、リヨンの医科大学でともに医師長をつとめた相手は――誰あろう、あのフランソワ・ラブレーだった。ラブレーはパンタグリュエルの物語に出てくる混沌たるサン＝ヴィクトール図書館にシャンピエの本を加えることで、この年上の同僚を愛情をこめて茶化した。また、巨人の国ユートピアの王子パンタグリュエルの舌でどしゃぶりの雨をしのいだあと、著者（ラブレーのアナグラムであるアルコフリバス・ナジエ）がその口のなかをめぐり歩くエピソードにおいても茶化している。ラブレーはふざけた調子で、発見されるのを待っている現実の世界は、じつは人間の体のなかにあると示唆しているが、これは当時の基本的な概念だった。つまり、人体は外の世界と同じ構造をもつもの――世界の縮図、小世界、大きな世界を映す鏡なのだ。

エラスムスは古代医学の第一人者ガレノスの短い論文をいくつか翻訳しており、また、自身と同時代の有名な医学者の多くを親身に支持していた。それはたとえばパラケルスス（教育および研究に死体を用いたパイオニア。エルナンドがマナティーの体の構造を観察したように、人体の内側の秘密を明かした）であり、シャンピエその人だった。小世界（ミクロコズム）と大世界（マクロコズム）との関係を考えれば、エラスムスいわく、真の医者とは哲学者でもある。もちろん逆もまた真なりで、哲学に、つまり知識の働きに関心をもつ者ならば、人体をみずからの手引きにはけっしてしないだろう。どこかの実験室で行なわれたように、神を調べようとはしないはずだ――人は神の姿になぞらえてつくられているからだ。エラスムスは著書『医学礼讃』（エルナンドは最初のヨーロッパ旅行の終わりに、ブリュージュで購入している）において、医学とは一つや二つの科学分野からなるものではなく、あらゆる人文科学の知識を集約したもので、「無数の学問分野と無限の知識」をまとめたものだと述べ、さらにガレノスの言葉を引用し、医者とは万物（ユニバーサル）に関する知識をもつ者のことだと言明している。

　こうした土台の上に、エルナンドはコロンブスの伝記の軸となる主張を築き上げた。『コロンブス提督伝』のなかで彼はくり返し、コロンブスがほかの人々にはできなかったことを成し遂げたのは、並外れた修練と忍耐力、自制心のたまものであることを示唆している。それゆえにコロンブスは、大洋で数々の兆候に出会っても、水夫たちのように陸地が近いと早とちりなどせずゆったりと構え、西へ行けば必ず陸地があると確信するに至った三つの論理に意識を集中させることができたのである。その三つとは、根拠、古代の著述家たちの権威、そして大西洋を渡った他の船乗りたちの報告である。エルナンドは、父のこの思慮分別の証拠は彼が欠かすことなくつけつづけた航海日誌にあると考えた。その綿密な日誌は、時間をかけた丹念な計測と記録、観察の集積が新世界発見へつながったことを示している。エルナンドは伝記のなかで対立役――コロンブスとは対照的なやり口のライバル――まで登場させている。それはほかならぬマルティン・アロンソ・ピンソンであり、エルナンドが描く彼はどこまでも腹黒く、偏執的で、気まぐれで、しまいには（そのばちが当たり）、発見の報告を試みるがフェルナンドとイサベルに拒まれ、失意のあまり死んでしまうのである。

　コロンブスのこうしたイメージはエルナンドがつくりあげたものだが、それがいつしか探検家コロンブス伝説の中核となり、そのイメージを生かすためにエルナンドは史実の修正をかなり行なわなければならなかった。エルナンドが父の人生から消したものは、コロンブスが一四九二年に到達した場所を極東——シパンゴおよびカタイの周辺——と信じていたことや、訪れたさまざまな場所に関する荒唐無稽な仮説の数々だが、それらはコロンブスがカトリック両王に宛てて書いた手紙のなかで生きつづけている。『預言の書』は、コロンブスの〝発見〟は神の計画の一部であると主張するもので、その天啓を利用してコロンブスとエルナンドは四度目の航海を実現させたのだが、この書についての記述はどこにもない。エルナンドはまた、父が一四九八年以降に経験した一連の幻視についても無言を貫いている。コロンブスはその幻視を、みずからを冒険へと導くもの、それを果たすために神に選ばれた証拠ととらえていたのだが。同様に、エルナンドは父がアラワク族の奴隷の売買を始めることで〝発見〟から利益を得ようとしたことにも触れておらず、むしろコロンブスが新世界の先住民に大いに愛着をおぼえ、彼らをキリスト教徒の残虐な行為から守ろうとしたことを強調している。エルナンドのコロンブス伝では、一五三〇年代に求められるキャラクターがつくりあげられた可能性が大いにある。そのころにはすでに、アメリカがアジア大陸の一部でないことは明らかであり、コロンブスの発見における神の摂理的な性質は弱まり、バルトロメ・デ・ラス・カサスの暴露により、コンキスタドールたちの残虐性にヨーロッパ人が気づきはじめていた。さらにまた、伝記のコロンブスは、彼自身が書き残したものからうかがい知れる姿とは似ても似つかない。それどころか、『コロンブス提督伝』に描かれたコロンブス像——冷静に整然と情報をまとめあげ、なおかつラス・カサスに共感するその姿は、むしろエルナンド自身によく似ている。(8)

ゆっくり時間をかけて南フランスをめぐりながら、エルナンドはまたしても大量の本を買い集めていたが（なかでも大部の医学書や、当時リヨンが有名になりつつあった印刷楽譜を数多く購入した）一五三六年のなかば、この旅は突如切り上げられた。アヴィニョンにいた彼は、スペイン宮廷が置かれたバリャドリッドへ呼び出されたのだ。到着前、王妃が彼のために快適な住まいを用意させているところから、これまで長らくコロンブス一族の財産に対して逆風が吹いていたが、ついに風向きが変わりつつあることをエルナンドは察したことだろう。彼が宮廷に呼ばれる一〇日前、コロンブス一族と宮廷とのあいだの調停役を任ぜられていた裁判官たちが判決を述べた。それはディエゴの息子ルイスにインディアス提督を承継させるほか、ジャマイカ侯爵およびベラグア公爵の称号を与えるというものだった。この判決はコロンブス一族をエスパニョーラ島総督やインディアス副王に復位させるものではなく、一四九二年の「サンタ・フェ協約」でコロンブスに約束された、新世界が生み出す莫大な富への権利に対する主張も否定されたが、それでもコロンブスの後継者に一万ドゥカードという少なからぬ年金を与え、一族の他のメンバーにもそれより少ない額の年金が与えられることになった。裁判官たちは寛大にも、エルナンドがみずから招いた損失——一五二〇年にア・コルーニャで父の財産を受け継ぐ権利を放棄したこと——には目をつぶったようだ。こうして彼にも生涯にわたる一〇〇〇ドゥカードの年金が与えられることになり、そこへさらに皇帝が、図書館事業を支援するために五〇〇ペソ分の金貨を上乗せした(9)。

この勝利にエルナンドの伝記がどのような役割を果たしたのかはわからないが、ついにコロンブスの遺産は守られた。そのタイミングの点でも、父に対して起こされた裁判に関する直接の記述がある点でも、『コロンブス提督伝』は一家とスペインの歴史における重要な局面で決定的な役割を演じるべく書かれたと言えるだろう。コロンブス一族の財産にどのような直接的効果があったかはともかく、エルナンドによる父親の伝記は、そこから浮かび上がるコロンブス像によって、またヨーロッパ人の優越性を示す物語の手本として、ヨーロッパの歴史に大きな影響を与えつづけることとなる。謹厳実直さと卓越した技能——エルナンドが父親の人物像の中心に据えたその資質は、その後の物語の土台となった。『コロンブス提督伝』と同様、そうした物語もやはり、たびたびヨーロッパ拡大の原動力となった宗教的狂信や純然たる幸運については見て見ぬふりをすることになる。だがエルナンドは当面、四〇年近くほぼ途切れることなく続いていた父の評判への猛撃がついにやんだこと、それもおもに自身の骨折りで撃退できたことで、誇らしさで胸がいっぱいだったに違いない。

コロンブスの遺産は、エルナンドの幼少期も含めてかつてないほど安泰となり、これでようやく彼も、自身が手がける事業を完成させることに専念できる。前例のない巨大プロジェクトだが、時間はどんどん足りなくなる一方で、一五二九年から三一年にかけてヨーロッパをめぐり見つけてきた助っ人たちに頼ることはもはやできなかった。ブルゴーニュ出身の博士ジャン・ハモニウスはスペイン南部の暑さになじめず、セビーリャに到着したとたん熱病にかかり、ほどなく死んでしまった。ニコラウス・クレナルドゥスは、他の土地が与えてくれる潤沢なアラビア語にすっかり魅了され、セビーリャにあるエルナンドの図書館に縛られるわけにはいかなくなった。エルナンドが彼をサラマンカに残して出発してまもなく、クレナルドゥスはルーヴァンからともにやってきた友人ジャン・バサエウスをサラマンカへ呼び寄せて合流すると、自身はそのあとポルトガルへ向かい、そこから北アフリカへの言葉の聖戦を計画し、愛してやまないアラビア語を使った、バルバリア〔エジプトの西から大西洋岸までのアフリカ北部地域〕のイスラム教徒の改宗に着手しようとした。その間、エルナンドは折に触れてこの友に協力し、セビーリャの市場を一緒にめぐり歩いては、アラビア語の研究を手伝ってくれるムーア人を探しまわった。だが結局、エルナンドは自身の図書館ととてつもなく大きな困難にたったひとりで立ち向かわなければならなかったのである。[10]

第一六章　最後の指示

一族の裁判が落ち着くと、エルナンドはようやく自身の大事業に専念できるようになった。もっとも、この作業は時間との競争になることがしだいにわかりはじめていた。晩年のエルナンドは、たえず謎の熱病に悩まされていたようだ。彼の父親も似たような病にかかり、それが原因で視力と正気を失った。エルナンドの蔵書記録からは、彼が自分で読む本よりも誰かに読んでもらう本のほうが多くなっていたことがわかる。さらに彼が選んだ本のタイトルからも、気持ちがどんどん〝死〟のほうへ向いていったのが見てとれる。健康状態の悪化は、死期が近いことを強く意識させるほどのものではなかったかもしれないが、その後まもなく起きた出来事は、迫りくる終焉の時を早め、決定的なものにした。一五三七年六月、カールはコロンブスの亡骸（なきがら）を掘り起こす許可を与えた。コロンブスは一五〇九年にセビーリャにあるラス・クエバス修道院のサンタ・アナ礼拝堂に埋葬されたが、エスパニョーラ島に完成まぢかの大聖堂に埋葬しなおすことが許されたのだ。このときエルナンドが、父の遺骸に付き添って永遠の安息の地へ行こうと決断するのに一瞬でもためらったとは思えない。まもなく彼は、ともに海を渡る許可を得ている。数々の文書から、エルナンドが新世界からスペインへ戻ることを想定していなかったことがわかる。彼はエスパニョーラ島に居を構えるために四人の黒人奴隷を連れていく許可を得ており、彼が書いた遺言書には、自身が海上もしくは異国の地で死んだ場合の亡骸の処理に関する条項も盛り込まれ、さらにまた、新世界への三度の旅に触れた墓碑銘まで用意していた。提督の死から三〇年以上を経てのこの新たな葬列は、ある種、聖地巡礼の逆のようなもので、目的地をより聖なる場所に変え、コロンブスと彼が発見した世界とをふたたび引き合わせ、かつて世界の果てであった場所に世界の中心をつくりあげる旅だった[1]。

旅の目的地は、サント・ドミンゴに建てられたヌエストラ・セニョーラ・デ・ラ・エンカルナシオン大聖堂である。バルトロメ・コロンが父の名（ドメニコ）をとって名づけたその町では、格子状の道に少しずつ石が敷かれはじめていた。土塁が築かれたオサマ川から内陸へ入っていくとラス・ダマス通りがあり、オサマ砦とその道の終点に建つアルカサル・デ・コロン（コロンブス宮殿）のあいだをつなぐように、堅固なカスティーリャ式の邸宅が建ち並んでいた。この新世界の宮殿は、エルナンドとディエゴが小姓として仕えていたスペイン本国の宮殿と同じような造りだった。大聖堂は川岸から一ブロック奥に入った場所にあり、アレッサンドロ・ジェラルディーニの指揮のもと一五二三年から建設作業が続けられていた。ジェラルディーニはキャサリン・オブ・アラゴンの聴罪司祭をつとめていたが、その職を辞したのちサント・ドミンゴの司祭となった人物である。最初は木造だった建物は、加工石材を使ったゴシック様式の教会堂に取って代わられ、祭壇の下に位置する地下聖堂に提督の遺骨が安置されることになっていた。新世界で唯一のゴシック様式で、リブ・ヴォールト天井と石造りの狭間飾り（トラセリー）をもつこの大聖堂は、コロンブスにとって遠く離れたヨーロッパの記憶をとどめるただひとつのもの、時の流れのなかに忘れ去られた孤島だった。ある意味、ここはコロンブスの亡骸に最もふさわしい永眠の地だ。新世界をわざわざ旧世界の姿に似せてつくりあげようとするこの幻想に、屋外に生えたカリブの木々たちは、断固たる無言の抵抗を示していた。

エルナンドは何かを始めることは得意でも終わらせることはあまり得意ではなかったが、この旅の見通しが立つと、ついに図書館の形を決めるべき時が来たと腹を決めたようだ。このころには本の数が一万五〇〇〇冊を超え、ヨーロッパにおける個人の蔵書としては群を抜き、そこに含まれる版画や楽譜のコレクションも世界一だったが、それでもエルナンドの野望はまだまだ満たされなかった。彼は生涯を通じてある仕組みの要素を組み立ててきた。ヨーロッパをめぐる旅、新世界への旅、立ち寄った図書館や書店、訪れたカリブの島々、そこで目にした文物――いたるところにその要素はあった。ある意味、その仕組みは彼の人生の縮図そのものだった。けれども、長年かけて頭のなかでまとめあげたものをようやく言葉で表現できたときには、人生最後の数年にさしかかっていた。四つの文書――カールに宛てた一通の書簡、最後の遺言書、彼の遺言執行人である司書が残した記録――から、その仕組みの輪郭が、人生の多くの時間をヨーロッパの書籍市場で過ごした成果が見えてくる。彼がその計画を明かすにつれて、エルナンディーナ図書館（彼はそう呼ばせたかった）がただの建物や書籍の集合体ではなく、全人類が書き記してきたものを引き出すための装置、印刷という新世界で生きるために適応した生き物であることが明らかになっていく。皇帝への書簡のなかで、エルナンドはこう書いている。「この時代に入手できるものを集めた図書館をつくることと、新しいものをたえず探し求め蒐集しつづけられる秩序立った仕組みをつくることとはまったく別なのです[2]」

エルナンドの仕組みづくりは、まず根っこを張るところから始まった。その根が印刷業の要衝へ入り込み、吸い上げられた書籍がすでに確立された交易網を通じて図書館へ送り込まれてくるという仕掛けだ。印刷業においてもエルナンドの人生においても重要な五つの都市へ、まず太い根が張られることとなった。イタリア屈指の本の街ローマとヴェネツィアは、エルナンドのプロジェクトが最初に形になった場所であり、そこを通じてギリシャやビザンティウムの新しい本や宣教師の冒険譚などが入ってきた。ニュルンベルクはデューラーがいる街、エルナンドが初めてドイツ王国以東の本を集めはじめた地だ。アントワープは低地地方、スカンジナビア、ブリテン島の書籍が集まる一大拠点、そしてフランスにおける出版の中心地パリは、戦争が終わって数十年後、晩年になってようやく訪れることができた場所だった。

　毎年四月になると、五つの都市でひとりずつ選ばれた書籍商が、新たに出版された本を一二ドゥカード分リヨンへ送った。ちなみにリヨンは音楽と医学関係の本の中心地であり、そこにも六人目の書籍商がいて、五カ所から送られてきた本に、みずからもリヨンで出版された一二ドゥカード分の本を加えた。集まった本はひとまとめにされ、エルナンドにもなじみ深い五月の定期市の時期に商人によってメディナ・デル・カンポまで陸路で運ばれ、そこからセビーリャへ、さらにプエルタ・デ・ゴーレスのそばにある図書館へと運ばれてきた。さらに六年に一度は、その五都市よりも小規模な都市をエルナンディーナ図書館の代理人が蔵書目録を手に片っ端からめぐり、リストから漏れている本を探してまわった。エルナンドによって細かく決められたその行程は、彼自身の記憶に沿って、彼がよく知るルートをたどる旅だった。ナポリを皮切りに、ブックハンターは日曜日の percacho（駅馬車）に乗ってローマへ向かい、そこからシエナ、ピサ、ルッカ、フィレンツェ、ボローニャ、モデナ、アレッツォ、パルマ、ピアチェンツァ、パヴィア、ミラノと進む。都市と都市のあいだはそれぞれ半日で移動できる距離だ（とエルナンドは記録している）。そこからさらに、ローディ、クレモナ、マントヴァ、ヴェネツィア、そしてパドヴァと続く。これらの都市で得られた収穫はヴェネツィアに集められ、ジェノヴァ商人によってカディスへ送り届けられた。

　エルナンドの次なる指示を聞けば、当時の蒐集家たちはさぞ驚いたことだろう。彼はなんと、各都市で本を集めるさいに大手の書籍商の手を借りてはならないと命じたのだ。なぜなら、規模の大きなところは、自分たちの在庫以外にも目を向けて、小冊子や紙一枚に書かれた物語詩（バラッド）など、エルナンドがぜひとも収蔵したい品々を見つけてくれたりはしないからだ。それにひきかえ、小さな書店のオーナーはわざわざ街へ出かけていって、何かいいものが売りに出されていないか見てきてくれることが多い、というのがエルナンドの言い分だった。実際、彼のこうした指示は、当時の有名な図書館で行なわれていた書籍の購入方法の真逆をいっていた。六つの主要都市でそれぞれ選ばれたつつましい書籍商は、割り当ての一二ドゥカードを使って、まず最初に短命な小冊子をできるだけ多く買い集めなければならなかった。そのあとようやく印刷された普通の書籍を買い、そして最後に——いくらかでも予算に余りがあれば——当時の司書たちの垂涎の的であった写本を買う。書籍商たちにはさらに、印刷本に費やした金額以上を写本に投じてはならない、高額な印刷本は購入せず、検討用に図書館に送るリストに記入するにとどめること、といった縛りがあった。エルナンドのこうした非凡な指示の核心には、まだほとんど誰も抱いていなかった深い洞察があった。印刷術の発明が情報の世界をひっくり返し、ごくわずかしか存在しない権威ある貴重な写本が支配していた世界と、無限に供給される新しい本であふれる世界が入れ替わったのだ。新たに生み出される印刷本は、一冊一冊の取るに足らない無価値なものに見えるかもしれないが、全体としてとらえれば、それは人類が書き留めてきたものの膨大な集積体なのである。この言葉の洪水を利用するための手段を考え出した者は誰もいなかった。その豊富な知識を、ただ混乱と嫌悪の源にするのではなく、人々が使えるものにしようと考えた者はいなかった。それを成し遂げたという自負が、エルナンドが図書館の扉のそばに彫ってほしいと希望した次の詩に反映されている。

きのう捨て去ったがらくたを
あすは至宝ともてはやす
人の心は移ろいやすきものなれば
賢者は世の通説に耳を貸さず

「この銘文が意味するところはつまり、私は人々が堆肥の山に捨てた糞の上にわが家を築いたということだ」とエルナンドは説明している。この皮肉なユーモアは、彼の家が堆肥の上に建てられたこと、そして多くの人々が無価値と考えるものであふれていることを物語っているが、こうしたユーモアは、世間がわかってくれなくともかまわない、自分には先見の明があるのだという確固たる自信から生まれたものだ。エルナンド自身が気づいていたかどうかはわからないが、晩年の彼にはいくぶん夢想家ならではの極端なこだわりがあったようだ。それはまさに、彼が大変な苦労をして父の人生の記録から排除した要素である(3)。

同時代の人々が、立派な本よりも安っぽい印刷物を優先して集めようとするエルナンドに当惑したとするなら、次の文言には多くが憤慨したことだろう。晩年に書き残したもののなかで再三くり返されたあるフレーズのなかで、彼は自身の図書館には「キリスト教世界の内外を問わず、あらゆる言語で書かれたあらゆるテーマの本を集める」と述べている。キリスト教世界以外からどのようにして本を手に入れようとしていたのかは定かでないが、世界規模の交易によって、セビーリャ、ヴェネツィア、アントワープにある彼の蒐集拠点を通じて当然ながら集まってくるだろうと期待していたのかもしれない。だが、特定の言語やテーマ、さらにはキリスト教徒が書いたものを優先するのを拒む彼のこの姿勢そのものに、知識の役割への認識――知識とは何かという認識の根本的変化があらわれている。中世ヨーロッパの図書館の多くはキリスト教徒の著作に的を絞っていたが、これは神によって明かされた知識が最も高尚であるという単純な発想によるもので、それゆえに正しい知識を得るには正しい神を相手にしなければならない、ほかの神々が与える天啓はすべて偽物だと考えられていたからだ。中世期とその後のルネサンス期の人文学者は、古代ギリシャ・ローマの著述家の思想や著作に

（同様に、数こそ少ないが重要度では劣らないアラビア語やヘブライ語の著作にも）魅了され、修道院や大学の図書館へいくらか持ち込むことに成功したが、そうした古代の著述家たちも神の啓示をいくらかは伝えているのだから、神の世界を理解するのに役立てようという主張は、必ずしもみなに受け入れられたわけではなかった。ローマやヴェネツィアでエルナンドも訪れたであろう人文学者系の図書館は、キリスト教的知識に与えられた権威をギリシャ・ローマの時代の知識のそれに置き換えた。そのために「帝国の解釈」という概念を利用し、古典的知識をよみがえらせることで、昔の帝国の栄光もまたよみがえると主張したのだ。しかし、キリスト教系であろうと人文主義者系であろうと、すべての図書館では知識のヒエラルキーが維持され、一部の知識は他に勝るという単純な理由から、そうした本の蒐集に力を注がなければならなかった。それは言語やテーマについても同じであり、当時の図書館では例外なく、一部の言語およびテーマが特別扱いされたが、そこにはたいてい、その言語やテーマが置かれた社会的ステータスが反映されていた。たとえば、エリートが使う言語（古典語、増えつつあるイタリア語やフランス語）は、地位が確立していない地方語よりも価値が高いとされ、同様にエリートの職業に関する文献（神学、法学、医学）は、職人の仕事である工芸分野の書物よりも重視された。

重ねて言うが、言語やテーマ、宗教に縛られない図書館というエルナンドの発想は、ヨーロッパにおける知識の概念を根本から変えるものである。だからといって、知識に対する彼の考え方には階級や国、信仰による偏りがなかったわけではない。むしろ逆である。スペインが世界（ユニバーサル）に君臨するキリスト教国となる端緒を開いたのは父コロンブスだと信じるエルナンドは、図書館は帝国と対をなすものであり、いずれはカールとその子孫に献上したいと考えていた。彼が書き残した文書のどこからも、晩年になってその考えを捨てたとは読み取れない。しかし、数少ない特定の知識源ではなく、世界が与えてくれるあらゆる知識の蒸留物から世界を征服する力が生まれるという発想そのものが、彼の図書館の飛躍的な大きさを想像させる。(4)

図書館へ流れ込む本は当初の予想をはるかに超える量で、種類もまた多岐にわたったが、到着した本を配列する方法もまた、それに劣らず驚くべきものだった。エルナンドが本のために建造しようとしていただだっ広い部屋は(当時、教皇クレメンス七世の依頼でミケランジェロがフィレンツェに建設中だった壮大なラウレンツィアーナ図書館に似ていたと思われる)、ヨーロッパ各地の立派な図書館のそれとさほど変わりがないように見えたかもしれない――たとえ壁に沿って置かれた書架が見慣れない光景で、そこに請求番号とタイトルが表示された背表紙が見える形で本が〝立てて〟並べてあったとしても。だが最も衝撃的だったのは、本棚から六フィート離れた位置に設置された鉄格子だろう。それは檻に入ってサメの水槽を掃除するダイバーのように、図書館の利用者を部屋の中心部に閉じ込めておくためのものだった。読みたい本があれば、司書が目の前の書見台に置いてくれるが、読者は格子のあいだから手を出してページをめくることはできても、本を檻のなかへ引き入れることはできない。縦横の格子の目の大きさは、そうデザインされていた。この厳格すぎる突飛な仕組みが多くの読者から反発を買うことは予想されたが、これは彼にとってゆずれないこだわりだったのである。おそらく、ローマ劫掠(ごうりゃく)のさいに図書館が見舞われた不運をいまだ忘れられず、一〇〇本の鎖でも本を守りきれないと考えたのだろう。蔵書の安全を守るための手立ては格子だけではなかった。エルナンドは、本が紛失した場合に司書に課される厳しい罰則を設けたのだ。司書は図書館に住み込まなければならず、寝泊まりする部屋については寝具類にいたるまで事細かく指定されていた。エルナンドはまた、どこか修道院を見つけて(おそらく、川向うのラス・クエバス修道院)、重複している本を大きな木の収納箱に入れて安全な場所に保管しておくよう、そのさい床から湿気が伝わらないよう、下に絨毯を敷くよう指示を出した。そして収納箱は年に二、三度開いて風を通し、本が反り返らないよう向きを変える。だがそれ以外のときは、図書館が人や自然の暴力にさらされたときの保険として大事に保管しておく。腕を伸ばして読むのは大変だと苦情を述べる読者は、この図書館の主たる目的は人に読ませることではないと告げられた。そうした読者も、だぶって三冊以上ある不要な本を扱う書店になぐさめを見いだすことができたかもしれない。この店についても、エルナンドはヨーロッパ随一の書店になるだろうと期待していた。なにしろ巨大なネットワークを通じてさまざまな本が集まってくるのだから。(5)

人に読ませるための図書館ではないとはいえ、人々に役立てようという意図がなかったわけではない。蔵書を守るための配慮は、あらゆる著作物をいつまでも安全に保管できる場所、つまり古代の終わりのように人類の文化がことごとく失われることが二度とないよう、もしものための貴重品保管所を確保するためのものだった。この読み取り専用(リードオンリー)のデータバンクはまた、大いなる疑問が解ける場所でもある。あらゆる著者によるあらゆる本が揃っているため原本との照合ができ、エルナンド自身もバダホス会議や伝記の執筆でおかしたような誤りや矛盾を根絶することができるのだ。とはいえ、本を自由に手に取れないようにすることで、エルナンドがこの図書館を本を紛失から守るための最終手段、聖域とみなしていたと考えるのは正しくないだろう。最初はまぎらわしく聞こえるかもしれないが、彼は図書館のおもな目的は蔵書の手引きとなる三つの目録――《概要目録》、《題材別目録》、そして最後のプロジェクトとなる《著者・科目一覧》(どのようなものかは、まもなく明らかになる)の編纂だと公言している。膨大な数の本を集めて閉じ込め、そのリストをつくるというのだから、常軌を逸したプロジェクトのように聞こえるが、じつはエルナンドは、作成した本の目録の写しをスペイン全土に行き渡らせようとしていたのだ。最後までいた司書が述べているように、エルナンドが想定する《概要目録》や《題材別目録》の読者は、この図書館に腰を落ち着けている人々などではなく、遠く離れた場所にいる、多数の本に触れる機会のない人々なのだ。こうした目録を配布することで、無数の読者が遠くからでも彼の図書館にある本を検索できる。《題材別目録》でキーワードを探し、《概要目録》で居ながらにして数多くの本の概要に目を通し、必要な資料かそうでないかを選り分けることができるのだ。グローバルな記憶の保管庫と対をなすものとして、検索エンジンをつくりあげたのである。(6)

エルナンドがいかにすごいものをつくりあげたのか、それを真に実感するのは難しい。当時の、あるいはそれに続く時代の図書館の多くは、創設者の蔵書保管箱に毛が生えたようなものだった。そんな時代にあって、エルナンドは世界中の情報をグアダルキビル川のほとりに集約させるシステムを構築し、そうして集めた本を有効利用するための索引や要約を作成し、さらにそれを世に配布し、広大な印刷物の王国にアクセスできるネットワークを創造したのである。じつにすばらしい仕組みだ。だがエルナンドは、目録からタイトルを見つけ出し《題材別目録》でキーワードを見つけるこの方法では、探している本が具体的にわかっている人にしか役立たないと気づいた。それまで知らなかった新たな知識との出会いの場として図書館を利用する場合はまた別で、ブラウジング、つまり自由閲覧が必要となる。とくに目的もなく自由に見て回る、じつはそこにこそ、読者にとって最大の醍醐味がある。読者の心は、これは読まないわけにはいかないというカテゴリーや情報を教えてくれる一方で、眼中にないものは完全に遠ざけてくれるのだ。

晩年のエルナンドは助手たちとともに、《著者・科目一覧》に沿って本を並べ替える作業にいそしんでいた。この最後の目録は蔵書をテーマごとに分類したもので、管理しやすいように図書館全体をいくつかのセクションに分けるためにつくられた。

目録の下敷きとなった構造はいたってシンプルで、中世の基本科目に沿って、三学科（文法、修辞、論理）、四学科（算術、幾何、音楽、天文）、さらに医学、神学、法学の三つの専門分野に分けられていた。しかし、印刷物の世界を航行（ナビゲート）するにはこれらのカテゴリーではもはや十分ではなく、書架に並べはじめる段階で、各カテゴリーにはすでに何千冊とは言わないまでも何百冊もの本が含まれ、エルナンドが築いたネットワークを通じて本が次々に流れ込みはじめると、問題はさらに深刻化するばかりだった。たとえば、「修辞」のカテゴリーは他のカテゴリーに当てはまらないあらゆる種類の著作（詩や散文の形式による）をカバーし、そこには古代史に関するものから淫らな物語詩（バラッド）、近年の戦争の記録まで、種々雑多なものが含まれる。この大雑把なくくりのなかで、やがてエルナンドは自分が同類と思う本どうしをまとめ、ここは演説と聖人の生涯に関する列、このセクションは説教、こちらはローマの歴史といった具合に、さらに細かく分類しはじめた。この分類のロジックは必ずしも明瞭ではなく、まるで失われた言語で書かれた銘板（タブレット）でも眺めているように、美しいがまったく意味を理解できない場合も多々ある。だが、こうしてエルナンドの生涯を追ってみると、その区分けの多くが彼の経験を反映したものだとひと目でわかる。彼の図書館における最初のセクションは、辞書、図表、目録に与えられている。また、地理学に関する書物が哲学と同じくくりになっているが、そこにはチェスもまた含まれる。それは、彼が一生涯を通じ、グリッド線に描くことで世界を理解しようと努めてきたからだ。図書館と館長が互いに影響を及ぼしあうのは当然であり、互いの化身のように、永遠にその姿を反映しあうのである。

この本の並べかたは自己中心的で、館長自身の世界観はわかっても、外の世界については何も伝わってこない。そこで登場するのが最後の切り札、《著者・科目一覧》だ。ブックハンターが膨大な蔵書から本を見つけるための手引きとしてつくられた他の目録とは異なり、《著者・科目一覧》は分厚い冊子ではない。それどころか、冊子ですらなかった。それは一万枚を超える紙片からなり、一枚一枚に「注釈」が書かれていた。そこにはエルナンドのヒエログリフも含まれ、ひと目でその本に関する膨大な情報に触れることができるほか、タイトルに著者名、テーマ、その他の出版情報も豊富に盛り込まれていた。そう聞くと、我々にはすぐにカード目録のようなものだとわかるが、当時の人々にとってはわけのわからない代物だったことだろう。こうしたシステムがほかの場所でも用いられるようになるのは、それから何十年もあとのことなのだ。現在では、図書館に置かれたカード目録の整理棚は見向きもされず、コンピュータ端末のそばでひっそりと、朽ちかけた紙に特有のバニラの香りを放っている。だが、現状がそうだからといって、当時の驚きや目新しさを台無しにしてはならない。このカード目録――《著者・科目一覧》――がもたらしたもの、それはまさしく無限の秩序であり、必要に応じてつねに並べ替えができる目録である。最初はある順番で、次は別の順番でと、目的ごとにいつでも整理しなおすことができるのだ。これは、哲学者ゴットフリート・ライプニッツがハノーバー公の図書館を整理するために同様のシステムを試みる一世紀半も前の話である。ライプニッツもまた「ひとつの真実は、たいてい多くの場所に当てはまりうる」という事実に感銘を受け、そのときの思考の流れに合わせて自由に索引カードの並べ替えができる仕掛けを考案し、ノート・クロゼットと名づけた(7)。

エルナンドの驚異的な図書館は輝かしい勝利の瞬間に達していたが、そのときすでに嵐が迫りつつあった。最初の一万冊は主たるカテゴリーとその下のサブカテゴリーに沿って分類されていたが、一万冊を超えたあたりから、そのシステムが崩壊しはじめる。海面が上昇するように本がたまっていくにつれて、一冊一冊の内容を吟味することも、それを図書館のどこに収めるべきかを見極めることもかなわなくなったのだろう。一万冊を超えたところで、蔵書は初めて言語ごとに区分されるようになり、たとえばイタリア語やフランス語で書かれているという以上の共通点をもたない本がずらりと並ぶ結果となった。それまでは、どこで書かれた本かは度外視し、人知をすべて一堂に集める目的から、セクションごとに各種言語が混じりあっていたが、作業が膨大になるに及び、エルナンドも助手たちも、最後のほうでは妥協せざるをえなかったようだ。おそらく時間的な制約から、タイトルと最初の数ページを見て、同じ言語の本と一緒に並べるのが精一杯だったのだろう。これはきわめて実際的なやりかたであり、誠実な選択に思える。本の数はその後も驚くべき速度で増えつづけるが、それでもいつか分類をやり直したいと思っていたのかもしれない。ところが、この方法はその後の歴史において悲惨な結果をもたらすのである。

量の問題は、資金の問題によってさらに悪化しつつあった。このとてつもない数の蔵書、量も複雑さも加速度的に増していくこの事業の費用を、いったい誰がまかなうのか？　エルナンドが皇帝に宛てて書いた、図書館の形態と、見識あるパトロンに約束されたすばらしい利益について説明する手紙は、生涯にわたって支払われる年金を、自分が死んだあとも図書館の維持および拡大のために継続して支払ってほしいという要望の前置きにすぎなかった。最初のうちはエルナンド自身が要求できる資金で足りたとしても――それを疑う根拠もあるが――年金に、彼がさまざまな事情で（多くは新世界において）貸しているお金、どうにか存命中に確保したが、死後にはより入手困難になってしまうことがほぼ確実な財産と、どれも自由にならないものばかりだった。図書館の建物は完成にはまだほど遠く、部屋の窓から外を見ると、雇われたふたりの〝黒人〟が荷役用の動物とともに水浸しの土をさらい、エルナンドが手がけた壮大な造園計画に沿って、父コロンブスの亡骸が近々旅立つ場所の風景をつくりあげようとしていた。

死の五〇日前、もう先は長くないと悟ったエルナンドは、最後の目録の作成に取りかかった。白目のマグカップや普段使いの器にいたるまで、ちょうど小姓として王子の宮廷に仕えていたころの雑記台帳のように、身の回りのものすべてを書き入れていく。ひとつひとつの品に金額を入れ、積もり積もった人生のなごりとしてまとめあげ、遺言書に添えるのだ。財産はそっくりそのまま、ディエゴの息子である甥のルイスに引き継がれる。そのほか一万五三七〇冊の本、三〇〇〇を超える版画、カサ・デ・ゴーレス、それまで見たことのない植物を集めた庭園、コロンブスの地図および記録文書、そして史上最も洗練された情報技術。彼の人生の集大成と、偉大なる先祖の遺産の見返りにエルナンドが若き後裔に求めたものは、図書館の維持および拡大に年間一〇万マラベディを投じることだった。この金額は、以前エルナンドに約束されていた遺産の一五分の一にすぎない(8)。

余命いくばくもないエルナンドの望みは、愛してやまない図書館を自分の亡きあとも大切に守ってほしい、その一点に尽きた。だが、彼が作成した遺言書は、人生とはそれほどたやすく整理できるものではないことを物語っている。死の準備を始めた彼の心には、まだ重くのしかかっていることがいくつもあった。一五二二年、イングランドからの帰路にすげなく接してしまったバスク人のラバ追い。口論をしたセビーリャのトリアナのタイル職人。パリで合流したが、奇妙な状況のなかであっという間に死んでしまったジャン・ハモニウスの親族。ただ父親の名だけを口にしてきた数十年の沈黙を破り、エルナンドはみずからの葬儀の祈りの言葉に母親の名を忘れずに加えてほしいと求めた。こうして見ると、数々のささやかな遺贈のなかにあって、レオノール・マルティネスという女性への遺贈は突出していたと言えるかもしれない。この女性は、セビーリャと港町サンルーカルとのあいだに位置するレブリハという町の宿屋の娘であり、彼女への三〇〇〇マラベディの遺贈について、エルナンドは「良心の命じるままに」としか説明していない。それはとりたてて意味のない言葉だったのかもしれない——兄ディエゴが愛人イサベル・デ・ガンボアに手切れ金を払ったときの文言、さらには、父コロンブスがエルナンドの母ベアトリス・エンリケスに憐れなほど少ない遺産を与えたさいに使われた言葉と同じでなかったならば。

すべてを事細かにリストアップせずにはいられないエルナンドの強い衝動は、ひとつの目的に向かって突き進むコロンブスのひたむきさを受け継いだものだ。だが一方で、それ以外のあらゆるものに無頓着である点もまた、父親譲りと言えるだろう。しかし、最後の目録が彼特有の完全無欠なものである一方、必死で人生の断片をまとめあげようとした遺言書のほうは、実質的に貸借リストの域を出ない。忘れえぬ思い出があったとしてもそれはこのリストの及ばないところにある。それはたとえば、カリアイで船に乗り込んできた少女たち——コロンブスの心を奪う黄金のペンダント以外、一糸まとわぬ姿でやってきたその勇気にエルナンドがひたすら感服した、あの少女たちの姿かもしれないのだ(9)。

しかし、三三年前（彼はそう正確に記していた）に世を去った父は、彼の心のなかで、崇拝する人物としての座を最後まで守りとおした。遺言書を埋めつくす文字のあいだに割って入るように、エルナンドが自分でデザインした墓碑のみごとなイラストが挿入されているのだが、それはまぎれもなく父への敬愛のシンボルだった。コロンブスの紋章を囲むように、島々の絵と彼の座右の銘が配されている。

A Castilla y Léon
Nuevo mundo dió Colón

カスティーリャとレオンに
コロンは新世界を与えた

しかし盾形の紋章を支えているもの——紋章学的には、亡くなった人物の名声の柱となるものが、その言葉の意味を変容させている。通常、紋章を支えるのは動物や死者の美徳を象徴する人物なのだが、エルナンドはそこに自身がつくった四つの図書目録を配することで、みずからを父に匹敵する歴史上の人物と認めたのである。

著者別目録
科目別目録
概要目録
題材別目録

一五三九年七月一二日、枕元にグアダルキビル川の土を運ばせたエルナンドは、それを顔に塗りつけた。川の対岸では、その同じ土から掘り起こされた父の亡骸が、他の地へ移されようとしていた。午前八時、エルナンドは永遠の眠りについた。

第一七章　エピローグ——船のかけら

エルナンドが人生の糸で織り上げた輝かしい世界がその姿を見せはじめたのは、彼が亡くなってまもなくのことだった。ディエゴの息子ルイス・コロンは、いまやジャマイカ侯爵、ベラグア公爵、さらには第三代提督の地位についていたが、叔父が遺した図書館にはほとんど興味を示さなかった。エルナンドの物語において、このあとルイスの出番はたったひとつしかない。晩年、北アフリカのオランで重婚の罪に問われ投獄されたさい、エルナンドが書いたコロンブスの伝記をジェノヴァ人の商人に与えた（もしくは売った）かもしれない、というものだ。そしてその商人が資金を出し、ヴェネツィアで本が出版された。

一五四四年、五年間も放置されたのち、ディエゴの未亡人マリア・デ・トレドは図書館の本をセビーリャのサン・パブロ修道院へ移させた。そこでは、続く一〇年のあいだに、バルトロメ・デ・ラス・カサスがそれらの本を利用して、新世界で発見された文物や先住民に対する残虐な大殺戮について記した不朽の歴史書を執筆する。その後、エルナンドが指定した第二の遺贈先であるセビーリャ大聖堂からの法的な異議申し立てを受けて、図書館は一五五二年にそこへ移され、現在に至る。

ところが、セビーリャ大聖堂は安全な避難所とはほど遠かった。蔵書の多くが異端審問の餌食となったのだ。エラスムスがエルナンドに寄贈した著書を含む一部の書籍は禁書とされ、著者名の横には「auctor damnatus（有罪宣告を受けた著者）」の文字が記入された。一五九二年、スペインの歴史家アルゴテ・デ・モリーナは、エルナンドの図書館が「身廊から屋根裏部屋に追いやられて幽閉され、誰にも使われていない」ことを大いに嘆いた。また、一八世紀初頭に大聖堂でロウソクとタペストリーに加えて図書館の世話も任されていた管理人は、子どものころに友人たちと一緒にたくさんの本に囲まれて遊び、カラフルな写本をめくっては絵を眺めていたと記録している。

　コロンブスが新世界を発見した一四九二年の四〇〇後にあたる一九世紀の終わり、エルナンドの図書館にふたたび人々の目が向きはじめる。さらに五〇〇周年を迎える二〇世紀の終わりには、よりいっそう注目が集まった。だが、ほぼ五〇〇年にわたる放置と、保管状態の悪さや盗難によって、本来の輝かしい蔵書は（いまだ無限の価値をとどめつつも）、失ったものの大きさを痛切に感じさせるものと化していた。一万五〇〇〇ないし二万冊あった蔵書のうち、残っているのは四〇〇〇冊に満たない。なくなった本の一部は世界中に散らばり、貴重な古書コレクションに加えられているものもある。そうした本は、購入した場所や値段などを書き入れたエルナンドの特徴的なメモによってすぐに見分けられる。だが、それ以外の多くはただ朽ち果てて、古紙やごみくずとして捨て去られた。エルナンドが集めたルネサンス期最大の版画コレクションは完全に消滅した。水害に遭ったか、あるいは単に廃棄されたと思われる。コロンブスの航海日誌の原本は消え失せ、その結果、歴史学者たちが新世界発見について知ろうとすれば、バルトロメ・デ・ラス・カサスによる転写もしくはエルナンドの伝記に頼らざるをえない。エルナンドがつくりあげたカード目録（《著者・科目一覧》）は、蔵書の最終的な配列をとどめ、なおかつ無限に本が増えつづけても整理できる可能性を秘めていたはずだが、これもどうやら失われてしまったようだ。残存した蔵書はさらに洪水の被害を受け、とりわけ一九五五年、次いで一九八〇年代には大洪水に見舞われた。こうした大きな被害を受けながらも、目録の大半は奇跡的に難をまぬがれ、それによって我々は、エルナンドのコレクションの全貌を、当時にしては並ぶもののない詳しさで知ることができる。何千冊もの本の概要が記された貴重な目録である《概要目録》には、いまでは世界のどこにも存在しない多くの本が収録されているが、目下この目録は行方不明で、おそらく二度と出てはこないだろう。だが最近になって、この目録のフォトコピーが発見された[1]。

宗教や言語、テーマの垣根を越えたあらゆる本が集まる世界図書館をつくるという夢は、エルナンド自身とともに墓に葬られた。その後の時代においても、身の回りにあふれかえる情報に手綱をつける必要性に気づいた人々はいたが、エルナンドほど熱烈な野望を抱いた者はひとりもいない。マニアックとも言えるその野望は、父コロンブスから受け継いだものだ。エルナンドの先例にならった者たちも、目指すプロジェクトの規模は彼のそれよりもはるかにささやかなものだった。スイスの偉大なる博物学者コンラート・ゲスナーは、植物学と動物学に大きく貢献したほか、あらゆる知識を『Bibliotheca universalis（万有書誌）』にまとめあげようとしたが、それでも古典語で書かれた学術書に限定し、目録をつくるだけで満足し、実際に書籍を集めようとはしなかった。また、フランシス・ベーコンはユートピア小説『ニュー・アトランティス』のなかで、世界のあらゆる知識が集まる場所を描いたが、そのモデルとなったのはエルナンドの通商院（カサ・デ・コントラタシオン）の構想かもしれない。その小説に出てくる学舎〝ソロモンの館〟はロンドン王立協会（ロイヤル・ソサエティ）の青写真となったが、そのころにはすでに、世界中から本や絵画を集めるという構想からは切り離されていた。

一六世紀なかば、ヨーロッパのいくつかの国――スペイン、フランス、イングランド――は国立図書館を創設した（もしくは創設を試みた）。スペイン国王フェリペ二世の王宮を兼ねたエル・エスコリアル修道院の図書館には、エルナンドの図書館の要素やアイデアが取り入れられたと思われ、現存するなかで最も古いエルナンド方式の書架も設置された。しかし、ごくわずかに例外はあるものの、その後の数世紀のあいだに創設された壮大な図書館では、時代を反映する出来事や大衆文化が記録された薄っぺらい小冊子は蒐集していない。その結果、のちのコレクターたちが残された貴重な資料をかき集める余地が残されたのである。また、国立図書館とそれに付随する国の書誌は、その国で出版された本やその国の精神にまつわる本に絞って集める傾向が強まり、世界に開かれた野心は微塵もなかった。一方、晩年のエルナンドがやむなくとらざるをえなかった措置――あり余る印刷資料を言語ごとに分類する方法――は広く普及し、ひとつの文化の思想と他の文化の思想とのあいだに壁をつくり、それぞれがまったく別個の存在であるかのような印象を与えた。多くの場合、言語や文化的背景の異なる本は単に除外され、こうしてヨーロッパの国々は、豊穣の角のごとき豊かな恵みの世界に背を向け、耳をふさいだのだ。一八世紀の終わりから一九世紀初頭にかけて、図書館の内部から古物研究家が出現し、自国の顕著な(そしてすぐれた)特色や思想について自説を声高に述べはじめたのは自然のなりゆきだったのかもしれない。その後、一九世紀後半のナショナリズムの高まりと、それがもたらした二〇世紀の戦慄の時代を経て、自国偏重の考えがどんどん固定化していったのである。(2)

同様に、図書館という空間のなかで他国の思想や著作がますます分離されていくにつれて、本の分類基準となっている学問分野もまた互いの距離を広げていき、エルナンドのようにかけ離れた多彩な分野について学ぶことがますます難しくなっていった。ルネサンス後期から啓蒙の時代にかけては、コンラート・ゲスナーやアタナシウス・キルヒャー、ゴットフリート・ライプニッツなど、さまざまな学問に通じた博識な学者たちが数多くいた。だが彼らは、すべてを知るという可能性が失われ、労働が細分化し、知識もまた専門化していく世界にあって、普遍的知識という幻想を体現していたと言えるだろう。いまなお消え去ることのないこの幻想をかきたてるもの、そのひとつが、知識の断片化がもたらす疎外感だ。人はみな、パズル全体のなかのほんの数個の小さなピースで満足するよう強いられているのだ。

エルナンドのアイデアの一部が取り入れられるのは、時代が下って、人々がそれを実現させるすべを手に入れてからだ。一五七〇年代、カール五世の息子であるスペイン国王フェリペ二世は、国土調査プロジェクト《Relaciones topográficas（地理的関係）》に着手した。これはエルナンドが一五二三年に中止を命じられた《スペインの描写》に酷似していた。また、磁気偏差または磁気偏角という概念は、バダホス会議の主張と父の伝記において、おそらくエルナンドが史上初めて記録にとどめたものだが、一八世紀になって、イギリスの天文学者エドモンド・ハレーが磁気偏差を等高線で示した地図を作製したことにより、確かな根拠を与えられた。経度を正確に測定する方法は、ジョン・ハリソンのマリンクロノメーター（経線儀）という形でついに実現したが、これは一五二四年にエルナンドが思い描いた「instrumento fluente（流動装置）」にいくらか似ている。だがなんといっても、彼が抱いた最大の野望である、全世界の知識を集めた宝庫――キーワードによる検索（サーチ）が可能で、概要を通じてさまざまな情報に触れ（ナビゲート）、異なる基準に沿った並べ替え（ソート）、そして世界中に広がる拠点からのアクセスが可能なそれはまさしく、ほぼ五〇〇年後に登場するワールド・ワイド・ウェブ、サーチエンジン、データベースといった、インターネットの世界を予感させるものだった。エルナンドの努力は並大抵のものではなく、彼が描いたプランは驚異的だが、じつは彼が目指したプロジェクトは、デジタル化や、テクストを読み取って他の言語に書き換える機械の能力、コンピュータのブール論理で動く検索アルゴリズムなしには不可能なものだった。こうしたテクノロジーが現実のものとなると、情報産業界の巨人グーグルはグーグル・ブックス・プロジェクトにおいて、エルナンドの死後五〇〇年のあいだ滞っていた作業の大半を、わずか数年で完成させた（だがしかし、この革新的プロジェクトもまた、たちまち著作権をめぐる法的な問題にはまり込み、いま現在もなかば非公開事項となっている）。

エルナンドにとって世界図書館が実現不可能な夢であったとしても、彼の根気強い取り組みは、同じように夢を抱き、同じように困難に直面している我々の世代に、じつに多くの教訓を与えてくれる。日々急激に増えていく情報に直面するデジタル時代にあって、全世界のチャート化を目指すデジタル検索会社は、(エルナンドと同様)あることに気づいた。あらゆる情報は、分割し、分類し、効果的に検索できなければ使い物にならない、つまり「死んでいる」ということだ。図書館(あるいはインターネット)をさまようユーザーがいちばんほしい情報は何かを予測し、彼らの問いに応じてそれを提示することに多くの力が注がれてきたのは当然と言えるだろう。それはある程度、しかたがない。人はどうしても、自分が見たいものへ導いてくれる地図に目がいくものだからだ。しかしこの場合は必然的に、そして容赦なく、無限に続く鏡のように、すでに知っている情報だけが延々と与えられる世界へ導かれることになるだろう。エルナンドは明らかに、当初の目録がこの問題をはらんでいることと、つまり、それらの目録が機能するのは、探している本の著者やタイトル、テーマがわかっている場合のみであることに気づいていた。それで彼は死のまぎわまで、全世界に通じる図書館(そして、その延長線上にある知識)の仕組みをつくろうと取り組んでいたのである。それは人々が知らない場所、おそらく存在すら知らなかった場所を歩きまわるためのものだ。この情報時代においても、見知らぬ領域を歩きまわれるようにしてくれる地図はいまだ存在しない。それがないために、我々はより狭い場所へと自分たちを追い込み、ただ目に触れないという理由だけで、変化に富んだ無限の世界にますます無関心になってしまいかねない。国と国の文化が壁で仕切られ、図書館の別々の棚に配置されたのちにナショナリズムが台頭したように、情報の欠如はほぼまちがいなく破滅的な影響を及ぼすだろう。

せめてもの救いは、新たな分類ツールをもつ情報革命によって我々の世界とは大きく異なる世界が闇に包まれ、違いも共通点も何も見えなくなってしまったとしても、その世界は完全に失われたわけではなく、長いあいだ眠っていた場所から（エルナンドの世界のように）いつか掘り起こされる可能性があるという点だ。ルネサンス期の偉大な歴史家フラヴィオ・ビオンドは（彼が書いた古代ローマの遺物に関する手引書を、エルナンドは若いころに読んでいた）、過去の隠れた部分にふたたび光を当てるこのプロセスを、難破船の残骸から厚板を掘り出す行為になぞらえた。時の海に沈み忘れ去られていたものが、ふたたびその姿をあらわすのだ。エルナンドの巨大な船は、その大半が崩壊してしまったが、拾い集めた船のかけらは、我々よりも先に未知の世界へ乗り出したひとりの人物について物語る。そのかけらは、ふたたび我々のもとによみがえった壮大な夢のなごりなのだ(3)。

謝辞

最初に、同僚であり、協力者であり、親友であるホセ・マリア・ペレス・フェルナンデスに感謝を捧げなくてはならない。ホセとは、何年も前に一緒にエルナンドと彼の図書館についての研究を始め、以来、非常に長い時間話し合ってきた。ホセとこの仕事ができたのは、人生最大の喜びのひとつであり、執筆中に彼のインプットと親交がなかったら、エルナンドのこの伝記はもっと内容の乏しいものになっていたに違いない。

また、この本の執筆中にミッド・キャリア・フェローシップを授与してくれたプレジデント・アンド・フェローズ・オブ・ザ・ブリティッシュ・アカデミー、フェローシップを受けるために講義を休むことを認めてくれた（ケンブリッジ大学の）マスター・アンド・フェローズ・オブ・シドニー・サセックス・カレッジにも深く感謝したい。

この本を執筆する過程で、私はウィリアム・コリンズ社のすばらしい編集者アラベラ・パイクと、マリアンヌ・タテポ、アリソン・デイヴィス、イアン・ハントといった、彼女を中心とする優秀なチームにあらゆる形で支援を受けた。また、すぐれたエージェントであるイソベル・ディクソンと、ブレイク・フリードマン・リテラリー・エージェンシーの才能ある仲間たちにも非常に感謝している。

幸運なことに、創作過程のさまざまな段階で、有能な友人や同僚が原稿を全部あるいは部分的に読んでくれた。トレヴァー・ダドソン、ケヴィン・ジャクソン、マーク・マクドナルド、デイヴィッド・マキタリック、ジョー・モシェンスカ、ホセ・マリア・ペレス・フェルナンデス、ケルシー・ウィルソン＝リー、ありがとう。また、さまざまな分野の数多くの専門家たちから貴重な助言をいただいた。全員ではないが、以下に名前を挙げておきたい。アリス・サムソン、イアン・フェンロン、そして二〇一三年にクリストファー・デ・ハメルがパーカー図書館で開催したエルナンドに関するワークショップに参加した、ブライアン・カミングス、ヴィットリア・フェオラ、アンドリュー・ハドフィールド、アナ・カロリーナ・ホスネ、テス・ナイトン、ミゲル・

マルティネス、アレクサンダー・マール、デイヴィッド・マキタリック、アンドリュー・ペテグリー、ジェイソン・スコット＝ウォーレン。彼らのおかげで、数知れぬ誤りや見落としを排除することができたが、もし残っていたとしたら全面的に私の責任である。クレア・プレストンとトレヴァー・ダドソンは親切にも、このプロジェクトの資金調達入札資料の作成を手伝ってくれた。

この本のための調査には、当然ながら図書館や文書館で多大な時間を費やしたが、その間にも多くの方々の支援をいただいた。以下に挙げる施設のスタッフの方々の親切、尽力、専門知識そして助力に感謝したい。セビーリャの参事会およびコロンビーナ図書館（とくに館長のヌリア・カスケテ・デ・プラド）、セビーリャのインディアス古文書館、セビーリャ地方歴史古文書館、シマンカス総合文書館、スペイン国立図書館、サラマンカの公文書館および参事会図書館、ヴァチカン秘密文書館、ヴァチカン図書館、サント・ドミンゴのガルシア・アレバロ財団、サント・ドミンゴのドミニカ人類博物館、そしていつものことながら、ケンブリッジ大学図書館の希少本・手稿本室のスタッフのみなさん。マリア・デル・カルメン・アルバレス・マルケス教授には、セビーリャでの調査において大変お世話になった。パトリック・ズシには、ヴァチカンの資料に関してすばらしい案内役をつとめていただき、ヴァチカン図書館のクリスティーヌ・グラフィンガー博士と、トゥルク大学のキルシ・サロネン教授には、ローマで調査を進めるあいだ大いに助けていただいた。マヤ・フェーレ・トメスは、コロンブス伝説のその後について大変貴重な助言を下さった。私の優秀な学生であるジョージ・マザーは、エルナンドの図書館に関するデータベースを構築してくれて、それは私の調査と執筆に不可欠のものとなった。マーク・ウェルズは、本書のみごとな索引を作成し、本研究を完璧に締めくくってくれた。

いつものことながら、シドニー・サセックス・カレッジ、英語学部、その母体であるケンブリッジ大学、そして世界中の同僚たちに感謝したい。彼らは数えきれないほどの小さなやさしさで、人生を明るく過ごしやすいものにしてくれた。また、この本の一部を執筆するためにカルナータカ大学ダールワール校に滞在中、ダールワールの友人たちに大いに励ましてもらった。この本についてよく語り合ったアンブロジオ・カイアニにもお礼を言いたい。彼の友情は人生の偉大な喜びのひとつとなった。

この本は、妻ケルシーに捧げる。彼女は自分の執筆の手を止めてたびたび私の原稿を読んでくれ、その洞察のおかげで本書は大いに改善された。また、私は調査のために長期にわたって何度も家を空けたが、それにも辛抱強く耐えてくれた。この本を捧げても罪滅ぼしにはならないだろうが（コロンブスとエルナンドなら、そう言いそうだ）、まずはそこから始めたい。

『コロンブス提督伝』に関する注記

この付録は、『コロンブス提督伝』をめぐる歴史的な論争の一部をまとめたものである。この伝記に関しては本書の第一五章で論じているが、史実をさらに詳しく知りたい読者のために、ここに概要を記しておく。

エルナンドが書いた父親の伝記は、一五七一年にヴェネツィアで最初に出版された。『Historie del S. D. Fernando Colombo… della vita, & de fatti dell'Ammiraglio D. Christoforo Colombo, suo padre』というタイトルのその本は、スペインの人文学者アルフォンソ・デ・ウリョアがイタリア語に翻訳し、フランチェスコ・デ・フランチェスキ・サネーセによって出版されたものだ。ジュゼッペ・モレートによる序文によれば、この伝記の原稿はコロンブスの孫にあたる第三代提督ルイス・コロン（エルナンドの相続人であり甥）から、ジェノヴァの商人バリアーノ・ディ・フォルナリに渡り、それがジェノヴァの貴族ジョヴァンニ・バッティスタ・ディ・マリーノのもとに持ち込まれ、人文学者モレートと翻訳者アルフォンソ・デ・ウリョアの指導のもとに出版された。

その文章は三〇〇年以上ものあいだ、エルナンドが書いたコロンブスの伝記として問題なく受け入れられていた。一八七五年に、それまで手稿のままだったバルトロメ・デ・ラス・カサスの歴史的名著『インディアス史』（岩波書店、一九九四年）が出版されると、二つの書物の類似点がすぐに明らかとなり、多くの学者たちが、ラス・カサスの著作がエルナンドの伝記に大きく依存しており、少なくとも三七回の引用や参照がなされていることに気づいた。しかし、重要な歴史的人物によって想像がかきたてられるのはよくあることで、二〇世紀初頭には、実際はラス・カサスが自身の著作の土台とするためにこの伝記（もしくは、少なくともその元となる本）を書いたのではないかという説も浮上した。だがこうした見解は、リナルド・カッデオ、ミゲル・セラーノ・イ・サンス、そして（ついに）アントニオ・ルメウ・デ・アルマスといった学者たちの業績によって、徐々に、かつ整然と、誤りであることが証明された。ルメウの権威ある著書『Hernando Colón, Historiador del Descubrimiento de América（エルナンド・コロン――アメリカ発見の歴史を記した男）』（一九七二年）は、いまもこのテーマでは信頼できる文献とされている（従来の学説に関するこの注記は、おもにそこからの引用である）。ルメウは、『提督伝』の大部分がエルナンドによって書かれたものだという圧倒的な証拠を丹念に示しながらも、航海に関連していない部分（第一回航海以前のコロンブスの人生に関わる部分）はエルナンドではなく、彼の名をかたった誰かの手によるものだと結論づけている。しかし、他の部分は完全に整然としていながら、この点に関する彼の論拠はまったく主観的なもので、エルナンドのように学識ある人文主義者が、『提督伝』のその部分に見られるような辛辣な言葉づかいをしたり、都合よく歴史的記録をでっちあげたりするはずがないという確信に大きく依存していた（Rumeu, pp. 71-3）。しかし、なぜそう確信できたのか。人文主義者たちはパンフレットで論争を繰り広げるさい、辛辣な言葉づかいや歴史の粉飾を頻繁に行なってきた。エルナンドも同じであることは、本人のものにまちがいない数々の記述（ローマで書かれたものやバダホス会議に関する文書など）からも明らかだ。さらにまた、航海以外の部分に関する情報源も存在するのだから、それを書いたところでなんの問題があるだろう。だが、それ以上に重大なのは、伝記のなかの決定的なくだり、つまりコロンブスを地中海の海賊とリスボン沖での海戦に関連づけた（完全に架空の）場面について、エルナンドにはけっして書けなかったはずだとルメウが考えている点だ（Rumeu, pp. 99-103）。本書の第一五章で詳しく述べているように、エルナンドの蔵書への書き込みは、『提督伝』が書かれたと思われる時期（一五三四年）に、彼がこの場面のもととなる本（歴史家サベリクスの『Enneades sive Rhapsodia historiarum（エンネアデス）』）を読んでいたことを示しているだけでなく、二つの場面の横にまったく同じマニキュール（手のマーク）がつけられているのだ（その本にはその二つしかないマニキュールであり、エルナンドがまれにしか使わなかったものだ）。ひとつは彼の父親を描写する場面、もうひとつは地中海の海賊と海戦の場面である。この新たに発見された証拠（および第一五章で示したその他の状況証拠）によって、コロンブスの伝記が実質的にすべてエルナンドによって書かれたという点に対する合理的な疑念は完全に払拭されるだろう。とはいえ、当然ながら翻訳や印刷によって生じた多少の問題には目をつぶらなければならないが。

訳者あとがき

コロンブスの名を聞いたことがない人は、ほとんどいないだろう。では、コロンブスの息子は――こちらは、聞いたことがある人がほとんどいないはずだ。

本書は、そのコロンブスの息子、エルナンド・コロンの人生を追ったノンフィクションである。原書『The Catalogue of Shipwrecked Books』は二〇一八年にイギリスで刊行され、翌二〇一九年、権威あるイギリスの文学賞ジェイムズ・テイト・ブラック記念賞の伝記部門で最終選考に残った。また、すぐれた歴史ノンフィクションに与えられるヘッセル・ティルトマン賞を受賞。著者エドワード・ウィルソン＝リーは、ケンブリッジ大学シドニー・サセックス・カレッジで教鞭をとる中世・ルネサンス文学の研究者である。

原書のタイトル『The Catalogue of Shipwrecked Books』は、そのまま訳せば「海に沈んだ本の目録」。あるとき船が難破し、エルナンドがヨーロッパ各地で買い集めた大量の本が海に沈んでしまった。けれども、残された目録のおかげで、失われた本の内訳があるていどわかっている。そこには、いまや世界のどこにも存在しない本も含まれているという。著者は、海に沈んだ貴重な本と、歴史の海に沈んでいたエルナンド・コロンの人生とを重ね合わせたのではないだろうか。エルナンドはコロンブスの息子として生まれ、父の名を後世に伝えた。また、世界の頂点に立った神聖ローマ皇帝カール五世（スペイン国王カルロス一世）のすぐそばで、歴史に残る数々の出来事に立ち会ってきた。けれどもエルナンド自身はけっして自分を語らず、つねに裏方に徹した。そんな男の人生を、著者は膨大な断片的資料から再構築し、よみがえらせたのだ。

その人生とは、どのようなものだったのか。エルナンドは、コロンブスの次男として誕生した。けれども長男ディエゴとは異なり、彼は〝婚外子〟だった。つまり、コロンブスはエルナンドの母親と正式に結婚していなかったのだ。一五世紀という時代、しかもカトリック教国であるスペインにおいて、婚外子であることはかなり不利な状況だったに違いない。それでも、新大陸発見の偉業を果たし一躍英雄となったコロンブスの〝七光り〟で、エルナンドは兄ディエゴとともに幼いころからスペイン宮廷に仕える。宮仕えは狭き門であり、まわりは高級貴族の子女ばかり。そのなかにあって、エルナンドは〝浮いた〟存在だったかもしれないが、そこで最先端の学問に触れることができたのは、のちの人生にとって大きな糧となった。一三歳のときにはコロンブスの第四回航海に同行し、父とともに新世界をめぐり、さまざまな経験を積む。そのころにはすでに、身の回りのものをリスト化したり、文章にまとめたりする才能が芽生えていたようだ。また、レベルの高い航海術も身に着けている。のちにカールのブレーンとしてそばに仕えることからも、ずばぬけて有能な人物だったと思われる。具体的にどのような事業に関わったかはここでは触れずにおくが、一度の人生でよくこれだけのことができたものだと思わずにはいられない。

ここで、コロンブス親子の名前について少し説明しておきたい。なぜ父は「コロンブス」で息子は「コロン」なのかと気になったかもしれない。第一章にもあるように、コロンブスはイタリアのジェノヴァ出身で、そのころは「コロンボ」という名前だったが、その後スペインに移り住み、「クリストバル・コロン」に改名した。つまり、本当は「コロン」なのだ。ところが日本では英語式の「クリストファー・コロンブス」があまりにも定着しているため、「コロン」と言われてもぴんとこない。そのため本書では、父のほうはなじみのある「コロンブス」を使うことにした。

さて、エルナンドが買い集めた膨大な数の本がどうなったかは本書をお読みいただければおわかりのとおりだが、現在、その一部はスペインのセビーリャにあるビブリオテカ・コロンビーナ（コロンビーナ図書館）にある。じつはエルナンド自身は図書館名を「ビブリオテカ・エルナンディーナ」とするつもりだったようだが、結果的には「コロン」の名を取った名称となっている。それはある意味賢明なネーミングだ。「コロン」とすることで、クリストバルとエルナンドの両方が含まれるからだ。実際、コロンビーナ図書館にはコロンブスが遺した本も保管されている。自身が蒐集した数多くの本が五〇〇年後の世界にまだ存在し、コロン親子の遺産（レガシー）として、二人の名を冠した図書館に大切に保管されている。生涯父を慕いつづけたエルナンドにとって、それは何よりもうれしいことかもしれない。

エルナンドはもうひとつ、大きなレガシーを残した。本の並べかただ。本を立てて並べるという、我々には当たり前すぎる整理方法がエルナンドのアイデアだったことを、この本を読んだ記念に頭の片隅にとどめていただければ幸いである。

最後に、一緒にこの本をつくりあげてくださった方々にお礼を申し上げたい。翻訳作業をお手伝いいただいた堤朝子さん、飯原裕美さん、小金輝彦さん、そして柏書房編集部の山崎孝泰さん、ありがとうございました。

二〇二〇年四月

五十嵐加奈子

savantes, actes du 112e Congrès national des sociétés savantes (Lyon, 1987), section d'Histoire des sciences et des techniques, tome I, Paris, Éditions du CTHS, 1988, pp. 55–63 (Reproduced by kind permission of the CTHS).

Hans Weiditz, 'two shipwrecked men clinging to the same plank'; the figure at left dressed as a fool; various drowning figures, cargo and parts of the boat floating in the sea; illustration to Cicero, Officia (Augsburg: Steiner, 1531), woodcut (© The Trustees of the British Museum).

World map by Diego Ribeiro, produced under Hernando's supervision during his time as *Pilót Mayor*, 1529 (Photo by Fine Art Images/ Heritage Images/Getty Images).

A perspective of Seville, showing Hernando's house at the Puerta de Goles, from *Civitates Orbis Terrarum* (Cologne: Petrum à Brachel, 1612–18, vol. 1).

Map of Seville, from *Civitates Orbis Terrarum*, showing Hernando's house at the Puerta de Goles with the Huerta de Colón (his garden) (Reproduced courtesy of the John and Mary Osman Braun and Hogenberg Collection, Irvin Department of Rare Books and Special Collections, University of South Carolina Libraries, Columbia, SC).

Instruction in an apothecary's shop, from Hieronymus Brunschwig, *Liber de arte distillandi de Compositis* (Strasburg, 1512), Aaa.vv (From *Das Buch der Cirugia* published Strasbourg in 1497 (litho), Brunschwig, Hieronymus (1450–c.1512) (after)/Private Collection/The Stapleton Collection/Bridgeman Images).

Hans Weiditz, 'Winebag and wheelbarrow; satire on gluttony with a fat peasant facing right spitting and resting his large belly on a wheelbarrow. c.1521', Hernando's inventory number 1743 (see McDonald, II.311; (engraving), Weiditz, Hans (c.1500–c.1536)/Private Collection/Bridgeman Images).

Psalterium Hebreum, Grecum, Arabicum & Chaldeum (Genoa, 1516), c.viiv.

カラー図版（口絵）

Sebastiano del Piombo, 'Portrait of a Man, Said to be Christopher Columbus' (Portrait of Christopher Columbus, 1519. Found in the collection of Metropolitan Museum of Art, New York. Artist: Piombo, Sebastiano, del (1485–1547); Photo by Fine Art Images/Heritage Images/Getty Images)

Antonio de Nebrija instructing the youths at the court of the Infante Juan (Nebrija, Elio Antonio de (1441–1522), Spanish Humanist, Nebrija teaching a grammar class in presence of the patron Juan de Zuniga, 'Introducciones Latinae', National Library, Madrid, Spain; Photo by Prisma/UIG/Getty Images)

Sixtus IV Appointing Platina as Prefect of the Vatican Library, 1477, by Melozzo da Forli (1438–94), detached fresco transferred to canvas (Photo by De Agostini/Getty Images)

Portrait of Luca Pacioli, c.1495 (Pacioli (1445–1517), italian mathematician, with his pupil, Guidobaldo de Montefeltro (1445–1514) – painting by Jacopo de Barbari (1440/50–1516), oil on wood, 1495 (99x120 cm) – Museo di Capodimonte, Naples (Italy); Photo by Leemage/Corbis via Getty Images)

Portrait of Tommaso Inghirami by Raphael, 1515–16 (Florence, Palazzo Pitti (Pitti Palace) Galleria Palatina (Palatine Gallery) Tommaso Inghirami (Portrait of Fedra Inghirami), ca.1514–16, by Raphael Sanzio (1483–1520), oil on wood, 90x62 cm; Photo by DeAgostini/Getty Images)

Charlemagne by Albrecht Dürer, 1511–13 (Emperor Charlemagne (742– 814), King of the Franks whose conquests formed the basis of the Holy Roman Empire. Painting By Albrecht Dürer ca.1512; Bettmann/ Contributor)

Early map of Hispaniola, pasted into Biblioteca Colombina 10–3–3 (B. C. C. Sevilla)

Portrait of Hérnando Colón (B. C. C. Sevilla)

図版一覧

本書で用いた図版の多くはエルナンド自身の所有物であり、付された目録番号は、*Memoria de los dibujos o pinturas o Registrum C* (Colombina 10-1-16) およびマーク・P・マクドナルド（Mark P. McDonald）の *The Print Collection of Ferdinand Columbus, 1488–1539*, 3 vols (London, 2004) における番号を示す。

地図

前付の4点の地図は、大英博物館の厚意により複製したものである。© The Trustees of the British Museum.

本文中の図版

A Drawing of the City of Cadiz, 1509 (España. Ministerio de Educación, Cultura y Deporte. Archivo General de Simancas MPD, 25, 047).

Illustration from *De Insulis nuper in mari Indico repertis* (Basel, 1494, ee [1][v]; photo by MPI/Getty Images).

Giovanni Battista Palumba, 'Diana Bathing with Her Attendants', c.1500; Hernando's inventory number 2150 (see McDonald, II.386; public domain from the Metropolitan Museum of Art).

Native Americans ride on a Manatee, 1621 (Courtesy of the John Carter Brown Library at Brown University, 04056; JCB Open Access Policy).

A page showing an eclipse from the Mayan *Dresden Codex* (Sächsische Landesbibliothek, Dresden, Mscr.Dresd.R.310 http://digital.slubdresden.de/werkansicht/dlf/2967/55; CC-BY-SA 4.0).

Principium et ars totius musicae, Francesco Ferrarese, Hernando's inventory number (see McDonald, II.559; 'The Guidonian hand', Italian School, (16th century)/Civico Museo Bibliografico Musicale, Bologna, Italy/© Luisa Ricciarini/Leemage/Bridgeman Images).

Anonymous printmaker, after Jan Wellens de Cock, c.1520–30, The Ship of St Reynuit, Hernando's inventory number 2808 (see McDonald, II.518; image reproduced is Rijksmuseum RP-P-1932-119).

Illustration of Rome by Pleydenwurff and Wolgemut in *The Nuremberg Chronicle*, 1493. Hernando's inventory number 433 (see McDonald, II.566; reproduced by kind permission of the Syndics of Cambridge University Library, Inc.0.A.7.2[888])

Andrea Palladio's sketch of Bramante's Tempietto (PRISMA ARCHIVO/ Alamy Stock Photo).

Giovanni Battista Palumba, 'Mars, Venus and Vulcan (Vulcan forging the arms of Achilles)' , c.1505; number 2032 in Hernando's inventory (see McDonald, II.364; © The Trustees of the British Museum).

Leonardo da Vinci, illustrations in Luca Pacioli, *Divina Proportione* (Venice, 1509: Alessandro Paganini).

Raphael's sketch of the Elephant Hanno c.1516 (Kupferstichkabinett Berlin, KdZ 17949; Wikimedia Commons).

Map of Tenochtitlan, from Hernán Cortés, Biblioteca Colombina 6-2-28 (B.C.C. Sevilla).

Albrecht Durer, sketch of Antwerp harbour, 1520 (Albertina Museum Vienna; World History Archive/Alamy Stock Photo).

Anonymous, c.1470–80, The relics, vestments and insignia of the Holy Roman Empire. Hernando's inventory number 2959 (see McDonald, II.541; © The Trustees of the British Museum).

The Utopian Alphabet, from Thomas More, *De optimo reip. Statu deque nova insula utopia libellus vere aureus* ... (Basel: Johannes Froben, 1518, sig. b3[r]); 'Signes Employés par Fernand Colomb dans son bibliotheque', p. 59 in Beaujouan, Guy, 'Fernand Colomb et le marché du livre scientifi que à Lyon en 1535–1536', in *Lyon: cité de*

(9) *Testamento*, pp. 138–40, 210.

第 17 章　エピローグ——船のかけら

(1) *Obras*, pp. 23–5; Guillén, p. 120 (*Antibarbarorum*, Colombina 12–2–26 の本扉および p. 9 にある異端審問のマークについて）

(2) ここで挙げられている他の図書館プロジェクトについては、Roger Chartier の *The Order of Book* が非常にいい入門書となる。サロモンの家およびカサ・デ・コントラタシオン（通商院）については、Burke, *Social History of Knowledge*, p. 46 を参照。

(3) ビオンドのこのくだりは、以下においてみごとにとらえられ、分析されている。Grafton, *Worlds Made by Words*, pp. 137–8.

考にしたのだろう。よく統制のとれた船を好例として挙げながら、秩序とは冷静かつ整然とことを進めるところから生まれると論じた本である。*Oeconomicus*, 8, 23, および Agamben, *The Kingdom and the Glory*, p. 18 を参照。

(9) *Testamento*, p. xxxvi; Rumeu, 17/84; Rumeu, p. 84 および *Obras*, p. 86 が、生涯年金であることを裏付けている。1536 年 11 月 20 日付けで、エルナンドに生涯 1000 ドゥカードを支払うようサント・ドミンゴの役人に指示が出ている (AGI, Santo Domingo, 868, L.1, ff. 14r–14v)。これが *pleitos colombinos* に起因する調停結果の一部であるのかどうかは不明だが、皇帝の気前の良さから自発的に与えられた可能性は低そうだ。また、これがすでにある年金を含めた額なのか追加分なのかはわからない。Guillén, p. 129 も参照。

(10) *Correspondance de Nicolas Clénard*, I, pp. 151–2; II, pp. 93–4.

第 16 章　最後の指示

(1) 晩年のエルナンドが、読んでいる本、読んでもらっている本として記録したもののなかには、以下が含まれる。Aymar Falconaeus, *De tuta fidelium nauigatione inter varias peregrinoru[m] dogmatu[m]* (Colombina 15–3–5(1), reading October 1536); *the Expositio noue[m] lectionum que pro defunctis decantari solent* (Colombina 14–3–12(3), November 1537), これらは死について省察したもの。また、次の医学書もある。Gaspar Torella, Obispo de Santa Justa, *Pro regimine seu preservatione sanitatis. De ioculente & poculente dialogus* (Colombina 15–4–26, November 1538). コロンブスの亡骸を掘り起こす命令書は、*Viajes del Emperador* の 1537 年 7 月 2 日の記述にある。新大陸に家事をさせる奴隷を連れていく許可については AGI, Indiferente, 423, L.19, ff. 4v–5r (31 March 1539)、遺言書に書かれた旅先での埋葬に関する条項は *Testamento*, p. 128、墓碑銘については Guillén, pp. 132–3 を参照。

(2) *Memorial al Emperador* は *Testamento*, pp. 241–3 に収録、同書には "遺言書" (pp. 123–61) および Marcos Felipe による記録 (pp. 226–46) も含まれている。Bachiller Juan Pérez（贖罪司祭フアン・ペレス）の *Memoria* は、*Obras*, pp. 47–76 に収録されている。エルナンドの楽譜コレクションについては、以下を参照。Catherine Weeks Chapman, 'Printed Collections of Polyphonic Music Owned by Ferdinand Columbus', *Journal of the American Musicological Society* 21/8 (1968), pp. 34–84.

(3) *Testamento*, p. 139.

(4) エルナンドの蒐集方法からは、彼が言う "本" とは狭義の本を意味するのではなく、彼の図書館では必ずしも文字で書かれた文書を生み出した文化のみを蒐集対象にしていたわけではないことも明らかだ。エルナンドの構想に匹敵する興味深い例が *Speculum Maius* of Vincent de Beauvais (composed 1244–55) に見られる。これは中世期に人気を得た百科全書だが、入手可能な本の規模や許容可能なテクストの幅には大きな違いがある。以下を参照。Blair, *Too Much to Know*, pp. 41–3.

(5) The Bachiller Juan Pérez（贖罪司祭フアン・ペレス）の *Memoria* には、'Sala de Teología'（神学の部屋）に関する記述がある。このことから、エルナンドが死亡した時点で図書館はまだいくつもの部屋に分かれており、ひとつの大部屋をつくるプランはまだ進行中だった可能性がある。*Obras*, p. 47 参照。印刷術があれば古代の著作は失われなかっただろうという考えについては、以下を参照。Blair, *Too Much to Know*, p. 47.

(6) *Obras*, p. 53:「この『概要目録』が非常に有用なのは明らかだ。それを見れば広範な内容の概要を把握できるほか、手近に読む本がたくさんない場合、少なくともこの目録があれば、多くの本が扱う内容を知ることができるからだ」(著者による解釈)。

(7) Blair, *Too Much to Know*, p. 92.

(8) As Guillén (p. 129) および他が示唆しているように、皇帝へのこの請願書は送付されなかった可能性が高い。

lard, Oxford Bibliographical Society Publications, ns XVIII (1975), pp. 33–61.

（8） François Rabelais, *Oeuvres complètes*, ed. Jacques Boulenger and Lucien Scheler (Paris, 1955), pp. 194–202, 207–13. これらの翻訳は著者によるものだが、Screech 訳の注釈をたびたび参考にした。

（9） *Correspondance de Nicolas Clénard*, I, pp. 55–6, 200–1, 218–20; II, pp. 33–5, 156–7, 180–3.

（10） *Correspondance de Nicolas Clénard*, I, pp. 25–8 ; II, pp. 6–10.

（11） 以下の詩篇 19 から始まる 5 ページにわたり、欄外に伝記的記述がある。*Psalterium Hebreum, Grecum, Arabicum, & Chaldeum cum tribus Latinis interpretationibus & glossis* (Genoa, 1516). エルナンド所有の（失われた）冊子には、*Registrum B* において 5095 という番号が付されている。*Abecedarium B*, col. 1405 を参照。

（12） *Life*（*Life and Deeds*）もまた、噂の出所はオビエドだとしている。ただし Caddeo が指摘するように、オビエドの *Historia general* はその主張を詳述する一方で、それが誤りであると示唆している（Caddeo, I, pp. 76–80 and n.）。カール 5 世がオビエドにこうした議論を展開させたことについては、以下を参照。See Rumeu, pp. 71–2.

第 15 章　どこにもない国の王

（1） Caddeo, I, p. 23; II, p. 5.

（2） Caddeo, I, pp. 14–20, 80–91.

（3） Caddeo, I, pp. 161–2.

（4） 関連する系図や知恵の木についての論考は、以下を参照。Gilles Deleuze and Félix Guattari on the 'rhizome' in *Mille plateaux* (Paris, 1980) and Burke, *Social History of Knowledge*, pp. 86–7.

（5） エルナンド所有の *De scriptoribus ecclesiasticis* (Paris, 1512) は、Colombina 3–3–28 および Registrum B の 2156 番。これは 1516 年 1 月にフィレンツェにて未製本のものを 116 クアトリン（昔の銅貨）で購入し、ローマにて 40 クアトリンで製本したもの。ルネサンス期の年代学については、Anthony Grafton, *Joseph Scaliger* (Oxford, 1993) および *Defenders of the Text* (Cambridge, Massachusetts, 1994) を参照。また、*Worlds Made By Words* も参照。とりわけ第 3 章はトリテミウスについて扱っている。Grafton は彼の野心的な図書館を「encyclopaedic（百科事典的）」で「universal（全世界的）」と評しているが、相当する一節から、それがキリスト教世界において古代語で書かれた作品に限定されることは明らかである。

（6） Burke, *Social History of Knowledge*, p. 15. Juan Luis Vives, 'De Tradendis Disciplinis' in *De Disciplinis: Savoir et Enseigner*, ed. Tristan Vigliano (2013), pp. 273–86.

（7） Caddeo, I, pp. 34–5. マニキュールは以下に見られる。Sabellicus, *Secunda pars enneadum Marci Antonii Sabellici ab inclinatione romani imperii* ... (Colombina 2–7–11), Decade X, Book 8 (f. CLXVIII, sig. [x.v]r). エルナンドは次のフレーズ '(quas Columbus iunior archipirata illustris cruento proelio oppresserat)' の横の欄外に、よく目立つ大きなマニキュールを描き、さらに 'Columbus iunior archi/pirata illustris' と書きこんでいる。Rumeu de Armas (pp. 99–100) はこのメモに触れ、エルナンドが 1534 年にこの本を読んでいたと述べているが、彼は明らかに Registrum B から取ったのであり、原本は見ていないため、これを非常に重要なメモと考えたのである。エルナンドはまた、コロンブスのさらなる発見に関する記述 on fol. CLXXI, sig.x.viiir にも同じ筆跡で、'Christophorus colu[m]bus pater meus' というメモとともにマニキュールを描き入れている。筆跡の比較にいいのが、エルナンドの所有するピコ・デッラ・ミランドラの *Opera* (Colombina 12–5–10, A[x]r) であり、前付け部分の大文字の C が非常によく似ている。

（8） どこにも明記していないが、エルナンドは意識的にそうしたと思われる。彼はおそらく、Xenophon（クセノフォン）の *Oeconomicus*（1521 年に彼が購入した、失われた版——Registrum B 94) を参の大砲の無力さに関するエルナンドの記述は以下。Colombina 4-2-13(9), sig. [Aii][r].

(13) Brandi, *Charles V*, p. 242.

(14) Luigi Guicciardini, *The Sack of Rome*, trans. James H. McGregor (New York, 2008), pp. 114–15; J. Hook, *The Sack of Rome* (London, 2004), pp. 176–8; Stinger, *The Renaissance in Rome*, pp. 320–2; André Chastel, *Le sac de Rome*, 1527 (Paris, 1984).

(15) Manfredi, *Storia della Biblioteca Apostolica Vaticana*, p. 311. 東ゴート族によるローマの図書館の破壊はCassiodorus（カッシオドルス）の著作に記録されている。Casson, *Libraries in the Ancient World*, pp. 74–5 および Pedro Mexia, *Silva de Varia Lección* (Seville, 1540) を参照。より最近の研究では、アレクサンドリア図書館は何世紀もかけてゆっくり消滅したとされているが、近代の説ではたいてい悲劇的な破壊となっている。たとえば以下を参照。Francesco Patrizi, *A moral methode of ciuile policie contayninge a learned and fruictful discourse of the institution*, trans. Richard Robinson (London, 1576), sig. T[1][r–v].

(16) エルナンドの出発日については混乱がある。Chapman ('Printed Collections of Polyphonic Music Owned by Ferdinand Columbus', 41) は、エルナンドが 1529 年 8 月末から購入を始めているとしているが、Wagner による旅程では、8 月 30 日にはまだセビーリャにいたことになっている。Burke, *Social History of Knowledge*, p. 86; A. Salmond, 'Theoretical Landscapes: On Cross-Cultural Conceptions of Knowledge' in *Semantic Anthropology*, ed. D. Parkin (London, 1982), pp. 65–87.

第 14 章　新たなヨーロッパ、変わらないヨーロッパ

(1) クレナルドゥスの手紙については、以下を参照。*Correspondance de Nicolas Clénard*, ed. Alphonse Roersch (Brussels, 1940), 2 vols, I, pp. 55–6, 200–1, 218–20; II, pp. 33–5, 156–7, 180–3; and Joseph Klucas, 'Nicolaus Clenardus: A Pioneer of the New Learning in Renaissance Portugal', *Luso-Brazilian Review* 29/2 (1992), pp. 87–98.

(2) Konrad Eisenbichler, 'Charles V in Bologna: The Self Fashioning of a Man and a City', *Renaissance Studies* 13/4 (1999), pp. 430–9.

(3) AGS, Estado, leg. 21, fol. 22. 'Don Hernando Colon Dizeque ha mas de quarenta años q[ue] sirve al Casa Real de V. Mt. y que por no ser molesta nole ha suplicado lehagame[n] por sua s[er]vise y esperando esse determinase/ el pleyto de su padre y que agora viendo que aquel es ynmortal hallandose biejo y pobre ha determinado seguir la yglesia porque el papa le ha prometido [???] porella ... '.

(4) エルナンドの母ベアトリスもまた、ディエゴとエルナンドから支払われるはずのものがあったにもかかわらず、晩年にグリマルディ家から借金をするほど逼迫していたようだ。それは少なからず悲しい皮肉である。これについては、以下を参照。Guillén, p. 112. On Sanuto's book sale see *Città Excelentissima*, introduction, xxvi, & pp. 39–40.

(5) Walter Benjamin, *Illuminations* (Pimlico, 1999), p. 30.

(6) コルドバのウマイヤ朝図書館については、以下を参照。Padover in Th ompson, *The Medieval Library* (New York, 1967), pp. 360–2.

(7) たとえばエルナンドが 1510 年に入手したコーランは、*Registrum B* (2997) には 'Elalcora[n] en linda letera arabica' と記載されているが、*Abecedarium B* には 'Alcoran en arabigo' (col. 65) とある。ゲーズ語の最初の本は現存しないが、*Abecedarium B*, col. 1405 に 'Psaltarium in lingua chaldica ... R[ome] 1513' と記載され、Registrum においても 5967 という番号が付与されている。ディエゴ・ウルタード・デ・メンドーサ（Diego Hurtado de Mendoza）がチュニスから持ち帰った写本については、以下を参照。Hobson は以下において、本の数に誇張がある可能性を指摘している。なぜなら、1571 年にエスコリアル宮に渡った時点で、メンドーサが所有するアラビア語の写本は 268 冊しかなかったからである。Anthony Hobson, 'The *Iter italicum* of Jean Matal', in *Studies in the Book Trade in Honour of Graham Pol-*

ボルヘスの以下を参照。'The Total Library', in *The Total Library: Non-Fiction, 1922–1986*, ed. Eliot Weinberger (London, 1999), pp. 214–16.

第13章　壁のない図書館

(1) *Testamento*, pp. 36–7. エルナンドが1526年のはじめ、Conde de Orgaz（オルガス伯爵）から別の土地を買おうとしたが失敗した件については、Guillén, p. 125を参照。

(2) *Testamento*, pp. 138–40. 16世紀後半の記述については、Juan de Mal Lara, *Recibimiento que hizo la muy noble y muy leal ciudad de Sevilla a la C. R. M. del Rey D. Philipe N. S.* (Sevilla, 1570), fol. 50およびGuillén, p. 126を参照。

(3) *Testamento*, pp. 77–9（アロンソ・デ・サモラとその妻マリア・ロドリゲスとの契約について）、およびエルナンドの文書一覧XCIII, p. 263, item 29, '... dize memoria de plantas e ortelanos'。これは同じ目録に含まれているが、ウエルタ・デ・ゴーレス取得に関する各種文書とは明らかに異なる。エルナンドの母方アラーナ家の親族がコルドバでエスバローヤ（Esbarroya）一族の薬剤師たちと親しく交流していたことを忘れてはならない。そこでコロンブスはエルナンドの母ベアトリスの叔父と出会ったと考えられている。Guillén, p. 108を参照。

(4) Caddeo, I, p. 174; II, pp. 30, 193.

(5) *Testamento*, pp. 75–7. Brian Ogilvie, 'Encyclopaedism in Renaissance Botany', in Peter Binkley (ed.), *Pre-Modern Encyclopaedic Texts*, pp. 89–99, およびBrian Ogilvie, *The Science of Describing* (Chicago, 2006), pp. 30–4 *et passim*; Alix Cooper, *Inventing the Indigenous* (Cambridge, 2009); *Gardens, Knowledge and the Sciences in the Early Modern Period* edited by Hubertus Fischer, Volker R. Remmert, Joachim WolschkeBulmahn (Basel, 2016).

(6) グアヤカンは、Antonio de Villasante（アントニオ・デ・ビジャサンテ）がタイノ族の妻から聞いて発見したのかもしれない。エルナンドは、陶器職人兼医者をクレナルドゥスのアラビア語教師に雇おうとした。これについては以下を参照。*Correspondance de Nicolas Clénard*, I, pp. 151–2; II, pp. 93–4.

(7) *Obras*, pp. 55, 365–427, esp. pp. 396–402. 中世の「*florilegia*（花譜）」に使われた索引については、Blair, *Too Much to Know*, p. 36を参照。

(8) *Obras*, p. 55.

(9) 王の命令が出た日付については、AGI, Indiferente, 421, L.12, fols. 40r–40v; Rumeu, p. 81n. *HoC*, p. 1101。Guillén, *Hernando Colón* (p. 134) は、エルナンドが航海長代理に任命されたことが、1526年から29年までの3年間、彼がセビーリャにとどまった理由だと示唆している。

(10) *HoC*, p. 1100. インディアス枢機会議が王に代わってアロンソ・デ・チャベスに送った、アストロラーベとコドランドと地図の使いかたを水先案内人に教えたことへの感謝状'según relación de Hernando Colón' (AGI, Indiferente, 421, L.13, fol. 295v) は、それが明らかにカサ・デ・ゴーレスで行なわれていることを示している。Guillén, p. 127参照。Eustaquio, Navarrete, *Noticias para la Vida de D. Hernando Colón, in Documentos Inéditos*, XVI, pp. 357–60には、1526年にエルナンドがプエルタ・デ・ゴーレスの自宅内に設立しようと提案した船乗りのための大学に関するLoaisaの言葉が記録されており、セビーリャのさまざまな歴史書でも触れられているが（Luis de Peraza, *Origen de la Ciudad de Sevilla*, II, P.)、もっとあとの時期の可能性が高い。エルナンドが修正を加えた地図は、プトレマイオスの*Claudii Ptolomei ... Geographi[a]e opus* (Colombina 15-8-19) であり、例示されている「insula anthropophagorum（人食い人種の島）」の書き込みは'Tabula Moderna'のセクションの2番目の地図にある。

(11) *HoC*, p. 22.

(12) ア・コルーニャで開発中の"bombas（爆弾）"についてインディアス枢機会議で説明するようディエゴ・リベイロに求める1528年の書簡は以下。AGI, Indiferente, 421, L.13, fol. 295r–295v. スペイン

第 12 章　切り取る

（1）セネカへの書き込みについては、以下を参照。Colombina 1-4-19, *Tragedie Senece cum duobus commentariis* (Venice: Philippo Pincio, 1510), fol. XCII[v], sig. q.ii[v]. ディエゴが 1523 年 11 月 5 日にスペインに帰国したことは AGI, Patronato, 10, N.1, R.15 に記録されている。

（2）AGI, Patronato, R.48, 12; Guillén, *Hernando Colón*, p. 123.

（3）1524 年 4 月 13 日の署名があるエルナンドの意見書は、the 'Parecer que dio D. Hernando Colón en la Junta de Badajoz sobre la pertinencia de los Malucos', AGI, Patronato, R.48, 16 に収められ、以下に書き起こされている。Navarrete, *Expeditiones al Malucco*, pp. 333–9.（4 月 27 日およびバダホス会議のあと）重ねてカール 5 世に示した意見書も Navarrete, pp. 342–55 に収められている。

（4）以下を参照。'Declaración del derecho', Navarrete, *Documentos Inéditos*, XVI, pp. 391–2.

（5）AGI, Patronato, R.48, 16, 1[r]–2[v]; Crespo, pp. 48–9 を参照。以下において、エルナンドはこの解決方法を初めて提案した人物とされている。Julio Rey Pastor, *La Ciencia y la Técnica en el Descubrimiento de América* (Buenos Aires, 1942), pp. 96–7.

（6）この逸話は Jerry Brotton, *History of the World in Twelve Maps* (London, 2013), p. 200 に詳しく書かれている。バダホス会議については pp. 200–17.

（7）エルナンドが言及しているのはアルカンジェロ・マドリニャーノの翻訳 the *Itinerarium Portugallensium e Luistania in Indiam*, 'q[ue] fue impreso año de 1508' (Milan: Giovanni Antonio Scinzenzeler, 1508) で、1512 年にローマで購入している（Reg. B 2163）。the passage 'en el cplo [i.e. capitulo] 6[0] se cuenta 3800 leguas desde lisbona a calicut' is at f[v][v]. *Abecedarium B* によれば、エルナンドがペドロ・マルガリョ（Pedro）の *Margellea logices vtrivsq[ue] scholia* (Colombina 118-5-48(2)) を入手したのは、1536 年以降であることが示唆されているが、以前の版のものと置き換えられている可能性がある。Universal Short Title Catalogue には、現存するわずか 2 冊のうちの 1 冊と記載されている。参照と記憶を助けるための番号付けおよびレイアウトの発展については Blair, *Too Much to Know*, pp. 36–40, および Mary Carruthers, *The Book of Memory* (Cambridge, 2008), ch. 7 参照。

（8）スペインの権利に関するエルナンドの主張について、Rumeu (p. 78) は、バダホス会議の最終日になされたとしている。以下を参照。the 'Declaración del derecho que la rreal corona de Castilla tiene a la conquista de las provincias de Persia, Arabia e Yndia, e de Calicut e Malaca', Real Biblioteca II/652 (3).

（9）印刷本におけるテクストの検索装置の発展については、Blair, *Too Much to Know*, pp. 49–51 を参照。もちろん "固定性" に関する似たような議論は、Elizabeth Eisenstein の話題書 *The Printing Press as an Agent of Change* で初めてなされ、大きな批判にさらされて改訂を余儀なくされたが（たとえば *Agent of Change*, eds Sabrina A. Baron et al. (Amherst, 2007) を参照）、それでも同時代の人々が、それが確実な参照を可能にしたと考えたのは事実である。

（10）fol.[v][v] of the 1508 *Itinerarium Portugallensium e Luistania in Indiam* にある問題の一節は、実際には 58 章に記載されているが、同じページの下のほうで 59 章が "61" 章と記されている。そこから逆に番号を数えたために、エルナンドの誤解につながったのだろう。概要の長さについては、*Obras*, pp. 344–7、書物の氾濫というテーマについては Blair, *Too Much to Know*, esp. pp. 55–61 を参照。

（11）*Obras*, p. 53.

（12）法律書は "多くても 4 冊" であるべきだとするフアン・ペレスの意見についてはそれ以上説明されていないが、法律がカノン法、教会法、慣習法に分かれていることにもとづいていると思われる。*Obras*, p. 51 を参照。古代および中世における編纂と要約の取り組みについては、以下。Blair, *Too Much to Know*, esp. ch. 1.

（13）遺言補足書については、Rumeu, p. 83 を参照。カール 5 世宛てのエルナンドの書簡は AGS, Estado, 13, fol. 333. 兄の権利を擁護したエルナンドの文書は、'Papel de Fernando Colón', Navarrete, *Documentos Inéditos*, XVI, pp. 376–82 に収録されている。無限の図書館の無謀さについては、ホルヘ・ルイス・

(16)　*Città Excelentissima*, pp. 27–30.
(17)　*Obras*, pp. 738–42.

第 11 章　故郷に勝る場所はなし

(1)　エルナンドが所有していた 1518 年刊バーセル版のモア作『ユートピア』(*De optimo reip. statu deque noua insula Utopia libellus* ... Basel: Johannes Frobennius, 1518) は、Colombina 12-2-39 として現存している。エルナンドは 167 ページに 'Hu[n]c libru[m] perlegi Bruselis 26 et 27 diebus mensis martij 1522' と記入している。

(2)　ユートピア語の活字制作にかかった費用については、Ralph Robinson による英訳版を出版した Abraham Veale が、自身の版にユートピア語のアルファベットがない理由を、制作費用を引用して説明していることから確認できる。以下を参照。Émile Pons, 'Les Langues imaginaires dans le voyage utopique', *Revue de Littérature Comparée*, Oct.–Dec. 1930, pp. 589–607（著者による翻訳）。

(3)　マインツの枢機卿への手紙およびカンペッジオ枢機卿への 1520 年の手紙でその内容を明かしていることについてのエラスムスの論考は、以下を参照。*Correspondence of Erasmus, Letters 1122 to 1251, 1520 to 1521*, trans. R. A. B. Mynors (Toronto, 1974), § 1167, pp. 108–21. デューラーのデザインについては、Ashcroft , *Albrecht Dürer: Documentary Biography*, II, pp. 661–70 を参照。

(4)　このページェントの題材に関する詳しい説明は、以下で確認できる。SP 1/24 f. 226, 'The Emperor's Visit', 5 June 1522, *Letters and Papers, Foreign and Domestic, of the Reign of Henry VIII*, vol. 3, § 2305. See D. E. Rhodes, 'Don Fernando Colón and his London book purchases, June 1522', *The Papers of the Bibliographical Society of America*, vol. 52 (New York, 1958).

(5)　Caddeo, II, pp. 196–7, 236–7.

(6)　エルナンドの 'forma de navegación p[ar]a su alta y felicisima pasaje de fl andes en españa' という記述が fol. 2r of the 'Declaración del derecho' of 1524 にある。Real Biblioteca II/652 (3).

(7)　*Testamento*, pp. 133–4.

(8)　エルナンド所有の *Carta de Relación* は、*Registrum B* の 272 番であり、「1521 年 12 月 2 日」にバリャドリッドで購入したという記述があるが、1522 年の誤記である。その直前に 1522 年 11 月 8 日にセビーリャにて出版という記述があるからだ。

(9)　*Obras*, pp. 687–765, 715.

(10)　*Cedula* については、*Obras*, p. 163 および Crespo, *Los Grandes Proyectos*, p. 58 を参照。スペインにおける帝国と情報収集との関係については、Burke, *Social History of Knowledge*, ch. 6; Cohn, *Colonialism and its Forms of Knowledge* (Princeton, 1996); ならびに Mundy, *The Mapping of New Spain* (Chicago, 1996) を参照。

(11)　Considine, *Dictionaries in Early Modern Europe*, p. 29. 1518 年に辞書編纂に取りかかったさい、エルナンドはカレピーノの辞書のことを知らなかったようだが、それはエルナンドが下調べをするさいに参照した文献にカレピーノが入っていなかったからである（Nebrija, Palémon and Perotti, the *Grammatica ecclesiastici*; ならびに *Obras*, p. 681 を参照）。エルナンドとカレピーノの収録項目がよく似ているのは、ふたりが同じ文献を多く利用していたためだと考えられる。この件については紛らわしい証拠が存在する。*Abecedarium B* にはカレピーノの 1530 年版しか載っていないが、*Registrum B* の 1963 番は、1513 年 7 月 13 日にメディナ・デル・カンポで購入したとする従前の内容を上書きしてしまったようだ。以前に購入した版は紛失したか、単に使い込んでボロボロになった可能性がある。カレピーノは（少なくとも終盤では）図書館において重要な存在だったとみられる。贖罪司祭フアン・ペレスは彼の名前を使って *Memoria* である説明をしている（偽名の扱いについては、*Obras*, p. 66 を参照）。

(4) *A. C. Mery Talys* (London, 1526).

(5) Considine, *Dictionaries in Early Modern Europe*, p. 19. エルナンド所有の『反蛮族論』は、Colombina 12-2-26として現存している。その2ページ目に、エルナンドは次のように書いている。'Este libro medio el mesmo autor como parece en la octaua plana.' エルナンド所有の『コンスタンティヌスの寄進状』に対するロレンツォ・ヴァッラの注釈書は *Registrum B* §295であり、これは1521年12月にニュルンベルクで購入された。Erasmus, 'The Antibarbarians', from *The Erasmus Reader*, ed. Erika Rummel (Toronto, 1990), p. 62.

(6) エルナンド所有の（すでに存在しない）*Psalterium David et cantica aliqua in lingua Chaldea* は、*Abecedarium B*, col. 1405に 'Psaltarium in lingua chaldica ... R[ome] 1513' として記載され、Registrumでは5967という番号が付されている。このテクストおよびカルデア語の起源に関するJohannes Potkenの誤りについては、以下を参照。Donald F. Lach, *Asia in the Making of Europe*, vol. II (Chicago, 1977), pp. 510-11. アルファベット順配列はアレクサンドリア図書館のために編纂された目録「ピナケス」の時代から使われていた。Blair, *Too Much to Know*, p. 16. 著者の発明については、Michel Foucault, 'What Is an Author?' およびRoger Chartier, *The Order of Books* (Redwood City, 1994), ch. 2を参照。

(7) エルナンド所有のBudéの *De Asse et partibus eius* はColombina 118-7-39は、1516年1月にフィレンツェで購入された。マクシミリアン1世は、フリースラントに独自の統治権を与えたが、そのさいオーストリアが10万ギルダーで買い戻すことができるという条件をつけた。(George Edmundson, *History of Holland* (Cambridge, 1922), p. 14).

(8) Gertrude von Schwartzenfeld, *Charles V: Father of Europe* (London, 1957), pp. 53-4; Fernández Alvarez, *Charles V*, p. 38; Rainer Kahsnitz and William D. Wixom, *Gothic and Renaissance Art in Nuremberg, 1300-1550* (New York, 1986), pp. 305-6.

(9) 公式な破門勅書は1521年1月3日に発行された。この勅書および、ルターが教会から破門されたと感じるに至るその後の処置については、以下を参照。Richard Rex, *The Making of Martin Luther* (Princeton, 2017), pp. 156-7 and 250n. 贖宥をインフレーションの論理になぞらえた論考はpp. 12-13.

(10) エルナンドの蔵書における改革主義者の著作については、以下を参照。Klaus Wagner, 'La reforma protestante en los fondos bibliográficos de la Biblioteca Colombina', in *Revista Española de Teologia* 41 (1981), pp. 393-463. エルナンドは11月の終わりに、ケルンにてメランヒトンの *Epistola Philippi Melanchth. ad Joh. Oecolampadium de Lispica disputatione* (*Registrum B* 1525) を2マラベディで購入し、Wagnerによればその場で読んでいる（396）。また、ルターの *Acta apud D. Legatum Apostolicum Augustae recognita* はマインツにて11月26日に購入。(no. 913 in the *Memorial de los Libros Naufragados/Reg. A*).

(11) Rumeu, pp. 83-4; *Testamento*, pp. 28-9. 別の1523年3月4日の文書は、2000ダカットがまだ支払われていないことを示唆している（AGI, Indiferente, 420, L.9, ff. 126v-127）。

(12) Andrew Pettegree, 'Centre and Periphery in the European Book World', *Transactions of the Royal Historical Society*, 6/18 (2008), pp. 101-28; Christopher Hare, *A Great Emperor: Charles V 1519-1558* (London, 1917), p. 65; Karl Brandi, *Emperor Charles V*, trans. C. V. Wedgwood (London, 1939), p. 131. 馬に乗るエルナンドの忍耐力については、クレナルドゥスの手紙を参照（*Correspondance*, III, pp. 181-2）。エルナンドがヴェネツィアで最初に本を購入したのは5月9日。サヌートは、ルターが異端者として断罪されたという知らせを5月11日に記録しており（Diarii, xxx, 217）、5月12日にGasparo Contariniが宮廷からイタリアの市会に宛てて誘拐のニュースを伝え（*CSP Venetian*, §209）、それを18日にサヌートが記録している。

(13) Marin Sanudo, Venice: *Città Excelentissima: Selections from the Renaissance Diaries of Marin Sanudo*, ed. Patricia H. Labalme and Laura Sanguineti White, trans. Linda L. Carroll (Baltimore, 2008), pp. 54-8, 208-9.

(14) *Città Excelentissima*, p. 59; ピエトロ・マルティーレのエジプト使節報告書にも面白い話が書かれている。*Una Embajada de los Reyes Católicos a Egipto*, pp. 34-6.

(15) *Città Excelentissima*, pp. 21-2.

marzo de 1518 comencé a leer este libro y a pasar las notas dél en el índice en Valladolit y distraído por muchas ocupaciones y caminos no lo pude acabar hasta el domingo ocho de julio de 1520 en Bruselas de Flandes en el qual tiempo las annotaciones que ay desde el numero 1559 en adelante aún no están pasadas en el índice porque quedó en España'.

(14) *Diccionario o Vocabulario Latino* (Colombina 10-1-5), fol. 6r; 'A: prime littere nomen est ta[?m] graecis qua[m] ceteris gentibus vel quia omnes littere hebream a qua [?e]manaru[n]t imitantur vel quia est prima infa[n]tiu[m] nescentiu[m] [v]ox vel quia in pronu[n]ciatione prius et interius more qua[m] reliquae sonat.' この項目の最後の部分を文字に起こすのはかなり困難なので、ここに記した翻訳は大意を伝えるものである。「発音すると、慣習的に他よりも早く、深い音が出る」というのが文字どおりの訳である。ここでは Richard Flower のアドバイスに感謝する。*Obras*, pp. 665-84; Nebrija, Gramatica castellana (Salamanca, 1492), aiiʳ ('siempre la lengua fue compañera del ímperio') は、それに続く序文にて展開されている。ここで引用した定義はイシドールス（Isidore）の *Etymologiae* (I, pp. iii-iv) を典拠のひとつとしている——Aが最初の文字なのは赤ん坊が上げる声だからという主張 (at I, p. iv: 17) を含めて——が、直接的か間接的かは不明だ。

(15) Ann Moss, *Renaissance Truth and the Latin Language Turn* (Oxford, 2003), pp. 15-17. Considine, *Dictionaries in Early Modern Europe* および Byron Ellsworth Hamann, *The Translations of Nebrija* (Amherst, 2015) も参照。エルナンドは、紀元1世紀の詩人マルティアリスに関するニッコロ・ペロッティの百科事典的論評 *Cornucopiae* とともに、1495年に発行されたネブリハの歴史的なスペイン・ラテン語辞典を自身の辞書の基にしている。*Obras*, p. 681 を参照のこと（ちなみに、これはページの両面にアラビア数字を用いたヨーロッパで最初の書籍だったようだ。Blair, *Too Much to Know*, p. 49 を参照のこと）。エルナンドの手法は歴史上の実例から権威的な定義を目指したもののように見えるが、歴史的な変動をも考慮に入れている。エルナンドは *Suda* の初版を1冊所有していたが (Colombina 1-4-11, *Lexicon Graecum Souida*, Milan 1499, 購入日の記載なし)、それを使用した形跡はない。おそらく、彼のギリシャ語はこの目的に適うレベルではなかったのだろう。

(16) Erich Peterson は、アウグストゥスがローマ帝国の一斉調査を行なっているあいだにイエスキリストの顕現があったという言い伝えを引き合いに、エルナンドの《スペインの描写》がある種のフォームとも言える国勢調査と千年王国説の関連を指摘した。Agamben, *The Kingdom and the Glory*, p. 10 を参照のこと。

(17) 選帝に至る喧々諤々の議論については、Manuel Fernández Alvarez, *Charles V: Elected Emperor and Hereditary Ruler* (London, 1976), pp. 28-32. によくまとめられている。

(18) 集めて綴じた（"ザンメルバント"）この小冊子の束は Colombina 4-2-13 で、1515年9月と11月にローマで購入されたものが大半だ。エルナンドが記したメモでは、1519年9月28日から10月15日のあいだにセビーリャでこれを読んだことがわかる。現在の綴じられた順番通りに小冊子を読んだのではなかった。つまり、順不同で読んだのか、もしくは、元は違う順番で綴じられていたのかもしれない。

(19) Floyd, *The Columbus Dynasty*, pp. 198-9; Rumeu, p. 83; *Testamento*, pp. 14-15. Las Casas, *Historia de las Indias*, III, p. 359. この *Capitulación de Coruña* は、1525年3月3日に王に承認された (*Testamento*, p. xv).

第10章　悪魔は細部に宿る

(1) Jeffrey Ashcroft, *Albrecht Dürer: Documentary Biography* (New Haven, 2017), I, p. 560; Thomas, *Rivers of Gold*, pp. 425, 431.

(2) Ashcroft, *Albrecht Dürer*, I, pp. 563-4.

(3) *Ioan. Goropii Becani Origines Antwerpianae* (Antwerp: Christophe Plantin, 1569), pp. 178-9.

えるが、この観測結果がエルナンドの地図製作に必要な経度の計測に必要だということを思えば理解できる。Crespo, *Los Grandes Proyectos*, pp. 48–9 を参照のこと。

(5) 預言者ダニエルについてのヒエロニムスの論評と、Daniel DiMassa, 'The Politics of Translation and the German Reception of Dante', in *Translation and the Book Trade in Early Modern Europe*, eds José María Pérez Fernández and Edward Wilson-Lee (Cambridge, 2014), pp. 119–20 を参照のこと。

(6) Obras, p. 48; アルフォンソ 10 世とネブリハの類似点を用いたことに関しては、Crespo, *Los Grandes Proyectos*, p. 48 を参照のこと。

(7) Jean Michel Massing, 'Observations and Beliefs: The World of the Catalan Atlas', in Jay A. Levenson, ed., *Circa 1492* (Yale, 1991).

(8) *Descripción*, I, pp. 18, 20, 25, 29, 30, 39–41, 43, 44, 55; III, pp. 35–6. この部分はエルナンドによるものだと Martínez は考えている (pp. 201–4, 224–6)。Michel de Certeau, *The Practice of Everyday Life* (Berkeley, 1984), p. 120.

(9) Crespo, *Los Grandes Proyectos*, p. 54 では、各地に派遣された者たちによるさまざまな記録にある日付が 1517 年から 1520 年に及ぶことが言及されている。知識の世界（Republic of Letters）とそれに協調する学問的な慣行については、Grafton, *Worlds Made by Words* を参照のこと。《スペインの描写》のための情報を集める人間に正式な質問票が配られたという証拠はないが、従来の型に従った情報も同じ結果に至り、のちには国家的手段として用いられることとなる質問票に先立つものを提供した。Burke, *Social History of Knowledge*, ch. 6 を参照のこと。

(10) 16 世紀後半の調査に対する地主たちの抵抗については、*HoC*, p. 10 を、マクシミリアン 1 世については p. 1081 を参照のこと。Crespo, *Los Grandes Proyectos*, p. 52 では、エルナンドが当初からこのプロジェクトに国王の支持を得ていたことが示唆されており、Gattinara、Cobos、Granvelle あるいは Cisneros といった自治体では、カール 5 世の到着前にこのプロジェクトを容認していたかもしれないとも示唆されているが、それを裏付ける証拠は見つかっていない。

(11) この作者不明の論説をエルナンドが書いたとは断定できないが、早い段階から彼の手によるものだと考えられ、まちがいなくエルナンドによってほかの文書とともに綴じられており、彼の思考の特徴すべてを有している。この 'Coloquio sobre las dos graduaciones que las cartas de Indias tienen', Real Biblioteca II/652 (7) は、Bachiller Juan Pérez による 'Declaración del Derecho' と 'Memoria' 手稿に含まれている。Ursula Lamb をはじめとする何人かがこの論説をペドロ・デ・メディナ（Pedro de Medina）によるものだとしているが、極めて可能性が低い。これが書かれたとき（*Padrón Real* が世に出てから 10 年ほどたっているとある）、Medina はおそらく 20 代はじめで、地図製作について出版するのは 20 年ほど先だからだ。次を参照のこと。Ursula Lamb, 'Science by Litigation: A Cosmographic Feud', *Terrae Incognitae* 1 (1969), pp. 40–57; and 'The Sevillian Lodestone: Science and Circumstance', *Terrae Incognitae* 19 (1987), pp. 29–39. エルナンドが書いた可能性がある対話文が含まれているのは、Marín Martínez (81) 。

(12) Thomas, *Rivers of Gold*, pp. 437–9; 'Portuguese Cartography in the Renaissance', *HoC*, p. 994; 1519 年のセビーリャでのライネルについては、*HoC*, p. 987 を参照のこと。地図をめぐるエルナンドのスパイ活動には前例があり、'Cantino planisphere' には、エルコレ・デステ 1 世がポルトガル人から地図を盗もうと 1502 年に使用人を差し向けたことが記されている。エルナンドのスパイ活動が地図に関することだったという説は、バダホスからの報告にその旨記していることからも立証されている。下記の p. 252 を参照のこと。ポルトガルの地図の輸出を禁じた 1504 年の法律については、A. Texeira de Mota, 'Some Notes on the Organization of Hydrographical Services in Portugal', *Imago Mundi* 28 (1976), pp. 51–60 を参照のこと。また、Burke, *Social History of Knowledge*, p. 144. も参照。Crespo, *Los Grandes Proyectos*, p. 55, では、M. M. Delgado Pérez, *Hernando Colón* が引用され、ポルトガル王妃レオノールの宮廷に同行したと述べているが、エルナンドがお忍びで出立した事実を説明するものではない。

(13) *Tragedie Senece cum duobus commentariis* (Venice, 1510; Colombina 1–4–19), flyleaf verso: 'Sábado seis de

第9章　辞書の帝国

(1)　*Descripción*（スペインの描写）の手書き原稿は、Biblioteca Colombina (Colombina 10-1-10) にフォリオ判の原稿678枚と、現在はBiblioteca Nacional de España (BNE ms. 1351) でふたつにまとめられているフォリオ41枚からなる。項目数は6477件にのぼるものの、現存する手稿（*Los Grandes Proyectos* (Madrid, 2013), p. 42）に残るのは4043件のみだとCrespoは指摘している。また、大きく扱われている町はぜんぶで1300(62-4)で、2000ほどは、測定された距離しか触れられていないというLabordaの出した総数4245を採用している。Martínez (*Obras*, p. 242) は9967という項目数を指摘して、3分の1がさらに失われた可能性もあると述べているが、6635番から9967番の記録がないことを考えると、その仮定には注意が必要だとも述べている。MartínezはColombina manuscriptとBNEにおけるフォリオとの関係について*Obras*, pp. 225-6で論じている。Crespoは*Los Grandes Proyectos*, p. 49で、"libreta de campo（田園地帯を記したノート）"という名称のほうがふさわしいのではないかと述べている。

(2)　"情報"と"知識"あるいは、"データ"と"情報"と"知識"の区別に関する有意義な議論については、次を参照のこと。Burke, *Social History of Knowledge*, p. 11 & ch. 5, and Ann Blair, *Too Much to Know* (New Haven, 2011), pp. 1-2. 地図製作に関する指示については、*Descripción*, I, pp. 22-4, and *Obras*, pp. 47-8, 217-18を参照のこと。

(3)　次を参照のこと。*HoC*, pp. 9-10; Anthony Grafton, *Leon Battista Alberti* (London, 2002), p. 244, and *Worlds Made by Words: Scholarship and Community in the Modern West* (Harvard, 2009), p. 41; Stinger, *The Renaissance in Rome*, pp. 65-9; Jessica Maier, *Rome Measured and Imagined* (Chicago, 2015), pp. 25-6. エルナンドは1493年版の*Quatripartitus ptolomei* (Venice: Bonetus Locatellus) を、メディナ・デル・カンポで170マラベディで購入しているが、日付は登録されていない（Reg. B 3152; lost）。1508年版の*Geographia* (Rome: Bernardinum Venetum de Vitalibus) は1512年7月に28カルリーネ（*carlines*）で、1513年版（Argentinae: Ioannis Schotti）は1516年4月に（Reg. B 3558, Colombina 15-8-19）23ジュリオ（*Julios*）で購入している。コロンブスから相続したとされる1478年版はCrespo, *Los Grandes Proyectos*, p. 35で言及されているが、裏付けとなる典拠はない。これについてはGuillénも述べているが（115）、こちらでも、コロンブスから相続したという証拠は提供されていない。

(4)　エルナンドはおそらくイタリアへ行く前に、スペインの人文主義を率いる立場にあったElio Antonio de Nebrijaによって1498年に出版された*Introduction to Cosmography*を通して、プトレマイオスの地図製作に関する概念に遭遇していた。Nebrijaの論文は、地図を描く*graticula*（小さな格子、あるいはグリッド）に関するプトレマイオスの発想を詳しく解説したもので、日付はないが、おそらくエルナンドが初期に購入した書籍のなかにある。彼は若いころから、少なくともNebrijaの評判だけは知っていただろう。NebrijaがInfante Juan（フアン王子：フェルナンドとイサベルの息子）の宮廷で教えていたこともあるので、さらに親しい関係だったことも考えられる。エルナンドはまた、宮廷がサラマンカにあったときにNebrijaの講義を聞いていたかもしれない。著名なこの学者はサラマンカ大学の知的生活を取り仕切っていただけではなく、Calle de los Librerosにあるみずからの屋敷から出てくる古典の原典のスペイン語版を出版するなど、この地の印刷業を革新的に率いていた。1490年代におけるエルナンドとNebrijaとの関係はともかく、新たな世紀に入るとふたりは親しくなったはずだ。Nebrijaは（他にもいろいろあったが）、Peter Martyr（ピエトロ・マルティーレ）の新世界の極めて重要な歴史書『*Decades*（新大陸についての十巻の書）』の製作に携わったからだ。それどころか、《スペインの描写》の事業を始めるようエルナンドを促したのはNebrijaだったかもしれない。年代記に関するNebrijaの出版されたばかりの論文に記されているように、エルナンドが《スペインの描写》の最初の記録をした1517年の夏、ふたりはともにアルカラ・デ・エナーレスに滞在中だった。Nebrijaはこの論文をエルナンドに贈っている。Nebrijaの本はAbraham Zacutoの観測をふたたび引用し、スペイン国内の都市で異なる日の長さを一覧にしている――不思議に見枚で購入）はすべてエロティックな題材を扱っており、1513年以前に印刷されたものだ。すでに製本されていたにしろ、購入後すぐに製本したにしろ、同時期に購入されたと思われる。

（13） エルナンドが入手した *Hypnerotomachia Poliphili* は1500年にヴェネツィアで出版された版で、*Registrum B* において3872という番号が付与されている。*Abecedarium B* には記載されていないのは、タイトルが逆になっている（'Poliphili Hypnerotomachia en toscano', col. 1344）せいかもしれない。エルナンドが作成した "Pasquili carmina" というリストは *Abecedarium B*, col. 1268 にあり、1509年から1526年までの22作品のほか、パスクィーノ由来とされる他の作品が含まれる。

（14） サン・ピエトロ大聖堂の屋根を高くする費用の話は、Condivi（コンディヴィ）がミケランジェロの生涯を描いた書籍（Michelangelo Buonarroti, *Life, Letters, and Poetry* (Oxford, 2008), pp. 26–33）に収められている。1507年の聖年免罪符については、Stinger, *The Renaissance in Rome*, p. 155 を参照のこと。

（15） エルナンドがユリウス２世に対して果たした大使のような役割に関する Argote de Molina の記述については、以下で論じられている。E. Jos, *Investigaciones*, pp. 609–14.

（16） Stinger, *The Renaissance in Rome*, pp. 57–8; *Storia della Biblioteca Apostolica Vaticana*, I, p. 263.

（17） エルナンドは所有する Dionisio Vázquez, *Oratio habita Rome in apostolica sacri palatii capello i[n] die cinerum nona februarii Anno domini 1513* (Colombina 8-2-38(38)) に、著者の説教をローマでじかに（"viva voce"）聞いたとメモしている。*Julius Exclusus* の引用部は、以下より。*The Erasmus Reader*, ed. Erika Rummel (Toronto, 1990), pp. 216–38, pp. 218, 228.

第8章　秩序の構造

（1） Michael Bury and David Landau, 'Ferdinand Columbus' Italian Prints: Clarifications and Implications', in Mark P. McDonald (ed.), *The Print Collection of Ferdinand Columbus*, pp. 189–90.

（2） Piers Baker-Bates, *Sebastiano del Piombo and the World of Spanish Rome* (Oxford, 2016).

（3） Bonner, *Rome in the High Renaissance*, pp. 65–76; Stinger, *The Renaissance in Rome*, pp. 97–8. 品書きは以下から取った。Paolo Palliolo, *Le Feste de Conferimento del Patrizio Romano* (Bologna, 1885), pp. 76–88.

（4） *Suetonius Tranquilus cum Philippi Beroaldi et Marci Antonii Sabellici commentariis* (Colombina 2-5-11) には索引とともに、エルナンドが 'Mag[ist]ro Castrensi' によって1515年7月23日と8月5日に講義を受けたさいに取ったメモが含まれている。ルクレティウスの索引は、*In Carum Lucretiu[m] poeta[m] Co[m]me[n]tarii a Joa[n]ne Baptista Pio editi* ... (Colombina 6-4-12) 内にある。Alison Brown, *The Return of Lucretius to Renaissance Florence* (Cambridge, MA, 2010), pp. 77–8.

（5） McDonald, *The Print Collection of Ferdinand Columbus and Ferdinand Columbus: Renaissance Collector*, ch. 3; Obras, pp. 253–318.

（6） Stinger, *The Renaissnace in Rome*, p. 76, 121. エルナンドの1515年後半から1516年初めにかけての書籍購入は、この時期の教皇の移動の軌跡を密にたどっている。エルナンドが Niccolò Machiavelli の『*Compendium rerum decennio in Italia*』（1506）を購入したのは、1515年10月にヴィテルボ（Viterbo）を訪れたときだ（*Registrum B* 2241）。

（7） Caddeo, I, p. 13. 新世界におけるディエゴの権利をめぐる論争や1514年の召還命令については、Floyd, *The Columbus Dynasty*, pp. 146–8 を参照のこと。

（8） AGS, Consejo Real de Castilla, 666, 23, from 26 May 1516 では、サラザール船長（Captain Salazar）とイサベル・デ・ガンボアは故人（'difuntos'）と記されており、遅くともこのころには彼女は死亡していたものと思われる。

秘密文書館）の Christine Grafinger と Kirsi Salonen に心から感謝を捧げたい。Kirsi と Patrick Zutshi には解読にも手を貸していただいた。Kirsi Salonen の *Papal Justice in the Late Middle Ages: The Sacra Romana Rota* (Oxford, 2016) は、法廷の仕組みを理解するのに不可欠な手引書で、ここでは全面的に頼った。法廷の重要性については p. 18、SRR への照会のプロセスについては p. 43、法廷の日々の機能については pp. 56–66、法廷が開かれる場所については p.76 を参照。

（7） イサベル・デ・ガンボアの人生は、Archivo General de Simancas にある一連の文書をたどることで再構築できる。そこに含まれる Consejo Real de Castilla, 80/2 では、彼女と最初の夫 Martín Ruiz de Arteaga of Guernica の親戚とのあいだで子どもたちの親権とその所有物について争われた訴訟の詳細がわかる。この文書には、サラザール船長（Captain Salazar）と呼ばれ、ディエゴの遺言書では「ペティサラザン（Petisalazan）」と曖昧に触れられている２番目の夫に関する記述もある（Arranz, *Diego Colón*, p. 195）。サラザールとイサベルのあいだに生まれた娘（娘の名もイサベル）は Germaine de Foix（ジェルメーヌ・ド・フォワ）の侍女で、さらなる訴訟の原告となっている（AGS, Consejo Real de Castilla, 666, 23）。エルナンドの名前は、ASV *Man Act* 83, fol. 207v に最初にあらわれる。

（8） Angela Nuovo, *The Book Trade in the Italian Renaissance*, trans. Lydia G. Cochrane (Leiden, 2013), pp. 389–420; and Brian Richardson, *Printing, Writers and Readers in Renaissance Italy* (Cambridge, 1999), pp. 112–18.

（9） 1514 年の *Studium Urbis*（都市文学）における講義者は、Filippo Maria Renazzi, *Storia dell'Università degli Studii di Roma* (Rome, 1803) の付表として掲載されている。pp. 235–9 を参照。エルナンドが所有する Silvestro da Prierio Mazzolini の *Clarissimi sacre theologie* (Colombina 12–6–35) において、'magistro sebastiano' という人物の講義を聞いたと言及されているのは（'prima novembris 1515 incepi hu[n]c libru[m] exponente eu[m] magistro sebastiano Rome i[n]mediate post 24 am. horam octoq[ue] prima folia tantu[m] in octo lectionibus exposuit'）、Sebastianus Veteranus（セバスティアヌス・ヴェテラーヌス）のことと広く認められている。彼が都市大学で講義をしたことは 1514 年のリストで示されている。Guillén, *Hernando Colón*, p. 84, citing Wagner を参照のこと。

（10） 都市大学で最初に Chair of Natural History（博物学教授）の座についたのが誰かは知られていない（Paul F. Grendler, *Universities of the Italian Renaissance* (Baltimore, 2003), p. 59）。商取引における慣行と情報交換の関係についての概論は、Burke, *Social History of Knowledge*, p. 155 を参照。ルカパチョーリについては、Argante Ciocci, *Luca Pacioli e la Matematizzazione del sapere nel Rinscimento* (Bari, 2003)。

（11） Gabriel Naudé, *Advis pour dresser une bibliothèque* (Paris, 1627), pp. 130–1; Burke, *Social History of Knowledge*, p. 105 参照。メディチ家の図書館とヴァチカン図書館については、以下の A. Rita による章および C. Grafinger による表に従った。'Per la storia della Vaticana nel Primo Rinascimento', pp. 237–307, in Antonio Manfredi et al., *Storia della Biblioteca Apostolica Vaticana*, vol. 1, *Le Origini della Bibilioteca Vaticana tra Umanesimo e Rinascimento* (1447–1534) (Vatican City, 2010). パレントゥチェリのカノーネについては、Maria Grazia Blasio, Cinzia Lelj and Giuseppina Roselli, 'Un Contributo alla lettura del Canone Bibliografi co di Tommaso Parentucelli', in *Le Chiavi della Memoria: Miscellenea in Occasione del i Centenario della Scuola Vaticana di Paleografi a Diplomatica e Archivistica* (Vatican City, 1984), pp. 125–65 を参照のこと。ローマの図書館がギリシャ語とラテン語の部屋に分けられていたことは、Isidore of Seville（セビーリャのイシドールス）によって言及されている。Lionel Casson, *Libraries in the Ancient World* (New Haven, 2002), p. 97 を参照。規範性という概念はもちろん聖書学という学問に由来するが、パレントゥチェリはそれをより広範な知識に応用した先駆者だった。

（12） エルナンドは、1512 年にローマで *Respecti d'amore* (Rome, 1506; Colombina 6–3–24(13)) を買ったが、メモには購入した月は記されていなかった。*Storia della Biancha e la Bruna* (6–3–24(19)) もローマで購入されたが、こちらは日付そのものがなかった。これは、この書物が 1520 年に印刷されたという推定が誤っているかもしれないことを示している。なぜなら、エルナンドが購入した年月日が書いていないものは 1512 年以前に入手したものが多いからだ。この 2 冊とともに製本されていた他の小冊子（たとえば *Storia de Fuggir le Puttane* (Colombina 6–3–24(18)、1513 年 6 月にクアトリン銅貨 2

(17)　*Testamento*, pp. x and 8–9.

(18)　エルナンドは Pleitos (AGI, Indiferente, 418, L.3, fol. 97v) の和解の一部としてインディオ 300 人を委託（エンコミエンダ）されたが、8 月 23 日付のさらなる文書では、このエンコミエンダをほかの人物に譲渡する許可をエルナンドに与えている。しかし、5 カ月後に彼がエスパニョーラ島に赴くつもりであることも示唆されている（AGI, Indiferente, 418, L.3, fol.154r–154v)。訴訟手続きの最初の部分はイサベル・デ・ガンボアによってブルゴス教区の裁判所で開始されたが、詳細をたどることはできない。この教区裁判所での 1813 年以前の訴訟手続きの記録は、半島戦争によって破棄されたからだ。しかし訴訟の要旨・要点は 6 章、7 章で詳細に述べられているように、教皇庁控訴院の裁判でくり返された。

(19)　エルナンド所有の Flavio Biando『*De Roma triumphante* (13-4-7)』は 1511 年にセビーリャで購入された。日付は *Registrum B*（3092）による。書籍自体には購入日はなく、購入場所はあるが日付のない本は早い時期に買われたものだという説をさらに裏付けている。注釈はちらほらとしかないが、本のはじめから終わりまでついている。おそらく、"永遠の都" に立ち入る準備にこの本を用いていたのだろう。エルナンドはまた、Biondo の『*Ab inclinatione Romanorum Imperii*（ローマ帝国の衰退からの歴史)』も一部所有している。同様にセビーリャで購入されたこちらにはまったく注釈がなく、購入日も書かれていない（購入記録と Reg. B. のどちらにもなく、早い時期での購入が示唆されている)。

第 7 章　世界都市

(1)　Charles L. Stinger, *The Renaissance in Rome* (Bloomington, 1998), p. 21; Rumeu, p. 29.

(2)　Stinger, *The Renaissance in Rome*, pp. 32–8. エルナンドがサン・ピエトロ・イン・モントリオ教会に宿泊していたという仮説は、エルナンドの遺言書の解釈にもとづく。McDonald, p. 35, and Guillén, p. 83 を参照のこと。'convento de señor san francisco de observancia' (*Testamento*, pp. 130–1) という遺産贈与が挙げられ、エルナンドがローマ滞在中はここに泊まっていたことが示唆されている。当時、サン・ピエトロ・イン・モントリオ教会はスペイン王室の多大な支援を受けていたので、エルナンドが遺言書でスペイン人との関係を強調した点にも納得がいく。エルナンド所有の *Mirabilia urbis Roma* は Colombina 14–1–4(2)。同じく 1512 年に購入したほかのローマの観光手引書数冊とともに製本されており、ドイツ語版やイタリア語版も含まれている。エルナンド所有の *Mirabilia* の印刷年が 1493 年だったことは注目に値する。（この本のように）内容が短命であったとしても、印刷されたのちにも書店の棚に長らく並べられていたことがわかるからだ。

(3)　アルベルティーニの観光手引書については、Roberto Weiss, *The Renaissance Discovery of Classical Antiquity* (Oxford, 1969), pp. 84–6 を参照。エルナンドが所有していた Albertini, *Opusculum de mirabilibus nouae et veteris urbis Romae* (Rome, 1510) は Colombina 4–2–5(5)。奇跡を題材にした Giuliano Dati の脚本 *Incomincia la passione de Christo historiata in rima vulgari* (Rome, 1510) は Colombina 6–3–24(1)。どちらも、エルナンドがローマに到着してから 1512 年の末までに購入されている。

(4)　Mitchell Bonner, *Rome in the High Renaissance* (Norman, 1973), pp. 42–3, 51; Jacques Le Saige, *Voyage de Jacques Le Saige, de Douai à Rome* (Douai, 1851), p. 26.

(5)　テンピエットに関しては、以下を参照。Jack Freiberg, *Bramante's Tempietto, the Roman Renaissance, and the Spanish Crown* (Cambridge, 2014), pp. 144, 151. 世界の帝国という概念や、それと終末論的思想との関連については近頃、Giorgio Agamben が *The Kingdom and the Glory* (Redwood City, 2011) において秀逸な概要を示している。

(6)　記録文書は ASV, *S. R. Rota, Manualia Actorum*, 83 に収められており、fols 150r と 933v のあいだに 200 ページほどある。これらの文書を探し出すために協力してくれた Vatican Archive（ヴァチカン

(8) 1509年に海を渡った一団の詳細については、Floyd, *The Columbus Dynasty*, p. 137を参照。宝石については、*Testamento*, p. xviii. に記述されている。

(9) Caddeo, II, pp. 193–5; Thomas, *Rivers of Gold*, p. 414.

(10) ディエゴの遺言書については、次を参照。Arranz, *Diego Colón*, pp. 194–5; 'Instrucción del almirante D. Diego Colón para Jerónimo de Agüero', in La Duquesa de Berwick y Alba, *Autógrafos*, pp. 61–3（兄のために救いの手を差し伸べてほしい、とエルナンドがアルバ公に懇願している）; Guillén, *Hernando Colón*, pp. 109–10; Guillenは、この文書は1511年のものだと示唆しているが、Aguilarはこの時点では紛失していると考えられていたので、おそらく1509年のものだろう。エルナンドは自分の学問を続けるために戻ったとするラス・カサスの手紙（Guillén, p. 116）では、彼の出発の性急さ、あるいはスペインに戻ってから正式な学問を再開するまでに長らく間が空いたことについては説明されていない。

(11) 'Proyecto de Hernando Colón en nombre y representación del Almirante, su hermano, para dar la vuelta al mundo'は現在、Obadiah Rich Coll., Rich num. II.i, p. 6としてNew York Public Library（ニューヨーク公共図書館）に保存されており、Arranz, *Diego Colón*, pp. 338–43に文字の書き起こしが載っている。

(12) 次を参照のこと。Navarrete, *Documentos Inéditos*, XVI, p. 383, and Rumeu, pp. 27, 48–9; Guillén, *Hernando Colón*, p. 87. *Colón de Concordia*についてエルナンドは、*Declaración del derecho* ... (Real Biblioteca II/652 (3), fol. 1[r-v]) の冒頭部分で記している。オンラインで入手可能で、Navarrete, *Documentos Inéditos*, XVI, p. 383にも文字で書き起こされている。

(13) この時点でエルナンドはすでに、Xenophon（クセノフォン）の*Oeconomicus*の存在を知っていたかもしれない。よく統制のとれた船は、家庭そして国家の適切な機能の手本と見ることができると論じたものだ。そして船に積まれたものは、「字を綴ることができる者はソクラテスという語に何文字あって、どんな順番なのか知っているのとまったく同じように」船乗りが知っている、とクセノフォンは語った（*Oeconomicus*, §8.11–16, trans E. C. Marchant (Loeb, p. 463)）.

(14) このコーランは*Registrum B*で2997という番号が付与されている。エルナンドはFrançois Tissardの*Grammatica Hebraica et Graeca*をセビーリャで1511年に購入した（Colombina 12-3-23(5)）。Tissardによるさらなるギリシャ語入門書（12-3-23(1)）やManuel Chrysolorasによる同様の書（12-3-23(4)）とともに製本された形だった。

(15) 外交使節としてのマルティーレのエジプト訪問については、*Una Embajada de los Reyes Católicos a Egipto*, ed. and trans. Luis García y García (Simancas, 1947) を参照。*Hieroglyphica*はギリシャ語の雑録 (*Habentur in hoc volumine haec* ..., Aldus Manutius, Venice, 1505) に収められていて、エルナンドが入手したものはColombina 118-6-19 (Reg. B 5615) として残っている。この書には、購入についてのメモは何も書かれていない。初期の購入なのか、あるいは単に記入を忘れたのかもしれない。近世前期における言語に関する思想について役立つ序論としては、Umberto Eco, *The Search for a Perfect Language* (London, 1997) を参照。

(16) 引用文については、p. 116 (sig. [hviiv]) を参照。近世前期のエジプト学研究者は、ヒエログリフの表音的な有用性については気づいておらず、それにはロゼッタ・ストーンの発見やシャンポリオンの解読を待たなければならなかった。ルネサンス期におけるヒエログリフに関する重要な原典は現在、英語で入手可能。Karl Giehlow, *The Humanist Interpretation of Hieroglyphs in the Allegorical Studies of the Renaissance*, trans. Robin Raybould (Leiden, 2015) を参照のこと。モナ島での発見については、Jago Cooper, Alice V. M. Samson et al., '"The Mona Chronicle": The Archaeology of Early Religious Encounter in the New World', *Antiquity* 90/352 (2016), pp. 1054–71; quotation from p. 1062を参照のこと。Jacobo de Testeraの研究の一例は、Codex Testeriano Bodmer, *Cod. Bodmer*, p. 905で見られる。セビーリャ・ラ・ヌエバでチャールズ・コッターによって発見された石柱については次を参照。https://www.academia.edu/978498/The_Frog-legged_Lady_of_New_Seville_European_Motif_or_Evidence_of_Spanish-Indigenous_Syncretism_in_Early_Colonial_ Jamaica

(8) Rusconi, pp. 292–3, 80–1.

(9) Caddeo, II, pp. 287–9.

(10) *Textos*, pp. 339, 344, 354, 362; Guillén, pp. 111–13. オバンドが帰りの航海の費用をコロンブスに払わせたことに関しては、以下を参照。La Duquesa de Berwick y Alba, *Autógrafos de Cristóbal Colón y Papeles de America* (Madrid, 1892), pp. 44–6. ラス・カサスについては、*Historia de Las Indias*, II, p. 119 を参照。

(11) コロンブスの良心に重くのしかかっているのが、ベアトリスの背信だという考え (Guillén, pp. 111–12; refuted by Jos) はわかりづらく説得力がない。Guillén が指摘しているように、ベアトリスは 1509 年と 1523 年のディエゴの遺言書でも触れられている。Guillén はさらに、なぜコロンブスがベアトリスと結婚しなかったのかについての議論の概要も提供している。

第 6 章　靴と船と封蠟

(1) 'Memorial de las Cosas que hay de Hazer y Dezir en Castilla', in La Duquesa de Berwick y Alba, *Autógrafos*, pp. 77–9. リストに挙げられている物品の大半が長く使われるものではない点を考えると、この文書が 1526 年のディエゴの死に際して作成されたという示唆（Rusconi, p. 8）は明らかに誤りである。1509 年に作られたもの（Rumeu, p. 6）とする Rumeu がどう見ても正しく、この年号については Guillén（p. 117）によっても支持されている。

(2) *Obras*, p. 256.

(3) こういった書籍（購入場所はあるが日付が書いていないもの）のなかで 1509 年以降に出版されたものが 1 冊もないという事実も、エルナンドの 1509 年の書籍リストを再構築するこの方法の信頼性を高めている。

(4) ギリシャ語学習にとってクラストヌスの『*Lexicon Graeco-Latinum*』がどれほど重要だったかについては、以下を参照。John Considine, *Dictionaries in Early Modern Europe* (Cambridge, 2008), p. 27. Burke, *Social History of Knowledge*, pp. 84–5.

(5) エルナンドは、ピコ・デッラ・ミランドラ（Pico della Mirandola）の『*De rerum praenotione libri novem*』(Colombina 12–5–9, *Registrum B* 3782) とロレンツォ・ヴァッラ（Lorenzo Valla）が翻訳した Thucydides の著書 (Colombina 2–6–15, *Registrum B* 2816) を 1509 年にトレドで購入した。おそらく、移動宮廷がその地にあった 2 月のことだろう。錬金術に関する本のうち 1 冊は *Sedacius totius alchimie* の写本で、カミーニャ伯爵（Countess of Camiña）の息子、クリストーバル・デ・ソトマイヨール（Critóbal de Sotomaior）から贈られたものだというメモ書きが *Registrum B* 3785 として記されている（Guillén, 116）。Guillén, *Hernando Colón*, p. 118 では、Sotomaior は錬金術に関する印刷物も与えたとあるが、典拠は不明だ。1509 年の金鉱採掘の状況については、Troy S. Floyd, *The Columbus Dynasty in the Caribbean* (Albuquerque, 1973), pp. 123–30 を参照のこと。

(6) Burke, *Social History of Knowledge*, pp. 84–5. エルナンドは結局、Angelo Poliziano の普遍的な知識に関する著作『*Panepistemon*（博学）』を複数所有することになる。1512年に購入した Sabellicus の『*Annotationes veteres*（古代史の注釈書）』（Colombina 15–6–8）および、1515 年に購入した Poliziano の『*Opera omnia*（全著作集）』（Colombina 6–5–15）に含まれていたもの、そして現在は失われている 1532 年の単独版（*Abecedarium B*, col. 99; *Registrum B* では不正確な番号が振られているので、これ以上の詳細はわからない）である。

(7) Luis Arranz, *Diego Colón* (Madrid, 1982), pp. 97–102 と、推薦状と総督位の正式な授与書を示す Appendix documents XV and XVI を参照のこと。アルバ公の代理人フアン・デ・ラ・ペーニャ（Juan de la Peña）への権力の移譲については、Muro Orejon, *Pleitos Colombinos* (8 vols, Madrid, 1964–89), I, pp. 191–3 に記されている。Thomas, *Rivers of Gold*, p. 228 も参照のこと。エルナンドへの手当については、Navarrete, *Documentos Inéditos*, p. 529 と Guillén, p. 111 を参照のこと。

Príncipe don Juan, ed. Santiago Fabregant Barrios (Valencia, 2008), p. 83.

(7) Caddeo, II, p. 187: 'E, anchor che l'Ammiraglio nel sui interno sentisse quell'istesso dolore ...'.

(8) Rusconi, pp. 228–9; Caddeo, II, p. 190. Caddeo (II, p. 186n) は、ある 1505 年のスケジュールから、ロルダンが少なくとも嵐で命を落とした者のなかにはいなかったと指摘している。

(9) Caddeo, I, p. 191, 'il primo fu un pesce chiamato schiavina, grande come un mezzo letto ...'. Caddeo は、'schiavina（シアヴィナ）' が何かを特定していないが、Taviani, *Life and Deeds*, p. 272 では「エイ」と訳されている。

(10) アリストテレスの動物学的分類に関しては、たとえば *Historia Animalium*, Book VIII, §589 を参照。*Historia Animalium* において、Gesner は水生哺乳類を Part I の胎生陸生動物ではなく魚類 (Part IV, order XII) に分類しているが、これは中世動物学の 6 分類（6 日の天地創造に分類した）に従ったものだ。

(11) Caddeo, II, pp. 192–7; Taviani, *Life and Deeds*, p. 274; Thomas, *Rivers of Gold*, p. 196. 植民地支配下におけるマヤ族独特のアイデンティティーの形成については、以下に詳しい。Matthew Restall, 'Maya Ethnogenesis', in the *Journal of Latin American Anthropology* 9/1 (2004), pp. 64–89.

(12) Caddeo, II, p. 197. 一方、コンゴ王国における貝殻の貨幣へのポルトガル人の所感は以下。Malyn Newitt, *The Portuguese in West Africa, 1415–1670: A Documentary History* (Cambridge, 2010), pp. 62, 103.

(13) 1528年に刊行された Benedetto Bordone（ベネデット・ボルドーネ）の有名な *Isolario*（世界島嶼誌）のほかに、Alfonso de Santa Cruz による *Isolario* の写本もあるが、おそらくエルナンドと重複して通商院にいた時期よりもあとで書かれたものだろう。以下を参照。George Tolias, '*Isolarii*, Fift eenth to Seventeenth Century', in *HoC*.

(14) Caddeo, II, p. 195. 問題の地図は、1513 年にストラスブールで印刷された *Claudii Ptolomei ... Geographi[a]e opus* (Colombina 15–8–19) に含まれているものかもしれない。エルナンドはそれに多くの注釈をつけており、the Islas de Las Onze Mil Virgenes (Virgin Islands) には、'insula anthropophagorum' と書かれた付箋もつけている。

(15) Caddeo, II, pp. 198–216.

(16) *Textos*, p. 318.

(17) Caddeo, II, pp. 220–5.

(18) Caddeo, II, pp. 243–4.

(19) *Textos*, pp. 322–3.

第 5 章　夜の知識

(1) *Textos*, pp. 325–6; Caddeo, II, p. 199.

(2) Michael R. Waters et al., 'Geoarchaeological Investigations of St Ann's Bay, Jamaica: The Search for the Columbus Caravels and an Assessment of 1000 Years of Human Land Use', *Geoarchaeology* 8/4 (1993), pp. 259–79.

(3) Caddeo, II, pp. 263–5.

(4) Caddeo, I, pp. 25, 311–12.

(5) Umberto Carrara, *Columbus*, ed. and trans. Francisca Torres Martinez (Madrid, 2000), Book X.

(6) Caddeo, II, pp. 269–72.

(7) José Chabás and Bernard R. Goldstein, *Astronomy in the Iberian Peninsula: Abraham Zacut and the Transition from Manuscript to Print* in *Transactions of the American Philosophical Society*, 90/2, (Philadelphia, 2000), pp. 2, 6–15, 153–4. ザクートによる月蝕の予測に関しては、以下を参照。*Tabule tabula[rum] celestiu[m] motuu[m] astronomi zacuti* (Lerida, 1496), [fol. 168]; エルナンドが所有していたものは Colombina 12–1–9、毎月の最初の日が何曜日かを計算する方法についての書き込みは、遊び紙の裏側にある。

(16) Rusconi, pp. 316–17, 108–9.

(17) 失われた 'tragedie en español de mano' は *Abecedarium B*, col. 1616 に記載されており、*Registrum B* においても 3291 という番号が付されている。『*Medea*(メデア)』を含む 15 世紀半ばのラテン語原稿が現存するが (Colombina 5-5-17)、以前の司書がこれとスペイン語の訳本とを取り違えて、このスペイン語訳本はおそらくコロンブスからの初期の贈り物あるいは相続したものだと書き込んでいる。Philippo Pincio による 1510 年のヴェネツィア版 Pincio (Colombina 1-4-19) つまりセネカの悲劇のもっとのち版で、エルナンドはこの詩に '... prophecia ... per patre[m] ... cristoforo ... almirante ... anno 1492' (fol. XCII[v], sig. q.ii[v]) と書き込みをしており、それ以前の版から司書の書き込みを書き写していた可能性がある。

(18) Rusconi, pp. 354–7.

(19) Rusconi, p. 9. この介入は歴史家の Ambrosio de Morales(アンブローシオ・デ・モラレス)により 1560 年代後半に始まったとルスコーニはしているが、そう特定するための情報源は、モラレスの書き込み "らしい" という、1866 年の Bartolomé José Gallardo(バルトロメ・ホセ・ガラルド)による説得力に欠ける主張のみで、なんとも心もとない。モラレスの筆跡の特定には最初の一葉にあった "財産目録" が用いられたが、これはエルナンドが自身の図書館のために開発した書架番号を利用しているので(*Registrum B* の 2091 番には、*Registrum B*, fol. 200 において 7816 番が付与されている)、この書き込みは――ゆえに欠損ページを取り去ったことについての覚え書きも――この書架番号システムが使われていたとき、つまり『預言の書』がエルナンドの屋敷を離れる 1542 年以前になされたことは確かと言えるだろう。

(20) Rusconi, pp. 6–7; *Textos*, p. 323.『預言の書』における 1504 年 2 月 29 日の月蝕に関する記述(Rusconi, p. 292)は、実際の月蝕のさいに書かれたものと思われる。セネカから引用した一節と同じページにこの部分がある点も、ゴリシオの作業が終わったのち、おそらくは航海のあいだに付け加えられたことを示唆している。

第 4 章　父と子

(1) 船の名前と命名については、Caddeo, II, p. 188 の記述を参照。航海のための補給品は *Memorial a los Reyes* (*Textos*, pp. 275–6) に載っている。初期近代スペインの容積と重量の単位の換算に関しては、*Diccionario de la Lengua Española* の定義に頼った。アラゴン語の *cahiz* を使ったのは、ここでは最も適切なものに思われたからだ。リストにある 'oruga' (rocket) は、植物の葉でできたペーストを指すと思われる。

(2) Caddeo, II, pp. 181–2.

(3) Caddeo, I, p. 142. Caddeo が指摘しているように(II, p. 182)、コロンブスの *Lettera rarissima* は航海を 16 日としており(*Textos*, p. 316)、この数字はのちの著作でもくり返し使われている。

(4) *Textos*, p. 232; Taviani, *Accounts*, p. 82; Rumeu, p. 156; FernándezArmesto, pp. 78–80. See J. H. de Vaudrey Heathcote, 'Christopher Columbus and the Discovery of Magnetic Variation', *Science Progress in the Twentieth Century*, 27/105 (1932), pp. 82–103. エルナンド自身が、'Parecer que dio D. Hernando Colón en la Junta de Badajoz sobre la pertnencia de los Malucos' (AGI, Patronato, R.48, 16) のなかで推測航法の問題についてみごとにまとめている。これは Navarrete, *Expediciones al Malucco*, vol. 4 of the *Colección de los Viages y Descubrimientos* (Madrid, 1837), pp. 333–9 にも転載されている。

(5) 'Matinino' は現在のマルティニーク島ではなく、セントルシア島である可能性もある(Caddeo, II, p. 182n を参照)。

(6) Caddeo, II, pp. 182–5; Textos, p. 317; Fernández-Armesto, pp. 163–4. オバンドが王子の宮廷の一員であったことに関しては、以下を参照。Thomas, *Rivers of Gold*, p. 37, and the *Libro de la Cámara Real del*

(14) *Textos*, p. 307; Caddeo, Poliziano, *Panepistemon*（1512 年 9 月に購入した本のひとつ）(Colombina, 15-6-8). Christopher Celenza による Angelo Poliziano's *Lamia* (Leiden, 2010) の序文を参照。

(15) J. Manzano, 'La legitimación de Hernando Colón', *Anales de la Universidad Hispalense*, 21.2 (1960), pp. 85-106. Hugh Thomas が指摘しているように、*mayorazgo*（長子相続制）では、相続人は弟たちの面倒を見なければならなかった。*Rivers of Gold*, p. 38. スペインの郷士階級における相続の割合については、以下を参照。José María Monsalvo Antón, *Torres, Tierras, Linajes* (Salamanca, 2013), pp. 171-2.

(16) Caddeo, II, pp. 162-3; Emiliano Jos, *Investigaciones sobre la vida y obras iniciales de don Fernando Colón*, Anuario de Esturios Americano, Tomo 1 (Seville, 1944), pp. 527-698.

(17) ボバディーリャが実際に指示を出す以上のことをしていたのかはわからない。というのは、調査対象の役人を非難する書面を集めた罪と、口頭による非難の場を提供した罪で Juez de Residencia または de Visita という人物が告発されているからである。

第 3 章　預言の書

(1) Rusconi, pp. 5, 8. Rusconi が指摘しているように、'Book of Prophecies'（預言の書）という書名はエルナンドによって 'memorial de las cosas que hay que de hazer y dezir en Castilla' で最初に用いられたが、これが作成されたのは彼がエスパニョーラ島から戻った 1509 年ではなく 1526 年だと Rusconi は仮定している。正しい日付は 1509 年だとする説については、Rumeu, p. 6 and Guillén, p. 117 を参照のこと。本書での *Book of Prophecies*（預言の書）に関する私の記述は大部分において、Rusconi のすぐれた書籍と研究によって提供されたものに準拠している。

(2) Fernández-Armesto, p. 150; Caddeo, II, pp. 173-5.

(3) Caddeo, II, pp. 80-1, 92, 98-101; *Textos*, pp. 236-8. Las Casas が引用した第 3 回航海の記述には、西へ 65 レグアという数字が出てくる。書簡については次を参照。*Textos*, pp. 224-42, 270.

(4) *Textos*, pp. 213-18; Fernández-Armesto, pp. 129-31.

(5) Rusconi, p. 18; Fernández-Armesto, p. 132; *Textos*, pp. 243, 263, 270.

(6) *Textos*, pp. 171-6; Rumeu, p. 80. エルナンドによるこの主張の継続、1511 年の国王への主張およびバダホス会議後の *Declaración* における主張については、（本書の）以下のページも参照のこと。

(7) *Textos*, pp. 308, 360.

(8) Rusconi, p. 120. 手稿の冒頭にあるコロンブスのメモにあるように、彼がエルサレムに関する文献を集め、あとで目を通して 'ponerlas en rrima' するつもりだったことは注目に値する。ただし、彼がそれを用いて叙事詩を書く（'to put them in rhyme/verse= 詩に入れる'）つもりだったのか、順に並べる（'番号' という意味で）つもりだったのか研究者の意見は分かれている。コロンブスが詩歌を書いたのはまちがいないが（Fernández-Armesto, p. 180）、さらなる証拠がないため、この疑問は未解決のままだろう。

(9) Rusconi, pp. 60-2, 66-7, 140-1. 'lunbre' はカスティーリャ語だが、これはコロンブス特有の綴りの癖と思われ、*Book of Prophecies*（予言の書）のいたるところに出てくる。

(10) Rusconi, pp. 64-5.

(11) Rusconi, pp. 20-1, 120, 124-31. Marín Martínez が言及しているように (*Obras*, p. 358)、Rabbi Samuel of Fez の 'de adventu Messie in hispanico' の手稿は 1584 年に *Libro de Epitomes* に登録された。

(12) Rusconi, pp. 18, 70-3.

(13) Rusconi, pp. 290-1; 次も参照のこと。Caddeo, I, pp. 49-50; *Textos*, p. 323.

(14) Rusconi, pp. 28, 337-47. この部分ではヘブライ語に関して Andy Niggemann の支援を得た。記して感謝する。

(15) Rusconi, pp. 197, 249.

ドの遺言書の記録（エルナンドの直接的な指示に従ってなされた形跡がある）であり、それによるとエルナンドは亡くなったとき50歳10カ月と26日で、誕生日は1488年8月15日となっている。少なくともエルナンドは、この日を自分の誕生日だと信じていたと思われる（*Testamento*, XCII, p. 229）。コロンブスとベアトリス・エンリケスとの出会いについてはPaolo Taviani, *Christopher Columbus: The Grand Design* (London, 1985), pp. 185–6およびFernández-Armesto, p. 52を参照。1492年から1493年にかけてコルドバでベアトリスの庇護のもとにあったディエゴとエルナンドに関しては、Caddeo, I, p. 223およびRumeu, p. 114を参照。

（12） 書簡については、Navarrete, *Documentos Inéditos*, I, pp. 363–4、（航海日誌の）写しの過程についてはRumeu, p. 127を参照。

第2章　純血の宮廷で

（1） *Historie*は、エルナンドとディエゴが宮廷にやってきたのは1494年の3月ないし4月で、同様にディエゴの派遣（4月14日）を「到着後すぐ」だとしている（Caddeo, II, p. 16）。これについては、Bartolomé de Las Casasも以下において同じことを書いている。*Historia de las Indias*, ed. Augustín Millares Carlo, 3 vols (Mexico, 1951), I, p. 402. *Descripción*, I, p. 34; これは、*Cosmografía*の部分にエルナンド自身によって書かれている。*Obras*, pp. 205n and 211を参照。

（2） Hieronymus Munzer, *Viaje por España y Portugal: 1494–1495* (Madrid, 1991), pp. 53–7; フアンの宮廷における重要人物については、Fernández-Armesto, *Ferdinand and Isabella* (London, 1975), pp. 58–9を参照。

（3） *Memoria*は、周囲には期待されながらも、エルナンドは狩りに時間や金を費やさなかったと明記している *Obras*, p. 50参照。

（4） デサに関しては、以下を参照。Las Casas, *Historia de las Indias*, II, p. 269; III, p. 82.

（5） Munzer, *Viaje por España*, p. 275.

（6） Fernández-Armesto, pp. 56–8; Caddeo, I, pp. 284–5; *Cartas*, pp. 152–76; Paolo Taviani (ed.), *Christopher Columbus: Accounts and Letters of the Second, Third and Fourth Voyages* (1994), pp. 12–32. 最初の船隊で、チャンカとアントニオ・デ・トーレスとともに帰還したなかに、主任宣教師Gorbalán、Pedro Margarit、Juan de Aguadoがいる（ただし、この最初の船隊で誰が帰還したかについては異論がある）。実際、この時以降、コロンブスは（手紙ではなく、あるいは手紙とあわせて）信頼のおける使者に報告すべき知らせの一覧と、提出する嘆願書を託し、口頭で伝えるよう指示して送り出す方法を選んだ。このやりかたの利点は、個々の依頼内容が分厚い文書のなかに埋もれてしまわないような確認リストを提供できるだけでなく、リスト上の項目を、スペイン宮廷での話の流れに応じて入れ替えたり削除したりできることだった。

（7） この文書の19世紀版をデジタル化したものをArchivo Histórico Nacional（国立歴史文書館）で見ることができる。DIVERSOS-COLECCIONES, 41, N.19; 原本は ES.41091.AGI/10.5.11.583//CONTRATACION, 5575.

（8） Munzer, *Viaje por España*, p. 45.

（9） Rumeu, p. 216; Caddeo, I, pp. 308–9.

（10） Umberto Eco, *The Infinity of Lists* (London, 2009), p. 133. 以下も参照。Anthony Pagden, *European Encounters with the New World* (New Haven, 1993), ch. 2; Stephen Greenblatt, *Marvellous Possessions: The Wonder of the New World* (Oxford, 1991).

（11） Caddeo, II, pp. 34–54; Eco, *Infinity of Lists*, pp. 153–4.

（12） 第2回航海の主任宣教師であるFather BuilおよびPedro Margaritの苦情と、1495年10月のJuan de Aguadoの派遣については、以下を参照。Caddeo, II, pp. 55–6, Fernández-Armesto, pp. 104–14.

（13） Bernáldez, pp. 376–7.

があった。ギリシャのマスティック樹を知っていたことは、それが新世界にもあることを立証するのに役立った。チュニジアの海戦での貢献に関する自慢話は、彼の戦士としての能力を示すものだ。ギニアにあるポルトガルの要塞エルミナ城に行った経験は、暑すぎて人間の住むところではないと思われていた熱帯に居住が可能だという彼の主張を裏付けている。

(8) Perestrelos/Palastrelli（ペレストレーロ一族）については、Hugh Thomas, *Rivers of Gold* (London, 2004), pp. 47–8 を参照。*Historie* に転記されたトスカネッリの書簡は Caddeo, I, pp. 55–63、ザイトンの描写は p.58。トスカネッリの生涯と彼が読んだ中世の旅行記については、Rumeu, pp. 263–87 を参照。コロンブスがトスカネッリの著作に出会ったと思われる日付に関する議論は Fernández-Armesto, p. 30 を参照。

(9) Caddeo, I, pp. 91–5; Fernández-Armesto, p. 46; コロンブスの主張に対する反対や支持については、当然ながら、プロジェクトを当初から支援していたと見られたい者たちがのちに語った話によっても複雑なものとなった。Fernández-Armesto が示唆しているように、たとえ旅の直前にラ・ラビダ修道院を訪れた証拠があるとしても、そこで女王の贖罪司祭フアン・ペレスと早い時期に運命的な出会いを果たしたのが支援の始まりだったというのちの伝説の裏付けにはまったくならない。

(10) これらの主張の概要については、*Historie*, chs VI–IX (Caddeo, I, pp. 61–80); Rumeu, p. 296 を参照。Manzano Manzano, *Cristóbal Colón: Siete años decisivos de su vida* (Madrid, 1964), pp. 193–213 に、1489 年のハエンでの会議に関するさらなる詳細が書かれている。また、Fernández-Armesto, p. 190 も参照。コロンブスは、フランスの神学者ピエール・ダイイの 15 世紀初頭の著作『イマゴ・ムンディ（世界の姿）』を大いに参考にしており、そこから、ユーラシア大陸が世界の外周の 3 分の 2（別の尺度によると 20 時間のうちの 15 時間分）を占めており、リスボンから西へ向かって残りの 3 分の 1 を航海すればインディアス（インドと中国）に到着するという、ティレのマリヌス、ストラボン、クテシアス、オネシクリトス、ネアルコス、プリニウス、プトレマイオスの論を引き出すことができた。この距離は、ポルトガル人による西アフリカ探検と、アフリカ大陸の西岸沖にあるカナリア諸島の発見でさらに縮まっていた。しかし、この主張がいくら重要でも、それは単にこのような疑問に置き換わるだけだ。もしもヨーロッパの西とアジアの東のあいだに世界のほんのわずかな断片が未開の地として残っていたとして、その断片は正確にはどれほどの大きさなのだろうか？　当時可能であった測定方法を考えると地球の外周を推測するのは難しく、議論にとってはその難しさがネックであり、コロンブスの生涯、さらにエルナンドの生涯においてはなおのこと、その距離については科学的な測定の問題であるとともに、レトリックの巧妙さの問題でもあった。1488 年のバルトロメウ・ディアスによる喜望峰周回の成功を受けてなされたアフリカの南端に関するポルトガル人の報告を頼りに、コロンブスは、カナリア諸島とユーラシア大陸東端の沿岸にあるシパング（日本）のあいだの距離がわずか 45 度に縮まったと主張した。彼はまた、地球を 360 度に分割したときの 1 度は、赤道上で 66 と 3 分の 2 マイルに相当するというティレのマリヌスらの主張を故意にしりぞけ、代わりにアラビア人天文学者アルフラガヌス（ファルガーニー）が正しいと認め、実際の距離を 56 と 3 分の 2 マイルと見なし、そこから、カナリア諸島から西へ 700 から 750 レグア行けばアジアに着くはずだと主張した。コロンブスはこれを裏付けるために、アリストテレス、アヴェロエス、セネカ、ストラボン、プリニウス、ソリヌス、マルコ・ポーロ、ジョン・マンデヴィル、ピエール・ダイイ、カピトリヌスらの名を挙げて、東洋の地はスペインから出航してわずか数日の距離にあるとした。

(11) Mark P. McDonald, *The Print Collection of Ferdinand Columbus* (1488–1539): *A Renaissance Collector in Seville* (London, 2004), p. 19 は、コロンブスの妻フィリーパ・モニスの死を 1484 年ごろとしている。1488 年にエルナンドが生まれた正確な日付に関しては相異なる証拠があり、ほとんどの資料は 8 月 15 日としている（Guillén, *Hernando Colón*, p. 25; Rumeu, p. 5, n. 1; the Repertorium tome of the *Historie*, ii, p. 8）。一方、信頼性の高い Fernández-Armesto は 11 月としている（p. 52）が、他と異なるこの日付の出典は不明だ。しかし重要なのは、Marcos Felipe が解明しすでに証明されているエルナン

Hernando Colón segun sus Anotaciones: Datos para la biografía del bibiófi lo sevillano', *Archivo Hispalense*, 203 (1984), pp. 81–99 に記載されているが、現存するエルナンドの著作のデジタルデータベースにより、さらなる詳細を加えることが可能になった。Wagner が記述しているように (p. 83)、エルナンドはほかの誰かに本を買いにいかせた場合はその旨を明記していることから、それ以外は彼自身が購入したと推定できるだろう。

第 1 章　大洋からの帰還

(1) Caddeo, I, p. 259 を参照。この場面の最も詳細な描写は、Guillermo Coma の書簡（*Cartas*, pp. 182–3）にあるが、チャンカ博士の書簡（*Cartas*, p. 155）および 1494 年 1 月 30 日の書簡によるコロンブス自身の報告（*Textos*, pp. 146–62）も参照のこと。乗組員の数は、Fernández-Armesto, *Columbus*, p. 102 では 1300 人、*Life and Deeds* では 1500 人、そして Bernáldez (*Memorias*, p. 279) では 1200 人となっている。

(2) *Historie* (Caddeo, I, p. 124) は、第 1 回航海の船員の数を 90 人と推定しているが、Fernández-Armesto (p. 72) は 88 人の可能性が高いとしている。

(3) エルナンドが所有していた書簡は *Abecedarium* B, col. 369 に記載されており、1493 年のカタルーニャ語版（いまでは 1 部しか残っていない）、1533 年のバーゼル版のほか 'de insulis nuper inventis' もあるが、登録番号は付されていない。Bernáldez, pp. 251–6 も参照のこと。おそらくエルナンドは、コロンブスのもう 1 通の書簡が 1493 年 3 月 22 日にコルドバの大聖堂で読み上げられたとき、新世界発見について初めて知ったものと思われる。Guillén, p. 108 を参照。

(4) *Textos*, pp. 139–46、Caddeo, I, p. 176、Bernáldez, p. 272 を参照。

(5) コロンブスが最初の航海で持ち帰った品目のリストに関しては、Fernández-Armesto, p. 89, Bernáldez, pp. 277–8, および *Historie* (Caddeo, I, pp. 121–245) の第 1 回航海に関する説明を参照。Jean, duc de Berry のコレクションに関しては、Guiffrey, *Inventaire de Jean, Duc de Berry* (Paris, 1894–6) および Umberto Eco, *Art and Beauty in the Middle Ages* (New Haven, 1986) 。コロンブスが第 1 回航海で連れ帰った先住民（インディオ）の正確な人数とその後の運命については若干意見の相違がある。Bernáldez (p. 278) は、コロンブスが合計 10 人を連れ帰り、4 人をセビーリャに残し、6 人を両王への贈り物としてバルセロナへ連れていったと記録している。だがチャンカ博士は、7 人が第 2 回航海に連れていかれ、5 人が大西洋横断中に死んだと示唆している (*Cartas*, p. 171)。一方でラス・カサスは、7 人が新世界から戻ったコロンブスとセビーリャで同居していると記録している（Guillén, *Hernando Colón: Humanismo y Bibliofilia* (Seville, 2004), pp. 34–5）. 新世界から連れてこられ、洗礼を受けてフアン・デ・カスティーリャと改名したインディオの運命については本書（第 2 章）を参照。

(6) Fernández-Armesto, p. 93; Pedro Mártir de Angleria, *Cartas Sobre el Nuevo Mundo* (Madrid, 1990), p. 25; Bernáldez, pp. 269–70. Marín Martínez and Ruiz Ascencio, *Catologo Concordado de la Biblioteca de Hernando Colón* (Seville, 1993), I, p. 203 によると、バルトロメ・コロンは、のちにベルナルデスと暮らした。Peter Burke が *A Social History of Knowledge* (London, 2000) のなかで指摘しているように、造船や航海も "職人の" 仕事と見なされていたため、コロンブスが船乗りだったという過去を示すことで、父にかけられた（つまらない仕事をしていたという）疑いをエルナンドが晴らせたのかどうかは定かでない。

(7) コロンブスが 1492 年に大西洋横断を試みる以前、23 年にわたり航海にたずさわり、ギリシャの島々、チュニジア、ギニア、カナリア諸島、イングランド、"Thule（トゥーレ）"（おそらくフリースランドかアイスランドのことと思われる）を訪れたというのは、のちの本人の主張に大いに依存している。こうした主張を裏付ける証拠はほとんどなく、彼の年表とは符合しないことが多い。コロンブスがそれらに言及するときは、たいていなんらかの知識に権威をもたせるためといった思惑

The *Memoria de los dibujos o pinturas* または *Registrum C*: Mark P. McDonald の目録。
その他の目録については略語を用いずタイトルをそのまま記す。

プロローグ

(1) 死の床のシーンは、18 世紀に書かれたルイス・コロン宛ての手紙 (AGI, Patronato, 10, N.2, R.3, fol. xx) に書かれており、Harisse and Jos はこれを Bachiller Juan Pérez（贖罪司祭フアン・ペレス）からの手紙としている。*Obras*, p. 27 参照。この手紙は、Fernández de Navarrete, *Noticias para La Vida de D. Hernando Colón*, in *Documentos Inéditos para la Historia de España*, vol. XVI (Madrid, 1850), pp. 420–4 に収録されている。1500 年 11 月 20 日の鎖につながれたコロンブスのカディス上陸、さらに彼が死の床で求めたことについては、Caddeo (II, p. 173) に記されるが、コロンブスが死ぬまで鎖を手元に置いたかどうかについて、Caddeo は疑問を呈している。本書（第 3 章および第 12 章）で述べられる預言の出典は Seneca's *Medea*（セネカの『メデア』）であり、*Book of Prophecies* (p. 59v, in Rusconi, pp. 290–1) に記録されているが、コロンブスはほかでも触れている。なかでも重要なのは *Lettera Rarissima* すなわち *Relación del Cuarto Viaje*、1503 年 7 月 7 日に書かれた最後の航海の報告書である（Textos, p. 323）。

(2) エルナンドの遺言書に関して最も信頼できる文献は、Hernández Díaz and Muro Orejón, *El Testamento de Hernando Colón y Otros Documentos para su Biografía* (Seville, 1951) であり、セビーリャの Archivo Provincial（文書館）にあるエルナンド関連の 'protocolos notariales'（公証人が署名した文書）をすべて収録している。遺言書の裏付け文書が pp. 123–61 に掲載され、そのあとに遺言書の複製画像が続く。セビーリャ大聖堂にも別の写しがあるが、誤りが多い (Guillén, p. 132)。慣習に従い、遺言書はまずそれが読み上げられる状況の説明 'quel dicho señor don fernando colon puede aver una ora mas o menos que fallescio desta presente vida'（上記ドン・エルナンド・コロンは、およそ 1 時間前に世を去った）に始まり、読み上げのさいの同席者に関する詳細な説明も加えられている。図書館に関する指示は p. 144 から始まり、そのあとの大半を占める。図書館の中身について、エルナンドはさまざまな場所で意思表示をしており、それを最も簡素に示しているのは彼の遺言執行者 Marcos Felipe による説明文書 (*Testamento*, XCII, p. 227) だが、エルナンドの遺言書および Bachiller Juan Pérez（贖罪司祭フアン・ペレス）の Memoria においてより詳細に語られている。図書館の規模、絵画コレクションおよび庭園に関するさまざまな主張の裏付けについては、本書（第 8 章および第 13 章）および *Obras*, pp. 595–610 で述べられている。その献辞にあるように、エフェソスのケルスス図書館に捧げられているが (James Campbell, *The Library: A World History* (London, 2013), pp. 49–51)、この図書館の遺跡が再建されたのは 19 世紀の終わりになってからである。古典時代以降において同様に遺贈された例を、私（著者）はいまだ発見できていない。

(3) 遺言書にはこの書架の描写があり（*Testamento*, p. 148)、エルナンドがそこにどのような順番で本を並べようとしていたかについても書かれている。それについては本書（第 16 章）で述べている。これが現代式本棚の第一号だとする最初の主張は Anthony Hobson, *Great Libraries* (London, 1970), p. 14 においてなされた。また、"露店" 方式および "壁" 方式、およびそれらがたどった歴史については Campbell, *The Library*, pp. 23 and 113 を参照のこと。

(4) 遺言執行者である Marcos Felipe と Vincenzio de Monte がそろって箱を開けなければならないという指示は遺言書（*Testamento*, p. 160）に記載されている。各種文書の一覧は *Testamento*, XCIII, pp. 262–6 にもあり、その複製画像が続く。Marín Martínez (*Obras*, pp. 171–2) は、ここでいう 'Bocabulario'（辞書）はエルナンドのラテン語辞書ではなく、*Descripción*（《スペインの描写》）の一環として計画された地誌用語集だと示唆している。

(5) エルナンドによる本の注解および法的記録から集めた彼の旅の概略は Klaus Wagner, 'El Itinerario de

出典について

略語

頻出する出典については、以下のとおり略語を用いる。これ以外の出典については、同じ著者によるものであっても通常の表記とする。

Bernáldez : Bernáldez, Andrés, *Memorias del Reinado de los Reyes Católicos*, ed. Manuel Gómez-Moren and Juan de M. Carriazo (Madrid, 1962)

Cartas : Juan Gil and Consuelo Varela, eds, *Cartas de particulares a Colón y Relaciones coetáneas* (Madrid, 1984)

Caddeo : *Le Historie della Vita e dei Fatti di Cristoforo Colombo per D. Fernando Colombo suo fi glio*, 2 vols, ed. Rinaldo Caddeo (Milan, 1930)

Descripción : *Descripción y Cosmografía de España por Fernando Colón*, facsimile of the edition by the Sociedad Geográfica (1910) (Seville, 1988)

Fernández-Armesto : Felipe Fernández-Armesto, *Columbus* (Oxford, 1991)

Guillén – Juan Guillén, *Historia de las Bibliotecas Capitular y Colombina* (Fundación José Manuel Lara, 2006)

HoC : *The History of Cartography: Cartography in the European Renaissance*, vol. III, Part 1, ed. David Woodward (Chicago, 2007)

Obras : Marín Martínez, Tomás, *'Memoria de las Obras y Libros de Hernando Colón' del Bachiller Juan Pérez* (Madrid, 1970)

Rumeu : Antonio Rumeu de Armas, *Hernando Colón, Historiador del Descubrimiento de América* (Madrid, 1972)

Rusconi : Roberto Rusconi, ed., *The Book of Prophecies* edited by Christopher Columbus, trans. Blair Sullivan, *Repertorium Columbianum*, vol. III (Oregon, 1997)

Testamento : Hernández Díaz and Muro Orejón, eds, *El Testamento de Hernando Colón y Otros Documentos para su Biografía* (Seville, 1951)

Textos : Cristóbal Colón, *Textos y documentos completos*, Prólogo y notas de Consuelo Varela (Madrid, 1982)

なお、主な記録保管所については以下の略語を用いる。

AGI : Archivo General de Indias, Seville

AGS : Archivo General de Simancas

ASV : Archivio Segreto Vaticano, Rome

BCC : Biblioteca Capitular y Colombina, Seville

通例にならい、また理解を容易にするために、エルナンドによる主な作品（目録等）については以下のとおり略語を用いた。

Registrum B : the *Índice Numeral de los Libros* (Colombina 10–1–14)

Abecedarium B : the *Índice General Alfabético* (10–1–6)

Descripcíon : the *Itinerario o Descripción y Cosmografía de España* (10–1–10, 10–1– 11)

Materias : the *Libro de las Materias o Proposiciones* (10–1–1, 10–1–2, 10–1–3)

Diccionario : the *Diccionario o vocabulario latino* (10–1–5)